북녘 마을의 사람 사는 풍경

북녘 마을의 사람 사는 풍경

해방 이후 한국전쟁기(1945~1953) 북한 대표 단편소설

편저 오태호

국학자료원

머리말

북쪽의 단편 서사에도 사람의 향기가 스며 있다

1. 코로나 시대의 중견 연구

2022년 8월 현재 코로나 시대 3년 차에도 다양한 변이 바이러스의 여파로 여전히 재확산의 여진이 한반도와 전세계를 위협하고 있다. 물론 세계 각지의 과학자들의 연구 노력으로 확보한 백신과 치료제의 개발로 '코비드 19'에 대한 불안과 두려움은 2020년 초~2022년 봄에 비해 경감되고 있는 것이 사실이다. 하지만 한국 사회에서 5월 초 사회적 거리두기 해제 이래로 줄곧 1만 명 이하이던 확진자 수가 현재 10만명 내외로 불어나면서 바이러스의 공포는 여전히 현재진행형이다. 그리고 2022년 5월 이후 7월까지 북한에서도 470여 만 명의 코로나 확진자 발생 사실이 공표되면서 한반도는 여전히 '코로나 시대'의 한복판에 자리하고 있는 셈이다.

지난 2019년 7월 한국연구재단에서 주관하는 중견연구자 지원사업 중 '장기소액' 10년 연구에 선정되었다. 2029년 6월까지 10년 동안 북한 문예지 『문화전선』(1946~1947), 『조선문학』(1947), 『문학예술』(1948~53), 『조선문학』(1953~현재) 등에 게재된 대표 단편소설 연구를 수행하여 그 성과를 매년 1편의 논문으로 제출하고, 대표 단편선집을 2년에 1권씩 총 5권 출간하며, 최종적으로 2030년에 연구논문집 1권을 간행하는 것이 구체적인 수행 목표이다. 이 편저는 중견연구 10년 사업 결과물의 첫 단추에 해당한다. 1차년도 대상 기간인 해방기(1945~50) 단편소설 8편과 2차년도 대상 기간인 한국전쟁기(1950~53) 7편 등 총 15편을 묶어서 간행한다. 구체적으로 '해방기의 토지개혁을 형상화한 이기영의「개벽」, 조소(朝蘇) 친선을 다룬 한설야의「모자」, 문맹 퇴치 사업을 주목한 이태준의「호랑이 할머니」, 공장노동자의 증산 경쟁을 그려낸 이북명의「노동일가」, 최초의 남한 빨치산 투쟁을 묘사한 이태준의「첫 전투」, 소련 의사의 헌신성을 포착한 이춘진의「안나」, 김일성의 평양 개선기를 형상화한 한설야의「개선」, 분단 초기 남한 방문기를 형상화한 이태준의「먼지」' 등이 해방기에 주목한 작품들이다. 그리고 '미국 선교사의 악행을 고발한 한설야의「승냥이」, 부상병의 심리적 동요를 형상화한 김남천의「꿀」, 남한 점령지에서 자위대원의 최후를 그려낸 박찬모의「수류탄」, 후방 인민들의 헌신적 투쟁을 다룬 황건의「안해」, 전투기 조종사의 내면을 포착한 현덕의「첫 전투에서」, 인민군 장병들의 희생을 형상화한 황건의「불타는 섬」, 영예군인의 복귀 후 연애담을 포착한 이상현의「고압선」' 등이 한국전쟁기에 주목한 작품들이다. 이태준과 한설야의 작품이 3편으로 가장 많이 선정되었고, 황건의 작품이 2편, 이기영, 이북명, 이춘진, 김남천, 박찬모, 현덕, 이상현 등의 작품이 1편씩 대상 텍스트로 선정되어 총 9명 15편의 작품이 편저의 대상으로 묶인 셈이다. 이태준의「호랑이 할머니」, 이춘진의「안나」, 한설야의「개선」, 황건의「불타는 섬」

등 4편은 중견연구의 대상인 '문예지'에 게재되지 않은 작품이지만, '문맹 퇴치 사업, 조소 친선, 김일성 개선기, 북한문학사의 정전' 등 동일 시기에 북한문학의 풍경을 드러내는 데에 주목되는 텍스트라는 점에서 편저에 포함시켰음을 밝혀둔다.

작품 선정 기준은 일차적으로 작품의 미학성을 판단의 중심에 두었다. 그리고 두 번째로는 지배 이데올로기의 천편일률적 전파보다는 등장인물의 입체적 내면 풍경이 살아 있는 작품을 주목하였다. 셋째로 북한문학사의 평가를 중시하면서도 당문학적 기획 속에 의도적으로 배제되거나 외면하였던 텍스트에도 관심을 기울였다. 그리하여 가능한 대로 다수의 저자와 다양한 주제의 텍스트들을 남한의 독자들에게 동시대의 원문 그대로 선보이고자 노력했다. 원문 중시는 발표 이후에 텍스트 개작을 진행하여 발표 당시의 의도를 수정하고 왜곡하는 북한문학 특유의 '사후적 입김'을 최소화하고, 북한문학의 원형을 생생하게 확인할 수 있는 방법이라고 판단했기 때문이다. 다른 저자의 편저들은 원본을 현대어에 맞추어 교정을 진행함으로써 당시의 상황과 맥락을 실감하기 어려웠다. 따라서 이 편저의 경우 발표 당시의 표기를 가능한 그대로 수용하고자 했다. 결과적으로 독해에 다소 어려움이 있을지도 모르지만, 원본을 읽는 글맛을 제대로 느낄 수 있도록 맞춤법과 띄어쓰기를 당대 표기 형태 그대로 두었다.

중견연구 4년차에 접어들며 1~2년차 연구 성과를 집적한다. 2022년 현재 북한 문학과 남한 문학의 교류는 2005년 6.15 작가대회 이후 남북한 작가의 텍스트가 함께 실린 『통일문학』(2008) 1~3호 출간을 제외하고는 10년 이상 단절되어 있다. 따라서 북한 문학을 연구하면서 남북한 문학 교류의 활성화를 위해 분단 초기 이래로 북한의 대표적인 문예지인『조선문학』전제(1946~현재)를 일별하고 그 구체적인 텍스트를 이해하고 분석하는 연구는 중요한 작업에 해당한다. 특히 남북 관계의 평화적 안착을 위해서도 분단 체제의 한계적 현실을 뛰어넘는 서사적 상상력을 보여주는 대표적인 단편소설을 연구하는 것은 무엇보다 필요하다.

2. 입체적인 단편 서사 연구의 필요성

북한 문학의 현재적 이해는 분단 초기의 문화유산에 대한 이해로부터 시작되어야 한다. 그리고 동시에 2022년 현재 동시대의 문학에까지 이어져 북한 문학의 과거와 현재를 입체적으로 조망하고 계보화하는 데에 기여하여야 한다. 따라서 분단 초기에 발간된 북조선문학예술총연맹의 기관지인『문화전선』(1946~1947)을 비롯하여『조선문학』(1947)과『문학예술』(1948~1950) 등을 포함하여 조선작가동맹의 기관지인 월간지『조선문학』(1953. 10~현재) 전호를 검토하여 단편소설을 통해 북한 문예이론과 텍스트 사이의 미학적 균열 양상을 분석하기 위해 이 연구는 순항 중이다. 일차적으로는 북한 문학사의 정전화된 전통에서 의도적으로 배제되거나 외면된 텍스트를 확인하여 그 의미를 복원하는 데에 있으며, 이차적으로는 북한 문예이론의 표방과는 다르게 실제 텍스트에서 발생되는 다성성의 목소리를 구체적으로 분석하면서 북한 문학의 리얼리즘적 맥락을 복원할 수 있는 대표 단편소설

연구를 10년 장기 과제로 추진하고 있는 셈이다.

최초의 북문예총의 기관지로 출발한『문화전선』창간이 1946년 7월임을 감안한다면『조선문학』은 현재 2021년 12월호에 이르기까지 75년이 넘는 기간 동안 북한식 '루계'로 '제888호'에 이르는 방대한 텍스트이다. 필자는『조선문학』전체를 통독하고 그 중에서 선별된 대표 소설을 통해 북한 사회와 문화의 변모 양상을 추적하여 문예미학적 특성을 추출하고자 한다. 문예지에 게재된 '단편소설'이 시대 변화에 신속히 대응하는 장르라는 점에서 한반도 북단에서 전개된 독특한 사회주의 체제의 변화와 정체를 다양하게 독해할 수 있는 서사적 텍스트에 해당하기 때문이다. 특히 서사적 전개 과정에서 발생되는 인물 내면의 갈등, 인물과 인물 간의 갈등, 인물과 환경 간의 갈등을 비롯한 플롯의 균열을 집적한다면 북한 문예미학의 서사적 특징이 지닌 성과와 한계를 일별할 수 있을 것이다. 그리고 텍스트 안과 텍스트 바깥의 현실을 중첩시켜 그 의미의 중층성을 해명해 낸다면 구체적인 텍스트와 북한 사회의 지도적 문예담론의 간극을 확인하면서 생생한 북한 작가와 인민의 다성적 목소리를 복원할 수 있다고 판단된다. 뿐만 아니라 수령 중심의 단일지도체제로서의 '사회주의 대가정'을 지향하는 북한 사회의 공적 담론을 수용하지만 그 이면에 잠재되어 있는 인물과 서사와 현실의 다채로운 음영을 추적할 수 있을 것이다. 축자적 텍스트로 전유된 문예물은 알레고리적 서사로 북한 사회의 내적 갈등의 진폭을 독해하는 대표적 매체가 될 수 있기 때문이다. 표면적 진술 아래에 흐르는 이면적 욕망을 추출하여 텍스트의 다성성을 주목하고 의미화한다면 북한 사회의 진면목을 외화할 수 있을 것이다.

필자는 북한문학의 거개를 점검하고, 대표적 단편소설을 추출하여 분석을 진행함으로써 북한문학의 과거와 현재를 이해하는 데에 초석을 놓고자 한다. 북한문학을 단순히 수용하는 것에 그치지 않고 비판적 독해를 진행함으로써 북한문학의 변화 가능성을 추론해낼 수 있다고 판단한다. 연구계획서에서는 '연구 추진전략'으로 여섯 가지를 내걸었다. 즉 "1. 일차적으로 북한 문학사의 정전인 『조선문학사』에서 분석 대상으로 언급된 대표 단편소설을 추출한다. 2. 『문화전선』(1946~47), 『조선문학』(1947), 『문학예술』(1948~53), 『조선문학』(1953~현재)에 실린 동시대의 평론과 소설을 정독한 이후 대표 단편소설을 확정한다. 3. 텍스트 구조주의적 관점에서 문학사에서 거론되거나 배제된 작품 중 문예미학적으로 뛰어난 작품을 선별하여 구체적으로 분석한다. 4. 리얼리즘이나 모더니즘, 서사적 특이성을 중심으로 대표적인 개별 작품의 미학적 특성을 분석한다. 5. 문학사회학적 관점에서 1947년 1월의 '<응향> 결정서'처럼 동시대의 정치적 테제나 문학적 담론이 텍스트에 끼친 영향 관계를 분석한다. 6. 북한 문예이론과 텍스트 사이의 미학적 균열 양상을 의미화하여 분석과 평가를 진행한다." 등이 그 것이다.

'연구방법'으로는 크게 두 가지를 활용하는데, 하나는 텍스트 구조주의적 방법이다. 텍스트의 구조를 선험적으로 고정화하는 것이 아니라 후기구조주의자로 평가받는 데리다, 푸코, 들뢰즈의 방법론을 활용하여 '텍스트 바깥에는 아무 것도 없다'라는 다성적이고 해체적인 텍스트 중심의 언어와 담론 분석을 진행하고자 한다. 두 번째는 문학사회학적 방법이다. 텍스트는 저자의 산물이자 언어의 산물임과 동시에 시대의 산물이라는 점에서 텍스트가 산출된 시대와 어떤 내용과 형식의 상호작용이 드러났는가를 규명함으로써 북한문학의 표면과 이면을 함께 포착하고자 한다. 이 두 가지 방법을 활용하면 텍스트의 미학성과 함께 시대와 길항하는 상호텍스트성으로서의 북한문학의 현재성을 함께 고찰할 수 있을 것으로 기대된다. 일차적으로는 북한 문학에서 배제되거나 외면받은 대표적 단편소설의 계보를 추출하여 의미화하고자 한다. 이것은 북한 문학의 여집합을 복원하여 '북한 지역 문학'의 문예미학적 특성에 응당한 자리와 좌표를 부여하기 위한 전제 작업에 해당한다. 이차적으로 북한문학사의 정전이라고 평가받는 서사적 텍스트에 대한 꼼꼼한 분석과 해석을 통해 남북한 문학의 문학사적 이질성과 차이를 규명함으로써 한반도 남단에 제한되어 있던 한반도 문학의 문학사적 외연을 확대하고자 한다.

3. 북녘 서사에 실재하는 사람 사는 풍경

『북녘 마을의 사람 사는 풍경』 1권은 해방 이래로 한국전쟁기에 이르는 10년 가까운 시기를 검토한 결과물이다. 1945년 해방 이후 미군과 소련군의 군정기를 지나, 1948년 '남한과 북조선'이 단독 정부를 수립하기 전후의 혼란상을 거치고, 1950년 한국전쟁 발발 이래로 북한의 단편소설은 공식적으로 점차 경직된다. 분단 초기에 미학적 특수성을 인정하던 모습이 1946년 '『응향』 사건'을 거치면서 당문학적 경향으로 경직되고, 1947년 '고상한 사실주의(=사회주의적 사실주의)의 강조 이래로 더 경화(硬化)되며, 1952년 한국전쟁기에 벌어진 '반종파투쟁'의 일환으로 '임화, 김남천, 이태준' 등을 미제의 간첩으로 낙인찍으면서, '형식주의와 자연주의'를 배제하고 '부르주아'와 '반동'을 제거하는 뺄셈의 문학을 지향하며 획일화된다. 결국 해방 이후 창작방법론으로 '마르크스-레닌주의'에서 '사회주의 사실주의'를 수용한 이래로 '고상한 사실주의'를 거쳐 '주체사실주의'를 지향하면서 문학적으로도 김일성 중심의 1인 지배체제를 형상화하는 도그마에 빠져들고 만다.

그럼에도 불구하고 북한 단편서사에는 이데올로그가 강제하지 못하는 '너무나 인간적인' 사람의 향기가 스며들어 있다. '주체형의 고상한 사람'이 아니라 좌충우돌 고민하고 내적으로 갈등하며 '고뇌하는 인간의 내면'이 텍스트의 행간에 잠복하고 있는 것이다. 이 편저는 단편 서사의 표면과 이면을 입체적으로 조망하면서 '어리석은 인간의 얼굴'로 자신과 세계를 이해하고 해석하려는 주인공들의 내면 풍경을 주목하였다. '신념의 화신'으로 등장하는 인물들보다 그 이데올로그적 존재의 곁에서 타인과 세계에 대해 의심을 품고 자신의 정체성을 탐색하는 '이방인적 존재'가 분석의 대상이 된 셈이다.

'북녘 마을의 사람 풍경'을 집적하는 데에 음양으로 관심과 지원, 노력을 아끼지 않은 분들이 많다. 남북문학예술연구회 회원들은 관심의 사각지대에 놓여 있는 북한 문학예술을 함께 들여다보는 성실한 동반자들이다. 명칭은 '연구보조원'에 불과하고 인건비도 '새발의 피'에 불과하지만, 전임연구원에 육박할 만큼 노동력을 제공하고 있는 지여정

님께도 항상 고맙다. 특히 10년 연구과제의 결과물 출간을 선뜻 수락해준 국학자료원 정구형 대표는 이 지난한 작업을 지속하게 해준 든든한 버팀목이다.

문재인 정부 5년 동안 부침을 겪긴 했지만 남북정상회담과 북미정상회담 등이 진행되는 동안 감지됐던 한반도의 장밋빛 미래에 대한 예감은 많이 퇴색되었다. 새로운 정부의 출범 이후 3개월 동안 한반도 문제에 대해 우려했던 일들이 서서히 벌어지고 있다. 이명박 정부와 박근혜 정부에서 행해졌던 남북 대립각이 다시 세워지고 있는 것이다. 정권 담당자가 바뀌면서 정책의 방향이 달라지는 것은 당연지사일지도 모른다. 하지만 한반도의 훈풍은 정권의 변화에도 불구하고 지속되어야 한다. '전쟁의 참화'를 방지하고 한반도 '국민＋인민'의 생존권을 보장하기 위해서 그렇다. 한반도의 평화를 위협하는 적대 세력들에게 휘둘리지 않는 한반도 평화 체제의 안정을 기하기 위해 다각도로 노력을 개진해야 할 때다. 엄중한 시기에 태어나는 '편저'가 자신의 운명을 잘 감내하여 한반도 통합문학에 기여하는 텍스트로 인정되길 고대한다.

2022년 8월 코로나 3년차의 폭염과 장마 속에서
한 달 넘게 각종 염증의 침습으로 고통받는 서천골 처사(處土)
다시 건강 회복을 다짐하며
편저자 오태호 쓰다

목차

제2부 한국전쟁기(1950~1953)의 내면 풍경

제1부

해방기(1945~1950)의 풍광

해방기(1945~48) 북한 문예지에 게재된 대표 단편소설 연구

인물 형상화의 경직성과 유연성을 중심으로

오태호

Ⅰ. 서론

본고는 해방기(1945~1948) '북한 문예조직'[1]의 기관지인 『문화전선』과 『조선문학』, 『문학예술』에 게재된 단편소설 중 대표적인 작품을 선별하여 북한 문학의 문예이론과 텍스트의 미학적 균열 양상을 분석하고자 작성된다. 이때의 대표성은 해방기에 동시대 사회주의 현실을 주제로 다룬 작품 중에서 북한 사회의 입장을 대변하는 '해방기 북한문학의 대표작'을 추출한 것이다. 그리하여 '해방기의 토지개혁'을 다룬 최초의 소설인 이기영의 「개벽」, '증산 경쟁의 노동문제'를 다룬

---

[1] 엄밀하게 따지면 '북조선예술총연맹'이 1946년 3월 25일 조직되고, 1946년 10월 '북조선예술총연맹 전체 대회'가 개최되면서 '북조선문학예술총동맹'으로 조직이 개편된다. 따라서 『문화전선』 1집은 '북조선예술총연맹'의 기관지이고, 『문화전선』 2~5집은 '북조선문학예술총동맹' 기관지이고, 1947년 9월 창간되는 계간지 『조선문학』 두 권은 '북문예총' 산하 '북조선문학동맹'의 기관지이고, 1948년 4월 창간되는 월간지 『문학예술』은 '북조선문학예술총동맹'의 기관지이다. 이후 1953년 10월 창간되는 월간지 『조선문학』은 '조선작가동맹'의 기관지이다.

최초의 소설인 이북명의 「노동일가」, '최초의 빨찌산 투쟁을 다룬 문학'인 이태준의 「첫 전투」를 분석하고자 한다.

해방기(1945~48)는 미국과 소련에 의한 한반도 분할 군정기로서 분단 초기의 맹아적 시기에 해당한다. 북한문학은 이 시기 '『응향』사건'[2]을 거치면서 부르주아 문학을 '퇴폐미학'으로 낙인찍어 배격하면서 프롤레타리아문학 중심으로 획일화된 도식화가 진행된다. 특히 '고상한 사실주의'[3]를 전유하는 '사회주의적 사실주의'라는 창작방법론을 확정하면서 긍정적 인간형을 기술할 것이 강조된다. 이 시기를 대표하는 작품으로 동시대와 더불어 후대에도 강조되는 작품은 『문화전선』 창간호(1946. 7)에 게재된 리기영의 단편소설 「개벽」과 계간지 『조선문학』 특대창간호(1947. 9)에 게재된 리북명의 중편소설 「로동일가」를 들 수 있다.[4] 이 두 작품은 각각 '무상몰수 무상분배'를 강조하는 '토

---

2) 1946년 12월 20일 '북문예총' 상무위원회 회의에서 '건국사상 총동원 운동, 고상한 리얼리즘의 대두, 소련의 영향' 속에서 『응향』 시집에 실린 시들을 '반동적이고 퇴폐적인 시'로 규정하면서 당문학적 성격을 공고히 하게 되는 사건으로, 남북한 문학의 결절점에 해당하는 하나의 상징적 사건이다.(오태호, 「'『응향』 결정서」를 둘러싼 해방기 문단의 인식론적 차이 연구」, 『어문론집』 제48집, 중앙어문학회, 2011. 11, 37~64쪽.)

3) '고상한 사실주의'는 1947년 김일성의 신년사를 계기로 동년 1월 북문예총 제1차 확대상임위원회의 결정에서 '고상한 사상과 예술성'을 천명한 뒤 한국전쟁기에 이르기까지 긍정적 주인공론에 기초한 혁명적 낭만주의로서 사회주의 리얼리즘에 가까운 창작방법론이다. 한국전쟁 이후에는 '사회주의 사실주의'로 개명되면서 1960년대 '주체 사실주의' 이전 북한 사회의 유일한 창작방법론에 해당한다.(오태호, 「해방기(1945~1950) 북한문학의 '고상한 리얼리즘' 논의의 전개 과정 고찰―『문화전선』, 『조선문학』, 『문학예술』 등을 중심으로」, 『우리어문연구』 46호, 우리어문학회, 2013. 5, 319~358쪽.)

4) 북한문학사에서 '평화적 민주건설 시기(1945~1950)'의 문학 중 대표작으로 거명되는 단편소설로는 첫째 민주개혁 관련 소설로 이기영의 「개벽」과 「땅」, 한설야의 「마을 사람들」 등, 둘째 새조국건설에서 인민들의 투쟁을 다룬 소설로 한설야의 「탄갱촌」, 이북명의 「노동일가」, 황건의 「탄맥」 등, 셋째 김일성 찬양 소설로 한설야의

지개혁'과 세계노동절인 5.1절을 앞두고 '공장 노동자들의 증산경쟁 운동'을 소재로 활용하면서 해방공간의 북한 사회 현실을 리얼하게 형상화한 작품으로 평가된다. 특히 긍정적 인물과 부정적 인물의 입체적 형상화가 드러난다는 점에서 주목을 요한다. 이 두 작품과 다르게 해방기를 대표하는 작품임에도 불구하고, 동시대의 호평을 받지만 사후에 문학사에서 배제되는 작품으로는 리태준의 「첫 전투」를 들 수 있다. 북조선문학예술총동맹의 기관지인 『문학예술』(1948. 12)에 게재된 이 작품은 '빨찌산 문학의 기원'5)으로서 '유격부대'의 첫 전투를 둘러싼 풍경을 보여준다는 점에서 북한문학의 지도 방향을 따른 작품이지만, 작품의 성과 여부와는 별도로 결과적으로 '이태준'6)이 1953년 '반동작가'로 낙인찍히면서 문학사적 배제를 당하게 된다.

세 작품에 대한 동시대의 평가를 개략적으로 살펴보면, 리기영의 「개벽」은 동시대에도 "토지개혁의 승리를 주제로 하여 하나의 전형적인 인간을 창조한 거작"7)으로 평가받으며 "정히 우리 문단의 크다란 수확

「혈로」, 「개선」, 천청송의 「유격대」 등, 넷째 조소 친선을 다룬 소설로 한설야의 「남매」, 이춘진의 「안나」, 김사량의 「칠현금」 등, 다섯째 남조선 인민의 혁명투쟁을 다룬 소설로 이갑기의 「요원」, 이동규의 「그 전날 밤」, 박태민의 「제2전구」 등을 들수 있다.(사회과학원 문학연구소, 『조선문학통사-현대문학편』, 사회과학출판사, 1959(인동, 1988) 참조.) 이 논문에서는 첫째에 해당하는 이기영의 「개벽」과 둘째에 해당하는 이북명의 「노동일가」, 다섯째 부류에 해당하는 이태준의 「첫 전투」를 분석 대상으로 삼는다. 셋째와 넷째 부류는 연구자가 이미 다른 논문에서 논의를 개진한 바 있기 때문이다.

5) 김윤식, 「빨치산 문학의 기원」, 『한길문학』 1990. 11, 270~286쪽.

6) '리기영, 리북명, 리태준, 로동일가' 등은 북한식 표기이고, '이기영, 이북명, 이태준, 노동일가' 등은 남한식 표기이다. 북한의 입장이나 관점을 충실히 드러내고자 할 때는 북한식 표기를, 필자의 해석이나 관점 등 텍스트주의적 입장을 강조할 때는 '남한식 표기'로 작가명과 작품명을 표기한다.

7) 안함광, 「북조선민주문학운동의 발전과정과 전망」, 『조선문학』 창간호, 문화전선사, 1947. 9, 275쪽.

이 아닐 수 없는 일"로 고평받는다. 리북명의 「로동일가」도 동시대에 "해방후 두 번째 맞이하는 5.1절을 앞두고 흥남공장의 로동자들의 증산경쟁운동을 전개"하면서 주인공 김진구가 "증산경쟁운동에서 모범적 선봉대가 되었으며 모범로동자로 5.1절의 표창을 받게 되는 것"과 그의 아내가 "능령천 개수공사에서 스타하노비츠적 활동으로서 모범일꾼의 칭호를 받게 되는 것"8)을 그린 걸작으로 긍정적인 평가를 받는다. 리태준의 「첫 전투」역시 "내용과 형식이 다소 분리된 감이 있으나 남조선 빨찌산 투쟁을 취급한 성과있는 작품의 하나"9)로 동시대에 평가를 받는다. 하지만 이태준은 1953년 반종파 투쟁 이래로 '반동작가'로 낙인찍히며 문학사에서 배제된다. 즉 "조국해방전쟁의 가렬한 포화 속에서 열렸던 1952년 당 중앙위원회 제5차 전원회의 결정 정신을 받드는 반종파 투쟁을 통하여 우리 문학 대렬 내에 기여 든 미제의 고용간첩 림화와 반동작가 리태준, 김남천 등을 폭로 분쇄"10)하였다면서 1953년 이래로 문학사적으로 제거된다.

최근 연구에서는 이기영의 「개벽」에 대해 1930년대 사회주의 리얼리즘과의 비교 속에 '수령 형상으로 전유된 텍스트성'11)을 주목한 논의, 개인의 도덕과 집단적 도덕 규약 간의 갈등을 중심으로 '당대 토지개혁 서사의 전망'을 윤리적으로 검토한 논의12) 등이 진행되고 있다.

---

8) 한식, 「노동계급과 문학—5.1절을 맞이하여」, 『문학예술』, 문화전선사, 1950. 5, 16쪽.

9) 홍순철, 「해방후 4년간 문학예술의 총화와 금후 발전을 위하여」, 『문학예술』, 문화전선사, 1949. 8, 22쪽.

10) 윤세평, 「해방후 조선문학 개관」, 『해방후 우리문학(조선민주주의인민공화국 창건 10주년 기념)』, 조선작가동맹출판사, 1958, 5~79쪽.

11) 이인표, 「해방기 북한문학이 사회주의 리얼리즘의 '전형'을 '수령의 형상'으로 전유한 방식의 일면 고찰 : 이기영의 고향(1933)과 「개벽」(1946)의 양식 비교를 경유하여」, 『현대문학의 연구』 64집, 한국문학연구학회, 2018. 2, 251~283쪽.

이북명의 「노동일가」에 대해서는 이미 '교양되어 있는 자와 교양되어야 할 자'를 구분하여 성격을 대조적으로 형상화한 논의[13], '프로파간다 담론'을 중심으로 새 조국 건설에 앞장서는 노동자들의 김일성에 대한 절대적 찬양의 모습 등을 다룬 논의[14] 등이 이어진다. 이태준의 「첫 전투」에 대해서도 '빨치산 문학의 기원'과 함께 '멜랑콜리'로서의 고유성을 분석한 논의[15], '48년 질서' 속에서 당 문학의 기사 역할을 수행했던 이태준의 시각을 조망한 논의[16]와, 원작과 개작본의 비교 속에 '원작의 고유성과 심미성'을 주목한 논의[17] 등이 이어진다.

이기영과 이북명, 이태준 등의 세 작품은 해방기 북한문학의 표정을 생생하게 보여준다는 점에서 대표성을 갖는다. 이제 이 세 작품을 향해 진행된 다양한 평가와 더불어 작품의 내적 특성을 함께 살펴봄으로써 해방기 북한문학을 대표하는 단편소설의 특성을 추출함과 함께 남북한 문학의 통합문학사적 가치를 전제로 북한문학의 특수성을 진단하고자 한다. 특히 인물 형상의 유연성과 경직성을 중심으로 작품의 미학적 특질을 구체적으로 분석하고자 한다. 해방기 문예지에 게재된 원작

---

12) 하신애, 「개혁의 맹점(盲點)과 도덕적 공동체의 부재(不在)―해방기 북한 문학의 토지개혁 형상화를 중심으로」, 『국제어문』 제84집, 국제어문학회, 2020. 3, 325~349쪽.

13) 최강미, 「'교양'되는 북조선―1940년대 후반 북한소설 「개벽」, 「로동일가」, 「소낙비」에 투영된 근대성 이미지를 중심으로」, 『상허학보』 44집, 상허학회, 2015. 6, 91~137쪽.

14) 김현생, 「리북명의 노동문학과 프로파간다의 담론 : 「출근정지」와 『로동일가』를 중심으로」, 『한국사상과 문화』, 한국사상문화학회, 2017, 105~131쪽.

15) 배개화, 「이태준, 남로당 빨치산 문학의 기원―그 미학적 특징과 정치적 논쟁점을 중심으로」, 『국어국문학』 171집, 국어국문학회, 2015. 6, 473~503쪽.

16) 유임하, 「월북 이후 이태준 문학과 '48년 질서'―「먼지」(1950)를 중심으로」, 『상허학보』 39집, 상허학회, 2013. 9, 13~42쪽.

17) 강진호, 「이태준 소설의 개작 연구―해방 후 소설을 중심으로」, 『Journal of Korean Culture』 46집, 한국어문학국제학술포럼, 2019. 8, 187~225쪽.

을 토대로 분석함으로써 사후적인 시각으로 재단하는 문학사적 평가가 아니라 동시대적 유연성을 함께 고찰하고자 한다. 이러한 작업을 통해 '뺄셈의 문학'으로 일관된 북한문학의 여집합을 복원하고, 한반도 문학으로서 남북한 문학의 합집합이라는 외연을 확장하는 유의미한 작업을 진행하고자 한다.

II. 입체적 인물의 생생한 리얼리티 재현 – 리기영의 「개벽」 (『문화전선』 창간호, 1946. 7)

1. 해방 직후 북한 토지개혁 풍경의 리얼리티

이기영의 「개벽」은 동시대뿐만 아니라 현재에 이르기까지 북한문학사의 정전으로 평가받는 작품이다. 특히 "토지개혁의 결과 땅에 대한 세기적숙망을 실현하게 된 농민들의 감격과 기쁨, 환희를 격동적으로 반영하고 그들의 사상의식에서 일어난 근본적인 전환을 심오하게 반영한 해방후 농촌주제의 첫 작품으로서 문학사적 의의"[18]가 고평된다.

작품 자체는 해방 직후인 1946년 3월 "토지개혁 법령이 발표"된 며칠 뒤의 시점의 풍경에서 시작하여 소작농인 원첨지네와 지주 황주사의 심리 대비 속에 해방 직후 북한 사회의 표정을 잘 포착하고 있는 텍스트에 해당한다. 토지개혁 법령 발표 며칠 뒤 11시에 읍내에서 '기념행사'를 거행한다는 소식에 수만 명의 농민대중이 지령을 받고 몰려든다. 각 동에서 준비해온 표어에는 "오직 밭가리를 하는 사람만이 토지

---

18) 오정애 · 리용서, 『조선문학사10 – 해방후편(평화적민주건설시기)』, 사회과학출판사, 1994, 144쪽.

를 가질 수 있다", "우리 조선의 영웅 김일성장군 만세!" 등이 씌어져 있고. 수많은 군중 행렬에서는 "우리들 농민에게 토지를 주신 김일성 장군 만세!", "북조선 임시인민위원회 만세!", "조선 자주독립 만세!" 등 의 만세 구호와 함성이 이어진다. 표어와 구호에서 드러나듯 '경자유전 의 원칙'과 함께 '김일성'이 해방 초기에 이미 북한에서 '북조선의 지도 자'로서의 영향력을 장악하고 있음이 드러난다.

농민들은 일제 말기에 이어지던 '농촌의 황폐화'와 함께 해방된 뒤에 도 비참한 현실 생활이 이어지던 중 토지 분배 소식이 들리자 '환천희 지(歡天喜地)'가 되어 만세를 부르게 된 것으로 그려진다. 작가는 농민 들과 소작인들의 얼굴과 행동에서 감격의 표정이 묻어난다면서 일종 의 축제와도 같은 시위가 가장행렬과 함께 이루어지는 모습을 "파노라 마를 전개한 듯 장엄한 광경"과 함께 "전무후무한 일대 시위운동"을 연 출하는 것으로 포착한다. 하지만 행렬을 바라보는 시민대중들이 아직 "어떤 공포감"에 눌려 "공박관념(恐迫觀念)"이 자리한다면서, "토지를 농민에게 값없이 나누어준다"는 말을 고금에 처음 듣는 말이기에 정말 로 실현될 수 있는 일인지에 대한 의문이 들었기 때문이라고 설명하는 대목은 '종자'를 강조하며 '이데올로기적 신념'을 강제하는 '주체문학' 과는 거리를 둔 묘사에 해당한다. 이렇듯 시위 행렬 참가자와 행렬 바 라보는 일종의 군중을 구분하여 포착함으로써 해방기 북한 사회의 표 정을 생생하게 묘사하는 비판적 리얼리스트로서의 작가적 역량이 드 러나는 대목이다.

2. 지주 황주사의 불안한 내면 풍경

열광하는 농민대중과는 다르게 지주계급의 전형인 황주사는 침통한 기색 속에 "이놈들 어디 보자"는 식으로 거리에 나선다. 황주사에게 시위 군중의 모습은 "독가비 노름판"처럼 느껴지고, '낮에 나온 도깨비'들을 보면서 황주사는 자신이 도깨비에 홀리거나 미친 것은 아닌지 반문하며 몸을 떤다. 더구나 몇 달 전에 굶어죽지 않기 위해 돈 200원을 빌려간 원첨지네 식구들까지 연장을 들고 시위 행렬에 동참한 모습을 본 황주사는 얼이 빠지는 것으로 그려진다.

오늘 원첨지를 찾아온 황주사는 땅이 생긴다니 자신 같아도 시위 행렬에 맨발로 뛰어가겠다고 거짓으로 말하면서 "토지개혁 법령의 포고문"을 받았을 때의 현기증을 떠올린다. 포고문에서 "살(煞)을 맞은 사람"처럼 새파래져 자신에게 유익한 구절이 하나도 없음을 확인했기 때문이다. '돈'만 알고 살아온 황주사는 일제 때부터 "지주(地主)라는, 재물(財物)의 화신(化身)이었고, 도깨비"였기에 진작에 토지를 팔아 현금을 마련하여 이남으로 도망치지 못한 것을 후회한다.

> 그는 조선은행권으로 백원짜리만 삼만여원을 말아서 명주바지 저고리에 솜과 함께바처 가지고 옷을 꾸며 두었다. 약차하면 그옷을입고 피난을갈 심산이다. 그소문은 벌서 이근처에 쫙 퍼젓다. 입이 잰 큰머누리가 비밀을 루설한 까닭이다.
>
> 그때 황주사가 좀더 궁리를 했다면 땅을 모조리 팔었을것이다. 그러나 아무리 세상이 변한다 하더라도 땅뎅이가 떠나갈줄은 몰랐다. 천지개벽을 하기전에는 설마그런일이 없을줄 알었든것이, 정말 눈에 안보이는 개벽이 하루밤사이에 이세상을 뒤집어 엎었다.[19]

인용문에서 드러나듯 황주사는 현금을 옷속에 숨겨두고 피난을 떠날 심산을 가지고 있다. "천지개벽을 하기 전"에는 없을 줄 알았던 '뒤집힌 세상'을 북한에서 만나게 된 지주의 내면 풍경이 자연스레 포착된 대목이다. 지주인 황주사에게 '토지개혁 법령 포고문'은 천지개벽의 '도깨비 방망이' 같은 것으로 여겨지면서 남쪽으로의 피난을 재촉하게 만든 선언문으로 인식된 것이다.

황주사는 토지개혁 포고문을 펴들고 보면서 "지주를 유지신사(有地身死)라 한다면 자본가도 유지신사(有地身死)"라면서 "돈 가진 놈과 다 같이 죽어야 한다"는 절망적 현실을 감지하게 된다. 그러다 지주와 자본가라는 '두 유지신사'가 두 마리 용이 되어 하늘로 오르다가 떨어져 죽는 환상 속에서 그 '추락하는 용'이 바로 자기 자신임을 체감하게 된다. 결국 악덕 지주와 자본가가 '북한'에서는 몸 붙일 공간이 없는 것으로 그려지는 것이다. 작가는 해방 직후 토지개혁을 집행하는 북한 사회의 변화를 두려워하는 지주의 내면 풍경을 사실적으로 형상화하고 있는 셈이다.

3. 소작농 원첨지의 소심한 내면 풍경

시위 행렬에 참가하지 않은 원첨지는 짚신을 삼는다는 핑계로 혼자 집에 남아 있다가 황주사를 마주한다. 열 살 아래인 아내와 3남매인 동수와 동운이, 언년이 등이 시위에 가겠다고 나섰지만, 원첨지는 '의심과 조심성'으로 "열쩍은 마음"이 들어 선뜻 나설 용기를 내지 못한다. 왜냐하면 며칠 전 지주인 황주사가 평양 임시정부가 오래 가지 못할 것

---

19) 리기영, 「開闢」, 『문화전선』, 문학예술출판사, 1946. 7, 178~179쪽.

이라면서 세상이 또 한 번 뒤집힐 것이라고 단언했기 때문이다. 황주사는 '해외 임시정부'가 들어왔다면서 '이승만 박사'와 '김구 선생'이 꾸미는 '중앙정부'가 새로 들어서면 '평양 정부'의 일이 헛일이 될 것이라고 성내며 말했던 것이다. 이렇듯 원첨지는 급변된 현실에 대한 반신반의 속에서 우유부단한 태도를 지닌 입체적 인물로 그려진다.[20]

저녁에 들어온 자식들이 이제 땅이 생기고 올해부터 쌀밥을 먹게 된다고 좋아하고, '언년이'는 농민이 토지에서 해방되듯 여자도 가정에서 해방돼야 한다고 말한다. 여자도 회의에 참여하고 대통령을 뽑을 때 표를 써낼 수 있다고 덧붙이는 것이다. 그럼에도 원첨지는 낮에 황주사와의 일을 전하면서 "모두 다 희한한 일"이라고 혼잣말로 중얼거린다. 황주사가 '옹색한 일'이 있다면서 200원 이자에 대한 5푼 변의 '변리'는 그만두고 '본전'이나 금명간에 해주기를 당부하자, 원첨지는 5일 안에 갚겠다고 약조한 것이 떠오른 것이다.

농민위원장이 지나는 길에 원첨지네에 들러 이제는 다 같은 인민이라면서 "압제를 줄 놈은 누구며 압제를 받을 놈은 누구냐"면서 평등한 세상을 강조한다. 그러면서 황주사에게 200원을 갚지 않아도 된다고 전한다. 오히려 손해를 볼 뻔했다면서 "소작인이 지주한테 빚으로 쓴 돈은 갚지 말라는 법률"이 났다면서 "갚으면 되려 법률 위반"임을 강조하는 것이다. 원첨지는 펄쩍 뛰면서 그런 법이 어디 있느냐며 농민위원장의 말을 부인한다. 하지만 농민위원장은 지주와 왜놈들에게 두 군데씩 소작료를 빼앗겼기 때문에 해마다 헛농사를 지었던 것이라고 전한

---

[20] 이런 상황을 염두에 둔다면 "수령을 역사의 이상적 종인의 '필연을 담지하는 존재'로" 형상화했다는 연구자의 지적은 재고되어야 한다.(이인표, 앞의 글, 268쪽.) 김일성의 형상은 원경으로 물러나 있는 존재로 작품 속에서 흐릿하게 포착되어 있기 때문이다.

다. 그러자 원첨지는 그제서야 "이거야말로 천지개벽이야!"라며 혼잣말로 중얼거린다. 지주인 황주사와 소작농 원첨지의 '천지개벽'에 대한 인식은 처음에는 동일하다. 믿을 수 없는 일이 발생했다는 것이다. 하지만 계급적 입장에 따른 차이가 분명하게 포착된다. 즉 지주인 황주사는 남쪽으로 피난을 떠나야 하는 입장이 되고, 소작농인 원첨지는 새로운 세상의 주인으로 우대받고 살 수 있는 가능성이 열린 셈이다.

이후 마을에 농촌위원회를 조직하게 되면서, 원첨지가 제일 가난한 빈농이라서 면 농민조합 준비위원회 7인 위원 중의 1인이 된다. 처음에는 "마치 죽을 죄를 저지른 사람이 살려달라고 애걸하듯 벌벌 떨"면서 '비굴한 태도'로 거절하지만 농민위원장이 가만히 앉아만 있어도 된다면서 권유하자 감투를 쓰게 된다. 농촌위원회의 구성은 농민의 새싹을 틔우는 온상(溫床)이자 토대로 인식된다. 작가는 "자연의 법칙은 인간 사회에도 적용된다."면서 "대지에 새봄이 오는것은 마치 정의(正義)의 대군(大軍)이 불시에 몰려들어 적진을 도륙 하는것처럼!" "제이차 세계대전에서 련합국의 승리는 팟쇼의 폐허(廢墟) 위에 인민의 씨를 뿌리"(196쪽)었다면서 위대한 인간의 새봄에 '인민의 꽃'과 '인민의 열매'를 맺게 할 것이라는 시대 현실을 요약한다. 작품은 농촌위원회 모임에서 원첨지가 아직 돌아오지 않았지만, 황주사가 간밤에 이남으로 솔가도주(率家逃走)를 했다는 소식을 듣고, 가족들이 황주사를 비웃으며 부친이 돌아오기를 기다리면서 "해는 뉘엿뉘엿 서산으로 기울었다."는 문장으로 마무리된다.

이기영의 「개벽」은 인물들의 개성적 성격을 입체적으로 포착하면서 해방기 북한 사회의 풍경을 현실적으로 형상화하고 있다는 점에서 수작에 해당한다. 지주 황주사의 불안감을 위시한 내면 풍경에서부터 새

로운 세상에 대한 원첨지의 불안과 기대를 유동하는 소심한 내면 풍경,
원첨지의 아내와 두 아들과 딸, 농촌위원장 김영감 등이 실감나게 자신
의 처지와 조건을 피력하고 있는 것으로 묘사되고 있다는 점에서 남북
학 문학의 외연을 확장시킬 수 있는 작품이라고 판단된다. 특히 '토지
개혁'이라는 북한의 '개혁 정책'을 둘러싼 계급적 입장 차이와 개인적
시각 차이가 구체적이고 생생하게 살아있다는 점이 돋보인다.

III. 부정적 인물의 이중성 포착 – 리북명의 「로동일가」
(『조선문학』 특대창간호, 1947. 9)

1. 노동자들의 건강한 휴식 풍경

이북명의 「노동일가」는 동시대에도 긍정적인 평가를 주로 받지만,
"그 주제가 주는 강한 힘에도 불구하고 형상력에 있어서는 많은 결함
이 나타나고 있다."[21]라는 부정적인 평가를 받기도 한다. 그리고 "오늘
날 우리 문학의 최선봉"[22]이지만 단편보다는 장편소설에 적합한 구조
였다는 비판도 받는다. 물론 대체적으로 문학사에서는 "전변된 새로운
현실을 반영하여 새로운 창조적로동의 주제를 탐구"[23]한 대표적인 소
설로 평가된다. 특히 "새 조국 건설을 위한 장엄한 증산투쟁과정에 로
동자들 속에서 발휘되는 높은 헌신성과 애국심, 집단주의정신을 보여

---

21) 홍순철, 「해방후 4년간 문학예술의 총화와 금후 발전을 위하여」, 『문학예술』, 문
    화전선사, 1949. 8, 23쪽.
22) 윤광, 「작가와 현실」, 『문학예술』, 문화전선사, 1948. 2, 33쪽.
23) 오정애 · 리용서, 『조선문학사10 – 해방후편(평화적민주건설시기)』, 사회과학출판
    사, 1994, 31~32쪽.

주면서 그와 대조적으로 낡은 사상 잔재와 생활인습이 극복되고 생산에서 새로운 혁신이 일어나는 과정을 진실하게 그림으로써 새 조국 건설로 들끓는 해방후의 약동하는 현실과 로동속에서의 새 인간의 탄생을 강한 현실긍정의 기백으로 잘 형상"24)한 작품으로 고평된다.

해방 직후 선반공장 노동자들의 증산경쟁 풍경을 중심으로 창작된 이북명의 「노동일가」는 2백 명 정도가 수용가능한 넓은 공간인 '건국실 겸 식당'이 "지금 인민학교 아동교실처럼 잡담과 웃음으로 한창 꽃을 피우고 있다."라는 문장으로 시작하면서 흥겨운 노동자들의 분위기에 초점을 맞춘다. '털털이' 정반공인 문삼수가 말더듬이임에도 노랫가락과 <양산도>가 명창인데다가 남의 연설이나 표정 동작을 흉내내는 신통한 재간을 가지고 있는 친구로 묘사되면서 선반공장 노동자들의 휴식시간 풍경이 그려진다. '명랑한 웃음꽃'이 피어나는 건국실의 휴식 풍경이 포착되고, "증산 경쟁에 일분일초를 아껴가면서 돌격을 감행하고 있는" 노동자들에게 식후에 태우는 담배가 '활력소'이자 '진미'로 느껴지면서, 노동자들의 표정에는 "무한한 행복과 희망의 빛"이 드러나는 것으로 그려진다.

> 남쪽 유리창우에 맑쓰 레―닌 김일성장군 쓰딸린대원수의 순으로
> 초상화가 나란이 걸려있고 바로그밑 유리창과 유리창새의 벽에는
> "배우고 배우고 또 배우자. 새로운 과학지식으로 무장하자. 기술
> 을 배우자. 무식은 파멸이다."
> 라는 표어와
> "우리는 없는것은 새로 창조하고 부족한것을 부족한대로 모―든

---

24) 오정애 · 리용서, 앞의 책, 163쪽.

곤난과 장애를 이를 악물고 뚫고나가야 살수있고 새로운 부강한나라
를 세울수있다.”
　　라는 우리의 영명하신영도자 김일성장군의 말슴이 붙어있다.[25]

　인용문에서 확인할 수 있듯 해방기 당시에는 ‘마르크스, 레닌, 김일
성, 스탈린’의 순서로 초상화가 걸려 있는 모습에서 북한 사회의 롤모
델적 지도자를 파악할 수 있다. 그리고 작품 도입부부터 ‘배움’과 ‘과학
지식의 무장’과 ‘기술의 습득’을 강조하면서 “새로운 부강한 나라”를 세
울 것에 대한 “영명하신 지도자” ‘김일성 장군의 말씀’을 앞세운다는 점
에서 해방기 초기에 이미 김일성 중심의 지도체제가 확립되어 있음이
간접적으로 드러난다.

　이어서 흑판에는 선반공장에 부과된 1947년도 인민경제계획 2/4분
기의 책임수치가 커다랗게 표시되어 있고, “생산은 건국의 토대”, “기
술은 노력자의 누기다!”라는 표어가 벽마다 붙어 있으며, 170명 정도
의 선반공장 노동자들의 의복장이 놓여 있고, 벽보판에는 <속보>와
<직장소식>, ‘벽소설’ 등이 붙어 있는 풍경이 세세하게 묘사되어 있
다. 1시간 동안의 휴식시간에 노동자들이 “명랑 유쾌한 휴식 광경” 속
에 1947년도 인민경제의 승리를 약속하면서 오후의 증산돌격전을 다
짐하는 적극성이 그려지는 것이다. 건국실 내부만이 아니라 건국실 바
깥에서도 휴식 광경으로 선반공들의 씨름 경기가 벌어지고, 다른 한편
에서는 발리볼과 캐치볼을 하면서 탄력 있는 노동자들의 소리들이 넘쳐
나며, 4월의 해풍이 노동자들에게 강심제가 되어주는 풍경이 포착된다.

　특히 “씨름하고 독서하고 운동하고 농담하는 태도”와 “그 일거일동

---

25) 리북명, 「勞動一家」, 『조선문학』 창간특대호, 문화전선사, 1947. 9, 5쪽.

에도 진정 조선인민의 공장에서 인민의 행복을 약속하면서 증산전에 돌격하고있는 영예스러운 자기들이라는 감출수없는 환희와 푸라이드가 어느동무의 얼굴에도 아롱지고 있다."면서 "믿음성있는 얼굴들"과 "탐스러운 그 기개들"이 강조된다. 공장노동자들이 '증산경쟁'에 임하면서도 건강한 휴식을 즐길 줄 아는 긍정적 인간형으로 그려지고 있는 것이다. 일제 식민지로부터 해방된 국가의 동력이라는 자부심이 노동자들의 얼굴에 '환희와 프라이드'로 아롱지고 있다는 묘사가 해방기 공장의 풍경을 보여준다. "믿음성 있는 얼굴들"과 '탐스러운 기개들'이 새로운 북한사회를 주도하는 노동계급의 표정을 보여주는 것이다.[26] 이러한 긍정적인 해방기 공장 풍경의 묘사가 이 작품을 '평화적 민주건설 시기'를 대표하는 작품으로 평가하게 만드는 것이다.

2. 부정적 인물 달호의 심리적 동요

하지만 이러한 희망적인 풍경과는 다른 문제적 인물로 부정적 인물 이달호가 포착된다. 달호만은 "웬일인지 우울한 표정으로 긴 의자에 혼자 앉아 있"고, 건국실 안팎의 명랑한 분위기와 상관없는 "싸늘한 표정"으로 묘사되면서 "이기구 말테다."라고 혼자 중얼거리는 것으로 그려진다. 달호는 정해진 휴식 시간의 규칙을 어기고 이기적이게도 동료들보다 17분 앞서 선반공장으로 향하면서 "쓸쓸한 고독감"에 사로잡혀 '이기고야 말겠다'고 다짐한다. 더구나 "밉살스러운 고독감"을 박차

---

26) 이러한 대목에 대해 "노동문학을 프로파간다 담론으로써 도구화한 점"을 비판하는 논자도 있다.(김현생, 앞의 글, 105쪽.) 하지만 사회주의 체제의 선전선동을 위한 작위적인 풍경으로 읽히기보다는 일제의 착취로부터 해방된 노동자들의 건전한 휴식 시간 풍경을 선명하게 묘사하고 있다는 점에서 서사적 장치의 일환으로 파악하는 것이 온당해 보인다.

버리듯 선반기를 응시하면서 달호는 '어떻게 하면 빨리 깎아낼까'를 고민하는 것으로 그려진다. 예전에는 "생명 있는 동물의 규율적인 아름다운 집단"처럼 여겨지는 선반공장의 '현대적 기계미'에 반한 달호였지만, 최근에는 선반기의 매력이 잘 느껴지지 않고 짜증이 날 때가 많다. 초조한 분위기로 갈팡질팡하면서, "섣달그믐날 빚쟁이한테 졸리우는 안타까운 마음 또 미운 것을 때려부숴보고 싶은 을습뚝하는 감정. 그러면서도 또 한편으로는 암만 기를 쓰고 뛰어도 앞에 선 놈을 따라갈 수 없는 애타는 심경"이 달호의 착잡한 심경으로 포착된다.

달호는 현재 김진구와의 경쟁에서 이기겠다는 강직한 일념 외에는 다른 생각이 없다. '학습이나 창의성', '노동교율이나 우정'도 잊어버린 채 오로지 승리에만 정신을 쏟을 뿐만 아니라 "어떻게 해서든지 이기고야 말겠다"라는 말투는 위험성을 내포한 언사로서 경솔한 작업 태도를 배태할 염려가 있지만, 달호는 제품의 질적 향상이 아니라 양적 증산에만 편중하고 있다. 결국 두 번 깎아야 할 것을 단번에 깎아버리자는 달호의 무리한 욕심이 바이트 끝을 부러뜨리는 사고로 이어진다.

> 솔직히 말하자면 이달호에게는 두개의마음이있다.
> 진정 건국을 위해서 자기의 몸과 기술을 받치겠다는 마음과 또한 나는 안락한생활과 보다 유리한조건을 찾아서 동요하는 마음이다.
> 그 실례로서는 금년 이월에 달호는 고향인 풍산에 갔다오겠다고 핑게하고 그길로 단천, 성진, 청진등지로 돌아다니면서 보다 유리한 생활조건을 찾았다.
> 그러나 결국 그 구상(構想)은 실패에 돌아갔다.[27]

---

27) 리북명, 「勞動一家」, 『조선문학』 창간특대호, 문화전선사, 1947. 9, 25쪽.

인용문은 북한문학의 인물 형상화에서 반드시 살려써야 할 대목이 드러나는 부분이다. 인용문에서 달호는 '두 개의 마음'을 가진 것으로 그려진다. 하나는 '건국을 향한 충심'이지만, 다른 하나는 '안락한 생활'을 향한 동요의 심정이다. 그리고 실제로 '유리한 생활 조건'을 찾아서 방황했던 과거가 요약적으로나마 드러난다. 하지만 1947년 이래로 '고상한 사실주의'를 강제하면서 고상한 인간의 긍정적 형상을 포착하는 것을 위주로 당문학적 도식화가 진행되면서 이러한 심리적 동요는 제거되어야 할 '소부르조아적 심상'이 되어 '반동적 부르주아 사상'이나 '퇴폐 미학'의 일환으로 호명된다. 하지만 이북명의 「노동일가」에서는 이러한 부정적 인물의 심리적 동요가 사실적으로 포착되어 드러나고 있다는 점에서 작품 내적 리얼리티의 생동감을 보여준다.

물론 작품 속에서는 "옳지 못한 마음"이 달호에게 큰 해독을 주었으며, 달호의 기술에 발전이 없었다는 것으로 서술된다. 하지만 달호는 경쟁이 시작된 이튿날부터 미리 기계를 돌리면서, 침착성을 잃고 선반기와 씨름을 시작하는 등 이기적 존재로 그려지는 소중한 캐릭터에 해당한다. 부정적 인물인 달호는 삼각 경쟁과 개인 경쟁을 분리시켜 "삼각경쟁에 져도 개인경쟁에는 이겨야 한다"는 모순된 해석을 적용하면서, 경쟁 상대인 진구에 대해 점점 이기고 극복해야 할 '적'이자 '야심의 대상'으로 인식하게 된다. 더구나 달호는 "47년도 1년간에 자기에게 부과된 책임량만 달성하면 명년부터는 생각이니 개인이니 하는 시끄러운 경쟁도 없어지고 안정된 마음으로 제 마음 나는 대로 일할 수 있으리라고 생각"하는 개인주의적 존재로 그려진다. 이러한 대목과 인물 형상화는 긍정적 인물의 형상화에만 치중하는 '주체문학'에서 진구처럼 고상한 신념의 화신만 그려낼 것이 아니라 달호처럼 부정한 마음의 동요를 자연스레 포착함으로써 입체적 인간의 다면적 욕망을 자연스레 드러내는 형상화가 필요함을 보여준다.

3. 고상한 신념을 지닌 노동자 진구의 평면적 내면 풍경

딜호와 달리 긍정적 주인공으로 그려진 진구는 우울한 모양의 달호를 발견하고 아프냐고 묻지만 달호는 괜찮다고 답변한다. 진구는 달호가 자신과의 경쟁을 시작한 이후 태도가 달라졌다면서 작업에는 가장 열성적이지만 방법과 태도에 문제가 있다고 지적한다. 요체는 "사상적 무장"이라면서, "파쇼 독일과 일본 제국주의를 즉살시켜버린" 소련 인민들의 강철같이 "단결된 애국정신을 본받아야" 한다는 것이다. 진구가 속한 선반공장은 '주철공장'과 '단조공장'을 상대로 "책임량을 초과 달성할 것과 출근율 제고와 직장 청소"를 내세우고 '삼각경쟁'을 벌인다. 해빙기 초기에 북한사회에서 노동자의 핵심 화두가 단결된 애국심과 '증산의 달성'에 있었음을 보여주는 대목이다. 결국 삼각 경쟁을 통해 건국정신을 함양하고, 생산의 질적 향상과 양적 풍부함이 보장된다는 인식이 있었던 것이다.

진구는 치밀한 주의력과 용의주도한 태도를 지닌 캐릭터로서 보통학교 4학년만 나왔지만 선반기술을 열심히 배우고 학습하면서, "무식은 파멸"임을 명심하고 아들 수돌이가 배운 것을 함께 복습하며 아내에게도 알기 쉽게 설명해준다. 진구는 "위대한 영도자이며 수령인 스탈린 대원수 영도 아래 자라가고 있는 소련 인민의 단결되고 조직된 애국심과 초인적 건설의욕"을 배워야 한다고 다짐한다. 뿐만 아니라 "조선민족의 영명한 지도자 김일성 장군에게 만강의 감사를 올"리고, 토지개혁 실시와 더불어 "20조 정강이 발표되고 산업국유화법령, 노동법령, 남녀평등권법령 그 밖에 모든 민주법령이 발표되고 과업이 내릴 때마다 김일성 장군의 명철하신 영도력"에 감탄하며, 가슴 속에서 '건국의 불 길'이 타오르는 것을 느낀다. 결국 진구는 47년도 인민경제계획의 책임 숫자를 초과달성함으로써 정신과 기술과 창의성을 조국 창건을 위해 사용하면서 김일성 장군의 은혜에 보답할 것을 다짐하는 것이다.28)

진구는 '주철공장, 단조공장과의 삼각경쟁'과 '달호와의 개인 경쟁' 이외에도 '가정의 삼각경쟁'을 내세운다. 가정의 삼각경쟁에서 진구의 책임량은 4월 그믐날까지 주택 주위 청소, 집 뒤 2백 평 황무지에 강냥 씨, 앉은당콩씨, 봄배추씨 뿌리기이고, 인민학교 4학년생인 아들 수돌 은 학기말 시험에 우등하는 것이 과업이며, 진구는 그런 아들을 김일성 대학에 보내고 말겠다는 철석 같은 결의를 가지고 있다. 아내의 책임량 은 능령천 개수공사에 15일 동안 무보수 애국 노동에 참가하되 매일 평균 150% 능률을 올리는 것이다. 진구는 아내의 애국열을 보면서 아 내를 좋은 경쟁자의 한 사람으로 인식한다. 더구나 아내 '이귀인순'은 일 잘하는 모범여성으로 소문이 나서 소련의 유명한 탄광 노동 영웅인 '스타하노프'에 빗대어 '여자 스타하노프'라고 불리운다.

이렇듯 작품 제목 '노동일가'가 표상하는 '진구네 가족'은 긍정적 인 간형으로 포착된다. 복잡다단한 내면의 입체성이 거세된 채 지도자와 국가계획을 실현하고 초과달성하려는 애국적 충심을 지닌 평면적 인 물로 형상화되고 있는 것이다. 작품 속에서 '갓난아이의 죽음에 대한 탄식'이라든가 '배움을 둘러싼 갈등', 부부의 의견 충돌 등이 충분히 있

---

28) 이러한 진구의 형상은 한 연구자에 따르면 '교양되어 있는 모범'의 형상으로 평가 된다.(최강미, 앞의 글, 115쪽.) 하지만 모범적인 선구자이긴 하지만, 교양이 끝난 것이 아니라 끊임없이 공부하고 학습하는 존재로 그려지고 있기 때문에 성장하는 노동 주체로 형상화되어 있다고 판단된다.

을 법하지만 전혀 포착되지 않은 채 국가주의적 신념의 화신으로만 형상화되고 있다는 점에서 오히려 문제적이다.

4. 도식적 결말의 한계

진구와 달호의 경쟁에 대한 중간 심사가 열리는데, 뜻밖에 심사 결과로 진구가 승리한다. 계장인 한 동무가 100%의 능률을 올리지 못한 진구가 100% 이상의 능률을 올린 달호에게 승리했음을 발표한다. 달호가 바이트를 4번 분질렀으며, 얼룩도 많았을 뿐만 아니라, 두 가지 옳지 못한 경향, 즉 하나는 개인만을 위한 경쟁이었다는 점과 또 하나는 양에만 치중했던 경향을 지적한다. 결과적으로 달호는 건국을 위한 마음의 무장이 박약하다는 점과 '계획성, 창의성, 기술연구' 등을 등한시한 점이 지적된다.

반면에 진구는 선반기 분해 소제로 인해 100% 능률에는 더뎠지만 작업상에 실수가 없고 흠잡을 데 없는 훌륭한 제품을 생산한다. 직맹 초급단체 위원장인 최 동무가 등단하여 진구처럼 "생기발랄한 민주 조선 건국정신"의 무장과 사상 개벽과 학습의 필요, 건국정신 총동원 기술 향상 등이 필요하다고 강조한다.

그러자 이어서 등장한 달호는 갑자기 자신의 잘못을 뉘우치는 모습으로 그려지는데, 지나치게 작위적인 대목이다.

> 이달호는 얼굴을 무릎짬에 파묻고 앉아서 자기잘못을 뼈가 저리도록 뉘우치는 것이었다.
> 기술적으로 학습적으로나 또는 인간적으로 김진구보다 자기가 멀리 뒤떨어져 있다는것을 이달호는 비로소 깨달았다. 깨닫는동시에

아무 준비도없이 일시적 혈기와 개인적 야심에 못익여 저돌적(猪突
的)으로 김진구에게 조전한 자기의 어리석음을 생각할 때 천길만길
땅구멍으로 떨어져 들어가는 현훈증을 느꼈다.[29]

이 작품에서 가장 서사적 형상력이 미흡한 대목이다. 갑자기 달호는
5분 동안의 발언권을 간청한 뒤, 자신의 '다른 마음'에 대한 반성을 진
행한다. 그리하여 한 동무와 최 동무의 비판을 옳은 지적으로 인정하
고, 자신이 학습을 게을리했으며 개인적 야심으로 경쟁을 했다고 자기
비판한다. 더불어 앞으로는 많이 배우고 학습하고 기술을 연마해서 계
획성 있는 작업으로 책임량을 달성할 것을 맹세한다. 그러자 그 말을
들은 모두가 달호의 솔직한 자아비판에 박수를 보내고, 달호가 진구에
게 사과하고 용서를 비는 모습이 그려진다. 그리고 동무들이 달호에게
감격과 격려의 박수를 길게 보내준다. 진구가 "김일성 장군 만세!"를
선창하고 달호가 따라 외치면서 동무들도 만세를 제창하는 등 두 사람
이 펼쳤던 '증산 경쟁'은 '아름다운 종결'로 정리된다. 그러나 이러한 성
급한 결론과 작위적인 마무리는 지나치게 도식적인 결말의 인상을 보
여준다는 점에서 문제적이다.

집으로 돌아온 진구는 모범 노동자로 5.1절에 표창을 받는다는 이야
기를 전하면서, 수돌이 조밥을 짓고, 아내도 여성동맹에서 5.1절에 상
을 받게 되었음을 알게 된다. 그리고 "소련 군대의 덕분으로 조국을 찾
고 김일성 장군 덕택으로" 행복한 생활을 하게 되었다면서 진구는 앞
으로 열심히 일하자고 다짐한다. 진구는 수돌에게 <김일성 장군의 노
래>를 부르라고 말하면서 노래를 들을수록 김일성 장군의 위대함이

29) 리북명, 「勞動一家」, 『조선문학』 창간특대호, 문화전선사, 1947. 9, 84쪽.

뼈에 사무치고, 건국을 위한 결의가 용솟음치는 매력의 노래라고 평가한다. 진구가 정말로 좋은 노래라면서 "참으로 좋은 세상이 왔다"고 감격에 넘친 어조로 중얼거리면서 작품이 마무리된다.

이렇듯 이북명의 「노동일가」는 작가의 흥남지역 공장 노동자 경험을 바탕으로 달호와 진구의 증산 경쟁을 핵심 모티프로 전개하면서 진구네 일가를 중심으로 해방 직후 1947년 북한의 인민경제 계획을 달성하려는 노동자 계급의 헌신성과 단결된 애국심을 형상화한 작품이다. 하지만 북한에서 고평하는 '고상하고 헌신적인 인간형'으로서의 진구네 가족보다 '부정적 인물인 달호의 동요하는 심리'가 생생한 리얼리티를 제공한다는 점에서 유의미한 수작이라고 판단된다.

Ⅳ. 긍정적 주인공의 심리적 동요 형상화 – 리태준의 「첫 전투」 (『문학예술』, 1948. 12)

1. 미학적 평가의 양면성

이태준의 「첫 전투」는 1949년 발표 당시에는 호평을 받는다. 소설 분과에서 제3심에까지 올랐던 작품으로서 "1949년도 작단에 있어 성과있는 계열에 속하는 작품들"[30] 중의 하나로서 "1948년 축전 입상당선 작품들보다 오히려 우수한 수준의 것"이라는 평가를 받는 것이다. "당문학의 기사 역할을 수행"하면서 '남한에서의 빨찌산 투쟁'을 형상화함으로써 "선전선동 대열에 가담"[31]했기 때문이다.

---

30) 안함광, 「1949년도 8.15 문학예술 축전의 성과와 교훈」, 『문학예술』, 문화전선사, 1950. 2, 15쪽.

하지만 1953년 '반종파 투쟁' 이후 이태준이 반동작가로 낙인찍힌 이래로 그의 모든 작품이 문학사에서 배제된다. 특히 「첫 전투」의 중심사건이 "부락의 반동 분자를 처단하기 위한 군중재판의 장면"이라면서 "반동 분자의 반역적 죄행에 대하여 빨찌산 대장이 폭로하고 그 처단에 대하여 군중의 의사를 물었을 때 군중은 처단에 대하여 요구할 대신에 침묵하며 반동 분자의 어머니가 아들의 무죄에 대하여 변호하는 아우성만이 높아가는" 이야기로 날조되어 있고, "빨찌산을 인민들이 지지하지 않고 반대로 반역자를 지지한다는 내용"[32]을 형상화했다고 비판받는 것이다. 하지만 이 장면은 오히려 '인민재판'을 바라보는 군중의 표정을 개연성이 살아있게 묘사하고 있다는 점에서 당대의 리얼리티를 생동감 있게 포착하고 있는 대목에 해당한다.

그러나 「첫 전투」는 엄호석의 인상 비평적인 비판만이 아니라 신예작가인 황건으로부터도 문학적 형상력에 대한 비판을 받게 된다.

> 소설 「첫 전투」는 용감하고 억세고 락천적인 투사들인 빨찌산들의 이야기라기보다 애상적인 '판돌'이와, 그의 대원들의 장송곡이며, 당의 지시를 수행하는 길에서의 자기 목숨의 아까움에서 하는 통곡이며, 보다 더 '자기 목숨 달아나는 위험도 모르고 장난감 찾듯 총만 찾는' '철이 없이 이 길이 어떤 길이라는 것을 제대로 알지 못하고 원족이나 나선 듯이 딸랑대는' '애처로운' 소년 '세째'에 대한 련민의 이야기에 지나지 않는다.[33]

31) 유임하, 앞의 글, 15쪽.
32) 엄호석, 「사실주의로 변장한 부르죠아 반동 문학」, 『문예전선에 있어서의 반동적 부르죠아 사상을 반대하여(1)』, 조선작가동맹출판사, 1956, 99~163쪽. / 엄호석, 「리태준의 문학의 반동적 정체」, 『문예전선에 있어서의 반동적 부르죠아 사상을 반대하여(2)』, 조선작가동맹출판사, 1956, 126쪽.

인용문에서 보이는 황건의 비판적 지적은 역설적이게도 북한문학에서 살려내야 할 대목을 보여준다. 즉 '애상적인 판돌이'와 '대원들의 장송곡', '애처로운 소년 셋째', '연민의 이야기', '슬픈 상념', '목숨의 아까움', '당과 개인의 대립', '무의미와 허무의 사상', '통곡의 감정' 등 '적아'가 선명히 구분되는 전투 현장에서 배제해야 될 부르주아적 애상성이라는 지적은 옳을 수도 있다. 하지만 그것이 첫 전투에 임하는 빨찌산 대원의 자연스런 감정의 발로일 수 있기 때문에 오히려 리얼리티의 적절성을 인정받을 수 있는 대목이다. 이러한 대목이 '주체문학'에서도 살아남아야 북한문학의 경직성이 극복되고 남북한 통합문학사의 외연이 확장될 수 있는 것이다.

엄호석과 황건 이외에도 "빨찌산들의 강의한 투쟁 모습에 회색칠을 하기 위하여 애련한 소년 셋째를 등장시키고 독자들에게 눈물을 강요했으며, 그 밖의 단편과 오체르크들에서 영탄과 절망의 감정을 부식하려고 하였다."[34]는 비판과 "빨찌산 투쟁과 인민들의 련계를 외곡"시킨 작품으로 독자 대중의 격분을 일으킨 "극악한 반동 작품"[35]의 하나라는 등 비난을 받음으로써 이태준과 그의 작품은 문학사에서 완전히 배제된다. 더구나 이러한 날선 비판과 배제가 '1948년 원본'에서 드러난 "유격대 활동에 대해 소극적인 작가의 시각"을 수정하여, '1949년 개작본'에서 "당정책에 대한 선전과 계몽이 중심"을 이루도록 "적극적인 의지와 함께 기습작전에 성공하는 것으로 조정"[36]하여 단행본 『첫전투』

33) 황건, 「산문 분야에 끼친 리태준 김남천 등의 반혁명적 죄행」, 『문예전선에 있어서의 반동적 부르죠아 사상을 반대하여(1)』, 조선작가동맹출판사, 1956, 171~172쪽.
34) 김명수, 「반동적 부르죠아 작가들의 반혁명 문학 활동의 죄행」, 『문예전선에 있어서의 반동적 부르죠아 사상을 반대하여(2)』, 조선작가동맹출판사, 1956, 61쪽.
35) 윤세평, 「「농토」와 「호랑이 할머니」에 대하여」, 『문예전선에 있어서의 반동적 부르죠아 사상을 반대하여(2)』, 조선작가동맹출판사, 1956, 236~237쪽.

에 수록했음에도 불구하고 진행되었다는 점에서 문제적이다. 북한에서의 문학과 정치의 통합이 낳은 비극적인 문학적 거세를 보여주는 장면이기 때문이다.

2. 대장 판돌이의 심리적 동요

이태준의 「첫 戰鬪」는 1948년 5월 빨찌산 부대의 이동을 그리면서 "이번 단선투쟁에 우리 춘천기관구에서 두 몇 동무가 또 잡혀갔을 거다"[37]라는 대장 판돌의 생각을 중심으로 작품이 시작된다. 거점으로 이동 중에 대장 권판돌은 2년 전인 1946년 10월항쟁 때 헤어진 춘천기관구 열성분자 동무들의 얼굴을 떠올린다. 그리고 감기에 걸린 셋재는 판돌을 형님으로 부르는 아직 어린 소년인데, 기관구에서 함께 일하던 경수의 아우다. 10월인민항쟁 때 붙잡혀 유치장에 갇혔다가 탈옥하던 경수가 다시 붙잡혔고 아내를 통해 아우인 셋재를 동무인 판돌에게 부탁해 보낸 것이었다. 오후 4시에 닿을 예정인 최후의 잠복거점으로 향하면서 8명의 대원 모두 긴장해 있지만, 판돌은 소중한 목숨을 당과 일과 지시를 위해 아낌없이 바쳐야겠다는 각오를 다진다. 철공 로동자 황동무, 농촌 출신 남동무, 춘천에서 판돌이와 철도 파업을 함께 겪은 매부리코 기관사 장동무, 학병 출신의 의사 아들 윤동무, K군 S면지구에서 테러 반격을 당해 앞니가 부러진 농촌출신 서동무, 꼬맹이 셋재, 말 없는 지도부 연락원 심동무 등 8명이 거점으로 이동 중이다.

최후의 잠복 거점에 5월 21일 5시가 지나 도착한 판돌 일행에게 40

---

36) 강진호, 앞의 글, 190쪽.
37) 리태준, 「첫 戰鬪」, 『문학예술』, 문화전선사, 1948. 12, 137쪽.

대 지도부 동무 한 사람이 다가서면서 5월 23일 새벽 1시가 공작 날짜와 시간임을 전하자, 판돌은 당황해한다. 시간이 촉박하여 무리라고 판단하지만 지도부 동무는 상황의 급박함을 들면서 설득한다. 그때 지도부 동무의 불안하냐는 반문에 판돌은 대답을 회피한다. 대답을 한다면 '불안합니다'밖에 나올 수 없기 때문이다.

> "그래도 불안하시오?"
> 판돌은 눈을 감은채 대답하지 않았다. 척후동무들을 기다려 그들의 정찰보고를 들은 다음에 그들을 앞세고 나가서도 지형조건을 내 눈 내발로 충분히 익히어 어떤 경우에든지 행동에 임기응변할 자신이 서야만 동무들이 목숨을 맡기고 나서는 일을 앞장설수 있는 것이였다. 아모리 지도부에서 책임지운 우리편 동무라 하드라도 처음 만나는 남의 말로만 내 아모런 눈짐작 없는 환경에 뛰여들어 철두철미 계획적인 행동이여야 할 기습전투를 해낼 수 있을 것인가? 판돌은 대답을 한다면 솔직히 "불안합니다"밖에 나올 수 없었다.[38]

인용문에서 보이듯 판돌은 불안하냐는 지도부의 질문에 대답하지 않으면서 고민하는 내면이 그려진다. 지도부 동무의 조급한 기습 전투 지시에 대해 회의하면서 정찰 보고와 지형 조건을 익힌 이후에 행동에 나서야 목숨을 부지할 수 있다는 대장의 판단력을 보여주는 대목이다. 이렇듯 '계획적 행동과 기습 전투'가 보장되지 않는 전투에 대해 고민을 거듭하는 대장 판돌의 신중한 성격이 이 작품의 핵심 서사에 해당한다. 그러나 결국 "쏘련군대가 드러온 북조선에는 착취없는 로동제도가 실현되었다! 남의땅 아닌 농사들이 실현되었다! 북조선은 조선인민의

---

38) 리태준, 「첫 戰鬪」, 『문학예술』, 문화전선사, 1948. 12, 150쪽.

조선으로 발전하며 있지 않은가?"를 떠올리며 지시대로 결행하겠다고 지도부 동무에게 대답한다. 노동 제도의 개선과 경자유전의 실현 속에 '인민의 국가'로 '북조선'이 발전하고 있다는 전제 하에 지시를 실행하겠다고 다짐하는 것이다.

하지만 그럼에도 불구하고 판돌은 "유격전이라고 반듯이 불안 없는 싸움만은 아닐거다! 다만 우리는 경험 없는 첫공작이기 때문에"라며 한참을 궁리한다. 고민 끝에 판돌이 지금이 영웅적인 임무를 수행할 고귀한 시간임을 강조하지만, 윤동무는 조급하지 말자면서 흥분과 용감을 혼동하고 있다고 반론을 제기한다. 판돌은 당이 결정해 놓은 것을 실천해야 한다면서 윤동무를 설득하고, 첫 전투를 위해 지소로 달려간다.

판돌이 먼저 돌을 지소에 집어던진 뒤 '첫 전투'가 시작되고, 판돌은 지소에서 날아온 카빈총 탄환에 왼쪽팔을 맞아 부상을 입는다.

> 판돌은 목이 타 말이 잘 나오지 않았다. 그는 돌에 맞고 튀는 탄환에 총검(銃劍)으로 굽혀대고 있던 왼쪽팔을 맞은 것이다. 탄환은 옅게 박힌듯하나 출혈을 막기 위해 허둥지둥 팔을 붕대로 감고 나니 손이 떨려 총에 탄환장전이 제때로 되지 않았다. 훗들 훗들 탄약이 탄창에 가 박히지 않는다.
>
> (침착하자! 동무들이 부끄럽지 아느냐?)
>
> 그러나 딱 말러버린 목소리처럼 손도 그저 말을 듣지 않는다. 적탄에 속구치는 흙이 머리에 와 와수수 쏟아진다. 무슨 풀인지 뜯어 입에 씹을 때 이 셋재가 나타나준 것이다. 셋재는 날새게 기여들어 십연발 탄환을 다시 재어주었다. 판돌은 피흐르는 팔을 다시 총침으로 고이고 불을 계속해 뿜기 시작했다.[39]

---

39) 리태준, 「첫 戰鬪」, 『문학예술』, 문화전선사, 1948. 12, 170쪽.

인용문에서 판돌이는 탄환에 맞은 이후 붕대로 팔을 지혈하면서 '침착'을 강조한다. 그리고는 대장으로서 동료들에게 부끄럽지 않기 위해 다시 총판을 부여잡고 총을 쏘는 것으로 그려진다. 이렇듯 전투 상황 속에서도 판돌의 내면이 포착되면서 이 작품은 주인공 판돌의 의지와 당위만이 아니라 심리와 불안이 함께 드러나고 있다는 점에서 수작이라고 볼 수 있다. 판돌은 남동무에게 총상을 입은 셋재를 맡으라며 퇴각 신호를 보내고, 후퇴를 하면서 수류탄이 모두 시효 지난 것이라 터지는 것보다 안 터지는 것이 많음을 안타까워한다. '불발 수류탄'의 문제나 '총상 입은 판돌'의 외양이나 상황을 둘러싼 심리적 불안 등의 내면 묘사는 첫 전투에 임하는 유격대 대장의 입체적 성격을 자연스레 보여준다. 물론 결론(실패와 승리)이 다른 두 개의 판본이 존재하면서, '남로당의 유격전술에 대한 부정적 입장(원작)과 공식적인 당문학 노선과의 타협(개작본)이라는 이중성'이 보이지만, 두 판본 모두 '몰락의 정서'와 '멜랑콜리'라는 이태준 특유의 회의적 전망을 암시한다는 점40)에서는 대동소이하다.

3. 장동무와 서동무가 수행하는 인민재판 장면의 개연성

한편 망을 보던 서동무와 장동무는 '친일파이자 미제의 하수인'인 정운조의 집을 치기로 모의하다가 때마침 지나가던 정운조의 오토바이를 쓰러뜨리고 정운조를 체포하게 된다. 그리하여 그를 정운조네 사랑의 독촉지부 간판이 달린 기둥에 묶은 뒤, 인민재판정을 연다. 서동무는 정운조가 반탁운동을 하고 '리승만과 김성수, 미제의 하수인 역할'

---

40) 배개화, 앞의 글, 477쪽.

을 한 사람이라고 비판하며 자신의 동무인 강종복을 총으로 쏴 죽인 사실을 열거한다. 하지만 '반역자의 처단'에 아무도 나서지 않는다. 그때 판돌은 동료들에게 냉정히 신속하게 처단하라고 말한다. 그러자 서동무는 "저 친일파요 민족반역자요 매국노 리승만 김성수의 주구요 무고한 인민의 자제를 죽이고 인민의 집을 불질른 정운조놈을 우리 조선인민들은 용서할 수 있습니까?"라며 직접 처단한다.

이후 퇴각하면서 판돌은 약손가락을 깨물어 피를 나오게 한 뒤 총상을 입은 셋재의 입에 물려준다. 그제서야 의식을 차린 셋재는 총을 찾아쥐고는 빙그레 웃는다. 판돌은 서동무와 장동무의 손을 잡으며 승리에 커다란 보탬이 되었다고 말한다. 그러면서도 시키지 않은 일에 뛰어든 것은 지적을 받아야 하며 처단이 신속하지 못해서 만약 적의 역량이 강했다면 도리어 포위당하고 봉변을 당할 뻔했다고 비판한다. 이후 판돌은 빨리 지도부에 가 붙어야 한다면서 동무들과 함께 움직이는데, 남동무의 걸직한 목청으로 <인민항쟁가>인 "짐승들 요란히 우는 깊은 밤 / 남조선 높은 산 봉오리마다 / 기한에 떨면서 용감히 싸우는 / 우리의 형제를 잊지 말어라……"(187쪽)는 노래를 부르며 이동을 하는 것으로 작품이 마무리된다. '남조선'에서 "기한에 떨면서" 싸우는 빨찌산들의 투쟁을 그린 이 작품은 해방기의 남북한 대결 국면과 남한 내부의 좌우익의 갈등 상황을 포착하고 있다. 특히 대장 판돌을 중심으로 인물들의 개성적인 목소리가 드러난다는 점과 판돌이의 심리적 동요와 불안이 자연스레 형상화되고 있다는 점에서 리얼리티가 살아있는 작품이다.

이태준의 「첫 전투」는 1948년 5월 남한의 5.10 단독선거 이후 강원도의 한 지서를 습격한 유격전을 추적하고 있는 소설이다. 8명의 유격대원이 20명의 경찰이 중무장한 지서를 기습하고 퇴각하는 내용을 통해 첫 전투에 임하는 대원들의 행군과 함께, 당의 명령 수행과 친일민족반역자 처단 등의 사건을 다루고 있다. 대장 판돌의 동요하는 내면과 함께 반골 기질의 윤동무, 막내인 셋재의 형상이 자연스럽게 형상화되면서 3일간 펼쳐지는 유격대 활동이 생생하게 포착된 작품이다.

V. 결론

이 글은 해방기(1945~1948)에 북한 문예조직의 대표적 기관지인 『문화전선』과 『조선문학』, 『문학예술』에 게재된 단편소설 중 이기영의 「개벽」, 이북명의 「노동일가」, 이태준의 「첫 전투」 등의 대표적인 작품들을 선별하여 북한 문학의 문예이론과 텍스트의 미학적 균열 양상을 분석하였다. 특히 인물의 입체성을 중심으로 북한문학에서 복원되어야 할 대목의 필요성을 논구하였다.

이기영의 「개벽」은 인물들의 개성적 성격을 입체적으로 포착하면서 해방기 북한 사회의 풍경을 현실적으로 형상화하고 있다는 점에서 수작에 해당한다. 지주 황주사의 불안감을 위시한 내면 풍경에서부터 새로운 세상에 대한 원첨지의 불안과 기대를 유동하는 소심한 내면 풍경, 원첨지의 아내와 두 아들과 딸, 농촌위원장 김영감 등이 실감나게 자신의 처지와 조건을 피력하고 있는 것으로 묘사되고 있다는 점에서 남북학 문학의 외연을 확장시킬 수 있는 작품이라고 판단된다.

이북명의 「노동일가」는 작가의 흥남지역 공장 노동자 경험을 바탕으로 달호와 진구의 증산 경쟁을 핵심 모티프로 전개하면서 해방 직후

1947년 북한의 인민경제 계획을 달성하려는 노동자 계급의 헌신성을 형상화한 작품이다. 하지만 북한에서 고평하는 '고상한 애국심과 헌신성을 지닌 인간형'으로서의 진구보다 '부정적 인물인 달호의 동요하는 심리'가 생생한 리얼리티를 제공한다는 점에서 유의미한 수작이라고 판단된다.

이태준의 「첫 전투」는 '빨찌산 문학의 기원'으로서 1948년 5월 남한의 5.10 단독선거 이후 강원도의 한 지서를 습격한 유격전을 추적하고 있는 소설이다. 8명의 유격대원이 20명의 경찰이 중무장한 지서를 기습하고 퇴각하는 내용을 통해 첫 전투에 임하는 대원들의 행군과 함께, 당의 명령 수행과 친일민족반역자 처단 등의 사건을 다루고 있다. 대장 판돌의 동요하는 내면과 함께 반골 기질의 윤동무, 막내인 셋재의 형상이 자연스럽게 형상화되면서 유격대의 활동이 생생하게 포착된 작품이다.

이 세 작품의 공통된 특성은 긍정적 주인공들과 함께 부정적 인물들의 심리적 동요를 포착하면서 입체적 성격의 인물로 묘사함으로써 작품의 생동감과 리얼리티를 생생하게 살려내고 있다는 점이다. 그리고 이러한 요소들은 수령형상문학과 당문학을 중시하는 북한문학에서 살려써야 할 대목으로 판단된다. '반동적 부르주아 사상의 잔재'라는 퇴폐 미학의 낙인이 아니라, 복잡다단한 인간의 내면풍경을 정밀하게 탐색하는 문학적 상상력을 복원하기 위해 되살려야 할 인물들의 풍부한 심리묘사인 것이다.

개벽開闢

리기영

Ⅰ.

토지개혁 법령(土地改革法令)이 발표되든 며칠뒤 어느날이다. 그날 읍내에서는 예정한대로 시위행렬의 기념행사를 거행하랴고 이른 아침부터 수뢰부가 총출동하야 모든 절차를 서둘렀다.

지령을 받은 각동리에서는 농민대중이인솔자의 지휘하에 물밀듯 들어왔다. 그들은 제각금 농구를 한개씩 들었다. 남녀노소의 농민이란 농민은 죄다 나온 모양인지 정각까지 모인 군중은 무려 수만명이다.

어떠튼지 그넓은 우시장(牛市場)의 벌판이 가득하고 장거리가 꽉 차도록 모였는데 그것은 읍내가 개관된뒤로 처음이라는 굉장한 인사태를 내였다.

그런데 각면 각동에서는 저마다 특색을 내랴고 별난 짓들을 다 뀌몃다. 어떤농민조합에서는 가마니를 길게처서 거기다가 표어를 쓰기를

"오직 밭가리를 하는 사람만이 토지를 가질수 있다"

한 큰 기빨을 들고 왔다. 또 어떤 동리에서는 솔가지 바탕에다 실노

끈으로 글짜를 수 놓아서 기때를 만든것이 아름다운데 거기에는 다음 과같은 표어가 씨워있다.

"우리 조선의 영웅 김일성장군 만세!"

열한시의 정각이 되자 총지휘는 단상에 가설된 마이크를 통해서 행렬의 순서대로 선발대에게 출발을 명령했다.

그때까지 군중은 광장에 밀집해서서 형형색색의 수많은 기빨을 날리고 있다가 한가락이 아래 장꺼리로 풀려나가며다시 와짜해진다.

일기는 청명하다. 하나 쌀쌀한 바람이불어온다.

집단(集團)이 풀려나가는대로 군중은 열광하기 시작한다. 예서제서 농악을 울리는—징, 꽹가리, 새납, 북, 장구소리가 천지를 뒤집는듯 귀청을 떼였다.

그런데 행렬을 지여지는 군중들은 너, 나 할것없이 곡괭이, 삽, 소시랑, 송가례살포, 호미, 낫, 지게, 등속은 물론이오, 심지어 도리깨까지 들녀데고는 가지각색법석구니를 놓았다. 지휘자는 행렬을 정돈하기 위하야 요소요소 마다 그들을 지키고있었다. 여자들도 두손을 높이 처들고 기운차게 만세를 불었다.

그들은 만세를 불러도 거저 불르지안는다.

"우리들 농민에게 토지를 주신 김일성장군 만세!"

선두에서 이렇게 불를라치면 군중은 일제히 와—하고 만세의 함성이 터져나왔다.

"북조선 임시인민위원회 만세!"

"조선 자주독립 만세!"

그들은 이런 만세를 수없이 불었다. 모두들 목이 터지도록 불르고 있었다.

사실 오늘의 만세는 그전 어느만세보다도 의미가 다르다. 이번은 정말로 그들의 진심에서 울어나오는 감격한 만세였다. ―오랫동안 토지에 주렸든 농민들―그리고 지주안태 매여서 가진 압제를 받든 소작인들 그중에는 억울한 사정으로 지주한테 땅을 빼앗긴 사람도있었다. 고리대금을쓰고 집행을 맞아서 파산한 사람도있었다. 해마다 농사를 짖건만 점점 살기는 곤난해서 남북만주로 떠나간 농민은 얼마나 많으며 농촌의 피폐로 말미암아 도회지대와 광산등지로 출가(出嫁)한 젊은 농군은 또한 얼마였든가? 그런데 八·一五전까지 일제(日帝)의 발악은 전쟁중에 더욱 심해서가진 공출과 증용 증병의 명목(名目)으로 젊은농군들은 깡그리붙들려나갔었다.

이와같은 악현실 조선안에 꽉 드러찻지만 누구하나 그들을 돌보아준 사람이있었드냐. 해방이 된뒤에도 그들의 생활은 여전히 비참하였다. 그런데 뜻밖에도 농민에게 토지를 분배한다니 이런일은 조선이 생긴뒤에 처음본다. 어찌 그들이 기뻐하지 안으리? 그야말로 글짜그대로 환천희지(歡天喜地)다. 오죽 조아야 부녀자들까지 나와서 만세를 불르며춤을추었을까!

군인민위원회(郡人民委員會) 앞에는 높은 단을 모아놓았다. 그 우에 위원장이 올라서서 행진하는 농군들을 일일이 환영하며 그들과 가치 만세를 불렀다. 열을 지여나가는 사람마다 모두들 기뿐 낯을보인다. 아니 그들은 누구나 감격한표정이였다.

근감하게 표어를 쓴 기빨들이 바람에나부끼며 너르선것과 여기저기에서 때때로 울리는 농악소리와 그뒤를 따러선 군중들이 열광에 뛰여서 춤들을 추는 광경이라든가 그런가 하면 여러 가지 모양으로 탈들을 해쓰고 가장행렬(假裝行列)을하는 꼴이 장관중에도 장관인데다가 거기에 이따금 폭팔탄과 같이 터지는 만세소리는 벼란간 천지를 뒤집는듯, 그런데 또 한편에서는 춤과 노래와 풍악이 질탕한 장면을 일우웠는가 하면 다른 한편에서는 함성과 노호(怒號)와 의기(意氣)가 충천해서 십인십색의 가진 모양, 가진 색깔, 가진 소리, 가진 동작이 한데 엄불린채로 —그러나 그들은 어떤위대한 목표를 행하야 똑같이 용소슴치는 감격의 불떵이를 안꼬 한 곳으로 돌진(突進)하고 있었다.

그것은 참으로 파노라마[萬華鏡]를 전개한듯 장엄한 광경이요 전무후무한일대 시위운동이였다.

그런데 행렬의 좌우에는 시민대중이 겹겹으로 둘러서서, 이 어마어마한 행진으로눈이 둥그래선 처다보는 것이였다. 그들은 어떤 공포감에 들려서 공연히 가슴이 떨리였다. 그것은 무슨 큰일이 금방 날것처럼 공박관념(恐迫觀念)이 뒷덜미를 짚었다. 어쨋든 정신이 얼떨떨 해서 도모지 웬 영문을 모르게한다.

—토지를 농민에게 값없이 논아준다. 세상에 이런일도 있을까? 그것은 고금에처음 듣는말이다, 아니 꿈에도 생각할수없는 일이었다.

하건만 사실이 그러다는데야 어찌하랴! 그것도 래년이나 후년일이 아니라 지금 당장 실행을 해서 올농사부터 짓도록한다니 더욱 히한한 노릇이다. 이게 과연 정말일까—

II.

농민대중이 이와같이 열광을 하는 반면에 지주계급은 어느 구석에가 끼윗는지 존재(存在)도 알수없다. 그들은 거개 침통한기색으로 만세와 아우성이 들릴때 마다 움찔 움찔 가슴을 죄었다.

"이놈들 어데 보자……."

이러케 악을 쓰는 지주도 있었지만 그것은 마치 이불을쓰고 활개짓하는 격이었다. 따라서 그들은 화낌에 술을 먹거나 머리를 싸고누었거나, 기껏해야 땅바닥을 치며 애고지고 할뿐이었다. 그런데 황주사는 이럴수도 저럴수도 없어서 거리로 튀여나왔다. 하긴 그도 처음에는 방속에 처박혀서 도무지 그꼴을 안볼작정을 해보았다. 그러나 아우성소리가 들릴때마다 열이 벌컥 솟아 올라서 정말 참을 수가 없었다. 그래 그는 건디다못하여 문을 박차고 뛰쳐나 온것이다. 이제 이놈들이 얼마나 기세를 피우는가 꼬락선이를 한번 나가보자고―.

그는 감투위로 통양갓을 받혀쓰고 나섯다. 회색 명수 두루마기 옷깃밑으로 온실같은 긴수염을 느리고 한손으로는 단장을 짚었다. 그는 이러케 줌잔을 빼고 골목밖까지 나오다가 갑작이 창피한 생각이 들어서 고만 뉘집 담모퉁이에 찰싹 붙어섯었다. 군중은여전히 열광에 띄여서 조수같이 밀려나간다. 그들이 가진 지저군이를 다하며 느러선 광경은 마치 독가비 노름판과 같았다.

과연 그들은 낮에난 독가비가 안일까? 독가비 감투를 쓰면 남의 눈에 안보이고 물건을 가저가도 모른다든가. 그러타면 지금 저자들도 독가비 감투를 썼나부다. 그러기에 자기는 어느 틈에 땅을뺏겼는지도 모른다고.

황주사는 일순간 이런 생각이 들자 다시금 몸이 떨린다. 참으로 자기는 독가비가 들렸는가…….

그전에도 아니, 어제까지도 소인을 개올리든 놈들이 오늘은 어째서 이러케도 무서워젓느냐 말이다. 한때 황주사는 금시에 또 딴생각이 갈마든다. 그것은 누가 독가빈지 모른다는 생각이었다. 아니, 정말 독가비는 자기가 아니냐는그것이다. 자기야말로 독가비에 홀려서 이제까지 세상을 모르고 살어온것이 아닐까? 웬일인지 그는 이런 별난 생각이 작구만 든다.

'이거 내가 미치지 않았는가……'

그는 과연 오랫동안 독가비에 홀려서 살어왔다. 황금 독가비에 홀려서 살어온셈이다.

황주사집이 오늘날 부명을 듣게된 반면에는 가진 일화(逸話)를 많이 빚어낸중에도 특히 이런 일이 있었다. 늙은 어머니가 소쫑이 나서 못건되겠다고다 큰 손주를 시켜서 쇠고기 한근을 사오게 하였다. 그것을 알자 황주사는 열이 벌컥나서 아들이 사온 고기를 뺏어가자 고만오줌 동이에 처넣었다.

"집안 망할 놈의 새끼, 고기안먹으면 누가 죽는다드냐!"

그고기는 오줌동이 속에서 썩고 구더기가들끓럿다. 그 오줌으로 논거름을 주었더니 과연 거기는 벼가 잘되얐다.

'여바라, 그까진 고기 한근은 안먹어두 살었지…… 이 벼된것을…….'

그뒤에 황주사는 이와같이 다시 그아들에게 훈계를 했다든가.

그러나 그의 모친은 신음 신음 알타가 영영 회춘을 못하였다. 그래남들은그 로친네가 굶어 도라갔다고 지금도 수군 수군한다.

황주사가 이만큼 지독했다면 치부를 어떠케 했는지 누구나 짐작할 수있을것이다. 사실 그는 자기도 못먹고 남도 못살게 굴면서 악으로 악으로 모은 재산이다. 이것이 정말 독가비에 홀린게 아니면무었일까?

그는 지금도 과연 독가비가 들린 사람처럼 한곧을 멍─하니 바라보고서서 혼저 중얼거린다.

'저놈들 바라…… 아니, 저것들이 원것지자식들 안야?…… 그 계집년두 나왔구나. 어린 색기를 업고서까지…… 아니, 저 년놈들이 누구를 죽일랴고 연장을한개씩 들구…… 홍, 이놈들 어데 보자! 하지만 별일은 별일이다. 제일 간구하고 못나듸 못난 원첨지네 식구들까지 어데서 저런 용기가 나왔을까?…… 몇달전만해두 굶어죽겠으니 돈 이백원만 빚을달라고 사정, 사정하든, 그원첨지네가…….'

그때 벼란간 지적에서 만세 소리가 아우성을 치며 이러났다.

"북조선 임시 인민위원회 만세!"

그 바람에 황주사는 고만 깜짝 놀래서뒷걸음을 치다가 함맛하면 잡바질번하였다. 원첨지네 식구들도 드립다 만세를부르며 지나간다.

황주사는 고만 얼이 빠졌다. 그는 그자리에 더 서있을수가 없어서 도라섯다. 그는 그길로 횡하니 집으로 드러갔다.

식구들이 마치 넋잃은 사람처럼 경황없이 몰켜 섰다가 황주사를 보고 수인사를 한다. 그러나 황주사는 골이 잔뜩나서 소리를 벌컥 질럿다.

"일들은 안쿠 웨들 넋놓고 섯는거야. 아니 구경이 하구푸면 연장을 한개씩들고 나가서 늬들두 만세를 불르랴무나!"

사실, 나가나 드러오나 속상하는 일뿐이다. 그래 그는 만만한 식구들한테만애꾸진 분푸리를 하였다.

"원 별말슴을 다하시는 구려―누가 구경을 가구퍼 그리우, 하두 밖앗이 소란하기에 송구해서 그러지요."

무정지책에 곡가운 생각이 들어서 그부인이 손아래 식구들을 대신해서 변명하는 말이었다. 그는 정말 억울하다.

남들은 부자라고 자기집을 부러워 하건만 인색한 영감의 등쌀에 그는여적 지기를 못펴고 살어왔다. 젊어서는 오줌동이를 이게 하였으니,

인제 고만 남과같이먹고 입어도 좋지안은가.

하긴 근자에와서는 소작료를 공출로 빼앗기고, 그 대신 물건값은 비싸기 때문에 재산이 더 늘수는 없었다. 거기에 심사가 틀렸든지 영감도 그전처럼 치를 떨진 안었다. 치부꾼의 고상한 심리는 재산을 모으는 재미로 사는데, 그것이 고만 안되니까 분푸리로 돈을 쓰기도하였다.

황주사는 사랑으로 나갔다가 다시 의관을 차리고 나섯다. 그는 화가 치받혀서 도무지 견딜수가 없는 모양이다.

'어데로 갈까…….'

그는 속으로 생각해 본다. 그러나 도무지 갈만한 곳이 없다. 친구들 차저 가자니 동병상련 격이라, 꼴 보기 싫고, 술집을 혼자가기도 짓적어서 고만 두었다.

"에라, 촌으로나 나가보자. 저놈들 발광하는 꼴 보기 싫다."

황주사는 그길로 나서서 원첨지를 찾어갔다.

아까 시위 행렬속에는 원첨지가 보이지 안었다. ─원첨지가 사는 골안마을 읍내에서 불과 심리밧게 난 안된다.

Ⅲ.

이날 원첨지는 집신을 삼는다는 핑계로 집에 혼자 남어 있었다. 아이들은 식전부터 시위행렬에 참가하겠다고 한바탕 짝자꿍을 놓았다. 그들은 저마다 삽을 가지겠다고 서로들 다투었다. 삽은 한자루뿐인데, 세놈이 제해라고 날뛴다. 그러나 결국은 억지손 세인 동생놈에게 형 놈은 할수없이 빼기고 마럿다.

그래서 동수는 광이를, 언년이는 호미를 제각금 맡기로 락착을 지었다.

아이들이 졸러서 어머니도 가기로 하였다. 그가 망내둥이를 업고 나설 때에

"아버지 가치 가십시다. 그럼 삽은 아버지 드리구, 난 낮을 가지고 가겠쏘"

하니까

"싫다. 늬들이나 어서 가거라. 난 집신을 삼어야하겠다."

하고 부친은 거절한다. 안해는 그말을 듣자마자

"당신은 그저 죽을 때까지 안악군수로 살다 말꺼야, 내 그러케두 주변 없는 이는 처음 본다니께!"

하며 혀를 차고 도라선다. 그래도 원침지는 바보와 같이 빙그레 웃기만 하면서

"집을 비우구 죄다가면 되는가. 아무리 가저갈건 없더라두"

하였다.

"서발막대 휘둘러야 가루고칠것 없고 새앙쥐 볼가심할 벼한툇박 없는 놈 집안에서 도적 마질까 무서워서 당신은 못가겠소. 아이구 기꾸녕이 막켜라!"

안해는 또한바탕, 예의 수다로 넋두리를 한다. 열살이나 손아래인 그 안해는 아직도 괄괄한 성미가 남어 부애가 날랴치면 영감택를 막우 휘둘렀다.

"내가 머랬기에 또 저런담! 어서들 가라니까!"

"어머니 고만 가십시다…… 올부터 논 농사를 지으면 우리집도 잘살텐데 뭐 그리우."

작은 아들 동운이가 어리손을 치며 등을 내미는 바람에 모친은 저윽히 화가풀려서 웃는 낯을 지으며

"오냐. 네말대로 인제는 어미두 호강을 하게되나부다. 어서들 가자."

그들이 나간뒤에 원첨지는 빈방에 홀로 앉아서 부시럭 부시럭 집신을 삼끼시작하였다.

하긴 그도 아이들이 가자고 졸를때에 미상불 가고싶은 생각이 없지 안었다. 그러나 어쩐지 마음 한편 구석에 열쩍은 마음이 들어서 선뜻 나설용기가 나지 안었다.

아니 그보다도 그는 어떤 의심이 없지안어서 장래사를 멀리보라는 조심성으로 안갔다. 그것은 더욱 읍내 사는 지주 황주사가 얼마전에 하든 말이 기억되였기때문이다.

"여보게, 자네두 평양 임시정부가 오래 갈줄 믿는가? 그리고 토지를 농민에게 거저 준다는 그말을! 흥 그따위 풍설을 믿다가는 공연히 큰코 닫히지, 어떤놈이든지 그런말에 속아 넘어갔다가는 미구에 복통할날이 올것이니 두구보게나. 세상이 또한번 뒤집힐 줄을 모르구……흥……."

그때 황주사는 이러케 안까님을 쓰면서 얼굴에 피대를 세웠다.

"세상이 또한번 뒤집히다니요. 아니, 그건또 어떤일로 그렇다는 것입니까?"

고지식한 원첨지는 황주사의 말을 정말로 듣고 여간 놀래지를 안었다.

"저러니까, 촌 사람이 답답하다는 거야― 해외 임시정부가 벌써 드러온제가 언제인데, 여적 그것두 모르나? 리승만 박사와 김구선생이 지금 대한정부를 꾸미는데 그정부가 중앙정부로 드러서게만 되면 이까짓 평양정부는 깨지지안코 백일줄 아느냐말야! 흥, 모두 다 헛일을

하는줄 모르구서―자네같은 사람두 이건 땅을 준다니까 아마 귀가 솔 깃한 모양이지만. 아니 금쪽같은 남의 땅을 빼어서논아줄 놈이 대체 누 구란 말인가? 어림없이 홍!"

황주사가 성이 날때는 "홍!" 소리를 연신하는 버릇을 가젓다. 그때는 그는코를 벌름거리면서 연신 홍타령을 불럿다.

"누가 믿는담니까. 주사님은 공연히 역증을 내심니다그려."

그때 원첨지는 대꾸할말이 없어서 저쪽 말을 이렇게 막었다.

"아냐, 자네 한테 역증을 내는게 아니라, 세상이 하두 뒤죽 박죽이니 까 그래 가탄해서 하는 말일세."

황주사는 원첨지의 기색을 살피다가 능청스레 이렇게 말휘갑을 치 고는 씩―웃는다.

아침에도 원첨지는 그생각이 나서 아이들이 가자온데도 집신을 삼 는다고 고만두었든것이다.

원첨지가 이런 생각을 하고 있을 때

"이집에 아무두 없나?"

하고 방문을 펄떡 열어 보는 사람은 의외에도 황주사다.

원첨지는 삼고 있든집신짝을 허릿바에 찬채로 벌떡 이러서며 맞인 사를 하였다.

"주사님 웬일이십니까? 어서 들어 오십시오."

그러나 원첨지는 마치 무슨 죄를 저질은 사람처럼 자기도 모르게 당 황한 기색을 띄웠다. 정녕코 빚을 받으러 나온 게 아니냐고…….

"다―들 어딜 갔는가? 올치. 읍내로 시위운동을 하러 갔네그려."

황주사는 담배대를 한손에 쥐고 방안을 둘러 보다가 문앞으로 앉으며 원첨지를 노려본다.

"이아래로 내려 앉으십시오. 저…… 모두들 가자구 통문이와서 아마 가치들갔나봅니다."

원첨지는 무슨 영문이 내릴는지 몰라서 주저 주저하다가 이러케 겨우 변명하듯, 말한다.

"그럼 자네는 가지안쿠 웨 집에 붙어 있는가? 흥!"

"저야 늙은놈이 뭐하러 감니까. 애들이나 구경 삼어 간거지만…… 그리고 또 당장 신을것이 없어서…… 집신을 삼는데요. 허허……."

원첨지가 어정쩡한 태도를 보이자 황주사는 더욱 노기가 등등해서 말을 잡기 시작한다.

"집신 보다 땅이 생기지 안는가—나같으면 맨발로라도 뛰어가겠네, 흥!"

황주사는 이러케 말하면서 담뱃대를 탁, 탁, 털더니 면 기름에 쩌른 쥘쌈지를 끄내서 잎담배를 감는 것이었다. 그전에는 구경도 못하든 옆초다. 해방이된뒤로는 자유로 살수가 있었다.

"원 주사님두 그게다 무슨 말씀입니까. 아니 저를 여태 그런 사람으로 아르섯나요?"

원첨지는 기가 막켜서 억울한 심정을 하소 하랴는듯이 황주사를 마주처다 보았다.

"허허허…… 자네 말을 들어보랴구 한말 일세. 참, 자네는 고지식하기로 일경에서 소문이 난 사람이니까. 설사 그럴리야 있겠나만은 다른 놈들은, 모두다안그러냐 말야…… 흥! 아니 그래 이근처에서 내땅마지기와 쌀말돈냥을 신세안진 놈이 누가 있든가…… 그런데 세상이 어찌될셈인가 그전 은공을 하나두 생각지 안쿠. 이건 제세상이나 만난것처럼 웃줄대는 꼬락선이 라니. 제깟놈들이 땅을얻는대야 올일년두 못갈 거구. 또한 설령그때까지 간다손 치드라두 작년처럼 성출인지 뭐인지 하게되면 남을것이 뭐있느냐 말야―에 화가나서 도무지 눈꼴이 틀려 못보겠단 말야, 홍, 시러베아들놈들 같으니로고."

사실, 황주사는 화가 머리끝까지 치밀어 올아서 견딜수 없었다. 그래 그는요새 밤잠을 못 자고 구미가 제쳐서 밥그릇 밥을 못 먹는다. 여북 갑갑해서 이러케 촌으로 나왔을까. 가위는 자다가나 눌린다하지. 이건 대명천지 밝은 날에, 생벼락을마진 셈이다. 세상에 이런기급을 할놈의 일이 어데 있는가.

황주사가 토지개혁 법령의 포고문을 처음 받어 보았을 때 그는 벼란간 눈앞이 캄캄해지며 천만길을 땅속으로 떨어지는것과같이 현기쯩을 이르켰다. 그때 그는 두눈이 모로서고 글짜가 깍구로 박켜서 잘 읽히지를 안었다.

그는 마치 살을 마진 사람처럼 전신이 금시에 새파래 젓다. 그때 그는 한동안 진정해가지고 가서 읽어 보기를 시작했다.

그것은 암만 눈을 씻고 보아야 자기에게 유익한 구절이 하나도 없었다. 마치 그포고말은 자기말을 상대해서 일부러 써논것과 같었다. 토지는 말할것도 없었고 집과 농구까지 모두내놓으라는것이다. 그리고 타군으로 빈손만 처들고 이주를하란즉, 이게 벼락이 아니고 무엇일까?

그러나 이조문은 대지주와 반역자에게만 적용된다. 황주사는 자기가 악덕지주인줄은 모르는 척하고 지금도 오히려 작인을 탓하며 세상을 원망하는 것이었다.

그래 그는 땅을 뺏기는 것도 분하지만, 그보다도 성명조차 없든 놈들이 이판에 날뛰는 꼴이 더 분통하다고 혼저 앙탈을 한다. 전자에는 그들이 모두다 자기를 우러러 보고, 수하와 같이 굽신거렸는데, 그들이 새 세상을 맞난대신 자기는 그들에게 도리혀 쫓겨날판이 되었다. 이게 도모지 꿈인지 생시인지, 모르겠다고 그는 혼자 미쳐서 날뛰었다.

황주사는 여적 돈만알고 살아왔다. 왜놈의 시대에는 돈가진 사람만 알어주기 때문에 그를 우러러본것도 황주사의 재산이였지, 황주사란 '사람'은 아니다. 다시말하면 황주사는 지주(地主)라는, 재물(財物)의 화신(化身)이었고, 독가비였다.

그래도 그는 세상이 이러케 뒤집힐줄알었드면 토지를 죄다 팔어서 현금을 뭉처가지고 이남으로내뛸것을 잘못하였다고 지금도후회한다.

그가 각처에서 땅을 내놓을것은 전답과 아울러 백여정보가 된다. 그리고 산림을 가진것도 많었다. 만일 재작년부터 야미쌀을 몰래 팔고 현금을 모으지안었드면 꼼짝없이 이판국에 거지가 될뻔 하였다. 그 생각을 하니 아슬아슬하고 그리한것만은 불행중 다행이라 하였다.

그는 조선은행권으로 백원 짜리만 삼만여 원을 말어서 명주바지 저고리에 솜과 함께바처 가지고 옷을 꾸며 두었다. 약차하면 그옷을 입고 피난을갈 심산이다. 그소문은 벌서 이근처에 쫙 퍼졌다. 입이 잰 큰며누리가 비밀을 루설한 까닭이다.

그때 황주사가 좀더 궁리를 했다면 땅을 모조리 팔었을것이다. 그러나 아무리 세상이 변한다 하더라도 땅뎅이가 떠나갈줄은 몰렀다. 천지 개벽을 하기전에는 설마그런일이 없을줄 알었든것이 정말 눈에 안보이는 개벽이 하루밤사이에 이세상을 뒤집어 엎었다.

Ⅳ.

"자네를 잠깐 보러온것은 다름이아니라 요새좀 옹색한 일이 있기에……."

하고 황주사는 비로소 찾어온 용건을 말하는데.

"네 그것말슴이오니까? 참 일즉 해다못올려서 미안하게 되었읍니다."

원첨지는 갑작이 기색이 달러지며 황송스레 사과를 한다.

"뭐 자네한테 준돈이야 무슨 염녀가 있겠나. 조만간 가저올줄은 아네만은 금시 말한바와 마찬가지로 요새좀 옹색해서 그리네, 보다싶이 자네 사정두 딱한줄을 누가 모르나…… 그러니 변리는고만두고 본전이나 금명간으로 해주었으면 매우 요긴히 쓰겠는데 어떻게 되겠지?"

이말을 들은 원첨지는 속으로 은근히놀래였다. 그전같으면 한푼도 안깎어줄위인데, 이자(利子)를 전부 탕감하고 본전만 달라는건 무슨 까닭일까? 자기에게 특별히 선심을 쓰자는것인지, 그러치안으면 정말로 토지를 뺏기게 되니까 무슨 술책으로 자기를 이용을 하랴 함인지 그 속을모르겠다.

"여적 못 갖어드린것두 죄송하온데 원발말씀을 다하십니다. 저─그러오나 나무를 해다 팔어야겠사오니 한장 동안만 더참어 주십시오"

원첨지는 이렇게 진국으로 말하였다.

"그럼 그러소. 닷새안으로는 꼭 해오겠나? 변리는 그만두고 말아"

"네, 너무 황감합니다, 변리까지 안 받으신다는데 약조를 어길수야 있겠읍니까. 식구가 굶더라도 그안에 해다 드립지요."

두어달전에 원첨지는 황주사한테 오푼변으로 돈 이백원을 빚대 쓴 일이 있다. 그것은 눈이 많이 싸혀서 나무 장사도 할수없어서 양식말을 구해먹느라고 변돈이라도 안쓸수없었든 까닭이다.

"그럼 난 고만 가겠네, 어데 술이나 있으면 한잔 조켓네만은 요새는 술을해 파는집두 없는가부지"

"웨 좀더 놀다가시지…… 글세요, 아마 이근처는 술이 없을겁니다."

황주사를 문밖까지 배웅하고 들어온 원첨지는 다시 신짝을 차고 앉었다. 그는 아무리 생각해보아도 황주사의 태도가 수상쩍었다.

"참, 별일두 많다…… 황주사가 변리돈을 탕감해 준다니……."

전같으면 그가 자기집에 올리도 만무하거니와, 혹여 지나다가 들린다 하더라도, 담배 불이나 부처들고는 바로 이러섯지 지금처럼 오래 앉었기는 처음이다. 그리고 맥이 풀려서 헐헐 하는 꼴이 아무래도 무슨 불길한 조건이 있는것 같었다.

그러면 지주는 정말 토지를 내놓게 되고 농민은 그대신 농토를 얻게 되는것일까. 아니라면 황주사가 저렇게 몸달노릇이 없을것이냐고,—

사실, 지금 황주사는 등이~달었다. 그는 오든 길을 다시 도라가며 곰곰이생각해 본다. 그래 마을 사람들이 먼빛으로 보이여도 그는 길을 돌어서 그들을 피하였다. 누구 아는사람이 전과같이인사를 하건만 하치 가기를 비웃는것 같어서 공연히 창피한 생각이 들군 한다. 모든것이 일조에 범해진것만같다. 푸른 하늘도 전같이 명랑해 보이지않고 산천 초목도 그전처럼 아름답지가 않다.

더욱 그것은 자기의 논과 밭을 지나갈때 그러하였다. 엉, 상전(上田) 옥답이 남의 소유로 넘어가다니! 골안말 열섬지기 논은 한구테로 내리 박컸다. 한바디가 거진 한섬지기나되는 큰자리에서는 해마다 풍흉이 없이삼배출씩 나달이 난다. 그논에서만 도지를 쌀로 二百말을받었다.

그런데 이런 논을 몽땅 내놓다니! 황주사는 지금도 그생각이 들자 심정이 미칠듯틀렸다. 그래 그는 일부러 그논 자리를 피해갔다.—그는 이렇게제욕심만 따저보았지 정작 소작인이 자기한테 그만큼 피땀을 빨린것은 생각을못하였다.

마을 사람을 피하고 자기의 논밭도 안보라니 그는 부득이 탕탕 들어서 길아닌 숲속으로 내깔을 헤미여 내려갔다.

마치 그는 술취한 사람이 길을 못찾고 헤맬때와 같이 가다가는 돌아서고 딴방향으로 드러서곤 하였다. 그러다가 멍—하니 먼산을 바라보고 한숨을 길게쉬고서는 또다시 힘없는 발길 때놓는것이었다.

참으로 이골안의 땅을 살때에 자기는얼마나 기뻐하였는가.

"이놈들 어디 보자!"

그는 다시금 심사나서 혼저 악을 써보았다. 입맛이 소태같이 쓰고 입술이 바작바작타드러간다.

황주사는 그길로 자기 사랑으로 들어가서 문갑을열고 토지개혁포고문을펴들었다. 역시 아무리 해석해 보아야 지주에게 유리한 대문은 한구절도 찾어낼수없었다.

"유지신사(有地宸死)다. ……정말 지주야말로 유지신사라. 어떤 놈이 이런 요언(謠言)을 만드러 냈을까?"

해방전부터 이런 말이 항간에 떠돌더니만 과연 그말이 마젓구나 하였다.

황주사는 그날로 머리를 싸매고 드러누었다.

"지주을 유지신사 란다면 자본가도 (有地宸死)다! 그렇다면 돈[紙錢]가진 놈과 다가치 죽어야 한다."

그는 다시 물귀신처럼 이런 생각을하면서 쌍룡이 여의주(如意珠)를 다루는 소라반자의 문의를 처다보았다.

일순간 황주사는 어떤 환상(幻想)이 떠올렷다…… 그것은 두 유지신사가 반자지 물의에 그린 두 마리 룡이뙤여서 여의주와 같은 황금을 뺏으랴고 서로 다투며 하늘로 올러가다가 고만땅위에 떨어져 죽었다는데 룡은 자기자신이였다.

V.

저녁때, 원첨지가 집신 한켜리를 다삼아서 꿈여놓고, 막 방을 씨러내다니까 제서야 식구들이 우—몰려온다.

"아버지……"

엄마 등에 옆인 꼬매이가 반겨라고손을 처들며 먼저 아는체를 한다.

"으—인제들 오냐. 그래 구경이 좋던가?"

"당신두 가시자니까, 그런 구경이 또 어데 있겠소"

안해가 전에 없이 좋아하며 희색이 만면해서 물어본다.

"좋지안으면—땅이 생기는데, 그보다 더좋은 일이 뭬있겠서요"

작은 아들 동운이가 말참메를 하였다.

"아니 정말로 땅을 준다드냐?"

원첨지는 반신 반의 해서 그들에게 다시 묻는다.

"그럼 정말 아니구요, 평양정부에서 위원(委員)님이 내려와서 그렇게 연설을 하든데요—"

"아이구 좋아라 아버지! 인젠 우리집두 올부터는 쌀밥을 먹게 된다우"

언년이가 좋아라고 덩다러 나서는데.

"저간나는 밤낮 먹는 타령이야"

동운이가 눈을 흘기며 댑라 핀잔을 준다.

"그럼 옵바는 쌀밥이 싫어서 안먹겠구만"

언년이는 입이 뾰족해서 도라선다.

"이년아 주둥이 닫혀라. 난 쌀밥 보다 두 논 농사를 한번 힘껏 지여밧으면 하는게 평생소원이였다."

주먹을 쥐고 달려드는 동운이를 모친 이얼른가로 막으며

"그말이 그말이지 뭐가?— 쌀밥을 머쿠싶자기나 논농사를 짓고 싶다기나…… 호호호"

"어째 같어요?— 남들은 논농사를 많이 짓는데, 우리는 남의 논일에 품파리만 단이는게! 그게 쌀밥 한그릇과갓단말야"

"건 네말이 옳다. 나두 너처럼 남의 논일을 갈때마다 애생이가나서 그랬단다"

큰 아들 동수가 아오의 말을 이렇게 추킨

"작은 옵바 내말이라면 언제든지 야단만 치지. —인제는 여자두 권리가 있대!"

언년이는 양지가 샐죽해 지며 날카롭게 부르짖는다.

"이년아! 계집애에게 권리가 무슨 권리야, 건방진 수작마라!"

동운이는 다시 주먹을 처들었다.

"호호호…… 왜 없어요. 농민이 토지에서 해방되듯이 여자두 가정에서 해방돼야지 뭐—"

"그럼 밥은 누가 짓고 빨래는 누가하나?…… 남자가 대신 하란말인가. 하하하"

그말에 큰 오라비가 너털 웃음을 친다.

"누가 그런것 말인감—여자두 회[會議] 때에 참여하구. 대통령을 뽑을 때는 표를 써낼수 있는 그런거말이지"

언년이는 또다시 샐쪽해서 치마끈을물고 돌아선다.

"넌 어데서 그런 소릴 다드렀니? 나두 못드른말을—"

모친은 빙그레 웃으며 그들 오뉘가서로 다투는것을 귀여운듯이 번갈러 본다.

"그까진 소리들은 고만두고 아니 정말로 농민에게 땅을 논아 준다드냐?"

"아버진 정말이래두…… 이따가 위원장 아저씨가 오시거든 무러보서요—식구대로 그동리의 논밭을 골고로 노는 다든데요."

"그럼 우리한테도 황주사집 논이 차례 오겠지 뭐—"

아들들의 이말을 듣자원첨지는 무슨의미인지 두어번 고개를 끄덕인다.

"웨 무슨 일이 있었수?"

눈치빠른 안해가 이렇게 다초처 무르니

"아까 황주사가 왔었는데 어째 그전과 다르기에 말야"

"웨 달러요?"

"댓듬 하는말이 나보구서 웨, 시위운동에 안갔느냐구…… 그리구 땅을얻는다고 좋아하는 놈들은 모두 미친놈이라하면서 화를 내겠지"

"그래 그말뿐입뎃까!"

"응, 그러구 참, 우리가 쓴돈을 빨리 갚어 달라면서 변리는 고만 두라든가"

"건 또 웬일이라우?"

"나두 모르지. 전에 없이 선심을 쓰더라니, 별일야……."

"그런 선심을 진작 좀 쓰지"

안해는 입술을 삐쭉 내밀며 앙상궂게 영감의 말을 받아챈다.

"그게다 등치구 배만지는 수작이라우. 인제는 전과같이 세력을 부릴 수 없으니까, 인심을 좀 얻자는 수단이지 뭐야"

동운이의 말에

"그렇지만 벌써 때가 늦었는걸!"

언년이가 또, 쏙 나선다.

"넌 좀 나서지 마러…… 어룬 말끝에"

"작은 옵반 어룬인감 뭐—"

"이년아 뭣이 어째?"

동운이는 기어코 언년이의 귀퉁바기를 쥐어박어 울리었다.

"손찌검은 웨하느냐"

모친은 언년이를 달래고

"참, 모두다 히한한일이다."

원첨지는 혼저말 처럼 중얼거리며 부시럭 부시럭 담배를 담는다.

VI.

"아저씬 오늘 뭐 하섯수 시위행렬에두 안나오시구"

그때 마침 농민 위원장이 지나가다 발을 멈추는데, 술이좀 취하였다.

"신을게 없어서 짚신 한켜리 삼느라고 집에 있었지 좀 방으로 드러가세"

원첨지가 앞을서서 드러가랴하니

"뭐 늦었는데 곧 가야지요"

하면서도 농민위원장은 뜰광에 쭈구리고앉는다.

"그래 행렬이 장 했다지…… 그럴줄알았으면 나두 갈걸 그랬지"

"장하다 마다요 전무후무한 일인데요…… 아저씨두 인젠 허리끈을 끌러 놓시게 됫수다"

"글세 왼…… 그게 정말일까?"

"아니 정말아니면 아저씬 상구 의심하시 나요?"

"의심이 아니라 들리는 말이 하두 구구하니까…… 황주사의 말은 어데 그래야지……."

원첨지요 고지곳대로 들은 말을 옮기였다.

"황주사가 언제와서 뭐랍듸까?"

"요전에두 하는말이 땅을 논아준다고고지듣는 놈들은 모두 미친놈들이라데 그리고 설사 논아준다 하더라도 서울에 중앙 정부가 생기면 평양 서울이 깨질텐데 그런줄 모르고 날뛰다가는 공연히 큰코 다칠거라구!"

원첨지는 이렇게 말하면서 농민위원장의 눈치를 슬슬본다.

"그놈의 영감택이가 제명에 못죽을라고 상구두 그따위 소리를 하구단나. 판국을 변하는줄모르는 당신이야말로 큰코닫한다구 웨 그런 말을 못하것소? 아저씨는……."

"누가 그런 속을 알었어야지"

"용해 빠진 저량반이 그런말할 주변이 어데있서!"

저녁서리를 끄내려 윗방으로 드러가는 안해가 비웃는 어조로 농민위원장을 처다보며웃는다.

"아저씨…… 너무 죽어만 지내서두 안됩니다. 인제는 다같은 인민(人民)인데 압제를줄놈은 누구며 압제를 받을 놈은누구냐말여요"

농민위원장은 얼근한 김에 열변을 토하기 시작한다.

"아까두 저량반이 그전처럼 굽실대니까 황주사도 냥냥해서 그따위 했지 뭐야ㅡ. 그래두 변리(利子)는 고만두고 본전만 갚으랬다니 별일이지ㅡ갑작이 웬 선심이 나왔을꼬?"

안해는 좁쌀을 한되빡쯤 떠가지고 나오다가 농민위원장의 말대꾸를 한다. 그는 영감을 제체놓고 마치 자기가 대신 말대답을 하랴는것처럼.

"아니 그영감택이 이제보니까 빚을받으러 나왔섰군! 세전에 그집 돈을 쓰섯다더니만 상구 안갚으섯수다그려"

"안갚었나 못 갚었었지ㅡ이백원을 하목갚자니 어데 쉬워야지……그래 앞으로 낫새기한을 했는데, 큰일낫는걸! 변리도 안받겠다니 이번에는 꼭 갚어야할것안야!"

원첨지는 금시에 수심이 가득한 얼굴로 시름없는 대답을 한다.

"저ㅡ안 갚기를 잘했수다. 갚었드라면공연히 이백원 손해 보실번 했소, 하하하…… 거참 아저씨! 한턱내슈다."

농민위원장은 벼란간 상쾌한 웃음을터진다.

"아니 안갚기를 절했다니 빚쓴 돈을안갚는 수야있나."

"허허ㅡ아주머니두 상구 모르십니다그려ㅡ소작인이 지주한테 빚으로 쓴돈은 갚지말라는 법률이 낫으니까 안갚는게 당연치 않소? 갚으면 되려법률 위반인데요. 허허원ㅡ"

"아, 아니…… 그런 법이 어데 있단말인가ㅡ남의 돈을쓰구 안갚아도 좋다구 법률이"

원첨지는 펄쩍 뛰면서 농민위원장의 말을 부인하랴는 태도를 짓는다. 그바람에 농민위원장은 고만 결이나서 토지개혁 법령을, 족기주머니를 뒤저서 끄내어보이며 언성을 높인다.

"원 답답한 양반들 다보겠네 — 여기에 그렇게 씨워있어요 아니 그럴 말로면 아저씬 왜놈의 법률은 모두 옳다고 믿고 사섯든가요?"

"그거야 왜놈말은 말할것도 없지않은가"

원첨지는 종시 알어든지못하는 수작으로 응대한다.

"그렇다면 말입니다 같은 조선사람끼리 어째서 지주는 땅만 가졌으면 가만이 앉었어도 잘살게 되고 소작인은 그땅을 힘드러서 농사를 지었는데도 못사느냐말예요 이것이 지주가 소작인의 피땀을 빨어먹는 까닭이 안이고 뭐냐말예요"

"그…… 그…… 그거야 옛날에두 땅임잔 토지를 받지안었는가……."

원첨지는 농민위원장의 기세에 눌려서 겁을 먹고 간신이 대답한다.

"옛날 토지가 어데 지금과 같답넷까? 그리고 법률도 시대를 좇어서 변하는것인데 왜놈들이 조선쌀을 뺏어가랴고 지주는 옹호하고 소작인만 착취하는 시대에 맞지안은 악법률을 만든것이지…… 쉽게말하면 우리 농민들은 지주한테와 왜놈들한테 두군대씩 소작료로 뺐기고, 공출로 뺐기고 했기때문에 해마다 헛농사를 지었단말여요"

"건 그렇지만……."

"그러니까, 왜놈이 조선에서없어졌으니까 인제는 농민이 살수있는 새법률을 마련해야 하지않소? 이 새법률이 지주를 없이하고, 농민에게 땅을 논아준 것 안이겠소"

"글세…… 하긴 그런데…… 원 꿈에도 생각지못한 일이라서 도무지 얼떨떨 하단 말야……."

"이이, 아버지두 — 뭬 얼떨떨 하다구 그리시우 — 나라에서 어련이 잘 알구 하는 일이라구"

동운이가, 딱한듯이 부친의 말을 타내니까.

"그러기말이다. 아버지는 너만두 못하시구나. 아따, 우리 농민들이 오랫동안 못산대신, 인젠 좀 잘사러보란 말이지뭐야! 그렇지안소? 흐흐흐"

안해가 명낭한 웃음을다시웃으니

"개벽이야…… 이거야 말로 천지개벽이야!"

원첨지는 마치 혼저말처럼 또, 이렇게 중얼거린다. 그리고 그는 넋나간 사람처럼 한동안 무엇을 생각하는지 헤멀건 두눈으로 한곧을 응시하고 있었다

VII.

몇일뒤에 이마을에도 농촌위원회(農村委員會)를 조직하게 되었다.

면농민조합에서 지도원이나오고 본동 농민위원장과인민위원장이협상을 하야 미리 준비위원회를 여러차례 어렷든것이다.

그리하야 빈농층을 중심삼어 자작껏 소작인들로 위원회를 구성(構成)하는데 원첨지가 빈농으로는 제일 첫재일뿐더러, 연치도 중로인 축에 드는지라 당연히 위원될 자격이 충분하였다. 따라서 그는 일곱사람 위원중에 한목을끼게 되었다. 만일 그가 좀더 똑똑하든지 식자가 있을 것 같으면, 위원장으로 뽑헛을것인데 유감이나마, 그는 낫놓고 격짜도 모른다.

그런데, 원첨지는 농민조합위원장한테서 맨처음 위원의 교섭을 받었을 때, 여간 질겁을 하지 안었다.

"아니, 내가 위원 재목 되는가. 이사람, 나는 제발 빼주게. 공연히 누굴 죽이랴구 그래!"

원첨지는 손을 내저으며, 마치 죽을죄를 저질는 사람이 살려달라고 애걸하듯 벌벌떨고 있었다. 농민위원장은 그꼴이 하도웃우워서, 미처 대답을 못하고웃기만 하였다. 원첨지의 안해역시 영감의 비굴한 태도가 옆에서보기도민망스러워서

"저이 주변에 뭘하겠소."

하고편잔을주었다. 그는남자가 못된것을 은근히 한탄하였다. 정말 자기가 남편과 박귀되었다면 저러치는 안었을것이라고―.

"아니 위원되란게 그렇게 겁나시우― 남들은 벼슬을 못해서 야단인데…… 원, 아저씨두 허허허"

"이사람아 언제 그런걸 해봤어야지…… 나같은 사람은 그저 땅이나 파고 식충이 처럼 먹기나 했지 회하는 근처에두못가본사람보구 어떻게 그런일을 하라는가"

원첨지는 끝까지 고사하며 어쩔줄을 몰르는 불안한 표정에 사로잡혀 있었다.

"뭐 별일하는게 없어요, 회할때 가서 아저씬 한편에 가만이 앉어게 슈그려, 그것두 못하시겠소"

"당신은 그럼 꾸어다논 보리자루처럼 한구석에 끼워 앉었으면 되겠수다그려 흐흐흐……."

안해가 농민위원장의 말을 받으며 깔깔대고 웃으니까.

"저건 남의 속은 모르구 공연히 덩다러서…… 이사람, 제발나는 빼놔주게"

원첨지는 안해의 빈중대는말에 불뚝 성이나서 더욱 고집을세운다.

"난 모르겠수다. 어디 내맘대로 하는겐가요…… 이번 농촌 위원회는 가난한 농민이나 머슴꾼에게만 위원될 자격이 있다니까, 아저씨 같은 분이 빠지시면 누가 위원이 되겠소."

농민위원장은 정색을 하고, 다시 이렇게 진중한 말로 설명해 들리었다.

"그럼 떠버리 김영감도 위원이 되겠수다. 호래비 머슴자리, 삼십년을 지냈으니……."

"암, 그영감이 제일첫째 위원의 자격이 있겠지요.─그래 위원이 되랬드니만 그영감은 아주 좋아 합디다.─음, 되라면 되지 에헴! 하고, 금방 큰기침을 하면서…… 하하하……."

"호호호…… 그아재는 족히 그런 뱃심이 있을거야…… 륙십이 불원하건만 지금도 정정해서 못하는 일이 없지 않소"

"그러니까, 아저씨 댁도 빠질수 없잖어요. 하하─"

"그렇기로 말하면 이집은 빠질수 없겠지. 둘째가라면 싫다할만큼 인근동에서 제일 가난하니까─대일이 영감은 그대로 홀몸이니 오히려 낫지안우? 이건 자식 색기는 우구루한데 변변이 농사두 못짓고, 사철 양식을 걱정을 하니. 거지보다 날것이 뭐야"

어느덧 안해는 뼈에 사므친 가난사리의푸념이 자기도 모르게 또 나왔다.

"아주머니 인제는 그린 말슴마슈 그러니까, 아저씨두 위원 자격이 있게된것아니여요. 만일 이집도 지주로 잘살었서보구려이번에 땅을 죄다내노았을 것 안이겠소. 하하……."

농민위원장이 재차 설명하니,

"아따 그럼, 내가 그럼 대신 가리다. 인제는 여자두 사람값에 든다니까, 대리를 보아두 되지안어……."

안해가 이런말을하고 다시 간간대소 를한다. 이말끝에 원첨지가

"하지만 어떻게 여편네를 대신 보낼수야 있는가. 내얼굴은 어찌되라
구……."

해서 그들은 또 다시 웃었다.

마침 이럴판에 떠버리 김영감이 드러왔다.

"위원 나리 행차하오십니까"

농민위원장이 롱쪼로 인사를 거는데.

"아니 뭣들을 그리 웃는거야…… 아마내 숭을 본게로군"

김영감은 여러 사람의 눈치를 돌려본다.

"성님 내려오시유"

"숭은 무슨 숭이여요.─아재두 위원님이 되셧다니, 고맙슈다."

원첨지 내외가 마주 인사를 한다.

"위원…… 위원은 되거나 말거나, 이한에 농사는 한번 지어봐야겠는
데, 뭐 집이있나, 사람이 있나……."

김영감은 곰방대를 섬돌위에 탁, 탁 털고, 두어번 입김을 부는데, 대
꼬바리속에서 풀무질 소리가 났다.

"이담배 한대 피워 보시우"

원첨지가 잎담배 한대를 끄내주니 김영감은 말없이 담배를 받어서
만든다.

"아저씨도 그럼 장가를 드서야지"

"글쎄 늙수그레한 할멈이나 하나 얻으면 좋겠는데, 자네, 어디 한
자리 중신해주지 못하겠나?"

김영감은 농민위원장한테도 밧작 빌붙는다.

"이왕이면 젊은 여자를 얻지, 웨 할멈을 얻어요…… 그래서 아들이라도 하나쯤두서야지, 안그러우. 아주머니?"

농민위원장의 말에

"하긴 그러서야지…… 기왕, 사람을 얻으실바에야…… 어디 과부가 없나…… 너무젊어두 안되고, 한 사십안팎의 중년 과부가 있었으면……."

원첨지의 안해가 대답한다. 김영감은 내심으로 그말이 고마웠다. 그것은 마치 이집 내외간같이 될수있기 때문이다. 하나 겉으로는

"나같은 사람한테 젊은 여자가 뭘하러오겠소."

하고 김영감은 부지중 한숨을 내쉰다.

"아저씨두 원…… 인제는 아저씨가 이둥리에어룬이신데, 별말씀을 다하십니다. 위원나리를 깔볼사람이 누가 있어요.."

농민위원장이 정색을하고 말하니,

"자네가 그런말을 하니 까노코말인데, 사실 인끔으로 친다면, 우리 가난한 사람들이 부자만못한게 무엔가. 단지 돈한가지가 없어서 절제를 받아온것뿐이지…… 여보게 난그전에도 속으로는 그러케 생각했네. 덕룡이나 황주사가 그게사람인가? 김영감은평소에 생각하든바를 비로소 설한다."

덕룡은 그전구장의 별명이었다.

"하라면 더말할것 없지안어요. 인제는 우리들 일꾼의 세상인데"

"하지만ㅡ난, 늙어서…… 지금, 한 오십만 되었어두 한번 큰소리 치겠네만은 하하…… 인젠할수없서"

하고, 김영감은 도리질을 친다. 그러나 그의장대한 골격과 억세인 주먹은 아직도 한장정을 때려눕힐만한 니력이 있어보인다.

"뭐, 아저씬 상구두 정정하신데요."

"그럼, 성님 근력은 언제나 마찬가진걸—우선 약주 자시는걸보지."

　원첨지의 말에

"아재 약주야 말할것 뭐있수 일흔댓량집으로 유명하신데. 흐흐……."

안해가 원첨지를도라 보며 웃는데,

"어듸 인제는 그러케 먹는가"

김영감은 면구스런듯이 빙그레 따러 웃는다.

일흔 댓량집의 출처는 이러하다. —그가한참 시절에는, 기운도 장사소리를 들었지만, 술도 그만큼 세어서, 하루에 일흔닷량[七圓五十錢] 어치, 막걸리 일흔 다섯사발을 드리켰다는것이다. 그만큼 그는 지금도 한자리에서 막걸리 열사발쯤은 수월하게 집어 삼킨다.

김영감이 이만한 장골이였다면, 어째서三十년동안이나, 머섬꾼으로 호래비 생활을 하였든가 사실 그가 막버리를 돈을벌기도 만히했었지만, 버는족족 그는 술을 마시고 말어서 언제나 마찬가진 빈털터리로 지나왔다.

그러나, 그의 내력을 아는 사람은 이근처에 하나도 없다. 그는 원래 이지방 사람이 안이고삼십전에 혼저 떠드러와서 여적지 무의무탁한 생활을 하여왔다. 그의고향이 어딘지도 잘모른다.

필연코 그는 무슨 중대한 이유가있기때문에 그와같은 생활을 하는것 같은데 자기 신상에 대한말은 일체로 입을 담으럿다. 떠버리란 별명을 들으면서도 그것만은 절대로 비밀을 직히는게 수상하다면 수상하다.

VIII.

농촌 위원회가 조직되는날 아침—새로 뽑힌 위원들의 거둥은 참으로 가관이었다.

우선 김영감은 세거리 주막에다 자처방을 정해노코, 미구에 행차할 차뷔를 차리였다. 그날 식전에 김영감은 백코칼로 머리를 홀딱 밀고 세수를 한연후에, 몇해동안 안입어보든 낡은광목 홋두루마기를 떨치고 나섯다. 그리고 질목만 신어보던 발에다 새양말—군대양말—신꼬 새로마춘 미투리를 사다신엇다. 이러케 차리고 보니, 아까지의 봉두난말로 지나든 김영감이, 딴물골로 된것같다.

"위원나리. 벌써 행차하시람니까, 하아참 그러고보니 영감님두 위원 같으신걸"

주막 안주인이 어사또의 차림같은 김영감을 보고 한바탕 웃어 드린다.

"웨 위원은 별사람이라든가? 사람은 누구나 마찬가지야 에헴!"

김영감은 큰기침을 하며 한번 뻠낸다. 그러나 그는 매우 감개무량한 표정을 지였다.

같은 시각에 원첨지는 자기집에서 부산을 떠났다. 그는 안해가 있는만큼, 가진 타박을 다한다. 노댁 노댁기운 양말을 신다가는

"이걸 창피해 어더케 신느냐"

는둥, 회색물을 드린, 삼베 두루마기가, 마치 중의 장삼과 같다는둥, 전에딴엔 옷투정이 대단하다.

안해는 어이 없서 그꼴을 보다못해서,

"아니, 여보 당신이 언제는 남과같이 행세를 하구단겟소, 그밖에 없는것을 날보구 어떠케 하라우…… 옷감을 척척 끈어오시구려. 그럼, 주

산이것이라도 해드릴테니"

"누가 비단옷 해달랬어! 이꼴을 해가지구 위원자리에 어떠케 나가앉느냐말이지 제길할 못하겠단 위원을 웨, 작구만 하라는 거야. 남의 속 타는줄을 모르구들……."

원첨지는 그대로 짜증이다. 안해는 그가 다실이 처럼 구는꼴이 하도 기가막켜서 제풀에 웃음을 털이고 마럿다. 아이들도 어이없는 듯이 따러 웃는다.

"여보 참 당신두…… 위원이라니까, 무슨 강원 감사나 하신듯 싶소. 촌양반이 그만 했으면 됐지, 뭘, 변덕스럽게 아이들처럼 옷타박이요, 내참새빠지게!"

그러나 원첨지는 종시 못맛마당한 표정으로 징징댄다.

"남들이 중이라고 놀릴테니 그러치"

"그럼 두루마긴 입지마시우다그래"

"아니 위원 명색이 등저고리 빠람으로 가란 말야!"

원첨지는 소리를 백! 지른다.

"그럼 날보구 어떡 하라우 아이참……."

"에ー화나! 그놈의 위원 집어칠란다."

"집어치든지 발길로 차든지 맘대로 하시구려!"

안해도 화가나서 말대꾸를 하였다.

만일 이와같은 문답이 조금만더 계속되었드면 원첨지의 내외간에 한바탕 큰 싸흠판이 버러젓을 것인데때마침 위급을 구하느라고, 김영 감이 지나가다가소리를쳐서 그들은 언쟁을중단할수 있었다.

"여보게 위원회 안가랴나?"

"아, 성님 벌써 가시우! 가치 가싶시다."

원첨지는 그러지안어도 혼저 가기가 멀쩍어서, 안갈수도 없고, 속으로 컹기든차에, 잘맞났다고, 얼는 뛰여 나왔다.

그런데, 중대가리 바람에, 홋두루마기를입고 앞장을선 김영감의 뒤에, 원첨지가 회색 삼베우의에 큰갓을 쓰고 따러가는 모양은 정말로 처사행렬과같은 진풍경(珍風景)을 일우웠다.

그꼴을 보고 원첨지의 안해는 아이들과가치, 요절을 하도록 웃어댄다.

"어머니 웃지좀마우…… 아버지가, 안간다구, 도루 오시면 어쩔랴우"

동운이가 민망해서 모친을 견제하니,

"설마 가시다 도루야 오시겠니"

하였지만, 워낙 수줍은 양반니라 그역시 안심하기가 어려웠다.

"위원은 가난한농민들이 꼭해야만 된다는데, 아버지는 왜 그러시는지 몰라―그러치안으면, 토지분배에 협잡이 붙어서 우리같은 집에는 좋은 땅이 안도라오면 어쩔나구……."

"그럼―저의 끼리만 좋은 땅을 논아갓고 찌꺼기만 돌릴것안야"

동수 형제가 어룬들한테 들은말을 주고받는데.

"어머니 그럼, 아버지를 잘위합시다. 위원을 또 내놓신다면 어떡하우?"

언년이가 불안해서 부친을 권고한다.

"위하긴 멀로 위하니? 쥐뿔도 없는놈의 집안에서―"

"아이 어머닌…… 인젠 가난타령좀 작작하슈"

"작작하잔으면, 사실이 그런걸 뭐!"

모친은 웃으며 딸의 말을 받는다.

"그러치만 세상이달러지잔었수! 왜놈도 쫓개가구, 부자도 없고, 인제는 누구나 다같이 잘살게 되었다는데 어머니, 그러니 이따가 아버지

가 도라오시거든 잘위하서요…… 생전안해보시든 위원노릇 하시기에
아버지도 힘드시지 안겠서 뭐—"

"그래 늬나 실컷위해 드려라—난쥐뿔이나 위할것이 뭐 있어야지."

"어머니 늘상쥐뿔밖에 모르시나바"

언년이가 샐쪽해서 도라선다.

사실, 농촌위원회는 농민의 새싹을 틔우는 온상(溫床)이되고 토대가
될수 있다. 지금 모친은 아이들의 말을 듣고 내심으로 영감을 위할 생
각이 었지안었다. 그러나 쌀한되가 없는집안에서 무엇으로 그를 위하
느냐 말이다.

"큰옵바, 읍내가서 술한병 받아올나우? 내돈 드리께!"

언년이가 말을 끄내니

"넌 돈이 어서 낫니?"

눈이 둥그래서 동운이가 뭇는다.

"요새 더덕을 캐서 판거라우"

언년이는 기침을 홀적하더니만, 둘둘 뭉친오원짜리 지전두장을 끄
내놋는다.

"그럼 그래라. 동운이 너도 가치 가자."

동수가 선뜻 대답을하고 나선다.

"난 나무하러 갈테야"

"작은 옵바, 그럼 나두 가치 가요. 난 더덕을 캐러 갈테야 응?"

"그래라덜—큰아들은 술 받어오고, 작은 아들은 나무해다가 불많이
때구, 딸년은 술 안주로 더덕을 캐오구…… 그만했으면 아버지를 잘위
하겠구나"

모친이 웃으면서 세아이를 도라본다.

"그럼 어머니는 뭘로 위해드릴랴우?"

동운이가 뭇는말에, 언년이가

"저어…… 어머닌 이따가 아버지 약주잡수실때, 술이나 한잔 따러 드리시우. 호호호 하필왜 나한테만 '년' 짜를 붙이는게야!"

해서 그들은 웃기였다.

"망할년 같으니—네깐년보구 그러면어떠냐, 술은 네가 따래 드리랴 무나."

그러나 모친은 성을 내지만 그들과 가치 웃었다.

"왜놈의 시대에는 가난뱅이가 천덕구레기였지만 해방된 지금에는 우리들도 버젓한 조선의 아들딸이라우 그러자 안우 큰옵바—ㅎ……."

"이년아 듣기 싫다!"

동운이가 주먹을 들러메는 바람에

"누가 작은 옵바보구 그랬수?…… 아이, 다시 안하오리다."

하고 언년이는 할수없이 빌어올렸다.

그길로 동수는 읍내로 술을 받으러 빈병을 들고 나가고, 동운이는 나무를하러 간다고 지게를 걸머 지는데, 언년이가 그뒤를 따러선다.

봄, 봄 잔설(殘雪)과 싸우는 봄—며칠전에는 청명한 일기가 제법 봄맛을 늑기게 하더니 직금의 악천후는 봄이 다시 뒷걸음질 치는것 같다.

그러나 봄은 확실이 봄이다.—푸른빛이 서린 강변의 버들 숲에도, 붉은 놀이 하늘 갓을 물드린 석조(夕照)에도 봄은 깃드려있고 봄은 숨어 있다.

이러케 하루 이틀 봄은 물너가는듯 실상은 닥쳐온다. 일보퇴각 이보 전진(一步退却 二步前進)의 전법(戰法)으로! 자연의 법칙은 인간 사회에도 적용된다. 대세는 어길 수 없고 어기다가는 멸망만 당할뿐이다.

오는 봄을 막아낼자 그 누구냐? 독일의 히틀러를 보라. 일본의 군벌들을 보라! 그들은 파시쯤의 부패한 반동사상으로 대세를 거역하다가 전진하는 역사(歷史)의 수레바퀴에 참혹히 바숴지지 안었든가.

봄은 해마다 돌아오건만 해방후 처음맞는 이봄은 다르다.

과연 작년봄에 이마을 사람들은 봄을 어떠케 늑겼든가? 마치그들은 동면(冬眠)하는 곤충과 같이, 인간에는 오직 새봄이 오기를 고대힐뿐이였다.─인간의 자유를 여지없이 속박당하였든 그만큼, 그들도 다른 생물과같이 기를펴고 살고 싶었다.

자연은 위대하다. 대지에 새봄이 오는것은 마치 정의(正義)의 대군(大軍)이 불시에 몰려들어 적진을 도륙 하는것처럼─그리하야 평화의 서광은 봄 동산의 난만한 화초를 상중하지 안는가!

제이차 세계대전에서 련합국의 승리는팟쇼의 페허(廢墟)위에 인민의 씨를 뿌리였다. 이 인민의 씨는 국제민주노선을 타고 태풍(颱風)에 불려왔다.

그것은 조선인의 심전(心田)에도 떨어젓다.

그러나 인민의 새싹은 결코 잡초가 아니다.

그것은 농부가 곡식을 각구듯이 근로대중의 각직장(職場)에서 일상적 실천─로동을 통하야 무럭 무럭 자라날것이다.

오! 위대한 봄, 인간의 새봄이여! 인민의 새봄도 자연계의 이봄과같이 새싹이틔오랴한다.

그리하야 산과 들의 초록처럼 인민의 '꽃'을 피우고 인민의 '열매'를 맺게하리라.

동운이는 강가리를 건너서 앞산 잔등으로 올라갔다. 그뒤를 따러가는 언년이는 더덕넝쿨을 찾으며 바위틈을 헤매고 있다.

강까에 느러선 버들숲은 나날이 푸른빛을 더해오는데 멀리 물아래로 터진넓은 들안은 참으로 해방의 기쁨을 필히 안은듯! 그윽한 강물소리로 마치 '토지개혁'의 찬가(讚歌)를 노래하는것같다. 동운이는 전에 없이 마음이 유쾌하였다. 오랫동안 무형(無形)한 속박(束縛)에 눌렸든 가슴이 탁, 틔우며 전에 없든 새기운이 용소슴친다.

'어떤 논이 우리집에도 차례 오랴는고…… 올농사를 한번 잘지여보자!'

그는 속으로 이런 생각을하며 앞일을 뼈물어보았다.

동운이는 지게를 벗어노코 낫을 빼들었다. 황주사의 이산도 국유로 몰수되었다한다. 따라서 이산은 인민위원회에서 관리(管理)하게 될 것이다. 동시에 그것은인민의 재산이요, 동유림(洞有林)과 마찬가지의 공동소유(共同所有)로 볼 수 있다.

그러므로 종래와같은 사유관념(私有觀念)을 버리고, 일초일목(一草一木)이라도 소중히알어서, 이, 국가의 재산―인민의 재산―인 산림을 애호(愛護)하여야된다는 말을 들은 동운이는 지금문득 그 생각이 나서, 생나무는 찍지안코고자백이와 삭정이만 따고있었다.

그동안에 언년이는 약삭빠르게 더덕을캐였다.

해가 한낮이 기우러서 그들은 집으로나려왔다.

동운이는 등걸나무를 한짐 잔뜩 걸머지고, 언년이는 더덕을, 한바구니 실하캐였다.

그들이 도라다보니 동수는 벌서 술을 한청지다노코, 어머니는 저녁먹이 콩꾸리를 갈고있다.

위원회를 여적 하는지 아버지는 아직도 도라오시지안었다. 그런데 황주사는 간밤에 아직도 모르게 이남으로 솔가도주(率家逃走)를 했다한다. 그 소식은 술을 받으러갔던 동수가든고와서 전하였다.

"그럼 아마 그영감택이가 지전옷을 입구 갔겠지―이남에 가면 무슨 별수가 있겠다구"

그들은 황주사를 이러케 비웃으며 부친이 도라오기를 기다리고 있었다. 해는 뉘였 뉘였 서산으로 기우럿다.

―『문화전선』, 1946. 7.

　작가 리기영은 단편소설 「개벽」(1946년)에서 토지개혁을 중심으로
하여 일어난 빈농민과 지주계급의 생활상 심각한 변동을 흥미있게 묘
사하였으며 토지개혁 당시의 농민들의 기쁨을 반영하였다.

　「개벽」에는 낡은 것의 멸망과 새것의 탄생이 지주와 소작인을 통하
여 형상적으로 묘사되고 있다.

　이 작품의 사건의 배경은 토지개혁 법령이 발표된 며칠 후에 진행된
어떤 읍내 인민들의 경축시위운동이다. 작가는 그 광경을 이렇게 소개
한다.

　　그들은 만세를 불러도 거저 부르지 않는다.

　　"우리들 농민에게 토지를 주신 김일성 장군 만세!"

　　선두에서 이렇게 부를라치면, 군중은 일제히 와ー하고 만세의 함
　성이 터져나왔다.

　　"조선 자주 독립 만세!"

그들은 이런 만세를 수없이 불렀다.

조선 농민의 심리에 깊은 리해를 가지고 있는 작가 리기영은 경축행사를 진행하면서 기뻐하는 농민들의 감정뿐만 아니라 절망상태에 빠져 앞도 뒤도 절벽에 부닥치는 지주계급의 말로를 생생하게 반영하였다.

새 사회를 맞이한 소작인 원첨지가 토지를 갖게 된 기쁨을 못 이겨 "개벽이야! —이거야말로 천지개벽이야!"라고 부르짖을 때 지주인 황주사가 떨리는 손으로 토지개혁 법령 포고문을 들고 "유지신사(有地身死)다… 정말 지주야말로 유지신사다. 어떤 놈이 이런 요언(妖言)을 만들어냈을까!"라고 절망하고 마는 장면은 실로 사실적이다. 신구 계급의 모습에 대한 이와 같은 예리화는 작품의 주제를 선명히함에 있어서 큰 도움을 주고 있다.

작가는 원첨지 일가에 있어 봄은 해마다 돌아오건만 해방 후 처음 맞는 이 봄은 유달리 아름다운 봄이라고 말하고 있다.

작품 「개벽」은 토지개혁을 둘러싸고 일어난 신구 계급의 처지의 근본적 변화를 가장 사실적으로 묘사하였으며 멸망하는 지주계급의 심리상태와 빈농민의 기쁨을 진실하게 반영하고 있다.

작품의 립체적인 구성, 장면의 인상적 묘사, 그리고 기본 갈등의 예리화와 내면세계의 우수한 폭로 및 농민 심리의 진실한 개성적 반영들은 이 작품의 성과를 조건지은 요인들이다.

사회과학원 문학연구소, 『조선문학통사—현대문학편』, 인동, 1988(사회과학출판사, 1959), 196~197쪽.

모자帽子

어떤 붉은 兵士의 手記

한설야

I.

우리부대가 K시에 온것은 바루 이나라가 해방되던 직후인 一九四五 년 팔월그믐께였다.

날씨는 아직 몹시 더우나 정열적인 대지는 태양이 반겨 우리를 맞이 하는듯 하였다. 나는 맑게 개인 이나라의 하늘에서 실로 오래간만에 평 화를 느꼈다.

사년만에 맘은 고향에 돌아온것같았다.

우크라이나의 여름을 상상케하는 K평야 그리고 이평야의 한복판을 흐르는 넓디넓은 C강…….

나는 이C강을 좋아한다. 아마도 나를키여준 뜨니여쁠강의 맘이 나 로 하여금 이국의 이강들을 사랑하게하는것이리라. 이 C강은 넓긴하 나 물이 옅고 해만다저서 뜨니여쁠의 웅심깊은 가슴을 보여주지는않 는다. 그렇건만 나는 이나라사람들을 키워주는 이강을 사랑한다.

그래서 우리들은 밤에도 이강가 방축위에 우리들의 대형자동차를 세우고 그안에서 자기를 좋아한다.

구월에 들어서도 이땅의 한낮은 여름처럼 째진다. 그러나 이곳의 가을은 나의 아는범위에서는 세계에서 제일 맑고 산뜻하다. 낮이면 햇볕이 마치 금가루를 뿌리듯 눈이 부시다. 그리고 밤에는 바닷물보다 더 푸른 하늘에 백금처럼 빛나는 별들이 수없는 보석상자를 터트리고 있다.

이별들을 헤여보면서 저도모르게 옛노래를 부르고 그리다가 구수한 밤공기에 취하듯 잠이 드는 밤은 행복하다. 나는 오늘밤도 자다가 아니 참말 잔게아니라 꿈을 꾼것이다. 꿈이라니 아니 차라리 그것은 생시보다도 더또렷한현실이었다.

그러므로 몸이 깨어나서도 어디까지가 꿈이고 어디서부터 생시인지 모르거니와 언제든지 이들―꿈과 생시가 얼범을려서 내앞에 여러가지 광경을 펼쳐주고 있는 것이다.

나는 꿈속에서 뜨니여쁠 강가 늙은나무에 기대서서 그검푸른 웅심깊은 강물을 내려다보고있었다. 그강은 로시아사람의 젖줄기다. 그속에는 로시아의 자연도 있고 어머니도 있고 안해도 있고 아들과 딸도 있는것이다.

그러나 그것뿐만도 아니다. 그것은 차라리 신비하다고 할가…… 그러기에 뿌쉬낀은 이강을 두고 "이상하고나 뜨니여쁠"라는 시를 읊조리지 않았는가. 그렇다. "이상하고나"―이한마디로 그치는 것이 오히려 나으리라.

꿈속에 보는 조국의 자연은 바야흐로 무르닉는 여름철이었다.

그래서 이 이상한 젖줄기에서 자라나는 우크라이나의 보암직한 곡식 그리고 무성한나무와 욱어진 풀―그리하야 그 넓디넓은 지평선은 지금 자기의 가슴을 버릴대로 버리고 부푸러오른것이다. 이속에서 우리들의 육체는 살저가고 맘은 더위잽혀지는것이다.

우리가 아무리 크고 무서운 고난을 만난다하더라도 이자연속에 영원히 깃드러있는 '조국의 힘'은 우리로 하여금 반드시 이고개를 넘게하는것이다. 또 이고개넘어에는 결코 우리를 속이지않는 행복이 반드시 우리를 기다리고 있는 것이다.

독일파시스트들이 우리앞에 유사이래 처음 보는 어마어마한 주검의 고개를 쌓아놓았을때, 그리고 그것을 뭇지르고 처박지르고 이고개를 넘었을때 우리를 기다리고 있은것은 조국 로시아의 행복뿐이아니라 실로 세계의 행복이였다.

고개넘어의 행복은 우리를 속이지 않었던것이요, 또 큰고개 넘어엘수룩 큰행복이 있었던것이다.

그리하야 악마의앞에 금수와 노예의 쇠사슬을 쓰고 있던 수없는 세계의 어린양들이 우리가 돌파하야 넘어온 이고갯길에 주렁주렁 고운 염주처럼 달려오지 않는가.

나는 정녕 꿈속에서 노래를 불렀다. 시인도 가인도 아닌 내가…… 그럼 동무들이여 웃지말라. 나는 분명 노래를 부른 것이다. 조국 살진 땅에 뿌리를 박고 있는 내넋은 뿌수낀갓흔 시를 읊조릴수있었던것이다.

나는 또 내 늙은 어머니와 젊은 안해와 아직 나어린 한아들과 한딸을 꿈속에 보았다.

챠리의 사나운 말발굽에 시달린 어머니의 주름쌀에 잽혀진 고난의 반생이여서 삼십년 가까운 새살림속에서 젊은 기운을 회복하고 있었다.

그리고 사랑하는 안해―정녕 내게는 과만한미인이었다. 그는 가난한 집에 태여났다. 그러나 자연 속에서 노래하는 새처럼 자유로 살 수 있는 새조국에 그는 태여났다.

나는 그가 소학교시절에 학생대회에서 물매미같은 고운 청으로 노래하던것을 여직 기억하고 있다. 그리고 나와 결혼한뒤 그는 나와 함께 클흐―즈에서 농사를 짓고있었다. 그리고 우리동리에서 뽑혀서 현(縣)으로 상타러 갈때의 그새차림을 차리고 나선 물찬 제비와 같이 아릿다운 자태를 나는 이국의 꿈속에서도 결코 잊지않는다.

그아름다움은 그가 나를 사랑하고 또 자기의일을 사랑하는 성실한 생활속에서 마치 곱게 자유롭게 피여나는 꽃페기처럼 자라난것이다. 그것은 사론속의 거짓과 꾸밈과 분칠로 일우어진 아름다움과는 어방없이 다른것이다.

그가 자동차를 타고 현으로 상타러갈때 동릿사람들은

"와실레프 스까야, 와실레프 스까야!"

하고 소리소리외처주었다. 나도 물론 불렀다.

그리고 그가 돌아올때 클흐―즈의 농민들은 그를 껴안고 키쓰를 해주었다.

그얼굴은 조금 해쓱해진것같았으나 한층더 이뻐진것은 사실이었다.

그리고 빠브까란 놈―이놈은 물불을 가리지않는 어쩔수없는 천둥벌거숭이다. 그리고 어머니는 늘 이렇게 말하였다.

"이놈이 만일 국내전쟁당시의 꼼쏘몰이였더면 빨찌산속에서 훌륭한 일을했을게다. 그때 용감한고 꼼쏘몰들은 빨찌산을 검거해가는 헌병을 때려뉘고 백파의 감옥에 갇힌 동지들에게 식빵을 찔러넣고 그 탈환까지 해왔느라."

이것은 결코 늙은할머니의 부질없는 손자 자랑이 아니다.

이놈은 나더러 독일 파스시트놈들의 대표를 선물로 가져다 달라고 졸라댔다. 그리고 나는 꼭 그러마구 약속을 했겠다.

그담 프로쌰 나는 이어린말을 가장사랑한다. 내가 집을 떠날때 프로쌰는 내무릎에 안겨서 내턱에 난 거친수염을 한대씩 세여보면서

"아버지, 웨 수염을 깍지 않어요"

하였겠다.

아닌게아니라 나는 조국의 원쑤로 전 인류의 원쑤인 독일파시스트 놈들을 깡그리 때려뉘울 생각에 골몰해서 며칠동안 수염 깍는것마저 깜빡 잊고있었던 것이다.

"정말 면도할걸 잊었구나"

하고 내가웃으면서 귀여워서 꼭 껴안아주었더니 이앙큼한 응석받이 프로쌰

"아버지, 그렇지만, 내 풍금을 잊으면 안돼요. 안사다주면 난 몰라"

하고 한번더 일깨어주는 것이다. 프로쌰는 벌써 몇일전부터 손풍금을 사다달라고 내게 졸랐던것이다.

그리고 나는 결코 이것을 잊지않으리라고 맘속에 단단히 다짐을 두었었다.

'그뒤 나는 전쟁중에도 하마 프로쌰의 당부를 잊지않었다. 그러나 그것을 살수없었다. 그래서 겨우 멋쟁이모자 하나를 삿을뿐이다. 그것은 지금도 내가방속에 있으나 그담 애기는 한숨 도려가지고 아래에 쓰기로 하겠다.'

II.

그뒤 나는 곧 싸움터로 나갔다.

독일 파시스트놈들은 남이 자는동안에 처들어왔다. 그리하야 쏘베트의 한나무 한풀도 남기지않고 닥치는대로 깡그리 도륙을 내였다.

서부로시아와 우크라이나의 수많은 촌락과 철로기다 모든 시설은 놈들의 방화와 약탈과 살륙으로 참담한 폐허가되고 말았다. 어떤 동리에서는 재바른 고양이 한마리가 겨우 살아났다는 이야기를 남겼을뿐이다.

그러나 구경 그것은 자는 범의 코를 쑤신데 지나지 않았다. 코를 찔러도 꿈쩍할 범이 아닌것이다. 클흐―즈의 농민들까지 살림과 또는 눈속 오막살이에 숨어있으면서 그들의 연장으로 놈들의 으리으리한 비행기를 수없이 결단을 내였다. 또 이농민들의 손에서 처뭇질린 놈들의 수효는 부려 오십만이 넘는다는 것도 그뒤에 우리는 알수있었다.

우리들은 인류의 백골우에 호올로 안락의 보금자리를 펴랴는 이강도 파시스트들을 처부스리지않고는 인류의 자유와 평화가 없을것을 알았다. 인류를 얽매고있는 악의사슬을 산산히 찢어버리지않는한, 인류의 해방은 찾을길이 없는것이다.

전쟁중에 이독일파시스트속에서 쏘베트로 항복하여 넘어온 이른바 '자유독일군대'도 많았으나 끝까지 악마의쇠사슬을 자기의마음으로 하는 자들은 그염통이 재가 될때까지 우리에게 항거하였다. 그러나 그것은 결국주검의수효를 늘인데 지나지않는다.

수십만의 악마를 뭇질르고 우리의 빛나는 쓰딸린그라드를 탈환할때부터 붉은군대는 승승작구로 서쪽으로 승전고를 울리면서 밀물처럼 내

몰렸다. 상상할수없는 힘이었으며 조국 로시아의 힘인것은 의심없었다.

땅덩어리의 새로운 심장―레닌그라드, 쓰딸린그라드, 모스크바, 그리고 인류의 태양인 쓰딸린대원수는 우리들에게 가속도로 새로운 피와 힘을 공급해 주었다.

우리는 일즉 아무나라에도 아무 군대에도 있어본일이 없는 무서운 속도로 악마의 마지막 소굴인 백림을 향하야 돌진하였다.

불란서를 두달만에, 파란을 일주간에 뭇지른 악마의 심장이 열흘도 못돼서 벌의집이 되게끔한 힘은 세계의 상식으로는 상상할수 없는것이다. 즉 이것은 이미 과거의 상식으로는 상상할수없는 새세대가 이지구에 찾아왔다는 사실을 아는 사람만이 수긍할수 있는 사실이다.

이것은 결코 기적이 아니다. 전쟁과 혼란가운데서 새로운 질서를 창조하는 힘의 표현인 것이다.

그러나 이싸움에서 나는 여러번 죽을번하였다. 눈먼 탄환이 내몸둥아리를 송두리채 날귀버릴지 모르는것이요. 그보다 바루 소총의 되얄진 탄환이 내귀창을 떨구고 뺨을 스처가기도 한두번이 아니였다. 그리고 또 그보다도 바루 파시스트병정들의 날선 창끝이 내심장에서 불과 네다섯치의 거리로 스처간것이 내기억에 남아있는것만해도 열일곱번 그러나 그때마다 나의 따발총과 창은 내심장과 하나가되어가지고 그 위험을 용케 넘어버렸다.

어데서 이런 힘과 재빠름이 생기는지 나도 모를일이었다. 그러나 다만 내목숨만을 위한다는데서 이런 힘이 생길수없는것은 생각할수 있었다.

나는 위험을 박차고 넘어선 장쾌한 순간마다 내 겻에 거꾸러진 동지들을 찾아보았다.

한번은 바루 곁에서 쥐여질러도 모를새캄안 밤중이었다. 중상당한 병사가 고작내발아래서

"누구냐. 가까이 오지말아"

하고 바루 의젓하게 외치는 것이다.

"하하, 너도 로시아말을 하는구나"

내가 반겨 그렇게 말하자 저편은

"따와리시치"

하고 마지막 기운을 돕아서 외쳤으나 내게로 올힘은 없었다. 그러나 만일 내가 독일병정이었다면 그는 마지막 총알을 남기지않을 준비를 하고 있었던것을 나는 어둠속에서나마 방불히 볼수있었다.

그래서 나는 동지를 야전병원에까지 업어간것도 한두번이 아니었다.

그러나 이러는동안에 악마들은 내고향의 늙은어머니와 젊은 안해와 두자식을 죽여버렸다. 고향은—아! 그 우크라이나의 아름다운 내어머니의마을은 개미거자리도 남기지않은 완전한 폐허가 되고말았다.

나는 그악마놈들의 창끝에 찔려 넘어지는 그러면서도 살려고 살려고 악을 쓰고 덤볏을 생각할때마다 이가 갈리고 치가 떨렸다. 때로는 나는 이렇게도 외쳤다.

"웨 죽는단말이냐, 놈들을 오리가티 찢어바리지못하고 웨놈들안테 죽는단말이냐, 엥히 약자들! 엥히"

그러나 그래도 내마음은 후련할수 없었다. 아니 도리여 마음은 어두워지고 그어둠속에서 눈물이 고이는 것이다.

그러나 처음은 아직도 확실히 그것이 사실이라고 믿어지지않았다. "설마한들"하는 미련도, 또 "그래도 혹씨"하는 희망도 있었다.

그래서 벌서 백골이 되였을 내가족과 또는 어디가서 기적적으로 살

아있어 나를 기다리고있는 가족들을 번갈아가면서 상상하였다. 그러나 하루하루 주검에 대한 공포가 더쌓이는것도 사실이었다.

나는 내 아버지의 이야기를 생각하였다. 아버지는 국내전쟁당시 따찬까(기관총을 싣는 수레)를 타고 산지사방으로 돌아다니면서 독일병정과 용감히 싸워 게오르기은팻장을 탄 용사인데 그는 어린나에게 늘 이런 이야기를 하였다.

"독일병정놈들은 무고한 로씨아 백성들을 창과 칼로 난도질해서 로씨아 거리거리는 주검의 사태가 났너니라. 놈들에게 항거하던 젊은이와 여자들이 천추의 원한을 풀길없이 헛되히 허공을 끌어안으며 쓸어진―영원히 움지길줄 모르는 그파아란 눈동자들이 가없는 우크라이나의 피비린 벌판을 행하고 있었너니라."

지금도 이 영원히 움지길수없는 파아란 눈동자가 유령처럼 내머리에 매달려 떨어지지않거니와 이것이 내가족들의 주검이라는 사실을 더욱 분명히 해주고 뿐만아니라 이두사실이 가루세루 서루 얼려서 무서운 환상이 나를 치떨리게하는것이다.

Ⅲ.

이전같으면 누가 손풍금을 친다든지 고향의 노래를 부르면 제절로 성수장단이 나오고 어깨춤이 넉실거리더니 이제는 고향의 노래와 멜로디가 나를 공포로 인도하는 것이다.

나는 이노래를 듣다가 별안간 으악하고 귀를 싸쥐고 그자리를 내달린일이 있다. 그러니 내고향으로 돌아갈 용기가 어디 있으랴.

응당 반가히 기다려 주어야할 가족은이미 이세상에 없는 것이다. 마을도 없어지고 고향사람들도 없는 것이다. 그리고 다만 원한에 맥힌 내 가족의 파아란 눈동자만이 지금도 우크라이나의 너른 하늘을 처다보고있는 싶은 가냘핀 환상만이 도저히 내머리에서 빠지랴고 하지않는 것이다. 그럴판에 동방의 독사 일본에 대한 조국의 공격이 개시되었다. 세계파시스트를 모조리 깨뜨려버리고 인류를 완전히 해방하랴는 우리의 조국으로서 당연히 취할 길이거니와 이것은 나에게 보다 더큰 요행을 가저다 주었다.

나는 다시 이전쟁에 참가하게된 나의 행복을 누구보다도 더크게 또 감사하게 느낀것이다. 고향으로 돌아가는 것이 공포로 변행진 나에게 이전쟁은 실로 새로운 고향의 발견을 의미하는것이었다.

일본은 만주와 조선을 마지막 발판으로 해가지고 미국과 태평양전쟁을 될수있는대로 길게 걸려보랴는 심사였다. 미국의 군사평론가도 일본이 만주와조선을가지고 그대로 버티여나간다면 금후 오년은 너시 탱해리라고 하였고 또 세계어느나라도 그러리라는것을 믿지않을수 없었다. 그것은 이제까지의 전적으로 밀우어 얻은 결론이기 때문이다.

그러나 그만치 일본이 철옹성으로 믿던 만주와 조선은 붉은 군대의 앞에 겨우 오류일의 지탱도 얻을 수없이 모래섬같이 우시시 헤여지고 말았다. 거짓말같은 사실이다.

여게서도 또 세계의 예상과 낡은 세대의 지식을 허락지않는 새사실이 나타난것이다.

이것은 무엇을 의미하는가. 두말할것없이 이것은 '새세기'의 성장을 말하는 것이다.

이리하야 일본이 금성철벽을 자랑하던 동만부대도 또 조선부대도 썩은 고지박처럼 하루아침에 뿔뿔이 떨어지고 말았다. 그러나 이몰락은 한개의 거룩한 탄생을 의미한다.

강도 일본에게 항상 검은 상장(喪章)을 강요받던 만주에도 조선에도 잃었던 조국이 돌아오고 떨어진 태양이 솟기 시작한것이다.

이 환호에 벅작국 끓어넘치는 조선의명—그러나 내게는 이것이 고향이 아닌 것이 당행하였다. 이땅은 아무데 가도 내가족의 영원히 움지기지않는 파아란 눈동자가 없을것이요, 또 짓밟히고 깨어진 내 옛터전이 여게 있을까닭이 없는것이다. 그러므로 아무데라도 안심하고 걸어다닐수 있다.

다만 때로 환호의 소리, 만세소리가 뜻하지않고 흘려오는것이 걱정이었다. 해방된 인간의소리! 이에서 더 아름다운 음악이 있으랴. 원수 가물러간 거리의 표정—이에서 더 명랑한 풍경화가 있으랴.

그러나 이 밝음이 내맘속에 서리운 '어둠'을 너무도 선명히 비쳐주는것이다.

이거리의 집집에서 마다 펄렁거리는 태극기의 붉은빛, 푸른빛이 내가족의 잃어진 피요 움지기지않는 파아란 눈동자를 상상케하는것이다. 울수있는때—술이 취해서 울수있는때는 그래도 행복한 시간일수 있다. 전쟁이 그립다. 주검을밟고 넘어가는 말리전쟁이 내고향이다.

그럼 예상밖에 전쟁이 빨리 끝장이 나서 너무 갑자기 내주위는 괴괴해섯다. 내게는 아직 소음(騷音)이 필요하고 총소리가 필요하였다.

그러나 지금 내주위는 대낮에도 만귀 잠잠한 것 갓다. 어떤때는 이나라의 모든 환호의소리와 해방의 빛깔이그저 까마득한속에 잠겨서 보이고 들리지 않는것이다.

그리고 다만 그움지길줄을 모르는 파아란 눈—이것만이 내머리를 짓구지 줄질하는 것이다. 그러던 나는 머리가 묵철갓히 무거워진다. 고개를 들수 없다.

그러나 여게서 하낫 고마운것은 사람에게─꿈 아니 잠이 있는 그것이다. 피곤이 신경을 물고처지면 나는 잠이 든다. 꿈도 찾아온다.

이속에서 다시 한번 보기좋게스리 파시스트 독일병정들을 때려잡는것은 좋다. 그보다도 항복한 그들과 이야기하는것은 더욱 좋다. 그들에게도 응당 죄없는 안해와 자식이 있을것이다. 고향의 그들은 남편과 아버지를 지질이 기달릴것이다.

꿈에 이런 자비한 생각이 있었는지 없었는지는 모르되 어쨌던 독일병정과 판단해서 꿈은 어느듯내고향으로, 옛집으로 가족에게로 옮겨가는것이다.

그래 정이 겨웁던끝에 소스라처 꿈이 깨면 내눈앞에는 현실과 환상이 얼려서 천근 납덩이처럼 내머리에 처박질려 오는것이다. 그러면 무섭게, 빠르게 비약하는 공포가 나를 엄습한다. 나는 더 견딜수 없게된다.

그래서 나는 거반 무의식적으로 내손으로 내뒤통수를 세불게 두들기고 그대로 후련치 않으면 문득 단총을빼여 든다. 그리고 거푸 탕, 탕, 탕…….

그러면 나는 약간 개운해 진다.

그래서 나는 아닌밤중에도 깨는때마다 이렇게 하구라야 백였다. 이 거리의 백성들이 총소리를 꺼리는것도 잘 알구는 있지만─내게는 지금 총소리를 꺼릴수있는 자유가 없다.

나는 한번은 자동차를 타고 H시로 가다가 허공에대고 무중 단총을 발사해서 지나가던 안악네가 으악하고 울부짖으랴는것을 본일이 있다. 나는약간 유쾌하였다. 내총소리에 모든것이 습복(慴伏)했으면 싶었다.

그래야 나의 정신도 머리속에서 날뛰기를 그치고 다른사람과 같이 내총소리앞에 가만히엎드릴 것 같았다.

Ⅳ.

한번은 이런일이 있었다.

어느극장에 근무하는 조선동무가 구경을 오라고해서 갔더니 마침 조선 고전음악, 무용의공연이 있었다. 그조선동무는 이제 로씨아말을 달걀통변이나 할만침 알므로 내게 대강대강 설명을 해주어서 더욱 자미있게 볼수있었다.

그중에도 나는 <승무>라는것을 제일재미있게 보았다. 나는 이미 조선춤을 구경한 일이 있지만 이 <승무>처럼 재미나는 춤은 처음 보았다. 물론 조선 동무의 설명이 있었던 관계도 있었지만, 나는 이것을 구경하는 동안에 잠시 모든 것을 잊고 고스란히 그것만 구경할수 있었다.

이 <승무>는 정말로 훌륭한 심리묘사하고 생각하는데 그심리가 점점 고조(高潮)되어 나중은 거의 광적으로 발전한다.

이것은 즉 종교의 구속된 군중의 종교심리다. 그중의 인간본능의 부정을 상증하는것이다.

즉 중은 인간본능의 가장 큰 한면인 성적 본능이 눌리여있는 것이다. 이 놀라운 인간성의 발작도 반항이 첨은 종교적인 잔잔한 형세가운데서 서서히 나타나다가 차츰 고조되어 거지반 미친듯이 치솟는것을 이 승무의 전반(前半)은 비상히 잘 표현하였다.

그래 나는 후반에가서 의례 이인간의 미칠듯한 감정이 종교의탈을 부시고 인간성을 찾아돌아와 인간적인 정서의발전으로부터 생활의해방으로 발전하리라고 생각하였고 또 그러기를 바랐다. 적어도해방된 오늘의 승무는 마땅히 그래야할것이었다.

그러나 승무는 커다란 재금소리! 하늘, 천당, 불교에서는 극락에 기도를 올리는 소리를 고개로 하여가지고그인간성의 무서운 발전이 다시 종교의 숲에 가치여 잠잠히 내리막고개로 내려가는것이다.

즉 여기서 내기대와는 반대로 인간성이 죽어지고 종교의힘이 인간을 다시 지배하게되는 것이다. 그래서 무용은첫거리와갓혼 종교적인 잔잔한 막거리로 끝마치랴하는 것이다.

그때 나는 부지중 다시 단총을 빼들었다. 승무가 인간성의 승리를 보여주지 않을때 나의 울분속에서 헐우어진 비참한 환상이 다시 내정신을 엄습한것이다. 나는 더 견딜수없었다. 이럴때 내정신을 부뜰어주는 것은 어제까지는 오직 단포하나뿐이었다. 내정신을 무서운 천길 굴속에 차넣고 짓밟고 박차고 죽이랴하는 환상을 물리칠 강렬한—가장 정열적인 소리가 이때 내게는 필요하였던 것이다.

만일 내곁에 있던 조선동무가 내손을 잡아내리지 않았더면 나는 으레 극장천정에 보기좋게 구멍 두셋을 뚫어놓고말았을 것이다. 그래야 기가 칵 질인 내가슴에도 숨쉴 구멍이 터질것이었다.

나는 더 견딜수 없었다. 나는 소스라처 극장밖으로 뛰어나왔다. 극장으로 들어가랴고 문밖에 전진했던 사람들이 무중 터지는 내총소리에 뿔뿔이 헤여져 천방지축 달아나는것을 보면서 나는 긴숨을 뽑으며 약간 장쾌함을 느꼈다. 뒤에서 극장에근무하는 조선동무가 따라나오는 것도 나는알지못했다.

나는 단포를 쥔채 우편국있는데로 좀 빠른 거름으로 걸어왔다. 그때

나는 어떤가게앞에 모여섯던 사람들이 우아하고 어두운거리의 산지사방으로 헤여져 달아나는것을 보았다.

그러나 바루그가게앞에 남은 두남녀만은 그대로 서있을뿐아니라 무엇때문인지 서루 실걸이질을 하고있는 모양이었다. 여자는 제어린게 집아이의 손을 단단히 붓잡고 있고 그애는 질겁을 한듯이 어머니에게 꼭 붙어있었다.

나는 멀지암치 서서 잠시 그것을 바라보고 있었다. 그러자 일단 헤여젓던 구경꾼들이 하나씩 둘씩 다시 그리로 모여 들었다. 그때는 극장동무도 나의곁에 와서 구경하고 있었다.

여자는 그만 가버리랴하는 가겟주인인듯한 어깨가 벌어지고 허리가 조곰 꾸불어뵈는 중년남자는 그여자의 옷깃을 잡고 놓지않었다. 그리고 무어라고 힐난하면서 억지로 궤가게안으로 여자를 끌고 들어갔다.

나는 부지중 정신이 솔깃해지며 가게앞으로 따라갔다. 한즉 가게주인은 나와 또 구경꾼들에게 무슨 구원이나 청하듯이 무어라고 알수없는 소리를 주어친다. 그 내곁에 섰던 극장동무가 나에게 이런말을 하였다.

"저여자가 이가게 물건을 훔쳤다는군요"

"물건을 훔쳐? ……."

그리며 내가 극장동무에게 반문할때 가겟주인은 기운을 얻은듯이 조고만 어린애 모자를 내혼들며 이것을 훔쳤다는 뜻을보이고 다시 훔친물건이 더 없는가 여자의 몸을 샅샅이수색하기 시작하였다.

한즉 그여자의 어린아이는 더욱 무서워서 울 울듯하며 어머니에게 매여 떨어지지 않었다. 그여자는 그저 무어라고 애원하는 표정이었다. 행색이 몹시 초라해보이는 구차한 여자였다.

그순간 나는 단총을 번쩍 들었다.

"놓아라."

그런즉 구경꾼들이 또 우야 도망질을 하는데 가겟주인만은 두번째 내가 웨친때에야 마지못해서 그여자에게서 손을떼였다.

"당신은 돌아가시오"

내가 그리자 그여자는 질렸던 얼굴이 조곰 풀리며 고맙다는듯이 허리를 좀꾸부리고 어린애를 앞세우고 도망하듯 재게 어두컴컴한 거리로 살아저버렸다.

오랜 몇박아래에서 생긴이 나랏사람의 습관인듯싶은 허리를 꾸부리고 머리를 숙이는 버릇이 내눈에 몹씨 거슬렸으나 나는 그런것을 더 생각할 여유없이 가겟주인에게로 성난눈을 돌렸다.

그가 어린애모자를 내보이며 무어라고 발명으로 떠버리는것을 나는 손으로 싸리듯이 모자를 땅에다 탁처버리고 그대로 걸어나왔다. 그러나 다시 또단포를 발사할 생각은 없었다.

그리고 그저 어쩐지 지금의 그여자와 어린애의 모습이 내머리에 분명히 떠서 섬을거리는 것이다.

그어머니의 공포에 싸인 표정 계집아이의 자지러질듯 감앟게 질린 상…… 이것이 내머리에서 꼬리를 물고 맴을 돌았다.

나는 종시 또 내 어린 자식들을 생각하고 그 영원히 움지기지 않는 파아란 눈을 생각하였다. 물론 그 언제나와같이 아픈 생각이었다.

그러나 나는 다시 단포를 뽑지 않고 빼어내였다. 나는 매우 것든한 걸음으로 이거리를 걸을수 있었다. 여전히 우울한 발이였지만 내정신이 허크러지지않는것은 당행한일이였다. 나는 이날처럼 나자신을 스스로 단단히 부뜰어내여본일은 일즉 없었다.

그러나 나는 역씨 무엇에 흥분해 있었다. 벌서 진작 생각해 내어야할 한가지 일을 잊고 있었던 것을 나는 문득 깨달았다. 나는 내가방속에 있는 어린애 모자를 깜빡 잊고 있었던 것이다. 그것은 내 사랑하는 프로쌰에게 주랴던 전지의 선물이다. 그러나 프로쌰는 이세상에없다.

또 이세상에 없는 프로쌰에게 씌이랴고 그모자를 지니고 있는것은 아니다. 그러면 어째서 간직해두는것인가. 나도 모른다. 알필요가 없다. 그저 두어두고 싶을뿐이다.

그러나 나는 문득 이런 생각을 하였다. 그모자를 아까의 그자리에서 생각해냈어야 할것이라고…… 그것을 남겨둔 이상, 어느자리에서보다 아까 그자리에서 생각해내랴는 것이 내 가슴에 숨은 답이 아닐가 싶었다.

때때에 생각해 내었으면 그 계집아이를 거게 그대로 서있게하고 내가 가서 가져다가 씌워줄수도 있지않을가. 그러지않으면 그아이를 내 거처로 데리고 가서 씌워보낼수도 있지 않은가…… 나는 오래도록 이런생각에 혼란해 있었다.

밤거리는 아직도 어둡다. 일본이 패퇴한후 이거리는 한때아주 보잘것없시 영락하는듯하더니 차츰 다시 살아는 나나 아직도 밤거리는 너무 쓸쓸하다. 그러나 이제 이속에서 살아나는 것이 참말 이나라사람들의 것이 아닐가고 나는 생각하였다.

하기로 이거리는 보이는체 없이 한겹대기씩 벗어버리면서 있는것은 사실이다. 날이 갈수록 일본인의 소리와 색체가 벗어저가고 이나랏사람들의 소리와 빛과 호흡이 돌아오면서 있는것이다.

나는 무언지 기운이 났다. 내가슴에도 확실이 새무엇이 움터 자라고 있는것을 나는 누꼈다.

V.

그뒤에도나는 그날밤에 본 승무를 잊을수 없었다. 가끔 이것이 내머리에 떠오고 그리고 무엇을 생각하게 하는것이다. 그중의 미칠듯한 동작—죽어라고 북을 두리둥둥 번개같이 두들겨대는 그 고조된 심려는 해방조선의 날에 핏줄이 연해 있는것같았다. 반드시그 고조된 인간의 심리가 더욱 발전해서 새로운 인간성과 인간 생활을 이땅에 펴놓으리라싶었다.

그리하야 그승무도 이나랏사람의 손에서 인간의 재생을 표현하는 무용으로 바꾸어질것이라고 나는 믿는다.

나는 그뒤 까닭없이 헛된 총을 발사하는 버릇이 없어졌다. 미칠듯한 내심경을 스스로 누를수도 있었다. 동시에 그질과갓흔 광쩍인 환상에 지지눌리는일도 차차 없어지게 되였다. 모든 것이 하나씩 뒤로 물러가서 잊어지고 마는것갓았다.

"아! 행복은 망각(忘却)에 있다. 망각은 곧 행복이다. 모든것을 잊을수있는 사람은 언제든지 행복할 것이다."

라고 나는 홀로 외쳤다.

만일 사람이 잊어버리는 버릇이 없다면 사랑하는 가족을 잃은 사람 또는모진 분노와 참을수 없는 모욕가운데 있는 사랑의 대부분은 그목숨을 보전하기가 어려울것이다.

그러나 나는 이 '잊음'이란 결코 잊음에 그치거나 그것으로 없어지고 마는것이 아닌것을 또한 알았다. 잊음은 곧 새사실의 발생을 의미하는 것이오, 이새사실의 발생이 없이는 완전한 잊음이란 있을수 없는 것을 알았다.

즉 잊음은 그 잊음으로해서 잃는것보다 더크고 새로운것을 나아주는것이요. 또 그리는데서만 잊음은 인간정신의 부분적 주검을 의미하는 것이 아니고 도리여 정신의 발전을 의미하는 것이 되는것이라고 나는 생각하였다.

그러면 내 잊음대신에 내게 무엇이새로 생겻는가? 나도 그것을 때기는 모른다. 그러나 나는 이것만은 안다.

나는 이전에도 이나라의 어린애들을 보아도 눈에서 모다불이 나는 때가 있었다. 첨은 어린애들이 내게서 무엇을 얻으려고 비슬비슬 가까히 오게되면 나는 슬며시 총부리를 돌리는 시늉을 해서 몰아보냈다. 구찮다는것보다 차라리 무서웟던것이다.

그러나 어느새 어떻게 되였는지 나는어린애들과 다시 익숙해젓다. 이나라 어린이들이 내게로 주렁주렁 몰켜와서 내어지러운 반지를 만저보고, 아니 그보다 단포를 만저보고 따발총을 만저보아도 나는 모른척하고 있을수있었다. 그리다가 요지막은 아이들과 곧잘 반벙어리 대화를 씨버리게되였다.

이놈들은 기신그려놓면 제하래비 꼭지여 두상투 보는격으로 의심조심없이 별작난을 다한다. "잰겐 다와이"니 "아찐 호로쇼"니 하는따위 말을 아무데나 함부로 주어대며 매일갓히 몰려오는 것이다. 그리고 나도 어쩐지 슬그머니 이놈들이 맘에 탐탐해 보이는 것이다.

이것은 생각컨대 내자식을 잊은 때문이 아니라 어린애들을 다시 사랑할수 있는 새마음의 탄생을 말하는것이리라.

이맘속에는 물론 내자식을 사랑하는 가날핀 심정이 그전보다 더강렬하게 들어 있으면 있었지 결코 못하지는 않을것이다.

또 이나라의 가엾은 늙은이는 내 늙은어머니를 생각하게하고 이나라의 젊은 안해는 내 젊은 안해를 생각하게하는 것이다. 동시에 나는 내가족의 악착한 운명을 아파하는만치 이나라의 백성이 길이 행복하기를 비는 맘이 간절한것을 스스로 의식하게되였다. 내가슴속에 이맘이 새로 탄생한 것이다.

나는 지금도 이따금

"하많은 사람중에서 어쩨 나만 어머니도 안해도 자식도 없을가"

하고 탄식하기도 하지만 그러나 인제 내주위에 보이는 사람들이 꺼려지거나 무서워 보이는 일은 없다. 아니 차라리 그들은 내 벗이요, 겨레인 것 갓흐다.

나의 이심정을 깨달은까닭인지 어린놈들은 날이갈수록 나를 가지고 곧잘 놀려 주는것이다.

"루스끼, 루스끼"

하면서 나를 쿡 찌르고 다라나기도 하고

"요거, 보뜰내"

하듯이 손과 눈을 씨루며 씨물그리기도한다.

하늘이몹씨 맑던날이날도 아이놈이 내가 있는 숙소앞으로 우—몰려왔다. 마침 일요일이여서 나는 집내 있었다.

맑게 개인 화창한 날씨였다. 무언지모르게 나는 기분이 좋았다. 실없이 빈둥그려보고 싶고 무슨 바위갓흔데라도 몸을 탁 부디처보고 싶은 기분을 나는 느끼고 있었다.

그런판에 아이놈들이 몰려온것이다. 나는 별 생각없이 두손을 번쩍 처들며 우악스럽게 팍 소리를 질럿다. 했더니 어린놈들이 거미새끼처럼 뿔뿔이 헤어젓다가 인차 내얼굴을 읽으면서

"으흥 괜찮구나 루스끼 사람좋아"

하듯이 다시 씨물그리며 모여들었다.

나는 팔짱을 끼고 한동안 아무 동작도 보이지않고 가만히 서있었다. 한즉 한놈이 내뒤로 살금살금 걸어와서 주먹으로 내엉덩이를 죽어라고 쥐어질르고는 킥킥그리며 내뺐었다. 그래도 나는 가만내버려두었다. 그러나 나는 그순간 불시에 몸이 거뿐하고 맘이상쾌해졌다.

내속에서 지금 세불게 굼틀거리는 강렬한 감정은 차라리 아이놈들이 돌맹이로 나를 때려주었으면하고 바랐는지 모른다. 몸과맘이 함께 공연히 군지러윗던것이다.

그럴판에 아이놈이 주먹으로 나를 되게 곳아댄것이다. 그놈의 어린 주먹에나마 제힘의 거의 전부가 들어있는것을 느끼며 나는 뺙 돌아서 후따따 쫓아가 부뜰 시늉을 하다말고 하늘을 우러러 깔깔 크게 웃어주었다.

했더니 질겁해서 천방지축 내뺐던 아이놈들이 도리여 싱거운듯이 돌아서 해죽이 웃으며 다시 내게로 비슬비슬 몰어들었다.

그순간 나는 가슴이 쩔렁하는 사실을 발견하였다. 그아이들중에 제일 나이어리고 귀엽게생긴 계집아이가 있는데 그것은 바루 요전날밤에 본 그여인의 아이와 꼭같이 내게 보였던것이다.

"옳다. 꼭 옳다"

나는 몇번이고 이렇게 내속에 외치며 그애를 유심히 바라보았다. 보면 볼수록 꼭 그애 같았다. 어득컴컴한 거리에서 더욱이 흥분한 가운데서 본 아이의 얼굴모습이 분명히 내머리에 남아 있을까닭이 없건만 그래도 나는 이아이가 위불없이 그아이가 옳다고만 생각되었다. 물론 내 심정에는 꼭 그아이가 아니라도 좋다는 생각도 있었고 또 그아이가 아니라하더라도 꼭 그아이가 옳다고 생각하고 싶은 맘도 있었던것이다.

그계집아이는 제일나이 어리니만치 다른아이들보다 초간히 뒤에 떨어저 있었다. 내게 가까히 오려고도 아니하고 또 그렇다고 멀리 물러가라는 기색도 보이지않었다.

나는 별안간 맨앞에선 아이를 붓잡을듯이 달려가다가 위정 그놈을 지나처 그 계집아이 있는데로 달리겁다. 한즉 그애는 그제사 제게로 오는줄을 알아채고 냉큼놀따서 어깨를 추며 종종걸음으로 달리이기시작하였다. 그달리는 모양이 어쩐지 또 내마음에 몹씨 귀엽게 보였다.

"옳다. 바루 이애로구나."

나는 오래 맘속에 그리던 그아이라고 꼭 그렇게 생각하였다.

나는 덥석 그계집아이를 껴안앗다. 하즉 그애는 내손 서 빠지랴고 몸을 바시대였지만. 내손의 부드러운 힘—무서운 포옹이 아닌 것을 알았는지 울지는 않었다. 그러나 그애는 여전히 내게서 빠지랴고 내 억센 손아귀를 풀기에 무척 애를 쓰고있었다. 그 애씀이 도리여 어찌 귀여운지 몰랐다.

나는 이내 내 호주머니에서 해바라기씨를 꺼내주었다.

"어서 받어 더 맛나는걸 줄테니"

내가 그래도 그계집애는 첨은 수이 그것을 받으려하지 않았다. 한즉 다른놈들이 부러운 이

"애, 옥아, 받아라 받어"

하고 초거댄다.

그리고 그때는 벌써 내가 그놈들에게 있어서 만만하고 물씬한 작난감으로 보였든지, 그놈들은 연신 내게로 몰려와서 내어깨를 곳고 옆구리를 지르고 엉뎅이를 수시었다. 그리고 내손에 있는 해바라기 씨를 덤치랴는 놈까지 있었다.

"루스끼, 루스끼, 난 좀 안줄테야"

하며 아이놈들이 마뜩지않게 히드득거리였다. 나도 마주 웃어주었다. 물론 내주머니는 톡톡털어 그놈에게 다주고말았다.

내게 안긴 계집아이가 내게서 빠저나 가랴고 바둥거릴때마다 그부드러운 충동에서 나는 문득 내아들과 딸을 느꼈다.

그전갓흐면 나는담박에으악 소리를 질르고 밀어내던지든지 또 혹씨 동댕이를칠지도 모르는것이다. 그러나 나는 이미 이세상에 없는 내자식을 이아이에게서 느끼면서도 그전처럼 치떨리는 환상에 사로잡히는 일은 없었다.

내게 붓잡힌 계집아이에대한 따수한 애정은 바루 내죽은 자식에게로 가는 나의맘―아버지의 맘이었다.

나는 이순간 내고향을 생각하였다. 폐허가 된 내고향을 그전보다 멧갑절 더 훌륭한 고장으로 다시 춰세우랴는 욕심이 불같이 치미는것을 느꼈다.

한때는 생각하는것조차 무서워하였고 또 다시 두번돌아가지않으랴던 고향이다. 그러나 인제는 무한한 애정과 함께 내마음속에 부활한것이다. 내 넋은 어느듯 고향의 노래를 불럿다. "이상하고나 뜨니여쁠"이라는 시도 읊었다. 그리고 나는 사모친 추억은 어느듯 다시 그강가의 늙은나무아래로 돌아갔다.

이제는 그나무에 기대여 낮잠을 자면서 독일놈들에게 죽은 가족과 또 내가 죽인 독일 파시스트의 꿈을 꾸어도, 아니 생시에 멀거니 그광경을 그려본대도 결코 무섭거나 비참에 자즈라지거나 미처 날뛸일은 다시 없을것이다. 나는 건설되어가는. 아니 벌써 다 건설되었을 내고향이 그리웠다.

나는 이고향에다 전쟁에서 잃은것보다 몇갑절 아니 몇백갑절의 것을 더 살려내리라하였다.

그래야 나는 내잃은것을 찾을수 있을 것이다. 내 가족을 찾을수 있을 것이다. 나는 내 껴안은 계집아이를 안고서 내방으로 같이 들어가려고 대문 안으로 들어서 너른 정원을 걸어갔다.

사내아이들이 내가 준 해바라기씨를 까먹으면서 쭈뺏쭈뺏 따라들어왔다.

나는 내가방속에 깊이 간직한 내딸 프로쌰의 모자를 생각하였다. 모자도 이제야 때를 만난것이다.

내가 그렇게 정성을 다해서 골른 모자를 프로쌰는 오늘에야 써보는것이다.

나도 내게 안긴 계집아이가 이모자를 쓰고 이거리로 아장아장 걸어가는 정경을 방불히 머리에 그려보았다. 그리고 이계집아이들과 함께 걸을려는 이거리의 모든 어린이들을 생각하였다. 장차 이거리에 새것을 낳고 세울 주인공은 이아이들인 것이다.

낡은것이 완전히 없어지기위해서는 반드시생겨나야 하는것이다. 이거리는 지금도 날마다 낡은 것이 가시어지고 새것이 생겨나면서 있다.

자연과 인간을 가장 행복한 길로 인도하는 나라의 구름가티 일어나는 창조의 고동이 내귀에 역력히 들리는 것 가탓다.

내입에서 흐르는 홍거운 수파람은 고향의 노래를 실어 이하늘에 부첫다.

가을 햇빛에 물든 금모래 마당을 밟으며 나는 계집아이를 안은채 내방으로 걸어들어갔다.

새싹을 키우는 이거리로 귀엽게 걸어가는—프로쌰의 모자를 쓴 프

로쌰의 동생 그리고 모든 이나라의어린이들……. 이런것이 파노라마
처럼 내머릿속에 떠돌고 있다.

―『문화전선』, 1946. 7.

韓雪野씨의 「帽子」 「炭坑村」

우리民族을 日本帝國主義의 魔手로부타 解放해주었으며 또 北朝鮮에 進駐하여 民主主義的發展의 諸條件을 育成해주고있는 民族의恩人 붉은軍隊를 取扱한 小說로서는 내寡聞의탓인지는모르나 아직까지는 氏의 「帽子」한篇이 있음에 不過하다고 생각한다.

가장 貴重한面에서 題材를 選擇하고있으며 全体의行文의 多感한 붉은軍隊의 心像에 얼맞는 潤澤味를 가지고있을뿐만아니라 小說決部에있어 붉은兵士가 팻쇼獨逸兵丁한테 無慘히도 犧牲되어버린 自己家族 特히 어린 아들딸들에對한 切切한追慕를 朝鮮의 어린애들에게對한 愛情에다 依託하여 朝鮮의 어린아이들과 더부러 戲弄하며 自己딸 프로샤에게 주려고 사가지고다니던 帽子를 朝鮮의어린아이의 머리에 씌워가지고 抱擁하면서의 朝蘇親善의 핏줄이 새삼스리히 따뜻함을 느끼는場面은 大壇히 印象的이고 繪畫的同時에 맑게개었던 그날의 날세와도같이 全至極히 新鮮한 感情을 자아내게한다.

그러나 全体的으로볼 때 이作品은 主題의統一性을 갖고있지못하다 이作品의主題가 反팟쇼戰爭에 出戰한사이에 어머니며 안해며 어린아이들을 獨逸팟쇼兵丁의銃칼앞에 잃어버린 붉은兵士의 心理的屈曲에 있는것인지 또는 帽子授與事件에서 刑象된 朝蘇親善이 그主題였는지 分明치가 않다 다시말하면 이小說은 한 개의主題를 焦点的으로 살려지기위하여 그焦点에로向하여 發展된 小說이 되지못하고 저마다의獨自性을 가지는 두개의主題가 不統一狀態에서 接合되어져있는것임에 不外하다.

그러기 때문에 이小說은 많은 에피소—드로서 点綴되어있는 것이지마는 그 에피소—드는 隨筆의 한項目은 될수있을지언정 이小說과 內面的으로 連結되어져있는 말하자면 반드시 있어서야할 에피소—드는 아닌境遇를 또한 發見케되는것이다 가령 붉은兵士를 僧舞會場으로 案內한 것 더욱이 그僧舞에對한 所感의 點綴같은것은이러한것의 하나의 例다 그리고 그 主題가어디에있든 지간에붉은군대를 취급한이小說은 좀더 붉은軍隊의 名譽를 正當히 評價하는地點에서 그心理의 克明한 描寫가 있었어야할 것이다.

붉은軍隊는 軍事的으로만이 아니라 또한 思想的으로도 굳게 武裝한 軍隊이라는点에 붉은軍隊로서의 典型이 있는 것이다 이러한 붉은軍隊가 自己네들이 自己네들의 피로서 解放시켜준 朝鮮땅을 밟았을 때 그들의 最大의關心은 朝鮮人民의生活이었을 것이며 風俗이었을것이며 또 民主主義的諸課業의 建設譜이었을 것이다.

뿐만아니라 朝鮮에서 맡은 自己工作을 끝내고서는 비록 自己妻子는 이미 犧牲되어없다할지라도 하로바삐 祖國에로 돌아가고싶었을 것이다 그러나 妻子의 犧牲에서 받은 沈痛한心情이 祖國에로의服務를

最大의幸福으로삼는 그들은 無限한 愛情으로서 기다리고있을터인 自己故鄕조차를 생각하기를 두려워하고있다는 것은 單純한 作者의 手法上의誇張이 아닐가?

百거름을 讓步하여 그러한 心理의 妥當性을 認定한다고 하자. 그렇드라도 그것이 文學作品으로 自己를主張하려면 讀者의共感力을 얻어야할 것이다 하나 붉은軍隊의 그러한心理는 作者의斷定일뿐으로 必然스런共感力을 자아낼만한 描寫力을 갖고있지못하다.

따라서 그가 正常한人間으로 돌아와서 甚히 親切하고 端正한人間이되는場面을 말하는部分도 또한 必然的인흐름을 갖고있지 못한것이 되었다

이렇던 人間이 어떻게되어서 急作히 端正한人間으로 돌아서는가 하는데對해서 作者는 아므런 說得力도 描寫力도 베푸러주지않고 있다.

그것을 作者는 사람에게는 잊어버리는(忘却) 幸福이 있는때문이라고 말한다 다시말하면 家族의喪失에서받은 衝擊을 차차 잊어버리었기 때문이아니라는것이다 그러나 이것은 作品人物의心理的轉變을 實現하는 모티—브로서 使用되어 질수있는性質의것은 아니다.

웨냐하면 忘却이라는것은 記憶上의問題이고 心理上의問題는 아니기 때문이다 어떤主人公이 한개의 行動에서 다른 한 개의行動으로 넘어갈때 또는 한개의心理에서 그와對立되는 別個의心理에 넘어갈때 거기에는 반드시 그렇게되지않을수없는 克明한 心理描寫를 外在的條件과의 聯關에서 하지않아서는 아니될것이다.

基本的인 心理轉換을 「忘却」이라는 記憶上의問題로서 解決하고 萬事休矣라함은 至極히 이—지 고—잉한것임에 不外하다 痛憤할 妻子의 犧牲에만 執着함으로서 狂的인 狀態에있던心理가 一大轉換을하여 端

正한世界에로 옮아왔다고하면 거기에는 應當 아픈傷處를 잊어(忘却)버리지만 事實까지를 包攝하는 別個의根本的인 文學的모티一브가 있었어야할것이다.

그러나 이러한 모티一브를 이作品은 갖고있지못하다.

綿密한 모티一브의設定과 深刻하고도 綿密한 心理描寫를 必要로하는位置에서 主人公을 다루고 있으면서도 그런 것이 遂行되어있지못한 이作品은 必然的으로 이主人公에게 文學的眞實을 賦與하는데 成功하지 못했던것이다.

要컨댄 이作品은 作者의意圖는 좋았음에도 不拘하고 그좋은意圖에 對한 統一的印象을 讀者에게 주는데에 成功한作品은 되지못하고 말았다는것을 말하지않을수는없다.

氏의 「炭坑村」은 「帽子」와는 全然 그趣意를 달리하는 作品이다. 「帽子」에있어서도 한말로말하자면 外界의 「秩序」에對하는 잘 調和되어지지못하는 人間의心理와行動이 보담많은 幅을 갖고 取扱되어져 있는 것임에反하여 「炭坑村」은 어디까지든지 建設躍進되어 지면서있는 外界秩序에對한 積極的態度를갖고 不節히 成長되어지면서있는 하나의 새로운 人間타잎이 그리어져있다.

前者가 '人間'을 다루는데 보담많이 情緒的이메一지의 要素를 注入하고 있는作品이라고하면 後者는 徹頭徹尾 大地에발을부친 現實性에서 '人間'의成長을 取扱하고 있다.

－안함광, 「北朝鮮創作界의 動向」,
『문화전선』 3집, 1947. 2, 21~24쪽.

호랑이 할머니

리태준

　이름이 '스무담이'인 이 동네는 인가도 스물에서 한두 집을 더 넘지 못하였다. 이 자그마한 산골마을에는 자고로 흔한 것보다 귀한 것이 더 많았다. 바다가 멀고 보니 미역이나 생선 같은 해물이 귀한 것은 말할 것도 없거니와 풀과 곡초를 먹이는 가축까지 놀아 밭갈이 때면 겨릿소 다툼이 야단이요, 뉘집에 뜨락 잔치나 있는 때면 동중의 멍석이나 대자리조차 놀아 법석이 난다. 흔한 것보다 귀한 것이 더 많던 이 스무담이에 이번에는 흔한 것 한 가지가 쏟아져 나왔다. 그것은 문맹자였다. 한 집에 평균 세 사람가웃이 넘었다.

　"낫 놓고 기역자도 모르는 청맹과니 많기룬 우리 동네가 으뜸 가겠네!"

　"암, 아무걸루라도 한몫 봐야지!"

　"전에 저─경상두 진주 개명엔 파리 수효보다 기생 수가 한둘이 더 많드라드니, 우리 스무담이엔 낫 놓고 기역자 아는 사람보다 낫 놓구 기역자 모르는 사람이 더 많이그려!"

"자네는 그 말 썩 잘했네! 이를테면 문맹자가 파리가 아니라 기생편
일세 그려!"

이렇게 익살을 부리는 천근이 아버지와 만석이 할아버지부터 제 말
마따나 낫 놓고 기역자도 모르는 문맹자들이었다. 그리고 이런, 입심
좋고 꼬장꼬장한 체하는 문맹자들일수록 어린 소년단원이나 아주 말
주변 없는 민청원들로는 한글 공부 권유에 가장 진땀을 뽑게 하는 떡심
들이었다.

"흥, 날더러 문맹자라구요? 하룻개지 같은 녀석들아! 눈이 너이 발바
당만두 못허단 말 들어 싸긴 허다만, 그래 날더러 너이 앞에 가 책을 펴
란 말이냐? 군사부일체란 말은 나두 귀동냥으루 들어 안다. 하눌 천 한
자를 배웠드라도 선생은 선생이구 선생이면 애비루 모시라는 게 군사
부일체여! 그까짓 가갸거겨 몇 줄 배우구 너이들헌테 그 애비 소리와
마찬가진 선생 소릴 해 원 다 늙은것들 망발을 시켜두 유만부동이
지……."

이것은 글자를 한 자도 모르면서 문자는 잘 쓰는 천근이 아버지의 호
령이었고,

"이런 다 산 송장들은 내버려 둬라. 낼모래 나올 공동뫼 호출장이야
읽어 볼 줄 아나 마나 아닌가베……."

하여 농담으로 방패막이를 삼는 것은 만석이 할아버지였다. 이런 노
축들에게는 두 번 가면 화를 내었고 세 번 가면 가래를 돋구고 주먹을
둘러메었다.

젊은이들은 대체로 두 번 군소리가 없었다. 그중에도 젊은 아낙네들
은 문맹자 취급에 얼굴을 붉히면서도 기쁨에 마음들을 설레었다. 글을

배운다는 광명에의 욕망도 욕망이러니와 우선 한때라도 손에서 물기를 씻고 마른 옷을 차려 보며 학교라야 아는 집 사랑채 아니면 간살 넓은 집 안방이지만, 그 개아미 쳇바퀴 돌듯하는 생활에서 한 번씩 놓여나는 것만으로도 큰 변화요 즐거운 일이기 때문이었다.

그러나 이 젊은 아낙네가 처녀들에게 그 개아미 쳇바퀴는 여간해서 문을 열어 주지 않았다. 모두 바쁘고 모두 꼼짝못할 일에 얽매여 있었다. 보아줄 손이 없는 젖먹이 달린 어머니도 한둘이 아니요, 먼뎃 우물물을 길어 저녁이 남보다 늦는 외며느리 노릇하는 새악씨도 있었다. 저녁 뒤에는 씨아질과 물레질이 기다리고 있었고 남편이 짜는 가마니에 짚모슴도 섬기어야 했다. 소년단원들과 민청원들은 무슨 꾀를 내어서든지 먼저 이들로 하여 한글 학교에 나가는데 지장이 없도록, 그런 조건부터를 지어주지 않으면 자기들의 천번이나 만번이나 권유도 허사일 수밖에 없음을 알았다. 그래서 이 스무담이 열두 소년단원들과 여섯 민청원들은 이들의 개아미 쳇바퀴에 문을 열기에 팔들을 걷고 나선 것이다.

우물이 먼 집은 물을 길어다 주고 소 먹이는 집은 여물을 썰어 주고 어떤 집은 설거지를, 어떤 집에는 씨아질을, 어떤 집에 가서는 아이를 보아 주고 집이 비이는 집에는 집을 보아 주었다. 소년단원들과 민청원들의 이와 같은 열성은 문맹자들을 감동시켰을 뿐 아니라 면과 군과 정당과 사회단체 책임자들까지 더욱 이 동리에 관심을 돌리게 하였다. 면에서 나오고 군에서 나와 정당과 사회단체 사람들이 나머지 문맹자들을 강력하게 권유하는 바람에 천근이 아버지와 만석이 할아버지까지 더 부릴 입심이 없어 결국은 수염을 내려쓸며 한글 학교에 나오게 되었다. 이렇게 되고 보니 스무담이 문맹자 79명 중에서 세 사람 이외 76명이

나오게 되었고 나머지 세 사람에 대한 문제가 더 두드러지게 되었다.

"이 세 사람만 마자 나오게 한다면 우리 스무담이 문맹퇴치는 적령(適齡) 비적령을 불구하고 백퍼센트로 완수되는 건데!"

이것은 소년단원들과 민청원들의 욕망만이 아니라 어제까지는 자기도 '군사부일체'만 찾고 고집을 부리던 천근이 아버지까지도,

"옛말에 성인께서도 시속을 따르랬다고 동중이 말끔 떨어 나서는 일에 혼자만 끝내 우길거야 있나!"

하여 영돌이 할머니를 원망하였다.

나머지 세 사람이란 귀가 절벽이 된 노마 할아버지와 구묵은 해수병에 겨울만 되면 잠시를 쉬지 못하고 쿨럭거리는 서첨지와 이 스무담이에서뿐 아니라 인근 각동에서 "호랑이 할머니 온다" 하면 아이들이 울음을 끄친다는 영돌이 할머니였다.

귀머거리 노마 할아버지는 문맹자임에는 틀리지 않으나 맹아 학교가 아닌 이상 문맹퇴치 대상에 넣어 셈을 칠 필요가 없는 것이요 서첨지는 그의 고질 기침이 쉬는 기간인 여름철에 가서 따로 가르칠 예산을 하니까 결국 문제는 '호랑이 할머니'라는 영돌이 할머니 한 사람뿐이었다. 이 호랑이 할머니만 한글학교에 나온다면 이 스무담이 동리의 문맹퇴치 사업은 실질적으로 백퍼센트로 완수되는 것이며 만일 이 스무담이에서 이 호랑이 할머니 한 사람이 문맹인 채 남는다면 이것은 다른 부인네 열 명이나 스무 명이 문맹으로 남는 것 이상 큰 손실이 되는 것이다. 그것은 다른 까닭이 아니라 이 호랑이 할머니는 다른 부인네 열 명이나 스무 명 이상으로 이 스무담이 암흑과 낙후성을 완강히 보수해 나갈 힘을 쥐고 있기 때문이다.

호랑이 할머니는 올에 예순다섯이다. 이마와 볼에 고생살이의 자취

만은 거미줄을 쐬우듯 남김없이 깊은 자국을 내고 지나갔으나 머리는 아직 검고 턱이 유난히 내밀어 치닫이가 된 치아도 어금니 한둘밖에는 빠진 것이 없다. 광대뼈가 솟고 눈이 우묵하여 성을 내어 치켜 뜨면 목이 한 발은 솟는 것처럼 까마득하게 쳐다보인다. 코가 칼코로 등이 솟아서 어떤 장난꾼 아이들은 '꼬꼬댁코 할머니'라고도 하는데 목소리가 왕방울같고 타고난 성미부터 괄괄한데다가 삼십 전에 과부가 되었다. 외아들 영돌이 아버지는 어머니와는 딴판으로 찌낀 병아리 같은 약골이었다.

찢어지게 구차한 소작농을 이 과수댁 안손 하나로 허우적거리어 진일 마른일 안일 바깥일 닥치는 대로 부딪쳐 왔다. 지주에게 관리들에게 때로는 건달패들에게 모든 침해와 시달림에 대한 억센 저항력만으로 굳어진 성격이어서 어떤 때는 말귀도 미처 알아듣기 전에 왱가당거리기부터하여 '빈 달구지'라는 별명까지 듣는다.

'과부집에는 깨가 서 말 홀아비집에는 이가 서 말'이란 말은 이 호랑이 할머니를 두고 한 말 같았다. 기운이 항우 같은 젊은 홀아비네는 빨래를 제때에 못해 입는 것은 고사하고 하룻품만 새기면 일으켜 세울 바자 쓰러진 것 같은 것도 그냥 내버려 둬 개 돼지가 밟고 드나들게 하나 이 호랑이 할머니네는 그가 혼잣손 때에도 이엉 이는 것과 울바자 갈아치는 데 동중에서 제일 부지런했다. 밭도 누구네보다 걸게 다루었고 땔나무도 큰산 나무꾼 있는 집보다 떨구지 않았다.

이 호랑이 할머니는 제집 일에만 극성이 아니었다. 동네 우물 치는 것에 언제든지 솔선해 나섰고 길에 눈을 치거나 소나 도야지 똥을 치는 것도 누구보다 앞질러 하였다.

"서방 끼구 해가 똥구멍에 치밀두룩 잠만 자면 살림인가? 사람이 제

때 일어나 수족을 놀려야 살림이지……."

　아무집 마당에서나 어뜩새벽부터 드러내놓고 허튼소리를 퍼붓더라도 이 호랑이 할머니가 치는 눈은 동넷길이요 이 호랑이 할머니가 거릿대로 떠 던지는 소똥이나 도야지똥이 떨어지는 밭은 저희들 마늘밭이요 저희들 감자밭이라 누구 한 사람 군말을 못하였다. 그뿐 아니라 이 호랑이 할머니는 아낙네들이 좋아하는 미신을 많이 알았다. 구차한 혼잣속에 잔병치레하는 외아들을 길러온 어머니라 답답한 때가 한두 번이 아니었다. 무식하니 무슨 책을 볼 수 없고 돈이 없으니 병원에 갈 수 없었다. 절망 속에서 그래도 허우적거리고 살기 위한 노력으로는 있는 돌이나 정성껏 모아놓고 빌어 보고, 있는 곡식이나 익혀 놓고 발원해 보는 길밖에 없었다. 이 호랑이 할머니는 윗방 시렁 위에 햇곡이 날 때마다 조찹쌀 닷 말을 정곡으로 골라 손수 볏짚을 다듬어 짠 자그만 섬에 갈아 넣어 얹어두곤 한다. 거기는 백지도 한장 접혀 꽂혀 있다. 이것을 '망우리'라 부르며 집안에 누가 몸이 깨끗지 못하면 이 호랑이 할머니는 벌써 이 밑에 와서 빈다. 쪼크리고 앉아 손을 부비자니 머리가 절로 흔들린다. 이 호랑이 할머니의 체머리질은 귀신 앞에 손바닥을 부비는 데서 시작된 것이다. '망우리'에 빌어서 낫지 않으면 뒤꼍에다 칠성단이라고 묻어 놓은 반 길쯤 되는 돌무더기 앞에 정한수를 떠 놓고 빌어 보며 나중에는 밥과 나물을 지어 가지고 마당귀에 나가 까막까치에까지 공양을 하며 '푸넘'이란 것을 해 내버린다. 그래도 낫지 않으면 그제는 자기 힘으로 길이 없었다. 이것은 전생의 죄거니 이것은 천명이거니 이것은 팔자소관이거니로 돌리고 스스로 위로한다.

　동리에서 어느 산모가 후산을 못하면 으레이 호랑이 할머니가 윗말로부터 내려가신다. 호랑이 할머니는 산모는 보나마나 이것은 아이 낳

다 죽은 원귀들의 농간이라 단언하고 미역국에 흰밥을 지으래서 길목에 가지고 나와 뿌리면서,

"애매허게 죽은 원귀들아? 배불리 먹구 물러가라."

외치어 준다. 뉘집 아이가 학질에 걸리면 금계랍에는 돈이 드니 먼저 이 호랑이 할머니에게 찾아온다. 호랑이 할머니는 조금도 서슴지 않는다. 동켠으로 뻗은 복숭아 나뭇가지를 꺾어 들고 체머리질과 함께 무어라고 중얼거리며 병으로 떠는 아이의 등을 한참씩 뚜드려 보낸다.

이 호랑이 할머니는 설날 아침에는 누구보다도 먼저 나와 동켠 하늘을 처다본다. 붉은 구름이 떴으면 '올엔 가물이 든다' 흰구름이 떴으면 '올엔 큰물이 간다' 검은 구름이 떴으면 '올엔 풍년이 든다'고 예언을 한다. 대보름달을 보고는 '금년은 달빛이 희니 흰대조를 심어야 잘되느니 금년은 달빛이 붉으니 붉은대조를 심어야 잘되느니' 하고 예언을 한다.

앓은 사람이나 앓는 사람을 가진 식구들은 병이 낫고 안 낫는 것은 나중이요 우선 어찌해야 좋을지 막막한 때 무슨 대책이고 세워 주고 해 보아 주는 데는 고맙지 않을 수 없으며 농사에도 마음을 쓰면 쓰는 사람일수록 과학지식은 없이 하늘만 처다보는 시기에서는 이런 단순한 예언에나마 귀가 쏠리지 않을 수 없었다. 호랑이 할머니는 스무담이 모든 사람들에게 무서운 할머니며 아는 것 많은 할머니이며 고마운 할머니였다. 누구나 이 콧대 센 호랑이 할머니가 고분고분히 공책과 연필을 끼고 '가갸거겨'를 배우러 나오리라 생각은 애초부터 하지 않았고 호랑이 할머니 자신도 천근이 아버지나 만석이 할아버지까지는 끌어내갈지언정 자기에게만은 언감생심 누가 와서 말도 못 붙이리라 믿었다.

"뭐시? 뭄맹이? 글소경이란 말이라구? 홍, 한 갑자를 살었게 망정이지 두 갑자만 살다간 못들어 볼 소리 없겠구나. 그래 아에미는 다 늙마

에 글은 배 뭣에 써 먹을 텐구?"

"어머니두 써먹긴 어따 써먹어유. 영돌이가 하두 편지마다 한글 학교에 나가야 한다구 성화니까 말막음이지……."

"그 녀석은 총대를 메 보더니 환장이 됐나보다!"

영돌이는 인민군대에 들어간 맏손자였다. 영돌이부터도 할머니의 성미를 아는 터이라 할머니한테는 애초에 권해 보지도 않았던 것이다.

이런 호랑이 할머니를 소년단원이나 민청원들은 권유하러 갈 용기가 없어 서로 떠밀기만 하다가 한글 학교가 시작된 지 며칠 뒤에야 민청원 중에 눈이 어글어글하여 남에게 붙임성도 좋고 그동안 경험으로 보아 설득력도 가장 우수하다고 인정되는 상근이란 청년이 찾아가게 되었다.

상근이는 먼저 고무신을 벗고 볼받은 버선에 총 깊숙한 제손으로 삼은 짚세기를 꺼내 신었다. 호랑이 할머니는 어른 앞에서 담배 물지 않는 청년과 제손으로 신발 삼아 신는 청년을 좋아한다.

"할머니, 요마적 안녕허셨수?"

호랑이 할머니는 뿌리째 뽑아다가 양지짝 뒷간 지붕에 얹었던 목화 가지들을 끌어내려 다래를 까고 있었다.

"어서 온. 장개를 들더니 인전 발뒤축 나오는 버섯은 면했구나. 그게 네 처가 볼받은 솜씨냐?"

"그렇다우. 내 신 삼은 솜씨 허구 어떤 게 나우?"

"나이 봐선 너이 처 손뿌리가 제법 여문게다. 네깐녀석 삼은 짚세기 짝에나 신긴 아까운데 그래!"

"원, 할머니두. 할머니한테 말을 걸었다가는 번번이 내가 밑져!"

하면서 상근이는 저도 멍석귀를 밟으며 바로 들어앉아 다래를 까기 시작했다.

"할머니"

"왜"

"요즘 영돌이헌테서 편지나 있수."

"가끔 오는게드라."

"요즘 남의 말 허듯 허슈?"

"한치 건너 두치지 제 에미애비한테 허지 내게 헌다드냐?"

상근이는 속으로 옳다 되었다 하고 이 낌새를 놓치지 않았다.

"아, 할머니도 딱허슈. 영돌이가 할머니헌테 편지험 할머니 답장 써 보내실려우?"

"읽지두 못허는데 답장을 써?"

"그러게 말이지오. 그러게 할머니두 어서 국문 배러 나오슈."

"그까짓 손주녀석헌테 편지답장이나 허자구 그 고생을 허란 말이냐?"

"국문이나 배우는 게 무슨 고생이슈?"

"말 말아. 고생뿐이냐 업심은 얼마구?"

"글 배러 온다구 누가 업심너긴답디까?"

"아, 곁에 물구 댕기는 담뱃댈 한번 얻어 붙이재두 업심인데 남 속에 든 걸 얻어내면서 어쩨 업심 받지 않으리란 말이냐?"

"원, 글을 몰라서 업심을 받지 글 배러 온다고 업심 받는다는 말은 첨 듣겠수! 이런 건 소년단 아이들이 와 잠깐이면 까드릴 테니 오늘 저녁부터 할머니두 나오슈."

"집은 누가 보구?"

"소년단 애들이 집은 안 봐주는 줄 아슈?"

"흥, 아루묵에 호박씨 말리는 거나 다 까 처먹게?"

"까서 먹기는커녕 호박씨 없으시면 우리 꽈다 드리리다."

"옳지! 네가 웬일루 오늘 웃말구석에 헌신을 허나 했더니 이를테면 날 학교루 끌어내자구 왔구나 이 녀석!"

"그렇기루 그다지 놀래실 거야 뭐 있수. 영돌이두 아마 할머니가 한글 공부를 하신대면 춤을 출거유!"

"다 너이 똑같은 녀석들이지 내가 배울랴구 해 봐라 누가 배우라고 헐 때까지 있을 상싶으냐? 어림두 없다. 난 남이 허래서 해본 일 하나두 없다! 남이 허란다구 했으면 청춘에 팔짤 고처 갔게? 날더러 글을 배라구? 그 익은 밥먹구 선소리 작작해라."

하고 호랑이 할머니는 다시는 상근이를 거들떠볼 염도 않고 씨룩해 돌아앉는다.

이럴 때 자꾸 지껄이는 것은 빈 달구지에 채찍질만 하는 셈이 된다. 상근이는 무엇으로나 이 호랑이 할머니를 치켜세울 것이 없나 두리번거린다. 마침 부엌문 쪽에서 수탉에게 쫓겨 암탉 서너 마리가 뒤뚱거리며 달려나온다.

"닭두 할머니네 핸 하나같이 살이 많이 쪘구랴!"

"아직 눈구뎅이두 아닌 때 줏어 먹을 게 지천이 아니냐. 뉘집 닭이라구 말렀을까?"

"그래두 할머니네야 땅이구 짐성이구 여간 알뜰히 거두슈."

"허긴 한 배에 받은 병아리두 거둘 탓이긴 허드라. 공력 안 들이구 되는 일 있다든!"

하고 호랑이 할머니는 체머리를 흔든다.

"할머닌 농사나 살림에나 우리 스무담에선 일등 모범이슈. 인제 한

가지만 마저 모범이 되심 중앙에 쭉 소문이 올라갈 텐데."

"뭐시라구?"

"할머니가 할머니의 손으루 인민군대에 간 손주헌테 편지만 한장 써 보내보슈? 대뜸 신문에 나지 않나?"

"원 망측해라! 이 늙은년을 뭐라구 신문에 낸단 말이냐. 이 녀석이 더 헐 소리 없나!"

"칭찬으로 말이야요. 칭찬으루……."

"젊구 늙구 간에 과부년 소문나서 이로울 게 없어! 무슨쇠 무슨쇠 해야 모르쇠가 제일이니라. 글 알문 바쁘기나 했지 소용있다든?"

상근이는 그만 뒷동산을 처다보며 하하하 소리처 웃고 돌아서 내려오고 말았다.

며칠 뒤에 입심 좋다는 면농맹위원장이 이 호랑이 할머니를 찾아왔었으나,

"날 어쨌다구 끌어내지들 못해 야단이오? 헐일이 없어 손주새끼 같은 것들과 마주 앉아 너나들이 해가며 이건 소요 저건 닭이요 하구 신두 안 나는 만수받이를 하란 말이요? 나 글 몰라 임자네 신세진 거 하나 없거던! 나이 예순다섯꺼지 살아야 누구 앞에 내 편지 한 장 축문 한장 신세진 적 없어! 괘난 사람을 가지구 소경이니 청맹과니니 허구 심살 득득 긁지 않나!"

이 한마디에 입맛만 쩍쩍 다시고 돌아갔다.

이렇게 되고 보니 이 스무담이 문맹퇴치 사업은 이 호랑이 할머니 한 사람 때문에 백퍼센트 완수에 지장이 생기고 말았고 이 호랑이 할머니 한 사람이 문맹인 채 남는 때문에 그가 가지고 있는 미신의 가지가지는 모처럼 광명을 향해 겨우 걸음발을 떼어 놓기 시작하는 스무담이 모든

부녀자들로 하여 미신에 대한 미련에서 완전히 벗어나지 못하게 하였다. 한글 학교를 쉬는 동안 봄내 여름내 가으내 글자도 쉬이 잊어버리었지만 생활에 있어 미신덩어리 호랑이 할머니의 영향을 그저 받고 있었다. 방을 뜯어 고치는 데도 동토하는 날이 따로 있다 하여 여전히 호랑이 할머니에게 날을 물으러 갔고 며느리를 친정으로 보내는 것이나 딸을 시가에 보내는 것도 일일이 호랑이 할머니에게 날을 물으러 가는 아낙네가 많았다. 그럴 때마다 호랑이 할머니는,

"글 배운 사람들이 날두 하나 볼 줄 모르나? 그놈의 글 배워 뭣에 쓰는 거람?"

하는 큰소리로 빈정거리고 오금을 박았다. 이 호랑이 할머니를 그냥 두었다가는 호랑이 할머니가 문맹인 채 그냥 견디는 것을 보고 올 겨울에는 학교에 나오는 것을 어엿하게 거절할 늙은이도 한둘이 아닐 성싶다. 겨우내 공을 들여 호랑이 할머니 말마따나 '이것은 소요 저것은 닭이오'나 겨우 더듬어 읽게 되어 정작 교양재료를 가르킬 것은 금년 겨울부터의 일이다.

"어떻게 해야 저 호랑이 할머니를 학교에 끌어내나?"

이것은 초가을부터 상근이를 비롯하여 모든 스무담이 민청원들과 소년단원들의 중대한 두통거리였다.

어떤 천진한 소년은,

"그 호랑이 할머니 딴 동네루 이사나 갔으면 좋겠다!"

하였고, 어떤 성미 급한 청년은,

"그놈으 할머니두 귀나 꽉 먹어 버려라. 그럼 누가 무꾸리허러도 못 가지 않어!"

하고 화를 냈다.

"그건 다 쓸데없는 소리구……."

이것은 언제든지 희망을 버리지 않는 상근이었다. 상근이는 면과 군에서 지도원들이나 정당 사회단체에서 누가 나타날 때마다 이 호랑이 할머니 문제를 의논해 보았다. 그러나 그들의 입으로부터도 이렇다 할 묘안이 나오지 않았다. 다만 한번은 상근이가 군당에 볼일이 있어 갔다가 군당 책임자와 무슨 이야기 끝에 여기서도 이 호랑이 할머니 말이 나왔고 그때 군당 책임자로부터 이런 소리를 들은 것이 이 문제를 해결하는 데 큰 용기와 한 실마리를 잡게 되었다.

"조선에 문맹자 많은 것은 일제통치가 남긴 여독 중의 가장 큰 것의 하나니까 문맹퇴치 사업은 일제 여독을 청산하는 중대과업의 하나요, 문맹자 중에도 그 호랑이 할머니 같은 사람의 눈부터 띄우는 것은 보수성이 강한 농촌에서 봉건유습의 응어리를 뽑아내는 것이 될 뿐 아니라, 근로하기 좋아하는 그 할머니의 높은 인민성을 옳게 살리는 사업도 되는 거요. 그 할머니의 근로를 사랑하는 생활은 높이 평가되어야 하겠소. 긍정면이 많은 좋은 성격자요. 아모튼 그런 성격자는 자존심이 강할 것이니 그의 장점을 추켜 주어 과히 이탈해 나가지 않도록 하면서 적극적으로 유도해 보시오."

상근이는 여러 날을 두고 이 호랑이 할머니의 자존심을 옳게 살리어서 호랑이 할머니도 좋고 동네도 좋을 길을 찾기에 골똘하였다.

어느 집보다도 호랑이 할머니네 집에서 제일 가까운 둔덕에 성인 학교집이 낙성되는 날이었다. 상근이는 관계자들을 모아 놓고 자기가 생각해 낸 호랑이 할머니에 대한 해결책을 발표하였다. 처음에는 시시비비의 물론이 많았으나 길은 닥뜨려 보는 데서 트인다는 상근이의 신조와 실패되는 때에 일어나는 모든 일의 책임은 자기가 지기로 하는 데서 상근이의 안이 통과되었다.

상근이는 우선 성인 학교 낙성식에 호랑이 할머니를 끌어내기에는 과히 힘들지 않았다. 동네 전체가 쓸 건물 낙성식은 동중 전체의 대사요 경사이기 때문에 동중에서 가장 연로하고 평시에 동네를 위해 진력한 어른들을 청해 주석단에 모시는 것이라 했다. 평소 동네를 위해 진력한…… 이 말에 호랑이 할머니는 대뜸 그 우묵한 눈 속에서 불쾌한 화기가 떠올랐다.

"이게 다 동네 일 아니겠수?"

"암, 이를 말이냐!"

사실 이 호랑이 할머니는 동네에 무슨 일이 있을 때 호상간에 떠들썩해야 될 자리에는 물론이거니와 개천 동막이를 하거나 한데 우물을 지거나 무슨 추렴걷이가 있을 때는 누구보다 솔선해 나섰고 이 호랑이 할머니가 선두에 섬으로 인해 일이 속히 추진되어 왔다. 그러나 이 호랑이 할머니 내심에는 자기의 이런 업적들보다도 자기가 이 스무담이에서 마땅히 존대를 받아야 할 일은 후산 못하는 산모에게 아이 낳다 죽은 원귀들을 쫓아준 것, 복숭아 나뭇가지로 학질들을 떨궈준 것 여러 가지 날받이 해준 것 이런 따위로 자긍을 느끼면서 무명것이나마 토지 개혁 이후에 처음 진솔 것을 입어 본다는 아끼고 아끼던 새옷을 꺼내 입고 성인 학교로 나와 주석단 가운뎃 자리에 떡 올라앉았다.

호랑이 할머니는 이날 만좌중에 꼭 한가지 어엿하지 못할 것이 있었다. 그것은 이 성인 학교를 짓기 위한 추렴걷이에 글 배라는 것이 아니꼬워 다른 때처럼 솔선해 나서지도 않았거니와 쌀 몇 말 상관으로 상몫에 들기를 끝내 앙탈한 점이다. 이럴 줄 알았다면 쌀말 아니야 쌀섬이라도 아끼지 말았을 걸! 후회하였다.

이 새 교사에서 성인 학교가 개학될 날 아침이다. 상근이는 말은 제입으로 하더라도 위풍을 돋우기 위해 농맹위원장 세포위원장 다른 민청원들 대여섯 사람과 함께 이 호랑이 할머니를 다시 찾아왔다.

"할머니, 한턱 내세야겠수!"

"어서들 오게. 한턱내라니? 낼 일이 있으면 두턱은 못 낼라구!"

방 안에 들어가 좌정을 하고 상근이는 말씨를 고치어 정중히 입을 열었다.

"할머니, 오늘 저녁에 수고 좀 허세야겠수."

"뭐시라구?"

"할머니, 오늘 저녁에 동네를 위해 수고 한번 허세야겠수."

호랑이 할머니는 움푹한 눈 속에서 눈동자가 성큼 치켜달린다. 그 눈 가장자리에 봄바람이 일어날지 서릿발이 끼칠지 어느 것으로나 변화가 일어나야 할 순간 같았다.

"우리가 오늘 저녁에 학교에 종을 달구 처음 쳐보는데요. 그걸 아무나 칠 수 있수? 동네에서 어룬 될 만한 분이 치세야 헌다구 모두들 할머니더러 치시래자구 공론이 돼서 왔다우."

"별⋯⋯."

모두 일시에 그 음○○○한 호랑이 할머니의 눈초리를 쳐다보았다. 확실히 서릿발은 아니다. 호랑이 할머니는 그 치닫이 턱을 두어 번 우물거리더니 못내 웃음이 번져나왔다.

"할머니가 우리 동네선 단벌 인물 아니슈?"

"아무리 스무담이기루 사람이 이다지 군조롭단 말이냐? 내가 학교에 나가 종을 치라게? 너이들 굿판에 내가 벙거지를 썼니 놀아나게?"

"이게 모두 동네 일 아니겠수?"

호랑이 할머니는 슬쩍 정색을 하여 역시 이렇게 대답하였다.

"암, 이를 말이냐?"

이날 저녁에 호랑이 할머니는 성인 학교의 첫종을 울려주는 것으로 다하지 않았다. 이 호랑이 할머니는 스무담이 성인학교 후원회 회장으로 취임한 것이다.

"내가 뭘 안다구 회장 재목이 되느냐? 내가 지금 무엇에 홀렸단 말이냐? 너이들이 무엇에 집혔단 말이냐?"

"이 동네 여편네들이 할머니 말씀이 아니군 들어먹어야 말이죠? 일은 죄다 우리가 헐 테니 아모튼 우리 학교 돌봐주는 어룬으루 저녁마다 한 번씩 들리기만 허슈. 누가 잘 안 오나 누가 공부에 정침 안허나 그런 것만 살피시구 호령을 해주슈. 이게 다 동네 일 아니겠수?"

호랑이 할머니는 이날만은 다른 때처럼, '암, 이를 말이냐!' 소리가 나오지 않았다. 아이 어른 늙은이 전체 학생들이 쑤군거리었다. 낫 놓고 기역자도 모르는 호랑이 할머니가 학교의 무슨 회장이 됐느니 무슨 위원장이 됐느니 어떤 아이는 호랑이 할머니가 교장이 되었다고 떠들었다. 호랑이 할머니는 면구스러워 집으로 달려오고 말았다.

그러나 호랑이 할머니는 선생들이 모시러 하루 오고 이틀 오고 사흘째 왔을 때에는 선선히 앞을 서 나왔다. 학생들은 어쩌나 두고 보자는 흥미에서도 '후원회 회장 할머니'라는 소리를 농조로 불러보기는 하되 나서서 반대할 사람은 없었다. 그러나 구석구석에서 씩뚝꺽뚝 말이 많은데 그중에서도 용수 적은 작은년이 할머니가 잔기침을 두어 번 다듬더니 혼잣소리로는 좀 큰소리를 내었다.

"아니, 무슨 회장인가를 나이루만 허나? 공부가 든 게 있어야 안해?"

호랑이 할머니는 이 말에 어금니를 뿌드득 갈았다. 한 동네서 같이 늙어 가면서 이런 말을 할 줄은 몰랐다. 남의 집에 와 손자를 보기까지 늙으면서 그 집 조상들 기젯날 하나 똑똑히 못 외우는, 아둔하기로 유명한 위인이 국문 몇 자 앞섰다고 나 공부 없는 것을 탓한다. 호랑이 할머니는 글이 만일 돌멩이라면 이가 온통 부서지는 한이라도 당장에 으드득 으드득 깨물어 삼켰을 것이다. 침을 꿀걱 삼키고 이렇게 응수하였다.

"작은년이네 동생이지? 어디 우리 한달 뒤에 봅세. 내 어깨너멋글루라두 자네 총기쯤은 무섭지 않으이……."

과연 한 달 뒤에 작은년이 할머니와 호랑이 할머니의 국문 실력은 천양지판이 되었다. 작은년이 할머니는 '차'자 줄을 익히는 데서 '총'자를 몰라 몇 번 구박을 받았다. 옆에 앉았던 며느리가 하도 딱해,

"총이야요 총. 병정들이 메구 다니는 총 생각을 하시라요."

하고 일러 주었다.

"옳다, 병정들 총 그렇게 허니까 왼금으루두 알겠는 걸 가지구! 총 총……."

하였으나 다음 저녁 선생이 또 '총'자를 물었을 때 이 작은년이 할머니는 또 머리가 아찔해졌다. 눈만 깜박거리는 것을 옆에서 며느리가 보다 못해 나직이,

"왜 병정 생각 잊으셨수?"

하고 꼬등겨 주었더니 작은년이 할머니는 '총'에서 그만 한걸음 앞질러 나가

"꽝—자지 뭐야!"

해버렸다. 학교가 떠나가게 웃음판이 되었다.

그러나 후원회장 호랑이 할머니는 이때에 벌써 인민군대에 가 있는

맏손자 영돌군에게 다음과 같은 편지를 써 보낼 수 있었다.

"영돌이냐 잘 있느냐 춥지는 않느냐 너이 대장어룬도 무고하시냐 대장어른 말 잘 들어야 쓴다. 너 우리 김장군 더러 뵈입겠구나. 이 할미는 글쎄 성인 학교 후원회장이 되었단다. 국문 배울랴 학교 일 다시렬랴 변스럽게 바쁘다. 네 어미도 공부 잘한다. 내가 글 해 뭣에 쓰리 했더니 알고 나니 이렇게 써 먹는고나. 올에는 차조가 잘되어 조찰밥 잘먹는 네 생각 난다. 언제 휴가 맡느냐 아모쪼록 우리 나라 잘되게 힘써라. 우리 소가 새끼 가졌단다. 나 아니고는 회장 재목이 없다 해서 마지못해 나왔지만 무식꾼들의 어룬 노릇하기 힘들더라. 열이 열소리 백이 백소리 귀가 쏠 지경이다. 할말 태산 같으나 눈이 구눌거려 이만 석는나."

호랑이 할머니가 생전 처음 써 보는 이 편지에서 할말이 태산 같다는 것 속에는 그 작은년이 할머니가 '총'자를 '꽝'자라 한 이야기도 들어 있었으나 아직 그런 복잡한 말을 쓰기에는 요령을 잡을 수가 없었다. 연필 끝에 침만 여러 번 묻혀 보다가 그만두고 말았다.

(1946년 8월 14일)
— 『첫 전투』, 1949. 11.

작품평

'스므담이'라는 자그마한 산꼴마을에 벌어졌던 文盲退治事業을 取材한것이다. 이 '스무담이' 마을에 가장 頑固한 文盲으로 남아있는 '호랑이 할머니'라는 人物을 그리면서 少年團 民靑 할것없이 政黨 社會團體의 協力과 그中에서도 民靑員中에 가장 熱誠的이고 優秀한 일꾼인 '상근'이라는 靑年의 緻密한 計劃과 方法 겸손한 說得力으로 이 最後까지 남아있던 '호랑이 할머니'의 文盲을 退治하는 이야기다. 爲先 短篇으로 가장 잘 째운점 不必要한 人物 장황한 敍述들이없이 讀者로 하여금興味있게 이 小說을 읽게한다.

'호랑이 할머니'만 한글학교에 나온다면 이 '스므담이' 洞里의 文盲退治事業은 事實에 있어서 一○○%로 完遂되는것이었다. 昨年 冬期間에 있어서 비록 數에있어서는 적으나 質的으로보아 가장 退治하기 困難한 殘存文盲者中의 한사람이 이 '호랑이 할머니'다.

그러면 作者는 이 頑强한 '호랑이 할머니'를 어떻게 描寫하였든가

作者는 '호랑이 할머니'의 性格을 生活을 通하여 捕捉하였으며 이 할

머니의 具體的인 生活描寫로 부터 그가가지게된 强忍한 性格을 描寫하였다.

이 할머니가 動勞를 사랑하는生活 洞里일이라면 率先自進하는 性格 또 '호랑이 할머니'가 이 동네에 무슨 일이있을때는 누구보다 率先해나섰고 또 先頭에섬으로써 동네일이 速히 推進되었다는 點들이다.

이러한 性格者는 自尊心이 强할것이니 그의 長點을 추켜주는것이 必要하다는 郡黨責任者의 말은 이 主題의 具體化에 있어서 이人物의 生活과 性格에 現實性을 賦與하였다. 또 이러한것은 이 短篇을하여금 構成이 無理없이 잘 째이게한要素들中의 하나이다.

그러므로 讀者에게 眞實感으로서 興味를 느끼게 하는것이다.

文盲退治의 目的은 文盲者들에게 우리 國文을 解得하게 하는데만 있는 것이 아니라 이를 通하여 그들의 一般的知識水準을 提高시키며 그들을 民主主義精神으로 敎養訓練하고 그들로 하여금 自覺的으로 民主祖國建設에 參加하게 하는데 있는 것이다.

그러기 때문에 이 '호랑이 할머니' 生活과 性格에서 나오는 迷信덩어리를 退治하여 그 影響下에 있는 落後된 '스므담이'村 婦女間에 있는 迷信 風習을 打破하기위하여서도 이 '호랑이 할머니'를 한글학교에 끌어내오는것은 이 '스므담이' 洞里의 重大한 課業으로 되는 것이다. '스므담이'村 民靑員들과 少年團員들은 이에가장 熱誠的으로 參加하였으며 그中에 언제든지 希望을 버리지 않은 '상근'이라는 民靑員은 이 '스므담이'部落의 特殊的條件과 '호랑이 할머니'의 特有한 性格을 考慮하여 現實에 適合한 指導方法을 樹立하려고 애썼으며 謙遜한 態度로 여러날을 두고 이 '호랑이 할머니'의 自尊心과 勤勞를 愛護하는 精神을 옳게 살리자고 努力하였으며 끝끝내 解決의 길을 얻었든것이다.

이 '호랑이 할머니'의 한글학교에 나오게되는 心理轉換의 契機는 勤勞를 愛護하는 마음과 동네일에 率先하는 肯定的面과 自尊心이 强한 性格을 잘 推動組織한데에있다.

作家가 이 '스므담이'동네의 성황과 '호랑이 할머니'의 生活과 性格을 最大로 强調한 것은 이 短篇의 가장 顯著한 特徵으로 되며 選擇된 포인트에 支配的力點을 두는 것으로 印象의 統一을 集中시킨 것이다.

더욱이 作者는 言語의 表現에 있어 아름답고 適切한 場所에 適切한 言語를 驅使하고 있는것이다.

그리하여 全體로讀者에게 아무러한 散漫性도 주지않으며 充分히 集中된 디텔에 人物을 集中함으로써 好個의 短篇의 인상을 주는 것이다.

우리는 이作品에서 '호랑이 할머니' 같은 가장 頑固한 할머니도 赫赫한 民主發展의 큰 물결가운데서 우리 農民들이가지고있는 優秀한 素質을 잘 推動시켜 適切한 指導를 아끼지 않을때에는 반드시 새 人間으로서 成長할수있다는 것을 볼수있다.

그러나 이 作品에는 部分的으로 '호랑이할머니'의 性格을옳게 살리지 못한點이있다.

'호랑이할머니'의 性格으로서는 비록 自己는 늙고固執이 많아서 한글學校에 단이기를 싫어한다 할지라도 成人學校校舍를 建築하는 勞動에는 누구보다도 積極參加하여야 할것이었다. 또한 이러한 '모순'된 性格의 主人公은 흔히 우리農村들에서 볼수있는 것이다. 그럼에도 不拘하고 이 作品은 여기에 對한 考慮가없이 一面的으로 取扱했다.

또한 이 作品中에는 호랑이 할머니가 後援會長이 되었을 때 작은년이할머니가 "아니무슨 회장인가두 나희로만 하나 공부가 든게 있어야지"하는말에 분개되어 호랑이할머니는 어금니를 뿌드덕 갈았다는 구절이 있다. 이것은 호랑이할머니가 발분하는 場面을 그린것이며 호랑이할머니 속에 가지고있는 용기와 자존심을 보이기위한 表現일 것이다. 그러나 어금니를 뿌드덕 갈았다는것이라던지 "아둔하기로유명한 위인"이라든지는 아모리 호랑이할머니라 하여도 작은년이할머니에게 對 하여 쓸수있는 말인것은아니다. 다시 말하면 호랑이할머니가 발분하는것을 강조하려는 남아지 호랑이할머니의 性格을 一方的으로만 과장하였다.

또한 이作品에는 호랑이할머니의 役割을 强調하는 남어지 文盲退治 事業을 反對하는 호랑이할머니의 否定的힘이 文盲退治 事業을 進行하고있는 社會的 힘 보다노 너 크게 表現되어있다.

卽 스무담이 婦女子들이 하거울동안 文盲退治事業을 받았다고하면 어느정도의 眞實이 있었겠는데 이作品 에는 말하기를

"한글학교를 쉬는동안 늘 여름내 가을내 글자를 잃어버리는것은 고사하고 생활에 있어 미신덩어리 호랑이 할머니의영향을 그대로 받고 있었다."

云云하였다.

이것은 結局 호랑이 할머니의 個人的役割을 社會的 集團의힘보다 강하게본것이된다. 卽 이作品에는 호랑이 할머니를 文盲退治 事業에 邁進하는 方面에있어서는 社會的 集團的인教育의 힘을 典型的으로 잘表現했음에도 不拘 하고 스무담 한글 受講生들에對한 取扱에있어서는 社會的힘을 充分히 表現하지 못했다.

- 한식, 「주제의 구체화와 단편의 구성 - 농민소설집을 평함」, 『문학예술』, 1949. 7, 49~52쪽.

로동일가勞動一家

리북명

건국실 겸 식당은 지금 인민학교 아동교실처럼 잡담과 웃음으로 한창 꽃을 피우고 있다.

점심을필한 선반공들은 큼직하게 만 담배를 피어물고 기운찬 목소리로 와자지껄 떠들어낸다.

오늘 이자리에서는 '털털이'라는 별명을가진 정반공(正盤工)에게 인기가 집중되어 있다.

'털털이' 문삼수(文三洙)는 말더듬이지만 '노래가락'과 <양산도>가 명창인데다가 특히 남의 연설이나 표정 동작을 흉내 내는데는 신통한 재간을 가지고있는 친구다.

아직 음악써ー클이 조직되지못한 이 선반공장 노동자들은 휴식시간을 이용하여 돌림박으로 노래를 부르고 포재를 내놓게 되어있다. '털털이'만치 두친구가 <아리랑>하고 <도라지타령>을 불렀으나 둘다 양철통을 두드리는 듯한 목청이었기 때문에 그다지 동무들의 갈채를 받지 못했다. 그러기 때문에 '털털이'의 인기는 더욱 높았다.

요란한 박수를 받으면서 책상앞에 나선 털털이는 아주 얌전을 빼면서

"에헴 에헴"

하고 목청을 닦는다.

떠들석하든 건국실안은 밀림속처럼 잠잠해졌다.

"그럼 처음 노래가락입니다."

하고 두어번 입을 다시드니 칭칭한 목소리로 한곡조 멋드러지게 뺀다.

"좋다."

하고 무릎장단을 치는 친구들도 있다.

'털털이'의 노래가락은 선반공들의 마음을 위로해주기에 충분하였다.

터질듯한 박수갈채리에 '노래가락'은 끝나고 <양산도>가 시작되었다.

"어 좋다"

"얼시구 좋다"

선반공들은 젓가락장단을 처가면서 어깨를 씰룩거린다.

"좋ー다"

하면서 안경을 콧등에건 선반공 주문식이가 일어나드니 실 실 춤을 춘다.

누구의 얼굴에도 명랑한 웃음빛 뿐이다. '털털이'의 목청은 정말 아름답다. <양산도>가 끝나자 또 한바탕 건국실내는 떠들썩하였다.

이번에는 '털털이'의 강연이 시작될 차례다.

"에ー외람하나마 지금부터 박부장의 강연을 제가 대신 보내디리 겠습니다. 에헴"

하고 수건으로 입술을닦는 흉내를 낸다.

아까 노래에서도 그러했지만 한번 더듬도없는 유창한 연설이다.

그러나 '털털이' 친구의 버릇과 솜씨를 잘알고있는 동무들은 미처 시작도 하기전부터 벌써 입술을 깨물고 칵칵 웃기시작 한다.

깨물어도 깨물어도 웃음은 터져나왔다.

"쉬"

하는 소리와 함께 건국실은 다시 무풍지대로 변하였다.

그러나 '털털이'는 시치미를 딱떼고 천연스러운 거룩한 박부장의 태도로

"에─민주조선의 건국을 위해서 증산에 돌격 또 돌격하고있는 여러동무들 나는 자나 깨나 여러동무들에게 뜨거운 감사를 디리오. 에헴 에헴"

가느스름하나 힘있는 목소리로 이렇게 연설의 첫머리를 떼어놓코는 눈알을 재빠르게 굴리면서 고개를 숙였다 들었다 하기도하고 두손으로 책상을 눌러보기도하고 뒷짐을짚고 천정을 처다보기도 한다.

그 연설투와 그 표정과 동작이 박부장을 먹고 닮았다.

침착하고 인격있는 박부장의 연설흉내니 우스울것은 조곰도 없지만 평소에 말을 더듬고 털털거리던 사람이 갑자기 얌전을빼고 청산유수 격으로 연설목대를 쓰는데야 제아무리 부처님이래도 우습지 않을수가 있으랴!

'털털이'는 다음말이 얼른 생각나지 않아서 박부장의 표정과 동작을 되풀이하면서 입을 쩍쩍 다신다.

바로 그때다.

웃음이헤픈 한친구가 참다못해 으하하하 하고 간간대소하는 바람에 다른친구들도 배를안고 돌아갔다.

한번터진 웃음은 전염되고 전파되어 얼른 끊지지 않는다. 배꼽나가

는줄도 모르게 하도 웃어대서 모두가 기진맥진해 한다.

'털털이'는 얼굴을 찡그리고서서 그 웃는꼴을 지키다가

"거 시 시 싱거운 사 사 사람들이군 씨 씨름이나 안겠다."

하고 말을 더듬으면서 붙잡을 새도없이 밖으로 뺑소니 쳐버렸다.

"삶은 소대가리가 웃을 노릇이군"

한친구가 이렇게 중얼거리자 웃음은 또 한바탕 건국실을 뒤흔들었다.

참으로 유쾌한 몇분이 지나갔다.

담배연기가 뽀―야게 건국실 에다 문을 돋치면서 떠들고 있다.

한바탕 푸지게 웃고난 선반공들은 또 담배에다 맛불을붙이기 시작한다. 식후의한때―이것은 애연가 에게는 별미로 되어있지만 증신경쟁에 일분일초를 애껴가면서 돌격을 감행하고있는 그들에게는 점심후의 한대가 말할수없는 활력소인 동시에 진미였다.

심심풀이로 빽빽빨다가 내던지고 또 새권연을 피어무는 그런 들뜬 사람들에게는 상상도 할수 없는 각별한 맛이 났다.

입술을 뾰족히 빼어가지고 쑤―ㄱ디려 빨아서는 연기를 뱃속깊이 몰아넣었다가 후―하고 내뿜는 그 표정에는 우울도 고민도 없다. 다만 혈색좋은 얼굴에는 무한한 행복과 희망의빛 만이 아롱지고 있다.

요즈음 새로 단장한 건국실은 선반공들에게 한결 정다운매력을 주었다.

'가세잉'을 새로칠해서 샛하얘진벽에 정오의 태양광선이 반사되여 건국실내는 한결 눈부시게 밝다.

二〇〇명가까이 수용할수있는 넓은 건국실이다.

남쪽 유리창우에 맑쓰 레―닌 김일성장군 쓰딸린대원수의 순으로 초상화가 나란이 걸려있고 바로그밑 유리창과 유리창새의 벽에는

"배우고 배우고 또 배우자 새로운 과학지식으로 무장하자 기술을 배우자 무식은 파멸이다."

라는 표어와

"우리는 없는것은 새로 창조하고 부족한것은 부족한대로 모―든 곤난과 장애를 이를 악물고 뚫고나가야 살수있고 새로운 부강한나라를 세울수 있다."

라는 우리의 영명하신영도자 김일성장군의 말슴이 붙어있다.

왼쪽벽에걸린 흑판에는 이 선반공장에 부과된 一九四七년도 인민경제계획 二·四반기의 책임수찌가 크다랗게 표시되어 있다.

로바―텔 (橫型遠心分離機)용 로―라―베아링 三○개!
육단압축기(六段壓縮機) 용 피스톤. 롯트 一八개!
푸란지 각종 四,○○○개!
볼트. 낫트 각종 一○,○○○본
二.四인칙 벨트, 콤베어―로―라― 일기분(一基分)

···

그밖에도 이름모를 부속품들이 많은 수짜를 표시하고 있다.

一·四반기의 성적을 말하는 구라후표도 붙어있다.

출근率은 九一.八%이고 책임량은 一○七%에서 스톱하고 있다.

三○분 조기출근으로서 독보에 힘쓰자!

二·四반기 책임량 一五○ 초과완수에 총궐기 하자!

각공장 직장에서 개인의 예정책임량을 다하는데서만 一九四七년 인민경제계획은 완수된다!

생산은 건국의토대 기술은 노력자의 무기다!

이밖에 四七년도 인민경제계획 완수에관한 표어가 벽마다 붙어있다.

벽보판에는 오늘 처음으로 벽소설이 붙었고 공장당부에서 발행하는 『速報』와 직맹문화과에서 발행하는 『직장소식』이 붙어 있다.

동쪽 유리창겉에 비치한 책장에는 십여종류의 책자가 진렬되어 있다. 『스타하ー노프운동이란 무엇인가』, 『五一節의 由來와 意義』, 『새민주주의』, 『朝鮮政治形勢에 關한 報告』, 『小說集』, 『詩集』, 『朝鮮文化』, 『文化戰線』, 『建設』, 그밖에도 여러가지 팜플레ㅌ과 신문철도 있다.

건국실 북쪽벽에는 목욕탕의 탈의장같은 의복장이 놓여있다. 一七ㅇ명에가까운 선반공장 노동자들이 아침 저녁으로 현장복과 통근복을 번갈아 넣어두는데다 그 의복장에는 자기의 기술을 자랑하는 자기고안의 각형각색의 자물쇠가 달려있다.

한대씩 맛나게 담배를피고난 선반공들은 뿔뿔이 헤어저서 책자도 뒤적거려보고 흑판앞에 모아서서 책임수짜에 대해서 토론도하고 벽보판에 붙어서서 『速報』, 『직장소식』에 실린 기사와 벽소설을 읽기도 한다.

그러나 아까부터 이달호만은 웬일인지 우울한 표정으로 긴의자에 혼자 앉아있다. 마치 자기는 건국실의 명랑한 분위기하고는 상관없는 사람이라는듯한 싸늘한 표정이다.

무슨 뾰족한 창의고안때문에 깊은사색에 잠겼느냐하면 그런것같지도 않고 그저 혼자서도 속으로 호박씨를 까면서 초조해하는 모양이다.

이달호의 손가락쌈에서 타고있는 생담배에서는 한줄기의 연기가 가늘게 떠오르고 있을뿐이다.

"이기구 말테다."

달호는 이렇게 중얼거리고나서 입술을 깨물어보는 것이다.

바로 그때다.

"아하하하"

하고 기운 좋은 너털웃음이 벽보판 곁에서 터졌다.

그것은 「건달」이라는 제목으로쓴 벽소설을읽는 김진구의 웃음소리였다.

"뭐야 뭐야"

선반공들은 그 웃음소리에 홀린듯이 우 하고 벽보판곁으로 몰린다.

김진구의 웃음은 동무들에게 전염되었으나 단지 이달호에게만은 불쾌의 대상밖에 되지않았다.

이달호는 김진구의 웃음소리가 틀림없이 자기를 비웃는것만같애서 얼굴을 찡그린다.

달호는 연겊어 담배를 세목음이나 다려빨아가지고 후유ㅡ하고 한숨에 섞어서 내뿜는다.

"글세 이 벽소설 좀 읽어보게 소설가란 어쩌면 이렇게두 남의일을 잘 꼬집아낼가 하하하"

김진구는 또 한바탕 웃어댄다.

그말을들은 동무들은 그 벽소설에서 웃음을 찾아내자는듯이 중얼중얼 내려 읽는다. 초시작부터 킥킥하고 웃기시작하는 동무들도 있다.

그 벽소설의 내용은 四七년도 인민경제계획을 초과달성하기 위해서 총궐기해야한다고 빈대포만 탕탕놓든 어떤친구가 기실 속통에는 개똥이 들어차서 아프다는 핑계로 공장을 쉬면서 야미장사를 하다가 동무에게 들켜서 당장 공장을 쫓겨나는 모양을 희극적으로쓴 작품인데 사실 이런일이 있었다.

이 벽소설의 주인공같은 건달꾼을 잡아낸사람이 바로 김진구다.

맴돌처럼 몹시 굴러다니는 어떤친구 하나가 서트른기술을 가지고 요행 채용되었는데 공장에서 쌀통장을 받은후터는 배아프다니 머리가 아프다니 요리핑게조리핑게 해가지고 바쁜공장을 쉬면서 야미장사를 하는것을 진구가 장마당에 나갔다가 발견하고 직장대회에 붙쳐서 그날로 쫓아낸 사실이 있었다.

그런데 이 벽소설작가가 그사실을 모델삼아 이 소설을 썼는지 그렇잖으면 상상으로 썼는지는 모르지만 하여튼 김진구에게는 너무나 신기한일이 아닐수 없었다.

"거 참 신통한데"

김진구는 또한번 감탄한다.

"으—ㅁ 거 용하게 썼군 바루 그사건하고 꼭같네"

텁석부리가 목을 기웃기웃하면서 맞불을 놓는다.

"소설쟁이는 거짓말을 잘꿈인다는데 그렇지도 않는가바"

안경을 콧등에건 중에 나먹어보이는 친구가 이를 쑤시면서 말을 건넨다.

"그건 옛날 이애길세 전책쟁이하구 소설쓰는 사람하구는 천양지판이지"

염병을 않았는지 머리털이 몹시설핀 친구가 한몫끼운다.

"아—ㅁ 지금소설에야 어디 헷소리가 있나. 옳은것과 그른 것을 딱딱 지적하면서 우리들을 옳은길루 인도해 준단말이야 용하지 용해."

텁석부리가 또 중얼중얼 내려읽기 시작한다.

"우리를 위해서 홍남에두 소설가가 와있다지?"

"우리 공장에두 여러번 왔다는데 난 아직도 한번두 만나못보아서"

"인차 각공장을 돌아댕기면서 강연을 한다네"

"그분들하구 친해야 하네. 그분들안테서 좋은 가르침을 받으므로서 우리는 더 배우며 생산능률을 올릴수 있을거네"

"물론이지 로시아 시월혁명에서두 소설의 힘이 퍽 컸다네 또 딱딱한 책보다두 재밋구 알기쉽지 우리두 소설을읽는 습관을 붙처야하네. 한글두 배울겸 저거보게 '않는다, 쫓았다' 라구 저렇게 쓰지않나"

김진구는 앞에선 동무의 등에다가 모기름묻은 손가락으로 써본다.

"읽을필요가 있고말구 그런데 어쩌문 그렇게 무궁무진하게 써낼가. 아마 머리속에 활판소가 들어있나보네"

안경쓴 주문석이가 콧등의 안경을 올려밀면서 중얼거렸다.

"다아 재간이지 글쓰는 사람은 좋은글을 많이쓰구 우리는 기계를 많이 맨들아내구 농사꾼은 농사를 많이짓구 여편네는 일잘하구 아이를 많이낳구…… 그래야만 민주주의 조선독립이 빨리되는 법이야 알겠는가?"

머리털이설핀 친구가 안경쓴 주문석이의 어깨를 탁치면서 유—모어—를 내놓자

"오—라 그래서 자네마담은 또 배가 남산이 됐구나"

하고 털보가 수염새에숨은 큰입을 벌리고 앙천대소 하는통에 건국실은 한바탕 웃음으로 떠들석한다.

머리털이설핀 친구의 부인은 지금 여섯째 아이를 배었는데 만삭이다.

"하여튼 지금 우리 조선에는 친일파 민족반역자 반동분자 건달꾼을 내놓구는 무에든지 많은 것이 좋네"

한친구가 이렇게 주장하자

"옳네 옳네"

하고 모두가 찬동한다.

"우리 이제부터 소설읽는데 재미를 붙이기로하세 저기 소설집두 있

구 잡지도 있으니까"

진구가 이렇게 말을 심으면서 책장곁으로 갔다. 그러자 하나둘 또 그리로 몰린다. 그럴때마다 그들 작업복에서는 기름냄새가 확확 풍긴다.

이것이야말로 四七년도 인민경제계획의 승리를 약속하는 제일선부대의 명랑유쾌한 휴식광경이다.

그들은 이 한시간이란 휴식시간에 얻은 위안과 명랑한 기분으로 오후의 증산돌격전을 승리로 맺는 것이다.

김진구는 담뱃불을 찾아 돌아섰다가 긴의자에 팔을 버개맺고 누어 있는 이달호를 발견하고 마음에 안된생각이나서 그리로 걸어갔다.

"어디 아프오?"

진구는 부드러운 목소리로 묻는다. 진구는 달호의 우울한 모양을 보았을때 자기가 되려 미안했든 것이다.

"나야 뭘 좀 생각하느라구……."

달호는 뾰족뾰족 내던 수염을 어루만지면서 빙그레 웃는다. 그러나 그웃음은 이달호의 우울한 표정을 감추어주지 못했다.

"담배 있소? 한대피오"

진구는 자기가 피자고 말아줬었든 담배를 달호앞에 내밀었다. 피차에 허물없이 지내고 농담도 곧장 잘 주고받고하던 둘새가 아니였는가!

"아니 내게두 있소 금방 피었소"

달호는 일어나 앉으면서 굳이 사양한다. 요즈음의 이달호는 너무나 태도가 달라졌다. 이런 달호동무의 태도를 볼때마다 마치 그죄가 자기에게 있는것같이 생각되어서 김진구는 마음이 송구했다.

"달호 동무 너무 작업에만 골몰해두 못쓰오 두구두구 할일이 아니오. 그러기다 일할때는 죽을내말내구 일하고 그대신 놀때는 또 만판푸지게 놀아야 하오"

진구는 이러다가는 필경 달호와의 정의를 상할것만 같애서 그것이 은근히 걱정이 되었다. 자기마음은 전이나 지금이나 한결같으나 달호의 심경은 이 몇을동안에 확실히 변하였다.

"잘알겠소 내 저기……."

달호는 그자리에 그이상 더 앉아있기가 면구해서 변소가는 시늉을 하면서 밖으로 나가버렸다.

김진구는 나가는 달호의 뒷모양을 지키고 섰다가 시계를 처다보았다. 한시까지에는 아직 십칠분이나 남었다.

김진구는 무안한듯이 그 자리에 우두머니 서있다. 저동무는 필시 작업을 시작하라 나가는것이리라ㅡ고 생각하면서

"달호 어데 아프다는가?"

안경쓴 친구가 진구에게 담배불을 빌리면서 묻는다. 책장곁에서는 중얼중얼 글소리가 들린다.

"그사람 요즈음 태도가 이상하네"

"가정에 무슨 딱한사정이 생기잖았는가?"

"아니 그사람 나하구 경쟁을 시작한후부터 태도가 달라졌네"

진구는 이런말을 입밖에 내고싶지 않았으나 중에 자기하고 친한친구앞이기 때문에 실토를 했든 것이다.

"옳지 지지말자구 그러는게로군"

"아무리 그렇다구해두 저렇게야 골몰할수 있는가"

"원체 저친구는 성미가 어지간히 다급한 편이지"

"그렇기는 하지만서두 달호는 아마 나하구의 경쟁을 개인 증강다툼이나 하듯이 아는모양이야"

"그럴리야 있나"

"아니 필시 그런것같애"

"그렇다면 그것은 인민경제계획이란 어떤것인가를 잘 이해하지 못하는거지"

"문제는 그거야 달호는 작업에는 가장 열성적이면서도 그 방법과 태도에 안된데가 있어"

"그건 한번 잘 이야기해주워야지 두구두구할일을 우물을들구 마시는격으로 했어야어데 계속할수 있는가 애간장만탓지"

"요는 사상적 무장이라구 생각하네 쏘련인민들의 그런 강철같은 정신말이야"

"그래그래 一차 二차 三차 오개년계획을 승리적으로 완수하고 파쇼독일과 일본제국주의를 즉살시켜버린 그 단결된애국정신을 본받아야하네"

안경쓴 문식이와 김진구의 사상은 합치되었다. 이것은 오늘 우연히 합치된 사상이 아니라 전부터 합치되어 있기때문에 둘새는 각별히 친하다.

이 두친구는 독보소조나 기술강좌나 학습회에서까지 의례 같은걸상에 붙어앉었다. 그렇게 떨어지기 싫게 둘새는 친근하며 사상적으로 합치되고 있다.

오늘 점심시간에 있어서 어느때보다 다른 광경이라면 그것은 중얼중얼 글소리가 끊지지않는 것이다.

신문을 유심히 다려다보는친구, 머리를 맞대고 잡지의 소설을 읽으면서 이야기를 주고받고하는 친구들, 소설집을 서로 제앞으로 끌어 단기면서 중얼거리는 친구들―그동무들은 담배연기를 조심성없이 남의 얼굴에다 내뿜으면서 열심히 한줄두줄 내려 읽는다.

독서가 씨들해난 친구들은 의복장앞 긴걸상에 모아앉아서 맛분지로 맨든 장기말로 장이야 궁이야하면서 떠들어댄다. 건국실마다 장기판하고 장기말을 비치하기로 되어있으나 장기말은 지금 건축게에서 제조중이었다.

그럼 여기서 잠간 건국실밖에서 전개되고있는 선반공들의 휴식과정을 간단히 그려보기로 하자.

선반공장 남쪽 모래밭에서는 두파로 나눠가지고 씨름경기가 버러졌다. 씨름구경도 구경이러니와 응원하는 모양이 더욱 장관이다.

승부가 결정될때마다 엉덩춤이 나오고 곱새춤이 나오고 장타령이 나오고 구호를 웨치고 하면서 물끓듯 한다.

아까 건국실에서 연설도중에 뺑소니를친 '털털이'동무는 씨름심판을 하느라고 눈알을 딩굴리면서 이리뛰고 저리뛰고 한다.

한편에서는 새끼줄을 처놓고 발레―뽈도 하고 컷취뽈도 하는데 모두가 탄력있는 소리로 떠들어내면서 기운좋게 날뛴다.

내다보기만해도 가슴이 활짝 티이는 검푸른 동해바다우를 불어오는 사월의해풍은 아직 몸에다 닭살을 돋처 주었으나 그러나 노동자들에게는 그바람은 강심제가 되었다.

'오종'냄새를 마음껏 디려 삼키면서 바닷가를 걸어다니는 노동자도 보인다.

씨름하고 독서하고 운동하고 농담하는 태도에도 그 일거일동에도 진정 조선인민의 공장에서 인민의 행복을 약속하면서 증산전에 돌격하고있는 영예스러운 자기들이라는 감출수없는 환희와 푸라이드가 어느동무의 얼굴에도 아롱지고 있다.

믿음성있는 얼굴들이다. 탐스러운 그 기개들이다.

이리하여 전달보다도 이달 어저께보다도 오늘—달이 바뀌고 날이 흐를수록 그들의 육체는 단련되어가고 불패의 정신 즉 민주조선의 승리를 쟁취하고야말 증산돌격정신이 부썩부썩 자라가고 있는 것이다.

십칠분앞서 선반공장에 나온 이달호는 회전을 정지하고 잠자는 동물처럼 휴식하고 있는 선반기곁에 붙어서자 무척 쓸쓸한 고독감에 사로잡혓다.

'이기고야 말겠다.'

달호는 그 밉살스러운 고독감을 박차버리듯이 머리를 내흔들고 입술을 깨물면서 선반기를 응시하고 있다.

一六척 선반기에는 합성계(合成係) 육단압축기(六段壓縮機)의 생명인 피스톤·롯트가 물려있다. 길이 一五척이나되는 피스톤·롯트는 얼핏보면 기다란 샤흐트같기도하고 또는 장거리포의 포신같기도 하다.

'어떻게하면 빨리깍가 낼가'

달호는 이런생각을 하다가 그 결론도 맺기전에 마음이 초조해나서 모—터—의 스윗취를 꾹 찔렀다.

앵하고 모—터—가 회전을 시작하자 동시에 선반기가 돌기 시작한다.

바다속처럼 어두컴컴하고 잠잠하든 선반공장안은 또 다시기계소리에 삼키어 버리기 시작한다.

그기계소리는 이달호의 고독감을 어느정도 풀어줄수 있섰다. 그러자 불현듯이 종잡을수없는 반발심이 불쑥 가슴에 치밀었다. 그는 퉤ㄱ하고 침을 내뱉었다. 그것은 자기의 실력과 열성을 몰라주는 동무들에게 보내는 쑥스러운 화풀이었다.

이달호는 선반기를 공전시킨채 뒷짐을 짚고서서 새삼스레이 공장안을 돌아본다.

대소 八〇대나되는 각종 각국 제품인 선반기 세 파ー정반(正盤) 보ー링 다ー닝 홋뻥 미ー링…… 같은 기계가 일정한 간격을두고 보기에도 단정스럽게 배치되어 있다.

귀여운 자기자식을 사랑하는심정ー꼭 그와같은 정성이 기계에 배어서 어느기계 할것없이 반질반질 윤택을 내고있다.

이 선반공장은 말하자면 신식과 구식의 혼성공장이라 하겠다. 그러기때문에 기계의 반수는 모ー터ー직결(直結)이오 남어지 반수는피대로 연결되어 있다.

기계자신이 구식인것이 아니라 능률에 상관이 많다.

모ー터ー직결은 고장이 생기면 그 고장난 한대만 운전을 정지하면 되지만 피대로 연결한것은 그렇지 못하다.

만약 五〇마력 모ー터ー가 고장난다면 지붕밑에달린 메ーㄴ·샤후트가 회전을 정지하게 된다. 메ㄴ·ー샤후트가 회전을 정지하게된다면 피대로서 연결된 그밑의 수십대의 기계는 동시에 운전을 정지하고 마는 것이다.

이것을 모ー터ー직결로 개조할수는 있지만 그 귀한 모ー터ー가 없다.

수십줄의 피대가 메ーㄴ·샤후트와 기계를 연결하고 있는 그광경은 기계의 입체미를 한결 똑아주는 동시에 박력있는 기계의 위력을 어마어마하게 표현하고 있다.

바이트의 세례를받은 제품들ー발브 샤후트 후란치 기야ー푸ー리ー…… 그밖에 이름은 물론 생전 처음보는 기계부속품들이 그 특유한 금속광채를 발산하면서 기계결마다 쌓여있다.

기계밑바닥에는 타래송곳처럼 묘하게 탈틴 쇠찌끼와 부스레기쇠가 오전중의 돌격전을 증명하듯이 널려있다.

선반공장 북쪽 철문옆에는 주철공장에서 부어맨든 험상궂은 기계부속품들이 손대지않은채 쌓여있다.

기계에서도 흙에서도 공기에서도 기름냄새가 풍긴다.

기름은 기계의 수명을 장수하게하는 동시에 우수한 제품을 제작하는데 인체의 피와도 같은 역활을 하는 것이다.

이 선반공장의 역학적 기계배치는 현대미의 한개의 대표적 표현이라 하겠다.

또한 그것은 생명있는 동물의 규률적인 아름다운 집단같기도 하다.

기계미!(機械美)

기계미!

두덮어놓고 기계는 무서운것이라는 선입감을 고집하고있는 완고한 사람들에게까지 손을 내밀어 어르만저 주고싶은 충동을주기에 넉넉하다.

마치 잘드는 면도칼로 수염을 밀듯이 험상궂은 주철물 또는 선철을 깎아 맑쑥하고도 아담스러운 기계부속품을 맨드는 선반기나 세—파—는 일잘하는 처녀처럼 어여쁘고 고귀한 작품을 제작하는 예술가의 솜씨처럼 위대하다.

이달호자신이 이 기계미에 홀리고 그 사랑스러움에 반하고 그러므로서 자기의 정신과 피가 선반기에 통해서 열성적으로 생산에 돌격하고 있으나 요즈음에와서는 웬일인지 그 선반기의 매력이 통 느껴지지 않을뿐더러 생산능률은 전에비해서 더 올리면서도 마음이 뒤설레고 빠락빠락 짜증이 날때가 많았다.

그런 심경으로는 좋은제품을 제작할수 없다는것을 뻔연히 알면서도 자기마음을 자기로 달래줄수없는 그런 초조한 분위기에서 갈팡질팡하고 있는것이 최근 이달호의 심경의 일면이다.

섯달 그믐날 빚쟁이한테 졸리우는 안타까운마음 또 미운 것을 때려부서보고싶은 을씁뚝하는감정 그러면서도 또 한편으로는 암만 기를쓰고 뛰어도 앞에선놈을 따라갈수없는 애타는심경—이런 착잡된 심경을 이달호는 가지고 있다.

이달호의 이 심리상태는 비단 공장에서만 표현되는것이 아니라 가정에서까지 노골화하였다.

바로 어제저녁에도 달호는 안해에게 공연한트집을 건 일이있다.

그 원인은 저녁이 늦었다는 것이다.

그러나 안해가 능령천(陵嶺川) 개수공사에 애국돌격대로 나갔다와서 저녁이 늦은것을 뻔연히 알면서도 생주정을 부렸든것이다.

"웨 빨리빨리와서 저녁준비를 못해……."

"어째 또 야단이오 그래 단체루 나갔는데 혼자 만저 빠저오는 법두 있소?"

안해는 남편에게서 칭찬은 못들을망정 욕먹는것이 정녕 통분하였다.

"어째못와 오면오지……."

달호는 와락 음성을 높였다.

"당신은 그래두 난 그러지 못하겠소 저 수돌아버지를 보오 수돌엄마가 일나간날에는 자기루 밥해 먹는다오 당신은 그러지 못한들사나 욕이나 작작하오"

안해의 넋두리는 달호의 가슴에다 동침을 찔러주었다.

수돌이아버지는 바로 김진구다.

김진구는 그제저녁에 자기손으로 밥을짓고 국을 끓여서 안해가 능령천 개수공사장에서 돌아오기를 기대려 아들 수동이와 셋이서 정답게 저녁을 먹었다.

이 이야기를 진구의안해 무슨말끝에 달호의 안해에게 말했던것이다.

"남이야 어쨌든간에 상관있니"

달호는 또한번 허세를 피었다.

"제발 당신두 잊어버리구래두 한번 그렇게 해보오"

달호의안해는 밥상을 채리면서 고시랑거렸다.

"듣기 싫다"

이야기의 대상이 김진구라는데서 달호의 마음은 한결 우울해졌다.

그렇게 하잖아도 좋은 일인데도 괜히 그랬다고 밥을 씹으면서 몇분전의일을 후회를 하면서도 한순간의 착잡된감정을 내려누르지 못해서 불화를 일으켰던것이다.

'모두가 내가 못난탓이지.'

이렇게 자신에다는 자비를 하면서도 붉으락 푸르락하는 안해에게다는 한마디 양해의말도 던져주지 않았다.

사실인즉 그럴생각도 없지못해 마음 한구석에 있기는했으나 그의 졸한 마음에는 그럴 용기가 없었다.

이달호에게는 휴식보다도 무엇보다도 김진구와의 경쟁에서 어떻게 해서든지 이기고야 말겠다는 강직한 일념외에는 아무생각도 없었다.

김진구를 이기므로써 자기의 솜씨를 동무들에게 뽐낼수있으며 그러므로써 四七년도 인민경제계획 책임량을 완수하는데 자신을 얻을수 있을것이라고 생각하고 있다.

이렇게 열성을다하야 경쟁에 지지말자고 빠둥빠둥 애쓰는것은 좋은 일이지만 그로인해서 마음의안정을 잃고 기분까지 우울해저도 좋다는 법은 없건만은 이달호는 이번 경쟁만이 자기의 실력을 자랑할수있는 결정판이라는 꼭한마음을 단단히 가졌기때문에 그는 학습도 창의성도 노동규율도 우정도 잊어버리고 오로지 승리에만 정신이 쏠렸다.

"어떻게 해서든지 이기고야 말겠다."

이달호는 이말을 자조 되풀이 한다. 그러나 이 "어떻게 해서든지"라는 말투는 위험성을 내포한 언사다.

예를들어 말하자면 볼트를 깎는데 그귀격(規格)과 모타의깊이가 약간 틀린다손 치드래도 기한내에 남보다 먼저 책임수량을 달성만하면 된다는 그런 용서못할 경솔한 작업태도를 배태할 염려가있는 언사다.

작업에대한 열성은 누가보던지 칭찬하지않을수 없으리만치 발휘되고 있으나 그열정과 반대로 이달호는 제품을 질(質)적으로 향상시키기 위한 노력을 게을리하고 있다는것을 자기자신 미처 깨닫지 못한채 양(量)적으로만 편중하고 있다.

이달호는 지금 십칠분이라는 시간을 애껴서 피스톤 · 롯트를 더깎자고 나온 걸음이다.

기리 열다섯자나되고 직경이 六인취나되는 특수강을 四인취로 여섯자 六인취로 넉자 三인취로 다섯자가되게 깎아야만 피스톤 · 롯트가 된다.

이것은 천분지 반밀리가 틀려도 안된다.

질소(窒素)와 수소(水素)의 혼합까스를 압축해서 액체암모니아를 맨드는데는 피스톤 · 롯트와 압축기내부사이에 바늘끝만큼한 짬이래도 있다면 까스는 도망해버리는 것이다.

이달호는 핸들을 조작하야 바이트끝을 피스톤·롯트에 갖다대었다 떼었다 하면서 몇번 바이트의 위치를 조절하고나서야 바이트대[双台]의 낫트를 단단히 죄었다.

이달호는 정신을 부썩 채려가지고 피스톤·롯트에다 기름칠을 하면서 횡(橫)핸들을 틀어 조심히 바이트끝을 디려댔다.

순간 폴싹하고 바이트끝에서 가는연기가 떠오르자 피스톤·롯트에서는 벌서 쇠찌끼가 꼬불꼬불 탈아지면서 떨어진다.

이달호는 연송 붓으로 바이트끝에다 기름을 주면서 이미 작은데와 이제부터 깍을데를 비교해본다. 아직 四분지 三이나 남아있다.

아니볼때는 모르겠든것이 비교까지 해보고나니 마음이 또 소조해 났다.

"쩟!"

이달호에게는 선반기의 회전이 여느때보다 한결 더디게 생각되었다.

더빨리 회전시킬수도 있으나 그렇게 급회전을 시킨다면 도저이 작업할수가 없을뿐더러 바이트가 견디지 못한다.

생각다못해 이달호는 기계를 세우고 바이트대를 이분지일밀리쯤 더 디려물리고 기계를 회전시켰다. 바로 그순간이다.

기계가 회전을 시작한것과 뿌쩍하는 소리와 폴싹 흰연기가 떠오른 것은 동시였다.

"앗!"

달호는 깜짝 놀라면서 재바른 솜씨로 기계를 세웠다.

연송 혀를 차면서 디려다보니 바이트 끝이 몽창 부러지고 피스톤·롯트는 아주 거츨게깎아젔다. 두번 깎아야할것을 단번에 깎아버리자는 달호의 무리한 욕심은 바이트끝과 동시에 부러지고 말았다.

"제—기 이자식이 미첫다"

달호는 자기자신을 꾸짖었다. 그러자 자기로서 자기가 무척 미워났다.

달호는 쥐었던 스파나를 땅바닥에 팽개치고 철판우에 철썩 앉아버렸다.

제깐에 부애가 동해서 얼굴을 찡그리고 더러운꼴을 보았다는듯이 퉤퉤하고 아무데나 침을 내뱉는다.

달호는 무뚝뚝한 표정으로 앉았다가 흘끔 건국실쪽을 내다보고 빠른걸음으로 진구의 선반기로 갔다.

달호는 진구의 피스톤·롯트를 유심히 디려다 보았다. 별로 자기보다 나은솜씨같지 않은데다가 작업능률도 자기보다 몇시간 뒤떨어져 있다고 생각하면서 돌아섰다.

그렇게 생각하니 이달호는 어지간히 마음이 놓였다. 그러나 달호는 또한번 자기의 불평을 되풀이하지 않을수없는 충동을 받았다.

기술로나 능률로나 열성으로나 어느면으로 뜯어보든지 김진구에게 상좌를 양보해야옳을 조건을 하나도 가지고있지 않은데도 불구하고 동무들이나 공장측에서는 자기와 진구의 경중을 다툴때에는 의례 정해놓고 진구를 높이 올려앉치는것같애서 그것이 늘상 가슴에걸려 내려가지 않었다.

동무들 모두가 김진구편만 들어주지 자기의 실력을 알고 자기를 정당한 위치에까지 올려앉처 줄줄아는 그런 위인들은 한사람도 있는것 같지않게 생각되었다.

여기서 이달호의 불평은 시작되었다.

'아니 그래 내기술을 이렇게 몰라준단 말인가 도대체 무엇이 진구안테 진단말이냐!'

'내가 진구안테 한몫 잡히는 것이라면 그것은 나이가 두살 아래라는 것과 김진구가 나보다 일년만저 선반기술을 배웠다는 그것뿐이 아니냐 그밖에는 심지어 기운이나 포재까지도 진구는 어림도없지 않느냐 학교도 나는 보통학교 육학년을 졸업하구⋯⋯.'

'그런데 어데다 근거를두고 사람의 경중을 다루는 것일까.'

'후배가 선배를 따르지못할리 어데있으며 나이 두살 아래라는것이 무슨 문제가 되랴!'

이달호는 두고두고 생각하여보아도 모를일이었다.

그러나 그렇게 불평을 말하는 이달호자신 역시 제똥구린줄은 몰랐다.

솔직히 말하자면 이달호에게는 두개의마음이있다.

진정 건국을 위해서 자기의 몸과 기술을 받치겠다는 마음과 또하나는 안락한생활과 보다 유리한조건을 찾아서 동요하는 마음이다.

그 실례로서는 금년 이월에 달호는 고향인 풍산에 갔다오겠다고 핑계하고 그길로 단천 성진 청진등지로 돌아다니면서 보다 유리한 생활조건을 찾았다.

그러나 결국 그 구상(構想)은 실패에 돌아갔다.

그때부터 달호는 그런 옳치못한 마음을 버리고 지금 공장에서 열심히 일하고있다.

그러나 그 옳치못한 마음이 달호의 육체에서 송두리채 뿌리빠졌느냐하면 아직 그렇지 못하다.

지금도 간혹 가다가는 마음이 왜지밖으로 달아날때가 있섰다.

이 마음이 달호자신에게 큰 해독을 준것은 사실이다.

"이달호의 기술에는 발전이없다."

이것은 전달 선반기술자 토론회에서 계장 한동무가 한 말이지만 확실히 이달호는 지금 자기 기술에서 일보도 전진하지못한채 답보를 하고있다.

이것도 말하자면 그 옳지못한마음의 결과라고 볼수있다.

전달 토론회석상에서는 꿰온 보리자루처럼 앉아서 아무말도 하지않었으나 자기기술에 발전이 없다는 계장동무 말을 지금까지도 달호는 굳게 부정하고있다.

'흥 무얼안다구 건방지게―'

이달호는 이렇게 코웃음을 치는것이다.

이달호는 금년 스물아홉이다. 선반기술을 배와서 오년반참이다.

김진구하고 실력을 떠보고 자기실력을 계장동무에게까지 시위하는데는 경쟁을 해서 승리하는외에는 뾰족한 방법이 없을것이다.

앞으로 五·一 절도 있고하니 五·一의명절을 증산으로 기념하는 의미에서 김진구에마서게 조전을 하자!

'옳다. 그것이 제일 상수다. 밋저야 본전인데 지는송사를 어데가서 못하랴!'

그러자 일이 신통하게되자니 이때마즘 합성계의 六단압축기 피스톤·롯트를 깍는 과업이 이달호와 김진구에게 내렸다. 이주일동안에 책임지고 두개를 깍어야한다는 명령이다.

정 급한 작업이 있을때를 제외하고는 야업을 않기로 되어있는 이 선반공장에서는 이주일동안에 두개라는것은 알맹이 여들시간의 과업이다.

이달호에게는 바라든 좋은 챤스였다. 그는 깊은생각을할 여유도없시 김진구에게 경쟁을 신입하였든 것이다.

이달호의 가슴은 울렁거렸다. 혼자서 어둠을 헤매든사람이 밝아오는 생문방을 찾은듯이 무한히 반가웠다. 승리에대한 투지가 육신을 잔침질 해 주었다.

"진구형 우리 피스톤 · 롯트를 깍는 경쟁을하잖겠소?"

이달호는 점심시간에 건국실에서 김진구에게다 말을걸었다.

"거 좋소 경쟁이래야 별것이 아니니까"

김진구는 흔연히 달호의 조전을 받아드렸다. 진구는 식은죽먹기로 대답을 했으나 벌서 그의 마음속에는 언제든지 누구의 조전이래도 받아디릴수있는 마음의 무장과 준비가 되어있섰다.

十四일간 경쟁이다.

"그럼 내일부터 시작합시다."

"그런데 경쟁하는데 여러가지 조건이 있는줄 아오?"

김진구는 따졌다. 여러 가지 조건이란 일정한 시간내에 계획성과 창의성을 발휘하야 질적으로 우수한 제품을 양적으로 계획생산하는것과 노동규률엄수와 출근성적의 100% 학습과 연구열의 제고 등등이다.

이것은 전번 기술자토론회때 직맹위원장으로부터 주의가있은 문제다.

"아다뿐이겠소"

이달호는 자신있게 대답하였으나 기실 그런것을 문제시하지 않었다.

이달호와 김진구는 직맹 초급단체위원장 최동무와 선반계장 한동무와 작업반장 엄동무앞에서 경쟁을 맹세하고 작업상 여러가지 주의를 받었다.

이것은 에누리없는 알맹이 여들시간 노동시간을 엄수하면서하는 경쟁이다.

그런데 이달호는 그이튿날아침에 벌서 독보회가 필하기도전에 살랑
빠저서 기계를 돌렸다.

그날 아침부터 이달호는 큰부채를 질머진 사람처럼 오싹 오싹 걱정
이되었다.

그렇게 침착성이 풍부한사람은 아니나 그 침착성조차 잃고 선반기
와 씨름하기를 시작했다.

작업에대한 계획성이 통 서지못하였기 때문에 일의순서를 잃고 덤
비었다.

자기의 그태도가 옳지못한것을 깨달으면서도 그것을 시정할줄을 모
르고 그길로 질질 끌려 들어갔다.

선반공장은 二 · 四 반기에 잡아들자 주철공장과 단조(鍛造)공장을
상대로 책임량을 초과달성할것과 출근률제고와 직장청소 – 이 세가지
조목을 내세우고 삼각경쟁을 시작하였든 것이다.

물론 이것은 노동자동무들간의 자발적 건국증산 경쟁이었다.

홍남 인민공장과 함흥 철도부와 광산새에 맺어진 삼각경쟁의 교훈
과 전투력을 이 세공장이 본받은것이다.

삼각경쟁이라는것은 창의성의 발휘와 계획성의 구체화와 단결된 노
동력에의한 기능적 부업화와 과학적 노력조직과 건국정신의앙양 학습
열의제고…… 등등 인민경제부흥의 튼튼한 터전을 닦는 정치적 의의
를가진 일시적이아닌 운동이다.

이 운동을 전개하므로써 생산품은 질적으로 향상되며 양적으로 풍
부해지는 것이다. 이것이 삼각경쟁의 원측일 것이다.

그런데 이달호는 주철 단조 두공장과의 삼각경쟁과 자기와 김진구

의 경쟁을 전연 딴것으로 분리시켜 해석하고 있다.

'삼각경쟁은 삼각경쟁이고 개인경쟁은 삼각경쟁하고는 상관없는 것이라고!'

얼핏 생각하면 그럴듯도 하지만 그러나 그것은 달호의 하나를알고 둘을모르는 생각이었다.

이달호는 또 이렇게도 생각한다.

'삼각경쟁에 저도 개인경쟁에는 이겨야한다고……'

이 얼마나 모순된 해석이랴!

이달호란 개인은 어데까지던지 삼각경쟁에 참가한 조직체의 한사람이 라는것을 잊어서는 안될것이며 나아가서는 개인경쟁정신은 어데가지던지 삼각경쟁정신의 일부분이 되지않어서는 안될것인 동시에 개인경쟁의 성쫘여하가 삼각경쟁의 승패를 좌우한다는것을 우리의 이달호 친구는 미처 생각하지못하고 어쨋던간에 김진구동무에게 익이기만하면 소원성취라는 암통한생각만 거지고 있다.

따라서 김진구는 자기도 모르는새에 점점 이달호의 '적'이 되어가고 있었으며 야심의 대상이 되지않을수가 없게 되었다.

여기에 개인경쟁이 자칫하면 우정을 상하게할 미묘한 심리상태가 내재하고 있는것이다.

'올해만 넘구면된다.'

이달호는 이런 생각을하면서 자기의 초조한 마음을 살살 달래주는 것이었다.

이달호는 一九四七년이라는 一년을 무척 바쁜해로 생각하고있다.

그는 四七년도 一년간에 자기에게 부과된 책임량만 달성하면 평년부터는 생각이니 개인이니하는 시끄러운 경쟁도 없어지고 안정된 마

음으로 제마음나는대로 일할수 있으리라고 생각한다. 그러기때문에
이달호에게는 四七년도 一년이 무척 긴해로 생각될때가 종종 있었다.

이달호에게는 금년처럼 열성적으로 일해본해도 없었으며 제품을 많
이 제작해본해도 일찍이 없었다.

일제(日帝)가 소위 대동아전쟁의 완수를위해서 손에 채쭉을들고 열
두시간 노동을 강요할때에도 이달호는 금년처럼 생산능률을 올리지
못했다. 아니 기술적으로 올리지 않았던것이다.

이달호는 금년에 감아들어서는 청진바람이 불어서 한이주일 공장을
쉰 외에는 열성적으로 증산에 돌격하고 있다.

그러면서도 그는 자칫하면 그 열성을 四七년도 一년에만 국한시키
려는 경향을 가지는 것이다.

'금년一년만 지나가면 된다.'

이달호는 이런 안가(安價)한 자기만족에 도취할때가 드문드문 있다.

한시 싸이렝이 채 소리를 끊기도전에 선반공들은 공장안으로 흘러
들어와서 자기기계곁에 붙어섰다.

그러자 공장안은 갑자기 요란한 금속음(金屬音) 속에 삼키어지고 마
렀다. 피대도는 소리, 기계가 회전하는 소리, 마치로 철판을 두드리는
소리, 구라인다―에서 바이트를 벼리는 소리, 전기기중기(電氣起重機)
가 육중한 철재를물고 왔다 갔다하는 소리, 소리, 소리…… 처음듣는사
람들에게는 귀창이 떨어질듯이 요란한 소리었으나이공장동무들은 그
소리를 생산부흥의 노래로 여기고 있다

이달호는 끝부러진 바이트를 구라인다―에서 갈고있다 결국 그렇게
되고보니 작업시간을 애낀다는것이 시간을 낭비하는 결과를 나타내고

마렀다

김진구는 건국실에서 웃던 웃음을 채걷우지못한채 기름넉마로 선반기의 바이트대를 닦고있다.

그저 전장금사 그대로의 명랑한 얼굴표정이다.

김진구는 매같은눈으로 바이트끝과 피스톤·롯트의 깍은자리를 점검하고 공구(工具)를 가추아놓고 다시한번 청사진한 도면(圖面)을 세심히 디려다보고야 선반기를 돌려 조심조심히 깎끼 시작한다. 김진구는 지금 그가 깍고있는 피스톤·롯트에다가 자기의 기술적역량을 깡그리 바치고있다.

홍남지구 인민공장에 부과된 四七년도 생산책임량은 하늘이 문어져도 이것을 달성해야 하겠지만 그중에서도 유안비료(硫安肥料)만은 눈에다쌍심지를 달아가지고래도 책임량을 완수해야 한다고 김진구는 생각했다.

뭐니뭐니해도 二五만톤의 유안비료 생산이 선결문제였다.

본궁공장에서 '돌술(석회석에서 카—바이트를 제조하는 과정에서 화학적으로 빼어내는 알코—ㄹ)'이 나온다고 동무들이 좋아서 날뛸때에도 김진구는 유안비료의 중요성에는 비길수 없을것이라고 자기의 의견을 진술한일이 있다. 하기야 한컵의술이 노동자의 피곤을 풀어주며 마음을 위안시켜 준다는것은 상식화된 이야기다.

물론 진구자신 이것을 잘알고 있다.

한되에 二백원 三백원하는 술을사서 마신다는것은 거이 불가능한 일이다.

본궁공장에서 싼술이 나와서 노동자의 증산의욕을 독꾸아준다면 에서더한일은 없을 것이다. 그러나 정신을 그쪽에 팔아서는 안된다는것을 진구는 말하는것이다.

식량증산의 유일한 열쇠인 유안비료의 책임량을 달성하지 못한다면 다른부문의 책임량을 넘처 완수하더래도 흥남지구 인민공장의 四七년도영에는 그빛을 잃고말것이다. 부족한 식량생산을 풍부한 식량생산으로 전환하므로서 민주주의조선의 산업은 더욱 부흥하며 인민의 생활은 향상될것이다. 그러기 위해서는 화학비료의 다량생산이 제일조건이다. 이렇게 따져본다면 '돌술'은 둘째문제다. 김진구는 이 자기생각을 고집한다.

그런데 지금 하루평균 육백톤의 유안비료가 생산된다. 一년잡고 二一만 六천톤의 유안비료가 생산되는 회계다. 그렇다면 책임량까지에는 아직 三만 四천톤이 부족된다.

하루에 七백톤을 생산하지않고는 책임량을 달성할 수 없다.

그러면 하루에 육백톤밖에 생산하지못하는 애로가 어데 있느냐 하면 그것은 나먹은 유안공장의 보수용재(保守用材)의 부족도 원인이 되겠지만 긴급한 당면문제로서는 합성계(合成係) 六단압축기의 피스톤·롯트의 마멸에 있다.

피스톤·롯트가 마멸되었기 때문에 질소(窒素)와 수소(水素)의 혼잡까스를 완전히 압축못하는데 원인이 있는것이다.

一년에 二五만톤의 유안비료를 생산하자면 하루에 액체암모니아가 二〇〇톤으로부터 二〇톤이 절대 필요하다.

그런데 피스톤·롯트가 마멸된 관계로 현재 겨우 一七〇 톤밖에 생산하지 못한다.

一五〇〇 마력 모터—로 운전하는 六단압축기는 최후의 六단압축기에 들어가서는 七五〇 기압(氣壓)으로 혼잡까스를 압축해야 하는데 지

금 五五〇 기압밖에 올리지 못하고 있다.

이것은 큰문제다.

그래 기사 기술자들이 토론하고 연구한결과 성진 고주파공장의 성능으로보아 피스톤·롯트의 원형(原型)을 맨들수 있다는 결론에 도달했든 것이다.

과연 그 결론대로 고주파공장에서는 제작할수 있섰다. 一八개의주문에 대해서 우선 네개가 도착되었다.

"왔다 왔다"

이 원형이 밀구루마로 선반공장에 운반되었을때 선반공들은 기뻐했다. 그러나 누구보다도 기뻐한 사람은 심신구나. 진구는 원형을 이르만저주면서 반가워했다.

이 원형을 깎아 압축기에 맞추기만하면 二五만톤의 유안비료는 문제없을 것이다.

"우리 선반공들은 비료공장을 잊어서는 안될것이요. 이 늙은공장을 잘살리고 못살리는데는 우리 선반공들의 책임이 절대 큰것이라고 나는 생각하오"

바로 어제 기술강좌시간에 진구는 비료공장에서오는 기계부속품은 우선적으로 취급해야 한다고 호소하면서 이렇게 주장했다.

이번 피스톤·롯트를 깎으라는 명령을 받았을때 진구는 도면만보고 그대로 깎으면 된다고 고집을쓰는 달호를 끌고 합성공장에가서 압축기를 세밀히 보았다.

직접 자기눈으로 보므로서 더 훌륭히 깎을수 있으며 기계의 성능을 높일수있다고 생각 하였기 때문이다.

이 피스톤·롯트는 깎이만하면 당장 사용되는것은 아니다.

선반공장에서 깎은 피스톤·롯트는 단조공장(鍛造工場)에서 참탄(滲炭)―이것은 탄소를 이용하야 연철을 강철로 맨드는 법이다―하야 표면경화(表面硬化)를 시켜 가지고야 비로소 사용하게 되는 것이다.

김진구는 지금 세심의 주의를 두눈과 손 끝에 집중시켜가지고 피스톤·롯트를 깎고 있다.

그 통일된 정신과 긴장한 시선은 곁에 벼락이 떨어져도 끔쩍도 할것 같지 않다.

도면하면 조곰도 틀리지않는 훌륭한 피스톤·롯트를 제작하야 유안비료 二五만톤을 생산하는데 이바지하고야 말겠다는 노력이그의 얼굴에 역력히 아롱지고 있다.

김진구가 선반기를 세우고 제품을 이모져모로 살피고 그것을 연구하고를 파스를내어보고 하는것이 얼핏보면 대단히 느린 솜씨같으나 그 치밀한 주의력과 용의주도한 태도는 제품을 질적으로 한계단 씩 향상시키고 있는것이다.

이달호는 바이트의 날을 내면서 김진구의 작업태도를 몇번이나 건너다 보았다. 바이트의 날을 내는것은 꽤 시간이 걸리는 일이었다.

바이트의 날을 잘내고 못내는데서 미끈한 제품이 나오느냐 꺼치꺼칠한 제품이 나오느냐가 결정된다고 말할 수 있다.

특히 제품을 반질반질하게 닦는 연마용(研磨用) 특수페―퍼―가 없는 지금에 있어서는 바이트의 날을 잘내는 것이 제품의질을 향상시키는 중요한조건의 하나가 되어있다. 이달호는 바이트 날을 내는데는 재간이있다. 그리고 샤후트를 깎는데는 특히 훌륭한 기술을 가지고있다.

그러기때문에 이번 피스톤·롯트를 깎는 과업이 달호에게 내린것이다.

그런데 오늘도 결국 빨리하자든일이 바이트가 부러져서 더디게되고 보니 마음만 상하고 **빠락빠락** 짜증만 났다.

그러면 그럴수록 이달호는 차츰 김진구를 피하게되고 침묵을 지켜 갔다.

김진구는 남이야 뭐라고 하든말든 혀끝으로 연송 입술에다 침을 발라가면서 명랑한 마음으로 한결같이 작업을 계속하고있다.

그 침착한 태도와 유쾌한 표정은 자신만만한 그의 기술적 역량을 증명하는 것이다.

김진구야 말로 스물네시간을 압축한 여들시간의 노동을 하고있는 동무다.

그뿐 아니다.

김진구의 주머니속에는 어느때나 간직하고있는 두가지물건이 있다.

하나는 학습장이오. 다른 하나는 로―라―베아링의 모형이다.

이 베아링은 달걀처럼 타원형으로 생긴 것인데 그표면을 맴돌처럼 깍자면 선반기로서는 도저히 불가능한 일이다. 어떻게 하면 깎을수있을가―진구는 짬만있으면 그연구를 계속한다.

그 베아링은 유안공장의 로바―텔[橫形遊心分離機]의 샤후트를 붙는것이다.

김진구의 창의 안이 성공하는날 二주일밖에 못쓰는 베아링의 생명이 二개월로 연장될런지도 알수없는 일이다. 그의 친한동무 문식이는 그 연구는 도저히 불가능하니까 단념하라고 두 번씩 권고했으나 진구는 어데 두고 봅시다 하고 더욱 연구심을 굳게 가졌다.

흥남지구 인민공장의 근본정신은―단결 민주 생산 학습―이 네가지 문구에 여실히 표현되어 있다.

독자여!

그대들이 만약 흥남에 올기회가 있다면 그대들은 거리거리에서 공장 콩크리―트벽에서 이 네가지 문구를 어렵잖게 찾아볼수 있으리라!

김진구는 이 네개의 문구를 가슴속깊이 명심하고 있다.

김진구는 이 네개의 문구를 설명으로 보다도 수학적으로 재미있게 풀이할줄 안다.

단결＋민주＋생산＋학습＝부강한민주주의조선

―이라고

독자여! 이 얼마나 재미있는 답안이냐!

김진구는 八·一五직후부터 오늘까지 십년을 돈디려 공부해도 다아 못배울 많은지식을 배웠다.

보통학교를 거우 사학년밖에 나오지못한 김진구는 어려서부터 철공소에서 심부름을 하다가 기계수리공으로서 전전하면서 선반기술을 배운후에는 밤낮없이 대동아전쟁에 부스닦이느라고 글을배우지 못하였다. 그의 머리속에 남은것은 기계이름밖에 없었다.

"무식은 파멸이다!"

"배우며 일하고 일하며 배우자!"

해방후 김진구는 이 표어에 고지식하게 순종한 한사람의 노동자다.

그는 이 표어를 자기집에다도 크게 써붙쳤다.

학습회 독보회 기술강좌 열성자대회에는 특별한 사정을 제외하고는 주문식동무와 함께 꼭꼭 참석하야 열심히 듣고배웠다.

지금 그의 주머니속에 들어있는 학습장에는 어느누구의 학습장보다도 많은 지식이 적혀 있다.

주문식이도 김진구 열성에는 따르지 못했다.

김진구보다 네 살 우인 주문식은 졸기를 잘한다.

그래 지금까지 모음에서 무려 십여번 진구에게 무릎을 꼬집힌 일이 있다.

김진구도 처음에는 거이 날마다있는 모음에 싫증이나고 가서도 하품이 터질때가 많았다.

그럴때마다 김진구는 제손으로 제무릎을 꼬집아주면서 자신을 책하는 것이었다.

'무식은 파멸이다. 그래도 좋으냐'

―하고

김진구는 단지 그자리에서 배움에 끊지는것이 아니었다. 그는 집에 돌아가서는 아들 수돌이가 공부하는곁에서 배운것을 꼭꼭 복습했다.

그는 나아가서는 그지식과 그정신을 자기일에다 살리기에 노력했다. 뿐만아니라 가정에까지도 살렸다.

자기가 알수있는데까지 안해에게 가르처 주었다. 아니 알기쉽게 이야기해 주었다.

안해도 처음에는 들은숭 만숭하더니 차츰 귀가뜨여서 남편의 이야기에 재미를 붙쳤다. 이것이 부부간의 애정을 두텁게 해준것은 사실이다.

김진구의 주머니속에 들어있는 로―라― · 베아링의 모형도 학습을 일에살리는 한 개의 좋은 표본이라 하겠다.

이 귀중한 로바―텔의 부분들이 사방팔방으로 물색하여도 통 구득하기 고난 하였다.

그렇다고 해서 四七년도 인민경제계획을 기어코 달성해야할 바쁜대목에 기계를 세울 수는 도저히 있을수없는 일이다.

'차라리 목을 받치면 받쳤지 기계를 세우다니 이것이 될말이냐―'

김진구는 이를 악물었다.

이리하여 김진구는 금년 이월 중순부터 로―라― · 베아링을 연구하기 시작했다.

그러나 그는 로―라― · 베아링을 맨드는데는 단조와 주철의 기술자 동무들과 손을 잡지 않고는 성공이 불가능 하다는것을 알고 자기외에 단조공장에서 두동무 주철공장에서 두동무를 뽑아 가지고 힘과 기술을수한데뭉처서 연구한결과 三월 하순에 六인취 로―라― · 베아링을 다섯개를 맨들아냈다. 처음이니만큼 한개의 제작비가 ―六〇〇원가량 걸렸다.

실제로 로바―텔에 끼어 시험한결과 처녀작품으로서는 훌륭한 성적을 나타내었다.

일본제품은 S.K.F 베아링 ―주일내지 열흘의 생명에 비한다면 이주일의 성능을 나타내었는데 U. S. A 베아링에 비한다면 멀리 따르지 못했다.

U. S. A는 적어도 二개월이상의 수명은 가지고있다.

그러나 김진구가 맨든 제품은 솔직히말해서 창의고안은 아니었다. 외국제품의 한개의 모방밖에 되지 않았다.

그러나 우리는 이제품에서 우리 노동자동무들의 우수한 솜씨를 넉넉히 엿볼수 있는 것이다.

김진구는 그 성공에 조곰도 만족하지 않고 수명이 적어도 ―개월 견딜수있는 로―라― · 베아링을 맨들아낼 결심을하고 우선 모형을 맨들었던 것이다.

그는 연구의결과 타원형 강구(鋼球)의 표면을 굴곡이없이 정타원형으로 맨드는데서 그 수명을 연장할수 있다는 결론을 얻게되었다.

김진구는 선반으로 그것을 해결하자든 자기의 연구식을 차츰 다른 방법으로 해결하자고 돌리고있는 중이다.

그는 틈만있으면 그모형을 손바닥에 올려놓고 묵상을 계속하고 있다.

그 모형에는 그의 참된노력을 말하는 손때가 가맣게 올라있다.

'이것은 내가맡은 四七년도 과업의 하나다.'

진구는 이렇게 자기자신을 독려하면서 그 연구에 몰두하고 있다.

김진구는 김일성위원장이 발표하신 四七년도 인민경제계획 예정수짜는 꼭 힘에 알맞는 수짜라고 믿는다.

그 좋은 예로서는 一·四 반기에 있어서 八만七천톤의 유안비료를 기일을 열흘 앞단겨서 출하를 완수하지 않았는가!

결국 따져서말한다면 정신과 기술과 계획성이 문제라고 김진구는 생각한다.

"하여튼 정신과 기술을 통틀어 내놔보오. 작년도 두배의 능률쯤이야 문제없지. 사실 툭터러놓구 말해서 우리 작년에 하루에 알맹이 다섯시간 노동밖에 더했겠소. 계획만 잘세운다면 문제없소 문제없어……."

김진구는 四七년도 인민경제계획이 발표되었을 때 "야—" 하고 놀라는 동무들에게 자신있는말로 이야기하였다.

김진구는 인민경제계획을 일년간이라는 기한부적 계획이라고는 처음부터 생각지않었다.

마치 우리민족의 사상의식의 개변운동이 일시적운동이 아니라고 그가 믿어 의심하지않는 듯이

김진구는 인민경제 부흥계획과 건국사상 의식개변운동은 인간의 혈육처럼 분리 시킬 수없는 절대적한 유기성을 가지고 있다고 믿고있다.

진정 돌아온 조국을 사랑할줄 알며 四七년도 인민경제계획이 부강

한 민주주의조선의 튼튼한 경제터전을 닦는 우리민족 역사상 처음보는 건국대업(建國大業)이라는 사상과 의식이 똑바로 밝혀있지 못한다면 그런사람이 어떻게 제때에 자기과업을 옳게 달성할수 있을것이냐 드믄드믄 큰소리 탕탕치지만 결국 그것은 이불아래 잠고대에 지나지 못한다.

그런 친구들 가운데는 대단찮은 일에도 척하면 불평을 말하기를 좋아하며 눈치만 밝히고 자기네끼리만 모아서 쑥덕공론을 펼처놓는 경향이 많았다.

김진구는 四七년도 인민경제계획을 승리적으로 완수하므로서 빛나는 자기네들이 갈망하는 행복스러운 사회가 멀잖어 건설될수있다는 크다란희망을 생각할때마다 제 一차 제 二차 제 三차 五개년계획을 영웅적으로 완수하야 부강한 민주주의국가를 노동계급의 영도밑에서 건설한 위대한 쏘련국가와 쏘련인민을 생각하는 것이었다.

쏘련의 노동계급은 조국건설을 위해서 五개년계획을 제一차때에보다도 제二차때에 제二차때보다는 제三차때에 백열화한 애국심을 총동원하야 영웅적으로 돌격 또 돌격하였기 때문에 전세계 근로인민이 앙모하는 오늘날 쏘련국가를 건설한것이 아니냐!

파쇼 독일을 거이 독력으로 물리치고 그 전진(戰塵)을 털새도없이 동방의강도 일본제국주의를 때려부시고 우리조국을 해방시켜 주었다.

쏘련인민들은 조국전쟁의 피곤도잊고 오늘 또다시 五개년계획을 실시하고 있다.

'대체 이 무궁무진한 정력이 어데서 나오는 것일가.'

진구는 이런것을 연구하여 보기도한다.

쏘련인민에게 이같은 조국의 발전과 부흥을위한 애국심과 전투력의 계속이 있었기 때문에 오늘날의 승리를 얻은것이다.

위대한 영도자이며 수령인 쓰딸린대원수 영도아래 자라가고있는 쏘련인민의 단결되고 조직된 애국심과 초인적 건설의욕을 우리는 배와야한다고 주장한다.

동시에 진구는 조선민족의 영명한 영도자 김일성장군에게 만공의 감사를 올린다.

토지개혁이 실시되고 二〇개조정강이 발표되고 산업국유화 법령 로동법령 남녀평등권법령

그밖에 모든 민주법령이 발표되고 과업이 내릴때마다 김일성장군의 명철하신 영도력이 김진구의 가슴속에다 하늘하늘 선국의 불길을 이루어 주었다.

'옳다. 진정 옳다 어느법령 어느과업 하나가 조선인민의 이익과 행복을 위해서 내리지 않은것이 있느냐 말이다!'

'이 은혜를 무었으로 보답하랴! 머리털을 비어 신을삼아 올려야 옳을까'

'아니다 아니다. 나는 오직 四七년도 인민경제계획의 책임수짜를 초과달성 함으로서 또 그정신과 기술과 창의성을 조국창건을 위해서 길이길이 살리는데서만 김일성장군의 은혜에 보답하리라!'

툭털어놓고 말해서 김진구는 이달호와의 경쟁을 그다지 대수롭게 여기지 않는다.

김진구는 지금 한몸뎅이로서 세개의 경쟁에 참가하고있다.

그러나 그 세개의 경쟁이란 결국 별개의것은 아니다.

일정한 노동시간중에 이것도 저것도 무한정하게 맨들수는 도져히

없는일이다. 인간의 정력에는 한도가 있는것이니까ー

김진구는 주철 단조공장과 삼각경쟁을 전개한외에 이달호와의 개인경쟁 그밖에 또 '가정삼각경쟁'을 내세우고 있다.

즉 안해와 아들과 자기 세사람의가족간의 삼각경쟁이다.

이 가정삼각경쟁에 있어서 김진구의 책임량은 사월그믐날까지 주택주위를 청소할것과 집뒤에 있는 二〇〇평 가량되는 황무지를 뛰저서 강냥씨와 앉은당콩씨와 봄배추씨를 뿌릴것이다.

아들 수돌이에게준 과업은 이학기말 시험에 우등을 할것이다.

수돌은 인민학교 사학년생이다.

머리가 둔한편은 아니나 원체 작란이 세찬아이다. 그렇게 작란이 세찬마련했어는 성적이 좋은편이다.

一학기에는 '優'가 셋이고 그밖에는 모두 '良'이었다.

'어떻게하면 우등생을 맨들어 볼까.'

진구는 늘상 아들의 공부때문에 머리를 썼다.

흙을 파먹는한이 있드래도 수돌이를 김일성대학에 보내고야 말겠다는 철석같은 결의가 김진구의 골수에 들어차 있다.

이번 이 가정삼각경쟁도 아들의 공부열을 북독끼 위해서 내세운 것이다.

그러나 이 경쟁을 내세웠을 때 수돌이놈은 속으로 호박씨를 까면서 가타나 부타나 통 말이 없었다.

좋다고 승낙만하면 그때부터 작란을 못할것을 생각하니 얼른 대답이 나오지를 않었다.

"어서 놀기싶을때는 네마음대로 놀아라. 그대신 공부할때는 열심히 공부해서 좋은성적을 올리면 되지않니."

김진구는 아들의 머리를 어루만져주면서 경쟁의 취지를 설명하여 주었다.

아버지의 놀때는 놀아도 좋다.─는 말에 수돌은 마음을 놓고 "좋소" 하고 승낙하였든 것이다.

안해의 책임량은─공도 흥남의 四七년도 큰과업의 하나인 능령천(陵領川) 개수공사에 보름동안 무보수 애국노동에 참가하되 매일 평균 一五〇% 즉 한사람반의 능률을 올릴것이다.

이 一五〇%란 안해가 자진해서 내세운 퍼─센테─지다.

一五〇%는 너무 과하니 一二〇%로 낮추자고 진구는 안해를 사랑하는 마음에서 사정하여 보았으나 안해는 생글생글 웃으면서 끝내 자기주장을 굽이지 않았다.

이렇게 되고보니 김진구는 경쟁에 지게되면 이중삼중으로 지게되고 익인다면 이중삼중으로 익이게되는 것이다.

그러므로 익였을때는 크다란 만족과 우월감에 비해서 젓을때의 불명예는 몇갑절이나 더 큰것이 될것이다.

가정 삼각경쟁을 맺은날밤 김진구는 공장에서 하던대로 계획을 세웠다.

하수구까지 깨끗이 수리하자면 뜰악청소에 이틀저녁품은 들어야 하겠다.

그다음 황무지 개간은 하루저녁에 넉근잡고 四〇평씩 닷새면 뚜질수 있겠다. 밭이랑 맨드는데 하루저녁 씨뿌리는데 이틀저녁…… 이렇게 회계해보니 사월 스므이레까지면 책임을 완수할 계획은 서지만 그새에 세포회가 한번 열성자대회가 한번 있기때문에 스므아흐레까지 완수할 안을짜서 벽에다 붙쳤다.

김진구는 공장에서도 그러했지만 집에 돌아와서도 조심하야 신체를 무리하지 않았다. 신체를 과로시킨다는것은 증산경쟁에 있어서 큰 잘못이라고 그는 생각하고 있다.

닷자곳자로 증산경쟁이라고 해서제몸도 제힘도 돌보지않고 야근까지 겸해서 죽을내기를 대다가 그만 노골이나서 사흘쉬거나 이틀일하고 나흘쉬는 그런 친구들의 실례를 김진구는 잘알고있다.

이것은 증산경쟁인것이 아니라 증산경쟁을 실패로 이끄러가는 죄악외에는 아무것도 아니었다.

김진구는 이런태도를 절대로 배격한다. 계획성이없는 일이라는것은 소경이 막대질하는 것과 같다고 진구는 믿고 있다.

김진구는 계획성없는 작업이 얼마나 위험한것인가를 작년겨울에 자기 눈으로 똑똑히 보아 잘안다.

기후관계와 석탄의 질관계 그밖에 여러가지 관계로서 유화철광(硫化鐵鑛)이 원활히 입하되지 못하던 어느 짧은 시기에 있어서 증산이다 증산이다 해서 단꺼번에 원료를 너무많이 사용해가지고 욕보던기억이 지금도 진구의 기억에 새롭다.

김진구는 딱딱 계획을 세워가지고 일하기때문에 하루 스믈네시간이란 시간을 가장잘 이용하며 능률을 올리고있는 노동자의 한사람이다.

수돌이는 공부실로 웃방을 독차지하드니 아주 딴아이처럼 열심히 공부하는 것이다.

그러다가도 밖에서 아이들의 습진곡을 치는 소리가 들리기만 하면 불시에 귀가 떠서 문구멍에다 눈을 대고 한참씩 밖의 광경을 내다보다가는

"호—"

하고 한숨을 토하면서 도루 책상 앞에 앉을 때도 있었다.

정 구미가 동해서 못참을지경에 이르면 살금살금 뺑소니처서 만판 푸지게 놀고야 시치미를 딱떼고 돌아오기도 하였다.

"너 이녀석새끼 그렇게 작란만하구 우등만 못해봐라"

하고 어머니가 가시돋친 목소리로 가로보면서 욕해주면

"놀때는 놀아야지 그대신 공부할때는 죽을내기대구 공부해야 한다."

하고아버지는 무게있는목소리로 훈계를주는 것이었다.

그럴때마다 수돌의 어린 가슴에도 꼭 우등하고야 말겠다는 뾰족한 결심이 떠올랐다.

그러면서도 역시 작란에 반해서 사흘에 한번씩은 어머니안테 책망을 들었다.

맨처음친 국어시험에서 八五점을 얻어 자기학급에서는 여섯째로 우수한 성적이었으나 수돌은 그 시험찌를 아버지에게 보이지 않았다.

二五일날 성적표와 함께내놔서 아버지와 어머니를 동시에 놀래주자는 엉뚱한 계획을 수돌은 가지고있었다.

김진구의 안해는 능령천 개수공사장에서도 유안비료 하조 출하 작업때와 마찬가지로 모범여성으로서 하루에 책임량을 一五〇%로부터 三〇〇%로 올리었다. 원체 몸집도 좋지만 남편보다는 걸걸한 성미를 가진 진구의 안해는 어느 일터에서도 선봉적으로 그솜씨를 나타냈다.

"한가래 더주오"

삽질하는 남자에게 이렇게 타구질하면서 흙을 이어날렀다.

"거 여장부군"

삽질하는 친구가 이마의땀을 씨츠면서 곁의친구에게 중얼거렸다.

"그집은 가풍이 그렇다네"

김진구일가의 내막을잘아는 친구가 김진구의 이야기로부터 가정삼 각경쟁 이야기를 들려주었다.

"호오 거 참 묘안이군 옳아 그럼직한일이야"

삽질하는 남자들은 신통한 이야기를 듣고 감동하는 것이었다.

이 안해를 이렇게 맨든데는 남편 김진구의 숨은힘과 홍남 여성동맹 의 선전사업이 큰영향을 준 것이 사실이다.

김진구는 자기가 마음놓고 공장에서 증산경쟁에 돌격하자면 우선가 정기풍부터 곤처야 한다고 생각하고 우선 안해의 교양사업과 가정미 화운동을 시작했던것이다.

옛날금사 그대로 자기만 알면되고 여편네는 몰라도좋다고 생각하는 그런 가정이었다면 그것은 불구자의 가정이라고 진구는 생각한다.

그러기때문에 앞에서도 썼지만 진구는 독보회나 강연회에서 들은이 야기 또는 신문에서읽은 이야기를 안해에게 차근 차근 들려주는 공작 을 한개의 자기의 과업으로 계속하고 있다.

날이 갈수록 안해의 머리는 티어갔다. 안해는 남편에게서 이야기를 듣는것을 저녁의 낙으로 삼고 있다.

토지개혁 二○개조정강 로동법령 남녀평등권법령도 대강대강이나 마 해설해주고 광주참안 남조선 인민항쟁도 이야기하고 김제원노인과 김희일동무의 이야기도 들려주고 홍남인민공장 여자 모범노동자들의 미담도 쏘련여성들이 조국전쟁때 용감하게 싸운실화도 들려주었다.

그러는 동시에 집을 깨끗이 걷우는 운동을 시작했다.

안해는 부엌을 기름이 돌돌굴게 깨끗이 걷었다. 진구는 문맹퇴치에 관한 표어와 인민경제계획 완수에관한 표어와 여성에관한 표어를 힌

종이에 써서 벽에 붙첫다. 자기손으로 책장을 맨들고 책자도 한책두책 사모우고 로동신문도 꼭꼭 철하야두었다.

김진구는『로동신문』을 사전(辭典)으로 알며 교사로 여긴다. 그러기 때문에 그는신문을 한장도 없애지않고 보관하고 있다.

어느때인가 수돌이가 신문을 찌저서 코푸는것을 보고 당장 신문지 의코를 씻겨서 도루 붙이게하고 볼기를 세개씩 때려준일까지 있었다.

"노동자 사무원들의 안해와 누나들이여! 가정에서 그들을 따뜻이 맞이하자. 격려하자!"

이 표어는 거리거리에는 물론 김진구의 가정에도 붙어있다.

이것은 흥남 여성동맹에서 三만명에 가까운 노동자가정 부녀에게 호소하는 표어다.

"말씨를 삼가자 박아지를 긁지말자 남편의 증산의욕을 북똑아주자 가정기풍을 개선하자"

이런 운동을 제기하고 흥남 여성동맹은 선두에나서서 선전지도공작을 전개했다.

그러나 그때는 벌서 김진구의 가정에서는 그 일부분을 실천에 옮기고 있을때다.

김진구의 안해는 이 운동에서도 많은것을 배우고 많이 깨달았다. 하나를 배우고 둘을 깨닷고 하는 새에 그는 차츰 일에대한 욕망을 가슴에 품게되었다. 이런 자발적욕망이 가슴에서 꿈틀거리기 시작하였을때 붓는불에 키질하는격으로 남편은 무보수 애국노동운동이 시작된다는 이야기를 들려주었다.

"여보 당신두 이번 무보수 애국노동운동에 부디 참가해야 하오 당신두 이제부터는 나라일에 몸을 바칠각오를 해야하오 뼈를 애꼈다 어데다 쓰겠소"

김진구는 안해에게 진심으로 호소하였다.

"나같은기 무스거 알아야지오"

안해는 글못배운 것을 한탄하면서 한숨 지었다.

"그런 못난소릴랑 아예 하지마오 아 글쓰는일은 못할지언정 힘으루 하는 일이야못하겠소"

한번 말하고 두번 깨우치고 세번 호소하는새에 무엇보다도 인민경제계획 완수가 중하다는 정신이 안해의 머리속에 뿌리밖히게 되었다.

그때 마침 흥남을 진감하는 무보수 애국노동운동이 시작되었다.

춘기파종용 유안비료 八만七천톤의 포장 출하 무보수 성원대운동이 그것이다.

이 八만 七천톤의 비료는 하늘이 뭉어저도 춘기파종전에 북조선 각 농촌에 분배해야 하는것이다.

그러나 비료공장 노동자들의 주야분투의 결사적 노력에도 불구하고 알푸스산같은 비료山앞에서는 손이 모자라서 기쁜비명을 지르면서 쩔쩔매었다.

이때 흥남시 민전(民戰) 의장 서휘씨의 발안으로 민전산하 각기관 정당 사회단체 대표자들은 긴급연석회의를 개최하고 무보수 애국성원 대운동을 제기하는동시에 그들 인민의 지도자들이 솔선하야 작업복에다 이마에 수건을 동이고 비료산을 향하야 돌격하였다.

여게 깊이 감동된 一三만 흥남시민과 원근각처 농민들이 하루에 千여명씩 물밀듯 동원되었다.

여성들도 남성에 지지않고 민주여성의 기치를 높이들고 용약 진격했다. 그가운데는 김진구의 안해도 끼어있었다.

진구의 안해는 열나흘을 애국성원대에 참가하야 하루 一五〇가마니의 출하책임량을 二〇〇가마니로부터 최고 三八〇가마니까지 능률을 올렸다.

이 사실은 그때그때마다 비료공장당부『速報』로서 또 직맹문화부『직장소식』으로 널리 알려졌다.

김진구는 안해의 애국노동에 깊이 감동하면서도 한편 안해에게 단단한 주의를주었다.

"여보 너무 무리는 하지마오. 닷자곳자로 애국노동을 한다구해서 제 몸두 돌보지않구일하다가 병이나 생기면 그것은 나라에 대해서 도루 미안한일이오 두고두고할 나라일을 그렇게 숨차게 해서야 되겠소"

"산같은 비료를 보니 나두모르기 기운이 자꾸만 납디다."

안해의말을 듣고 진구는 옳다는듯이 목을 끄덕끄덕 하였다. 자기가 비료산을 보았을때의 감상과 안해의 그것과 꼭맞았던것이다.

김진구는 안해가 한결 사랑스러웠다. 그런때마다 안해의 애국열에 저서는 면목이없다는 증산의욕이 무럭무럭 가슴에 용솟음첬다.

이렇게 되고보니 안해는 안해면서도 좋은 경쟁자의 한사람이었다.

안해의 비단결같은 열성은 일부 주책없는 부인들의 오해를 받으면서도 차츰 부락부인네들 새로 침투되어 갔다. 하나 둘 열 스물 애국성원대에 참가하는 부인들이 날마다 늘어갔다. 나중에는

"공장에서 점심을 준다니까 거게 혹해서 나가지 일하라 나간다구"

하고입을 비쭉거리든 아낙네들까지 자진해서 성원대에 참가하였다.

이렇게 되고보니 김진구의 안해는 자기의 명예를 위해서도 더많이 일하지않고는 백여내지못할 마음의 충동을 받았다.

남녀 애국성원대원으로 욱실거리는 비료공장에서 가마니를 이어 나

르는노동이 진구의 안해에게는 무척 재미가났다. 아침부터 밤까지 집에 들어백혀 있을때에는 세상이 어떻게 돌아가는지 모르고 겨우 남편에게서 얻어듣기만 했으나 직접자기발로 나와서 생산현장인 홍남공장의 활기띤 생산광경을 목격하니 첩첩히닫쳤든 문을 활짝열어 제친듯이 새공기가 풍기고 마음이 탁 티었다.

진구의 안해눈에는 차츰 공장에다니는 여성들의 행복스러운 모양이 부러워났다. 자기보다 더 나먹어보이는 여성들도 많았다.

'나두 공장에 다녔으면……'

이런 희망이 어느새 그의 머리속에서 자라가고 있었다.

진구의 안해는 유안비료 출하작업을 하면서 얼마든지 좋은 이야기를 얻어들을수 있었고 많은 새지식을 배울수 있었든 것이다.

그뿐이랴!

점심시간에는 홍남 음악동맹을 중심으로한 연예대가 날마다 비료공장에 들어와서 좋은 연예를 보여주고 명랑한 음악을 들려주었다.

이 연예위안대의 지극한 위안으로 오전중의 피곤은 간데온데없이 사라지고 오후작업에서는 한층 높은능률을 올렸든 것이었다.

이리하야 진구의 안해는 차츰 자기가 땀흘리면서 하는 그노동이 직접 공장으로부터 농촌을 통해서 나라를 세우는데 보탬이 되어간다는 행복감을 느끼게 되었다. 이것은 그여자가 세상에 나서 처음느껴보는 크다란 행복감이었다. 그러는동시에 여자는 집만 지키고 남편의 주머니속만 디려다보면서 살것이 아니라 남자와같이 일터에서 일할수있다는 신념을 가지게 되었다. 그러면서도 진구의 안해는 결코 가정을 잊지는 않았다.

자기가 로동한다고 해서 살림살이를 잊어버린다면 남편이나 아들이 어떻게 집에다 마음을 붙일수 있을것인가!

일은 일대로 하면서 살림을 알뜰히 하는것이 여자의 본분이라고 진구의 안해는 생각한다.

그러기때문에 그여자는 그릇같은 것도 집에서 놀때보다 더 윤채나게 닦아 올려놓고 방도 아침 저녁으로 깨끗이 치웠다.

그리고 아들 수돌에게다 밥짓는법도 가르처 주었다.

쌀은 이렇게 씨처 가마에 앉치고 물은 이만큼 붓고 밥이 끓어번질때는 이렇게하고 이만큼 밥이 잣았을때는 불을 꺼야한다고 가마뚜껑을 열어 보이면서 가르처 주었다.

남편이나 자기가 혹시늦게 돌아올때를 생각하고 이렇게 용의주노한 계획까지 세워놓았던것이다.

애국성원대의 애국정신과 전투력은 추기파종용 八만 七천톤의 유안비료의 포장 출하작업을 예정시일보다 열흘 앞당겨서 승리적으로 완수하였다.

이 날 감격에넘치는 승리의 만세소리가 비료공장안을 진동하였다.

이 비료수송이 끝나자 진구의 안해는 다시 함지를 이고 능령천 개수공사장으로 자진해서나갔든 것이다.

능령천은 본궁공장과 화약공장의 옆을 흐르는 하천인데 넓이가 좁은데다가 제방이 낮고 허약한 관계로 해마다 여름 장마철에는 홍수가 나서 능령천벌판의 곡초를 뿌리채 파가고 가옥을 묽어트리고 능령벌 농민들을 산등에서 울게하였다.

그밖에 본궁공장과 화약공장에다 큰 위험을 주었다.

심할때에는 탁류가 공장에 침수하야 수천명 공장노동자들이 기계를 피난시키고 방수작업에 결사적 노력을한때도 한두번이 아니다.

또 六개리 二만명 주민은 장마철이 올때마다 마음이 콩쪽만큼되어서 공포와 불안속에서 발발 떨고 있었다.

一九四七년도 인민경제계획이 발표되자 그전부터 현안중에있든 능령천 개수문제가 대두되었다.

이 문제는 공도 흥남으로서는 당연한일인 동시에 시민의 조직된 전투력을 시위하는 좋은 시험장이 아닐수 없다.

이 능령천을 개수하므로서 흥남지구인민공장에 부과된 四七년도 인민경제계획 예정수짜를 넘쳐 완수할 조건을 지을수 있다는것은 흥남 시민이라면 누구든지 잘알고있는 사실이다.

"흥남시민들이여! 능령천 개수공사를 완수하므로서 一九四七년도 인민경제계획을 넘쳐 실행할 조건을 창조하자!

농민들이어! 능령천 개수공사를 완수하므로서 땀의열매 농작물을 보호하자!

노동자들이어! 공장을 수재로부터 방위할 능령천 제방에 다 같이 돌격하자!

해방 조선의 여성들이어! 남자에게 지지 말고 능령천 제방을 쌓자!"

흥남시 능령천 개수 공동위원회는 각계각층에 보내는 표어와 기치를 높이 들고 一三만 흥남 시민에게 호소하였다.

이 능령천 개수공사는 전 시민의 애국열과 단결심과 전투력을 절대 조건으로 하는 말하자면 제2의 보통강 개수공사에 틀림없다.

공도 흥남의 조직된 군중은 드디어 총궐기했다.

"나가자, 능령천으로!"

이렇게 외치면서 노동자도, 농민도, 여성도, 학생도, 시민도 삽을 메고 함지를 이고 능령천으로 능령천으로 진군을 개시하였다.

매일 수천 명씩 동원되고 있다. 특설한 마이크는 능령천 개수의 중요성을 호소하기도 하고 경쾌한 음악과 명랑한 가요를 방송하기도 한다.

귀인순(진구의 안해)은 공사가 시작된 맨 첫날 벌서 선봉대로서 함지를 이고 나섰다.

아니 자기 혼자만 함지를 이고 나선 것이 아니라 부락 아낙네들까지 가정 방문해서 이끌어가지고 나섰던 것이다.

"글세, 그런 소리 말고 빨리 함지를 이구 나오라는데. 저 방천을 쌓아야지 금년 여름에는 발펜잠을 자내오."

리회(里會)에서 동원명령을 받고도 요리 핑계 조리 핑계 하면서 뺑소니를 치자는 멧멧 아낙네들을 자기 성심성의로서 끝내 설복시켜가지고 공사장으로 나가게한 일도 있다.

귀인순은 차츰 높이 쌓여저가는 제방을 보고는 더욱더 기운을내어 흙을 이어날렀다.

"저건 쇠(牛)같은 계집이야 저 근력이 어데서 나오는지……."

웬만한 남자는 찜쩌먹을만큼 세차게 흙을 이어날르는 모양을보고 다른 부인네들은 다같이 놀라는 동시에 감탄하는 것이었다. 그러나 그 여자들중 멧멧은

"무슨 상을 타겠다구 저리 분주한지 에구 미련두 해라"

하고 귀인순을 비소질하는 참새같이 입이 다사한 아낙네도 있었다.

그러나 귀인순의 일잘하는 귀염성은 능령천벌에서는 물론 차츰 부락에서도 모범여성으로서 드소문하게 되었다.

이 모범여성의 사실을 흥남시 여성동맹에서 모를리 없었다.

아니나 달을가 벌서 흥남시 여성동맹 사무실에 걸린흑판에는 이귀인순(李貴仁順)이란 넉자가 뚜렷이 씨어 있섰다. 물론 귀인순 자신은 이런줄 저런줄 알리 없었지만.

한함지의 흙이 적다하나 그것이 흥남지구 인민공장과 능령천벌을 지켜주고 나아가서는 조선인민이 다같이 잘살수있는 나라를 세우는데 절대 필요한 것이라는 남편의 신념을 고지식하게 본받아가지고 그 신념의길로 똑바르게 나가고 있는 귀인순이다.

처음에는 부려먹기좋은 계집이라고 귀인순을 알랑알랑 해가지고 여맹 부락 밭일을 시켜먹는 학교나온 여성들까지 귀인순의 순정에 감화되어 그를 홀홀히 대하지않게 되었다. 그러면서 자기네가 점점 귀인순보다 뒤떨어저 간다는 것을깨닫자 그것이 마음에 무시워나는 동시에 자기네들의 잘못은 뉘우치고 열성적으로 여맹사업에 협력하기 시작하였다.

귀인순에게는 원망의 능령천이었다. 무인년홍수에 외삼촌을 잡아간 것도 이능령천이다.

그때 외삼촌은 능령천벌에 터전을 잡고 농사를 지었다.

밤낮 사흘을두고 그악스럽게 퍼붓든비에 능령천 방축이 위험하게되자 외삼촌은 동리사람들을 모아가지고 능령천 방수공사에 나갔다가 불시에 방축을테고 내미는 무서운 탁류에 휩쓸려 수중혼이되고 마렀다. 희생자는 외삼촌외에도 세사람이 있었다.

시체는 나흘후에 내호바다에서 건저냈다.

건국의욕에 불타는 귀인순의 마음에는 이 철천의 원한이 엉켜서 기어이 능령천을 정복하고야 말겠다는 강심이 하늘하늘 화염을올렸다.

귀인순은 평균 다른 부인들이 세번 이어 나를새에 네번은 이어 날랐다.

그러면서도 귀인순은 자기힘을 보아가지고 여력이 있을때는 열성부인들을 모아가지고 한시간 또는 두시간씩 남아서 일을 더했다.

"거 남자보다 더한데……."

이런 이야기가 일터에서 떠돌자 마이크는 귀인순의 모범적 역활을 높이 찬양하는 방송을 하였다.

"……친애하는 로동자 농민 여성 학생 여러분 우리는 이귀인순여사의 열성과 애국심을 본받아 가지고 능령천 개수공사를 기한내에 승리적으로 완수하기를 맹세합시다. 一九四七년도 홍남지구 인민공정에 부과된……."

마이크는 이틀을두고 이귀인순여사의 뒤를 따르자—고 호소를 계속하였다.

자기 이름이 마이크에서 방송될때마다 귀인순은 부끄러워서 얼굴을 붉혔다. 어데 구멍이 있으면숨어버리기래도 싶었다.

쓸데없는 방송을 한다고 귀인순은 도루 방송자를 나무렸다.

귀인순은 그런 칭찬은 받고싶지 않았다. 받으므로서 더욱 부끄러운 생각이났다.

귀인순은 집에 돌아와서도 그 사실을 남편에게 말치 않았다. 수많은 군중가운데서 수치를 당한듯하야 그저 부끄럽기만 하였다.

귀인순은 몸이 찌긋찌긋 아프고 기분이 우울해서 하루를 쉬고 그 이튿날 나갔다.

그런데 그날부터 남자들은 귀인순을

"여자 스타하—노프"

라고 불렀다.

그러나 무식한 귀인순은 그말이 무슨말인지 통 몰랐다.

'아마 나를 놀려주는 말인가부다―'

하고 생각하니 슬그머니 부애가 동했다.

그날 저녁때 진흙을한함지 이고 집에돌아온 귀인순은 밥상곁에 누어서 로―라―베아링의 모형을 디려다보고 있는 남편에게

"스타―노피 무시기오?"

하고 뽀루퉁한 목소리로 물었다.

"뭐?"

진구는 일어나 앉으면서 도루처 물었다.

"아마 스타―노피라구 하는것같애"

안해는 잘웃는 웃음도 걷우고 불쾌한 표정을 짓는다.

"스타―노피 스타―노피 모르겠는데……."

남편은 목을 기웃기웃 하면서 허리를 주무른다. 밥짓고 뜰악을 걷우고밭을 뚜지고 났더니 허리가 몹시 아팠다.

"모르겠소? 글세 나를 여자 스타―노피라구 놀려줍디다."

"자아 알겠소 알겠소"

진구는 무릎을 탁치면서 한바탕 너털웃음을 웃고나서

"스타―노핀게 아니라 스타하―노프란 말이요. 그러면 그렇지 여보……."

진구는 안해의 손목을 덥썩잡아 앉처주면서 무한히 반가워하는 표정이다.

"무슨말이오"

남편의 명랑한 표정에서 그말이 자기를 놀려주는 말이 아니라는것

을 알자 비로소 안해의 얼굴에는 보름달같이 명랑한 웃음이 떠올랐다.

"스타하-노프는 쏘련에서 유명한 노동영웅의 이름이오. 스타하-노프동무는 석탄을 파내는 광분데 어떻게하면 석탄을 남보다 더많이 파낼가고 연구하고 또 연구한결과 남이 하루에 일구야들돈밖에 파내지 못하는것을 백돈이상 파내서 훈장을 받고 전 쏘련 인민에게 모범을 뵈아준 동무요. 스타하-노프 운동이라면 온세계에서 모르는 사람이 없소. 우리는 이동무의 연구심과 계획성을 본받아야 하오. 여자스타하-노프라구, 여보 반갑소."

진구는 애정과 환희가 끓어번지는 자기 가슴에다 사랑스러운 안해를 꼭 껴안아주는 것이었다. 귀인순은 부한히 반가웠으나 부끄러운 생각이나서 얼른물러 앉었다.

"글세 일터에서 이귀인순이 일잘한다구 요앞서라 방송합디다. 열해서(부끄러워서) 죽을뻔 했다우"

귀인순은 그 사실을 남편에게 그이상 더 숨길수없어서 이야기 했다.

"그런데 웨 그것을 이제야 이야기 하오"

"열해서 그랬지오"

귀인순은 생글생글 웃으면서 역시 얼굴을 붉힌다.

"제 남편께두 열해 못나니 같으니, 여자 스타하-노프가 그래 쓰겠소. 하여튼 수고했소. 자 어서 밥 먹읍시다."

진구는 싱글벙글 웃으면서 밥상에덮은 흰보를 치우고 남비뚜껑을 들었다.

남비에서는 구수무레한 냄새나는 김이 확 떠올랐다.

"에구 또 멕국이오"

안해는 고마운김에 남편의 얼굴을 바라보면서 샐샐 웃기만한다.

"두어사발 먹소. 그런데 여보 스타하-노프란 이름은 세상에서 제일 귀한 이름이오. 당신두 그리 알구서리 더 열심히 나랏일에 몸을 받쳐야 하오."

진구는 정신없이 미역국을 퍼넣는 안해를 애정이 불붓고있는 두눈으로 지키고 앉았다.

순간 진구는 눈물이 나도록 감격했다.

김일성장군을 영도자로모신 북조선인민의 참된행복을 지금 미역국을 마시고 있는 자기안해에게서 역력히 찾어볼때 그 감사와 감격에 가슴이 터지는 것 같었다.

작년 이때에 비한다면 이 얼마나 향상된 생활이냐. 여기 무슨 걱정이 있으며 불평불만이 있을것이냐. 四七년도인민경제계획을 승리적으로 완수하는날 우리에게는 더 크다란 행복이 오리라! 김진구는 밥을 씹으면서 벽에붙인 표어를 눈으로 읽어본다.

"우리 민족의 영명한 영도자 김일성장군만세!

모든 노동자는 一九四七년도 인민경제계획 실천에 선봉적 모범이 되자!"

저녁 설거질을 필할때에야 수돌이가 학교에서 돌아왔다.

"또 작란하고 왔지?"

어머니는 수돌이를 보자 이렇게 따져 묻는다.

"오 오 운동회연습을 했는데 아지두 못하구"

수돌은 뽀루통해서 밥상앞에 앉는다.

"어서 밥먹어라 운동두 다른 아이안테 저서는 안된다. 공부는 물론……."

진구는 담배를 피면서 정신없이 밥을 퍼넣는 아들의 모양을 지키고 있다. 보면 볼수록 귀여운 아들이었다.

수돌의 밥상을 치우고난 어머니는 밥상우에다 잡기장을 펴놓고 국어공부를 시작하는 것이었다.

겨울동안 성인학교를 열성적으로 다닌관계로 꽤 쓸줄도 알고 읽을 줄도 알지만 아직 받침에 들어서는 쩔쩔매는 편이다.

"내가 부를께 어디 써보오"

남편은 로―라―·베아링의 모형을 손바닥에서 굴리면서

"오 일 절 은 근 로 대 중 의 명 절 이 오. 우 리 공 상 에 서 는 이 날 을 성 대 하 게 기 념 하 오"

라고 천천히 띠염띠염 부르면서 안해가쥔 연필끝을 디려다본다.

"너무 디려다 보지마오."

안해는 부끄러운듯이 손으로 잡기장을 가로막고 한자한자 생각해가면서 쓴다.

"우리 공장에서는 ― 그담이 무시기오"

안해는 연필끝을 갈면서 묻는다.

"이 날 을 성 대 하 게 기 념 하 오―잘 생각해서 쓰오"

진구는 싱글생글 웃기만 한다.

안해는 두번 다시 읽고나서

"옛소보오"

하고 잡기장을 내밀었다.

"오 일 절 은 근 노 대 중 에 명 절 이 오. 우 리 공 장 에 서 는 이 나 를 선 대 하 게 기 념 하 오―하나 둘 셋 넷 다섯 여섯 여섯자가 틀렸소.

앞서보다 많이 늘었소."

김진구는 틀린글자 곁테다가 차근차근 설명해 주면서 고쳐주는 것이었다.

"근노대중에가 아니라 근 로 대 중 의ー오. 이 '의'와 '에'는 나두잘 모르오 내 배와서 가르쳐 주지. 이 나를가 아니라 이 날 을 선대가 아니라 성대ー무슨 말인지 알겠소?……."

진구는 자기가 아는데까지 안해에게다 가장 알기쉬운 말로 가르쳐 주었다.

틀린자를 고쳐주고 힘든 문구를 해석해 주고나서 진구는 五ㆍ一절 ー이란 어떤 명절인가를 안해에게 이야기 하여주었다

五ㆍ一절 의 간단한 역사와 노동자의 튼튼히뭉친 단결의 힘이 얼마나 큰것이며 무서운 것인가를 보여주는 날이라는것과 이날이 진정 노동자의 설날 이라는것을 쏘련과 미국노동자들의 실례를 들어가면서 설명하였다.

"그럼 또 거리를 줄쳐 댄기겠지오?"

안해는 五ㆍ一절이 진정한 노동자의 설이라는 남편의말에 귀가떠서 헌것이래도 깨끗이 빨아서 설빔을 할양으로 이렇게 물은 것이다.

"물론이지 줄쳐 댄기는게 아니라 그것을 시위행진ー이라구 하오. 시위행진 시 위 행 진 잊어서는 안되오. 그럼 또 한가지 부를까?"

"자겠소 봄철이돼서 그런지 어찌두 곤한지……."

곤한것을 봄탓으로 돌리는 갸륵한 귀인순은 팔을 벼개삼고 입은채로 방아래몫에 누었다.

진구는 얼른 일어나서 벼개와 이불을 가저다 주었다.

그리고나서 밥상우에다 베아링의 모형을 올려놓고 쏘는듯한 눈으로

디려다 보고앉았다.

수돌이도 자는지 글소리가 들리지 않는다.

김진구는 지금 베아링연마기(硏磨機)를 연구중인데 벌서 그서광이 보이기 시작했다. 이것은 선반공장에 있는 큰 연마기에서 힌트를 얻어 고안하고 있는것이다.

연마기의 급회전을 이용하여 타원형베아링을 맨들어내자는 것이다.

날카로운 시선과 신경을 모조리 베아링에 쏟고있든 진구는 무엇을 생각했는지 불야불야 종이와 자(尺)를 찾아가지고 도면을 그리기 시작한다.

그때 공장에서 열시를 알리는 싸이렝이 울려왔으나 신구의 귀에는 그소리가 들리지 않었다.

우선피스톤 · 롯트 한대를 완성할 예정날은 왔다.

이날 이달호의 침울하든 얼굴에는 김진구와의 경쟁후 처음으로 명랑한 웃음이 떠올랐다.

어듸 보라는듯이 활개를 치면서 다니는 걸음거리에도 승리자의 기세가 보인다.

점심시간에 건국실에서 맛나게 담배를 피면서 동무들에게 농담도 걸고 <승리의 五월>도 불렀다.

저렇게 명랑한 사람이 어째서 그새 그처럼 우울해 졌을가? 하고 의심하리 만치 이달호는 명랑한 인간으로 변하였다.

이것을본 김진구는 은근히 마음이 놓였다.

이달호가 지난 일주일동안 명랑성을 잃고 초조한 기분으로 작업하는것을 볼 때 마치 자기가 이달호를 그렇게 맨는듯이 마음이 송구했든 것이다.

우정을 상하지나 않을가—진구는 은근히 이런것을 걱정했다.

그러든 것이 자기보다 피스톤·롯트를 만저깍은 이달호가 그때부터 지나치게 명랑해지고 말솜씨도 한결 서슬기가 차있는 것을 보았을 때 김진구는 누명을 버슨사람처럼 마음이 거뿐해젔다.

이달호에게는 승리자의 의기가 있었다. 예정기간중의 능률로보아 이달호는 —○○%를 초과하였다.

즉 피스톤·롯트 한 대를 완성하고 두 대째 선반기에 물려놓고 작업을 시작했다.

김진구는 아직 한 대를 가지고 내일 오전 열시에나 가서야 완성할 예정이다. 기계를 사랑하는 그는 경쟁중에 있어서 선반기 분해소제를 하느라고 네시간이나 허비(실인즉 허비가아니지만)했으나 이달호에게는 그런 것은 문제도 되지않겠고 결국 퍼—센테—지를 따져본다면 자기의 패북은 결정적이라고 김진구는 자인하는 것이었다. 승패의 판결은 내일이지만.

그러나 김진구의 얼굴은 패북당한 사람같지 않게 여전히 명랑하다.

이달호는 자기의 솜씨를 보여주었으니 소원성취 라는듯한 자부심을 가지고 몇시간전까지의 열성과 태도를 잃고 빈둥빈둥하는 기색을 보였으나 김진구는 천리길을가는 황소처럼 한결같은 태도와 근기로서 작업을 계속하는 것이었다. 이달호는 김진구의 시종여일한 작업태도를 보고 처음에는 심정이 둔하고 발전이없는 사람이라고 비웃었다.

그러나 진구의 작업태도를 두 번 보고 세 번 네 번 살피는새에 웬일인지 김진구라는 인간이 무서워나기 시작했다.

'황소같은 사람이다 四七년도 인민경제계획 예정수짜를 넘처 완수

하자면 김진구같은 정력과 태도를 가지고 저렇게 작업해야 옳지않을가?'

이달호는 드믄드믄 이렇게 생각하여 보는때도 있었다. 그러나 달호는 그것이 옳다는 결론에까지 도달하지 못하고 머리를 흔들어 진구의 생각을 잊어 버리려고 애를 쓰는 것이었다.

그러나 저러나간에 이달호는 무척 기뻤다.

강적 김진구를 물리치고 자기의 우수한 선반기술을 뽐낼수있게 되었다는 우월감이 달호의 마음을 들뜨게 하였다.

그날밤 달호는 기쁨과 만족에 익이지 못해서 공장에서 배급준 술을 모아가지고 몇몇동무들과 승리의 축배들들었다.

"그러기다 질구 짜른건 대바야 아는거야"

술이 거나해지자 달호는 의기양양해서 이렇게 기세를 올렸다.

"그렇구말구 실력이란 속일수 없는거네 자 축배를 한잔 받게"

친구들은 번갈아 가면서 달호에게 축하의 술잔을 권한다.

"四七년도 인민경제계획 예정수째 달성은 문제없네 문제없어"

달호는 신이나서 팔사매를 걷어 올리면서 큰소리를 탕탕 친다.

"아—ㅁ 그야 문제없지"

한친구가 혀꼬분소리로 맛장구를 친다.

"이번에는 누구안테 조전할가? 태식에게 아니 털보에게다 걸어야지."

달호는 아직앞으로 일주일이란 경쟁 기간이 남은줄도 잊고 마음을 탁놓고 호기를 피운다.

"털보라니"

"박종수 말이야"

박종수란 선반공은 십이년의 경험을 가지고있는 가장 우수한 모범

선반공이다.

"호로쇼호로쇼 그러나 털보는 강적인걸"

"뭘 문제없네 밑저야 본전이지"

이달호는 천하를 삼킬듯한 기세를 보이면서 <승리의 오월>을 노래 부르는 것이었다.

김진구는 같은 시간에 열성자 대회가 열린 노동회관 의자에 앉아있 었다. 그의 곁에는 역시 주문식이가 앉아 있었다.

김진구는 일곱시반이 조금 넘어서야 집에돌아갔다.

"빨리 오우다."

안해는 맨발로 뛰어나와 남편의 빈밥그릇을 받아디려다가 가마뚜껑 우에 놓고 그발로 웃방에 올라가드니 종이꾸럼을 들고 나왔다.

"수돌이 우등했다오"

"응? 우등? 어디……."

진구는 안해의 손에서 종이를 빼앗아가지고 신발도벗지도 않고 방 바닥에 앉아서 펴본다. 그새 안해가 남편의 신발을 벗겨준다.

시험찌를 보니 산수는 두장 다아 一〇〇점 국어는 한장이 八五점 한 장은 九二점이다. 인민은 九五점…… 진구는 무슨판결장을받은 사람 처럼 가슴을 조이면서 통신표를 홀쩍 폈다.

보니 도화하고 음악이 '良'이고 그밖의 학과는 모두가 '優'다. 총평이 '優'니 안해의 말대로 우등에 틀림없다.

진구는 감개무량한듯이 한참 통신표를 디려다보다가 무릎을 탁치고 일어서드니 안해의손목을 붙잡고 덩실덩실 춤을 추기 시작한다.

"이거 놓소 남이 보겠소"

안해는 남편이 춤추는 모양이 우수워서 간간대소 하면서 손을 빼랴고 애를쓰나 남편은 놓아주지 않는다.

"남이 보면 어떻오 좋아서 춤추는데……."

김진구는 진정 반가웠다. 얼마나 은근히 마음을 조리면서 아들의 성적표를 기대렸든 것인가…….

만약 이번에 수돌이가 좋은성적을 얻지 못하였다면 낙망 끝에 식음전폐라도 하였을런지 모를일이다.

"수돌이 또 학교 갔소?"

"운동회가 있다구 연습하라 갔소."

"그놈 사과사다 주오"

진구는 십원짜리 지폐를 두장 끄집어내서 안해에게 주었다.

아직까지도 공부못한 서름이 골수에 사무처있는 김진구는 자기 아들 수돌이에게 하늘만한 희망을 가지고 있다.

공부만 잘하면 나랐돈으로도 대학교에 갈수있고 노동자의 자제도 이제부터는 활개치고 대학교에 갈수있는 이 행복스러운 세대에 맹세코 수돌을 김일성대학에 보내고야 말겠다는 강철같은 결심을 품은 김진구는 매달 월급에서 ─○○원씩 잘라 저금하고 있는 것이다.

물론 그것은 돈이 남아서 저금하는것은 아니다. 다만 그의 강직한 신념(信念) 즉 김일성장군을 수반으로 모신 근로대중의 힘으로 다같이 잘살수있는 나라를 세울때까지 살림이 다소 옹색하더래도 그것을 참아야 한다는 것과 수돌이를 김일성대학까지 보내어서 훌륭한 일꾼을 맨들겠다는 철석같은 신념이 김진구로하야 모든 곤난을 참게하고 다달이 ─○○원씩 저금을 시키게 했든 것이다.

"여보 행복자란 별것이 아니오. 우리가 행복자란 말이오. 죽을내기

대구 일합시다. 그러구 당신은…….”

진구는 말을 끊고 빙글빙글 웃기만한다.

“나는 어쩌란 말이오.”

“과업이 있소.”

진구는 과업—이란말을 잘쓰기때문에 안해는 그말의 뜻을 알고 있다.

“무슨과업?”

“아이를 하나 낳란말이오”

진구는 어린것이 그리웠다. 하기야 일당백이라고 하나라도 되기는 하지만 그래도 역시 어린 것이 그리워다.

이것은 진구의 욕심일런지 모르지만 그는 이제 딸하나 아들하나 더 낳고 아내가 단산하여 주었으면하고 바라는 것이다.

“낳기만하문 무실하오.”

안해는 수돌이 아래로 딸을 낳았다가 제자리에서 죽여버렸다. 원채 두돌터울이지만 손을 꼽아보면 금년이 가저야할 해에는 틀림없다.

“하여튼 금년도 과업으로 맡소”

김진구는 자기의말이 자기로서도 우수워서 껄껄 웃는다.

“…….”

사실인즉 안해는 남편보다도 더 기대리고 있는중이다. 기대리면 안 된다는 노인네들의 이야기를 듣고 기대리지 말자고 애를 쓰면서도 역시 은근히 기대리는 것이었다.

남편에게 말하지는 않으나 전달부터 꿈자리가 이상하였다. 수돌이를 가질때처럼 강아지도 안아보고 호랑이새끼도 안아보고 과수원에가서 샛빨간 사과도 따먹어 보았으니 필시 무슨 소식이 있을것만 같앳다.

“이거먹소”

진구는 손바닥만한 구운가자미 한마리를 안해앞에다 내밀어 놓았다.

"난 안 먹겠소. 잡숫소"

안해는 가자미를 도루 밀어 내놓는다.

"먹으라니까 그래"

가자미는 또 안해앞으로 밀려갔다.

"아까 먹었소 어서 잡숫소"

가자미는 이번에는 진구앞으로 미끄러저왔다.

"그럼 절반씩 나누지"

진구는 가자미를 두톳을내서 대가리쪽을 안해에게 주고 꼬리쪽을 자기가 먹었다. 수돌이해가 한마리 있었으니 말이지 없었드라면 진구는 의례 세톳을 냈을것이다.

그러나 대가리쪽도 멧번 상우를 왔다갔다 하고난후에야 안해의입에 들어갔다.

진실한 애정이 꽃처럼 피어나는 행복스러운 식사풍경이다.

"사과사다 수돌일 주오"

진구는 뒷밭에뿌릴 씨앗사라 나가면서 다시한번 안해에게 일러주었다.

그 이튿날은 김진구와 이달호의 경쟁에대한 중간심사가 있는날이다.

이달호는 머리가 아프다고 수건을 물에 축어서 머리를 동이고있으나 역시 얼굴표정은 명랑하다.

오늘 아침도 이달호는 작업에대해서 솜씨를 내지않는다.

이만하면 내솜씨를 알텐데 더 낼필요가 없다는듯한 태도가이모저모에서 보인다.

이달호의 속통을 툭털어 내놓고 본다면 그는 두개째 피스톤·롯트를 깎는데는 김진구안테 저주어도 좋다고 생각하고 있다.

실력이란 한번만 보여주면되지 두번 세번 보여주면 실력의 가치가 떨어지는 것이라고 달호는 자기의 실력을 퍽으나 애낀다.

오늘 승리의 판결이 내리면 그자리에서 털보 박종수에게 조전할것을 결심하고 오후 네시가 오기만 기대리고 있는 이달호다.

그러나 이것이 웬일일까!

천만 만만 뜻밖에도 심사의 결과승리는 김진구에게로 결정되었다는 정보가 달호의귀에 들어왔다.

이달호에게는 청천의 벽력이 아닐수 없었다.

아마 나를 놀려보는 수작이 젰지 지다니 되는 말이냐! 달호는 처음에는 이렇게 느러진생각도 하여보았다.

그러나 자기생각이 한개의 이불아래 공상이었고 김진구의 승리가 확실하다는것을 똑똑히 알자 이달호는 된몽치에 뒤통수를 얻어맞은 사람처럼 정신이 허전허전 해졌다.

너무나 크다란 정신적 타격에 맥이 풀려서 통 일이 손에 붙지를 않았다. 명랑하든 얼굴은 다시 침울해졌다.

흥그러면서도 한편으로는 통분한 생각이 불쑥불쑥 치밀었다.

"흥 되지못한것들이 무스거 안다구"

이달호의 암통한 마음에는 모두가 한패가 되어서 자기를 돌리자는 계책을 꿈이는것만같이 생각되었다.

"너이들이 정 그렇게한다면 내게두 생각이 있다."

이달호는깔앉았던 청진생각을 되살리기 시작하는 것이다. 전에도 말했지만 처음부터 이달호와의 경쟁에 그다지 크다란 관심을가진 김진구는 아니었다. 그의 관심은 주철공장 단조공장과의 삼각경쟁에 쏠려있고 나아가서는 二五만톤 유안비료를 생산하느냐 못하느냐……는데 집중되어 있다.

이번 피스톤·롯트를 깎는데도 진구가 상대로 하는것은 이달호가 아니라 二五만톤 유안비료의 생산에 있다.

김진구는 이달호가 붉으락 푸르락 하는것도 모르고 또 자기가 승리했다는것도 모르고 모든 것에서 귀를가리우고 오직 우수한 피스톤·롯트를 깎아 내는데만 전심전력을 다하고있다.

오후 네시반부터 건국실에서 김진구대 이달호의 생산경쟁 중간비판회가 열렸다.

선반공장 노동자 七〇명가량 모았다. 이런 모음은 이것이 처음은 아니다. 한달에도 몇번씩 있는 것이고 기술강좌는 매주일에 한번이상 계속되고 있다.

이런 모음에서 선반공장 기술자들은 자기의 기술을 한층더 향상시키며 창의고안에대한 발표를 하고 연구 토론을 전개하고 앞으로 계획을 수립하는 것이다.

김진구는 주문식이와 붙어앉아서 잡담을 주고받고한다. 마치 그 표정이 남의 강연을 들으라온 사람처럼 서늘하다. 건국실은 웃음과 잡담으로 떠들성하다.

이달호는 그 분위기를 피하는듯이 맨뒤 의자에 혼자앉아서 뽀족뽀족내민 턱수염을 뽑고 있다.

먼저 요란한 박수를 받으면서 계장 한동무가 등단하였다.

한동무는 작업반장 엄동무와 피스톤·롯트를 엄밀히 조사한결과 서로 합치된 의견을 발표하기 위해서 등단한것이다.

"동무들 나는 이번 달호동무와 진구동무의 생산경쟁에서 중대한 문제를 발견했소."

선반계장 한동무의 이말에서 벌서 선반공들은 긴장하기 시작한다. 나오는 말투가 심상치 않었기 때문이다.

계장 한동무는 선반공들의 주의를 자기에게 껄어단겨놓고 말을 잇는다.

"간단히 생각한다면 一○○%의 능률을 올리지못한 김진구보다 一○○% 이상의 능률을 올린 이달호가 승리했다고 누구나 생각할수 있을 것이오 하지만 이번 경쟁만은 그렇게 단순하게 결론지을것이 아니라는것을 동무들은 명심해야하오. 나와 작업반장 엄동무가 조사한 결과를 이제부터 보고하겠소."

한동무는 주머니속에 손을찔러 부시럭거리드니 한장의 종이를 끄집어내서 책상우에 펴놓았다.

이달호는 한동무의 말을 귀스등으로 들으면서도 어쩐지 가슴이 띠끔해 났다. 한동무는 말을계속한다.

"달호동무는 일주일 경쟁기간중에 피스톤·롯트를 한 개를깍는데 바이트를 네번 부질렀소. 그러면 이것은 무엇을 말하느냐…… 하면 물론 쇠가 강질이란 원인도 있겠지만 나는 자재나 도구를 손모하더래도 빨리맨들아 익여보겠다는 이런 초조한 심리에서 나온 결과라고 보오. 제품을 조사한결과 두동무의제품 모두 규격(規格)에는 틀림없소. 그런데 달호동무의 제품을 조사한결과 얼룩이 많다는것을 엄동무와 나는 찾아냈소. 즉 달호동무가 깎은 피스톤·롯트를 자세히보면 육칠년 경험있는 선반공이 깎은데가 있는대신 삼사년되는 선반공이 깍은데도있

단말이오. 간단히 말하면 한사람의 솜씨같지 않단말이오. 여기서
……."

한동무는

"여기서……"

란 말에 특히 힘을 준다.

김진구는선생님앞에서 강의를듣는 학생처럼 얌전하게 앉아서 듣
는다.

이달호도 아까보다는 딴판으로 냉정한 표정으로 한동무의 얼굴을
지키고 앉아있다.

"여기서 나는 두가지 옳지못한 경향을 발견할수 있었소. 그 하나는
국가의 인민경제부흥을 위하여서는 경쟁이 아니라 개인을위한 또는
자기를위한 재간다툼을하는 경향이 있었단말이오. 또 한가지는 제품
의－질(質)을 고려하지 않고 양(量)에만 치중하는 경향이오. 우리는 이
런 옳지못한 경향은 이순간부터 청산해야겠소.

경쟁이라니까 닷자곳자로 결과야 어떻게 되든지간에 남보다 빨리
많이 맨들기만하면 된다는 이런 마음을 우리는 시급히 숙청해야 겠소.

문제는 일정한 노동시간내에 작업계획을 세우고 창의성을 발휘하면
서 질적으로 우수한 제품을 양적으로 넘처 제작해내는데 있는것이오.

이런 건국정신이 없이는 一九四七년도 인민경제계획에 있어서 우리
공장이 질머진 책임량을 넘처 완수하지 못할것이오.

나는 솔직히 말해서 이번경쟁에 있어서 이달호동무는 자기의 기술
과 력량을 충분히 발휘하지 못했다고 생각하오. 그러면 그원인이 어디
에 있었는가 나는 이렇게 해석하고 싶소."

한동무는 말을끊고 선반공들을 돌아본다. 모두가 숨을 죽이고 열심

히 듣고 앉았다.

이달호는 아까보다 점점 풀이 죽어저 갔다. 어떻게된 영문인지 그는 한동무의 자기에대한 비판을 반박할 용기를 상실하기 시작하였다.

나아가서는 한동무의 칼날처럼 예리한 비판은 백명에 가까운 선반공들에게 높은 경각심을 주는데 충분하였다.

"다음 나는 달호동무의 민주주의 조선건국을 위한 마음의 무장이 박약하다는것을 지적 하구싶소.

이동무는 점심시간에도 쉬지않고 일한때가 있었소. 이것은 좋은일 같기도 하지만 삼가야할 일이오. 웨그런가하면 우리에게 부과된 四七년도 생산책임량은 우리가 휴식시간에까지 작업을 계속하지 않고는달성하지 못하리만큼 그렇게 무리한 책임량은 결코 아니란 말이오. 이것은 다만 경쟁자에게 지지말겠다는 그런 욕심에서 나온 자기행동이라고 나는 생각하오.

동무들 만약 동무들에게 이런 경향이 있다면 이 즉석에서 청산해 주기를 바라오. 아까지적을 번복하는 것 같소만 이달호동무는 이번 경쟁에서 확실히 계획성 창의성 기술연구를 등한시 했소. 그저 빨리 맨들어서 진구동무안테 지지않겠다는 그런 단좁은 마음으로 작업했기 때문에 제품을 질적으로 향상시키지 못한것이오. 이것은 비단 이달호동무에게 한한문제가 아니라 우리 전체 선반기술자 동무들이 주의해야할 문제라고 생각하오."

선반공들은 숨도 크게 쉬지않고 점잖게 앉아서 귀를 기우리고 있다.

드디어 이달호는 자기 잘못을 뉘우치기 시작했다.

듣고보니 계장 한동무의 한마디 한마디가 과연 옳았다. 마치 의사가 아픈데다가 주사를 찌르듯이 자기의 흠점을 질러주는데야 뉘우치지 않을수가 없었다.

한동무는 달호동무에게대한 결론을 맺기위해서 입을 열었다.

"끝으로 나는 달호동무가 우리들의 영명하신 김일성위원장께서 四七년도 인민경제계획을 내세운 그 근본의의를 좀더 깊이 연구해 달라는것을 부탁하오. 우리는 북조선에서 장성한 모든 민주력량과 四七년도 인민경제계획 완수가 三八선이 티우고 민주주의 조선정부가 수립될때 그 지추돌이 되며 지둥이 된다는것을 뼈에 색여 명심해야 하오. 내가보건대 이달호동무는 앞으로 얼마든지 기술적으로 발전할 소질을 가진 동무오. 부탁은 오늘의 승부를 절대 염두에 두지말고 앞으로 더욱 노력해주기를 바라오."

십오년의 경험을 가진 선반기술자 한동무는 이같은 예리한 판단과 심각한 비판으로 이달호에게대한 결론을 맺었다.

이것은 비단 이달호뿐만 아니라 전체 선반공들에게 대해서도 중대한 문제를 제시하여 준것이다.

특히 그중에서도 정신이야 어데가있든간에 왜놈밑에서 배운 기술만 가지고 작업하고 있는 그런 친구들에게는 아픈 동침이 아닐수 없었다.

이달호는 머리를 푹 숙으리고 죽은듯이 앉아있다.

계장 한동무는 이번에는 김진구를 비판에 올려놓았다.

"김진구동무는 어느편인가하면 작업하는태도가 다른 동무들보다 더 딘편이오. 그러면서 이 동무는 계속적으로 상당한 능률을 올리고 있소.

이번에도 반나절이나걸려 선반기 분해소제를 하지않았드라면 100% 능률은 문제없었을 것이오.

진구동무가 기계를 자식처럼 사랑하는줄을 나는 잘아오. 우리는 이런점은 진구동무의 본을 받아야 겠소. 그러나 기계소제를 작업시간중에 한다는것은 이제부터 삼가야 겠소. 우리는 작업하는데만 알맹이 여들시간을 받쳐야 하겠소.

그럼 이제부터 진구동무의 제품을 비판해 보기로 합시다.

동무들 담배들 피시오. 나두 한 대 피겠소.”

선반공들은 그 명령이 내리기를 하도 기대렸다는듯이 명령일하 주머니속에 손을찔러 담배쌈지를 끄집어내가지고 종이쪽각에 말아피어 물었다.

그러자 긴장하는 공기가 풀리고 이구석 저구석에서 잡담이 시작되었다.

그러나 이달호는 여전히 아까금사 그대로 머리를 숙으린채 죽은듯이 앉아있다.

한 오분 지났을까? 한동무는 구두끝으로 담뱃불을 끄고나서

“그럼 동무들 담배를 피면서 들어도 좋소.”

하고 말을 계속한다.

“김진구 이동무는 작업을 시작하기전에 우선 어떻게하면 일정한 시간내에 좋은제품을 제작하는데 능률을 올려낼가―하는 계획을 세우고 기술적으로 연구해가지고 작업을 시작하기 때문에 얼핏보면 더딘것 같지만 그것이 결코 더딘것이 아니고 따라서 작업상에 실수가 없소.

이번 피스톤ㆍ롯트에는 진구동무의 솜씨가 그대로 나타나있소. 어데 흠잡을데없는 훌륭한 제품이오. 나는 이번 제품을보고 진구동무의 기술적 발전을 알수가 있었소. 문제는 여기에 있단말이오.”

계장 한동무는 전기시계를 들아다보고 말을 있는다.

“진구동무는 이밖에도 지금 우리가 제조에 성공한 로비―텔 베아링보다 더 수명이 긴 베아링을 창의고안중에 있소.

나는 이동무의 성공을 빌어 마지않소. 끝으로 진구동무에게 바라는 것은 작업하는데 좀더 민활을 가저달라는 것이오. 그럼 이만 내말을 끊지겠소."

한동무는 동무들의 박수를 받으면서 단을 내렸다.

다음 직맹 초급단체 위원장 최동무가 등단하였다. 또 한바탕 요란스러운 박수가 터졌다.

"오늘 동무들은 한동무의 말에서 높은 경각성을 가졌으리라고 생각하오.

아까 한동무도 말했지만 우리는 왜놈들이 남겨두고간 썩은정신을 하루바삐 청산하고 생기발발한 민수조선 건국성신으로 무장을해야 하오.

이사상개벽과 학습이 없이는 우수한 제품이 다량으로 생산될수 없을것이오. 조고만 볼트를 한 개 깎는데도—자기의 건국사상과 창의심이 침투되지 않구는 결국 그 제품은 한 개의 모방에 지내지 않을 것이오.

또 모든 것을 건국을위해서 바치겠다는 숭고한 정신이없는 그런사람의 기술에는 발전도 향상도 없다는 것을 나는 단언하고 십소.

四七년도 인민경제계획은 건국정신 총동원 기술향상 창의성의 발휘 학습 단결이 없이는 완수할수 없는 것이오."

최동무는 벌서 홍분하기 시작한다. 연단에 올라설때마다 홍분하는 것은 그의 버릇이다.

"이달호동무가 이번 경쟁기간중에 있어서 학습에 태만했다는 사실을 나는 여기서 엄격하게 지적하오.

학습하지 않고는 건국사상을 파악할수 없을 것이며 나아가서는 민주주의 조선건국에 이바지 할수도 없을것이오.

또 학습하지않는 사람에게 창의성이 생길수 없으며 계획성이 있을

수 없는 것이오.

일하며 배우고 배우며 일하자.—우리는 끝까지 이정신을 살려야 하겠소.

동무들도 아다싶이 진구동무는 학습하는데 가장 열성적이오. 그 열성적정신을 작업에 살리기 때문에 우수한 제품을 제작하는 것이오.

증산경쟁은 건국을 위해서 하는것이지 개인을 위해서 하는것이 아니라는것은 아까 한동무도 말했지만 경쟁을 일시적 승부다툼으로 알고 상대자를 적대시하거나 우정을 상하는일이 있다면 이것은 용서못할 죄악이라 아니할수 없소.

물론 동무들 가운데는 이런일은 없겠지만 그러나 있을수도 있음직한 일이라는것을 명심해주기 바라오.”

최동무의 말의 화살은 이달호의 심장에 정통으로 디려박혓다. 이달호는 그만 정신이 앗질해 졌다. 더 견딜수없게 양심의 가책이 심장을 쥐어뜯는다.

사실인즉 최동무 역시 이 효과를 거누고 화살을 보냈든것이다.

“이자리에서 너무 진구동무이야기만 하는것같지만 끝으로 한가지 이동무는 지금 가정에서도 삼각경쟁을 제기하고 있소. 참 재미있는 삼각경쟁이란 말이오.”

최동무는 진구안해의 기특한 건국열과 아들의 우수한 성적과 그 개변되어가는 가풍을 이야기 하였다.

김진구는 그것이 도려 부끄러워서 목을 자라목처럼 옴추렸다.

선반공들은 혹은 놀라서 눈알을 딩굴리기도하고 혹은 과연 그럼직한 일이라는듯이 목을 끄떡거리기도 한다.

이달호는 얼굴을 무릎짬에 파뭇고 앉아서 자기잘못을 뼈가 저리도록 뉘우치는 것이었다.

기술적으로나 학습적으로나 또는 인간적으로 김진구보다 자기가 멀리 뒤떨어져 있다는것을 이달호는 비로소 깨달았다. 깨닫는동시에 아무 준비도없이 일시적 혈기와 개인적 야심에 못익여 저돌적(猪突的)으로 김진구에게 조전한 자기의 어리석음을 생각할 때 천길만길 땅구멍으로 떨어져 들어가는 현훈증을 느꼈다.

최동무가 박수를 받으면서 제자리로 가서 앉자 이달호는 비장한 각오를 얼굴에 그늘지우면서 일어섰다. 이달호는

"오분동안만 언권주실수 없겠습니까?"

하고 계장 한동무에게 간청했다.

승낙을 얻은 이달호는 심각한 표정으로 등단했다.

동무들은 이달호를 격려하듯이 요란스러운 박수를 보냈다.

김진구는 아까 한동무나 최동무가 등단하였을 때보다도 더 힘찬박수를 보내주었다.

이달호는 두손으로 책상을 짚고 머리를 숙으리고 섰다가 박수가 끝나자 훌쩍 고개를 들면서

"동무들"

하고 진심으로 우러나오는목소리로 불렀다.

"나는 한동무와 최동무의 지적을 정말로 옳은 지적이라고 생각하면서 달게 받겠소. 나는 이자리에서 동무들앞에 나의잘못을 깨끗이 자아비판 하겠소."

이달호는 만감이 끓어번지는 가슴을 내려누루면서 무거운 입을열어 이까지 말하고는 다시 고개를 숙으렸다.

김진구는 또 전처럼 이달호를 그렇게 맨든것이 자기라는듯한 송구

한 마음으로 앉아있다. 이달호는 고개를 들면서 입을 떼었다.

"사실말이지 나는 학습을 게을리 해온건만 사실이오. 오늘저녁부터 학습을 열심히 하겠다는 것을 동무들앞에서 맹세하오.

또 이번 피스톤·롯트를 깎는데 있어서도 나는 기술적 향상도 창의성도 계획성도 생각지않고 닷자곳자로 빨리깎아서 진구동무를 익여먹으므로서 나의 솜씨를 동무들앞에 뽐내보겠다는 개인적야심으로 경쟁해 왔습니다. 우리 조국의 경제부흥에는 오랜시일과 한결같은 열성과 형제적 단결이 필요하다는것을 오늘 새삼스레이 뼈가 저리도록 느꼈습니다. 이 모든점을 또 동무들앞에 자비판하면서 이제부터는 많이 배우고 학습하고 기술을 연마하야 계획성있는 작업을 해서 四七년도 인민경제계획 책임량을 질적으로 양적으로 넘처 달성하는데 내몸을 바치겠다는것을 맹세하면서 동무들의 지도를 바랄뿐이오."

이때 누가먼저 박수를 치자 모두가 힘찬박수를 이달호에게 보낸다.

맨처음 박수친사람은 김진구다. 진구는 달호의 솔직한 자아비판을 듣고 감격했든것이다.

"끝으로 진구동무에게 대해서는 진심으로 사과하오. 모든것을 용서하고 전과같은 우정으로 잘 지도해 주오. 다시는 이런 잘못을 되풀이…… 하지…… 않으…… 리다."

이달호는 가슴속에서 뜨거운 불덩이가 뭉클하고 목구멍에 치민것을 억지로 삼키고 눈을 닦으면서 단을 내렸다.

동무들은 이달호에게다 감격과 격려의 박수를 길게 보내준다.

그때 김진구가 의자에서 일어나서 동무들 짬을 빠저나오드니 달려가서 달호의 손목을 덥썩 잡았다. 선반공들의 시선이 일제히 그 감동의 장면으로 쏠렸다.

"달호동무 고맙소. 정말루 고맙소. 우리 지내간 잘 잘못은 잊어버립시다. 이제부터는 더 배우고 더 연구하고 더 친밀성을 가지구 四七년도 인민경제계획 二五만톤 유안비료 책임량을 넘처 생산하는데 친형제처럼 협력합시다.

저 김일성장군의 초상화를 처다보시오. 우리는 영명하신 김일성장군주위에 내(我)라는것을 버리고 튼튼히 뭉칩시다. 김일성장군…… 김일성장군 만세!"

진구는 감격에넘처 이렇게 만세를 웨쳤다. 이달호도 따라 웨쳤다.

동무들은 그소리에 놀란듯이 뛰어일어나면서 기운차게 만세를 제창하였다.

만세가 끝나자 한동안 박수소리가 건국실을 뒤흔들어주었다. 박수가 끝나자 동무들은 번갈아가면서 달호의 손을 잡아주고 격려해 주었다.

"속히 직맹사무실까지 오라—"

는 전화를 받은 김진구는 다른 동무들보다 먼저 건국실문을 나섰다.

직맹에 가서 위원장께서 모범노동자로서 五·一절에 표창을 하겠다는 천만뜻밖의 이야기를 듣고 정신이 얼떨떨해서 집에 돌아가니 능령천 개수공사에서 돌아온 안해가 밥상을 채리고 있었다.

"오나조 밥은 수돌이가 지었다오. 제법 잘지었소."

하면서 안해는 기뻐한다.

"수돌이가 호—"

진구는 이렇게 대답하면서도 정신은 딴곳에가 있었다.

모범노무자— 자기가 무슨 일을 하였다고 표창을 받을까. 진구는 도려 부끄러운 생각이 났다.

직맹 위원장의 말에 의하면 자기가 자재를 애호하고 출근률이 一〇

ㅇ%고 가장 열성적으로 학습하고 작업하고 가풍을 개변하고 창의고
안에 열중하는것은 다른 노동자들의 모범이 된다는 이유로 모범노동
자로 추천하였다는 것이다.

그러나 자기가 하고있는 그런일쯤은 다른 동무들도 하고있지 않을
가?

아직 로─라─베아링 연마기도 완성하지 못하고 표창을 받는다는것
이 얼마나 부끄러운 일이냐. 진구는 생각하면 생각할수록 외람한 생각
이 났다.

"오래간만에 술한잔 잡수시오"

안해가 여느때보다 유달리 명랑성을 발휘하면서 유리컵에다 술한잔
따라서 내놓는다. 공장에서 배급준것을 마시지않고 두었든것이다. 그
렇잖아도 한잔 마시고싶는차라 진구는 좋아서 싱글벙글 한다.

"수돌은?"

"운동연습 갔소"

수돌은 전교 리레─선수로 뽑혀든 것이다.

"여보 시장하겠지만 그놈 오두룩 기대립시다."

안해는 아무 대꾸도없이 밥상에다 보를 덮고나서

"당신은 모범노동자가 못되오?"

하고 애정이 찰찰 끓어넘치는 눈으로 남편의 얼굴을 바라본다.

"저…… 그건 웨 묻소?"

진구는 발표하자다가 주춤하고 빙글빙글 웃기만 한다.

"나를 여성동맹에서 五월 초하룻날에 상을 주겠다오."

안해는 외람한듯이 얼굴을 붉힌다.

"여성동맹에서? 자 이렇게 기쁠데가 또 어데있소. 나두 이번 五·一

절에 모범노동자로서 표창을받게 되였소."

"정말?"

안해는 남편에게 바싹 붙어앉으면서 샐샐 눈웃음을 친다.

김진구는 안해의 손등을어루만져 주면서 무엇을 기원하듯이 사르르 눈을 감는다. 이것은 김진구가 무량한 감개에 잠길때에 짓는 얼굴표정 이다.

"쏘련군대의 덕분으로 조국을 찾고 김일성장군 덕택으로 이렇게 행 복스러운 생활을하구…… 여보 일합시다. 일합시다."

진구는 안해의 손을 으지끈 쥐어주는 것이다.

"여성동맹에서 나를 공장에 댄기지 않겠는가구 그럽니다."

"그래뭐 랬소."

"쥔하고 무러보겠다구 했소."

"좋소 댄기시오."

"정말?"

"정말이구 말구"

"나같은기 할 일 두있소?"

"있구말구 비료섬두 이어 나르구 비누두 맨들구 양초두 맨들구 일이 야 얼마든지 있지."

벌서 김진구는 안해가 공장에 다니게 된다면 생활양식을 그조건에 알맞도록 개선할것을 머리속에서 궁리하기 시작한다.

그때 수돌이가 숨이차서 헐떡거리면서 뛰어들어 왔다.

단란한 식사시간이 시작되었다.

"수돌아 삼학기두 우등해야 한다. 공부잘해서 김일성대학까지 가 야지"

진구는 정신없이 밥을 퍼넣는 아들의 머리를 어루만져 주면서 소주컵을 든다.

술이 거나해진 진구는 오늘 건국실에서 버러진 감격된 장면을 안해에게 차근차근 이야기한다.

"……그래 나는 어찌나 감격했든지 나두모르게 김일성장군만세를 불렀단말이오."

아버지의 이야기를 듣고 수돌은 씹든 밥알을 내뿜으면서 간간대소한다. 그러자 어머니도 웃고 진구자신도 웃어 밥상머리에는 웃음의꽃이 피었다.

"아부지 <김일성장군의 노래>를 아시오?"

수돌은 숟가락을 놓으면서 묻는다.

"알구말구 그러나 너보다야 못하지. 어디 한번 불러바라"

김진구에게는 <김일성장군의 노래>가 제일 좋았다. 그 노래는 들으면 들을수록 부르면 부를수록 김일성장군의 위대함이 오싹오싹 뼈에 사무치고 건국을위해서 四七년도 인민경제계획을 완수하고야 말겠다는 강철같은 결의가 무럭무럭 용솟음치는 그런 매력을 가진 노래였다.

수돌은 양치질을 하고나서 기착하고 섰다.

진구는 눈을 감고 앉아서 듣는다.

장백산 줄기줄기 피어린자욱
압록강 굽이굽이 피어린자욱
오늘도 자유조선 꽃다발우에
역력히 비처주는 거룩한자욱
아―그이름도 그리운 우리의장군
아―그이름도 그리운 김일성장군!

무한한 감격이 오싹오싹 진구의 가슴을 잔침질해주는 순간이다.

"아부지 어떻소"

수돌은 아버지의 얼굴을 디려다 보면서 묻는다.

"좋다 정말루 좋은 노래다."

진구는 남은술을 쭉 디려 마시고나서 무릎을 탁치면서

"아―참으로 좋은세상이 왔다. 좋은세상이 왔다."

하고 감격에넘친 어조로 중얼거리는 것이었다.

―『조선문학』특대창간호, 1947. 9.

　해방 전에 이미 로동계급의 형상화에 창작적 노력을 기울여오던 작가 리북명도 역시 이 시기에 단편소설 「로동 일가」(1947년)를 창작하여 인민 경제계획의 초과 완수를 위하여 투쟁하는 새 나라 로동계급들의 투쟁을 보여주었다. 작품은 홍남 공장로동자들의 사회주의적 증산 경쟁의 모습을 구체적으로 반영하였다.

　이 작품의 주인공은 생산경쟁의 체결자들인 선반공 김진구와 리달호이다. 이들은 자기들의 선반작업에서 사회주의적 로력경쟁을 체결하는 작업은 피스톤·로트를 깎아내는 지극히 정밀성을 요구하는 작업이다. 2주일간 계속되는 이들의 경쟁에는 다만 기계부속을 깎아내는 일만 있는 것이 아니라 자체들의 계급적 교양사업과 문화사업 참가 정형을 고려에 넣게 되어 있다.

　리달호는 숫자만 채울려고 조급성을 나타내여 때로 오작품을 내게 되었으며 교양사업과 문화사업에는 매우 등한하여진다. 자기 일이 점점 꾀이게 되자 그는 오해와 우울증에 걸려 경쟁에서 더욱 락후성을 초래하는바, 이런 리달호의 심정에는 낡은 사회에서 물려받은 개인 영웅주의사상 잔재와 경쟁에 대한 사회주의적 인식 부족이 작용하고 있다.

한편 진구도 량도 량이려니와 질적 보장에 세심한 주의를 돌리면서 쾌활한 얼굴로 경쟁에 호응해 나간다. 그는 심지어 가정에서 안해와 어린것들끼리에도 경쟁을 체결하는 심적 여유를 가지고 있다.

5·1절에 진구는 경쟁에서 승리를 하며 가족들도 각각 자기 책임분야에서 승리를 하여 로동자의 일가인 진구의 집은 승리자의 일가로 된다.

이 작품은 진구와 같은 새로운 긍정적 인간들에게 있어서 로동은 실로 즐거운 일로 되여 있다는 우리 사회의 아름다운 륜리를 구체적으로 말해주었다.

이 작품은 이 시기에 인민경제 각 분야에서 체결되는 각종 사회주의적 로력경쟁에 있어서 적지 않게 발로되였던 해로운 편향, 즉 질보다 량에만 급급하므로 우리 경제건설에 막대한 지장을 가져오는 현상들을 리달호를 통하여 형상적으로 경고하였다. 이와 같은 절실한 시대적 문제의 설정은 이 작품의 교양적 기능을 강화하였다.

작품 「로동 일가」는 새 사회제도하에서 자기의 온갖 육체적 정신적 창조력을 인민경제 복구건설에 바치는 새로운 긍정적인 로동계급의 향상을 확인하였으며, 그와는 반대로 아직 로력에서 낡은 사상 잔재로 인하여 국가의 리익에 손실을 가져다주는 부정적 사람들을 비판함으로써 근로자들을 옳은 사상으로 교양하는 데 큰 기여를 하였다.

로동에서 장성 발전한 우리의 새 인간들과 로력투사들은 벌써 자기 사업에서 착취사회의 노예적 근성을 완전히 극복하고 국가의 사업에 주인다운 태도를 가지게 되였으며 미래의 창조자다운 긍지를 가진 사

람들로 장성하였다. 이와 같은 로동계급의 발전은 자기 사업에서 창의,
창발성을 발휘하는 로력 혁신자들로 등장한다.

– 사회과학원 문학연구소, 『조선문학통사—현대문학편』, 인동,
1988(사회과학출판사, 1959), 201~202쪽.

첫 전투戰鬪

리태준

Ⅰ.

한낮이 되어야 해가 쪼여볼 산의 서편 버덩이었다. 비는 멎었으나 안개가 그저 자욱히 끼어 아름드리 나무들이 웃가지들은 보히지 않고 우람스러운 밑둥들만 마치 공장의 콜탈칠을 한 금속들처럼 거뭇거뭇 둥그러저 마주쳤다. 바람이나 일어 안개가 흩날리면 판돌에게는 시꺼먼 금속들이 흰 증기를 뿜는 열차기관구(列車機關區)의 어느 한 장면 같은 착각도 일어났다.

'이번 단선투쟁에 우리 춘천기관구에서두 몇동무가 또 잡혀갔을 거다……'

판돌은 벌서 햇수로는 재작년이 되는 四十六년도 十월항쟁때 헤여진 춘천기관구 열성분자들 중에 몇동무의 얼굴을 머리 속에 그려보면서 층계나 올라가듯 높이 솟자 드디었던 거름을 멈추고 잠간 숨을 돌리었다.

꽤 가파라운 비탈이면서도 싸인 나무잎은 떡지가지 발등을 덮는다.

푹신한 감촉에 마음 놓고 밟으면 속은 물기가 흥건해 미끄럽다. 앞선 동무들이 군데 군데 미끄러저 시꺼먼 생흙 자국을 내였다. 어떤 자국에는 더덕과 싱검초 따위 산나물 뿌리가 으스러저 싱그러운 한약냄새를 풍기기도 했다.

비탈을 가로질르면 머루 다래덤불이 뒤엉킨 골짝이도 건너야 했다. 골짝이 속에는 뿌리가 뽑혀 나둥그러진 나무도 많은데 도랑을 건느는 제들 외나무다리가 되어주나 이렇게 습긔를 먹음은 날은 그것도 몹시 미끄러웠다.

"셋재동무? 자 내손을 꽉 잡으라구"

"어서 형님부터 건너가세요"

셋째는 대장(隊長) 권판돌을 그저 '형님'으로 불렀다. 짐이 아직 등에 제대로 붙지않고 듸룩거린다. 헐덕대는 낡은 병정구두는 징조차 닳어 바위를 탈 때도 자꼬 미끄러졌다.

"손이 뜨거우니 어쩐 셈이냐?"

"난 모르겠는데요"

셋재는 황동무의 손처럼 투박하지는 않으나 그보다 앙세기는 한 판돌의 손이 나꿔 다리는대로 힘을 마추어 통나무를 타고 사슴이뿔 뻗듯한 쩍정귀 사이를 날새게 건너뛰었다.

"새벽녁에 재채길 자꼬 하더니 감긔로군그래?"

"감긔면 대순가요"

"아주 물 있는데서 윤동무를 불러 약을 먹자?"

"감긘데 약을 먹나요?"

셋재는 감긔쯤에는 약을 먹어도 못 보았거니와 약맛 쓴 것이 무서운 나이 어린 소년이었다. 땀을 씻으러 벗어 들었던 곤색 캡을 도두룩한 콧날 위에 날카롭게 반짝이는 눈초리까지 다시 눌러쓰기가 바쁘게 황동무의 뒤를 쳐다보며 을러뛰였다. 함지박만한 황동무의 궁둥이는 흙과 읏개진 풀물이 질펀한채 척후(斥候) 동무들이 길표로 도끼자국을 내인 박달나무민둥을 끼고 돌아나갔다.

도랑에서 물소리가 마냥 떠들썩한 것을 보면 대마루까지는 아직 느러진듯 하다. 비탈은 다시 턱을 받치게 가파롭다. 이렇게 오름길을 타박거리노라면, 더구나 안개까지 끼여 시야가 막혀버릴 때면 어느듯 딴생각에 사로잡힌다. 평지나 나리막 같으면 노래를 불러버리면 그만일 것이지만.

셋째는 기관구에서 가치 일하던 경수동무의 아우였다. 시월인민항쟁때 가치 붙들리었고 가치 류치장을 탈출하다가 우박 퍼붓듯하는 카빈총알에 다리를 맞어 경수는 되붓들리고 말었다. 한동안 나와보지 못할 것을 각오한 경수는 면회 간 자기 안해를 통해 이 부모 없이 형수 밑에 자라던 아우 셋재를 동무 판돌에게 부탁해 보낸 것이었다.

'어째뜬 경수동무의 투지로서 셋재를 맡어달라는게 놈들의 반동교육이나 받게 해달란 부탁은 물론 아니었을 거다. 그렇지만 아직 손매듸도 여물기 전에 인제 어찌될 것인지 유격전선으로 끌고 나설 줄이야 몰랐을 것 아닐가?'

저녁이면 눕기가 바쁘게 앳된 코를 쌔－근 쌔－근 고는 소리도 애처롭게 속을 찌르군 했는데 지난밤 굿막은 여러날 비에 물이 채여 한자두께는 깐 가락잎에 물이 스며 올랐다. 새벽녘에는 재채기를 여러번 하더니 그에 손이 차거워진 것이다. 철이 없어 이길이 어떤 길이라는 것을 제대로 아지 못하고 원족이나 나선 듯이 딸랑대는 것도 귀엽기보다 애처러워 보히었다.

셋재는 몸이 날래기는 하여 나무에 잘 오르고 동무들이 '믜초리'라 별명을 지은만치 포복전진(匍匐前進)은 전원 중에 제일 빨렀다. 총도 아직 제차례까지 가지 못하였으나 연습때 적중률(的中率)은 큰동무들을 무색하게 하였다.

판돌 자신도 사지가 찌쁘드드했다. 습기 없는 자리에서 한참 슬컨 잣으면싶다. 웬만한 들것이나 습긔쯤은 가리지 않던 황동무와 남동무도 지난밤은 밤새도록 끙끙거리고 다리들을 뻗지 못하는 눈치였다. 어느 날 밤보다도 푹 굿잠들로 잘 쉬고 낫어야할 오늘이었다. 오늘 오후 네시에 닿을 예정인 지점은 최전선(最前線)에 놓인 최후의 잠복거점(潛伏據點)으로 그앞으로는 긴장으로 일관할 공작지대인 때문이나.

오늘아침은 다른 거점에서 떠날때보다 동무들은 말부터 적었었다. 다른날은 제일 침착하던 남동무까지 잔뜩 졸르고난 혁대를 경련이 이는 손으로 되졸르고 되졸르고 하였다.

'목숨이 오구가는 판에 불안 없이 나서는건 차라리 천둥벌거숭이다! 어쩌든 골수에 배기드룩 목숨의 아까움을 알어라! 그리구 그처럼 소중한 목숨두 애낌 없이 바쳐야할 그런 당인 걸 알구 그런 일인걸 알구 그런 지시인걸 알구 연후에 판가리싸움을 각오해다오! 어쩌든…….

나는 동무들헌테 이점을 어느 정도로 침투시켜 놓았는가?'

정오가 가까워서야 턱을 바치던 비탈은 차츰 각도가 숙으려졌다. 거름들이 평탄해지기 바쁘게 앞장을 선 남동무의 걸직한 목청이 안개 속을 풍기며 동무들의 머리 위를 날러왔다. 산새들이 놀라 가지를 옮겼다.

짐승들 요란한 우는 깊은 밤

남조선 높은산 봉오리마다
　　　기한에 떨면서 용감히 싸우는
　　　우리의 형제들 잊지 말어라

　노래는 이내 합창이 되었다. 판돌은 절로 입밖에 따라 나오는 것을 꾹 다물어버린다. 안개 속에서 노래소리만 들려오는 것이 지척이 아니라 몇백리 몇천리 밖에서 싸움에 지치고 지치어 애타게 호응을 기다리는 모습 모르는 형제들의 울부짖 소리 같었다. 판돌은 좀더 억센 노래가 부르고 싶었다. 동무들은 여자목소리에 가까워 완연히 가려 들을 수 있는 셋재의 목소리까지 끼어 다음절로 넘어가고 있었다.

　　　눈보라 나리는 어두운 골작
　　　야수들 보다도 잔인한 원쑤
　　　총칼과 싸워서 더운피 흘리는
　　　우리의 형제를 잊지 말어라.

　산은 드듸어 대마루가 드러났다. 마루턱에 올라서는 것은 강물처럼 턱밑에 찰락거리는 안개바다에서 올려솟음이였다. 딴세상이라고 소리들을 질렀다. 안개는 골작이마다 차고산등성이들은 대마루를 타고 양편으로 반찬가시처럼 뻗어나갔다. 씻은듯한 애청하눌에 오월달 금빛 태양은 참나무 박달나무 철쭉 목련 드릅들의 연한 신록을 쓰다듬듯 고요히 나려 쪼이고 있었다.

　모두 눈 부신 풀밭에 짐들을 나려놓았다. 누런 일제때 군복 푸른 마다리 로동복 때묻고 찢기고한 조선 바지저고리 조선 조끼에 양복바지 가지각색의 채림이었다. 행진이 멎으면 주먹턱에 담배부터 꺼내 물고

야 땀을 씻는 철공로동자 황동무, 안짱다리에 상체만이 커서 싸─총(싸
─창)찬 것이 끌려 보히는 농촌출신 남동무, 춘천서 대장 판돌동무와
함께 철도파업을 겪었고 그때 이마에 칼자국을 받은 매부리코 기관사
장동무, 학병출신이요 의사의 아들이어서 의학상식이 풍부한 얼굴 흰
윤동무, 바로 지금 이들의 전진방향인 K군 S면지구에서 테로반격을 만
나 앞니가 부러진 농촌출신 서동무, 꼬맹이 셋째, 그리고 금니투셍이를
감추기 위해서처럼 언제나 말이 없는 지도부(指導部) 연락원 심동무,
모두 햇볕만 보아도 생긔들이 솟아서 무지개가 돋는 담배연긔를 뿜으
며 대장 판돌동무를 둘러싸고 다음지시를 기다렸다.

　판돌은 별로 땀 씻는 것을 볼 수 없었다. 연골때부터 철도기관구에서
수리공으로 단련된 그의 탄력 있는 근육들은 땀을 낙처럼 비지로 흘리
지부터 않거니와 여간 흐르는 것쯤 닦지 않았다. 그는 거름을 멈출 때
마다 그 철 지난 검정 스키─모부터 벗어 들었다. 굽실굽실한 머리에
검붉게 탄 얼굴은 땀긔가 있어 오히려 구리로 부은 동상처럼 강렬한 탄
력에 빛났고 널직한 이마 아래 흰자위가 유난히 번뜩이는 눈은 입보다
도 더 그 눈으로 명령하는 듯 했다. 동무들은 자기들의 지휘자의 그 침
착한 입과 날카로우면서도 압력있는 눈을 믿게 여겼다. 판돌은 이틀
이나 습긔 속에 있어온 탄약과 무긔들을 검렬하고 여기서 주먹밥 점심
을 치르고 한시간 뒤에 다시 발진을 명령하였다.

II.

오후 네시 예정이던 최후 잠복거점은 한시간이 훨신 늦어 석양에 등

을 받으며 다섯시가 지나서야 도착되었다.

동해바다는 손이 다을듯 가까웠다. 대관령, 황병산, 노인봉줄기의 첩첩한 준령들이 그늘지어 해안일대는 짙은 코발트빛으로 덮이어 더듬듯 살피여야 실오리 같은 신작로 토막이며 성냥까치처럼 잘게 느러선 전신주들이 떠올랐다.

"어드메쯤인지 눈어름이 되오?"

판돌은 굿막 속은 보살필 새도 없이 그저 땀에 흥건한 얼굴인채 꽁무니에 찬 가죽가방에서 지도부터 꺼내 펼치고 서동무를 가까이 불렀다. 놈들의 'S면지서'가 있는 현지방향을 어서 알고 싶어서였다.

"예서두 칠십리 길인걸요. 바로 이산 줄기로 나려가다 저 가로질린 등생이 있지 않어요? 그 등생이나 넘어 앉어야 게서는 손바닥 내려다 뵈듯 헐겁니다."

"동무 살던 동네두 아직 뵈지 않소? 거기서 우리동무 하날 잃었다며?"

판돌은 굵다란 색연필을 꺼내돌며 그 흰자위 많은 눈을 오만분지일 지도로 옮겨갔다. 무슨 현미경 위에 나타난 빡테리아 그림처럼 섬세한 산맥과 산맥들, 그사이에 벌서 맥박 뛰는 동맥과 정맥처럼 끝에 날카로운 활촉을 물은 굵다란 붉은 줄 푸른 줄이 그어져 있었다.

"지금 이 잠복거점은 여기구, S면지서는 이건데"

"그럼 알겠군요"

"아무리 살던 곳이라도 지도를 자세 보구 거리관계 지형관계를 분명히 인식해 넣야허우"

"바루 여기 이동넴니다. 강종복동무가 놈들헌테 희생된……"

서동무는 말끝을 맺지 못하고 빛나는 눈방울을 들어 검푸른 산그늘

속으로 원한의 땅, 원한의 고향, 원쑤들 판을 치는 M동네쪽을 더듬어 살피었다. 희끄므레하게 저녁연기만 끼어있을뿐, 다른것은 아모것도 눈짐작에 드러오지 않는다.

짐을 벗기가 바쁘게 담배부터 피어문 황동무며 각반을 끌러마는 윤동무며 하나씩 둘씩 판돌의 무릎 위에 놓인 지도를 둘러쌌다. 판돌은 지도를 자연지세대로 방향을 마추고 동무들에게 현재 잠복거점과 놈들의 S면지서와 이 공작대상 S면지서를 중심으로 적들의 응원지점일 T항구와 K읍을 지적해 보였다. S면지서에서 모두 신작로로 통한 T항구는 삼십오리 K읍은 이십오리 거리였다.

"어째뜬 이 일대 지리정세는 눈 삼고도 훵―허리만치 왜 넣야하오. 오늘밤은 푹 쉬고 내일부터는 현지답사를 충분히 해놔야 되오. 지도는 윤동무의 말처럼 우리들의 보물이니까 햇드리지 말고 애껴 보면서 연구를 헙시다."

판돌은 동무들에게 지도를 맡기고 목을 추기려 물소리 나는 데로 나려오는데 얼마 안 나려와서 벌서 도사지도부(道司指導部)와 연락이 닿어 부지런히 숲속을 올라오고 있는 심동무와 마주쳤다. 심동무 뒤에는 북정무명으로 머리를 질근 동이고 밤물 조끼에 덧중이를 입어, 얼른 보아 벌목군이나 숯쟁이같은 사십대남자 한사람이 따르고 있었다. 터부룩한 수염에 콧등엔 때가 더덕더덕했으나 눈만은 첫눈에 서로 툭하고 에리한 무엇이 있는 '동무'가 틀리지 않었다. 심동무가 옆으로 비켜나니 이 지도부동무는 판돌에게 손을 내여밀었다.

"권동무지요!?"

"네"

"수고들하슈!"

"……."

판돌은 사람의 손과 손에서 이처럼 뜨거움을 느껴보기는 처음이였다. 무슨말을 해야좋을지 가슴만 울컥 치바치었다.

"탈난 동무는 없으시다구?"

수염이 거칠게 자랐으나 긴 얼굴에 가늘단 눈매가 한없이 인자해 보히는 동무다.

"네 없습니다, 다들 씩씩합니다."

판돌은 대단한 것은 아니나 셋째가 감기 든 것쯤 생각나지 않었다. 지도부동무는 굿막쪽을 향해 가느단 눈을 더듬었다. 두런두런 말소리 뿐 신록에 덮힌 나무들이 가려 아무도 사람은 보히지 않았다. 지도부동무는 거름을 망서리다가 낮윽히 이렇게 말했다.

"우리 여러동무들헌테 올라가기 전 여기서 잠간 의논헐가요?"

"좋습니다."

셋이는 다시 몇거름 나려와 펑펑한 바닥을 찾었다. 머리 위에는 박달나무가지가 푸른 채일처럼 덮이였다. 솔밭처럼 세귀에 자리잡어 앉자 지도부동무는 담배를 꺼내 두동무에게 권하고 자기도 피여 물었다. 두어모금 급히 빤 뒤에 지도부동무는 이내 담배를 꺼버린다.

"산길 이백여리씩 걸었으니 피로들 할줄 아오만 일이 좀 촉박하게 됐어요. 오늘이 이십일일 아니오?"

"그렇습니다"

"놈들의 오십단선(五十單線) 이후 벌서 열하로구려!"

"저이두 마음만은 한시가 급합니다. 그간 무슨 딴 정세가 생겼습니까?"

지도부동무는 그것은 대답 않고 탈이 난 동무가 없는가 그것을 다시 따져 물었다. 판돌은 그제야 셋재가 감긔 든 것을 말하고 대단치는 않은 것이라 했다. 그리고 한쪽 옆구리에 거북스럽게 놓인 나무갑에 든 모젤단총의 끝을 무릎 위에 들어 올리며 무엇부다 대원전체가 궁금해할뿐 아니라 저자신부터 마음이 조이고 있는 것을 물었다.

"우리 공작 날자가 정해졌습니까?"

"날자 지신 벌서 와 있어요."

"언제롭니까?"

지도부동지는 주위를 한번 휙 둘러보고 조심 조심 대답하였다.

"이십삼일이오"

"이십삼일! 이번 이십삼일 말이지요?"

"그럼! 모레 말이오"

"모레……."

판돌은 자기의 귀를 의심하듯 잠시 촛점 없는 눈을 껌벅이었다. 지도부동무는 전보를 읽듯 토 없는 말로 다시 한번 시간까지 일러 말했다.

"모레 새벽 한시"

"모레라구요? 어떻게 그다지 급하게 됐나요? 준비헐 여유가 도모지 없지 않습니까?"

"동무 예정엔 어느날 쯤이면 좋았을걸 그랬소?"

"모레새벽으로는 너무나 예상 밖입니다. 우리가 드러내놓고 합법전투를 하는건 아니니까요"

"그걸 누가 몰으나……."

지도부동무는 허물 없는 동기간처럼 빙긋이 웃었다.

"나는 우리와 하로 앞서 원거리 척후를 띄운 겁니다. 그들은 순조라야 내일밤에나 돌아올 텐데요"

"심동무헌테 들었소"

"어쨌든 척후의 정찰보고 없이는 나설 수 없는 겁니다. 정찰보고를 듣고도 한오십리 나려가 중간거점을 잡구 기습공작할 현지지리답사를 해놔야 헙니다. 하로밤은 기습헐데 하로밤은 적들의 응원선 차단헐데 모두 내가 따라다니며 보구 음폐물 퇴각지점 딱딱 정해주면서 떠먹듯 일러주지 않군 마음이 안노힐 겁니다. 이게 나자신부터 첫 공작 아닙니까? 실지공작 중에서 하나 하나 훈련돼나가야 헙니다. 모레새벽으로는 언제 그럴 새가 있습니까?"

"척후동무들이 오늘처녁엔 드러설 수 없으리까?"

"절대 불가능합니다. 순조로 드러서서야 내일밤이구 내일밤두 늦어서야 올라올 건데 자정만 지나면 그게 바로 모레 이십삼일 오전한시 아니겠어요? 여기서 공작지점까진 아직 칠십리 아닙니까?"

"권동무?"

지도부동무의 얼굴은 심동무쪽으로 돌리는 판돌의 얼굴을 따라 돌았다. 연락원 심동무는 역시 전화기계나처럼 어느쪽에서고 걸기 전에는 말이 없었다.

"그러게 동무들이 힘은 들겠지만 오늘로 여기를 떠나도록 의논 합시다. 오늘밤으로 한 오륙십리 나려가 중간거점을 잡구 내일낮 하로 잠복해 쉬구 내일 초저녁에 턱밑에가 붙었다가 자정 지내 나서면 이 지령대로 공작 못할 거야 없지 않소?"

"그건 무리 아닙니까? 척후정보도 없이 경험없는 우릴 나서란 말슴이지오? 우릴 눈 귀 다 막구 적에게 덤벼들란 말슴이나 마찬가지신데?"

"왜 정보가 없긴……."

지도부동무는 판돌의 얼굴이 자못 심각해짐을 느끼자 자기도 이마에 주름을 접으며 목소리는 그저 낮으나 말씨에 힘을 드렸다.

"권동무? 상부에서들도 동무들 앞에 적어두 사오일 여유는 필요할 줄 알구있던 거라우. 동무들의 공작이 물론 중요헌거요. 그러나 우리도 (道)로서 일이 이한가지만이 아니기 때문에 모두가 시간적으로 관련성이 생기는 거구 이공작이 산발적인 현상이 아니게 허기 위해선 이런 긴급요청이 생긴 거요. 그래서 도사로서는 동무들이 피곤은 하지만 공작이 가능하도록은 준비를 해 둔거요. 대원 중에 서동무라구 있지 않소?"

"있습니다"

"서동무는 이곳 사람이요. 여기서부터 S면지서 일경의 지리정황은 잘 알디다. 넉넉히 밤길 앞장을 서리다."

"우리보다야 날테지요?"

"S지서 십리 앞 두고 절 있는 동네가 있소. 다시 그동네 한오리 못 밀어 뒷산에 대낮에 소를 잡어두 모를 다박솔밭이 있소. 내일아침 밝기 전까지 그 솔밭에만 가붙어 쉬고들 있으란 말이오. 그럼 어둡기 전에 동무 한사람이 거기 나타나게 돼있소. 복색을 꼭 지금 나처럼 채린 청년이 혼자 나타날 거요. 어듸서 오시오 물으시오. 바다에서라 대답하거든 바다란 말이 나오거든 믿으시오. 그가 동무들이 필요헌 모든 정세를 보고해 줄거구 기습지점까지 길잡이로 나서줄 거요. 권동무? 조곰도 불안해 할것 없소."

판돌은 잠간 대답 없이 지도부동무의 말을 머리 속에 가다듬어 보았다. 그 절 있는 동네가 S지서 십리 앞 두고 있고 그동리에서 다시 오리 앞이면 솔밭까지 여기서 오십오리의 거리였다. 오십오리 거리의 산길이면 지도부와 단시간에 연락할 재주는 없으니 판돌은 만일엣 경우부터 머리 속에 떠오르지 않을 수 없었다.

"잘 알었습니다. 그러나 우리쪽 동무라면 놈들헌테 사전에 붓들릴 염녀도 없지 않습니다. 그 동무가 못 나타나는 경우엔 어찌합니까?"

"아직 놈들의 주의가 밎이지 않는 사람으로 택했소. 또 권동무가 보낸 척후들도 말이오. 내일 오전중에 거길 지나서야 여기 올것 아니오?"

"그럴겁니다. 그들과도 물론 만나도록 주의는 하겠습니다만……."

"권동무 생각이 옳소. 으레 만일엣 경우를 예상해야 하오. 우리가 지시한 연락원이 오지 않든가 척후들까지 못 만나든가 할 경우에는 물론 이구 그들을 만나드라두 정보가 불리하거든 그냥 도라오시오. 그렇게 되면 이번 우리 도(道) 항쟁의 전체구상에서 동무들의 공작이 지는건 여간 유감이 아닐거요. 그러나 우리는 이번 싸움만이 싸움이 아니니까 모험은 하지 맙시다. 원쑤 백놈에 동무들 한사람을 비길 수있소? 우에서들은 동무들을 우리들 눈동자처럼 애낍니다."

"……."

판돌은 고개를 푹 숙이였다. 해방 후에 길거리에서 싸고 질긴 바람에 사 입은 벌서 도련은 실밥이 이는 군북자락을 앉은채 혁대 밑으로 팽팽히 잡아다리고 혁대도 한구멍 줄쿠어 졸랐다. 그리고 비슴듬이 박달나무 밑둥에 기대어 머리를 젓기고 눈을 감었다.

"그래도 불안하시오?"

판돌은 눈을 감은채 대답하지 않었다. 척후동무들을 기다려 그들의 정찰보고를 들은 다음에 그들을 앞세고 나가서도 지형조건을 내눈 내 발로 충분히 익히어 어떤 경우에든지 행동에 임기웅변할 자신이 서야만 동무들이 목숨을 맡기고 나서는 일을 앞장설수 있는 것이였다. 아모리 지도부에서 책임지운 우리편 동무라 하드라도 처음 만나는 남의 말로만 내 아모런 눈짐작 없는 환경에 뛰어들어 철두철미 계획적인 행동이여야할 기습전투를 해낼 수 있을 것인가? 판돌은 대답을 한다면 솔직히 '불안합니다'밖에 나올 수 없었다.

지도부동무가 다시 꺼낸 담배에 성냥 긋는 소리가 탄약 터지듯 판돌의 눈을 깨웠다. 나무가 아니라 장거리 포열(包列)처럼 밋밋하게 뻗어나간 박달나무 가지들은 그 잔가지 끝마다 윤나고 싱싱한 잎들이 겹겹이 피여나갔다. 한잎한잎이 생명과생활의 즐거움 같았다. 한잎 한잎이 조차수(操車手)가 두르는 푸른 기빨처럼 안심하고 나아가라는 군호 같기도 했다. 해방되던 해 녀름 왜놈들이 없어저 갑재기 운동장처럼 넓어보이는 기관구마당에서 인제야말로 자유스럽게 착취 없는 로동을 하며 압제 없는 민족으로 살아갈 것을 가슴 벅차게 꿈꾸며 하늘높이 솟아오른 뽀뿌라나무의 푸른 잎들을 처다보던 생각이 났다. 쏘련군대가 드러온 북조선에는 착취없는 로동제도가 실현되였다! 남의땅 아닌 농사들이 실현되였다! 북조선은 조선인민의 조선으로 발전하며 있지 않은가? 판돌은 이마를 깊이 찡그렸다가 눈을 뜨고 몸을 바로 세우며 앉았다. 담배를 꺼냈다. 지도부동무가 성냥을 그어주는 대로 숙여대이고 뻑뻑 빨았다.

"어째뜬 지시대로 결행하겠습니다. 동무들이 지금 저녁을 지을겁니다. 저녁은 마음놓고 먹게 저녁 뒤에 알려주겠습니다. 동무께서두 그때 올라와 격려해 주십시오"

Ⅲ.

생활처럼 절실한 것은 없었다. 하룻밤 드새고 갈 굿막이지만 넓고 습기 없는것과 맑은 도랑 물이 가깝고 마른 나무로 밥을 지을 수 있는 것을 동무들은 자리잡고 영주할데서처럼 즐거워 했다. 사실 며칠 아니 된 경험이지만 이런 환경 속에서 바랄 수 있는 생활조건은 다만 이 세가지로 모주리 이루워졌다 할 것이었다.

서동무만이 땀을 닦은 것과는 달리 눈 가장자리에 얼룩이가 저 있었다. 그는 무심할 수가 없었다. 어머니는 외할머니도 안계신 외가로 가셨을 것이요 안해는 젖먹이를 다리고 친정에 가 부쳐있을 것이라 생각되었다. 어머니나 안해나 모두 친정이 빈농들이라 더구나 이런 세월에 끼니를 제대로 끓일리 없을것도 새삼스럽게 마음에 씨었다.

'강종복동무의 유족들은 어찌되었을 건가? 놈들은 강동무네집과 우리집을 불을 질렀다 한다. 우리집 박우물 둔덕에 해방기념으로 떠다 심은 상나무도 끄슬려 죽고 말았을 거다! 우리집 때문에 저이집 사랑마루에서 건너산 바라보는 경치가 가린다고 두덜거리군 하던 정운조녀석, 지금은 그 사랑기둥에다 독촉지부(獨促支部) 간판을 뻐젓히 걸어놓고 서북청년회놈들과 모혀 앉어 미국맥주만 처먹고 있을 것 아닌가!'

서동무는 거이 반년만에 집도 불타고 가족도 흩어진 고향발치에 이르러 회심한 생각만으로 아니라 치가 떨리는 복수심에서 끓어 넘친 눈물이었다.

"이거 보 대장동무?"

감격하기 잘하는 장동무는 매부리코가 찌르르해서 굿막에서 나서며 판돌의 손을 덥석 잡었다.

"왜? 오늘은 굿막속이 명당자리라며?"

"이렇게 오는곳마다 우리가 안 판 굿막이 척─척 기달리고 있는 건 진정 신기해 죽겠구려!"

"장동무는 인전 시인이 됐군!"

판돌은 장동무의 손을 놓고 그의 어깨를 쳤다.

셋재는 땀이 식더니 다시 재채기를 한다. 판돌은 진작 약을 먹이지 못한것을 후회하고 의무원 윤동무를 불렀다. 셋재는 다라나는 것을 동무들이 붓들어다 코를 쥐고 약을 먹이었다.

"연 동무가 어태 안 돌아왔소?"

윤동무가 물었다. 다른 동무들도 일시에 대장의 입을 처다보았다.

"연락은 돼 있소"

"벌서요!"

모두 눈이 둥그래진다. 언제 공작에 나설 것인지 그것들이 궁금한 눈치였으나 말을 내이는 동무는 없이 그저 판돌동무의 입만 처다들 보았다.

"지도부에서 동무들을 보러 곳 올라오실 거요. 그리구 우리 저녁들 속히 먹도록 합시다."

"속히 먹어야 헐 일이 있소?"

누구보다도 윤동무가 민감이였다.

"윤동무는 시장하지두 않은게로군?"

판돌은 다른 말이 없이 돌아서버리었다.

해는 벌서 어느 산봉오리에서도 그 광채를 걷우었다. 하늘에 드높게 뜬 구름만이 장미빛 노을로 꽃피고 있을뿐 바다에서 산그늘 우르르 부러오는 바람은 샘물처럼 서늘하다.

판돌은 그제야 다시 도랑을 찾어가 세수를 하고 셋째를 사뭇 명령을 해서 누워 있게한 굿막으로 올라왔다.

굿속은 이십명은 넉넉히 수용하리만치 넓었다. 바닥, 벽선, 모두 보송보송하다. 무슨 나무일가 팔둑만한 뿌리가 삽날에 찍힌 자리에서 혈관을 다친것처럼 찌적 찌적 물기가 흐르고 있었다. 판돌은 지혈제 가루약과 붕대를 제각기 얼마씩 나눠 지니게 할 것을 잊지 않으리라 생각했다.

'그렇다! 유격전이라고 반듯이 불안 없는 싸움만은 아닐거다! 다만 우리는 경험 없는 첫공작이기 때문에……'

판돌은 담배를 피여 물고 벽선에 기대어 한참이나 궁리에 잠겼다. 궁리를 해볼수록 자기 척후들의 정찰보고를 듣기 전에는 나설 용기가 없는 편으로 쏠린다. 판돌은 머리를 흔들고 벌떡 일어나 앉았다. 셋째는 저녁 전에 이내 잠이 들어 그 앳된 숨소리가 엄마의 자장가 속에서처럼 평화롭게 쨰근거리었다. 판돌은 밖을 내다보았다. 날은 아조 어두어 밥 짓는 꼴이 유난히 밝은데 일행에 '항꼬'는 두개 밖에 없어 '항꼬' 두개가 달린 옆에는 냄빗밥이 끓고 있었다. 윤동무는 하이칼라머리가 불에 끄슬릴 지경으로 굽으리고 냄비 속을 드러다본다. 불 때일 나무를 한발로 눌러 뒷고 휘어 꺽던 황동무는 윤동무를 향해 그 나무 꺽기듯 하는 거센 소리를 질렀다.

"정치게 냄비두껑 자주 여네! 밥이 푹 뜸이 들어야 허지 않어?"

윤동무도 지지 않았다.

"밥물이 넘는 것두? 밥물이 넘처버리면 밥이 메지게 되는 건 몰라?"

"배 고프면 다 맛 있지"

윤동무는 그저 냄비두껑이 떠들릴 때마다 그것을 날새게 들어 거품을 까라앉히군 했다. 서동무는 자기 '항꼬'에서 밥물이 넘처 뚝 뚝 떠러지는 것도 모른척하고 낮수건 빤 것만 말리고 있었고 장동무는 한자나 되는 서슬이 시퍼런 단도를 빼여 저까락을 깍고 있었다. 파수를 선 남동무만 보이지 않고 모두 이글이글하는 얼굴들이 불을 둘러 있었다. 내일저녁은 기습거점에서 불이라고는 성냥 하나 마음대로 못 긋고 찬밥을 먹을 것이었다.

'어쨌든 나는 전대원이 고시란히 이 잠복거점에 돌아와 저렇게 저녁 짓는 화투불을 다시 둘러앉아 우리들의 승리를 옛이야기 허듯 즐기게 만들어야 헌다!'

판돌은 굿막에서 후다닥 뛰여나왔다. 뜨거운 주먹을 시린듯이 부비며 불을 쪼였다. 황동무가 싫어하는 밥남비 뚜껑도 들썩해 보았다.

먼 해안쪽에서는 불빛들이 아물아물 떠올랐다. 그 불빛들 속에는 그 고장에 생장한 서동무가 아닌 다른 사람들도 그리로 나려만 간다면 반가워할 사람들을 만날 것 같았다.

'조국땅 거리 거리에 절로 쏠리는 우리 심정이 어째 위험한 착각이란 말이냐? 이 원쑤놈들아!'

셋째도 일어나 나와 모두 김이 무럭무럭 솟는 밥그릇들을 둘러앉었을 때다. 지도부동무가 심동무와 함께 술병과 북어 오징어포 등 마른 어물들을 들고 끼고 올라와주었다.

IV.

모두 다리도 피곤했고 잠도 아쉬웠다. 그러나 누구 하나 그런것을 깨달을 마음의 여유는 없었다. 어쩌다 발이 미끄러저 주저앉으면 그때만은 그자리에서 그대로 푹 쉬어보고 싶었다.

앞으로 서너끼 먹을 주먹밥을 지어 가지고 떠나노라고 길채비가 늦어 동이 터서도 십리는 나려와서야 그 절 있는 동네 뒷산 다박솔밭에 들었다. 산비들기가 놀라 날아났고 먼―동네쪽에서 아침연기 속으로 개 짖는 소리가 울려왔다.

날이 밝기 전부터도 전대원이 신경을 돋우어 살피며 걸었으나 척후 동무들을 산길에서는 만나지 못하였다. 다른 동무들은 솔밭 속에 쉬이 게 하고 서동무와 판돌동무만은 길을 나누어 오릿길은 실히 나려와 두 어 길목을 직히기로 했다.

판돌이 맡은 길목에서는 오늘밤에 기습거점(奇襲據點)으로 삼을만 한 고갯턱이 빤―히 건너다 보였다. 그리고 T항구쪽 신작로 K읍쪽 신 작로 모두 지형까지 눈어림에 드러왔다. 자연조건은 생각던 것보다 쉽 사리 정형인식(情形認識)을 할수 있었다. 다만 음페물들을 인상에 넣 을 수가 없고 벌서 논에들은 물이 실려 함부로 드러서기 어려우며 퇴각 에 안전한 길의 연락들을 살피기에 막연하였다. 바다쪽에는 안개가 솜 반 깔리듯 덮히었으나 아직 육지로는 움직이지 않고 있었다.

'안개가 공작지구에 덮이는게 우리헌테 유리한가 불리한가?'

햇살이 아직 퍼지기 전인데 소포리 영감 하나가 지나갈뿐 한경이 되 도록 사람의 그림자는 구경할 수 없는 외진 길목이었다.

점심때가 아직 못 되어서 셋째가 살금 살금 나려왔다. 혹시 서동무쪽 에서 척후동무들이 나타난 기별이나 아닐가 싶어 판돌은 마조 뛰여갔다.

"왜?"

"형님 시장하실가봐 밥 좀 갖구요."

"서동무 안 왔든?"

"아니오"

판돌은 셋째의 손목을 잡어보았다. 싸늘하다.

"인전 아프지 안니?"

"아니오"

"좀 잣니?"

"난 한참 잘 잣서요"

"다른 동무들은?"

"모두 졸립긴 해두 잠이 안 온대요"

"다 너만 못허구나!"

셋째는 쌍까풀진 눈귀가 양쪽으로 켱기며하얀 잇속이 뻐그러졌다. 귀여운 동생이다. 그의 형 경수 생각이 문뜩 치밀었다.

"우리 오늘저녁엔 너이 형이 이담 들으면 속이 씨원허게 카빈총 원쑤를 갚자!"

"그눔들 총을 뻬슬 순 없나요?"

"왜 없긴? 오늘저녁에 놈들의 무긔두 뺏기만 허면 인전 네게도 한자루 차례 간다!"

"난 죄꼬만 권총 하날 뺏어주세요"

"그래라!"

둘이는 가까운 보리밭에서 떠오르는 종달새소리를, 하나는 스키—모자챙 밑으로 하나는 캡모자챙 밑으로 눈을 찡그려 처다보며 주먹밥에 오징어포를 먹었다.

오후가 되어서부터는 바람이 일었다. 바다쪽에서 잠간새에 안개가 밀려들었다. 당하고 보니 지형과 길들을 눈익혀두기에 악조건 뿐더러 먼발치로 지나가는 사람은 알어볼 도리가 없게 되고 만다. 판돌은 셋째에게 길몫을 맡기고 일단 솔밭으로 돌아왔다.

역시 서동무에게서도 아모 기별이 없었다. 판돌은 황동무를 서동무에게로 보내보았다. 두시간이나 지나서 돌아온 황동무는 그새 동네를 둘이나 지나서까지 거이 십리길을 토프며 나가보았으나 서동무조차 보히지 않았다는 것이다.

"이동무가 얼굴 익은데 와서 함부로 접근하면 어떻게 허는 건가?"

서동무는 이근방 지형에 밝은만치 다른 길몫들이 못 미더워 한군데만 붓배기로 앉어 견딜 수 없었던 것이다. 긴긴 하지(夏至) 때 해가 다 저믈도록 마음 쓸리는 길몫은 모주리 해매었으나 결국 동냥중 채림을 한 하동무도 채종(菜種) 장사로 채린 현동무도 만나지 못하고 도라오고 말었다. 척후동무들과 만나는 것은 단념하고 지도부에서 정해놓은 정찰원만 기다리게 되었다.

석양에서 황혼은 잠간 사이였다. 저녁요기들을 하는새 서쪽 산마루위에는 금성(金星)이 돋아 빛나기 시작했다. 안개는 언제인가 슬금 슬금 벗어지어 큰산 골작이로만 물리었다. 다박솔밭은 이미 쓸데 없다기보다 찾어올 사람을 발건하기에는 방해가 되었다. 모두 띄엄 띄엄 길몫으로 나와 그 지도부동무와 꼭같이 채렸다는 북정무명으로 머리를 동이고 반물조끼에 덧중이를 입은 사람의 그림자만 나타나기를 기다렸다.

'어째 여태 안 나타날가?'

서로 말은 내이지 않아도 불안한 기색들이었다. 어느틈에 아홉시가 되었다.

"대장동무?"

윤동무가 가까이 왔다.

"안 오는 사람인가 보?"

"아직 시간은 충분하니 조용히 기다립시다."

"이따위 비겁헌 자를 이런 중책에 맡겨놓면 우린 어떻허란 말인구?"

"윤동무? 동무 생각이 너무 급해. 비겁해 못 오는 거란 무슨 근거에서요? 어쨌든 우린 우리 지도부가 믿는 동무를 최후까지 믿읍시다."

열시가 지나서야 등대쪽 방향과는 다른편에서 인기척이 났다. 인기척이 좀더 가까워지기를 기다려 판돌은 나즉하게 기침소리를 냈다. 저쪽에서도 곧 낮윽하게 맞기침으로 받았다. 이쪽에서도 마조 나가며

"어듸서 오시오?"

물었다.

"바다……."

서로 휩싸 안었다.

"오래들 기다렸지오?"

"눈이 빠질뻔 했소!"

전원이 모혀들어 맨나종 셋째까지 이 정찰원동무에게 손아귀들이 얼얼하도록 악수를 했다. 서동무는 혹시 안면 있는 사람이나 아닐가 하여 가까이 드려다보나 전신이 남팽이처럼 앙바틈한 체구에 젖소리 나는 말소리부터 초면인 청년이었다. 누구에게나 초면인 이 정찰원동무는 이내 책임자를 찾었고 판돌이 다시 그의 앞에 나서니 판돌을 이끌고 먼발치로 걸어갔다. 다른 동무들은 섰던 자리에 둘러앉어 두근거리는 가슴들로 대장동무가 돌아오기를 기다렸다.

정찰원동무와 대장동무의 이야기는 꽤 한참 걸렸다. 그리고 동무들에게로 돌아오는 대장동무의 거름거리는 동무들 눈에 몹시 무겁게 보혀졌다.

"우리 좀 의논합시다. 저동무가 가지고 온 정보는……."

동무들은 재빨리 판돌을 둘러쌌다. 판돌은 그자리에 앉었다. 모두 무기와 탄약의 금속 스치는 소리를 내며 다시 따라 앉었다. 무릎거름들로

자리를 조였다. 달 없는 밤이나 번뜩이는 눈들이 부르지 않아도 자기 이름들을 대는 것 같았다.

"향보단이 해산은 됐으나 그놈들이 동네마다 야경을 돈다니까 도중에 들키기 쉽다는거요. 들키기만 하면 놈들이 리례적으로 우리보다 앞질러 지서에 선통해 줄 위험성이 있다는 거요. 저동무도 향보단놈들 눈을 피하느라고 늦었다는 거요. 만일 우리 공작을 지섯놈들이 일분은커녕 三十초 전에만 안다해도 기습작전은 계획대로 못되고마는 거요"

"……."

"놈들의 무력은 우리가 이미 알고있은 대로요. 소위 기동부대 二十명의 카빈총 무장이라는 거요. 二十명이 밤낮 총을 잡고 섰는건 아니니까 기습조건만 드러맞으면 二十명이나 三十명이나 그 수효는 문제 밖이오. 그런데 우리가 완전히 기선(機先)을 잡지 못한다면 놈들의 기관총까지 짖어낼 염려가 있다는 거요"

"기관총두 있답니까?"

남동무가 처음 말을 내였다.

"바로 어제 K읍에서 한대 나온 것이 확인된다구 허우"

"적의 응원선 차단은 양쪽으로 다 가야 헙니까?"

서동무가 물었다.

"저 동무의 말이 사람이 부족하면 T항구쪽은 그냥둬 보라는거요. 그러나 K읍쪽은 총소리가 대뜸 갈듯하구 군용트럭으로 십분 안에 대들듯 허니 길 차단과 전투대비가 절대 필요하리라는 거요."

"대장동무?"

윤동무의 목소리였다.

"K읍선 차 만이라두 적어두 두사람은 빠질 것 아니오?"

"그렇소"

"척후동무들을 만났다면 모르지만 우리 모두 몇사람인 줄 아시오? 셋째는 갖인 것두 없구 수효에 들 사람이라군 모두 여섯명 아니오? 여기서 두사람이 별동으로 빠지면 네명이 남는데 이 네명으로 경기관총이나 다름 없는 카빈총 스므자루와 게다가 기관총까지 상대루 승산이 있소?"

"동무는 네명이 카빈총 스므자루와 기관총 한대를 상대하는 것만 문제요? 차단선으로 가는 두사람도 놈들이 오기만하면 그이상 화력과 맞설른지도 모르는 거요. 그런데 동무들? 우리가 무력계산을 하는건 합법전에서 할 일이오. 유격전에서 누럭계산부터 따지는 건 벌시 용긔기 줄어진 표밖에 아모것도 아니오. 어쩌뜬 용긔를 냅시다. 그깟놈들 이삼십명이나 기관총 한두대가 뭐 말러빠진 거요? 동무들? 일본군대를 몇백배 몇천배를 상대해 싸운 김일성장군부대도 고작 오늘 우리가 찬 이싸-총 한자루씩이었드랬소? 유격전의 영예는 소쑤로 대다수를 해내는데 있는것 아니오?"

"옳습니다!"

황동무 혼자의 대답이나 여러동무들의 열기 띈 눈이 이를 함께 호응하였다. 판돌동무는 이어 작전행동의 구체적인 임무부여가 있었고 정찰원동무의 지리정황과 S지서 건축물환경에 대한 설명도 있은 다음 이 중간거점을 제이퇴각거점으로 정하고 최후거점이며 제일퇴각거점을 삼을 지점을 향하여 전원은 소리는 내지 못하나 인민항쟁가를 드높이 부르는 기세로 산을 나리기 시작했다.

V.

　바다쪽 하늘은 안개는 아니나 역시 별빛이 흐리었다. 놈들의 눈에 우리는 가려주고 우리 눈에 놈들은 드러내 주었으면 하는 천진한 희망조차 어떤 동무 가슴에는 간절하였다. 절 있다는 산밑 마을은 개소리 하나 일쿠지 않고 지났다. 차츰 논둑도 타게 되는데 개구리소리가 떠들석해 주는 것이 고맙다. 논에 실린 물들은 잔물결 하나 일지 않지만 뗏목에 출렁거리는 압록강상류를 건너 보천보(普天堡) 습격을 드러오는 전날 김일성유격부대가 지금 자기들이거니 하는 긍지도 어느 동무 머리에는 번뜩이었다.

　논둑을 나려서면 큰길이요. 큰길이 곳잘 동네길이 되기도 한다. 동넷집들이 가까워 오면 머리가 쭈뼛한다. 반동놈들보다 우리편 인민들의 집이 절대다수일 것이나 마음놓고 걸으면 발소리가 높아질가 보아 어느집 마당귀나 울밑에서도 숨을 죽인다.

　숨을 아모리 죽이어도 금속 무게들을 지닌 발소리들은 둔중했다. 띄엄 띄엄 앞서 그림자를 놓치지 않을만큼씩 새를 두어 벙어리의 행렬로 십리는 착실히 나려왔다. 최후의 기습거점이 될 고갯턱을 히미하게 바라볼 무렵이다. 정찰원동무와 대장동무는 이미 지내쳐버린 뒤쪽에서 갑재기 개 짖는 소리가 일어났다. 행렬 전원이 우뚝 멈췄다. 판돌동무는 얼른 엎듸었으나 이번에는 앞쪽에서

　"거 누구?"

　소리가—났다. 대단 거만한 시비조다. 선봉 선 정찰원동무는 흰 표식을 발쪽으로 두르며 길에서 나려섰다. 보리밭인듯 버석 소리가 다음 다음으로 따라 일어났다. 개는 점점 기승을 부려 짖어댄다. 거만하고 악

의에 찬 목소리의 흰 그림자는 다시는 소리치지 않는것이 더 수상한데 희뜩 희뜩 자리가 뜨는 것이 완연히 다름질치는 동작이다. 그 사라진 어둠 속에서 그자를 짖는 것이 틀리지 않을 다른 개 소리가 난다. 또 그 아래서 차례 차례로 다른개 소리들이 S지서쪽을 향해 이어나간다. 이쪽에서들도 최후의 거점 오백촉 전등을 달은 S지서가 빤—히 나려다 보히는 고개마루턱까지는 단숨에 달려와 뭉쳤다.

"그만 들킨 것 아니오?"

서동무의 숨찬 목소리다. 아모도 대답 없이 개소리 나는 쪽들만 바라보았다. 그 악의에 찬 목소리의 흰 그림자는 얼마 휘도는 길이기는 하나 마을집들이 연달어 있는 동네길을 달리는듯 개소리늘은 잠간 사이에 불빛 휘황한 S지서까지 쭉—이어 나려가며 일어나는 것이다.

"사람개헌테 들키고 말었군!"

윤동무가 장총자루로 발앞을 굴르며 탄식하였다.

"에잇!"

판돌은 탄식으로가 아니였다. 이를 갈었다. 눈은 온통 흰자위로 뒤집히는 것 같었다. 시계를 꺼냈다. 벌서 자정이 지나 있었다.

"동무들? 어쩨뜬 지금이오! 우리 당이 지시한 이십삼일 오전 한시는—우리 당이 우리들을 이 영웅적인 임무에 내세워주는 고귀한 시간은 바로 어제부터! 제깟놈들이 미리 알아챗기로 얼마나 쩨인 전투준비를 헐테요? 겁낼것 조곰도 없소! 범의 굴에 드러가지 않구 범을 잡을테요? 자 임무분담헌대로 장동무는 서동무를 앞세구 빨리 K읍선 차단으루……."

"대장동무?"

윤동무였다.

"급허다구 바눌을 매어 쓸 순 없소. 좀 생각헙시다."

"우리 더 공론허구 섰을 새 없소."

"대장동무는 지금 흥분과 용감을 혼동하고 있는 듯 하오. 대장동무는 바로 아까 놈들이 일분은 커녕 삼십초 전에만 알아도 기습작전은 계획대로 못되고 마는 거라 하지 않었소? 삼십초가 무어요? 저놈들은 벌써 다 알았을턴데 여기서 저기까지 십분만 걸릴상싶소? 그새 저놈들이……."

"십분이야 무슨 십분!"

목과 이마에 대설대 같은 힘줄이 일어선 황동무의 대꾸였다. 그러나 판돌은 윤동무의 말을 우선 시인하였다.

"그렇소. 윤동무말대로 저놈들에게 적어도 십분 여유는 벌서 주고 말었소! 기습작전도 계획내로는 틀릴지 몰루! 그러나 임기응변도 못 헌단 말이오? 날이 밝었단 말이오? 우리가 관병식을 허듯 열을 지어 드러간단 말이오? 우리 다섯 몸둥이 어듸 못 숨어서 합법전이 될가봐 걱정하시오? 자……."

판돌은 단총 치고는 육중한 것이나 오늘은 거쁜해 보히는 모젤을 꺼내들었다.

"윤동무? 용길 냅시다. 오늘 승리는 크기 어렵드라두 오늘 이시각의 전투가 전체 항장에 있어 우리진영전체 승리를 돕는 거기 때문에 당은 오늘 우리헌테 지시한 것 아니오? 어쨋든 우리 당이 결정해 논 건 실천해내야 하오!"

"그렇소"

윤동무도 이말에만은 활연히 머리 속이 트이는 것 같었다. 숙여 썻던 캡을 밀어올리며 이마에 땀을 씻었다.

"동무들? 이게 우리 몇이 우리 맘 내킨대루 나선 공작이 아닌 걸 적이 인식들 합시다! 자⋯⋯."

멀리 오는 불빛에도 이마의 칼자국이 오늘밤엔 유난히 두드러지는 장동무부터 판돌동무의 손을 덥석 잡았다. 서동무도 동무들의 손을 차례 차례 잡았다 놓고 자기들의 임무 지점을 향해 달려나갔다.

판돌은 정찰원동무의 손을 잡았다.

"고맙소! 오늘저녁 우리가 당 지시대로 복무할 수 있는 건 동무의 덕택이오! 힘껏 싸우리다!"

정찰원동무는 여기서 떨어지려 하지 않았다. 대답도 없이 지소를 향해 앞을 섰다. 그러나 판돌은 이제부터는 이미 전투행동의 시작으로서 전진하는 향방에도 자기가 책임지고 나섰다.

"뒤를 가끔 돌아보시오.

퇴각할 때 방향표준 될 무슨 목표든지 기억해 넣면서⋯⋯

빨리⋯⋯

팔다리 다치지 않도록⋯⋯

놈들이 유리한 지형을 차지하기 전에⋯⋯."

논물에 빠지며 감자포기에도 넘어지며 지소불빛을 향하고 달렸다. 개들이 자즈라지게 짖어도 이제는 개소리쯤 귀에 드러오지 않는다.

지소 불빛이 벌서 이마를 따겁게 쏜다. 엎디어 밭고랑을 넘어 나갔다. 팥인지 콩인지 아직 부드러운 줄기와 잎들이 뺨을 스치며 지나간다.

기대했던 것처럼 T항구쪽으로 신작로는 언덕이 젔고 이쪽도 한물에 높아 바른편으로 엇비슷이 지소를 굽어볼 수 있는 둔덕이 솟는다. 아니나 다를가 지소 안은 발각 뒤집혔다. 제마다 카빈총 한자루씩에 모자끈을 나리는놈, 눈을 부비며 두리번거리는 놈, 구두끈을 매는놈, 권총을 가죽케쓰에서 꺼내 바지포켙에 찌르는 놈 한참 술렁대는 판이다. 지소 정문 앞 한편으로 대형 군용트럭이 서있고 기관총은 아직 눈에 보이지 않는다.

"셋째야?"

판돌은 숨이 찻다. 눈은 불꽃이 튀었다. 셋째는 할닥거리며 턱밑에 기여들어 눈을 들었다.

"너 삔지허구 수류탄 만저봐?"

"있어요"

"넌 저쪽 큰길로 달려가 T항쪽 전화줄 끊을것 윤동무의 장총이 신작로에 올라왔을테니 장총을 기습해오는 놈이 있나 없나 수류탄을 들구 직혀줄 것, 인민들이 어떻게 움직이나 향보단놈들이 어떻게 적을 응원하나 봐 둘 것."

판돌은 엎뎐채 윤동무의 손을 붓들었다.

"우리들의 유일한 장총임무는 칙면사격으루 적의 후방교란 적의 추격 차단 자리는 될수 있는대로 저쪽 신작로 건너편 언덕에서.

황동무? 내 바른쪽 저 포푸라그루 밑에 붙으시오. 기관총이 보히거든 수류탄거리까지 포복전진해 어쨰든 기관총부터 깨강정을 내시오. 남동무는 내 윈편 저 바위 밑에 바위가 아니건 땅을 파구 붙어서.

모두 냉정한 조준으루 첫방에 몇놈 꺼꾸러트릴 것 요긴헌 대목에 탄환 떨구지 않도록 사격은 내가 시작하거든……."

어떻게 해야 이기는 싸움을 할가 하는 냉정은 이미 유지되지 않었다. 어떻게 해야 별르고 별른지 오란 원쑤들을 꿈이 아니라 현실로써 어서 몇놈 꺼꾸러트러보나! 어서 놈들의 소굴을 뒤엎어놓아 인민은 죽지 않었다는 기세를 올려보나! 이 일념뿐이었다. 놈들에게 한초 동안이라도 더 준비할 여유를 주어선 않된다. 판돌은 발고락을 더듬어 뭉어리돌을 몇개 집었다. 왼편다리를 밭둑에 뻗드듸기가 바쁘게 바른팔을 둘러메었다. 돌은 쁘릉—소리를 내며 눈이 달린듯 지소 유리창을 향해 날렸다. 욍가당 철그렁…… 놈들은 돌땅을 맞은 떼뱀의 무리처럼 대가리를 옴추리며 흩어졌다. 연달어 황동무에게서 날른 돌은 마당에 서있는 군용트럭의 운전대집웅을 따리고 지소집웅으로 뛰여올랐다. 뚜루룩 뚜루룩…… 카빈총은 미친 개떼처럼 이제야 방향을 알았다는듯이 짖어대기 시작했다.

이쪽에서는 그냥 돌풀매질만 한다. 누부룩…… 뚜루룩…… 머리 위로 양쪽 어깨 옆으로 턱밑 흙속으로 마치 이제는 일본제국과도 공공연히 동맹국연(同盟國然) 하고 나서는 미제국이 그 탄환공장을 가까히 일본에 채려놨으니 얼마든지 남용해도 좋다는듯한 함부로의 맹탄의 폭우였다. 이쪽에서는 그래도 돌멩이질 뿐이니 놈들 생각엔 어듸서 총 한자루도 못 가진 날탕들이 왔느냐 싶어 미국식 무장에다 동포들의 고혈로 살져 거름 것는 빈대처럼 배때기부터 듸룩거리며 반죽좋게 함부로 접근이다.

팡.

가장 적흐한 간격을 기다려 조준 고대로 급소에 드러가 박히는 모젤 탄환은 금속이 아니라 고무에 가까운 소리를 냈다.

팡.

팡.

연방 좌우에서 뽑는 다시 두방에 기급을 해 한놈만이 비칠 비칠 떨수 있었으나 한놈은 역시 그자리에 총부터 떠러트리며 꼬꾸라졌다. 첫

번 판돌의 불을 받은 선봉섰던 놈까지 이쪽의 승리를 약속하는 귀중하고 확실한 첫 두점이었다.

와―뒤로 물러나는 것을 신작로 건너 웃쪽에서 윤동무의 장총탄환이 성―성―멋지게 절창을 질렀다. 놈들은 엎어지며 잡아지며 우선 어둠 속으로 뛰어들었고 이래서는 않되겠다 생각한듯 그제야 군용트럭 뒷쪽으로부터 기관총을 들고 나왔다. 놈들은 확실히 당황하였다. 기관총의 현신으로 위협만을 하자는 것은 아닐터인데 자리 잡을 곳을 몰라 밝은데로 들고 나와 허둥거리었다. 눈이 미여지게 들러메었던 황동무의 바른손으로부터 이번에는 돌멩이 아닌 맥주병 같은 것이 날려 나갔다. 놈들은 거름아 날 살려라 하고 기관총은 놓아버리고 도망첬다. 그러나 수류탄은 기관총 옆에 떼굴 떼굴 구를뿐 강감하였다. 불발이 되고 말았다. 도망치던 놈들이 다시 쫙 모여들 때 두번째 수류탄이 날려들었다. 땅에 닿는듯 마는듯 하는 순간 여태까지 총소리들은 별들이라 하면 보름달만한 소리가 터졌다. 먹먹한 귀들로 바라볼 때 징게미다리처럼 가닥 가닥 떠러진 것이 하늘에서 나려오듯 하는 것은 기관총의 잔해요 곡마단에서 재주 넘듯 볼기짝이 보였다 상판이 보였다 하며 굴러나가는 것은 기관총에 다시 모혀들던 경관놈들이었다.

뚜루룩…… 뚜루룩…… 놈들의 탄환은 황동무쪽을 향해 몰방을 첬다. 황동무는 그담을 기어 다시 절구통만한 포푸라그루에 와 붙었다.

셋째는 멀리 사오백메틀 밖 전봇대 위에서 이 광경을 나려다 보았다. 처음에는 전선을끊노라고 힘을 쓴 손이 후들 후들 떨리었으나 윤동무의 뒤에 와 섰을 때는 저도 총만 있으면 연습때보다 얼마나 쏘는 맛이 탐탁하랴 싶었다.

놈들도 인전 여간해 맞을 것 같지 않았다. 중간만 불빛이 밝어 놈들의 음폐물이 어떤 것인지 확실히 분별할 수가 없다.

뚜루룩…….

뚜루룩…….

놈들은 누구를 몽혼이나 시키려는지 화약냄새만 무데기로 피웠다. 신작로는 K읍쪽도 T항구쪽도 아직 고요하다. 개들이 떼를 지어 짖고 집집마다 사람들이 깨여 문 여닫는 소리도 총소리 새로 들려오나 한사람도 밝은데로는 나와 삐치지 않었다.

그런데 웬일일가? 셋째는 눈이 을둥해 발을 속구었다. 황동무와 남동무의 자리에선 여전히 붙어 틔는데 대장 판돌의 자리가 강감해진 것이다.

"윤동무?"

윤동무는 구식총이라 연방 탄환을 재이기에 정신이 없다.

"윤동무? 저기 보. 판돌형님자리가 웬일이오. 불이 꺼지니?"

"글세?"

"나 가볼테야"

"큰일 난다!"

"불이 꺼진지 한참이야요!"

"위험헌데……."

셋째는 판돌형님이 원쑤들 총알에 맞은 것만 같어 견딜 수 없다. 셋째는 배미리를 해 화약내가 휩쓰는 신작로를 건넜다. 신작로만 건느면 밭고랑이라 기는것은 뫼추리가 부럽지 않다. 그러나 밭이랑에선 여기저기서 흙이 뒤집혀 솟았고 이랑을 따리기보다 그위를 날르는 총알이 더 빗발 같어 어느 틈으로 머리를 들어야 할지 몰랐다.

"형님?"

"……."

"형님?"

"오!"

판돌은 살아 있었다.

"형님?"

"엎뎌라!…… 얼른 이리 와……."

판돌은 목이 타 말이 잘 나오지 않았다. 그는 돌에 맞고 튀는 탄환에 총침(銃枕)으로 굽혀대고 있던 왼쪽팔을 맞은 것이다. 탄환은 옅게 박힌듯하나 출혈을 막기 위해 허둥지둥 팔을 붕대로 감고 나니 손이 떨려 총에 탄환장진이 제때로 되지 않았다. 훗들 훗들 탄약이 탄창에 가 박히지 않는다.

'침착하자! 동무들이 부끄럽지 아느냐?'

그러나 딱 말러버린 목소리처럼 손도 그저 말을 듣지 않는다. 적탄에 속구치는 흙이 머리에 와 와수수 쏟아진다. 무슨 풀인지 뜯어 입에 씹을 때 이 셋재가 나타나준 것이다. 셋재는 날새게 기여들어 십연발 탄환을 다시 재어주었다. 판돌은 피흐르는 팔을 다시 총침으로 고이고 불을 계속해 뿜기 시작했다.

셋재는 둔덕 아카시아 믿둥을 의지해 모래무지처럼 배를 깔고 턱을 붙였다. 한놈이 지척에 쓰러저 있었다. 하이칼라머리가 제 아가리에서 쏟아진 피에 홍건히 젖어 있는 것이 불빛에 또렷히 비쳐있다. 그녀석 궁덩짝이 유난히 커 보이는데 그 궁덩짝 주머니에서 반이나 뽑혀 있는 똑 작난감만한 반질반질한 권총 한자루 셋재는 대뜸 눈이 을둥 솟았다. 혜끝으로 입술을 다시금 적시었다. 불빛은 꺼꾸러진 놈의 대가리까지에만 밝다. 셋재는 다른 정신이 전혀 없이 가꾸로 미끄름쳐 나려가며 뭉클하는 징그러운 촉감 속에서 손바닥이 착근하는 금속물을 움켜잡았다. 판돌은 그제야 이 광경을 보고 입을 딱 벌렸다. 원쑤들의 우박같은 카빈탄환의 연속선은 그만 셋재의 기어오르는 허리를 한일자로 그어버렸다. 셋재의 한편 손이 발발 떨리며 아카시아뿌리를 거이 놓쳐 버리려할 때 판돌은 그이 어깨죽지를 끌어올렸다.

셋재는 정신을 잃었다. 여기선 어쩔 수 없었다. 피는 넙적다리께서 철철 흘렀다.

남동무가 기어들었다.

"대장동무?"

놈들이 어둠속 음페물 뒤에 백혀 백배도 넘는 화력으로 휘눌러대는 조건에선 좀처럼 돌격해 볼 기회가 생길 수 없다. 판돌은 남동무의 부르는 뜻을 알아채었다.

"옳소. 이상태 계속은 우리탄약으론 불리하오. 그러나 셋재가 중상인데 먼저 보내놓고야 퇴각할 밖엔…… 남동무가 셋째를 맡우. 출혈이 계속되건 붕대부터 감소. 어서"

남동무는 권총을 입에 물고 셋재를 옆구리에 끼고 방향을 돌려 기어나갔다.

뚜루룩 뚜루룩…… 개구리소리에 울리는 악기 같었다. 판돌은 셋재가 몇천메틀쯤 멀어졌으리라 믿어질 때 윤동무쪽을 향해 퇴각신호의 호각을 불었다. 황동무도 판돌의 옆으로 기어들었다. 그의 한쪽 이마와 뺨이 시꺼멓다.

"피 아니오?"

"경상이니 염려 마슈"

"어서 먼저 앞서시오"

판돌은 황동무까지 후퇴시키고 자기만은 도리혀 아까 황동무 자리를 지나 지소쪽을 향해 포복으로 전진해나갔다. 인민들의 의긔를 붓돋우는데는 원쑤놈들의 목숨도 목숨이려니와 지소를 불놔버리거나 폭파시키는 것도 효과적인 것이었다. 수류탄의 거리까지 여러번 머리를 땅에 박으며 기어나갔다. 판돌은 아랫입술을 깨물어 벅찬 숨을 끊고 피로와 경련으로 저린 팔을 높이들어 한자루 던지었다. 유리는 진작 깨여진 창살이 부서지는 소리뿐 그속에서 붕대를 감던 놈들이 튀여나갈뿐, 분하게도 이것도 첫방이 불발이 된다. 재처 팽가친 둘쨋덩이는 군용트럭의 바로 엔징 밑으로 떠러서 드러갔으나 또 강감 소리가 없다. 기껀 구해 위해가지고 다닌 수류탄이 모두 시효 지난 것뿐이라 터지는 것보다 안 터지는 것이 더 많았다. 판돌은 그만 자기의 사지가 굳어버려 꼼짝 못하는 것 같았다. 놈들의 화력은 또 이곳으로 몰방을 친다. 판돌은 쓰러졌다. 다시 일어날 수 있었다. 또 쓰러졌다. 황동무가 달려 들었다. 황동무는 단신으로 돌격점까지 기어드러가는 대장동무를 보고 저만 뛰여지지 않았던 것이다. 두리는 꽉 끄러안었다. 판돌은 기적 같었다. 다시 아모렇지도 않게 일어나 뛸 수 있었다. 판돌은 놈들의 탄환을 맞은 것이 아니라 다리가 극도로 피로해 있었다.

'셋재야 죽지만 말어다구!'

논바닥에 코까지 박고 물을 드리키고나서 판돌은 별이 총총한 새벽하늘을 우러러 속으로 부르짖었다.

'셋재야! 죽지만 말어다구!'

물을 마시고나니 다리에도 한결 탄력이 생긴다. 뒤에는 추격하는 아모 동정도 느껴지지않어 셋재가 가 있을 제일퇴각지점을 향해 마음놓고 달리었다. 마을마다 개짖는 소리도 한풀 꺽여가는데 어듸서인지 탕

─하고 새로운 총소리가 나는 것이다. 꽤 먼데서였다.

"탕"

"탕탕……."

지소쪽이 아니라 K읍 차단선쪽이 분명하였다. 카빈총소리는 나지 않는다.

"우리동무들이지?"

"그런가봐요!"

판돌은 어찌해야 좋을지 몰랐다. 한거름이 새로운데 총소리 난데는 오리는 실히 되염즉하다.

"무얼 만났을가? K읍에서 부에 나타났다넌 트럭소리두 닐건데?"

"그렇다면 벌서 카빈총이 투덜거릴것 아닌가요?"

"총소리 듣구 지섯놈들이 그리 몰렸단 저 두 사람은 큰일인데……."

그쪽에서는 그여히 와 도아달라는 군호처럼 또 한방 탕─울려 오는 것이었다.

VI.

장동무와 서동무의 K읍선 차단지점에도 놈들의 응원부대는 나타나지 않았다. 전화선을 끊고 길에 장애물을 굴려놓고 생각허니 놈들이 무전으로나 연락하기 전에는 단 이삼십분이면 끝내일 공작에 딴뎃놈들 손은 밎힐것 같지 않았다.

장동무나 서동무나 반동경찰이 일방적으로 놓는 총소리는 들었어도 우리쪽과 쌍방이 어울려 콩볶듯하는 총소리는 들어보기 처음이다. 게

다가 수류탄 터지는 소리도 완연히 한방 들렸다? 자기들도 연습 아닌 총이 어서 한방 갈겨보고싶다. 듣고만 견듸쟈니 팔들이 시큰거린다.

"장동무?"

"이거 참 멋있구나!"

"장동무?"

"왜? 한방 갈겨보구싶어?"

"K읍꺼지 총소리가 갈린 없는 것 아니야?"

"그래두 밤이니까"

"전화줄은 끊어진거 우린 뭣허러 빈길만 나려다보구 앉었다는 거야?"

"그래두 모르거던! 만일에 한패 달려왔단 여기서 막아세우구 저항해야지 우리가 한군데만 몰려봐요? 놈들이 포위허구 말것 아닌가?"

"정찰눔으거 지금 정가놈의 집을 치기만험 잠든 새둥지에 손 드리밀긴데!"

"어—따 저렇게 용헌 소릴해? 저 총소릴 듣구 그따위놈들이 뛰지 자빠저 있겠대?"

"그동네는 안산이 가려 여간해 안 들리거던……."

"그 자식이 총이 있다며?"

"권총 있지. 글세 그눔으새끼 권총에 강종복이라구 우리동무가 단방에 쓰러졌다니까……."

"패—니 그놈이 어느 구석에 숨어 섰다가 갈기면 우리만 또 골탕이게?"

"장동무가 실없이 겁쟁이군!"

"나를? 어듸 누가 겁쟁인가 인제 볼가?"

장동무는 목을 학의 목아지로 빼여 신작로 아래위를 훑터본다. 언덕 위에서 그 언덕을 갈르고 나간 홈진 길바닥에 뒷간덤이만큼한 바윗돌을 굴려 떨군 것이라 트럭은 물론, 발바리(찝)도 빠저나갈 재주는 없게 되었다. 지숫쪽 총소리는 여전히 볶아친다.

"저놈의 지소가 오늘 깨강정이 되나부다!"

"불을 질러버리는게 상책인데……."

"불부터 났단 놈들의 응원대만 불러주게?"

"허긴……."

이들은 멀리서 그에 터지고야만 총소리에 너머나 감격해 가지고 동무들이 원쑤들을 소탕하고 지소를 점령하는 라관적인 환상만 그리고 있었다. 그래 총소리가 뜸—해지기가 바쁘게 S면지소 공작은 원만히 끝난 줄로 믿고 이둘은 임무지점에서 승전의 기세로 돌아섰다.

돌아오기가 급해서가 아니였다. 이길에 그여히 강종복동무의 원한을 풀어주고싶은 간곡한 서동무의 심정은 상동무를 움직여놓은 것이다. 장동무 역시 먼발치에서 총소리를 듣고만 돌아서기란 승겁기가 헛불질하는 사냥에 모릿군 같었다. 이들은 길을 오던것과는 사뭇 둘러서 서동무네 살던 M동네로 정운조놈 집을 치기로 한 것이다.

이 바닥에서는 눈을 감고도 뛸 발에 익은 서동무가 앞을 서 바쁜 거름으로 십오분은 걸었을 때다. 일을 아조 제물에 맞어 떨어졌다. 이들은 뜻밖에 오드빠이 소리와 마조친 것이다.

"오드빠이!"

이 근경에서 오드빠이를 가진 자는 일제때부터 정운조놈뿐인 것을 아는 서동무는 분노보다는 반가운 감정으로 순간 멍청해 섰다가야 장동무의 말을 받었다.

"오드빠이면 저게 바루 정가놈이다!"

소수레나 겨우 통하는 좁은 길이었다. 벌서 외눈깔 헤들라잍이 안산 모퉁이 뒤에서 논벌을 향해 뻗으며 휘돈다. 둘이는 허겁지겁 길 막을 것을 찾았다. 별이 퍼부어 어두운 밤은 아니였다. 밭둑 돌각담에서 한 짐짜리들로 두원씩 날렀다. 그리고 서동무는 앞몫을 맡고 장동무는 오십메틀쯤 마조 나가 업듸었다.

오드빠이는 이들이 숨도 돌릴 새 없이 달려들었다. 장동무의 짐작이 엄청나게 틀려 오드빠이는 급정거를 하면서도 장동무의 앞을 훨신 지나쳐 거이 돌댕이 앞에까지 이르러서야 정거되었다. 그러나 지척에 있을 서동무보다는 장동무가 쫓아드러오며 소리를 질렀다.

"손 들어라!"

그 순간이다. 탕 총소리는 오드빠이에서 먼저 났다. 정가놈이 틀리지 않음을 깨달은 장동무는 접근하지 못한채 서동무도 있을 방향에다 급한대로 한방 마조 받았다. 밝은 불빛만 보며 달리던 정가는 더욱 무표준한 사격이었다. 그놈 뒤에서 마음과는 달리 총을 제대로 겨냥하지 못하던 서동무는 정가가 총을 세방이나 논 뒤에야 아모렇게나 방아쇠 쥔 손에 힘을 써 한방 터트리며 소리를 질렀다.

"이 개자식 손 안 들테냐?"

눈은 아직 캄캄하고 총이 앞뒤에서 달려든다는 것을 느끼는 순간 정가는 버릇처럼 살겠다는 본능이 튀어나왔다. 마치 육상경기장에서 딱 총을 들고 선수들의 스타ー트를 명령하는 엠파이어의 자세로 한손에 권총을 높이 든채 삐ー죽 서버리었다. 장동무는 놈의 쿨룩거리는 뚱뚱한 뱃대기에 총부리를 대었고 서동무는 뒤에서 놈이 높이 쳐든 권총을 빼았었다. 그리고 아직 뒷바퀴가 덜덜 돌아가고 있는 오드빠이 꽁무니에서 놈이 전날 삐루궤짝이며 펄펄 뛰는 방어나 삼치를 사서 얹고 오던 밧줄, 어떤때는 방석을 묶어놓고 갈보년도 태우고 오던 그 튼튼한 실로 꼬은 밧줄을 끌렀다.

"서동무 자세 보라구"

"갈데없이 이눔의자식이오!"

"채견 채견 단단히 묶우"

첫번에는 정가는 발을 뻗드듸고 만만히 끌리려하지 않았다. 이왕 당할 바에는 이자리에서 끝장을 볼것이지 얼떨결에 손을 들고 총까지 빼앗긴것이 분해 못 견듸겠는 듯 눈은 도리혀 이쪽을 묶은 자처럼 희번득거리었고 볼태기가 뱃대기와 함께 불룩거리었다. 서동무는 마냥 손이 떨려 정가놈의 뺨도 한번 제대로 갈길것 같지 못하면서도 입으로는 정가에게 압박 당하는 저자신을 나므래듯 한번 힌목을 썼다.

"순순히 못 것겠니? 그만 이눔으새낄 길바닥에서 각을 떠버릴라 ⋯⋯."

장동무는 슬적 능구었다.

"네놈이 몰라서 반동이라면 알구 고치면 그만이다. 우린 함부로 테로 안 헌다. 너이 동네 인민들이 널 재판허구 널 처단허라는대루 우린 인민의 뜻을 복종헐뿐이니까⋯⋯."

"여보슈?"

정가는 또 발을 뻗드듸며 이번에는 처다보지 않아도 그 희번득거리던 누깔은 풀이 꺼진듯한 말조를 내었다.

"왜 그러니?"

장동무가 대답했다.

"우리가 개인감정이야 있을 리 있소?"

장동무는

"그래서?"

하는 것을 서동무가 가로채었다.

"듣기 싫여 이 능구렁이 같은 자식아! 난 네눔헌테 개인감정두 암만이나 있다!"

장동무가 다시 묶은 밧줄을 끌면서 물었다.

"너 어듸 가던 길이냐?"

"읍에요"

"뭣허러?"

"좀……."

"응원대 불러주러 가는 길이지?"

"그건 오해슈……."

하며 펄쩍 뛰는 시늉이다. 서동무는

"빨리 못 것겠니?"

하고 되룩되룩한 볼기짝을 발길로 질렀다.

정운조는 가을이면 작인들의 타작바리가 우전마당을 이루던 수양버들 선 저의집 마당 제 사랑 바로 '독촉지부' 간판이 달린 그 기둥에 칭칭 묶이었다.

서동무는 이 정가놈네 밖앝 나무까리를 안다. 쭈루룩 사랑굴둑 뒤로 가서 장아찌쪽처럼 자리잡은 솔가리를 못으로 뽑아다가 마당에 불을 질렀다. 동넷사람들은 "불이야!" 소리를 지르며 뛰어나오는 사람도 있었다.

"저게 누구야?"

"씨둥이 아니라구?"

씨둥이는 서동무의 이름이었다.

"윤필이 아들이야 윤필이 아들!"

윤필이란 죽은 서동무 아버지의 이름이었다. 서동무는 눈물이 왈칵 치밀어 목까지 덜덜 떨리었다. 장동무는 고함으로 웨치었다.

"저 정가놈 매달린 사랑 앞으로 얼신허는 사람은 용서 없을 터이오. 또 이 서씨둥동무에게 사담을 거는 사람도 용서 없을 터이오"

그때에야 정가놈네 대문짝이 열려젓드리며 영감쟁이 할멈쟁이 젊은 계집들 무어라고인지 아우성반 곡성반으로 쏟아저 나왔다. 말만큼한 쉐파드가 지숏쪽 총소리에 딴데 가서 짖고 있은 듯 이슬에 홍건이 젖어 드러서더니 눈알에 새파란 불이 일며 코를 옹송그리고 앙상한 이빨로 반길짝은 솟아 장동무에게로 달려든다. 장동무는 들고 있던 뿌로닝으로 단방에 가슴패기를 갈겨 꺼꾸러트렸다. 개가 뒤네미질 치다 뻐드러지는 바람에 주위는 일단 조용해진다.

"이자리를 소란케 굴면 누구나 용서없을 거구 저 정운조도 불문곡직 허구 처단해 버릴거요! 우린 함부로 남을 죽이지 않소. 지금 여기는 신성한 우리인민들의 재판정이오."

장동무는 날새게 서동무의 뒤로 물러났다.

"서동무가 집 허우 내 후면 경계를 헐테니"

서동무는 자기총은 장동무의 왼손에까지 들려 주고 자기는 정운조에게서 빼앗은 총을 꺼내 들었다. 그것을 나려다보는 정운조는 기둥에서 뿌드득 소리가 나게 용을 써본다.

"국으루 가만히 섰거라!"

서동무의 목소리는 떨리었으나 으젓하였다. 그전 이마당 구퉁이에서 허리를 굽신거리던 작인 서윤필이 아들 씨둥이의 목소리로는 들리지 않았다.

"동네 여러분? 우리집은 저렇게 불에 타 없어졌수!"

모두 씨커먼 씨둥네집자리를 돌려본다. 마른 솔가지는 샛노란 불길을 분수처럼 솟구며 가벼운 재를 눈날리듯 뿌리었다. 재나 연기를 피하는 사람들은 없었다. 정가놈네 식구들과는 딴판으로 하나같이 해골인듯 불거진 광대뼈와 움푹 꺼진 눈들이었다. 놀라움에 떨기도하며 이것이 저마다의 설원으로서 정가놈을 등진 밧줄을 제손마다 잡은듯 주먹을 쥐고 입술을 질겅거리는 얼굴들도 있고 완연히 씨둥이와 손을 덥석 잡고싶으나 무한히 멀어진 거리를 느끼는듯 조심해 바라보는 얼굴도 있다.

"난 내 어머니 내 처자가 간델 몰루! 그래두 여보쇼들? 내가 내 사험으루 저놈을 잡어 세운건 결코 아니외다! 저놈이 일제때부터 우리인민들을 얼마나 들복아 먹었수? 일제땐 그만두구 해방후에도 어째 저놈이 다시 꺼떡대구 반탁운동이니 뭐니 해가지구 또 우릴 못살게 구느냐 말이오? 뭐 모스코바삼상결정은 민족적 양심이 허락 않는다구? 이 개똥같은 자식아? 뱃대기 갈르구 꺼내보자 너같은 더런놈들헌테 어떻게 민족적양심이냐? 이 나라 파라먹는 리승만이헌테 몇푼이나 얻어처먹니? 봐라! 여기 둘러선 인민들의 저 비참헌 얼굴들을! 여러분? 우리두 쏘련군대가 드러온 북조선처럼 잘살 수 없었던게 아니우! 우리두 인민위원회가 생겼었구 토지개혁을 헐 농맹이 생겼드랬수! 그걸 모두 깨트린게 뒤엔 미제국주의자들이구 우리동네선 바로 저놈이우! 우리 민족과 국토를 떼여내 미국에 팔아먹는 단선단정을 꾸민 리승만이 김성수놈들의 우리동네 앞잡이노릇 허는 게 바로 저놈이우!

이놈아? 말해봐라! 넌 어딧놈인데 인민들이 사람노릇 허구 살겠단다구 우릴 탄압허니?

이눔아 말해라! 넌 어딋눔인데 우리민족이 다신 식민지노예노릇 않허구 살겠단다구 테르를 끌어드려 동포를 때리구 죽이구 붓들어가구 불지르구 허는 거냐?

이눔아 악아리가 열이라두 말해봐라? 넌 우리…… 자랑스런 인민의 아들 강종복일…… 쏴 죽였지 웅!…… 종복아?…… 종복아?…….”

그만 서동무는 말끝이 울음으로 막히고 말았다. 큭, 큭, 느끼는 소리는 군중 속에서도 났다. 어떤 젊은이 하나는 정가놈네 나뭇가리에 가다시 한뭇을 뽑아다 꺼지려는 불더미에 던져주었다. 장동무가 군중을 향해 돌아선채 웨치었다.

“여러분 저 정운조놈의 죄상은 이제 서동무가 보고헌 것만으로도 넉넉합니다. 여러분! 토론해 주십시오? 기탄없이 어서들요…….”

아이들만 그대로 섰고 어른들은 한거름 나서는 사람 한거름 물러서는 사람도 있다. 그러나 한거름 나선 사람들도 입을 열지는 못하고 좌우를 두리번거리기만 한다. 무슨 말을 씨원히 해보고싶은 심정이긴 하나 모두 뒤가 켕기는 것이었다.

“자, 여러분? 무서울 것 없습니다! 여러분자신들이 여러분의 원쑤를 재판해야헙니다! 어서요…….”

그때다. 어듸서 쌩—소리가 나며 장동무와 서동무 사이로 험상구진 뭉어리돌이 하나 날러와 떠러진다.

“어느놈이냐?”

군중은 와—물러나며 소란해진다. 정운조가 묶여있는 기둥에서는 또 뿌드득 용쓰는 소리 나며 그의 가족들이 그 기둥 앞뒤로 달려들려 한다.

"쏠테다!"

그래도 정운조의 어미는 그냥 달려들었다.

"날 죽여라 날 죽여…… 내아들 못 죽인다…… 내 아들 죽이구 너이 놈들 씨나 남을듯싶으냐?"

"정말 안 쏠 줄 아느냐?"

그러나 분명 장동무나 서동무는 쏜 것이 아닌데 야무진 총소리가 한 방 팡―터졌다. 쓰러지는 사람에 밀치는 사람에 서로 덮치며 군중은 수라장이 된다. 장동무와 서동무는 얼굴이 백짓장이 되었다. 그러나 발을 벌려 한자리에 박힌듯 섰는 서동무의 총뿌리는 일변 군중을 보위하며 총소리난 쪽을 노리였고 장동무는 두손에 총을 든채 여차하면 정가놈부터 갈길 자세로 그밑에 머리를 도끼삼아 쓰고 덤비는 정가 어미를 발길로 미러내고 있었다. 총소리는 나뭇가리 뒷쪽에서 났고 거기서 사람들이 우―물러서더니 누구의 웨치는 소리가 났다.

"여러분들! 어쨌든 소란하지 마시오! 우리동무들헌테 돌을 던진 놈은 여기 꺼꾸러졌소. 이 자리를 혼란시키려는 놈은 이렇게 용서 없는 처단을 받을 것이오!"

그목소리는 반동경관도 테르패도 아니었다. 목이 쉬기는 했으나 그 '어쨌든' 소리부터 귀에 드러오는 대장 판돌동무의 목소리였다. 판돌은 어둠 속에서 나서지는 않았고 그의 발밑에서는 피를 토하며 안가님을 쓰는 정가놈의 쉐파드 아닌 개가 그 추악한 최후를 마치는 꼴이 보히는 듯 들려왔다. 판돌은 다시 웨치었다.

"동무들! 마음놓고 그러나 냉정히 신속히 처단하시오. 어쨌든 인민들의 의사는 충분히 나타났소!"

서동무는 감격과 울분과 기쁨과 서름으로 숨이 빽빽해 가슴이 가뺐다. 동네사람들은 다시 정연하게 둘러설뿐 아니라 분노에 끓는 눈들이 이구석 저구석에서 정가놈을 향해 번뜩이였다. 서동무는 웨치었다.

"여러분! 저 친일파요, 민족반역자요 매국노 리승만 김성수의 주구요 무고한 인민의 자제를 죽이고 인민의 집을 불질른 정운조놈을 우리 조선인민들은 용서할 수 있습니까?"

"없습니다!"

소리가 어느 뒷줄에서 튀여나오자 아까 나뭇단을 뽑아다 불을 살구던 청년, 서동무나 죽은 강종복이와는 아이쩍 동접친구 김학달이가 주먹을 들며 튀여나섰다.

"저놈은 백번 죽여 싸다! 빨리 처단해라!"

서동무는 웨치었다.

"이놈 정운조놈아! 이 인민들의 웨침을 들었느냐? 누깔을 똑바로 뜨고 그 우리 민족을 괴롭히는 독촉간판을 네 칠성판으로 지고 우리 조선인민의 엄숙한 처단을 받어라!

오! 강종복동무야! 너도 지금 이 마당에 와 있을 거다!

동무야! 머지 않어 우리 인민들에게 영원한 승리가 올 것을 믿어라!"

탕…….

VII.

셋재는 제일퇴각지점을 지나 제이퇴각지점인 다박솔밭에 이르도록 정신을 차리지 못했다. 물 물 하고 물만 찾어 중간에서 두어번 논물을 먹이었다.

장총잡이요 의무원인 윤동무가 오는 길로 셋재의 상처를 살폈으나 어찌할 도리가 없었다. 탄환이 척추를 비키어 지난 것만은 다행이나 내장 어듸를 어떻게 건드리고 어느 구석에 박혔는지는 렌도겡에 비쳐보기 전에는 알수 없었다. 우선 소독과 지혈조치만 하였고 함부로 몸을 쓰게 할 수는 없어 나무를 버이고 동무들의 웃옷을 벗어 들것을 만들었다.

K읍 병원으로 보낼 수 있을 것인가? 서울까지 보내야 하는가? 가까운 K읍으로 보냈으면 좋을 것이나 비밀히 연락될 동무의 병원이기 전에는 안될 일이요 서울에는 그런 병원이 많으나 거리가 멀다.

'그때까지 무사할가?'

역시 셋재의 몸 속에 박혀있는 미국제 탄환만이 아는 일이었다.

급한 거름은 평지에서도 채우고 걸리는 것이 많았다. 더구나 드멧길 혹은 갯장변 혹은 산기슭 게다가 극도로 피곤한 다리들이라 판돌동무만 아니라 장동무도 서동무도 한번 고꾸라만지면 다시 일어날 수 없어 한참씩 기기도 했다. 이렇게 기기도 해보는 때였다. 웬 사람 하나가 뒤를 좇아왔다. 셋이는 일시에 총을 뽑아 들었다.

"씨둥아?"

아까 정가놈네 마당의 김학달의 목소리였다. 무거운 짐진 거름으로 꾸벅거리며 나타났다.

"나두 다리구 가다구"

서동무를 비롯해 세사람은 쌀을 한자루 지고 나선 새 동무 김학달의 손을 힘껏 힘껏 끄러안었다. 그리고 그때야 판돌은 어듸서 어떻게 헤여지고 말었는지 생각나지 않는 정찰원동무의 생각도 났다. 판돌은 무엇보다 셋재가 궁금해서 지체 않고 다시 걸었다.

웃도리는 땀으로 아랫도리는 이슬과 도랑물에 전신들이 물초가 되어 제이퇴각지점에 전원이 모혔을 때 그때까지 셋재는 그저 정신을 차리지 못하고 있었다.

"셋재야?"

"……."

"셋재야?"

"……."

열병환자처럼 조여든 입술은 아까처럼 '물' 소리도 못하고 물을 빨려는 형용만으로 할락거리었다. 물은 여기서 멀었다. 판돌은 셋재의 물찾는 입술을 그냥 보고 앉았기에 능가숙이 씾어시는 것 같이. 손길처럼 물을 더듬어 찾는 입술 단 한방울이라도 삼키려는 애타는 혀끝 이것을 들여다보고만 건듸기는 판돌은 무서운 고문(拷問)을 당하는 것 같었다. 셋째의 혀끝은 그 연한 입술을 태우며 있는 불꽃으로도 보였다. 판돌은 진땀이 부쩍 부쩍 났다. 판돌은 팔목 다친 것도 깨닷지 못하고 제손 약손가락을 우지끈 깨물었다. 그것이 차라리 속씨원하였다. 그것을 엄마의 젖 빨듯하는 입, 판돌은 불덩이 같은 셋째의 그 입술이 더 움직이지 않을 때까지 물려주고 있었다. 자기 몸둥이엣 피가 다 줄어버린다 해도 판돌은 이것으로 뼈저린 고문은 면하는 것 같었다.

"셋재야?"

"응?"

셋재의 입에서는 비로소 대답이 나왔다.

"셋째야? 정신 채려?"

셋째는 잠작고 두손을 더듬어 무엇을 찾었다.

"셋재야? 무얼 찾니?"

"내 총……."

"오!"

옆에서 남동무가 셋재가 그것을 제손에 넣기 위해 목숨을 돌보지 않은 그 새까맣고 반질반질한 적은 권총을 얼른 셋재의 손에 쥐어주었다.

"이것 말이지?"

셋재는 권총을 두손으로 꽉 움켜쥐고 부들 부들 떨면서 눈 앞으로 가저갔다. 황동무가 성냥을 그어 비쳐주었다. 셋재는 닳고 부픈 입술로 빙그레 웃었다.

판돌은 새삼스럽게 서동무와 장동무의 손을 한번씩 잡었다.

"동무들은 훌륭했소! 오늘 우리 승리에 커다란 보탬이오! 그러나 노여들 말우. 시키지않은 일에 뛰여든건 지적 받어야 되오! 그리구 처단이 신속치 못해서 만일에 적의 력양이 강했던들 도리혀 포위 당허구 봉변 당헐번 헌거요!"

장동무와 서동무는 판돌동무의 나므램이 하나도 나므램으로 들리지 않었다. 판돌동무가 죽으라면 곳 죽어도 흐뭇하리만치 감격의 눈물이 솟아 눈들만 이리 씻고 저리 씻고 했다.

판돌은 다시 동무전원을 둘러보며 웨치었다.

"동무들? 아직 우리 앞엔 놈들의 군용트럭이 드러올 수 있는 벌목길이 가로 놓여 있소! 원쑤들이 우리와 우리 지도부 사이를 끊구 나서기 전에 우리는 어쨌든 빨리 지도부에 가 붙어야 허우! 자……."

셋재가 제법 정신이 들어 몸을 움직이려는 것을 들것에 단단히 허리를 떠매고 첫참에 새로 온 김학달동무와 황동무가 메고 나섰다. 서동무가 쌀자루를 지고 앞을 서고 자기도 한쪽 손과 팔을 붕대로 감어 메인 판돌은 셋재의 뒤를 닳었다. 윤동무는 배가 고팠다. 장동무는 다리를 절었다.

남동무는 미군트럭이 드러올 수 있다는 벌목길을 지나서부터는 그 걸직한 목청을 다시 텃드리기 시작하였다.

짐승들 요란히 우는 깊은 밤
남조선 높은 산 봉오리마다
기한에 떨면서 용감히 싸우는
우리의 형제를 잊지 말어라……

끝 없을 것 같던 이날밤의 어둠도 끝이 있었다. 충충한 밀림 속이 그저 어두울뿐 거름마다 높아가는 이들의 시야에는 밤잔 구름 밑으로 멀ー리 바다와 하늘과의 경계가 희끄므레하게 삐그러지기 시작했다.

(一九四八년 九월)
－『문학예술』, 1948. 12.

작품평

1.

　以上 入賞 圈內의作品들 外에도 小說分科 第三審에까지 올라왔던 作品들 말하자면 이태준「첫전투」… 等은 모다 一九四九年度 作壇에 있어 成果있는 系列에 屬하는 作品들이다. 小說分科 第三審에까지 올라왔던 이 作品들中의 以上의 것들은 其外의 몇몇 作品들과 더부러 거의 全部가 一九四八年度 藝祝에 있어서의 入賞當選作品들보다도 오히려 優秀한 水準의것이었다는 創作界의 一般的 長成을 나는 자랑으로써 말하는 것이다.

－안함광, 「1949년도 8.15 문학예술 축전의 성과와 교훈」,
『문학예술』, 문화전선사, 1950. 2, 15쪽.

2.

　리 태준은 미제와 리 승만 도배들의 전쟁 준비가 로골화되고 남반부

빨찌산들에 대한 탄압이 날로 가혹해지던 시기에 남반부 빨찌산들에서 취재한 「첫전투」와 「고향길」을 썼다.

리 태준이가 이 작품들에서 한결같이 설교한 것들은 무엇이였는가? 싸움 속에서의 목숨의 아까움, 당과 개인의 행복의 대립, 허무와 애상과 그 영탄의 설교 외에 우리는 아무 것도 들을 수 없다.

소설 「첫전투」는 용감하고 억세고 락천적인 투사들인 빨찌산들의 이야기라기보다 애상적인 '판돌'이와 그의 대원들의 장송곡이며, 당의 지시를 수행하는 길에서의 자기 목숨의 아까움에서 하는 통곡이며, 보다 더 "자기 목숨 달아나는 위험도 모르고 장난감 찾듯 총만 찾는" "철이 없이 이 길이 어떤 길이라는 것을 제대로 알지 못하고 원족이나 나선 듯이 딸랑대는" '애처로운' 소년 '세째'에 대한 련민의 이야기에 지나지 않는다. 빨찌산 대원들은 이르는 곳마다에서 이미 죽은 동무들에 대한 애상부터 하는바 죽음에 대한 슬픈 상념이 가슴에서 떠날 사이 없는 주인공 판돌은 "어쨌든 골수에 배기도록 목숨이 아까운줄 알아라— 그리구 그처럼 소중한 목숨도 아낌없이 바쳐야 할 그런 당인줄 알구 그런 지시인걸 알구 연후에 판가리 싸움을 각오해 다오"하고 속으로 부르짖는다. 이러한 대비는 경중이 거꾸로 될 수 밖에 없는바 당과 그 지시의 중함을 이야기하는 것처럼 하면서 기실 작자가 부르짖고 있는 것은 '목숨의 아까움'이다. 당과 개인은 대립되고 있으며, 실감도 없는 장황한 전투 이야기들은 거짓에 지나지 않으며, 모든 이야기는 애상 속에 이상의 사상 감정의 전달을 위하여 복종되고 있는 것이다. 앓는 '세째'의 애달픈 숨소리는 그중에도 매 장에서 도드라져 들려오며 싸움의 길 앞뒤에는 "짐승들 요란히 우는 깊은 밤…"의 통곡소리가 내내 계속된다. 싸움의 길은 죽음의 길이며, 당의 지시는 내 목숨의 아까움과 대립되며, 슬픔 이외에는 아무것도 아니라는, 당과 조국과 인민을 위하여 싸우는 것의 무의미, 허무의 사상이 설교되었으며 그 통곡의 감정이 그려져 있는 것이다.

(중략)

다음은 리 태준의 「첫 전투」의 서두에 나오는 문장이다.

"꽤 가파로운 비탈이면서도 쌓인 나뭇잎은 떡지가 져 발등을 덮는다. 폭신한 감촉에 마음 놓고 밟으면 속은 물기가 홍건해 미끄럽다. 앞선 동무들이 군데군데 미끄러져 시꺼먼 생흙 자국을 내였다. 어떤 자국에는 더덕과 싱검초 따위 산나물 뿌리가 으스러졌다. 그런 데서는 싱그러운 한약 냄새가 풍겨 오른다…"

이런 문장이 장참 계속되는바, 이것은 원쑤를 찾아 복쑤의 싸움터로 나아가는 억센 빨찌산들이 가는 길이 아니라, 약초 채취를 하는 사람이 시름없이 더듬는 길 같기도 하고 녀학생이 아니면 할 일 없는 젊은 '유한 마담'들이 피크닉을 하는 길과도 같다. 흙이 묻을가봐 치켜든 새하얀 치마꼬리며, 가느다란 손가락 끝이 보이는 것도 같다. 억세고 통쾌하고 복쑤심에 들끓는 빨찌산들의 이야기를 듣는 것이 아니라 우리는 『청춘 무성』이나 『딸 삼형제』를 읽는 착각을 가끔 느끼게 된다.

리 태준은 빨찌산들이 타고 넘는 주름진 산등성이를 "반찬가시처럼 량편으로 드러났다"고 표현하고 있으며 "실오리 같은 신작로 토막이며" "성냥개비 같이 잘게 늘어선 전신주" 등의 표현을 줄곧 계속하고 있다. 총소리와 총끝에서 튀는 불꽃을 '별들'이라고 하는가 하면 수류탄 터지는 불빛과 폭발소리는 "보름달 같았다"고 하고 있다. 조차수였던 로동자 출신의 빨찌산에게 五만분지 一지도를 보이면서 그에게 지도는 "현미경 우에 나타난 박테리야 그림처럼 보였다"고 하였다. 외로운 새소리의 의음 표현으로 시작된 「고향길」의 문장도 마찬가지로 소녀와 같은 멎을 길 없는 감상이 전편을 휩싸버렸다.

– 황건, 「산문 분야에 끼친 리태준 김남천 등의 반혁명적 죄행」,
『문예전선에 있어서의 반동적 부르죠아 사상을 반대하여(1)』,
조선작가동맹출판사, 1956, 171~172쪽. / 178쪽.

안나

리춘진

신포 육대(六台) 부두 가까이 있는 민청 초급 단체 임원회의 20여 명
수용할 수 있는 좁은 사무소는 더 들어설 자리가 없게끔 꽉 차서 호열
자 방역특설대 조직에 대한 회의를 계속하고 있었다.

밤 여덟 시부터 시작한 회의가 벌써 열두 시를 넘었다.

바깥은 7월 2일부터 시작한 비가 열흘이 지난 오늘도 그칠 줄 모르
고 퍼붓고 있었다.

검푸른 파도는 푸들푸들 뛰어 부두에 매어놓은 목선에 부딪치면서
거품을 냅다 토한다.

6월 24일에 발생된 호열자는 민청원(民靑員)을 비롯하여 남녀노소들
의 방역투쟁으로 종식될 듯하였으나 일부 리민의 부주의와 계속되는
비로써 다시 만연하기 시작하였다.

교통은 다시 차단되었다. 육대 공회당은 방역본부가 되고 분주소(分
駐所)는 경비대 본부가 되어 내무서원 이외에 3천 469명의 경비원이 동

원되었으며 신포 의사단 9명, 북청 의사단 5명, 함흥 의사단 6명, 평양 의사단 5명이 동원되어 불면불휴의 활동을 계속하였다.

회장은 긴장한 공기가 흐르고 있었다. 20명 가운데서 반수 이상은 경비원, 운반대원, 선전 정보원, 사찰반원들이었으나 고무모자에 고무 옷을 입고, 고무장화까지 신은 특설대원도 있었다. 사무실 안은 크레졸, 석탄산수 소독 냄새로 코를 찔렀다.

위원장 이봉주는 일반 특별대원으로 격리병사를 신축하는 데 동원되고, 조직부장인 강을구가 위원장 대리를 집행하고 있었다.

강을구는 며칠 뜨새운 탓으로 충혈된 시선으로 20여 명의 맹원들을 하나하나 보면서 말을 계속하였다.

"동무들! 동물들이 잘 아시다시피 우리 육대에 호열자가 발생한 지 20일도 못되는 사이에 열일곱 사람이 죽었고 지금 스물한 명의 환자가 있습니다. 호열자가 얼마나 무서운 것인가를 우리는 눈으로 똑똑히 보았습니다."

을구는 후― 숨을 내어 쉬면서 말을 계속하였다.

"호열자는 우리의 원쑤이며, 민주 건설의 적이다……."

을구는 원쑤라고 외칠 때 특히 힘을 넣었다. 이미 10일간이나 호열자와 싸워온 20여 명 민청원들은 호열자란 말에 속이 덜컹하였다.

"그러나 동무들!"

을구의 힘 있는 말에 일동은 다시 그를 쳐다보는 것이었다.

"우리가 단결하여 방역을 철저히 할 때 조금도 무서운 것이 아니라는 것을 우리는 금번 경험을 통해 알았다."

이 말이 떨어지자 물친 듯이 조용하던 장내가 뒤숭숭해진다.

"조용하오."

"떠들지 말어!"

이런 소리에 사무소는 다시 조용해졌다.

처마 끝에서 떨어지는 낙숫물 소리가 들려온다. 그리고 부두에 부딪치는 파도 소리가 일정한 간격을 두고 들려왔다. 그리고 앞 봉대산에서 밤을 새우는 경비대원들의 말소리가 드문드문 들려왔다.

"동무들! 우리 민청원의 손으로 무서운 호열자를 박멸하자, 우리 동포의 생명을 구하자!"

을구가 눈을 번쩍이고 소리치자 박수가 일어났다.

"동무들!"

을구는 박수를 제지하고 말을 계속했다.

"이봉주 위원장 동무를 비롯하여 우리 민청원 열한 명이 방역원 가운데서도 제일 힘든 특설대원으로 일하고 있다. 저기 앉은 손길우 동무와 고치욱 동무도 특별대원으로……."

을구가 손가락으로 가리키는 두 동무에게 모두가 시선을 던지었다.

그리고 을구는 아직 특설대원이 부족하다는 것을 말했다.

일부 민청원들은 특설대원이라는 말에 얼굴을 찌푸리었다.

특설대원은 방역비상대책위원회 직속으로서 1반 2반으로 나뉘어 있고 1반은 격리병원 경비와 소독, 시체 처리가 임무이고 2반은 환자의 집 교통 차단, 소독, 환자 혹은 시체를 처리하는 사업이다.

이때에 내무서, 분주소에서 대기하고 있던 스물이 되나마나하는 특설대원이 고무장화와 고무외투, 고무모자, 고무장갑을 끼고 마스크를 한 채 사무소에 달려 들어온다.

젊은 특설대원의 몸에서는 빗물이 흘러 방바닥에 떨어졌다.

젊은 특설대원은 숨이 차서 헐떡이며 무슨 말을 하려 하나, 말은 나오지 않고 손만 내어젓는 것이었다.

사무실 안에 있던 젊은이들은 또 무슨 일이 생긴 것을 직감하였다. 젊은 특설대원이 쓴 고무모자 밑에서 눈알만 유난히 빙빙 돈다.

"두선 동무, 무슨 일 났어?"

을구가 특설대원 앞으로 다가서면서 말한다.

"또 환자가 났나?"

유리문 길에 앉아 있던 특설대원인 손길우가 말한다.

"응."

숨을 돌린 두선이가 마스크를 한 채 말하였다.

"부억녀가……."

"부억녀라니, 누구냐?"

한가운데 앉아 있던 민청원이 벌떡 일어나서 묻는다.

"칠성돌이 어미야, 쇠못덩이 같은 고기장수 아즈마니 말이야."

모두가 의외라는 듯이 놀래었다.

손길우와 고치욱 두 특설대원은 일어서서 입에다 마스크를 건다.

달려온 젊은 특설대원은 빨리 오라고 말을 던지고는 그냥 사무소 문을 열어제끼고는 내달아 나갔다.

두 특설대원도 뒤를 따라 (나)섰다.

이 소동에 사무소 안은 갑자기 소란하여졌다.

바깥에서는 여전히 비는 내리고 바다는 더욱 음침한 소리를 지르고 있었다. 뛰어가는 특설대원과 경비대원들의 진흙에 빠지면서 가는 소리가 철버덕철버덕 났다.

호열자가 걸린 부억녀네 집은 서쪽 마을에 있었다. 민청 사무소부터 약 1킬로가 되는 거리다.

두 대원은 길 홈채기에 잦아든 빗물에 절벅절벅 빠지면서 마을 한가운데 가로 있는 길을 건너 서쪽 마을 좁은 골목길에 들어섰다. 비는 자꾸 퍼붓고 어두컴컴하여 앞이 보이지 않았다. 두 대원은 집 울타리에 부딪히기도 하면서 달음질쳤다. 교통 차단한 경비대원들이 군데군데서 '누구냐? 누구냐?' 하고 소리를 지른다. 낮은 지대인 여기는 일면 물에 잠겨 있었다. 두 대원이 걸을 때마다 철벅철벅 소리가 빗방울 소리와 합한다. 모래를 실어 들이는 우차와도 부딪히었다.

"수고하오."

"수고하오."

지나칠 때면 서로 마스크를 한 채 이런 인사만 간단히 주고받는다. 어두워서 누구인지 서로 얼굴은 알 수가 바이 없었다.

서쪽 마을 끝에 있는 부억녀 집에 도착했을 때에는 특설대원으로 집 주위는 완전히 교통 차단이 되었다.

세 대원은 펌프 소독기로써 쿠로루카루케 소독수를 뿌리고 있고 두 대원이 쿠로루카루케 가루를 마루니 변소니 할 것 없이 뿌리고 있었다.

전깃불이 휘영히 비치고 있는 부억녀 집 문은 닫혀 있고 집 안에서 어린애의 울음소리가 들린다.

"자 들어가."

소독가루를 부린 대원이 이렇게 말한다.

아무리 대원이라 할지라도 이 말에는 소름을 느끼고 주춤한다. 대원들이 쓴 고무모자 밑에서 머리카락이 오싹 일어서는 것이었다.

"빨리 들어가자."

둘러서 있는 대원 가운데서 한 대원이 이렇게 말을 했지만 그이도 앞에 나서지는 않았다.

종이 창문으로 비치는 흐릿한 전깃불은 대원들의 장화를 스쳐 흐르는 소독가루가 떠 있는 진흙물을 비치었다.

지붕에서 떨어지는 낙숫물이 줄창 방울을 짓는다. 집안에서는 울음에 지치어 목이 쉰 어린아이의 울음소리가 가늘게 들려왔다.

대원 중에서도 늘 선코에 나서는 손길우가 크레졸 소독수를 자기 몸에 치더니 앞에 나서 걷는다. 손길우는 오랫동안 어부로서 해방 전까지는 술 잘 먹고 싸움 잘하던 것이 해방 후는 민청에 들어와서 늘 선두에 서서 일하는 어부였다.

손길우는 문을 열어젖히었다. 집 안에서는 형용할 수 없는 악취가 마스크한 코를 찌른다. 길우의 뒤를 따라 아까 민청 사무소에 달려왔넌 젊은 대원이 펌프 소독기를 들고 마루에 올라서서 집안에다 소독수를 뿌리었다. 집 안으로 소독수는 이슬비처럼 쏘아 들어간다.

길우는 집 안을 보았을 때 놀라서 발을 멈추었다. 좁은 집 안에는 쉬파리가 날아다니고 구린 악취가 코를 찔렀다.

네댓 살 되는 계집아이는 이불 끝을 틀어쥐고 목이 메어서 소리는 지르지 못하고 끽끽거리기만 하였다. 그리고 이불 속에서 반신을 내어민 40가량 되는 부엌녀는 까치 둥우리처럼 헝클어진 머리털을 뒤로 젖히고 기진맥진한 듯 척 늘어져 있었다.

젊은 대원은 넋 빠진 사람처럼 펌프질을 하였다. 집 안은 소독수의 빗발로 뽀얗다.

이불은 소독수가 흐를 만큼 눅신하게 젖는다.

늘어져 있는 부엌녀의 얼굴과 가슴패기에서도 소독수가 흘렀다. 집 안은 크레졸 냄새가 나서 악취는 없어졌다.

길우는 고무장화를 신은 채 집 안 구들 위에 발을 옮기었다. 그리고 부엌녀 가까이 다가갔다. 길우는 아까 문을 열 때 놀란 이상 놀랐다. 등골에서 진땀이 쭉 흐르는 것을 느끼었다.

뚱뚱하고 동네에서 쇠못덩이라고 부르던 부엌녀의 얼굴은 어디 갔는가. 벌벌 기어 다니는 게를 두둑하니 넣은 함지를 이고 양화시장, 영무시장으로 활개 치며 다니던 부엌녀의 형체는 어디 갔는가!

양 뺨에 살이 쏙 빠지고 눈언저리가 오므라들어 홈채기가 되어 있다. 얼굴색은 양초처럼 창백하고 관자뼈가 앙상하게 내어밀었다.

길우는 이불을 젖히고 부엌녀의 몸을 흔들었다. 부엌녀의 몸은 막대꼬챙이처럼 꼿꼿한 채 옴짝도 안했다.

길우와 치욱과 젊은 대원이 시체를 들것에 담아 메고 나갔다.

밤은 새벽 세 시를 지났다. 퍼붓던 비는 이슬비가 되어 보슬보슬 내리었다. 부엌녀를 운반하는 들것은 바닷가 모래판에 닿았다. 파도가 모래를 씹으면서 쏴쏴 소리를 낸다.

모래판 홈채기에 빗물이 잦아서 물이 무릎까지 온다. 들것을 든 대원들이 물을 건너가는 소리가 철썩철썩 났다.

바람이 불어서 모래 위 풀이 소리를 지르고 있었다.

물을 건너 언덕에 올라가 서자 들것을 내려놓고 가져온 곡괭이로 땅을 팠다.

"이놈의 아즈마니가 죽어서까지 사람을 욕뵈운단 말이야."

"좋은 세상에 이렇게 죽다니……."

대원들은 이런 말로써 기분을 돌리려고 하였다.

그러나 말소리는 바람과 파도 소리에 집어삼켜버리는 것이었다.

부엌녀를 들것에 싣자 어린애는 두 특설대원이 업어서 가족수용소에 가져갔다.

그러고는 부엌녀 집에다 석유를 치고 불을 질렀다. 삽시간에 불길이 올라서 집은 부엌녀의 시체와 같이 사라져 재붙이만 남았다. 부엌녀가 시장으로 팔러 가려고 함지에다 넣어 둔 게도 뻘건 깍지만 재속에 파묻히었다.

"동무들……."

을구가 손을 들어 자리를 정돈시키고 회의는 다시 계속되었다.

"동무들, 특설대원을 희망하는 동무는 손을 들어주시오."

회장은 숨소리 하나 들리지 않으리만큼 고요하였다. 민청원은 서로 얼굴을 마주보며 상대방의 눈치만 슬그머니 엿보는 것이었다.

"동무들! 늙은이들은 말하기를 60년 전에 호열자가 돌았을 때 우리 육대는 공동묘지만 남았다고 합니다. 그러지 않기 위하여 동무들, 손을 드시오."

두 민청원이 손을 들었다. 최병수와 정시협이었다.

"우리 인민들의 생명을 사정없이 빼앗는 호열자와 싸울 용사는 없습니까?"

을구가 이번에는 웃음 띤 어조로 말했다.

정시협은 팔꿈치를 짚고 앉아 있는 오관호를 본다.

관호는 아무것도 아랑곳없이 부처님처럼 고스란히 앉아서 눈 하나 꿈벅이지 않았다.

"나는 관호 동무가 좋다고 제의합니다."

정시협이 일어서서 말했다.

관호는 여전히 앉은 채로 팔꿈치를 짚고 있었다.

모든 시선이 관호에게 집중되었다.

관호는 금년 스물여섯 살이 되는 어부였다. 그는 목선 속에서 나서 목선에서 자라난 어부다. 그의 아버지도 날 때부터 어부로서 지금부터 5년 전에 바다에서 풍파를 만나 고기밥이 되고 말았다.

관호는 키가 크고 발달된 가슴과 쇳덩이 같은 팔뚝을 가졌다. 나서부터 파도와 싸웠고 노 젓기에 발달된 육체다. 구릿빛 얼굴에 붕어처럼 큰 입은 언제든지 다물어져 있었다.

관호는 모든 동작이 뜨다. 그것은 그가 무슨 일이 생겼어도 생각한 끝에 자기 마음에 들어야 그때에 비로소 움직이는 성격이었다. 이래서 모두가 그를 바위라고 별명을 붙이었다.

파도가 세어서 위험하다고 모두 바다로 안 나갈 때에도 그는 구름의 움직임을 보고 일 없겠다고만 생각하면 아무리 만류해도 목선을 노질하며 고기잡이로 나가는 것이었다.

해방되어 젊은이들이 민청에 가입하고 직업동맹에 가맹하여도 그는 생각하고 짐작한 후 나중에 가맹한 것이었다. 지난 6월 24일 천일남이 바다에 나갔다 호열자에 걸려 시체가 되어 돌아온 후 호열자 소동이 일어나고 바다에서 고등어잡이를 금지한 것이 원망스러웠던 것이다.

"고기는 물에서 살구, 어부는 바다에서 사는 거지……."

그는 고등어가 푸들푸들 뛰는 바다를 보면서 중얼거렸다.

바다에 배를 못 나가게 하고, 도로라는 도로는 교통 차단이 되고, 운반대가 모래를 실어들이고, 매일 집 주위를 청소하고 파리를 잡는 것이 그에게는 이해할 수 없는 일이었다.

'한두 사람이 죽었대서 이렇게 떠들 건 무어야?'

그는 방역에 종사하는 사람들을 보고서 속으로 이렇게 중얼거렸던 것이다.

"관호 동무!"

을구가 재촉하듯이 불렀다.

관호는 이때에야 팔꿈치를 떼고 일어섰다. 그는 눈을 꿈벅이지도 않고 큰 입을 벌리면서,

"나는 싫소!"

하였다.

"무엇이, 이 자식아!"

정시협이 벌떡 일어서서 버럭 소리를 질렀다.

"모두 죽어두 좋단 말이냐?"

관호는 여전히 바위처럼 서 있었다.

"이 자식아, 니 여편네두 죽구 너도 죽는다……."

회장이 다시 떠들썩하여지자 을구가 다시 정돈한다.

"좋습니다. 절대로 강제로 안 합니다."

을구는 분한 생각이 치밀어 오르나 꾹 참는다. 을구의 피곤한 눈에는 고독한 그림자가 떠돌다가 그도 사라졌다.

을구는 새로운 용기를 내어 말한다.

"우리의 손으로 호열자를 박멸합시다. 우리는 곤란합니다. 우리에게 약이 부족하고, 의사진이 약하고, 사람의 손이 부족합니다. 그러나 우리는 극복해 나가야 되겠습니다."

을구의 언변이 끝나자마자 한 민청원이 달려 들어온다.

"동무들! 기쁜 소식을 전하겠습니다. 모스크바에서 온 의사단 다섯 분이 약을 기차에다 싣고 금방 신포에 도착하였습니다. 세 분은 남자 의사고 두 분은 여자 의사입니다."

이 소리가 떨어지자 "야!" 하고 소리를 지른다.

"만세!"

"만세!"

장내에는 새 용기와 환희가 넘쳐흘렀다.

모스크바로부터 온 소련 의사단은 인민위원장을 비롯하여 각 정당 사회단체 간부와 방역에 종사하는 의사들의 환영을 받아 임시 설치한 소련군 방역사령부에 도착하였다.

오전 10시, 면 인민위원장실에서 의사단은 통역을 통하여 육대와, 마양도와, 양화, 신창, 방면에서 호열자가 발생한 경로와 방역 상태, 예 방주사 실시 상태, 격리병사 상태를 자세히 청취한 후 오후 한 시에 면 인민위원장과 의사들의 안내로 소련 의사단은 마양도와 육대 지대를 시찰하였다.

오후 여덟 시에 면 위원장실에서 소련 의사단 책임자 스탈리코프가 혈색이 좋은 낯색에 자신 있고 힘 있는 어조로 방역위원회의 결함을 지 적하였다.

예방주사를 철저히 할 것, 격리병사를 개조할 것, 환자를 빨리 발견 할 것, 소독을 철저히 할 것, 소련 의사단은 이상 네 조목을 특히 강조 하고 의사단의 부서를 배치하였다.

이날 열 시에 세 의사가 자동차로 신창, 양화로 떠나가고 신포에는 의사단 책임자와 스물다섯 살 되는 여의사 안나가 남아 있기로 되었다.

호열자균은 무서운 세력으로 전파되었다.

호열자는 공교롭게도 오관호 집에 침입하였다.

관호는 마루에서 낡은 그물을 꿰어매면서 마양도 쪽 바다를 바라보고 빨리 고기잡이 갈 생각에 잠기었다. 집 안에서는 해산기에 가까운 그의 안해가 몸이 편치 않다고 하면서 방 안에 누워 있었다.

관호의 곁에 여윈 누런 개가 쪼그리고 누워서 주인의 손이 움직이는 것을 바라보다가는 내려오는 보슬비를 멀거니 보고 있었다. 마양도는 이슬비의 장막 속에 형태를 감추고 바다의 파도 소리만 쏴쏴 들려온다.

"여보!"

방 안에서 이불을 덮고 누워 있던 안해가 부른다.

"배가……."

"열 달이 되우?"

남편은 태연하게 묻는다.

"아직두 한 달이나 있어요."

귀동녀는 배를 부둥켜안고 말했다.

"한 달 빨리 낳는 수도 있지 않소."

관호는 인제 아버지가 된다고 생각했다. 자기도 7월에 난 것을 생각했다. 뱃간에서 낳았고 바닷물로 몸을 씻었다고 어머니가 이야기한 일이 있었다.

"아이구 배……."

방 안에서는 귀동녀가 나무토막처럼 뒹굴면서 앓는 소리를 낸다.

"사내앤지 딸앤지 비 오는 날 나올 것은 무슨 영문이란 말이야."

관호는 혼자서 중얼거렸다.

"아파 죽겠다는데 당신은 무사태평이야."

귀동녀의 앙칼스러운 소리가 들리었다.

"몇 시간 더 참으면 되지 않소."

이때 귀동녀가 구토 설사를 시작했다. 마루에 누워 있던 개가 짖기 시작했다.

안해가 배가 아프다고 한 것을 진통인 줄만 알고 있은 관호는 처음에는 이상스럽다고 생각했다.

그러나 귀동녀의 구토 설사의 횟수가 많아질수록 관호는 속에 얼음덩이가 덜컥 내려앉는 것 같았다.

귀동녀는 집 안이 좁다는 듯이 빙빙 돌아다니며 "아이구 아이구" 하면서 손으로 삿자리를 뜯는다. 몇 번 이러더니 얼굴 살은 쑥 빠지고 낯색이 귀상하여 형용할 수 없다.

어린애처럼 볼통볼통한 뺨과 귀여운 입을 가진 귀동녀의 얼굴은 어디서든지 찾아볼 수가 없었다.

귀동녀는 부뚜막 곁에 까무러친 듯이 늘어져서 땅바닥에 떨어진 고기처럼 입을 벌리기도 하며 도리질하듯이 머리를 홰홰 돌리기도 하면서 묘한 소리를 낸다. 뒤이어 개구리처럼 헤엄치면서 두세 번 뒹굴다가는 그만 까무러쳐버렸다.

불쑥한 배가 부풀어 올랐다가는 그냥 내려가고 귀동녀의 입으로는 묘한 비명이 나온다.

관호는 이러한 안해를 보면서 자기가 어젯밤에 한 일이 생각났다.

관호는 새벽 한 시경 해서 교통 차단의 경계망을 넘어서 목선을 타고 바다로 들어갔다. 노를 젓는 양팔에 힘이 나고 얼굴에 스쳐 오는 짭짤한 바닷물이 묘한 맛을 그에게 주었다.

하늘은 개어 새파란 별들이 반짝이고 있었다. 신포공원 위 등대에 빨간 불이 별처럼 깜박거리고 있었다.

봉대산과 마양도가 검은 윤곽을 그리고 공간에 떠 있었다.

관호는 봉대산 기슭을 지나 동해 바다로 나갔다. 마양도 쪽 해안에서 선박의 출입을 경계하는 모타선이 뿡뿡 소리를 내고 있었다.

관호는 노를 멈추고 모타선 소리에 귀를 기울였다. 모타선 소리는 점점 가까워온다. 관호의 배는 탁탁 파도에 부딪치면서 쑥 내려갔다 올라갔다 한다. 모타선 소리는 점점 멀어진다.

관호는 얼른 낚시를 바다에 던지었다. 묘한 쾌감이 그의 가슴에 치밀었다. 호열자에 사람이 죽는다는 것과 바닷물에서 호열자균이 60배나 더 붇는다는 말이 거짓말 같았다. 낚시대가 후뜰하자 줄이 빳빳하여 좌우로 흔들린다.

관호는 양손에 힘을 넣어서 잡아당기었다. 배 밑바닥에서 큰 임연수어가 푸들푸들 뛰었다.

그는 이렇게 몇 마리를 잡았을 때 또다시 경비선의 소리를 들었다. 소리는 점점 가까워왔다.

관호는 그냥 돌아서서 노를 저었다. 이렇게 하여 그는 배를 봉대산 기슭에 붙이고는 그냥 집으로 돌아왔다. 그 고기로 아침에 국을 끓여 먹었던 것이다.

관호는 이렇게 생각하자 그는 금지한 바다로 고기잡이 나간 것을 후회하였다.

'나는 안해를 죽였다.'

그는 속으로 이렇게 생각했다.

관호는 빨리 의사를 불러와야 하겠다고 생각했다.

관호가 뜰에 나왔을 때, 호별 조사로 오는 민청원 김철식과 마주쳤다. 철식은 환자 유무 상태와 만일 환자가 있다면 병명을 조사하러 온 것이다.

"철식이!"

관호는 떨리는 목소리로 불렀다.

"바위, 웬일이냐?"

관호의 변한 태도에 철식은 놀랐다.

"안해가……."

"네 안해가?"

철식은 빗물이 떨어지는 레인코트를 툭툭 털고 있다가 바짝 다가섰다.

"내가 어젯밤에……."

"어젯밤에 어쨌단 말이냐?"

"어젯밤에……."

"이 멍충아!"

철식은 방역본부로 달음질치면서 소리 질렀다.

"철식이, 철식이."

부르면서 관호도 철식의 뒤를 따랐다.

방역본부에서는 철식의 보고를 듣고 의사를 배치하며 특설대가 대기하고 있는 분주소에 전화를 거는 등 분주하였다.

분주소에 대기하고 있는 특설대원 6명은 환자 셋을 운반하러 나가고 없었다.

50 가량 되는 이마가 벗어지고 키가 작은 이상률 의사는 환자의 집에 들어서자 관호에게 말했다.

"예방주사를 맞은 일이 있소?"

"아니."

"왜 주사를 안 맞았소?"

"네! 안해는 한 달만 있으면 어린애를 낳습니다."

"해산두 살구야 해산이지."

의사는 뜰에 서서 말한다.

"선생님!"

"이 병에는 선생두 그만이야."

"좀 보아주시우."

"의사라구 호열자가 생각해주는 줄 아오?"

이렇게 말하면서 상률 의사는 마루에 올라선다. 이때 상률 의사는 웬일인지 등골로 얼음이 지나가는 것 같은 것을 느끼었다.

원래 상률 의사는 내과의사로서 환자를 잘 다루거니와 언제든지 쾌활하고 농담을 잘하는 것으로도 유명하다.

또 하나는 아무리 추운 밤중이라도 환자가 있다 히면 조금도 꺼리지 않고 왕진하는 것으로 유명하다.

그러나 그는 호열자 환자에 대해서는 머리카락이 쭈뼛하고 가슴이 싸늘해져가는 것을 어찌할 수 없었다.

상률 의사는 마루에 올라섰으나 엉거주춤 섰다.

상률은 20여 년간 의사 생활을 하는 사이에 많은 환자와 많은 시체를 취급했다. 한 번은 산에서 죽어 한 달이나 된 시체를 그는 아무 공포도 거리낌도 없이 손을 대어서 검진했던 것이다.

상률 의사는 마음을 가다듬고 문을 반쯤 열어젖혔다.

관호의 안해 귀동녀는 머리털을 헝클이고 유방을 내어놓고 육지에 올라온 송어가 뛰다가 기진맥진하듯이 늘어져 있었다.

귀동녀는 막대 꼬챙이 같은 가느다란 손을 들어 허공에 대고 내처 허우적거리면서 알아들을 수 없는 말을 입 안에서 하였다. 그리고 귀동녀의 퀭하고 기운 없는 눈은 "살려주시오" 하고 애원하다시피 상률 의사만 고스란히 쳐다보는 것이었다.

상륙 의사는 한시바삐 환자를 치료하지 않으면 안 되겠다고 생각하면서 마음이 졸이었다.

상륙 의사는 방 안을 향해 발을 옮기려 했다.

"선생님……."

관호가 상륙 의사 곁에서 이렇게 애걸했다.

"빨리 소독하시오."

상륙 의사는 꼬리에 불이나 달린 듯이 이 말을 계속하는 것이었다.

이날 아침 소련 의사 스탈리코브와 안나는 마양도에 건너가서 도서리 격리병사에서 거기 주재하고 있는 의사들과 같이 환자 치료 소독을 하고 오후 여섯 시에 안나만 육대로 건너가게 되었다.

안내하게 된 내무서원과 같이 석정리 부락 배 떠나는 곳에 왔을 때에는 비는 더 퍼붓기 시작하였다. 그 위에 바람이 불어서 해변에 선 백양나무 잎이 떨면서 소리를 내었다. 항상 고요한 신포 바다가 오늘만은 큰 파도를 일으켜 쉴 새 없이 기슭에 서 있는 바위를 삼킬 듯 부딪치고 있었다. 그럴 때마다 바위들은 파도 속에 형체를 감추었다가는 다시 나타났다.

교통 차단에 부락 이외에는 나가지 못하는 소년들이 금빛같이 누른 머리털과 하늘처럼 파란 눈을 가진 여의사를 신기하게 여기며 뒤를 따른다.

안나도 발을 멈추고는 뒤를 돌아 소년들을 본다. 호열자 때문에 마음대로 뛰놀지 못하는 소년들에게 말이 통하지 못해 그저 웃는 것이었다. 소년들도 먼 데서 온 여의사에게 기대와 신뢰와 호기심에 찬 눈으로 안나의 웃음에 대답했다.

부락 입구에서 경비하던 내무서원이 나이 한 50세 가량 되는 배꾼을 데려왔다. 햇볕에 구릿빛으로 탄 배꾼 영감은 안나를 힐끔힐끔 보면서 동행하는 서원에게 파도가 심하여 배가 떠나지 못한다고 말했다.

얼굴이 뚱뚱하고 다부지게 생긴 젊은 서원은 파도가 심하여 배가 가지 못한다는 것을 손으로 여러 번 형용하였다. 안나는 서원의 형용을 보다가는 배꾼 영감을 향해 가자고 말한다. 배꾼 영감은 배가 전복되고 사람이 죽는다는 것을 형용하였다.

"오늘 같은 날은 위태하여 배가 왕래 못합니다."

하고 배꾼 영감은 젊은 서원에게 이렇게 말하였다.

안나는 무어라 기다랗게 말하면서 육대 쪽을 가리킨다. 빨리 가자고 하는 의미다.

서원은 안나에게 여기서 자고 내일 가자고 형용하였다.

안나는 처음에는 서원의 형용을 알지 못했으나 곧 알아차리자 영양 좋은 얼굴을 갑자기 발끈 붉히면서 짜장 노기 띤 음성으로 무어라 말을 했다.

"이 파도에 왜 가지 못해 이래."

배꾼 영감은 무슨 영문인지를 몰라서 의아한 듯이 이렇게 말했다.

안나는 서원에게 싸움이라도 할 것 같은 기세로써 주먹을 흔들면서 어떤 위압을 가진 목소리를 내인다.

"꼬레라."

안나는 자기 말이 통하지 않는 것을 갑갑해하면서 자기 생각을 표현하려 봉대산이 보이는 육대를 가리키기도 하며 그쪽에서 많은 사람들이 호열자에 걸려 죽어가는 것을 형용하기도 하며 바다를 손가락질하기도 했다.

서원은 안나의 형용에서 요행 주먹을 흔드는 의미를 감득할 수가 있었다.

"많은 사람이 죽어 가는데 이까짓 파도가 무서워! 이까짓 거 무서워하구 호열자를 박멸하나 말이야!"

서원뿐만 아니라 배꾼 영감까지도 안나의 위압에 어리둥절하였다.

신포 바다에서 늙은 배꾼 영감은 파도를 무서워하기보다 외국 손님에게 무슨 실수가 있을까 하는 의구가 더 컸던 것이다.

"영감, 갑시다."

하고 서원이 재촉했다.

"웬만히 위대하믄 이럴라구."

배꾼 영감은 머리를 좌우로 흔들면서 말하고 목선 쪽을 향해 걸어갔다.

"이 여자 열두 크네 그려. 신포바다 고기밥 되는 것도 모르나 봐."

이렇게 말하면서 매어 놓은 뱃줄을 풀기 시작했다.

크로루카루케로 목선을 소독하고 안나와 서원은 목선에 올라탔다.

파도는 쉴 새 없이 쏴쏴 소리를 지르면서 줄달음쳐 와서 목선에 부딪친다. 그럴 때마다 목선은 바람에 날리는 나뭇잎처럼 뺑뺑 돈다. 그리고 안나와 서원과 영감은 전신에 바닷물을 폭 썼다.

"꼼짝 말고 거머리처럼 붙어 있소……."

라고 배꾼 영감은 얼굴에 잡힌 굵직한 주름살을 펴면서 고래고래 소리를 지르고는 철맹이 같은 팔뚝을 재게 놀리어 노를 젓는다.

젊은 서원은 빗물이 흘러내리는 영감의 성긴 턱수염이 바르르 떨고 있는 것을 보고 오싹 머리카락이 곤두 일어서는 것을 느끼었다.

그리고 그는 이마에 흘러내리는 빗물을 손으로 훔치면서 초조한 마음으로 육대 쪽을 고즈넉이 바라다본다.

뿌얗게 끼어 있는 안개 속에 봉대산은 가깝건만 아리숭한 기억 속에서처럼 까마득하게 떠올라 있었다.

안나는 회상에 잠긴 듯한 시선으로 노호하는 파도를 익히 노려보고 있었다. 내부에서 큰 충동이 일어난 듯이 안나의 눈은 빛나고 노란 솜털이 보시시 돋은 윗입술을 아랫입술에 가져다 대인다.

스탈린그라드에서 전투가 벌어졌을 때 배에 탄약을 싣고 노를 저어 볼가 강을 넘은 때의 회상이 안나의 머리에 떠올랐다. 그때의 회상과 함께 의사로서의 의무감이 안나에게 충동을 주었던 것이다.

바다 복판에 들어서면서 파도는 더 심했다. 목선이 뒤집혀질 듯한 때가 여러 번 있었다. 그럴 때마다 영감은 알아듣질 못할 소리를 목구멍에서 내면서 내처 노를 저었다. 그러나 영감은 기진맥진한 듯 노를 바로 젓지 못하였다.

이때 안나는 배꾼 영감에게로 다가가더니 영감과 함께 노를 젓기 시작하였다.

세상에 있는 모든 것을 일순 삼켜버릴 듯한 기세로 집채 같은 파도가 목선을 향해 줄달음쳐 오고 있었다. 배꾼 영감이 목 갈린 소리를 내었으나 파도 소리에 들리지 않았다. 파도가 목선에 부딪치자 목선은 뱅그르 돌면서 흰 물거품 속에 파묻혀버렸다. 목선이 다시 바다 위에 나났을 때에는 배꾼 영감은 넘어져서 입에 들어간 찝질한 바닷물을 뱉으면서 몸을 일으키고 있었다. 파도가 목선에 부딪치자 영감은 노를 쥔 손이 미끄러져 허공을 짚고 넘어졌던 것이다.

"빨리 퍼내오!"

배꾼 영감은 일어나면서 고지박으로 배에 들어온 물을 퍼내는 서원에게 다그치듯이 말을 하였다.

안나는 여전히 노를 젓고 있었다. 전신에 뒤집어쓴 물거품이 아직도 좔좔 흐르고 있었다.

노를 젓는 안나의 모습은 짜장 물속에 넣어도 살아나고 불속에 넣어도 그냥 있고 칼로 베어도 칼이 들지 않은 희랍 신화에 나오는 장수와 같았다.

무서운 파도를 여러 번 돌파하고 목선은 육대 부두에 도착하였다.

안나와 서원은 다시 몸에다 소독을 하고 방역본부인 육대공회당으로 향했다.

방역본부에 도착한 때는 관호의 안해가 호열자에 걸렸다는 통지가 와서 상률 의사가 떠나간 직후였다.

안나는 환자 집으로 곧 안내하라고 하였다.

철식의 안내로 안나가 관호의 집에 당도하였을 때에 상률 의사는 아직 마루에 서서 집 안을 들여다보면서 경비원에게 소독을 지시하고 있었다.

안나는 마루에 올라서서 들고 온 우산을 집어놓자 상률 의사를 옆에 나서게 하고는 조금도 서슴거리는 기색 없이 보통 집을 방문하듯이 장화를 신은 채 들어갔다.

이보다도 더 놀란 것은 안나가 환자 곁에 가서 환자의 몸을 만져보는 것이었다.

안나는 귀동녀의 눈 가장자리를 쥐어보며 손가락을 만져 손톱 빛을 살펴보기도 한다.

귀동녀는 다시 웩웩 소리를 내면서 입으로 누런 물을 토한다. 냄새 나는 이불 위에 누런 물이 젖어든다. 귀동녀는 맥이 빠져서 목구멍으로 힘없는 소리를 낸다.

안나는 귀동녀에게 무어라 말하면서 손을 어루만진다. 안나의 말과 손에는 환자에게 신뢰감과 용기를 주는 부드러운 인자(仁慈)가 있었다. 문 바깥에서 들여다보는 관호의 가슴도 뜨거운 감사가 치밀었다.

안나는 귀동녀의 손가죽으로 잡아당기어본다. 수분이 빠진 피부는 안나가 손을 뗀 후에도 그냥 부푼 채로 있었다. 이것은 호열자 환자의 특유한 현상이다.

다음 안나는 환자의 부루퉁한 배를 만져보고는 상을 찌푸린다. 임신 중에 호열자에 걸린 데 대한 동정을 그 표정에서 볼 수 있었다. 안나의 푸른 눈동자에 슬픈 그림자가 지나간다. 귀동녀의 손과 나리는 점점 움직이는 횟수가 적어지고 호흡의 횟수가 적어간다. 귀동녀의 생명은 점점 최후 단계로 들어가는 것만 같았다.

진찰을 끝낸 안나는 환자의 의복 이불 할 것 없이 집 안을 골고루 소독시켰다. 소독약을 가져온 특설대원들이 변소와 뜰을 다시 소독한다.

안나는 대원에게 쿠로루카루케수로 벽과 집 안에 있는 기구 할 것 없이 옻칠 하듯이 칠하라고 지시하고는 대원이 하는 것을 일일이 감시하고 있다. 칠이 부족한 데는 자기가 직접 칠을 하여 모범을 보여주곤 한다.

안나는 뜰을 돌아보고는 일일이 소독 방법을 알려주기도 하며 변소를 보고는 자기가 직접 소독하여 그 방법을 가르쳐주기도 하였다.

소독이 끝나자 안나는 소독한 이불을 대원에게 지운다.

전번 민청 회의에서 특설대원을 자원한 정시협은 마치 벌레나 집돝이 이불을 들었다. 쿠로루카루케 가루에 덮인 이불에서 악취가 코를 찌르는 것만 같았다.

안나는 다른 대원을 집 안으로 들어오라고 불러서는 벽에 걸어놓은 명일이나 잔칫집에 갈 때에 갈아입는 흰 저고리와 분홍색 치마를 벗겨서는 대원에게 쥐어준다.

그러고는 안나는 방 안 구석에서 바느질하기 시작하다가 놓은 어린애 옷을 대원에게 집어준다.

대원은 무슨 영문인지 몰라 멍하니 서서 안나가 주는 대로 받아 쥔다.

'죽어가는 사람에게 이게 무슨 소용이 있단 말이야.'

대원은 속으로 이렇게 생각하였다.

관호는 처음에 안나가 들어왔을 때 큰 희망을 가지었다. 자기 안해에게 부드러운 말을 던져주었을 때 한없이 고마웠다. 그리고 안해는 살았다 하고 생각했다. 그러나 소련 여의사가 하는 태도가 이해할 수 없을 뿐만 아니라 인제는 죽을 것이니 안해에게 관계있는 것은 모조리 가져다 불사르려 하는 것이라고 생각했다.

안나는 방 안을 이리저리 살피다가 벽에 걸려 있는 사진틀을 보더니 떼어 털고 소독수로 닦고는 그것을 대원에게 집어준다. 모두가 조선 속담에 있는 것과 같이 도깨비한테 홀리는 격으로 무슨 영문인지 몰라 어리둥절했다.

이불을 가진 정시협과 양손에 저고리, 치마, 어린애 옷감, 사진틀 등을 싼 보자기를 든 대원이 뜰로 나가자 안나는 숨이 끊어져 늘어져 있는 귀동녀를 일으켜 업는다. 업고는 두 대원을 따라 바깥을 나갔다.

날은 어두컴컴하기 시작하고 비는 여전히 내리었다. 좀 전에 안나가 건너온 바다는 여전히 파도가 사납게 노호하고 있었다.

상륙 의사가 안나의 뒤를 따랐다.

안나는 육대 서해 모래판에 나왔다. 모래판은 비로소 안나의 장화가 모래 속에 박히기도 했다. 풀 위에 비가 떨어지는 소리가 스산하게 들리었다. 귀동녀는 양팔을 안나의 양어깨에 축 내려 드리워 안나의 양가슴에 대고 있었다.

귀동녀의 해쓱해진 얼굴은 안나의 오른쪽 어깨에 대고 귀동녀의 흐트러진 머리카락은 안나의 구슬처럼 조롱조롱 땋아 올린 황금색 머리 위에 부산히 흩어져 있었다.

병사 가까이 가서 귀동녀는 입에서 오물을 토하였다.

오물은 안나의 흰 소독복에 흘러내렸다.

상륙 의사는 안나에 대한 감탄으로 가슴이 가득 찼다. 이와 같이 환자에 대해서 헌신하는 의사가 세계에 어디 있을까? 스물나섯 살이라는 안나 같은 처녀가 세계에 어디 있을까?

안나가 환자 곁으로 조금도 서슴지 않고 갈 뿐만 아니라 다소의 공포도 느끼지 않고 환자 몸에 손을 댄 것은 상륙 의사에게 큰 교훈을 주었다.

"환자를 무서워하고 어찌 의사가 될 수 있나 말이야."

상륙 의사의 가슴속 한쪽에서 이런 소리가 들리었다. 자기가 서슴거린 것이 부끄러웠다.

'이 여의사는 과학에 대한 자신이 있기 때문에 저렇게 용감한 것이다.'

상륙 의사는 이렇게 생각했다.

안나는 새로 지은 격리병사에 이르러 공기 좋은 병실을 골라 침대 위에 귀동녀를 내려 눕히었다.

특설대원들에게 병실을 소독시키어 소독 상태를 일일이 감시하고는 조금이라도 소홀히 된 데가 있으면 다시 시키었다. 아까 두 대원이 가져온 이불 소지품 등 하나라도 건드린 것이 없는가 점검하여 보고는 귀동녀의 머리 쪽에다 모양 곱게 쌓아 놓았다.

특히 사진들은 귀동녀가 볼 수 있는 위치에다 걸어놓았다. 관호와 결혼할 때 찍은 사진이 보이었다. 사모관대를 갖추고 섰는 관호 곁에는 족두리에 장치마를 입고 긴 관댕기를 무릎까지 드리운 뚱뚱한 귀동녀가 수줍은 자태로 서 있었다.

안나는 귀동녀의 엉치에다 링거 주사를 20분이나 걸러 놓았다. 주사가 끝나 몇 분 지났다. 안나는 손목시계를 들여다본다. 정지되었던 귀동녀의 배는 움직이기 시작한다. 연방 정지 상태에 있던 귀동녀는 호흡도 다시 시작하였다. 그러자 안나는 호열자균을 죽이는 과망간산가리약을 더운 물에 타서 귀동녀의 입을 벌리고 먹이었다.

이때 관호의 집에서는 교통 차단한 경비대원들이 집을 불사르려 만단의 준비를 하고 있었다.

"하나도 남기지 말고 태워버려야 해."

"관호는 고기밖에 모르고 있더니 재밖에 남지 않겠다."

관호의 처가 시집올 때 가져온 식탁, 관호가 고기잡이로 가겠다고 꿰맨 그물들을 집 안 한 곳에 모아놓았다.

"홍, 전번에 민청회의 때 특설대원이 되라니까 싫다고 하더니 이 꼴이라구."

"바다에 갔다 와서는 여편네 궁둥이에서 떠나지 않더니…… 인제는 볼장 다 봤어……."

대원들은 이런 말을 하면서 불을 지르려 하였다.

바로 이때 안나가 무어라 고함치면서 대원들을 헤치고 들어왔다. 안나는 집을 불사른다는 말을 듣고 달려온 것이었다. 안나는 주먹을 흔들면서 무어라 말한다. 대원들은 무슨 영문인지 몰라 망설이었다.

한 대원이 성냥불을 켰을 때 안나는 그 청년의 손을 잡아당기면서 노여워한다.

"소독하면 균이 죽는데 왜 귀한 물건을 태워버린단 말이에요."

안나가 성을 내어 한 말은 이것이었으나 대원들에게는 통하지 않았다.

안나는 붉게 칠한 식탁을 소독하고는 "호로쇼!"라고 여러 번 말하였다.

안나의 소문은 전 리민에게까지 알려졌다. 의사들은 마음 놓고 환자를 다루었고 환자들은 살 수 있다는 희망을 가지게 되었다. 리민들은 안도의 숨을 쉬었으며 많은 청년들이 특설대원을 지원하였다.

소련 의사단이 온 뒤로는 호열자 발생률이 훨씬 적어지고 사망률이 현저하게 적어졌다.

매일같이 안나의 치료를 받는 귀동녀의 몸은 하루하루 지날수록 몸에 살이 오르고 힘이 났다.

귀동녀는 침대에서 일어나서 어린애 옷을 바느질하기까지 됐다. 귀동녀의 뱃속에서는 어린애가 가끔 꿈틀거리고 있었다.

귀동녀는 혼자서 빙그레 웃었다. 어쩐지 기뻤다.

그러고는 안나가 진찰하러 오지 않는가 하고 기다렸다.

안나가 병사에 나타나는 것이 기뻤다. 안나가 증류수 주사와 링거 식염 주사를 놓을 때에는 어머니 품에 안긴 어린애처럼 기쁜 것이다.

호열자가 난 이후에는 한 번도 집에 가보지 못한 젊은 특설대원들이 심심풀이로 부르는 노래가 들린다. 그러고는 여맹원들이 환자의 식기를 소독하고는 닦는 그릇 소리와 함께 바다의 파도 소리가 쏴쏴 들려왔다.

귀동녀는 어린애 옷을 바느질하다가 이불 속에 들어가 누웠다. 잠은 오지 않고 여러 가지 생각이 눈앞에 떠오르기도 했다.

시집올 때에 가마를 멘 사람들이 고개턱에 올라서서 무겁다고 하던 기억, 바다에 나간 남편이 며칠이고 돌아오지 않아서 밤잠을 이루지 못하고 기다리던 일, 이러자 구슬같이 맑은 황금색 머리칼과 푸른 눈을 가진 안나가 떠오른다.

이때에 장화 소리가 저벅저벅 나자 머리맡에 안나가 나타났다.

안나는 귀동녀를 보자 어느 때나 하는 습관대로 빙그레 웃는다.

귀동녀는 안나와 정답게 여러 가지 이야기를 하고 싶었다. 귀동녀는 안나에게 고향이 어디며 고향에는 바다가 있는지, 부모 형제가 모두 계신지, 이러한 것을 물어보고 싶었다.

안나는 귀동녀에게 주사를 놓고 귀동녀의 배를 만져보았다. 뱃속에서 어린 애가 노는 것을 보고는 또 빙그레 웃는다. 귀동녀도 안나와 시선을 마주치고는 빙그레 웃었다.

안나는 침대 한쪽에 앉아서 벽에 걸린 귀동녀의 족두리 쓴 사진을 손질하면서 웃는다.

귀동녀도 안나의 시선과 마주치면서 빙긋이 웃고는 빨개진 얼굴을 이불 속에다 감춘다.

안나와 귀동녀는 웃음으로써 서로 정다움을 주고받고 하였다.

안나는 걸터앉아서 조용히 노래를 부르기 시작하였다. 귀동녀는 안나의 노래의 의미는 몰랐으나 그 노래를 들으면 처녀 때 정월과 보름 명절에 동무들과 같이 <닐리리>를 부르면서 춤추던 기억이 떠올랐다.

귀동녀의 머리를 쓰다듬으면서 안나는 부드러운 목소리로 조용히 노래를 계속하였다.

관호는 보균자로서 그전 정어리 공장 자리를 수리하여 만든 가족수용소에 수용되었다.

관호는 가족수용소에서 자기 안해가 소련 여의사가 놓은 주사를 맞고 살아났다는 소식과 자기 집을 경비대원들이 불사르려 할 때에 여의사가 와서 중지시키었다는 소식을 들었다.

관호는 말할 수 없이 기뻤다. 낯색이 다르고 말이 통하지 않는 여의사가 아주 가까운 육친 같은 애정으로 떠오르는 것이었다.

"몇 만 리나 되는 먼 곳에서 온 그이는 어떤 분인가?"

관호는 세균 검사를 끝마친 일주일 후에 가족수용소에서 나왔다. 관호는 일편 기쁘고 일편 뛰는 마음으로 집에 돌아왔다.

어쩐지 오래간만에 보는 듯한 자기 집이었다. 벽에는 새빨간 고추가 중의 염주처럼 드리워 있는 것도 그전과 같다. 앞서 그가 빨리 고기잡이를 가겠다고 꿰맨 그물도 그냥 마루에 있었다.

관호는 집 안으로 들어갔다. 집 안 군데군데에 쿠로루카루케 가루만 없다면 자기 안해가 호열자에 걸리어 격리병원에 간 것도 거짓말 같았다.

안해가 시집올 때 가져온 의장걸이도 자기가 바다에서 고기를 잡아오면 베던 칼도 그냥 그 자리에 있지 않은가? 금방 집 안 어디서든지 자기 안해가 "여보" 하고 나타날 것만 같았다.

그러나 관호는 집 안에 쌓여 있는 소독가루를 보았을 때 가슴이 덜컹하였다. 비명을 내면서, 통나무가 구르듯이 뒹굴면서 구토 설사를 한 안해와, 살이 빠져 뼈만 앙상하게 나온 안해의 무서운 자태가 떠올랐다.

그러자 자기 안해에게 부드러운 말로 위로하여주었으며 기절한 자기 안해를 업고 병사로 간 여의사의 모습이 떠올랐다. 관호의 가슴은 뜨거워졌다.

관호는 바깥으로 나왔다.

관호는 육대 시장 길에서 상률 의사와 만났다.

"선생님!"

관호는 허리를 굽혀 인사하였다.

"귀동녀의 남편입니다."

상률 의사는 누군지 몰라 망설인다.

관호의 전후 설명을 듣고서 의사는 알아차렸다.

"선생님, 제 여편네가 지금 어떻습니까?"

관호는 가슴을 들먹거리며 물었다.

"동무 안해 말이지…… 안나 선생 덕분에 아주 좋아요. 인제 며칠 안 가서 돌아올걸……."

관호는 다시금 반가웠다. 그러나 한편 마음이 조마조마했다.

"선생님, 귀동녀지요? 어린애 밴……."

"옳소, 귀동녀 맞았어……."

상률 의사는 빙그레 웃고 번대머리를 끄덕이었다.

"선생님 그리구……."

"그리구?"

상률 의사는 알아차리고 웃으면서 말했다.

"뱃속에 애기도 무사해요. 하하……."

관호는 이 소리를 듣자 여의사를 만나야 되겠다고 생각했다.

"여선생은 어디 계십니까?"

"지금 본부에 있었는데 병사에 갔을는지도 모르겠네……."

관호는 상률 의사에게 인사하는 것도 있고 그냥 방역본부로 달렸다.

육대 본부 앞에서 관호는 병사로 가는 안나와 마주쳤다.

관호는 아무 말도 없이 안나에게 다가섰다. 안나는 웬일인지 몰라 엉거주춤히 서서 관호를 본다. 관호에게는 안나가 누구보다도 가까운 육친같이 보였다. 관호는 어떻게 인사를 하였으면 좋을지 몰랐다. 또 어느 말부터 끄집어내면 좋을지 몰랐다.

"선생님!"

관호는 허리를 굽히어 말했다.

안나는 영문을 몰라 어리둥절하여 관호를 본다.

관호의 가슴에는 여러 가지 말이 폭풍처럼 일어나서 빙빙 돈다. 관호는 입을 벌렸으나 가슴이 찡하여 말이 나가지 않는다. 관호의 눈에서는 뜨거운 눈물이 솟구쳐 흐르는 것이었다.

관호는 이제야 자기의 잘못을 뼈저리게 느끼었고 자기가 해야 할 일을 똑똑히 알았던 것이다.

관호는 모든 것을 자백하고 특설대원을 자원하기 위하여 민청 사무소로 발을 옮겼다.

관호의 안해는 격리병사에서 남자 쌍둥이를 무사히 낳았다. 한 아이는 해방돌 또 한 아이는 민주바위라고 아명을 붙였다. 지금도 두 쌍둥이는 무사히 자라나고 있다.

관호는 특설대원으로 인민위원장의 표창을 받았으며 지금도 육대에서 모범어부로 고기잡이를 하고 있다.

(1948)

-『개선』, 1955.

작품평

위대한 쏘베트군대에 의한 조선 인민의 해방과 민주건설 도상에 있어서의 쏘베트군대와 쏘련 인민들의 물심량면으로 되는 사심없는 원조는 우리들의 정치 , 경제, 문화의 급속한 발전을 보장하여 준 담보로 되었다.

평화적 건설시기의 우리 현실을 만약 진실하게 반영하는 작가가 있다면 그는 필연코 자기의 작품에서 쏘련 인민들의 조선 인민에 대한 따뜻한 원조와 그에 대한 조선 인민들의 뜨거운 감사의 정을 또한 반영하지 아니할 수 없을 것이다.

때문에 이 시기의 우리 사실주의 문학작품들에는 거의 모든 작품들에 조·쏘친선의 사상이 반영되고 있는바, 그중 조·쏘 량국 인민간의 친선의 사상을 직접 자기 작품의 주제로 한 작품들도 많은 수에 달한다. 그런 대표적 작품으로 우리는 한설야의 단편소설 「남매」와 리춘진의 단편소설 「안나」를 들 수 있다.

(중략)

리춘진 작 단편소설 「안나」(1949년)도 역시 방역투쟁을 통한 쏘련

녀의사의 희생적 모습을 보임으로써 조·쏘 친선의 사상을 잘 형상화한 작품이다. 작품 형상의 생동성에도 불구하고 귀동녀 형상의 기록주의적 묘사는 자기 작중 인물의 전형성을 저하시킨 결함을 가지고 있다는 것을 지적하여 둔다.

-사회과학원 문학연구소, 『조선문학통사—현대문학편』, 인동, 1988(사회과학출판사, 1959), 207~209쪽.

개선

한설야

 해방된 지 거의 두 달이 가까워오는데, 날이 갈수록 날마다 날마다 감격이 새로워지는 역사의 도시 평양 시가의 집집에서는 오늘도 깃발들이 소슬한 가을바람에 펄럭거리고 있다.

 높고 낮은 집집의 기왓골이 유난히 번적거리며 째지는 가을 햇빛을 열심히 빨아들이고 있다. 오고 가는 사람의 생기 있는 얼굴, 역사의 새 줄기를 찾아 밟는 그 발걸음에도 이 땅을 울리는 호흡 소리 높다.

 창주 어머니는 오늘도 사람이 모여 선 곳마다 기웃거리고 있었다. 아무리 해도 오늘은 자기 가슴에 풍겨진 커다란 의문을 풀고 가야 할 참이었다. 그 의문은 자나 깨나 그의 가슴에서 횃불처럼 펄럭거리고 있었다.

 "김일성 장군이 돌아왔다!"

 하는 지나가는 소문을 귓결에 들은 지 이미 이틀이 되어도 아직 그 적실한 사실은 알 길이 없었던 것이다. 아무리 물어도 처음은 저도 아는 체 말을 하나 다가가서 따지면 그저 저도 들은 소문이라고 생개맹개 대답할 뿐이다.

그러나 예사롭게 그런가고 넘겨버릴 수 없는 창주 어머니였다. 장군은 모든 조선 사람의 태양이지만 창주 어머니에게 있어서는 더 한층 밝고 따가운 존재였다.

장군은 바로 그의 남편의 조카니까 짜장 자기의 조카다. 사실 장군이 돌아왔을 말이면 집에다 알리지 않았을 것 같지는 않았다. 집에는 아직도 늙은 할아버지 할머니가 계시다.

그러나 창주 어머니는 좀 더 널리 생각할 수 있었다. 장군은 매사에 여느 사람과 다르니까 자기들이 생각하지 못하는 무슨 딴 요령이 있어 그러거니 넘거 생각하였다. 그런데 또 비록 지나가는 소문이라 하더라도 밑바닥까지 갈라보고 집으로 돌아가야지 오늘도 흐지부지하고 말 수는 없었다.

그래서 창주 어머니는 거리 길가에 모여 선 사람 중에서 그럼 직한 사람을 골라가며,

"여보십시오. 김일성 장군이 돌아왔다는 말이 사실이외까?"

하고 물었다. 그런즉 거개 다,

"글쎄 그런 소문이 있기는 합데다만 우리도 보지 못했쉬다."

하고 대답하는 것이었다. 사람마다 소문을 들은 것은 사실이나 때지 않은 굴뚝에서 연기 날 이치 없다고 생각되며 창주 어머니 심장은 바싹 더 죄어졌다.

"그래 나이는 얼마나 됐답네까?"

하고 물은즉 어떤 사람은,

"글쎄 아직 새파란 젊은이랍데다."

하고 대답하고 또 어떤 사람은 어림짐작으로,

"아마 한 40 가까웠을 거외다. 벌써 우리 소문 들은 지가 몇 해요. 벌

써 20년이나 되니까 그렇게 안 됐겠소."

하고 말하기도 하였다.

창주 어머니는 그 말이 모두 근사하다고 생각하였다. 장군은 자기보다 열네 살이 아래니까 바로 올해 서른네 살, 게다가 본시 기골이 뛰어난 터이니까 파랗게 젊어 보일 법도 하였다.

그리고 열아홉 살에 싸움터로 나섰으니 바로 금년까지 열다섯 해…… 그러나 그동안에 쌓은 탑이 만리성 같으니 조선 사람 가슴에 20년도 더 넘어 생각될 법도 하였다.

창주 어머니 얼굴에는 유난히 광채가 돌았다. 기쁨이 넘치는 가슴에서 심장이 높게 뛰어 손은 약간 떨렸다. 그것을 바라보던 사람들도 창주 어머니의 감격 넘친 얼굴에 휩쓸리듯이 역시 반가운 얼굴로,

"내일 오후 한 시에 시민대회를 여니까 그때는 보게 될 거외다. 우리도 그때나 얼굴을 볼까 꼬박이 기다리고 있는 길이외다."

하고 나이 먹은 한 사나이가 상냥스럽게 일러주었다.

"내일 한 시에요?"

하는 창주 어머니는 어쩐지 더욱 속이 후들후들 떨렸다.

"예, 내일 한 시에 기림리 운동장에서 시민대회를 엽네다."

"저 모란봉 뒤 말이지요?"

"그런데 운동장이 좁아서 아마 터지게 될 것 같소. 일찌가니 오지 않다가는 보지 못하리다."

"그래 얼굴은 어떻게 생겼답데까."

창주 어머니는 아직도 좀더 분명히 알아가지고 돌아가고 싶어서 물은 것이다. 모여 선 사람들도 역시 보지 못한 터이라 그저 듣던 소문대로,

"참 듣던 소문같이 영웅 기골이랍데. 기골은 헌헌장부고 얼굴은……."

하고 그 이상 더 말할 재간이 없다는 듯이 그저 이렇게 대답하였다.

돌아서 만경대 집으로 걸어가는 창주 어머니의 눈에는 어린 시절 장군의 얼굴이 대보름 달덩이처럼 떠올랐다.

그 잘 웃는 얼굴, 웃을 때마다 두 볼에 파지는 인정머리 있고 아름다워 보이던 보조개와, 유달리 애티 있게 보이던 덧니, 억실억실하고 무한히 슬기 있어 보이는 눈…… 이런 것이 어제인 듯 역력히 머릿속에 다시금 그려졌다.

장군 아버님이 자작 지어 장군을 안고 부르시던 자장가, 아버지와 아들이 소리 맞춰 부르던 자장가를 창주 어머니는 지금도 고스란히 그대로 외워가지고 있다.

창주 어머니는 입속으로 한 번 가만히 그것을 불러보았다. 그때 벌써 장군 아버님의 지은 노래에는

"영웅동이 되어라"

하는 구절이 있었고, 맨 나중 구절은

"우리나라 광복 사업 능활하자장"

하는 것이었다. 사실 장군은 오늘 그 노래 그대로 되어 조국으로 다시 돌아온 것이다. 집으로 돌아가는 창주 어머니의 발걸음은 마냥 빨라졌다.

그날 밤에 창주 어머니가 집에 돌아가서 그 이야기를 하였을 때 남편 되는 장군의 삼촌도 이제까지 비밀을 지켜오던 사정을 실토하였다. 장군은 벌써 며칠 전에 숙부를 비밀히 청해서 잠시 만나보았었다. 그러나 워낙 바쁜 몸이요, 또 민족의 영웅으로서 우리 인민들 앞에 개선의 첫소리를 올리고 사사로운 볼일을 찾는 것이 순서일 것이어서 내일 시민 대회 뒤에야 집으로 돌아오시리라는 것이었다. 그런데 숙부는 장군의 당부도 있고 해서 할머니에게만 장군을 만나본 사실을 이야기하고 부인에게는 알리지 않았던 것이다.

"그래 나와야 실속 못할 것 뭐나요. 나야 어디 남이란 말이오."

창주 어머니는 일변 반갑고 일변 토심스러웠다. 자기가 먼저 알다가 온 가족을 한 번 떴다곳게 하겠는데 이제 듣고 보니 알 사람은 먼저 알고도 아닌 보살하고 있은 것이다.

"아니 글쎄 장군이 그러라는 걸 내가 어기면 되오. 또 내일은 장군이 꼭 나올 테니 기다리고 있소."

"마음 한 번 잘 먹으면 북두칠성이 굽어본다우. 그런 때 가만히 일러줌 내 얼마나 고맙갔소. 글쎄 남들이 다 아는 걸 숙모가 모르고 있으니 체면이 무어외까."

사실 숙모는 마음이 후련하지 못했다. 왜놈들한테 그 갖은 고초를 받으면서도 해 달같이 기다리던 장군을 20리 안짝에 두고 여직 못 만나 보았다는 것은 아무러나 섭섭한 일이 아닐 수 없었다.

그 이튿날 아침에 창주 아버지는 평양 시내로 들어가면서 부인에게 일렀다.

"오늘 오후에 장군과 함께 나올 테니 집도 치우고 무어 좀 준비하소. 나 다녀오리다."

하고 역시 자기와는 함께 가잔 말이 없어서 창주 어머니는 또 조금 부아가 날듯했으나 장군을 맞이할 생각을 하니 집을 아니 치울 수 없었다. 그래서 며느리를 데리고 먼지도 쓸고 거미줄도 치우고 집안을 온통 쓸어냈다. 그러고 보니 오래도록 왜놈과 지주한테 쪼들려만 살던 그 집이나 그래도 새로운 빛이 비쳐오는 것 같았다. 할아버지는 오늘도 옷방에서 노끈을 비비다가 이따금 뜰에 펴놓은 널개멍석에 내리는 새떼를 휘— 하고 몰아버리고 있었다.

들에 내린 햇볕이 점점 널려졌다. 서쪽으로 돌아앉은 집 안이 환하게 밝아질수록 숙모의 마음은 죄어났다. 일손도 잡히지 않아 심드렁해 앉았으려니 일생에 두 번 없을 아까운 기회를 속절없이 놓쳐버리는 것 같아서 슬그머니 화가 나기 시작하였다. 또 그것은 가라앉을 줄 모르고 점점 더 머리를 들었다.

"에라, 장군은 어머니도 없고 숙모도 없다더냐. 어머니 안 계신 장군이니 숙모가 어머니를 대신하면 못쓴다는 법 대전통편에도 있다는 말 못 들었다. 온 조선 사람을 위해서 목숨을 내놓고 싸운 장군이 왜놈과 땅임자 놈들에게 한평생 구박받고 살아온 숙모를 괄시할 까닭이 없는 것이다. 하물며 오늘은 온 평양 사람이 제 마음대로 장군을 보러 가는데 내가 어찌 못 간단 말이냐."

하고 주눅 좋은 숙모는 기어이 성수를 참지 못해서 머리를 새로 빗고 새 옷을 꺼내 입고 집을 나서 20리 길을 허위단심 대숨에 죄어 걸어 바로 시내에 들어가 기림리행 전차를 잡아탔다.

전차에도 사람이 그득했는데 운동장 들어가는 어구에 내리니 사람들이 회장으로 들어가다 못해서 꾸역꾸역 몰려서 있다. 길가 좌우 옆 소나무 아래에도 사람이 들어차고 저 먼 모란봉 뒷산에서도 희슥희슥한 사람의 그림자가 기수 없이 어른거린다. 그렇건만 숙모는 이리저리 사람을 비집고 걸어 들어갔다.

들어가면서 보니까 운동장 부근 집집마다 지붕에 사람들이 올라앉았고 어떤 사람들은 소나무에 올라가 앉아 있기도 하였다.

맑고 푸른 가을 하늘 아래서 깃발들이 휘날리고 사람의 물결이 쉴 새 없이 늠실거리고 있다. 사람이 걸어가다가 앞이 질리면 발뒤축을 들고 끼웃이 운동장편을 들여다보고 있는데 그렇건 말건 숙모는 그런 것 다 아랑곳할 것 없이 사람들 사이로 부지런히 꾸지르고 들어갔다. 그리하여 간신히 운동장 정문에 이르렀다. 한 측 장내를 정리하는 사람들이 이제는 더 못 들어가리라는 듯이 앞에 탁 가로막아서면서 뒤로 내밀었다.

"여보, 내가 장군의 숙모요. 그래 장군의 숙모가 못 들어가야 옳단 말이오."

하고 이래저래 쌓여오던 앙심이 터지면서 한번 되게 먹이니까 그제사 길을 비켜주었다.

운동장 앞은 그야말로 인산인해였다. 지나간 20년 가까운 동안 목을 늘이고 백두산, 압록강, 두만강 저편을 바라다보던 조선 사람들이 오늘 그 그리던 장군을 바로 눈앞에 바라보려고 너나없이 발돋움하고 있는 것이다. 이것을 누가 막을 것인가.

숙모는 한번 고개를 들고 사람들의 시선이 모이는 주석단 쪽을 바라다보았다. 키가 후리후리한 숙모였지만 아무의 얼굴도 분명히 시선에 들어오지 않았다. 그저 조그만씩한 얼굴들이 가을 째지는 햇볕에 아물아물할 뿐이다. 그래서 숙모는 다시 사람답새기를 헤치고 들어갔다. 여러 번 장내를 정리하는 사람들을 만났으나 끝내 연단 앞까지 용하게 빠져 들어갔다. 그러나 거기서부터는 정리하는 사람들이 더 들어올 수 없게 굳게 가로막고 있었다.

"여보, 나 장군의 숙모요. 나 좀 들여놓아주소."

하고 숙모가 간곡히 말하니까 그 사람은 한참 아래위로 훑어보다가,

"참말이오?"

하고 묻는데 노상 말 막지 않는 곰상곰상한 말씨였다.

"참말 아니고 그런 거짓말을 할 수 있소. 좀 들어갑시다."

"그러면 이리 오시오."

하고 높다란 연단 아래로 숙모를 인도하였다.

숙모는 어찌 고마운지 몰랐다. 참말 해방된 새 조선의 경비원이 옳구나 싶었다. 그렇지 않고서는 이 허전히 차린 농촌 부인을 드솟는 태양처럼 빛나는 장군의 숙모라고 곧이 믿을 수 없을 것이다. 숙모는 숨이 하아 나왔다. 새 조선의 감격이 다시금 가슴을 때렸다.

이윽고 숙모는 연단 위에 모여 선 으리으리한 사람들 중에서 장군의 얼굴을 찾기 시작하였다.

그러던 숙모는 부지불각에 제 손뼉을 한 번 크게 쳤다. 마침내 오매에 그리던 그 얼굴을 발견한 것이다. 열네 살에 두 번째 만주로 들어간 후 어느덧 20년의 세월이 흘렀지만 마음에 새긴 그 모습을 하마 잊을 리 없었다.

"옳다. 꼭 옳다!"

숙모는 저도 모르는 사이에 주먹을 불끈 쥐고 쳐다보고 있었다.

그 끌밋한 풍신, 둥그스름한 얼굴, 잘 웃는 얼굴, 쩍 벌어진 가슴, 겁낼 줄 모르고 낙망할 줄 모르는 그 기상…… 분명히 옛날의 어린 장군 그대로다. 모습뿐 아니라 몸동작도 꼭 그 인상이다.

장군은 본시 어릴 적부터도 그랬지만 언제든지 몸을 가만히 가지고 있지 않는다. 새 무엇이 일순간도 쉬지 않고 몸속에서 움직여 몸의 동작으로 나타나는 것일 것이다. 그러므로 그 몸 전체에서는 늘 무엇이 생동하고 발기(勃起)하고 있는 것 같았다. 그래서 몸은 늙은 나무처럼 꽛꽛하지 않고 언제나 푸른 잎, 새싹처럼 부드럽고 자유롭게 움직이는 것이다. 거기에는 음악도 있고 무용도 있는 것 같았다. 그것은 다름 아닌 장군의 몸속에서 흘러넘치는 창조력의 표현 일 것이다. 이 몸동작도 숙모에게는 깊은 인상으로 남아 있었다.

"여보, 나 좀 장군을 만나게 해주구려. 내 급해서 그러오."

하고 숙모는 싹싹히 구는 경비원에게 애걸하듯 당부하였다. 그런즉,

"잠시 기다리시오. 함부로 올라오면 안 되오."

하고 경비원은 단상에 올라갔다 내려와서,

"이리 오시오. 여게 앉아서 잠시 기다리시오. 지금 곧 연설하셔야겠으니 끝날 때까지 기다리시오."

하고 장군의 자동차에 앉아 기다리라 하였다. 좀 어마어마한 생각이 들었다. 그러나 생각하면 이제부터는 당당한 장군의 숙모다.

그리하여 숙모는 북석북석한 자동차 쿠션에 앉으며,

'아! 이날이 있을 줄을 내 알았다. 장군은 기어이 돌아오고야 말았다. 조선이 독립하는 날에라야 돌아온다더니 정말 돌아왔구나. 자동차 타는 것도 장군 덕이야.'

하고 생각하니 가슴이 더욱 뻐근하였다. 숙모는 그제야 자기 남편을 그 사람들 속에서 찾아보았다. 그러나 그 근방에는 아무 데에도 보이지 않았다. 정녕 어디든지 있기는 있을 것이니 그렇다면 아마 저 근감하게 들어선 군중들 속에 섞여 있을 것이다.

'흥, 나를 따돌리고 오다니…… 나와 함께 왔으면 이 좋다는 장군 자동차 타보지.'

하며 숙모는 일변으로 쾌씸한 생각이 나고 일변으로는 미안한 마음이 들었다. 연단 위에서는 유량한 음악 소리― 조선과 소련의 국가 소리에 뒤를 이어 조선말 러시아말 연설 소리가 뒤를 이어 나고 이따금 군중 속에서 무너지는 듯 박수 소리가 났다.

사람들은 굉장히 많았다. 모르면 몰라도 10만 명은 될 것이니, 역사의 도시 평양으로서도 아마 첫 일일 것이다. 각 공장의 노동자들, 멀리

농촌에서 온 농민들, 각 학교 학생과 단체원들이 표어와 깃발을 들고 섰는데, 어떤 데서는 뒤에서 잘 보이지 않을까 보아 깃발들을 번쩍 높이 들어주고 있다.

일반 시민들 중에는 부인들도 굉장히 많다. 장군의 얼굴을 보고 연설을 들으려고 이따금 황새목처럼 사람들의 머리가 쑤욱 올려 밀기도 하고 어떤 데서는 장군을 손질하며 무어라고 곁사람과 수군거리기도 한다. 이윽고 그 언제나 쉬인 듯한 장군의 우렁찬 목소리가 확성기를 통하여 그 많은 군중의 가슴에 일시에 콱 안겨졌다.

군중들은 물을 빨아들이는 해면처럼 열심히 귀를 기울이고 있다. 장군의 목소리는 소음을 잡아 젖히면서 점점 더 굵게 울렸다. 그것이 확성기를 통하여 온 장내에 찌렁찌렁 울리고 모란봉 등어리에 부딪쳐 산울림까지 내었다.

군중들의 요란한 박수 소리가 이따금 장군의 말끝을 빼앗아갔다.

숙모는 장군의 말을 캐어 듣기에는 아직 너무 흥분되어 있었다. 아무리 뛰는 가슴을 안정시키려 해도 좀체 달래어지지 않고 그저 자꾸 까닭 없이 뛰기만 하였다.

'가만히 가만히…… 장군의 숙모가 어째 이 모양일까.'

하고 숙모는 가슴을 만지며 힘써 돋우밟으려 하나 온몸은 자꾸 떨리기만 하였다.

숙모는 바싹 귀를 기울이고 장군의 말을 한 마디 한 마디 새겨볼 수는 없으나 그 소리를 듣는 사이에, 소련 군대가 들어오자 왜놈들이 거미새끼 흩어지듯 뿔뿔이 쫓겨 가던 광경이 다시금 선히 보이고 그 광경 가운데서 번개같이 휘날리는 장군의 모양이 눈앞에 어른거렸다. 그리고 새카만 어둠 속에 둥그런 햇발이 솟아올라 온 만천지가 모조리 휘황해지는 광경이 또 눈앞에 나타나고, 뒤이어 수없는 사람들이 손에다 각각 새 연장을 들고 그러고도 발은 한결같이 한 길로 물결처럼 내달리는 광경이 또 눈앞을 방불히 지나갔다.

그때 만세 만세 만세……하는 무서운 10만의 합창 소리가 하늘로 퍼져 올라가는 가운데서 장군의 그림자가 어른거렸다. 그 그림자는 숙모의 눈망울 속에 마치 큰 바다 파도 위에 솟은 태양처럼 두둥실 떠 있었다.

숙모는 무언지 모르게 기운이 나고 가슴이 안정되어갔다. 가슴에 매달려 종년 떨어질 것 같지 않던 가지가지의 검은 기억이 휘황찬란한 햇살에 불벼락을 맞고 물러가는 것이 방불히 눈에 보였다.

왜놈들이 날마다 총칼을 내대고 협박하여 가택수색 하던 일, 한번은 장군이 전사했다는 소식을 저놈들이 일부러 던지고 가서 동네에서 몰래 부의를 가져오고 온 집안이 애통하던 일, 놈들이 할머니를 만주로 끌고 가던 일, 자기의 둘째 아들 원주가 조국 해방단을 무어가지고 장군과 연락을 취하려다가 놈들에게 붙들려가던 일, 붙들려가서 매 맞던 일, 원주가 감추어 둔 권총을 내놓으라고 놈들이 집에 뛰어 들어온 식구 가슴에 총을 들이대던 일, 경찰서에 원주 밥을 이고 갔다가 쫓겨나던 일, 원주가 장군의 사촌이라고 해서 해방되던 날 놈들이 겁결에 맨 첫손으로 내놓았으나 거의 다 죽게 되었던 일…… 이런 검은 기억을 뿌려준 악마들이 금시 불벼락을 맞고 나가떨어지는 것이다. 지금 머리 위에 들리던 장군의 목소리는 소리가 아니라 바로 그 불벼락이었다.

대가리를 사르면 꼬리로라도 사람을 물어뜯으려던 왜놈들이 그 불빛 속에서 속 시원하게 천 토막 만 토막으로 산산토막이 나서 피를 물고 자빠지는 것이 방불히 보였다. 이제는 숙모 자신의 가슴에 생겨진

톱과 낫과 도끼로 이놈들의 산산토막을 또 깨강정 두드리듯 해서 깡그리 없애버릴 수 있을 것 같았다. 꼭 그러리라고 숙모는 강심을 먹었다. 그러기 전에는 그 자취가 가슴에서 영영 사라지지 않을 것이었다.

무너질 듯한 만세 소리와 우레 같은 박수 소리에 싸여 장군은 그 널찍한 가슴을 쭉 내밀고 우선우선한 얼굴로 연단을 내려왔다.

"작은 어머니, 안녕하셨습니까."

하고 장군은 웃으며 숙모의 손을 잡았다.

"아니 장군, 나를 알겠소?"

하는 순간 숙모는 하마터면 눈물이 쏟아질 뻔하였다. 숙모야 분명 숙모가 옳지만 이렇듯 옛날의 그 인정 그대로 불러줄 줄은 하마 몰랐다. 오늘은 옛날 만경대의 증손이 아니요 전 조선 3천만의 태양이요, 어버이요, 스승이다.

"아니 내가 왜 작은어머닐 모르겠소. 저한테 숱해 애를 받았지요."

하고 장군은 그 잘 웃는 웃음을 대판으로 터쳐놓았다.

그러나 숙모는 마침내 울고야 말았다.

"옳쇠다. 장군은 온 조선의 장군이 옳쇠다. 이 나라 한 풀, 한 나무도 하해 같은 장군의 은혜를 입을 것이외다."

하는 숙모의 눈물 어린 눈에는 장군의 얼굴이 더 한층 만화경처럼 빛나 보였다.

"작은어머니, 집으로 갑시다. 집에 가서 이야기합시다. 오늘은 작은어머니가 내 어머니의 대립니다."

하고 장군은 숙모와 함께 자동차를 타고 바로 집을 향하여 달렸다.

깃발 휘날리는 거리에는 사람의 물결이 넘쳐흐르고 있었다.

이날을 위하여 장군은 인민의 앞에 서서 싸웠고 인민은 장군을 따라 싸웠다. 그리고 또 오늘 장군은 왜놈이 짓밟은 폐허의 조국을 이끌어 선두에서 싸울 것을 인민에게 약속하였고 인민은 장군을 받들어 싸울 것을 맹세하였다.

자기들의 영도자를 에워싼 이 땅의 붉은 물결은 곧 조국을 사랑하는 인민의 마음! 그 마음 밑창에서 벌려 나오는 열화만이 새 조국을 쌓아 올릴 것이다.

정작 장군의 집에 와놓고 보니 숙모는 무슨 말부터 꺼냈으면 좋을지 또는 20년 풍파 속에 쌓인 이야기가 하도 많아서 잠시 갈피를 추지 못하고 있었다.

그럴 판에 곁방에 있던 장군의 아저씨가 복도로 나오다가 의외에 자기 안해를 보고 깜짝 놀라며,

"아니 임자는 어떻게 왔음마?"

하고 물어서 숙모는 대뜸 기가 나서 보란 듯이 외쳤다.

"아니 난 못 온답데. 온 조선 사람이 누구나 다 장군의 연설을 들을 수 있고, 들으려고 모아 오는데 작은어머니가 못 올 게 뭐란 말이외까. 나를 따돌리고 오더니 연설도 못 듣고 뭘 했소?"

"난 장군이 나오지 말래서 안 나갔소만 그래 임자 구경 갔댔음마?"

"말 마소. 보아도 이만저만일 줄 아오. 장군 자동차 타고 봤다우."

하고 말하다가 별안간 생각난 듯이 장군을 향하여 말하였다.

"아니 나 참 장군한테 질문 좀 해야겠쇠다. 그래 할머니 삼촌 다 알리면서 심봉사 잔치처럼 나만 어째 따돌렸쇠까. 내가 장군 아버님이 장군을 안고 부르던 자장가를 지금도 한 마디 안 빼고 고시란히 외고 있는 백성이외다. 세상이 넓어도 그걸 알 사람이 누구외까. 그러기 누구니 누구니 해도 내가 장군한테 제일 가까운 사람이외다. 작은어머니라도

유만부동이지요. 내가 비록 농토에 묻혀 이제 반백이 되어가오만 오늘까지 장군 아버님과 장군의 뜻을 꼭 잊지 않고 지켜온 백성이외다."

"아니 내가 오늘 밤에 만경대로 가랴던 차입니다. 그러니 위정 들어올 거 있습니까."

"아니 그렇더라도 알려주는 거야 상관 있쇠까. 그런데 장군이 말을 내지 말래서 저 고집쟁이 양반이 끝내 내세도 알리지 않았다우. 그래 나만 따돌리는 이유 좀 알읍시다."

그러자 남편이,

"임자 알면 또 다른 사람도 알게 되지 않습마."

하고 웃었다.

"아니 저 소리 좀 들어보지. 해방된 오늘에도 그래 또 여자를 무시하고 따돌려놀 심이오. 여보소, 장군 말 좀 하시소. 그래 또 남자들끼리만 나라 만들잔 말이오?"

"아니 그럴 리가 있습니까. 인제 다 알게 되지요. 내 방으로 갑시다. 어머님이 안 계신 오늘에는 작은어머니가 내 어머니니까 오늘은 내 방에서 이야기하다가 만경대로 나가십시다."

하고 장군은 여전히 웃으며 숙모를 자기 방으로 인도했으나 그 얼굴에는 어느덧 한 가닥 서글픔이 떠도는 것 같았다.

"아무렴 그렇지요. 인제 장군이 바른말했쇠다. 내가 장군 어머니 되어서 안 될 이유 없지요. 날더러 장군 어릴 적 일을 물어보시오. 하나나 잊은 것이 있나."

"내가 좀 그럴 만한 사정이 있어서 그런 겁니다. 진작 알리지 못한 것도 내가 나가 뵈어야지 들어오라 할 수 있습니까."

"얼마든지 불러주십시오. 장군의 말씀이면 내 무슨 소리든지 다 듣겠쇠다. 아니 온 조선 강토를 거느릴 장군의 말씀에 누가 거역하겠쇠까. 그때는 나도 작은어머니가 아니라 조선 백성의 한 사람이니까 안 들으면 내가 옳지 못한 백성이지요. 그러나 나는 충실한 장군의 백성이외다. 그러기 지금도 장군이라고 부르지 않쇠까. 내가 왜 증손이란 아명을 잊은 줄 압네까. 성주라는 관명도 내 죽기 전에는 하마 잊을 줄 알우. 그래도 우리는 일성 장군이라고 부르는 것이 제일 좋아요. 조선의 장군이면 어떤 조선의 장군입네까. 그러나 장군, 내가 혹시 실수하는 때가 있더라도 용서하시오. 나는 남과 이야기할 때마다 자랑이 앞서서 탈입네다. 그래서 혹시 일부러 우리 일성이라고도 불러보고 또 증손이라고도 불러보지요. 장군님, 용서하시오."

장군도 숙모의 막힐 줄 모르는 말솜씨에 탄복하였다. 왜놈들이 여성들의 입을 더욱 틀어막고 지식을 주지 않아서 그렇지 이제 조선 인민들이 모두 평등한 권리를 가지고 동등한 지식을 배우고 자유로 발전할 수 있게 하면 앞으로 놀랄 만큼 발전할 것이라 싶었다. 장군은 새로운 숙모를 발견하는 것 같았고 새로운 조선 인민을 발견하는 것 같았다.

장군은 왜놈들이 짓밟아놓은 조선 사람의 지능을 빨리 열어주어야 하리라 생각하였다. 농민들에게 옳은 사상을 주고 학문을 속히 주어야 하리라 하였다. 그러면 거기에는 반드시 놀라운 지혜가 다시 살아날 것이다. 농촌의 남자들과 아낙네들의 "가갸 거겨" 읽는 모양, 아들 손자들에게서 글 배우는 늙은이들의 혀 꼬분 소리가 탐탐히 보이고 들리는 듯해서 장군은 부지중 웃었다.

"작은어머니, 이제 농촌 선전대의 일을 보십시오. 조선 농촌은 이제 아주 좋아집니다. 왜놈과 지주한테 압박과 설움 받던 생활에서 완전히 해방됩니다."

장군은 사실 벌써부터 농촌 문제에 대해서 많은 연구를 하고 있었다.

조선 인민의 열의 여덟은 농민이다. 노동자들의 생활과 아울러 이들의 생활을 근본적으로 개변시키지 않고는 조선 현실의 개변은 있을 수 없는 것이다.

그리하여 장군은 항일투쟁 중에도 항상 여기 대해서 생각해왔고 지금 또 여기 대해서 구체적으로 구상을 짜고 있었다. 장군이 지금 생각하고 있는 새 조선의 기본 강령에 있어서 토지 문제는 가장 중요한 것이며 맨 급한 문제의 하나였다.

북조선의 농촌이 왜놈들 아래에서의 그 추악한 꼴을 털어버리고 날로 새로운 낙원으로 변하여가서 땅 가는 모든 사람들이 삶을 노래하게 될 그 즐거운 정경을 장군은 벌써 머리에 그리고 있었다. 남편과 인해와 어린이들 뒤로 강아지까지 꼬리를 저으며 따라나서는 농촌 풍경을 상상하는 것은 즐거운 일이었다. 살진 논밭에 무르익는 오곡은 하릴없는 농촌의 그림폭이요, 곡식 자라는 소리는 다름 아닌 농촌의 음악일 것이다. 이것은 오직 땅이 땅갈이 하는 사람의 것이 될 때에만 있을 수 있는 일이다. 즉 땅 가는 사람이 땅임자 되는 때에만 있을 수 있는 일이다.

장군은 또 말하였다.

"조선은 인제 잘됩니다. 모든 인민들이 다 같이 평등하고 자유롭게 살 수 있습니다. 양반도 상놈도 없고 남자와 여자의 차별도 있을 수 없습니다. 며칠 동안 잠시 조선 형편을 살펴보아도 인민들의 희망과 열성은 확실히 불타고 있습니다. 무엇보다 이것이 새 조선을 만들어내는 근본입니다."

그리고 장군은 잠시 말없이 10월 따사로운 볕이 내린 앞뜰을 눈부신 듯 내다보고 있었다.

숙모는 분명 장군의 얼굴에서 오래도록 그리던 조선의 모습을 보았다.

"아무렴 그렇게 돼야지요. 장군이 누구를 위해서 싸웠습네까. 또 조선 사람이 무엇 때문에 장군을 우러러보고 싸웠습네까. 백성은 어리석은 것 같아도 제일 영리한 것입네다. 어린애와도 같습네다. 속일래야 속일 수 없습니다. 진정 자기를 생각해주는 사람이라야 따라갑네다."

"그래 내가 싸우는 동안에 백성들이 뭐라고 했습니까. 내가 무엇 때문에 싸우는 줄 알았습니까?"

"아다뿐입니까. 설운 일이 있어도, 괴로운 일이 있어도, 또 기쁜 소식이 있어도 강 건너만 쳐다보았습네다. 우리 김일성 장군이 어서 건너오지 않나. 어서 와서 이 땅에 있는 저 아귀 같은 왜놈들 마자 당장 박살을 내주지 못하나 하고 기다렸습네다."

"그래 내가 보천보 들어온 소식도 이내 알았습니까?"

"알구 말구요. 조선은 꼭 독립된다구 술렁거렸습네다. 장군이 그해 가을 9월에는 꼭 서울 와서 왜놈을 쳐부스르고 조선을 독립시킨다고 했습네다. 어디서 불만 나도 에구 김장군이 들어와서 왜놈들에게 불을 질렀구나 하고 기뻐했습네다. 보천보 치던 그 전해에 또 국경 어딘가 친 일이 있지 않습네까. 그날 밤 그 만주 어느 거리가 밤새도록 탔답네다. 그래서 이편 조선 사람들이 밤새도록 원근에서 자지 않고 바라보았답네다. 빨리 조선 안의 왜놈들도 저렇게 좀 불질러 죽여 달라고 축원을 했습네다."

사실 그때 조선 안에서는 별별 소문이 다 돌았다. 조선 사람들은 장군을 바로 자기 눈앞에 본 것처럼 생각하였다. 그래서 바로 장군을 자기 곁에 느낀 조선 사람들 사이에서 생긴 소문이 이구 전파해서 장군이 지금 혜산 왔느니, 아니 단천 왔느니, 금시 서울로 쳐들어가느니 하고 참답게 수군덕거렸다.

숙모는 어찌하면 그때 정경을 떠온 듯이 그릴지 몰라서 답답한 듯이 몸을 바시대고 있었다.

"남만 바라지 말고 자기들도 싸워야지요. 가만히 앉아서 이밥 먹을 생각을 해서는 안 되지요."

"그야 그렇구말구요. 우리 집의 원주 말입네다. 그 애가 소학을 마치고 중학으로 들어갈라니까 장군의 동생이래서 안 들여주었쇠다. 그래서 하는 수 없이 노동했지요. 그러니 글이야 무얼 배웠겠쇠까. 그래도 그 애가 조국해방단을 만들어 무기까지 준비해가지고 장군 있는 데로 명령을 받으러 가자다가 그만 붙잡혔습네다. 그때 내가 경찰서에 가보니까 숱한 청년들이 갇혀 있어요. 그게 다 제 살 일이나 제 집 일 하다가 들어갔겠습네까. 어떤 청년은 어찌 몹시 저놈들이 두드려 패고, 코로 물을 먹인다, 고춧가루를 부어 넣는다 했는지 쎄멘 바닥을 손톱으로 긁어서 손톱이 죄다 뒤로 젖혀졌는데도 점심 먹을 때 끼웃이 들여다보니까 그도 나를 내다보고 웃으면서 눈인사를 합데다. 아마 저이들과 같은 청년의 어머닌 줄 알았던 모양이야요. 그래 나는 그때부터 기운이 났습네다. 오, 내 아들도 외롭지 않구나. 동무들이 얼마든지 있고 또 뒤를 이어 자꾸 있을 것이라 생각했쇠다. 온 조선 사람이 모두 떠들고 일어나주기를 바랐쇠다. 아니 나부터도 그까짓 놈들 무어 무서울 것 있으랴. 내 아들이 죽는데 낸들 무어 죽는 게 그리 겁나랴 싶었쇠다. 내가 죽느라면 내 뒤에도 사람이 있을 테지.

아니 첫째 우리 장군이 있지 않느냐. 이렇게 뱃심이 생겨서 그담부터는 경찰에 밥을 가지고 가서 내 아들께 먹이겠다고 떼를 썼쇠다. 그러니까 점점 더 간이 커집데다."

"하하하, 작은어머니, 그때 공부 많이 했습니다. 그게 조선 사람 살아나는 공붑니다. 별거 있습니까. 그렇게 해서 싸우는 거고 싸와야 이기는 거지요.”

하고 장군이 말해서 숙모는 버쩍 더 신이 나고 말문이 열렸다.

“그리고 어디 경찰서뿐인가요. 숱한 감옥에 잡아넣은 사람이 거지반 그런 일로 들어간 거지요. 다리갱이 물러날 놈들이 그런 사람 때문에 밤낮 눈에 쌍심지를 달고 개처럼 싸댔지 어디 조선 사람 살리러 다녔습네까?”

“만경대 집에도 여러 번 왔다 갔지요? 그놈들이…….”

“여러 번이라니요. 이놈들이 밤마다 앞뒷문에 와 섰다가는 한 놈이 호각을 호로로 불면 일시에 문을 와락 잡아채며 무기를 들고 들이닥치는데 맨 처음은 정말 간이 뒤집혀질 뻔했습네. 어른도 어른이지만 첫째 어린애들이 경풍이 날 지경이었쇠다. 놈들이 들어와서는 총끝 칼끝으로 일어나려는 사람의 가슴을 콱콱 냅다 지릅네다레. 그러고는 까딱 말고 여기 숨은 사람을 내놓으랍네다. 장군을 찾아보다가, 영주를 찾아보다가 괜히 이놈들이 우리를 그렇게 해서 집 자리를 날구자는 심사였지요. 그러나 하도 여러 번 당하니까 차차 악심이 나더군요. 그담에는 별로 무섭지도 않아요. 그런데 또 원주 덕에 경찰서 다니게 됐지요. 내가 그 통에 간이 숱해 커졌쇠다.”

“하하하…… 됐습니다. 그러나 싸움은 결코 끝나지 않았습니다. 이제부터 또 싸움이 있습니다. 농촌에서 많이 싸와야겠습니다. 그래야 우리 조선은 빨리 행복한 생활을 찾을 수 있습니다.”

“나뿐 아닙네다. 할아버지는 안 싸운 줄 압네까. 할아버지 정말 대단합네다. 그러기 놈들이 그렇게 갖은 위협을 다했어도 할아버지는 그놈들이 우리를 왜놈의 성으로 고치랄 때 기어이 안 고쳤습네. 승냥이 성 보고 사람 안 물어갈 줄 아니, 성을 고쳤대서 놈들이 조선 사람을 안

잡아갈 줄 아니, 하고 놈들의 별 위협 다 해도 막무가내였습네다. 장군 집이래서 놈들이 더했지요. 그래도 안 들었습네다. 할머니를 만주로 끌어가려고 찾아온 놈들이 돈뭉치를 내놓는 걸 할아버지가 되집어 팡개쳤습네다. 늙어도 김일성이 할애비다. 돈과 손줄 바꾸겠느냐…… 하고 호령했습네다."

"참 그때 할머니 무던히 고생하셨지요."

"가을 사과 익을 때에 가신 할머니가 그 이듬해 봄이 되어도 안 오시지요. 그래 우리는 꼭 왜놈한테 잘못된 줄 알았어요. 그래 장군도 할머니 들어가신 소식 들었습데까?"

그때 왜군은 장군을 귀순시킨다고 왜경을 보내어 할머니를 인질로 만주에 잡아다 두고 귀순 안 하면 할머니를 죽인다고 선전하였다.

"그럼요. 어느 날 어느 촌에 다녀가신 것까지 처음부터 다 알고 있었지요. 그러나 왜놈의 술책인 줄 아는데 내가 넘어갑니까."

하는 장군도 그윽히 그때의 감회가 다시금 새로워졌다. 그때 장군은 늙은 할머니가 또 왜놈의 손에 꼭 잘못된다고 생각하였다. 그러나 마음을 더욱더욱 단단히 가졌다. 죽일 테면 죽여 봐라 하고 버틴 장군의 마음도 물론 괴롭지 않을 수는 없었다. 그러나 조선 강토와 조선 민족을 위해서 싸우는 그 가운데서 그 원쑤를 갚으리라 하였고 또 그렇게 싸우는 데서만 놈들은 질겁해서 할머니도 건드리지 못하리라고 장군은 생각하였다. 그 생각은 적중하였다.

"실상 장군이 끝까지 천하 없는 일이 있어도 눈 한 번 끔쩍 안 하고 피로써 싸웠기 때문에 저놈들이 우리 가족에게도 손을 마음대로 못 댔지요. 저놈들이 참말 장군을 무서워했습네다. 이 근방 주재소 순사놈들이 모여 앉으면 김일성이가 나오면 맨 먼저 우리 목부터 벨 것이라고 하면서 걱정했답네다. 그러기 우리 원주도 그놈들이 그 숱한 사람들 중에서 제일 먼저 내놓으면서 이러더래요. 얘, 너의 형님 나오거든 내가 너를 놓아주더라고 그래라…… 하고 외교를 하더래요 글쎄."

"그놈들이 죽을 판이니까 별소리 다 했겠지요. 그러나 그보다 작은어머니 말이 구수합니다. 살려고 애쓴 사람의 가슴에는 늘 진정한 말이 살아 있는 법입니다."

장군은 농촌에서 압박받던 숙모를 통해서 조선 인민들의 마음을 내다보는 것이 기뻤다. 배우지 못하고, 돈 없고, 권리 없던 한개 농촌 부인에게서 조선의 앞길에 비치는 무한한 희망과 광명을 느끼게 되는 것은 무엇보다 기쁜 일이었다.

그것은 남의 말에서 배운 재주나 말로써 하는 이야기가 아니요. 한개 조선 사람의 육신으로서 하는 이야기였다. 그것은 적나라한 조선의 산 현실이요, 아무것도 단장하지 않은 있는 그대로다.

"그래 장군, 고향 생각 더러 납데까?"

"나구말구요. 이 땅이 나를 낳아 길러주지 않았습니까. 또 일가친척이 있고 나와 같은 수다한 동족이 살지 않습니까. 내가 무엇 때문에 싸웠겠습니까. 동족들이 사는 이 조국을 찾으려는 것이었지요. 이 땅은 우리 조선 동포가 가장 살기 좋고 가장 일하기 좋고 오랜 우리의 핏줄이 흘러온 우리의 향토가 아닙니까. 세계 어디보다도 이 땅이 조선 사람에게는 제일 좋습니다. 헐어도 내 땅이 낙원입니다."

"아버님 어머님, 모두 함께 나올 수 있었더면 얼마나 좋았겠습니까."

"그렇지요. 아버지는 나의 존경하는 스승이었습니다. 나를 이렇게 만들어주려고, 돌아가시는 순간까지 애쓰셨습니다. 어머니도 그렇지요. 내가 왜놈들과 싸우려고 집을 나갈 때 어머니는 무거운 병석에 계셨습니다. 그러나 내 뜻을 잘 아시기 때문에 멀지 않은 자기의 앞길을 내다보면서도 나를 붙잡지 않았습니다. 나는 지금도 가끔 어머니 생각이 나면 혼자서 웁니다. 내가 무송 우급학교를 다닐 때 학교가 멀어서 자전차를 사달라니까 아버지는 독립운동에만 쓰실라고 한 푼전을 아끼셔서 안 들으셨지만 어머니가 가용을 절약해서 사주셨습니다. 나는 오늘 자동차를 타고 다니면서도 늘 그때 어머니가 사주던 자전차를 생각합니다. 그것이 자동차보다 오히려 나은 것같이 생각됩니다."

"인제 아버님, 어머님 모셔 오서야지요."

"그렇습니다. 아버지는 꼭 나를 앞세우고서 해방된 조국으로 돌아가시겠다고 하셨고 어머니는 돌아가시면서 내 싸우는 걸 보고 내가 조국으로 개선하는걸 보시겠다고 안도 맨 높은 산에 묻어달라고 유언하셨답니다. 나는 왜놈과 싸우는 때에 어머님 무덤을 찾아가서 일장통곡을 하고 조선이 독립되는 날 어머니 소원대로 꼭 조선을 모셔드린다고 맹세했습니다. 고향 산천이 보고 싶습니다. 작은어머니 인제 우리 만경대로 나갑시다."

그리하여 이윽고 장군은 오래 그리던 향리 만경대로 자동차를 몰았다.

보통강 언덕배기에는 초라한 오막살이 움집과 달개집들이 지저분하게 딱지 딱지 이마를 맞물고 들어앉아 있다. 이것은 다름 아닌 왜놈들의 학정에 고달프던 조선 인민의 생활을 여실히 말하는 산 재료다. 그것들이 모두 수이 없어지고 말쑥한 새 살림들이 제자리에 깃들이고 앉아야 할 것이라고 장군은 생각하였다.

누가 무어라고 시키지 않더라도 인민들이 저이들의 손으로 제 살림은 제각기 새로 꾸릴 수 있는 넓은 길을 열어주어야 할 것이었다.

평양 서쪽 교외의 산들도 굵은 나무 한 대 볼 수 없는 발가숭이다. 그 래도 아직 이처럼 아름다운 금수강산이거든 여기에 만일 푸른 옷을 입 히게 된다면 그 얼마나 아름다운 풍경이랴. 조선은 이르는 곳마다 공원 이다.

이제 이 강산 무한경을 찾아서 온 세계 사람들이 목을 늘이고 부러워 하도록 훌륭하게 만들어놓아야 이 강산을 찾기 위하여 싸운 보람이 날 것이다.

장군은 왜놈들과 싸우던 그 시절의 고단한 꿈속에서도 이 강산이 눈 에 선히 보여 자던 잠을 놀라 깨기 버금 몇 번인지 모른다.

전투에 시달린 몸을 만주 깊은 산 고목 등거리에 쉬일 때나 마상에 높이 앉아서 잠시 눈 감고 이제 올 앞일을 생각할 때나 자주 장군의 눈 속에는 뜻하지 않고 꽃 피고 새 노래하는 이 강산과 휘파람 불며 오르 내리던 만경대의 산봉우리들이 방불히 눈 속에 뛰어들어 놀란 눈을 뜨 고 보면 역시 오늘도 내일도 피비린 바람 속에 싸워야 할 험산 준령 만 리 전장이 장군을 휩싸고 있을 뿐이었다.

고국산천이 한없이 그리웠다. 그러나 그럴 때마다 장군은,

"싸움! 싸움터로!"

하고 속으로 뇌었다.

조국의 자유와 평화를 찾기 위하여 돌진하지 않으면 안 되었다. 또 돌진하였다. 그것은 오직 조국만이 줄 수 있는 힘이었다.

그 힘과 용기를 보여주던 조국산천이 바로 에 있는 것이다.

길 옆 조그마한 초가집들에서도 깃발이 휘날리고 있다.

36년 동안 왜놈의 자동차만 굴러다니던 이 길에 오늘은 꽃과 사랑을 실은 민족의 영웅의 자동차가 달리고 있다. 동네 앞길 옆에 놀고 있던

어린이들이 손을 들고 외친다.

"만세 만세 만세……."

하고 아이들이 지나가는 장군 자동차에 만세를 불러주다가 나중은 자동차를 따라볼 듯이 짧은 다리를 길게 뜨며 쫓아온다.

옛날에는 어린애들이 기차나 자동차가 달려가는 걸 보면 돌을 던지든지 하다못해 빈 주먹질이라도 해주어야 속이 후련하였다. 장군이 창덕학교 다닐 때만 해도 어린 학생들이 길로 지나가는 자동차를 운동장에서 내다보며 그 먼 곳에서나마 돌팔매질을 해서 때려주는 시늉을 했다.

그러나 오늘은 누가 시킨 것도 아니건만 이 버릇이 말끔 고쳐졌다.

어느덧 장군이 출생한 장군의 외갓집 마을 칠고리가 바른편 밋밋한 언덕배기에 올려다보였다. 장군은 잠시 동안이나마 이 동네에 있는 창덕학교로 다녔다. 그때 동무들과 함께 놀던 기억이 어제런듯 새로워졌다.

장군의 우선 우선 빛나는 얼굴을 바라보며 숙모는 문득 노래하며 춤추고 싶었다.

"장군, 칠고리 생각나오?"

"나구말구요. 내가 난 외가도 기억하고 있지요. 아마 지금 다 찌그러졌겠지요?"

"아니오. 지금도 그래도 있습네. 창송 녹죽이 바람이 분들 쓰러질까…… 하는 조선의 노래 있지 않습네까. 뉘 집이라고— 뉘 난 집이라고 소홀히 거두겠습네까. 외가에서 명념해 잘 거두고 있쇠다."

차창 밖에 달리는 고국산천은 너무도 아름다웠다. 장군의 가슴에서는 만감이 오고 갔다. 이 강산을 도로 찾기 위하여 목숨을 내놓고 싸웠고 이제는 이 강산과 이 강산을 지킬 부강한 나라를 꾸미기 위하여 싸위야 할 것이다.

큰길에서 만경대 들어가는 왼편 길로 꺾이면서부터 낮고 아담한 산들이 첩첩이 주름잡힌 사잇길로 자동차는 오르며 내리며 달렸다. 이 산들이 영웅을 낳은 숭지(崇地) 만경대의 울타리를 이루고 있는 것이다. 산과 산이 초간히 떨어진 그 사이에 있는 조금 너른 평전을 지나 장군 아버지가 세운 동명학교 뒷고개에 올라서니 단풍이 들기 시작한 마치 꽃송이같이 아름다운 수다한 높고 낮은 봉우리들이 어떤 데는 옹기종기 또 어떤 데는 펑퍼짐히 들어앉은 그 저어편에 높은 포플러 나무들이 들'어선 조그마한 마을이 보인다. 그것이 바로 장군의 옛 마을 만경대다.

그 마을 앞 왼편으로 대동강가에 제일 높게 도독히 솟은 운치 있는 다복솔 봉우리가 바로 이름 높은 망경대 자리다. 이 산과 봉우리 사이사이에 있는 집집에서 장군이 돌아온다는 꿈같은 사실에 놀란 듯 반기며 너도나도 뛰어나와 손을 흔들며 만세를 부르고 있다.

어린애들은 장군의 얼굴을 하마 놓칠까 보아 눈에 초롱을 달아가지고 이리 뛰고 저리 뛰며 서로 부르고 달리고 야단법석이다.

"아이구 네가 참말 오는구나!"

하고 장군을 붙들자 눈물부터 앞서는 할머니―. 그 주위에 사람들이 촘촘 둘러섰다.

장군은 누구누구를 아잘 것 없이 또 아이 어른 할 것 없이 골고루 손을 잡고 흔들며 무너지는 웃음으로 인사하였다.

사람도 반갑고 산천도 반가웠다. 이 백성들 앞에서 언제나 웃음을 주고 싶던 장군이다. 열네 살 봄에 이 강산을 떠나며 조선이 독립되지 않으면 다시 돌아오지 않으리라고 장군은 굳게 맹세하였다.

"내가 언제 이 땅을 다시 밟을 수 있을까. 내가 자라나고 내 조상의 무덤이 있는 이 조국에 다시 돌아올 수 있을까. 조선이 독립되어야 오겠는데 그 날은 과연 언제일까."

하고 장군의 어린 가슴은 못내 아팠다. 그러나 그것은 두말할 것 없이 기어이 조선을 독립시켜야 하며 그 조국으로 다시 돌아오리라 한 믿음과 결심이었다. 어린 장군은 벌써 그때에 그것을 이 강산에 맹세하고 이 앞 강물에 약속하였던 것이다.

오늘은 그 약속과 맹세를 이행하는 날―. 장군은 깃발이 나부끼는 옛집 조그마한 대문으로 들어섰다.

(1949)

―『개선』, 1955.

작품평

　작가 한설야는 이뿐만 아니라 단편소설 「개선」(1948년)에서 전체 조선 인민들의 감격적인 사변으로 된 김일성 원수의 조국 개선을 형상화하였다.

　일본제국주의 침략 도배를 반대하여 15여년 동안 직접 손에 무기를 잡고 항일 민족해방투쟁을 전개한 절세의 애국자이시며 민족적 영웅이시며 진정한 혁명투사인 김일성 원수의 조국 개선은 조선 인민들에게 있어서 감격적이고도 환희로운 사변이 아닐 수 없었다.

　때문에 이와 같은 사변은 그대로가 하나의 훌륭한 예술적 전형으로 되었는바, 작품은 주로 김일성 원수를 환영하는 평양 모란봉운동장에서의 시민대회와 만경대 옛집에서의 친척들과의 상봉과정을 묘사하고 있다.

　작가는 작품에서 김일성 원수와 그의 친척들의 어제와 오늘을 다채롭게 보여주면서 서로서로의 오늘의 감격적인 심회를 생생한 소설적 구상 속에서 반영하였다.

해방된 지 두 달이 가까워오는 어느날 창수 어머니(장군의 숙모)는 거리에 나왔다가 "김일성 장군이 돌아왔다"는 소식을 듣고 몹시 기뻐한다. 그는 다음날 모란봉운동장에 김일성 장군이 나타날 것이라는 것을 들어가지고 만경대에 돌아온다.

이튿날 김일성 장군의 숙부는 미리 장군이 개선했다는 통지를 받고 자기 혼자 평양으로 가고 만다. 남편의 일을 괘씸히 여긴 창수 어머니는 자기 혼자 모란봉까지 찾아와서 군중을 헤치고 운동장으로 들어간다. 그는 마침내 김일성 장군의 자동차 있는 데까지 당도한다. 운동장 주변은 인산인해를 이루었고 대회장에 들어서지 못한 사람들은 주변 솔나무 우에 하얗게 올라 붙었다.

숙모와의 첫 상봉은 참으로 감격적이었다. 숙모와의 담화 가운데서 작가는 장군의 유년시대의 면모, 그동안 장군의 친족들의 다난한 생활, 혁명적 가계의 눈물겨운 경위들을 다양하게 소개하고 있다.

작품 「개선」은 이와 같이 김일성 원수를 맞이하는 옛 가정과 가족 친족들에 대하여 이야기하였을 뿐만 아니라 김일성 원수를 맞이하는 조선 인민들의 감격과 환희를 일반화하였다.

인민 앞에 그 영웅적 기상을 나타낸 순간 평양시민들은 실로 환호성을 올린 것이다.

> 사람들은 굉장히 많았다. 모르면 몰라도 10만명은 될 것이니 력사
> 의 도시 평양으로서도 아마 첫일일 것이다.

시민대회의 이러한 장면을 통하여 작가는 김일성 원수에 대한 인민들의 신뢰와 사랑의 감정을 형상화하였으며 전체 조선 인민들이 해방

된 첫날부터 김일성 원수의 주위에 굳게 뭉쳐 새 조국 건설을 위하여 투쟁하여 나가겠다는 일치한 결의를 보여주었다.

작품 「개선」은 실재한 사실을 한 개의 단편적 형상 속에 예술화하면서 김일성 원수의 조국개선이란 력사적 사변을 구체적 화폭 속에 남기었다.

작품 「개선」은 김일성 원수에 대한 우리 인민들의 친밀감과 존경심 및 충성심을 배양하며 나아가서 독자들을 사회주의적 애국주의사상으로 교양함에 있어서 크게 이바지하였다.

— 사회과학원 문학연구소, 『조선문학통사—현대문학편』, 인동, 1988(사회과학출판사, 1959), 205~207쪽.

먼지

Ⅰ.

한뫼선생은 오래간만에 손가방, 그 특별한 종이노가방을 찾어내였다. 손때 묻은데는 곰팡이가 파랗게 피여 있었다. 조선종이로 꼰 노끈으로 짠 것이어서 틈새에 낀 곰팡은 여간해 털리지 않는다. 한뫼선생은 손톱으로 투기어도 보고 그 련봉오리 같은 수염 가까이 가져다 불어도 본다.

일제말년 가죽물건이 금제품(禁製品)으로 되었을 때, 고도서(古圖書) 중개인 성씨가 휴지값도 안 되는 사략(史略) 통감(通鑑) 따위를 뜯어 노를 꼬아 손가방을 짜 들고 다니었다. 고졸(古拙) 하나 문아(文雅)한 품이 있어, 고서적 수집가이며 조선것과 옛것을 즐기어 아호까지 순조선 고어로 '한뫼'라 한 이 한뫼선생의 눈은 성씨의 이 종이노가방에 처음부터 무심할리 없었다. 책흥정에 들이는 一, 二원 돈을 떨면서도 이 종이노가방에는 후한 값을 쳐 그에 활애(割愛)를 받은 것이다.

한뫼선생은 아들이 없었다. 딸만 형제였는데 큰딸은 서울 사나 막냉

제1부 해방기(1945~1950)의 풍광 343

이로 정을 더 쏟우었던 작은딸이 평양으로 출가한 데다가 일제말년에 반 소개(疏槪) 겸 작은딸네 곁으로 나려오고 말었다. 서울집을 팔고 평양집을 사노라고 오르나릴때도 한뫼선생은 이 종이노가방을 자랑삼어 들고 다니었고 三十여년간 수집한 그 소위 한우충동(汗牛充棟)이라할 여러천권고서적들을 날러올때도 서적목록과 운송점물표를 이 종이노 가방에 넣어 들고 오르나리었다.

그뒤 해방을 전후하여 다섯해동안 이종이노가방은 다락속 고서적들 옆에서 여름마다 이렇게 곰팡만 피고 있었던것이다.

한뫼선생은 해방이 되자 곧 친구들이 많고, 오래 못본 큰사위네 외손들과, 더욱 일인학자들의 장서(藏書)가 헐값으로 나와 굴러다닐 서울이 간절하게 가고 싶었다. 그러나 남달리 다심한 한뫼선생은 좀처럼 평양을 떠나지 못하였다.

해방후 아직 치안이 자리잡히지 못했을 무렵, 이곳 평양에도 도적과 화재가 자로 일었다. 한뫼선생은 도적보다 화재가 무서웠다. 전쟁이 끝났으니 폭탄의 염려는 없어졌으나 화재의 염려는 사라지지 않았다.

불에 안심할만한 서고(書庫)를 따로 갖지 못하고 서적들을 살림집 다락방과 웃방에 쌓아둔 것이라 화재의 염려 때문에는 꿈자리에까지 번뇌가 생겨 한뫼선생은 불교신자는아니나 그야말로 세상이 화택(火宅)으로만 보여 마음놓을 찰라가 없었다. 어쩌다 바람을 쏘이려 가까운 련광정에 한번나가려 하여도 몇번씩 되돌다 드러와 안방아궁과 남에게 세준 뜰아래채 아궁까지 불단속이 희동그랗게 잘된 것을 자기눈으로 만저보듯 하고야 그리고도 마누라님에게 신신당부를 하고야 나서군 하였다.

한뫼선생은 일즉 서울서 한문과 습자선생으로 한 중학교에서만 二

十여년을 있었다. 집에는 학생하숙을 쳐 많지 않은 식구의 생활을 지탱하면서 자기의 매달 봉급으로는 고시란히 고서적 수집에 바쳐온 것이다.

그때만 해도 일인(日人)들이 조선전적(典籍)에 손을 대기 전이어서 경쟁자 없이 희귀한 고려판(高麗版)들과 리조초기(李朝初期) 진본(珍本)들이 어렵지 않게 싼값으로 굴러들어왔다. 한뫼선생은 배를 퉁길대로 퉁기면서 락장(落張)이나 락질(落帙)된 것은 손에 대지도 않으며 같은 판에도 전래유서(傳來由緖)가 깊은 것으로만 뽑아 모았다. 권수로는 그닥 방대한것이 아니나 귀한 책과 알뜰한책이 많은 것으로 이 한뫼선생의 장서는 여러 학자들과 도서관들에서 침을 흘려오는지 오라다. 조선 총독부도서관으로부터, 경성제대 동경제대 도서관들로부터, 모모하는 일인 학자들로부터 장서의 一부, 혹은 전부의 활애교섭을 한뫼선생은 여러번 받았다. 그러나 한뫼선생은 돈의 옹색을 견디어가면서도 한번도 이에 응하지 않았고, 영인(影印)하기 위하여 빌리라는 것도 될수 있는대로 피하여 왔다.

'내 장서가 오늘 일본제국이 조선 문화나 력사를 비곡, 날조하는데 이바지할바엔 차라리 불을 질러 없애고 말겠다! 그래도 뒷날 우리 민족이 다시 우리말과 글을 찾아, 우리 문화와 력사를 자유스럽게 연구 섭취할 날이 오고야 말 것이다! 오직 그날에 대한 히망에서만 나는 나 먹을 것 먹지 않고, 입을 것 입지 않고 모아온 책들인 것이다!'

이것이 한뫼선생의 은근한 넘원이었다.

이런 넘원에서 八·一五해방은 한뫼선생에게 남다른 기쁨을 가져왔고, 이런 넘원이였기 때문에 북조선에 '김일성대학'이 창립되고 이 김대를 중심으로 모힌 학자들로부터 자기에게 경의와 함께 장서의 공개

요청이 왔을 때 한뫼선생은 우선 눈물겨운 감격과 三十여년 공적의 보람있는 긍지를 느꼈던 것이다.

그러나 한뫼선생은 그런 한편 서울생각부터 더욱 간절해진 것이 사실이다. 자기가 이 책들을 모으기에 고심하던 가지가지, 자기 장서계통 특색을 알며 그전부터 부러워하던 동호인들이 서울에 더 많았다. 어서 통일이 되어 나라도 안정되고 문화에 대한 관심과 열의가 전국적으로 고조될 때 자기의 비장(祕藏) 진본(珍本)들을 비로소 세상에 피로(披露)하는 전람회를 열어 학계에 큰 충동을 주며 여러 친구들과 학자들의 흠망과 치하 속에서 나라에면 나라에 대학에면 대학에 번치나게 헌정하고 싶은 욕망이었다.

'이런 욕망이 반생을 두고 다른 욕심없이 이것 수집에만 바쳐온 나에게 과분한 것일까?'

한뫼선생은 가끔 그 련봉수염을 쓰다듬으며 그것쯤은 자기가 탐내어 마땅하리라 믿어 왔다.

한뫼선생은 김대에서 찾아온 학자들에게 장서목록도 아직 공개하기를 피하고 말았다. 언제까지나 자기 혼자만 비장하기위하여서 아니라 자기 장서속에 어떤 히귀본들이 들어있나 하는 학계의 기대와 흥미를 공개 전람회때까지만 보류하고 싶은 것뿐이었다.

한뫼선생은 어느 친구보다도 그 사람좋은 고서 중개인 성씨의 반가워할 얼굴을 머리 속에 그려보며 곰팡을 띤 종이노가방에 행장을 창기었다. 한뫼선생의 해방직후부터 벼르던 남조선행은 이제 결행될 단계에 이른 것이다.

한뫼선생은 북조선정치로선이 옳은 줄은 안다. 그러나 북조선신문들이 보도하는 남조선사태를 남조선의 진상으로 믿으려고는 하지 않는다. 웨? 자기 눈으로 보지 않았기 때문이다.

한뫼선생은 자기의 六十년 생애에 믿을수 있었던 일보다 믿을수 없었던 일이 더 많던 세상임을 잘 안다. 남이 다 건느는 돌다리도 자기 손으로 뚜드려 보기 전에는 결코 건느지 않는다. "어느 고가(古家)에 이러이러한 진본(珍本)들만 몇간(間)이 된답니다." 혹은 "아무개 종손집인데 애끼던 서화를 내놨답니다. 아직 아무도 가보지 않은 숫자국입니다." 하여 따라가 보면 천권의 먼지를 털어 한권의 쓸책을 고르기가 어려웠고 자기가 첫손이거니 해서 열심히 뒤져보나 나중 알고보면 벌써 여러사람이 다녀가 노린자위는 뽑혀나간 것이 에사였다.

'매사가 듣기완 다른거여! 그저 내 눈으로 본 연후에야……'

한뫼선생의 사물에 대한 의심벽은 다년간 고서적 중개인들에게 시달린 데서도 굳어지기만 했다고도 볼수 있는 것이다.

그가 북조선의 정치로선을 옳다고 인정하게 된 것도 자기 신변에 국한된 극히 사소한 것이나 자기의 그 가느나 안정(眼精)이 날카로운 눈으로 똑똑히 본데서부터였다.

한뫼선생은 자기집 뜰아래채에 한 아버지와 아들만이 와 있는 타지방사람에게 세를주었다. 아버지는 산업국 무슨부장으로 다니고 아들은 김일성대학에 다니었다. 한 국(局)이면 성(省)이나 마찬가지요 거기 부장이면 상당한 고급 간부일 것이나 늘 털레털레 걸어다니며 아침 일즉 나가면 밤 깊어 돌아와 식은밥을 몇술 떠 먹는 생활을 한다. 아들도 식모 없이 제손으로 아버지 식사까지 해드리며 고생스러운 공부를 하고 있다. 그전 대학생들은 교복도 여름이면 세루, 겨울이면 사지, 바지는 언제나 줄이 서 있었고 책도 가죽뚜껑에 금자 번쩍이는 술 두꺼운 책들이었다. 지금 이 뜰아래채 대학생은 꾸기꾸기한 목세루교복에 고작신발이 좋아야 운동화다. 모자도 빗뚜러졌건, 앞이 숙였건, 손에 잡힌대로 쓰고 나서며 교복 그채 석탄도 개고 밥도 짓고 방걸레도 치고한다. 책도 싯누런 로루지에 값싼잉크내가 코를 찌르며 제본도 마련없이 된 것이 많다. 그의 동무들도 가끔 그런 채림으로 찾아오는데, 그들은 만나기만 하면 옆채에 딴사람들이 자건 말건 밤이 새건 말건, 높은 소리로 토론들이었다. 하나도 잡담은 아니요 '유물사관'이니 '변증법'이니 하는 철학용어를 많이썼고 '무자비'니 '타도분쇄'니 하는 격렬한 말도 많이 썼다. 밤 늦게 저이 아버지가 오면 좀 조용해지는 것이 아니라 그 아버지 마저 한몫끼여 '유물사관'이니 '무자비'니 하고 더 왁자—해진다.

요즘 그 아들은 방학때라 학교에는 가지 않고, 최고인민회의 선거를 앞두고 날마다 구(區) 사무소에 동원되어 나갔다. 구사무소에 가서 종일 일보면서도 점심은 꼭 집에 와 먹었다. 집에 좋은 점심이있어서가 아니었다. 잘 먹어야 식은 밥이요 반찬이 구비한것도 아니었다. 그러면서도 그 아버지나 아들은 다 불평 없이 일터와 학교로부터 유쾌하고 전망에 찬 얼굴로 집에 돌아왔다.

이 뜰아래채 대학생은 몸도 튼튼하였다. 원기가 끓어넘치듯 로어로 무엇을 읽을 때에도 주먹쥔팔을 체조하듯 내여뻗었고 무슨 수학이나 화학공식을 외일때도 마당을 뚜벅 뚜벅 힘차게 거닐었다. 어떤날은 파나 콩나물을 다듬으면서도『측량학』이니『리론역학』이니 하는 그 잉크내 코를 찌르는 책을 열어놓고 쑹얼쑹얼 읽었다.

한뫼선생 눈에 처음에는 모두가 어색해 보였다. 우수꽝스러웠다. 그러나 어느틈에 당당하여 무시할 수가 없게 되었다. 점점 제격에 어울리

고 올차고 여믈어 보였다. 그품에 맞지 않고 꾸겨쪼라드는 교복 속에서
도 쇳덩이 같은 몸집은 밋밋하고 틀지게 자라듯, 그 가죽뚜껑은 아니요
금자 표제(表題)는 아닌 교과서들 속에서도 어떤 불멸하는 진리의 기
록은 글자마다 린광을 발하는 것 같았고 그 진리의 광채는 이 무쇳덩이
대학생에게 천상 천하를 투시할 천리안(千里眼)을 틔워놓은 것 같았
다. 한뫼선생은 어떤 위압을 느끼기까지 하였다.

한뫼선생은 아직 인민학교 三학년짜리인 자기집 식모의 아들대성이
라는 소년에게서도 범연치 않은 사실을 목격하였다.

이 열두살 밖에 나지 않은 대성이는 가끔 뜰아래채 대학생과 작난도
하고 목청을 돋우어 <김일성장군노래>도 부른다. 목소리도 또랑방울
로 야무지거니와 한번은 저이방에서 저이 또래가 모여 학습회를 한다
기에 한가한 한뫼선생은 넌즛이 엿본 일이 있다. 대성이또래 다섯명이
모였는데, 복습하기 전에 저이딴은 무슨 회의를 하는 모양으로, 한녀석
이 이러서 목에 핏대가 불룩해 가지고 토론을 했다.

"운기동무는 어제 한번만이 아니오. 이달에 벌서 세번째 지각을 했
으니께 이건절대루 용서헐수 없습니다. 이건절대루 우리 학습반 불명
에니까니 이락후성을 퇴치하게끔 운기동무는 경각심을 높여서 다시는
지각 않게끔 해야겠습니다. 운기동무는 자기 잘못을 자기비판하면서
절대루 지각 안하기루 우리 앞에 맹서해야 될줄 압니다."

이 아이가 미처 앉기도 전에 딴아이하나가 닝큼 일어서더니 비슷한
내용을 더 강조하고 앉는다. 그다음에는 락후분자 운기라는 당자인 모
양으로 눈물을 한편손등으로 쓱 문지르며 일어나더니 떠듬 떠듬 입을
열었다.

"나는 동무들 앞에 내 잘못을 솔직히 자기비판하면서…… 우리 집엔

시계래없으니께 어떤날 아침은 늦은 줄 알고 뛔서 가면 어태 멀었구, 어떤날은 어태 멀언줄 알구 가면 벌써 지각이구 했댔는데…… 앞으로 는 더욱 경각심을 높여 다신 지각을 안해서 우리 학습반에 준 불명예를 씻갔습니다."

다른 두아이들은 손뼉을 짤각 짤각 쳤다. 그것으로 그만인가 하였드니 손뼉을 치지 않고 있던 대성이녀석이 코를 쓱 씻으며 일어난다. 두주먹을 꽉 쥐고 역시 목에 핏대부터 일으켜 말한다.

"동무들 토론이나 운기동무 자기비판이나 나는 하나도 돼먹지 않었다고 봅니다. 누군 어드렇게 했으니께 나쁘다, 나는어드렇게 했으니께 잘못이다, 이런 말만 갖구 해결이 된다구 봅니까? 집에 시계가 없는데 경각심만 갖구 시간을 알수 있습니까? 허턱 경각심만 지적하는 건 허나마나한 토론이구 허턱 경각심만 높이겠다는 건 허나마나한 자기비판입니다. 운기동무가 다신 지각 안할 수있게끔 조건을 맹글라줘야 될줄 압니다. 나는 이렇게 결론 짓습니다. 운기동무자신은 부모님헌테 시계를 빨리 사놓게끔 노력해야 할 것이구, 우리들은 운기동무네가 시계가 생길 때까지 우리 네사람이 한주일씩 돌라가며 아침이면 운기동무집에 반듯이 들려 운기동무허구 하낭 학교에 갑시다. 동무들 생각에 내의견이 어떻습니까?"

운기라는 아이 이외에는 모다 좋다고찬성이다.

한뫼선생은 그때 한참이나 벌리고 섰던 입을 다물고 그애들의 방문 앞으로 갔다. 칭찬을 하자니 이애들에게서도 어떤 위압을 느끼도록 야무진데 오히려 어안이 벙벙해 말이 나오지 않는다. 우두커니 드려다보노라니 문앞에 앉은 녀석이 미다지를 획 닫어버린다.

"허, 맹—낭한 녀석들 같으니……."

하고 한뫼선생은 돌아설 수 바께 없었다.

평양에는 어쩌다 나가보면 딴판으로 달러진 데가 많았다. 리야까나 겨우 다니던 좁은 거리가 어느틈에 운동장처럼 넓다란 큰길이 되었고, 하룻밤새 돋는버섯처럼 무슨 병원 무슨 신문사 하고 四, 五층집이 불숙불숙 올러솟았다. 쓰레기만 산처럼 쌓이던 곳은 분수가 올려뿜는 공원이 되었다. 쩔쩔 끓는 삼복지경에도 집채같은 나무를 옮겨다 심어 난데없는 밀림 속처럼 서늘한 그늘이 우거졌다.

"저 나무들이 하나나 살가?"

걱정하는 사람들이 많았다. 그러나 대개는 싱싱하게 살어 배겼다. 어떤사람들은 농조로 이렇게 말했다.

"살어라, 허구 명령인데 안 살어?"

사실에있어 인민주권의 명령 앞에는 불가능이 없는것 같았다.

一. 공사(公私)가 분명하며 실천력이 굳센 정치요,

二. 애국적이요 헌신적인 간부들이 하는정치요,

三. 로동자 농민들이 사람대접을 받고 살 수있는 정치요,

四, 누구의 자손이나 똑같이 교육 받을수 있는 정치다. 그러나…….

한뫼선생은 해방후 三년간이나 자기눈으로 보고 북조선정치에서 얻은 결론을 이렇게 나렸는데 끝에 가서 "그러나……"가 달려있는 것이다.

한뫼선생은 이 "그러나……"를 아모에게나 설명하지는 않았다. 다만,

"백문이 불여一건, 남조선도 내가 가서 내눈으로 한번 보고야……."

이렇게는 친지간에 더러 말하여 왔을 뿐인데 八월二五일, 남북통일 최고인민회의 선거가 발표되자 한뫼선생은 이 "그러나……."가 더 강경하게 그의 심경에 작용하게 되었다. 八·一五해방기념도 한번 남조선에서 맞아보고 싶었다. 북조선서는 두번씩 맞아보았으니 남조선에서

도 한번 맞아보아야 해방의 감격을 전국적인 것으로 체험할 것 같았다.
이제는 평양의 치안도 자리잡혀 도둑과 화재의 념려도 많이 덜리었다.

'에라, 이김에 데격 떠나자! 三八선을 그저 두고 남북 통일선거란 난
리해할 수도 없거니와 비위에 맞들 않어…….'

이리하여 한뫼선생은 다섯해 동안 잊어버리고 두었던 종이노가방을
뒤저내여 장마친 곰팡을 턴 것이다.

II.

차는 정각에 해주에 닿았으나 밤이 꽤 늦어서였다. 해방후 시가의 면
모가 그전 인상과는 달러한뫼선생은 정거장을 나와 길위에서 한참 두
리번거리었다.

한뫼선생은 해방전 생각이 나지 않을수 없었다. 어디서나 정거장을
나서면 새빨간 불을 단 파출소부터 마조 띄었고, 거기서는 긴 칼을 찬
순사가 이쪽이 조선사람이기만 하면 덮어놓고 무슨 범인취급으로 불
러 세우고 닥달하다가 나중에 트집 잡을 거리가 없으면 '국민서사'라도
읽어보래서 일본말 발음이 하 숭치 않아야 놓아주던 생각을하니, 아모
도 알은채 하지않는 이 호젓함이 한뫼선생은 차라리 해방과 자유를 다
시금 느끼는 감격이었다.

한뫼선생은 수양산쪽을 향하고 허턱걸었다. 여긴지 저긴지 미연가
해서 가끔 거름을 주춤거리며 좌우를 살피노라니 내무서원 한사람이
마즌편에서 나타난다.

"말 좀 물읍시다. 옥계동을 이길로 올라가면 되든가요?"

"이리두 갈수는 있습니다만 뉘집을 찾으십니까?"

"윤면우씨라구 옥계동 초입세 있습넨다."

윤면우란 한뫼선생의 평양사둔집 일가로서 본래 해주사람이다. 그 전부터 이남으로 가려거든 해주만 오면 자기가 믿을만한 안내군을 붙여주마던 약속이 있는 터이다.

"그댁 사랑마당에 큰 느티나무가 섰습넨다."

"그럼 알겠습니다. 이리 오십시오."

하더니 내무서원은 앞을 서 그집 문앞까지 다리고 왔고 문을 뚜드려 주인까지 불러내 주고 가는 것이었다.

마침 주인 윤씨는 집에 있었다. 윤씨뿐 아니라 한뫼선생도 초면은 아닌듯싶은 다른 손님도 한사람 있었다.

"아니 욕이나 안 보셨습니까"

자리에 앉자마자 주인은 한뫼선생에게 이렇게 물었다.

"욕이라니요?"

"내무서원이 따라왔게 말씀입니다."

"거 매우 친절합디다. 길을 물었더니 예까지 안내해 주는군요!"

"그렇습니까? 그럼 그 내무서원 아니더면 도리혀 집찾게 욕보실번 허셨군요"

하고 주인은 다행히 녀기는데 아래묵에서, 이건 내자 라는듯이 꿈적 않고 앉았는 손님이 힐긋 한뫼선생을 처다보고,

"그게 친절한 안내인지 미행인지 누가 아나요. 허허……."

하고 웃었다. 목소리도 귀에 익다. 한뫼선생은,

"그분 낯이 매우 익은데 얼른 생각이 돌지 안습니다."

하니 그는,

"요즘은 잠 잘 옵니까?"

하고 힛죽 웃으며 담배를 피어 문다.

그는 흰 위생북에 청진기를 들고 회전의자에 앉었는 것만 몇번 보았음으로 진찰실 아닌데서 평복으로 만나서는 얼른 알어보기 어려웠다. 그는 한뫼선생도 불매중으로 몇번 다니다가 너무 호된 약값에 중지하고 만 일이 있는 평양 어떤 내꽈의사였다.

"심의사 시로군! 여기서 뵙기 뜻밖이올시다."

"그럴 수도 있디오, 허허"

심의사는 갑재기 호인이 된 것처럼 허허 소리가 연달어 나왔다. 한뫼선생은 과히 자리가 오래지 아니하여 이 심의사의 해주에 와있음도 자기와 같은 목적임을 알었다.

"그러면 심의사께선 평양을 아주 떠난단 말씀이시지?"

"통一되면 뻐젓이 옵지오 허허"

"글세, 어떻실가? 우리완 달러 병원도 있구 생활도 되실건데 이왕 참으시던것 통一될 때까지 게시지 않구?"

"겨우 생활이나 되면 뭘헙니까?"

하고 궁상을 떠느라고 부비적거리는 그의 두손은 너머나 비대하고 기름저 있었다. 주인 윤면우는 그와 무관한 사이같어 이내 농쪼로 받었다.

"너이 의사들이야 불안당들 아니야? 불한당질 못 하겠으니까 뛰는거지"

"사실 말이다. 어떤놈이 겨우 밥이나 먹자구 의사노릇을 허니?"

"심의사께선 해방전처럼은 돈을 많이 못 버신 게로군?"

"돈을 벌 재주가 있습니까? 글세 보셨지만 구(區)마다 인민병원이 생겨, 중앙병원이니 쏘련병원이니, 적십자병원이니 좀 많어졌나요. 게다가 우리넨 페니시링 한대에 二천원을 받아야 허는걸 저자식들은 단 六, 七백원씩에 놔주구. 쏘련병원에선 돈 없다면 그냥 놔주지 않나요? 그러니 어느 미친놈이 개인병원엘 찾어 오느냐 말이지요?

의산 고사허구, 그 게이끼 좋던 무당판수들이 북조선선 편ー편히 파리만 날린답디다요!"

"허긴, 전엔 돈 무서워 병원에 못 가구 무당판수헌테 가던 사람이 대부분이었으니까……."

"내란 사람이 궁뎅이가 무거 여직 둥싯대구 그꼴을 봐 왔지, 릿속 밝은 사람들은 해방 직후에 다 뛰구 몇 남었나요 어디"

"가서 후회하는 사람들은 없나 그래?"

주인이 물었다.

"후회?"

심의사는 두리두리한 눈을 부릅뜨며 펄적 뛰었다. 그사람들이 북조선서 몰수 당한 토지들 쯤은 아모것도 아니게 큰돈들을 모았고, 그사람들이 북조선에 버리고 간 병원쯤은 아모것도 아니게 더큰 일본사람들의 병원들을 차지했다는 것이다.

"서울은 북조선서 간 의사만 해도 서로 경쟁일터인데 어떻게 그새 큰돈들을 벌었단 말인가?"

"이사람이 정신 있나 없나? 지금 서울선 머저리의사 아닌 담엔 귀에 청진기나 끼구 앉었질 않어!"

"그럼 뭘헙니까?"

한뫼선생이 정말 이상스럽게 물었다.

"우리 세브란쓰 출신들은 애쓰 노ー소린다 헐줄 알지 않습니까. 미국사람판인데 뭐러 헌다나 째구 앉었겠습니까? 릿권 하나 통역만 걸러

두 하루밤에 허리띠를 끌르구, 허다못해 약장살 해두 몇 백만원이 오락가락합니다!"

"약장사가 그래 의사보다 나리까요?"

"정말 학자님이시군! 약장사라니까 그전 길거리서 고약이나 파는 약장산 줄 아십니까? 따이야찡이니, 페니시링이니 좀 많이 드러와 퍼집니까? 그 거래 한끈만 잡어두 노다지판이랍니다."

아모튼 한뫼선생은 이남에의 이렇듯 열정적인 심의사를 만나 가장든든한 길동무를 얻었다 싶었다. 더구나 심의사는 경계선만 넘어서면무서울 게 없노라 하였다. 자기 사촌으로 핫지장군의 비서와도 친하고군정청 요인들을 마음대로 주물으는 행셋군이 있다 하였다.

이들은 이틀 뒤에 경험 많은 안냇군을 앞세고 경계선에 접근하여 보았으나 八·一五 三주년과 최고인민회의선거 직전이라 경비가 엄중하여 청단길은 단념하고 시변리로 돌아 삭령, 련천쪽으로 해서 그강이 바로 三八선이 되는 한여울을 건너 八·一五기념 전으로 이남땅에 드러서는데 성공하였다.

Ⅲ.

남산 밑 심기호의 저택에서는 오늘저녁에도 미군관계의 파티-가열리는 모양으로 미국 군용발전(發電) 자동차가 초저녁부터 이집 뒷골목을 트러막고 서서 저택안으로 줄을 느리더니 그 드끄럽기는 딴집들이 더한 엔징소리를 덜덜거리기 시작했다.

반도호텔자리, '미나까이'짜리 같은 미군들이 들어있는 건물들 이외에는 석유불 아니면 촛불이나 켜놓아 리승만이가 선포한 국호 그대로 대한시절의 한양성을방불케 하는 서울에서 심기호저택은 오늘밤도 여봐란 듯이 식당, 무도실, 이층의방방들과 베란다, 그리고 정원까지 눈부시게 휘황해졌다.

사촌간이지만 심기호는 그 눈알 두리두리한 것, 턱에 군턱이 지도록 비대한 것, 대머리 벗어진 것 친형제이상 심의사와 서로 닮았다. 다만 심기호는 입술이 좀 얇고 콧날이 좀 상큼한 때문일까 심의사보다 훨신 잔일에 신경을 쓴다. 심기호는 친히 부엌으로 나려가서 커피─끓여 시키는 것을 맛을 보았고, 아이스크림 만든 것을 맛을 보았고, 제 딸년과 도미화의 화장하고 원삼입고 쪽도리 쓰는 것까지 살피면서 딸과 도미화의 인물을 비교해 보았다.

염한 점으로는 아모래도 도미화가 뛰여나고 반대로 숫된 점으로는 아모래도 제딸이 나어 보인다. 이래서는 안되겠다 싶어 심기호는 二층으로 올라와 딸과 도미화를 각각 따로 불러세웠다. 오늘저녁 손님 '우드'각하는 기생에는 멀미가 나 숫처녀를 좋아하기 때문에 상해에서 갓 돌아 온 딴사─도미화를 매수한 것이다. 돌아먹던 계집애라 아무래도 숫된 구석이 적다. 심기호는 우드각하께서 숫된 맛에 제딸에 손을 댈까 보아, 딸에게는,

"미국사람들은 말이다, 숫된 걸 무지로 보고 애교가 세련돼야 교양 있는 집 딸로 존경한단 말이다. 오늘저녁 손님에겐 특별한 써빗쓰를 허란말이다"

하고 반대로 일렀고, 도미화에게는, 자기부터 그 날신한 손기를 한번 꼭 잡아보며 이렇게 일렀다.

"우드각하께선 숫되구 순진헌 녀성을 좋아하단 말이야 알지? 그리구

일이 제대루만 되면 말이다. 석방이 돼 나오든 사람들도 미화헌테 그 공을 몰라줄리 없으니…… 적어두 한사람헌테 一만원씩은 내 장담허구 떼낼테란 말이다……."

어떤 모리사건(謀利事件)으로 걸러, 제 동료 두녀석이 벌금 二백만원을 물고도 三년씩의 징역을 받은 것이다. 우드란자는 리승만계의 미국인으로 군정(軍政)에서는 법무국장으로 있었고, 五·十단선으로 소위 대통령이 된 리승만 정권에게 남조선에 대한 정권 이양(移讓)이 끝나면 리승만의 개인고문격으로 있을 자다. 이런자만 제대로 삶으면 좌익 정치범만 아닌 이상엔 三년징역은커녕 사형 받았던 죄수도 그날저녁으로 놓여나온다. 가쳤던 사람이놓여나올뿐 아니라, 한번 이런 일로 그들의 소위 '프렌드쉽'을 맺어놓기만 하면 모리와 협잡의 길은 만사형통으로 열리는것이다.

이 도미화 이외에도 기생 일곱명이 지휘받어 왔다. 우드의 통역, 주인측의 통역 중간에 나서준 군정청고관도 두사람이나 오기 때문이다. 그래서 군정청 고관들이 어느 권번의 아모개아모개를 불러달라는대로 사흘 전에 지휘주었고 그기생들의 짝패를 모다 불러준 것이다.

미국사람들은 대개 조선계란과 조선 소고기를 좋아하였다. 심기호는 순 재래종 계란을 구해드리고 암소고기로 어느 양요릿집 명수를 다려다 삐프데끼를 만들렸다. 우드각하도 조선소고기를 매우 즐기는모양으로 손벽같은 삐프데끼를 두접시채 사양하지 않었다. 겉만 익고 속은 설어야 좋다 하며 니빨에 피가 홍건하면 위스키一잔을 들어 양치질 삼아 마시었고 잣 까놓은 것을 그 투박한 손에 움큼으로 움켜다가 그 두툼한 입에 드렸드렸다.

기생 일곱에, 도미화에, 주인 딸에, 손님보다 게집 수가 배나 되었다.

우드각하는 도미화는 떼어논 당상이라 가만 두어도 이따 제 자동차 속에 절로 굴러들 것임으로 다른 게집들에게는 이를테면 개평셈이었다, 그 술내, 고깃트림 물큰거리는 입을 이여자 입에 저여자 목덜미에 할리우드식으로 함부로 쩍쩍거리었다. 딴쓰가 초벌 끝난뒤 정원으로 나왔을 때다. 아이스크림을 가저다 턱 밑에 바치며 아버지의 명령대로 눈에 추파를 실어 입을 빵긋해 보히는 심기호딸에게도 우드각하는 그의 귀를 잡어 쪽도리쓴 얼굴을 뒤로 젓기더니 아이스크림 대신에 입을 마추어도 쩍 소리가 나게 한번 쩍지게 마추었다. 심기호는 못 본체 슬적 얼굴을 돌리는 수 밖에 없었다.

"아버지?"

그러나 딸의 비명이 아니라, 안으로부터 뛰여나온 아들애가 찾는 소리었다.

"뭐냐?"

"평양서 큰아버지가 왔대요"

"평양서 어디"

화제에 궁하던 끝이라 모두가 긴장하였다.

"동대문서에서 전화가 왔어요. 이리돌렸으니 받으래요."

"동대문서라니?"

세사람 이상 떼지어 나서거나, 길 가다 발을 멈추거나, 오후여섯시 이후에 길에 나서는 사람은 리유여하를 불문하고 쏘아라—한 장택상 수도청장(首都廳長)의 포고가 五·十단선 이후 그대로 서슬이 푸르게 집행되고 있던 서울이라 오후여섯시 이후에 동대문안에 드러선 심의사와 한뫼선생은 뜻하지 않는 총소리를 뒷통수에 받으며 질겁을 해 고꾸라젔다. 분명히 이쪽을 향해 쏜 총이였다. 아모 문답이 필요치 않었다. 한사람은 가죽가방, 한사람은 종이노가방과 몸들에 지닌것이 트집 잡힐 물건이 아니어서 포승만은 지지 않고 동대문서로 끌려오는데 길에는 군데 군데 담총한 경관들이요 어쩌다 고급자동차가 한두대씩 전속력을 내어 지나갈뿐. 어리친 개새끼 하나 얼신하지 않았다. 바로 이 동대문구에서 립후보경쟁자 최능진을 불법적으로 몰아 잡아넣지 않았드면 당선도 될지 말지 했던 리승만'각하'가 대통령이 되어가지고 소위 조각(組閣)을 하는 리화장이있는 특별지구의 오후여섯시 이후 광경이였다.

한뫼선생과 심의사는 총알에 맞지 않은 것만은 다행이다. 유치장으로 몰아넣는데는 기가 막히었다.

"여보? 우릴 뭘루 알구 이렇게 함부로 다루는 거요?"

"잔말 말어"

"우린 글세 북조선서 탈출해 오는 사람이라니까…… 우리 신분 증명할 사람이 서울장안에 몇백명이라두 있소!"

"우린 몰라!"

"그럼 누가 안단 말이오?"

"상관들이 모두 동원돼 특별경계중인데 누가 언제 심문허느냐 말이다!"

새파랗게 젊은녀석이 똑 떨어지게 해라를 하며 종이노가방을 비롯하여 두사람의 소지품 전부를 빼았고 혁대를 빼았고 이름만 묻더니 한 유치장안으로 드러모는 것이다. 심의사는 그 두리두리한 눈을 불거지도록 부릅떴으나 살기가 등등하여 여차하면 권총으로 갈겨버리려는 판에 말도입에서 나오지 않았다. 유치장문이 쩔거덕 잠을쇠소리가 나고 순경들의 구두소리가 저만치 사라진 뒤에야.

"북조선에서두 유치장 산 일이 없는 사람들을……."

하고 심의사의 입이 투덜거리기 시작했다.

대꾸라고는 유치장안 사람들의 킥킥거리는 비웃음뿐이었다. 심의사와 한뫼선생이 다시 놀란것은 발을 옮겨놓을 데가 없게 류치장안이 초만원인 것이다. 청년들이 많고 소년들과 늙은이도 적지 않다. 비웃음 가득차 처다보는 얼굴들이 하나도 도적이나 노름군 같은 인상은 아니다.

'대체 어떤자들인데 유치장에 이렇게 많이 드러왔으며 유치장에 가친 주제에 누구를 비웃는 건구?'

심의사와 한뫼선생은 앉을 자리도 없거니와 록록히 앉고싶지도 않었다. 심의사는 류치장 창살을 뒤흔들며 소리질렀다.

"남조선 경찰이 이럴 수 있소? 심기호가 내 아우요. 심기호에게 전화를 좀 걸어 주시오"

구두소리가 쿵탕거리며 밀려왔다. 심의사의 말을 대답하기 위해서가 아니라 로동자 하나를 이칸에 집어넣기 위해서였다. 로동자는 상반신이 피투성이로서 그저 숨을 헐럭거리며 드러왔고 이상하게도 류치장 사람들에서 일어서 그를 맞는 사람들이 있다. 그들은 북조선의 젊은 사람들처럼 서로 '동무'라 불렀고 피를 서로 닦어주었다. 그들은 련판장(連判帳) 이야기를 했다. 이 련판장이야기에는 가쳐있는 소년과 늙은이까지도 서로 관련이 있는듯 이내 한데 어울려 쑥덕공론들이였다.

한뫼선생은 이 련판장이란 자기가 옳다고 판단한 것을 위해 련명날인(聯名捺印)하는 것임은 알고 있다.

'대체 무엇을 위한 련명날인인가?'

한뫼선생은 이 궁금증을 오래 끌지는 않었다. 이내 귀뜸이 되였다. 이들의 련판장은 다른 것이 아니라, 미국의 땅크와 폭격기와 군함의 출동으로 억지조작한 五·十단선의 산물, 소위 '국회'와 '정부'를 반대하고 八·二五 전조선 최고인민회의 선거를위한 남조선에서의 비합법투쟁으로서의 인민대표 선출운동이었다. 남북통一선거는북조선의선전만이 아니라 사실에 있어 엄연히 진행되고 있었다. 그들은 살점이 찢기고 옷깃에 피흔적이 랑자하였다.

'남조선 사람들도 온통 북조선편이란 말인가?'

한뫼선생은 그 가늘고 날카로운 눈을한참이나 깜빡이었다. 서울의 현실은 드러서는 길로 자기 눈을 지지듯 뜨겁게 하였다.

'불문곡직의 발포(發砲), 불문곡직의 검속, 남녀로소대중의 결사항쟁……'

한뫼선생은 三·一운동때 자기도 며칠 류치장에 가치웠던 생각이 났다. 그때 자기 자신도 그런 판국에서 잡범(雜犯)으로나 좁은 류치장 안을 쑤시고 드러서는 녀석들을 버레만도 못하게 미워하고 멸시하던 생각이 났다. 한뫼선생은 심의사 같은 사람과 짝지어 북조선으로부터 나온다는 것을 이 피의 투사들에게 알려질 것이 슬그먼이 겁이 났다.

'그러나…… 그러나…… 한편이 혼자만 지나처 나가는 거다. 통一되도록 남북이 화해되도록 그런 정세를 조장시키구 성숙시키는 게 아니라 한쪽을 무시허구 저만 나가는 거다. 아모리좋은 정책이라도 먼저 통一시키구 합윗것 전국적으로 실시험 좀 좋으나 말이다. 남의 발등을 밟고 먼저 자꼬 나가면 누군 남의 뒤나 따라가길 좋다나? 그러니까 자꼬 엇나갈 밖에……'

한뫼선생의 그 북조선정치가 다 옳으나 끝에 가서 '그러나……'를 붙이던 리유는 별것이 아니라 이런것을 가지고있었다. 한뫼선생은 나도 잡범류는 아니라는듯이 자세를 태연히 고치며 쪼그리고나마 자리를 쑤시고 앉었다.

심의사는 당직순경이 갈려 새사람이 드러설 때마다 차츰 비겁해지
는 애원쪼로

"내 사촌 심기호에게 전화……."

를 애걸해 보았다. 그러나 순경들은 심의사의 애원성을 귀담어 들을
겨를이 없도록 검속되는 인민들은 뒤를 이어 드러왔다. 로동자, 학생,
사무원, 부인네, 녀학생, 소년들, 로인들 나중에는 류치장에 더 트러박
을 수가없어 二층 어느방으로 끄러올리기 시작하였다.

심의사도 지치어 나중에는 그 안반만한 궁둥이로 아모 어깨나 깔고
부비어 결국 자리를 잡고 앉고 말었다. 이들은 크게 기대한 남조선에서
의 八·一五 三주년기념도 그만 류치장 속에서 쇠였고 그저 취조도 아
모것도 없다가 十七일날도 밤번을 드러온 순경에 겨우 그 심기호의 성
세를 짐작하는 자가 있어 비로소 심기호저택에 전화 연통이 되었고 과
연 심의사의 사촌 심기호의 셋발은 서슬이 프르러 전화가 걸리기가 바
쁘게 미국군인 한명에 군정청 거물 우드각하의 명함이 들려저 번질번
질한자가용차로 동대문서에 들돌같이 달려든 것이다.

때가 이미 밤이라 한뫼선생도 따로 나서기가 위험하여 한차에 심의
사를 따라 심기호의 저택으로 오게 되었다.

심의사는 감격스러웠다. 일제때나 다름없이 여전히 출세하고있는 원
기왕성한 사촌과 다년만에 만나는 것이나 군정청 대관, 요인들과 손을
잡는 것도, 벌서 남조선에 온 모든것이 성공되었다 싶어 감격스러웠다.

한뫼선생도 세수만 대강하고는 꾸겨진 대마양복채 연회석으로 끌려
나왔다. 우드각하께서 어서 북조선서오는 사람들과 만나 북조선이야

기를 듣자는 것이었다.

"북조선에서 얼마나 고생들 했냐구 허십니다."

우드각하는 이쪽에서 인사를 치르기가바쁘게 통역을 통해 말을 부친다.

"덕분에 이럭저럭 지냈습니다."

한뫼선생은 모두들 뚫어지게 처다보는바람에 잠작고 있을 수가 없었다. 우드각하는 자기에게 마땅히 언권이 있다는듯이 나프로낀으로 번지르르한 입을 닦으며 계속해 물었다.

"우리 미국이 유엔까지 움직여 조선에 독립정부를 세워주는 걸 북조선사람들도 감사히 생각하겠지오?"

한뫼선생은 어떻게 대답하여 좋을지 몰라 우물주물하는데 심의사가 선뜻 앞질러 대답해 주었다.

"그렇습니다. 속으로는 다들 감사하며 기뻐들 합니다."

"평양서는 그자들도 선거를 한답시고 더구나 남북을 통해서 선거를 한답시고 떠들어대는데 어떤 모양입니까? 백성들을 꽤 못살게 들볶지오?"

"말해 뭐합니까? 오죽하면 여태 견디다가 지금이라두 옵니까? 그런데 여기 남쪽에서두 북조선선거를 실시하라구 그냥 내버려 둡니까? 경찰서에 잡혀 드러오는 걸 보니 대단 성한 모양입데다요."

"남쪽에는 우리 미국이 있습니다. 유엔 조선위원단이 있습니다. 염려 마십시오. 세계는 쏘련보다도 미국이 더큰 세력으로 건재합니다. 불란서를 보십시오, 영국을 보십시오. 또 동양에서 제一 큰 중국을 보십시오. 장개석국민당이 건재합니다. 아직 유명한 나라와 크고 문명한 나라는 우리미국편입니다. 안심하십시오. 여기 남쪽에서도 공산분자들이 비밀선거하는것은 사실입니다. 그러나 절대로 성공 못합니다. 중국에 미국대포와 폭격기가 얼마나 많이 가있습니까? 조선도 자꼬올수 있습니다. 정치는 훌륭한 사람들이 하지 로동군들이 못합니다.”

하고 우드각하는 통역의 말이 끝나기를 기다려 불룩한 배를 나려쓸며 껄껄거리었고 안경알만한 술잔을 올려 마신다기보다 홀각 털어놓더니 그입으로부터 이런 기상천외의 질문이 나왔다.

“평양서는 생활란으로 대동강에 빠저죽는 사람이 매일 몇十명씩 된다지오? 선생께서도 그 비참한 광경을 많이 보셨겠지오!”

이말에만은 유둘유둘한 심의사의 입도 얼어버리는 모양으로 힐긋 한뫼선생을 처다 본다. 한뫼선생은 얼른 우드각하의 눈치를 살폈다. 움푹한 눈 속에서 정력적으로 번들거리는 눈알은 이쪽에 물어본다기보다 자기가 다 알고 있다는듯한 긍지와 그 이상이라는 표현의 대답을 강요하는듯한 압력으로 차 있었다. 그런 음험한 우드각하의 눈초리는 한뫼선생에게로 옮겨저 더듬었고 주인 심기호는 귀빈의 질문에 대답이 시언치 못할가 면란하여

“그까짓 다 아는 사실 씨원히대답허지 우물쭈물할 건 뭐 있습니까? 우리나라 숭이라구 해서 감출 자리가 따로 있지 조선을 도와주시는 미국어른 앞이 아닙니까?”

하며 씨원한 대답을 재촉한다. 한뫼선생은 그다지 록록치는 않다. 한뫼선생의 눈은 작으나 날카롭고 자기눈으로 본바에는 소신을 굽히지 않는다. 더구나 평양서는 쌀 대두 한말에 五백 二十원 하는 것을 보고 왔는데 이남 드러서 동두천에서 물으니 三천二백원이라 했다. 사람들이 만일 생활란으로 강물에 빠진다면 대동강일 것인가, 한강일 것인가? 한뫼선생은 이것을 이들에게 되묻고싶었다. 그러나 그럴 용기라기

보다 그런 객기는 부리고 싶지 않았다. 동양도덕으로 남의 술자리에 뛰여들어 파흥까지 시키는 건 옳지 못하다고 자신을 변명하며 사이다잔을 집어다 목을 적시었다. 역시 심의사는 사촌아우의 낯을 본다기보다 우드각하의 환심을 이기회에 사두는 것은 우선 내일부터 절박한 자기의 현실문제였다. 그는 한뫼선생의 눈치를 더 볼 필요없이 이렇게 대답하였다.

"많이 빠지구 말구요. 송장에 걸려 낚시질군들이 낚시질을 할수 없다니까요 허허……."

우드각하는 만족감이 그득한 턱을 끄덕거리며 심의사에게,

"내가 내일 리승만 대통령에게 당신을 소개하겠습니다"

하였다. 심의사는 얼른 일어나 기생들에게 술잔들을 채워 부으라 일르고 리승만 대통령의 건강을 위하는 축배를 제의하였다.

거듭 우드각하의 건강을 위한 축배까지 들고나서야 심의사는 진작부터 궁금하던 족하딸의 쪽도리쓰고 원삼입은 까닭을 물었다.

"저애 혼혼인가 오늘이!"

"허, 형님두 정말 촌에서 오셨구려! 우리 남조선선요즘 저어른들 청하는 자리엔 저렇게 채리구 맞는 게 류행이라우 저분들이 좋아 허니까…… 저기 저사람두 하나 그렇게 채리지 않았소?"

하기는 원삼에 쪽도리 쓴 것이 자기족하딸 하나만은 아니었다. 심의사는,

"그거 딴은 니이야까해 보히긴 허는군"

하고 심상히 녀겨버리나 한뫼선생은 이것이 그다지 비위에 맞지 않았다. 생각해보면 조선 풍속이나 문화에 대한 모독이 아닐 수 없었다.

축음기소리가 옆방에서 났다. 우드각하를 비롯하여 손님들이 원삼

이며 모시치마자락에 휘감기여 그쪽으로 춤추러들 드러갔다. 한뫼선생은 그 틈을 타 심의사에게 청하여 먼저 회석에서 빠저나왔고 二층 구석방에 자리를 얻어 류치장속에서 사흘이나 새우등이 되었던 허리를 펴고 눕고 말었다.

아래층에서는 짜쯔소리, 우슴소리, 손벽소리, 그리고 꽤 가까운 어느 골목에서는 탕 탕 하고 련방으로 총소리가 두 번이나 울려왔다.

Ⅳ.

이튼날아침 한뫼선생은 갓밝이에 눈을떳다. 좌우옆방에서들은 그냥 코고는 소리들이 밤중같었다. 담배를 한대 피여물고 머리맡을 둘러보니 신문이 몇장 놓여 있다. 『대동일보』란 것으로 「신정부에 기함」이란 사설이 실리고 상공부장관에 임영신녀사란 제목이며 어느 요인과 요인이 어느 료정(料亭)에서 중대회견을 했느니 풍우불측(風雨不測)의 정계동향(政界動向)이니, 마치 그전일제때 신문들의 인끼주의식 그대로다. 상공부장관 임영신녀사의 취임소감이 났는데, 자기는 미국가 있을 때 장사를 좀 해본 경험이 있어 자신만만하노라 하였다.

'장살 좀 해본 경험? 그럼 서울종로바닥엔 상공부장관재목이 바리루 드러찻게?'

어째 위태위태스러웠다.

한뫼선생은 아래층에서 심의사의 기침소리가 나기가 바쁘게 달려나려와 전후사의를 표하고 세수도 않고 식전 인채 심기호의 저택을 빠저나왔다. 곳 일인들의 게다소리가 들릴듯싶은 남산정을 나려 남대문 통에 드러섰다. 큰딸네 집으로 가는 길녘이니 친구들의 거취도 알겸 고서 적중계인 성씨부터 찾을 셈으로 안국동을 향해 걷는데 정자옥 근처에 서부터 담총한 경관이 거이 서로 손이 잡힐만한 밭은 간격으로 양쪽에 느러섰다. 굉장히 삼엄한 경계여서 거릿사람들에게 물어보니 이제 한 시간 뒤에 장택상 수도청장이 출근할 것이라 하였다.

한뫼선생은 비실비실 가력으로 피하면서 될수 있는대로 뒷골목으로 드러섰다. 그러나 뒷골목은 뒷골목대로 걷기가 힘들었다. 쓰레기와 오 즘똥이 발을 골라딧기 어려웠고 그런 위에도짐구르마며 빙수구루마들 을 끄러드리고 그위에서 자는 사람도 많았으며 부엌이 없어 남이집 뒷 벽에 의지해 솥을 걸고 조반을 끓이는 식구들도 많았다.

성씨는 집에 있었다. 성씨는 얼굴이 바싹 쪼그라들고 옷주제도 일제 때보다 더 궁쪼가 흘러 있었다.

"웨 이렇게 늙었소?"

"늙지 않구 어쩝니까! 제나 평양으로 가야 뵐 줄 알었더니 참말 반갑 습니다. 어쩐일루 오셨습니까?"

"나 오는게 뜻 밖이란 말이오?"

"죄진 놈들이니 이 속에 뫠들지 선생 같은 분이 아직 뭐러 오십니 까?"

"안방에 가 들으면 시에미말이 옳구 부엌에 가 들으면 메누리말이 옳다군하지만 양쪽말을 다 들어두 볼겸, 양쪽 노는 꼴을 내눈으로 보기 도 할겸 내나라나 다니길 도망군이 거름을 처 왔소"

하고 한뫼선생은 우선 세숫물을 청하여 낯을 씼고 성씨로부터 몇몇 친지들의 소식부터 들었다.

어떤사람들은 서울대학이니, 동국대학이니에 무슨 과장, 교수, 강사

등으로 있었고 어떤 친구들은 해방직후 정치면에나서 군정청에까지 덤벼드는 적극성이었는데 자기들이 크게 환상을 갖던 소위 좌우합작(左右合作)에실망하며부터는 좌에도 우에도 다 못마땅하여 마치 일제 때처럼 정치를 경원하는 것으로 처세를 삼는 패도 있었다. 한뫼선생은 이패들에게 '역시 그럴테지……'하는 동감을 느끼었다. 한뫼선생자신과 함께 전날 성씨의 좋은 고객(顧客)이였던 소장학자 김씨는 학계에는 눈을 돌릴 새 없이 좌익에 나서 정치활동을 하다가 지난 五·一단선 반대투쟁때 검거되어 아직 공판도 없이 투옥된채 있으며 그의 가족들은 생활방도가 없어 부득이 김씨의 그 소중한 장서를 헐어 팔기 시작하는데 그것을 자기손으로 맡아 흩이기란 마음아픈 일이라 하며 성씨는 눈물을 먹음었다. 그리고 해방후 전적(典籍)이야기에 옮아, 서울대학 법문학부자리에 미군 항공부대가 들어있었는데 미군들이 총과 구두를 닦기 위해 조선 귀중본 여러백권을 찢어 없샌 것과 리왕가 장서에서도 조선에 한 벌 밖에 남지 않았던 리조실록이 굴러나와 휴지로 팔리는 것이 발견되어 一부는 회수하였으나 一부는 가뭇없이 사라지고말었다는 딱한 이야기도 들었다.

성씨 자신은 집세를 놓아 연명하노라 하였다. 해방직후에는 일인의 장서들이 빈번히 나도는 바람에 버리가 괜찮았으나 책을 살만한 사람들은 차츰 생활에 쪼들리게 되었고 책을 수집할만한 기관들은 책임자들이 출세에만 눈이뻘개 밤낮 자리싸움질에 난장판이라 하였다. 자기는 서울에 집 귀한 덕을 보아 문간방과 건넌방까지 세를 주고 다섯식구가 안방간반에서 볶아친다 하였다. 아닌게 아니라 고양이 이마때기만한 뜰안에 올망졸망한 장독들과 한뎃솥들이 너저분히 놓여있고 아이들까지 六, 七명이 한울앞에 찍째거리어 잠시 마루에 걸터앉았기에도 면구스러웠다.

"아이들이 방학때가 돼서 집에들 몰켜 있군!"

"방학이 뭡니까?"

하고 성씨는 해를 챘다. 자기 큰아들 하나만 휘문중학에 다니는데 요즘 선거투쟁으로 며칠채 얻어볼수 없이 나간다 하였고 둘잿놈은 벌서 작년에 중학에 갈나인데 돈이 못 되어 입학을 못 시키고 놀린다 하였다. 중학에 들자면 공적부담금이니 자축금이니 치고 공공연히 받는 것이 六만원 이상이며 그전에 먹이는 것이 최소 十만원은 차고나서야 입을 씻긴다 하였다.

"그러니 일제때와도 다른데 자식을 놀려두다니?"

"어쩝니까? 지금 남조선서 경향을 막론허구 모리배자식 이외에 학교에 가는 애 몇 되는 줄 아십니까?"

"그래선 큰일인데!"

"누가 아니랍니까? 그리게 이놈의 세상 얼른 뒤집어놓지 않으면 큰일입니다. 북조선선중학교 하나 드는데 十五,六만원씩 들진 않습죠? 저렇게 집집마다 학교에 못 가는 애가 많친 않습죠?"

"그건 그래……."

"그리게 북조선 좋은 줄은 남조선 살아본 사람이 더잘 알겝니다."

"그래서 큰녀석이 무슨 투쟁엔가 나다니는 걸 그냥 두는군그래?"

"인심이 천심 아닙니까? 그놈들은 끌려다니구 매맞구 류치장사리 좋아 그러겠습니까?"

"글세 원……."

한뫼선생은 말이 이어지지 않았다. 성씨가 자기의 한때 솜씨를 반가운듯 만적거리는 종이노가방에서 북조선담배 남은 것을 꺼내 권하였

다. 그리고 첫끼니부터 밀뜨데기나마 가치 좀 들자는 것을 굳게 사양하고 속으로

'일제말년에도 그처럼 부드럽던 사람이 아주 날카롭게 모가 섰군!'

한탄하면서 원남동에 있는 큰딸네집으로 왔다.

사위는 없고 딸과 두 외손자는 있었다. 자라는 아이들은 커서 몰라보게 되었거니와 딸은 성씨에게서 받은 인상 그대로 쪼그라저 몰라보게 되었는데 덜컥 손을 붓들자 울기부터 하는 것은 오래간만에 친정아버지를 만난 반가운 눈물만은 아닌 것 같았다. 그리고 이집도 조반부터 밀가루 음식을 한데솥에서 퍼나르며 있는 것도 성씨네와 다름없는 정경이었다. 딸은 어머니와 동생네 안부 다음으로는,

"평양서는 쌀 한가마에 얼만가요?"

하고 쌀시세부터 물었고, 또 성씨나마찬가지로,

"어태 안 오신 서울을 통― 전에 뭐러 고생하시며 오섰어요?"

하였다. 한뫼선생은 그말에는 대답 안하고 사위는 어디 갔느냐 물으니,

"제아버진 요즘 집에 못 드러온답니다."

하였다.

"집에 못 드러오다니?"

"형사허구 서북청년놈들이 무시로 덤벼드는 걸요"

"아니, 애아범도 요즘 좌익이란말이냐?"

딸은 아버지의 말투로 보아,

"요즘 좌익, 우익이 따로 있나요. 눈 바로 배긴 사람은 다 여기 정치 반대죠 뭐. 아버지께서도 인제 한달만계서보세요."

하면서 아버지를 위해 쌀밥을 지으려는 눈치다. 한뫼선생은 우선 시

장하기도 하려니와 미국의 '원조'식량을 한번 맛보고도 싶어 밀뜨데기를 먹기로 했다. 빛은 희나 매캐—한 곰팡내에 목이 때뜸 알싸해졌다.

"애아범은 첨엔 군정청에 취직했었다면서?"

"반년이나 다녔습죠. 광공국에 바로북조선 전기(電氣) 대상물자 마련해 보내는 과(課)더랬는데 도적놈 되기 싫다구 나왔답니다."

"도적놈이 되기 싫다니? 어디서나 저 하나 청백했으면 그만이지 남 창견헐 거야 뭐 있나?"

"원 아버지두! 황인가 유황인가 한톤에 五만원씩 하는 걸 대뜸 十五만원씩이라구 전표를 떼라구 하더랍니다. 그래조사해보구 떼겠다구 허니까 미국녀석과장은 화를내구, 그담자리 조선녀석은 일제때부터 총독부관리 해먹던잖데 돈 二만원을 싸가지구 넌즛이 변또그릇에 싸주면서 등을 툭툭 치더라나요.

그걸 애아범이 아무리 궁허기루 받을 사람이야요? 북조선두 우리 조선인데 이런 도적질을 나는 할수 없다구 허니까 그럼 좋다구 하더니 그이튿날부터 은근히 애아버지 맡어한 일을 미주알고주알 캐보기 시작하더랍니다."

"아모리 캐기루 나 잘못한 것 없는바에야……."

"그러게 걸리진 않었습죠. 그러치만 언제 어떤 모함에 누명을 쓸지 아나요? 그만 그길로 사표를 내놓구 말었답니다. 그리구 해방 직후 감격해서 그것두 나라일이 될가 해 드러갔지, 그런 미군정이구, 그런 리승만 정권이라면 애초에 거길 뭐러 취직을 헙니까? 그만 거기 반년 가 있은 걸 자기 이력에서 생전 지울 수 없는 치욕이라구 자다 말구두 가슴을 친답니다."

"그럼 그후 어떻게 살어 왔느냐?"

그만 딸은 뜨데기그릇에 덤버드는 파리만 날릴뿐 대답이 없었다. 한 뇌선생은 대청에 앉은 채 열려진 문으로 안방 건는방 모두 둘러보았다. 겨울에도 드러서면 답답하리만치 그뜩 쌓였던 세간이 번뜻한 것은 한 가지도 눈에 뜨이지 않는다. 우선 대청에도 쌀뒤주 찬장 상평상 등속이 간데 없으며 안방의 체경 한쌍과 발틀 자봉침이 보히지 않았고 건는방엔 두벽으로 꺼어 쌓였던 책들이 허룩하게 뽑혀나가고 몇권 남어있지 않었다.

"거덜난 집안 같구나!"

"남조선서 집하나만 지니구 살어두 다행헌 편이랍니다."

"북조선이 옳긴 옳은가부다. 그러나……."

"그런데 선거때 선거 않구 오시면 의심사지 않으시나요?"

"의심할테면 하라지…… 아모리 잘하는정치라두 통一과 멀어가는 정치 뭘하는거냐?"

"북조선정치가 왜 통一허구 멀어가긴요?"

"글세 남조선 이런꼴 내버려두구 저만 무슨 개혁이다 무슨 국유화다 허구 작구 앞질러 나가면 낭중에 어떻게 되느냐 말이다. 점점 엇서나가니 마주잡어야 할 손목은 넨―장 점점 천만리로 달어나는 것 아닌가베!"

"원, 아버지두! 그새 정세가 얼마나발전했는데 해방직후 좌우합작을 떠들던 중간파 같은 꿈을 어태 꾸구 게시네!"

"꿈? 흥……."

딸은 속으로, 이것 큰일 났다 싶었다.

"장인께서 북조선에 그냥 계시긴 허지만 거기 로선에 불평객 노릇이나 마세야 헐턴데"

하던 남편의 의구심이 까닭 없는 것이 아니였구나 싶었다.

한뫼선생은 서울만 오면 사위에게서 용돈도 좀 마련하고 키와 몸피도 비슷하니 갈어입을 양복도 염려없으리라 믿고 왔는데 이두가지가 다 하나도 여의치 않았다.

우선 고이적삼만 사위것을 걸치고 앉어 입고온 양복을 빨게 하였다. 그리고 몰라보게 키들은 자랐으나 영양이 좋지못한 두 외손자를 가까히 앉히고 야윈 팔목과 종아리를 쓸어볼 때 저윽 속 깊이 창자의 쓰라림을 금할 수 없었다. 한뫼선생은 류치장 속에서 선거투쟁으로 잡혀온 남녀노소들이 류치장투쟁에까지 기세를 올리는 왕성한 의기들이면서도 그들의 얼굴과 팔다리들은 하나같이 빈혈적이던 것도 절로 련상되였으며 어젯밤 심기호의 저택에서본 심기호의 종형제간과 그 하마 같은 턱을 불룩거리던 우드란 자의 영양과잉을 련상하는데까지 이르러서는 한뫼선생은 베였던 퇴침을 밀어던지고 벌떡 일어나고 말았다. 큰 외손자를 시키여 가까운 성씨를 불러오게 하였고, 성씨에게는 다시 돈 좀 변통할 능력이 있을듯한 친구부터 불러다 달래여 이날저녁으로 딸네집에 쌀말과 고깃근도 사드리게 하였고 외손자들의 손목을 이끌고 나가 평양서는 三, 四원씩하는 노랑참외를 四十여원씩 주고 사들려 주기도 하였다.

V.

한뫼선생은 양복을 빨아 대려 입는 날로 인천으로 나려왔다.

어떤 일본인이 수집했던 조선 전적(典籍)들도 섞여 나오는 서화골동 경매가 있는데 오래간만에 안 가볼수도 없고 가려면 현금준비가 좀 필요하였다. 성씨 말에 의하면 한뫼선생자신이 그전부터 눈독 드리던 『완당집(阮堂集)』을 가졌던 일인의 소장품들이라 그 고판『완당집』이 틀림없이 나옴즉 하고 나오기만하면 년대는 오라지않다하드라도 근자의 활판본과는 달러 만원대는 넘을듯 하다 하였다. 그래 돈 一. 二만원쯤 란색 없이 돌려줌직한 친구를 찾어 인천까지 나려온 것이다.

해방 이전부터 소규모나마 종이공장을 경영하던 이 인천친구는 집에 있었다. 그러나 한뫼선생이 찾어온 뜻은 흡족히 이루지 못하였다.

이 기업가 친구는 한뫼선생에게 도리혀 하소연하듯 이렇게 말하였다.

"해방이 되었으니 인전 일본상품에 휘둘리던것두 면허구 조선 기업가들도 한번 기를 펴보나부다 허지 않았습니까? 웬걸요! 처음엔 원료와 연료가 딸리죠. 그담엔 대한로총(大韓勞總)떼거질 당헐 수가 있습니까? 전평(全平) 로동자들은 가끔 파업은 해두 물건만은 로동자다운 량심에서 기술것 만들었는데 이대한로총놈들은 이건 로동자가 아니라 생 부란당패들이군요! 기껀 원료를 구해다 대면 파품만 만들어내구 사무실까지 떡 차지허구 앉어 핑게만있으면 술을 내라 무슨 비용을 당해라 생떼를 부립니다 그려! 게다가 배보다 배꼽이 더 크다구 버는 건 죄다 바쳐두 세금이 모자랍니다 그려! 그래두 기겔 머출 수 없어 장래나 보려구 일제때두 잽히지 않은 공장을 잽혀가며꺼지 끄러오지 않었습니까? 나중엔 뭡니까? 미국종이가 어느날 부산이나 인천으로 드러온단 소문만 나두 벌서 종이값이 폭락입니다그려! 원료값도 않 되게 떠러지니 이노릇 해먹을 장수 있습니까? 악을 쓰구 뻗히다 문 닫구 말었습니다. 어디 종이뿐인가요? 경인간(京仁間) 크구 작구 간에 조선사람 기업 三분지二 이상이벌서 문닫었구 지금 몇군데 남은 것두 나라에서 미국물건을 막지 못하는 한 건딜놈 하나두 없습니다……."

한뫼선생은 돈 겨우 五千원을 돌려가지고 돌아오는 길에 경인선 각지와 영등포 공장지대를 갈때와 달리 유심히 살펴보니 과연 굴둑이 열이면 겨우 한둘이 연기를 흘릴뿐, 집웅까지 벗겨먹고 싯뻘겋게 녹쓴 기계만 로출된 공장이 많았다. 이런 공장들은 거대한 무덤이요 이런 기계는 거대한 시체 같았다.

차가 룡산역에 드러왔을 때다. 한뫼선생은 기계시체가 아니라 이번에는 정말 사람의시체를 목격하게 되었다. 골이 깨어저 피흐르는 시체가 아직 거적도 덮히지 못한채 여러역원들에게 둘러쌔워 있는것을 보았다. 죽은 사람의 옷이 철도종업원인것으로 보나, 둘러선 동료들이 붉으락 푸르락 분노에 찬 얼굴들인 것으로 보나 자기실수로 차에 치어 죽은 것 같지 않았다. 죽은 사람의 동료들뿐 아니라 듣는 사람마다 분격해 했고, 분격한 사람들은 자기일처럼 힘써 말을 전했다.

죽은 사람은 룡산역의 조역의 한사람이라한다. 급히 영등포에 갈 일이 있어 남행차 홈—에 나왔는데 차는 벌서 움직이고 있었다. 우선 아모 찻간에고 매달린다는 것이 미군전용찻간이었고 문밖에 나섰던 미군장교는 무어라고 소리를 질렀다. 조역은 올라가서 다른 찻간으로 가겠다고 말했으나 '까—뗌' 한마디에 미군장교의 구둣발은 조역의 가슴을 차내던졌다는 것이다. 역원들이 달려가니 조역은 옆엣 철길 대철에 좋은 머리를 들지 못하고 말았고 미군장교는 권총부터 뽑아 들더니 사라지는 찻간 속으로 유유히 드러갔다는 것이다.

한뫼선생은 룡산서 경성역까지 오는동안 크진 않으나 안정은 날카롭던 눈이 현깃증이 나도록 눈이 침침하였다.

'대체 그네들 눈엔 조선사람이 뭘로 보이는 건가? 쏘련사람들과 달리 인종차별이 심하단 말은 들었지만 설마허니 저런짓을……'

한뫼선생은 그 다음날 돈 五천원을 넣고 성씨와 함께 고미술협회 경매장으로 왔다. 진고개에 있는 그전'에드가와'지점자리 일본집 二층이었다.

진렬된 종목은 서적만이 아니었다. 고려 리조 양조의 서화(書畵)들과 도자기(陶磁器)들도 수천점이 라열되어 있었다. 손님에도 낯익은 반가운 사람이 많았고 특히 일본사람들이 안보이는 대신 미국사람들이 군복인채, 구두 신은채 많이 올라와 서성대고 있는것이 한뫼선생에게는 이채로웠다.

"저사람들도 더러 삽디까?"

"더러가 뭡니까 덮어놓고 값나가는 건 죄다 사니 걱정이죠"

하고 성씨는 자기어깨 넘어로 나려다보는 미국장교앞에 자기가 떠들처 보던 책에서 손을 떼며 물러났다.

한뫼선생은 눈에 모가 서 찾던 고판『완당집』을 드듸어 발견하였다. 이『완당집』놓인 데는 여러사람이 둘러서 있어 인끼부터 유표하였는데 한뫼선생은 여기 둘러선 사람들 속에서 만나고싶던 동호가(同好家)들을 여러사람 만났다.

"이거 누구요?"

"이거 언제 왔소? 해방후 우리 처음 아닌가!"

"호랑이도 제 말하면 온다드니……."

"이『완당집』에 오래 공력드리던 한뫼형이 오셨으니 우린 선두 보지 말아야겠군!"

하고 반가워들 할뿐 아니라 조선인동호자들끼리는 어떤 물건이고 그물건에 대한 욕망이 자기보다 더 간절한 사람에게는 서로 사양하는 례의가 있음으로 한뫼선생은 속으로 저윽 안심하면서 벽오동 책갑에

든『완당집』다섯권을 떨리는 손으로 안어내였다. 고흔때 묻은 뚜껑은 양피처럼 부드러웠고 가볍고 눈결 같이 흰 후백지에 송체(宋體)와 명체(明體)에 어중간하여 표일하면서도 전아한 자양(字樣)은 한뫼선생은 어느 빛갈 고흔 꽃이나 향기로운 음식에서처럼 눈이 매끄러워지며 입안이 흥건해짐을 금치 못하였다.

이윽고 경매가 시작되었다.

미국사람들만은 양편갓에 의자를 놓구 구두 신은채 걸터앉었고 그 밑에는 그들의 단골인 거간과 상인들이 하나씩 맨바닥에 붙어 앉었다.

미국사람들은 대개 고려자기에 더 열광했다. 그러나 서화에도 값나가는 것에는 으레 뛰어들었고 이 한뫼선생이 잔뜩 장을 댄『완당집』에도 덤벼드는 자가 없지 않었다. 성씨가 첫번에 五백원을 부르니 미국사람의 단골거간은 첫마디에 덜컥 三천원을 불러 으기지름을 한다. 한뫼선생은 성씨를 향해 약간 떨리는 런봉수염을 끄덕이었다. 성씨는 三千五백원을 불러 맞섰다. 저쪽에서는 천원을 껑충 뛰어 四천 백원을 부른다. 한뫼선생은 이마가 화끈하였다. 가진 돈이 五천원뿐인데 암만해도 그 이상 올라갈 것 같다. 어떻해서도 이책만은 놓치지 않고싶다. 한번 저사람들 손에 드러만 가면 조선과는 하직이니 뒷날 어떻게 해볼 기회도 없는 것이다. 성씨로 하여 자기의 최후의 력량 五천원을 불러버리게 하였다. 저쪽의 미국장교는 한뫼선생을 힐금보고 빙그레 웃더니 자기 앞잡이 상인의 어깨를 툭툭 치며,

"꼬언 꼬언"

하였다. 六천원이 되었다. 한뫼선생은 그만 얼굴빛만 퍼렇게 질리고 말었는데 딴 미국사람 앞에 앉었는 거간이 건너편에서 七천원을 부르며 대신 나선다.

한뫼선생이 그만 물러앉는 것을 보고 다른 조선 동호인 하나가 불러 보기 시작했으나 그도 깟껏 큰맘먹고 만원까지 따라가 보고는 떠러지고 말았다. 나중에 미국사람판이 되더니 그들은 귀중한 고전도서를 산다는 태도보다 무슨 투전판이나 스포쓰 삼아 작란질이었다. 하나가 천원을 더 부르면 하나는 二천원을 더 부르고 그다음 이편에서는 三천원을 부르며 휙-휘파람도 불고 딱-하고 손가락도 투기였다. 귀가 찌어지게 휘파람을 불던 미국장교가 『완당집』을 二만원에 차지해버리었다.

'저사람들에게 『완당집』이 하관(何關) 고!'

한뫼선생은 눈에 그만 모래가 든듯 깔그러워지고 말았다.

한참 더 앉아있으려니까 고려자기가 나왔다. 이르는바 수류포금(水柳蒲禽)의 상감(象嵌)으로 장내가 긴장하는 것부터 다르더니 에서 제서 악쓰듯 덮쳐 불렀다. 조선사람들은 五만원 안에 모조리 나가떠러지고 서양사람판이 되더니 三十만원에 낙착이 된다. 한뫼선생은 모두 미국사람만인 줄 알았으나 이재 三十만원짜리를 二十九만원까지 따라오다 떠러지고 만 사람은 소위 '유·엔조선위원단' 불란서대표라고들 쑤군거리었다.

한뫼선생의 五천원 따위는 이판에서 돈머리에 들 것이 못 되었다. 한뫼선생은 더 앉았을 맛이 없어 성씨를 찔러가지고 중간에 나오고 말았다.

"그거 조선사람 어디 돈 써보겠다구?"

"이걸 가지구 그러십니까? 서화골동만이면 좋게요? 만반 경제가 온통 저꼴이니 걱정이지오!"

"그런데 그놈들은 웬 돈이 그리 흔헌구!"

한뫼선생은 의식적이든 무의식적이든 미국사람들에게 '놈'자가 나오고 말았다. 성씨도 그네들을 호놈하여 대답하였다.

"아, 그놈들은 딸라 때문 아닙니까? 한딸라에 요즘 二천원 헌답니다. 이재 그런 놈들은 하급장교들이지만 월급이 二백딸라는 된답니다. 그게 벌서 조선돈으로 얼맙니까? 四十만원 아닙니까 조선 와 있으면 한 달에 四十만원씩의 월급을 받는 셈이구, 또 저 도적놈들로는 여간 머저리 아니군 조선서 생기는 게 월급만 아닙니다. 허!"

"……."

한뫼선생은 덤덤히 대답 없이 걸었다.

"지놈들은 단 만딸라만 던저두 벌서 그게 二천만원 자금 아닌가요? 一원에 같은 一원 하던 일본자본헌테두 꼼짝못했는데 三년간에 벌서 二천배나 차이가 생긴 미국돈에 몇해나 지탕할상 부릅니까? 네? 그런데 미국사람은 조선에 자유로 오너라, 미국돈은 얼마든지 투자해라, 유형 무형헌걸 마음대로 차지해라, 이게 명색이 원조며 이게 언필칭 원조 받는다는 놈들의 소립니까? 허!"

"……."

한뫼선생은 그말에는 씁쓰렁한 입을 다문채 걸었다.

"이재 그『완당집』으로 론지해두 우린 五천원을 부르고도 못 삿지오. 저놈들은 二만원에 삿지만 五천원에 四배 바께 더 됩니까? 二천배의 돈으로 단 四배에 사니 저놈들은 말이 二만원이지 그냥 갖는 셈입니다. 저이 돈으로는 고작 단 十달라에 산거니까요. 저이 나라선 요즘책도 웬만한건 다섯권에 十딸라로 사기 어려우리다"

"참 그렇겠군!"

"작년까지두 나두 제왕 국가가 아닌 미국더러 이제 제국주의 나라라는지 몰랐는데 지금 와선 三척동자두 다들 알게 됐답니다."

"……."

한뫼선생은 거기에 대해서 자기는 별로생각해본 일이 없었다. 그러나 자기도 이 순간 갑재기 좌익이 되어서가 아니라 사고 싶은 책 한권을 꼼작 못하고 노처보고는 '딸라'라는 괴물에 대하여 미상불 절실한 관심이 솟아오르는 것만은 속일 수 없었다.

'왜놈들은 합병시키구 먹더니 이놈들은 원조해 준다구 하면서 먹는 재주가 있군!'

명치정 골목에 드러서 몇집 안 나려왔을 때다. 양담배와 껌장사 아이들이 새매본 새떼처럼 납작 업듸며 흩어져 이골목 저골목으로 속으로 숨는다. 그전 취인소쪽 네거리에는 사람이 그뜩차서 길이 막힌다. 웅성대는 속에서 싸우는 소리가 들린다. 가슴에 패를 찬 순경, 바가지 같은 전투모에 힌 뺑기로 영자를 쓴 '엠·피'들, 호각을 불며 군중을 헤치고 속으로 드러가려 한다. 잘 헤처지지않는다. 사냥총소리와는 달라 딱─소리로 울리는 권총이 어느쪽에서 터진다. 군중은 와─물러서며 그틈으로 순경과 엠·피가 쑤시고 드러간다. 총소리쯤엔 군중은 마비된듯 다시 조여들었고 이골목 저골목에서 사람들은 더 몰려나왔다. 싸움소리가 아니라 연설소리였다.

"우리민족은 하납니다. 남조선에다 단독정불 세울 리유가 어디 있습니까? 여러분! 여러분이 만일 조국 통일독립을 원한다면, 여러분이 만일 민족이 분열되며 이 남조선형제들이 또다시 식민지 노예가 되는걸 원치 않는다면 八·二五남북통일선거에……."

어떤 상점 창틀에 올라서서 한손으로는 캡을 벗어 움켜잡고 웨치던 젊은 로동자는 다리에 팔에 벌떼처럼 매달리는 순경들과 엠·피 때문에 말이 끊어졌다. 청년은 발을 버둥거려 순경을 차버린다. 엠·피는

총을 댄다. 청년은,

"쏠테면 쏴라!"

소리 지른다. 순경들은 방망이로 청년의 얼굴을 올려갈긴다. 입이 터져 피가 쏟아졌으나 청년은 소리 질렀다.

"여러분! 우리는 우리손으로 통일독립을 쟁취하는 길 바개 없습니다. 그길을 통일선거에서……."

"옳소!"

"옳소!"

여기 저기서 군중들이 맞받아 웨치었다. 순경들은 로동자의 몸을 나무 타듯 앞뒤에서 기어올랐다. 상점 창살이 와직근 부서지며 로동자는 그만 순경들과 한둥어리 되어 길바닥에 떠러진다. 군중들은 와―조여들었다. 그리고 서로 등을 떠밀어 순경 위에 엎치고 덮치었다. 확실히 군중들은 로동자의 포박을 방해하는 것이었다.

"똥바가지 짓밟아라!"

"똥바가지 깔아뭉개라!"

똥바가지란 순경들이 쓴 '헬멭'과 엠·피가 쓴 전투모를 말함이었다.

이렇게 소란한 속에 이틈 저틈에서는 청년들이, 부인네들이, 소년들이 련판장을 들고 이름들을 받었고 또 군중들은 민속하게 서명날인하고 있었다. 성씨와 한뫼선생 앞에도 중학생 하나가 두루마지를 펴들었다. 성씨는 이내,

"난 우리 구에서 했습니다."

하고 아들 같은 청년에게 경어를 써 존경한다. 한뫼선생은 당황하였다. 이런 환경 속에서 서명날인하는 것은 이것이 곧 류혈 랑자한 결사적 투쟁에 가담하는 것이라 느낄 때 한뫼선생의 손은 움치러들고 말

왔다.

"우리 구는 XXX선생이십니다."

중학생의 화끈거리는 입에서는 선출후보의 성명이 은근히 울려나
왔다.

"자유십니다만은 하실랴면 속히 해주십시오"

중학생의 눈은,

"당신이 애국자편이냐 매국노편이냐?"

하는듯한 섬광이 번뜩이었다. 한뫼선생은 이런 시험을 받는듯한압
박이 또 불쾌했다. 한뫼선생은 이 긴박한 순간에서,

"나는좌도 아니오 우도 아니다"

하는 초연한 안색을 고처 부채질을 하며 얼굴을 중학생에게서 돌리
고 말었었다.

아래쪽으로부터는 순경의 방맹이가 이사람 골패기를 치며 저사람
등대기를 갈기며 이쪽으로 달려왔다. 한뫼선생은 따라오는 성씨까지
숨이 차도록 구멍을 빠지듯 길을 쑤시며 거름을 재오쳤다.

연설하던 로동자는 어찌되었는지 잡혀가는 그림자는 볼수 없었고
순경들이 흙투성이가된 옷을 털며 경찰봉으로 닥치는대로 갈기면서
다시 군중들에게 깔릴것만 무서워 줄짜를 놓고들 있었다.

경관과 엠·피가 흩어지는 듯 하자 어느틈에 골목골목에서 새떼 풍
기듯 했던 조무래기 장삿군들이 길을 덮고 쏟아져 나왔다.

"양담배 삽쇼"

"껌 하나 팔아 줍쇼"

"미국 치약입쇼 미국 비눕쇼"

한뫼선생은 평양집 식모의 아들 대성이 생각이 났다. 고만큼씩한 사

내아이, 게집애들이 미국담배, 껌, 화장품, 머릿빗, 칼 따위를 종이곽에
혹은 손바닥에 든채 저저마다 팔아달라고 아우성이다. 성씨는,

"이자식들아 귀찮다, 귀찮어……."

하고 화증을 내 쫓아버리군 하였다.

VI.

한뫼선생은 심기가 매우 편치 못해 딸네집으로 돌아왔다. 와 보니 딸
네 세식구는 더욱 편치 못한 기색들이었다.

외손자 큰녀석은 얼룩이져 시뻘겋게 충혈된 눈을 껌뻑거리며 다드
밋돌에 걸터앉아 일어나지도 않고 있었고 작은녀석은 마룻기둥에 기
대선 저이 어미 치맛폭에 얼굴을 싸고 돌아서 있었다.

"왜, 그녀석들이 싸왔니?"

"아니야요"

"날두 몹신 찐다. 아이들두 더위에 지친게로구나……."

"아버지?"

"왜?"

딸은 용하게도 눈물은 꼬물도 없이 어떤 굳센 적개심에 타는 눈으로
말하였다.

"그 개새끼들이 어째 며칠채 안 찾아오나 했더니 애아범이 며칠 전
에 붓들려 버렸군요"

한뫼선생은 잠깐 멍청해 방에 들어와서도 모자를 쓴 채 서 있었다.

"헤, 부질없은 사람 같으니……."

하고 한뫼선생은 사위를 책망하였다.

"아버진 그 사람 잘못으로 아시나요?"

"수신제가(修身齊家) 연후에 국사(國事)니라. 집안을 이 꼴을 만들어 놓구 또 제 몸까지 망쳐?"

딸은 잠자코 아버지를 쳐다보았다. 아버지가 아니라 이승만이 패나 한국민주당 사람 같아 보였다.

"아무커나 아버지 좀 애들 다리구 집에 계세요."

"어디 갈 테냐?"

"그렇지 않어두 요즘 잘 먹지 못해 몸이 약헌데 그냥 내버려둘 순 없군요."

"사식을 넣게?"

"네."

"무슨 돈으루?"

"……."

"뭘 또 팔 테냐?"

"급헌 때 쓸려구 금반진 뒀드랬어요."

"혼인반질 팔어? 부모가 대사 때 해준 예물을."

"……."

딸은 대답은 하지 않으나 금반지를 팔러 나가려는 눈치다. 한뫼선생은 책 사려던 돈 五천 원을 꺼내 딸에게 던지었다.

"五천원이다."

"아버지두 용돈 쓰세야지 어떡허세요? 그리구 사식비 한 달치를 먼저 내야 허는데 최하라두 만 원이 넘는다구 어제 친구 되는 이가 와 일러주구 갔어요."

"만 원이 넘는다."

한뫼선생은 그렇다고 해서 어른 된 체모에 더는 모르는 체할 수가 없었다.

"게 있어. 내 어디 잠시 다녀오마."

하고 딸에게 위신을 돋우며 자기가 돈마련을 나왔다.

한뫼선생은 해가 지도록 서너 친구를 찾아다녔다. 그러나 단돈 천 원이 만만치 않았다. 대개 경매장에서 만났던 친구들인데 그들은 미국 사람들이 돌보지 않는 몇 쪽 편화(片畵)와 간찰류(簡札類)에나마 풍푼치 못한 주머니들을 털고 와 있었다.

한뫼선생은 아무리 딸이라도 출가한 자식이라 빈손으로 들어서기가 너무 계면쩍었다. 한뫼선생은 나중에 성씨를 찾아가 의논하였으나 성씨 역시 취대할 만한 자리는 이미 빚지지 않은 자리가 없어 나서볼 데가 없노라 하였다. 한뫼선생은 벌써 어두워진 하늘의 별들을 쳐다보면서 서울 안 자기 친교(親交)의 범위를 훨씬 늘려 더듬어보았다. 그러다가 가히 머리를 끄덕일 만한 한 군데가 떠오른 것이다.

"진작 거길 가볼걸 그랬군!"

"어딘데 말씀입니까?"

"박교주를 찾어가면 날 돈 만 원 안 돌려주겠소?"

자기가 二十년 동안 근속한 중학교 교주였다. 학교를 사직한 뒤에도 한동안 왕래가 있었고 박교주는 간혹 고서화를 사려면 한뫼선생을 청하여다 감정을 받았었다.

"가시기만 하면 돈이야 좋아라구 돌려드리죠. 지금 저명한 사람 한 명이라두 더 자기편에 끌어들이지 못해 열광이 난 판인데 좀 반가워하겠습니까? 그렇지만 거긴 가실 생각 아예 마시는 게 좋으실걸요."

"어째?"

"거기서 꿔온 돈이라면 아마 따님께서 받지부터 않을 거구 신랑 되시는 이두 그 사식 먹지 않을 겁니다."

"옳지, 박교주는 요즘 문자루 뿌루죠아진가 뭔가라구 해서?"

"글쎄 거긴 안 가시는 게 좋으실걸요. 그자들헌테 신세 진 일 때문에 그자들 문안에 드나들다가 그자들 정당에 옭혀가지구 제 자신 신세완 당치 않게 재산가 옹호에 나선, 그야말로 왜말에 반또니 방겐이니 허는 게 돼버린 자가 한둘이 아니랍니다."

"그사람 벨소릴 다 허는군! 내가 그래 돈 만 원에 박교주 주졸이 되리란 말이야? 난 바지저구리만 댕기는 줄 아는군!"

하고 한뫼선생은 화를 내며 성씨 집을 나섰다.

골목은 어두웠으나 박교주 집 문전은 예나 오늘이나 한결같이 웅성하였다. 자가용 차가 두 대나 서고 미국 군용차도 한 대 멎어 있었다.

'아차 손님들이 있고나!'

이래서 주춤거리고 망서리면서 접근한 것이 외국군인의 눈에는 더욱 수상쩍게보힌셈이었다. 키가 九 척같은자가 짚차에서 뛰어나리더니 뭐라고 떠드는 폼이 뜻은 모르나 대뜸 시빗조로 길을 막는다. 이런때 멀숙해 그냥 물러설 한뫼선생도 아니었다.

잡담제하고 드러가려 한즉, 九 척장승은 껍신 허리를 굽히는듯하더니 야윈 한뫼선생 눈두덩에 벼락불을 앵겼다. 한뫼선생은 이것이 그들이 즐기는 권투에서 무슨 종류의 격타법인지 알리 없이 단번에 '넉아웃'이 되어 뺏ㅡ벗하게 나가떠러지고 말았다.

이튿날 재동 어느 안좌병원 이층에 누어 한뫼선생은 딸을 불러왔다.

딸은 입술이 파랗게 질리었다. 한쪽 관골이 터지어 박아지처럼 붓고 그쪽눈 하나가 멍이 꺼멓게 들은 아버지의 봉변이 분해서만 아니었다. 아버지의 그런 봉변은 차라리 당연한 결과라 하고 싶도록 아버지가 그따위 리승만도당에게, 자식들이 목숨을걸어 싸우는 그따위 원쑤도당에게 자식들의 용감한 투쟁을 무슨 딱한 궁상이나처럼 사정을 하러 갔다는 것이 딸은 치가 떨리게 분하였다. 딸은 안타까워 울었다.

"웨 아버진 그다지두 분별이 없으슈? 웨 그다지두 정세판단을 못허세요? 지금이 어떤 첨예화된 시긴 줄 아세요? 난 어쯔녁에 면회하구 왔세요. 우리쪽 순경이 번을 든다구 누가 와 일러줘 잠간 가 면회했는데 사식 말을 허니까 그사람은 펄적 뛰더군요. 사식 못 먹는 동무들이 얼마나 많은줄 아느냐구 허면서 정세에 대해 그다지 어두우냐구 꾸지람했어요. 그리구 아버지 오셨다니까 깜짝 놀라면서 어디 자주 나가시지 말게 허라구 신신당부했어요. 왜 그랬는지 아세요? 박교주 같은 데나 가시구 무슨 말끝에 북조선에 대헌 당치 않은 비평이나 허실가봐 그러는거야요. 곰곰히 생각해보세요? 어디가 옳구 긇은가……."

"……."

한뫼선생은 런봉오리수염만 가벼히 떨뿐 붕대에 감기지 않은 눈도 뜨지 않았다. 딸은 말을 계속하였다.

"아버진 북조선이 잘허긴 해두 혼자만 앞질러가기 때문에 통일이 안된다구 그리셨지? 그건 반동파들이 들으면 좋아 날칠 소립니다. 쏘미공동위원회사업을 어느쪽에서 파탄시켰습니까? 조선에서 쏘미량국군대가 동시에 철거허잔 제의가 어느쪽에서 나왔으며 이 제의를 반대헌게 어느쪽입니까? 또 단독정부를 어느쪽에서 먼저 세웠나요? 도무지 진상과는 하나두 맞지 않는 말슴을 누가 좋아하라구 허시는 거야요. 매국노들을 변호허는 것 아니구 뭐에요. 아버진 반동이세요."

"뭐야?"

한뫼선생은 한쪽눈이 나마 최대한도로 부루떴다.

"누가 날 반동이라드냐?"

"생각해보세요. 아버지 지론이 민주진영에 유리허겠습니까 반동진영에 유리하겠습니까?"

"난 불편부당이다! 공정헌 조선사람인 것 뿐이다."

"아버진 어태 꿈 속에 게세요. 불편부당이란 게 얼마나 모호헌 건지 어태모르시는 말씀이세요. 지금 어정쩡한 중간이란건 있을 수 없는 거야요. 자긴 불편부당을 가장 공정한 태도로 알구 중립이라구 허지만 그는 자기도 모르는 새 작구 반동에 유리헌 역활을 노는 거야요. 박교주 녀석집에…… 조선인민은 박교주녀석 집에 폭탄이나 던지러 갈가 그 외엔 갈일이 있을 수 없는 거야요."

"나두 내지각과 내요량이 있는 사람이야, 너이나 너이 소신대로 나가렴"

"누가 아버지더러 당장 좌익 리론가나 투사가 되시길 바라나요. 아버지는 정의감이 게시지 않어요? 아버지 요량에 확실히 원측이 옳다구 인정되는 편에 왜 결정적으루 가담 못 허시나요. 옳다구 인정되는 편에 꽉 밀착허시란말이야요. 지금 시대가 어떤 급격한 회전(回轉)인지 아세요? 어름어름허구 떠도시다간 날려버리구 마십니다. 력사의 주인공은 못 되시나마 력사의 먼지는 되지 마세요……."

"먼지……."

한뫼선생은 이말을 딸에게 돌려보내듯 쓴 우슴을 침이 뛰게 뿜었다.

딸은 집에 아이들만 두고 와서 오래앉았지 못하고 가버리었다.

이튿날 성씨도 병원으로 찾아왔다.

"이런 봉변이 어디있습니까?"

"내가 이녘의 말 안 들은 탓이오."

하고 한뫼선생은 성씨에게만은 박교주네 집에 갔던 것을 솔직히 후회하였다.

"그놈들은 죄다 권투광인지 길거리에두 권투허는 시늉을 하면서 다닌답니다. 그러다 한번 진짜루 갈겨보고 싶으면 아무나 때려눕히는 걸요! 뭐시, 아파까트라든가요, 턱을치바치지 않으면 눈통을 갈겨 멀정히 지나가다 송장처럼 나가뻐러진 사람 많습니다. 그리고 미국녀석인 줄만 알면 그저 멀찍이 피허는게 상책이랍니다."

"아니, 박교주넨 뭘허러 미국병정을 문간에 세워두누? 그게 요즘세상 세돈가?"

"아마 미국놈 무슨 요인이 왔던게죠. 박교주녀석 요즘 석유노름에 한몫 잘 보니가요."

"석유노름이라니?"

성씨는 피이던 담배를 끄며

"참, 선생께선 어태 남조선 석유노름을 모르시겠군!"

하고 이렇게 요령만 들어 이야기하였다.

"북조선 전기값은 떼먹구 결국 북조선 전기를 퉁거버린 건 저의 석유를 더많이 팔아 먹자는 심산이었더군요. 해방직후 과학자동맹에선 남조선에두 훌륭헌 석유공장이 있으니 원유(原油)를 드려오지 가공품을 드려올 필요가 없다구 군정청에 항의를 했답니다. 원유 一억원에치를 갖다 조선서 만들면, 조선공장두 살구, 로동자들도 살구, 一억원어치 원유에서 三억원에치 석유, 까솔린, 중유가 나온답니다. 그런데 이

날도적놈들 보슈. 과학자동맹사람들을 공산당이라구 검거해다 집어넣구, 그런 여론 퍼드리지 못하게 허구 저이 석유재벌 택사쓰니, 썸라이싱이니 하는 장삿군들헌테 석유수입권을 줘 석유는 석유대로, 까솔린은 까솔린대로, 중유는 중유대로 드러다 팔어 一억원에치를 三억원에치로 팔아먹지 않습니까?"

"저런 도적놈들이 있나!"

한뫼선생은 미국사람들을 그냥 '놈'이 아니라 '도적놈'이라 불렀다.

그리고 한쪽눈에나마 정채가 돌며,

"아니 리승만대통령은 그런걸 묵과헌단 말이야? 그러구 무슨 건국이란 말이될번헌가?"

하였다.

"저런 말슴 봤나! 묵과가 됩니까? 그런 부란당노름을 원조니 한미협정이니 허구 도장을 떡떡 찍구 앉었으니 그리게 월가 압잽이라 매국매족노라 허지않습니까? 바루 박교주놈두 그런 매국정당 두목에 하나구, 바루 그 석유 남조선 각지방에 퍼치는 리권을 얻어쥐구 해방후에 몬돈이 해방 전 재산의 三十배가 넘는다는 겁니다. 그래 북조선에도 이따위 외국 장삿군놈들이 판을 치며 제민족 고혈을 긁어가는 도적놈들의 심부럼을 허구 제뱃대기만 채는 조선놈들이 판을 치구 있습듸까?"

"……."

"한뫼선생께서 어태 북조선 살어보시구 등하불명이신 것 같애!"

하고 성씨는 한탄하듯 말하였다.

"등하불명? 그래 난 등하불명이라 칩시다. 그러면 옆에 그런 매국역도들을 두고 남조선사람들은 어태 뭣들을 했단말이오?"

"저런 말슴 보게! 그러게 모두 들구 일어나지 않습니까 사위되는 분은 뭐러 붓들린 줄 아십니까? 죽은 사람이 벌서 몇만명인 줄 아십니까? 가친 사람이 벌서 몇＋만명이게 그러십니까? 원!"

"아니, 그래 몇＋만명이 몇놈 매국놀 못당해?"

"저런 딱헌 말슴 봤나! 그몇놈 매국노들이 제힘으로 꺼떡대는 줄 아십니까?"

"옳아, 미국이 있지 참!"

하고 한뫼선생은 스사로 서글피 웃었다.

"그러나 미국이 열이 오면 뭘헙니까? 놈들은 철저한 장삿군들입니다. 릿속이 틀렸다 봐질 땐 그놈들처럼 뒤가 물른 것두 없는 겁니다. 그전 호랑이 담배먹을때 말이지 지금은 어림이나 있습니까? 쏘련 같은 나라가 생긴 걸 로동자들이 모릅니까? 이쪽이 몰을세 말이지 깨닫구, 단결허구, 결사적으로 항쟁허는 마당엔 그놈들이 목숨내걸구 덤빌 놈은 하나두 아니니까요. 중국돼가는 걸 보십시오그려!"

"아니 리승만이나 박교주 같은 작자들은 장랠 어떻게 보길래 민심을 잃구 건디려는 건구?"

"미국으로 뛰겠죠. 그리게 그녀석들 딸라허구 귀금속만 사 모지 않습니까? 서울안 금강석이니 보석이니 허는건 리승만이 양첩이 죄다 끄러모구 앉았답니다."

"조선을 버리구"

"그놈들헌테 조선이 그리울 게 있습니까? 그리게 그놈들이 조선문활 뭘 애끼는 줄 아십니까?"

"허긴 그렇드군! 미국놈 초대연엔 으레 딸년들을 쪽도리에 원삼을 입혀내세드군! 해괴헌 일이지, 제민족 문화풍습을 그렇게 모독헐데가 있나! 그 미국놈을 어째 사모관대꺼지 시키진 않는지……."

"말 맙쇼. 조선건 일제때이상 천대허구 모두가 경조부박한 미국식이죠. 그리게 매국노들은 세계 어디든지 '딸라'면 그만이게 되구, 미국씩 퇴폐문물로 통일됐으면 제일 편헐테죠. 어디루 쫓겨가든 조선이 따로 생각날 필요가 없어지고 말게…… 그리게 요즘 좌익에서 들은 미국이 세계 각국더러, 민족적 자존심을 버리라는둥, 북대서양동맹은 구라파 합중국의 제일보라는둥, 공공연히 내세우는 세계주의 라는 것과두 싸우지 않습니까?"

"그런 타민족 말살 정책과 싸우는 건 옳은 일이지"

"그것만이 아니라 알구 보면 좌익에서 허는 일이 다 옳습니다요."

"봉변은 했어도 박교주녀석과 대면 안되길 잘했군……."

"그렇습니다"

"……."

한뫼선생은 입을 다물고 말었다. 성씨는 수선스럽지는 않으나 덤덤히 앉았지는못하는 성미라 다시 이런 화두를 꺼내였다.

"난 요즘 가끔 이런 공상을 해보죠니까……."

"무슨……."

"박연암(朴燕巖)이나 김완당(金玩堂)은 한뫼선생께서 더잘 아시겠지만, 만일 이런분들이 지금 세상에 계시다면 어느편일가? 허구……."

"그거 재미있는 궁린걸! 그래서?"

"그때세상에서두 양반놈들을 드러내놓구 풍자했구, 경제사상으로 일관했던 연암이 오늘 있었다면 공산당 안 될 도리 없을 거라구요."

"완당은?"

"실사구시(實事求是)가 뭡니까. 허황한 관념철학인 성리학(性理學)을 배척허구 실지과학을 주장헌것 아닙니까? 실학파의 거두 완당이 오

늘 있었다면 사회과학에 거물이 되지 않을 수 없었을 겁니다. 한뫼선생
께선 어떻게 생각허십니까?"

"거 맹랑헌 문젠걸……."

한뫼선생은 성씨의 의견을 더 따져가며 듣기만 하고 이날 자기의 의
견은 말하지 않았다.

한뫼선생은 그후 이틀 동안이나 외로히 병원에 누어 마즌편 벽에 걸
린 색맹검사표(色盲檢查表)만 바라보았다.

'내 눈은 북조선을 보는데 색맹이었던가 전체는 보나 어느 한두가지
를 제대로 못 본……'

창밖 길거리에서는 자동차 달리는 소리가 끊일 사이 없이 지나갔다.
날랜 새매 지나가듯 쌩―소리가 나는 것은 보지않아도 미국군인의 짚
차일 것이요. 거대한 괴물이 용을쓰듯 으르렁 거리며 집을 흔들고 달리
는 것은 보지 않아도 그것도 미군의 트럭일 것이었다.

'나는 보았다. 남조선을 이 눈이 터지도록 본 셈이다! 나는 더 보기
싫어졌다! 더 보기 싫어진 이게 내가 반동이 아닌 표다!'

한뫼선생은 딸의 말이라도 반동이란 말은 노여웠다. 자기는 일제하
三十六년간 그다지 비굴하게는 살지 않아왔다. 자기는 지금 五‧十단
선 반대투쟁으로 투옥되어 그 가족들이 그의 장서를 팔아먹고 산다는
김씨 같은 불평할 줄 아는 인물이 그전부터 좋았기 때문에 나이는 틀리
나 친구로 지냈고 그도 역시 연암이나 완당을 누구보다도 좋아해서 서
화는 무관심하면서도 완당의 글씨만은 몇폭 가지고 있었다.

한뫼선생자신도 자기가 수집한 책에서 연암의 것을 『열하일기』를
비롯하여 가장 많이 읽었고, 『완당집』은 활판본을 통하여서나마 그 호

한한 전집을 거이 섭렵하였다. 이번에 고판 『완당집』을 놓지고만 애석함은 전적 수집벽(蒐集癖)에서보다도 자기가 완당을 숭상해온 후학(後學)의 도리에서 더하였던 것이다.

'연암이나 완당께서 생존하셨다면 그 정의감들과 그 실학정신들이 좌익에 가담하고 말고! 가담이 아니라 일선에 나서 지도허실 어른들이지!'

한뫼선생은 성씨의견에 합치되지 않을 수 없었다. 그리고 자기는 자기 딸이나 동대문경찰서 류치장에서 본 사람들이나, 명동 골목에서 본 중학생과 로동자들에게서만 비웃음을 받을것이 아니라, 자기가 오늘까지 숭상해오는 연암이나 완당 같은 선현들로부터도 비웃음과 꾸지람을 면치 못할 것이라 생각할때 한뫼선생은 이마가 화끈 달어올랐다.

'나를 반동이라는건 과헌 말이다! 그러나 보수적이었던 건 사실이다! 보수파? 내가 보수파?'

한뫼선생은 병상에서 후다닥 상반신을 일으켰다. 부채를 집어다 아직도 무거운 얼굴을 발작적이게 부치었다.

'보수파? 이건 내 본의가 아니었다! 보수의 무리는 어느 시대에 있어서나 자기나라 자기사회의 발전을 저해한 독충들이었었다! 내가 보수파라니?'

한뫼선생은 아직도 한이틀 병원에 더 누었어야할 것을 한쪽눈을 붕대로 동인채뛰처나오고 말았다. 울적한 심사는 딸네 집으로도 들어가기 싫어, 전에 서울 살 때, 자조 다니던 취운정(翠雲亭)으로 올라왔다.

울창하던 솔밭은 정자가 벌거벗은 것처럼 드러나 한쪽의 시력만으로도 시가를 전망하기에는 제격이었다. 멀ㅡ리 남산 밑으로 四十년 전 일본 통감부(統監府)자리가 마조 바라보였다. 일본기 대신 오늘은 미국기가 펄럭거리는 미군헌병대였다.

한뢰선생은 반청문(半淸門)께로 산등을 타고 거닐었다. '유·엔 조선위원단'이란 것이 드러와 있다는 덕수궁이며 리승만이가 미군정의 대를 물려 매국내각을 채리며 있는 경복궁이 손바닥처럼 내려다보인다. 근정전마당에는 미군숙사들이 빼국히 드러섰고 광화문통 넓은 길에는 미군들의 군용차가 개미떼 서물거리듯 한다. 그중에는 번질 번질한 승용차도 섞이어 덕수궁으로 경복궁으로 뻔질낳게 들락날락거린다.

한뢰선생은 이 번잡함이 말할 수 없이 서글프고 울분하였다. 어렷을 때 그것도 자기눈으로 똑똑히 본 한국말년의 한양풍경이 회상되었다. 이등박문(伊藤博文)이가 '실크해트'을 쓰고 쌍두마차를 타고 송병준이, 리완용의 일진회(一進會)패들이 인력거를 타고 덕수궁으로 경복궁으로 뻔질낳게 드나들던 꼴이 오늘 다시 너머나 방불하였다.

'이놈들아 또다시 일진회노름을 채린단 말이냐!'

한뢰선생은 한눈은 붕대로 싸매고 한눈은 눈물에 글성해 자못 비장한 한숨을 쉬었다.

VII.

한뢰선생은 딸네집에 나와 있다가 눈에서 붕대를 끄르기가 바쁘게 그 종이노가방을 들고 서울을 떠났다. 성씨도 어느친구도 다시는 만나지 않고 재판도 출옥도 가망이 없는 사위도 기다리지 않고 서울을 떠나버리었다.

역시 길을 경험 있는 동두천쪽으로 잡았다. 동두천에 와 사흘이나 묵으며 안내꾼을 수탐했으나 경비가 심하다고 나서는 사람이 없었다. 좁은 거리에 여러날 묶는 것도 본색이 드러날 위험성 있음으로 한뫼선생은 불과 달포 전에 지나온 길이라 혼자 자신 있게 나서고 말았다.

三十리를 걸어 할여울 강까에 다달었을 때 어느 마을에서는 두홰채우는 닭소리가 들려왔고 북조선의 첫마을 전곡거리에는 인민의 집에도 관리의 집에도 함께 전등불이 휘황하여 알른알른 바래보였다.

한뫼선생은 숨을 죽이고 좌우 동정을 살폈다. 괴괴하였다. 조용히 옷을 벗어 종이노가방과 한데 묶어 등에 걸머졌다. 벌써 가을물이라 올 때보다 수심은 낮으나 어름처럼 차고 돌들이 미끄러웠다. 아무래도 물소리가 났다. 반도 못 건너서다. 그만 크게 털벙소리를 내며 넘어졌다. 한뫼선생이 다시 일어서 몸도 가누기 전이었다.

딱 꿍,

딱 꿍 치르르…….

카빈총 소리는 철교 서쪽 잿둥에서 임으로 상당히 먼 거리이나, 한두 총구에서 쏟아지는 것이 아니엇다. 총알은 강바닥을 덮어 소낙비 퍼붓듯 물방울처 쏟아지고 말았다.

총탄의 소내기는 잠시 뒤에 멎었다.

그러나 사위는 다시 괴괴할뿐, 그만 북쪽 강기슭에도 남쪽 강기슭에도 사람이 나오는 그림자나 물소리는 나지 않고 말았다.

(一九五十年 二월)
−『문학예술』, 1950. 3.

작품평

　그가 말하는 '순수 문학'은 다만 일제에 복무한 그의 문학의 반동성을 음폐하는 가면에 불과하다.

　몰락한 량반 유생의 사회적 성격으로 가장한 리 태준의 '순수 문학'의 정체는 해방 후에 쓴 「해방전후」와 「먼지」에서 더는 은폐할 수 없이 폭로되었다. 이 사회적 성격의 중립, 즉 현실과 정치에의 무관심성은 「복덕방」, 「불우 선생」, 「손 거부」 등 해방 전 작품에서는 그들의 무위도식의 무의미한 생활 처지에 대한 묘사에 국한되었다면 해방 후에 씌여진 「해방 전후」와 「먼지」에 있어서는 직접 정치적 주제와 련결됨으로써 자기의 중립의 허위성을 폭로하지 않을 수 없었다.

　(중략)

　五년 후에 김 직원은 리 태준의 다른 작품인 「먼지」의 주인공 한뫼 선생으로 변신하고 우리 앞에 다시 등장하였다. 이 인물은 북반부에서 五년 동안이나 생활하면서도 아직 북이 좋은지 남이 좋은지 모르기 때문에 "우도 좌도 아니다"라는 중립을 버리지 않았다. 그러나 북반부에서 五년 동안이나 살면서 "좌도 우도 아니다"라는 중립을 지킬 때 그 중립이 북반부를 반대하는 태도의 음폐에 지나지 않는다는 것은 누구에게나 명백하다.

그는 북이 좋은지 남이 좋은지 "백번 듣는 것이 한번 보느니만 같지 않다."(百聞而不如 一見) 하여 서울로 올라가게 되었다. 한뫼 선생이 서울로 올라간 바로 그때는 八 · 二五 총선거 운동이 한참 벌어지고 있었다. 한뫼 선생이 하루는 서울 거리에 나타났을 때 마침 八 · 二五 총선거를 위한 운동에 용감하게 나선 어린 학생들과 마주쳤다. 서명할 것인가 안할 것인가. 그러나 한뫼 선생은 좌도 우도 아닌 중립이다. 그래서 그는 서명을 거절하였다. 그러면 서명을 거절한 것이 과연 중립으로 될 수 있는가. 그것은 중립이 될 수 없을 뿐만 아니라 리 승만 정권을 지지하는 것으로 된다는 것은 누구에게나 명백하다. 이것이 바로 한뫼 선생의 좌도 우도 아니라는 중립의 정체이다.

그런데 이 중립은 한뫼 선생이 그후 북반부로 돌아 오다가 三八선에 이르렀을 때 맞은 총알에까지 붙어 돌아갔다. 즉 한뫼 선생이 三八선에 다달았을 순간 총알이 날아와서 쓰러져 죽고 마는바 리 태준은 그 총알이 북에서 쏜 것인지 남에서 쏜 것인지 알 수 없다고 이야기하였다. 그러니 총알도 좌도 우도 아닌 중립이란 것이다.

그러나 이 총알의 중립도, 한뫼 선생이 북반부에서 五년 동안 살면서 중립이라 한 것이 북반부에 대한 반대의 음폐인 것처럼 그리고 서울 거리에서 서명을 거절한 중립이 리 승만에 대한 지지를 의미한 것처럼 바로 북반부에서 쏜 것이라 함을 암시하고 있는 것이다. 이것은 북반부에서 쏘지도 않았으며 또 쏠 수도 없는 그런 사실을 날조하여 그것을 마치 진실인 듯이 암시하기 위하여 리 태준에게 필요한 중립이다. 즉 리태준은 미제와 리 승만 역도를 지지하며 반대로 북반부의 민주 제도와 인민 정권을 반대하는 자기의 반혁명적 사상을 인민 속에 류포시키기 위하여 자기 주인공들의 정교하게 가장한 중립의 허위적인 탈을 리용하였다.

이상에서 우리는 리 태준의 작품들의 기본 주인공인 몰락한 량반 유생이 현실과 등진 그 외견상의 중립과 초현실적인 '순수'의 가장에도 불구하고 정치와 인연이 깊다는 것을 알았으며 따라서 그러한 중립적 인물이 등장한 작품들을 '순수 문학'이라고 하는 것이 허위에 불과하다는 사실을 알 수 있게 되었다.

─엄호석, 「사실주의로 변장한 부르죠아 반동 문학」,
『문예전선에 있어서의 반동적 부르죠아 사상을 반대하여(1)』,
조선작가동맹출판사, 1956, 114 / 115~116쪽.

제2부

한국전쟁기(1950~1953)의 내면 풍경

한국전쟁기 북한 문예지『문학예술』(1950. 6~1953. 8)에 게재된 대표 단편소설 연구

동시대적 평가의 양가성과 인물의 내면 풍경을 중심으로

오태호

Ⅰ. 서론

이 글은 한국전쟁기(1950.6~1953.7) 북한 월간 문예지『문학예술』(1950.6~1953.8)에 게재된 대표 단편소설 연구를 통해 당문학을 표방하는 북한 문학의 경직성과 유연성을 살펴보기 위해 동시대적 평가의 양가성과 인물의 내면 풍경을 분석하려는 목적으로 작성하였다. 한국전쟁기는 분단 이후 북한문학에서의 창작방법으로 '고상한 사실주의'를 이어받으면서 세계관으로서의 '고상한 애국주의'를 강조하던 시기에 해당한다.[1] 북한에서는 전쟁기 이래로 한국전쟁을 '조국해방전쟁'으로 명명하며 '미제와 남조선의 북침에 대한 대응'으로 규정하면서 전쟁의 정당성을 강조한다. 이 시기 북한문학은 1952년 12월 15일 조선

---

[1] 오태호,「해방기(1945~1950) 북한 문학의 '고상한 리얼리즘' 논의의 전개 과정 고찰-『문화전선』,『조선문학』,『문학예술』등을 중심으로」,『우리어문연구』통권 46호, 우리어문학회, 2013. 5. 30, 319~358쪽.

로동당 중앙위원회 제5차 전원회의에서 "문화인들 내에 있는 종파분자들"로 '임화, 김남천, 이태준' 등에 대한 비판을 비롯하여, 전쟁 책임론을 둘러싸고 남로당 일파에 대한 반종파투쟁이 진행되면서 외부의 적과 내부의 적을 제거하려는 기획이 진행된다.[2]

1950년대 전쟁기 문학은 적과 동지를 양분화는 시공간이라는 점에서 북한문학의 이데올로기적 경직성을 전경화할 수밖에 없다. 그럼에도 불구하고 실제 문예지 『문학예술』에 발표된 텍스트들을 고찰해 보면 등장인물들의 심리적 동요와 함께 문학적 보편성으로서의 이데올로기적 유연성을 드러내는 작품들을 살펴볼 수 있다. 따라서 본고에서는 북한문학의 정전으로 고평되는 황건의 「안해」와 함께, 동시내 평론가들에 의해 양면적으로 평가되는 박찬모의 「수류탄」과 현덕의 「첫 전투에서」 등과 더불어, 부상당한 귀환병의 '우정과 사랑'을 유동하는 내면을 형상화한 리상현의 「고압선」 등의 4편을 구체적으로 분석하고자 한다. 이 작품들이 북한문학에서 배제된 텍스트들의 내면 풍경을 보여줌과 동시에 남북한 문학의 외연을 확장하는 단편소설에 해당하기 때문이다.

1950년대 북한문학을 정리하고 있는 『조선문학통사』[3]에서나 1980년대 이래로의 평가를 집적한 『조선문학개관』(II)에서 주목하는 텍스트들은 대동소이하다. 구체적으로는 첫째 "정의의 성전에서 인민군 장병들의 영웅성과 완강성을 형상한 작품들"로 황건의 「불타는 섬」(1952) 등을 주목하고, 둘째 "후방인민들이 발휘한 숭고한 애국적 헌신성과 영웅성을 형상한 소설작품들"로는 류근순의 「회신속에서」(1951)

---

2) 김재용, 『북한문학의 역사적 이해』, 문학과지성사, 1994, 125~142쪽.
3) 사회과학원 문학연구소, 『조선문학통사(현대문학편)』, 인동, 1988(1959, 사회과학출판사), 250~266쪽.

등이 주목되며, 셋째로 "적강점지역에서의 인민들의 영웅적투쟁을 형상한 소설작품들"에서는 변희근의 「첫눈」(1952) 등을 주목한다.[4] 이후 전개된 16권짜리 『조선문학사』(1991)에서도 1950년대 전쟁기 단편소설에 대한 평가는 유사하게 전개된다.

본고에서는 셋째 작품들 중 거론되지 않은 박찬모의 「수류탄」(1951. 4), 그리고 둘째 작품들 중 거론된 황건의 「안해」(1951. 9)와 첫째 작품들 중 거론되지 않은 현덕의 「첫 전투에서」(1952. 10) 등과 함께, 부상당한 귀환병 서사를 다룬 리상현의 「고압선」 등을 분석하고자 한다. 동시대 이래로 고평되는 「안해」뿐만 아니라 양면적 평가의 대상이 되는 「수류탄」, 「첫 전투에서」, 「고압선」 등의 작품들이 전쟁문학이 지닌 전형으로서의 이데올로기적 영웅성을 전면에 내세우기는 하지만, 인물의 심리적 동요를 작품 속에 형상화함으로써 서사의 개연성을 확보하고 있다는 점에서 유의미한 전쟁문학에 해당하기 때문이다. 특히 현덕의 「첫 전투에서」의 경우 이태준의 보고를 비롯하여 10명 이상의 작가와 비평가가 '소설합평회'를 개진함으로써 1950년대 한국전쟁기에 역설적이게도 다양한 의견 교환이 가능했던 시기임을 확인할 수 있으며, 리상현의 「고압선」의 경우 부상당한 귀환병의 사랑과 우정을 둘러싼 내면 풍경이 입체적으로 조망되고 있다는 점에서 주목을 요한다. 이 4편을 연구대상으로 선정한 것은 이 작품들이 1950년대 한국전쟁기를 다룬 북한 단편소설 중에서 경직된 이데올로기의 자장으로부터 벗어나 심리적으로 유동하는 인물들의 내면을 함께 들여다볼 수 있을 뿐만 아니라 동시대 문학 텍스트에 대한 평가의 입체성을 고찰할 수 있는 유의미한 텍스트이기 때문이다.

---

4) 박종원·류만, 『조선문학개관 II 』, 인동, 1988, 158~166쪽.

한국전쟁기 북한문학에 대한 선행 연구는 2000년대 이래로 다양한 텍스트에 대한 분석과 평가로 전개된다. 신영덕[5]은 황건의 「안해」에 대한 단평을 포함하여 '북한군은 선인, 한국군은 악인'이라는 도식으로 유형화되고 있음을 비판적으로 분석하고, 이선미[6]는 1953년 '조선인민군 창건 5주년 기념 소설집'『화선』에 발표된 황건의 「불타는 섬」과 영화 <월미도>를 분석함으로써 영화와 소설 서사의 장르적 차이를 분석한다. 유임하[7]는 북한소설에서의 전쟁서사가 "전사들의 자기헌신과 승전을 위한 국가주의적 개인들의 모험과 당위적 가치를 표방"하고 '국토 완정'과 '조국 해방'이라는 신성한 대의에 기초해 있음을 주목하면서 종군기 서사와 단편소설을 중심으로 '군인들의 전쟁 서사'와 '후방 인민들의 점령군 격퇴 서사'의 두 가지 층위를 분석하고, 이은자[8]는 황건의 「안해」에 대한 단평을 포함하여, 남북한 전시소설에 나타난 여성의 역할을 분석하면서 전쟁의 폭력성과 가부장적 이데올로기의 이중 억압적 양상을 분석한다. 김은정[9]은 박찬모의 「수류탄」에 대한 단평을 포함하여, 『문학예술』에 나타난 한국전쟁기 미국의 폭격을 중심으로 물리적 측면과 정신적 측면으로 구분하여 폭격의 서사를 분석하며, 다른 논문[10]에서도 황건의 「안해」에 대한 약평을 포함하여, 북한

---

5) 신영덕, 「한국전쟁기 남북한 전쟁소설의 특성－한국군과 북한군의 형상화 양상을 중심으로」, 『한국현대문학연구』14, 한국현대문학회, 2003. 12, 75~109쪽.
6) 이선미, 「북한소설 <불타는 섬>과 영화 <월미도> 비교 연구－서사와 장르인식의 차이를 중심으로」, 『현대소설연구』21, 한국현대소설학회, 2004. 3, 275~297쪽.
7) 유임하, 「1950년대 북한문학과 전쟁서사」, 『돈암어문학』20, 돈암어문학회, 2007. 12, 188~216쪽.
8) 이은자, 「남북한 전시소설에 나타난 여성상 연구」, 『한중인문학연구』15, 한중인문학회, 2007, 77~101쪽.
9) 김은정, 「『문학예술』에 나타난 폭력의 서사－한국전쟁기 미국 폭격을 중심으로」, 『민족문학사연구』54, 민족문학사학회, 2014, 443~474쪽.

문학에 나타난 마산·충북양민학살의 형상화를 통해 전쟁기 문학의
정체성을 분석하고, 또 다른 논문11)에서 한국 전쟁을 소재로 다룬 북한
소설이 '개인의 욕망과 충심 경쟁'을 국가단위의 가족으로 수렴하고 있
음을 분석한다. 김성수12)는 한국전쟁기에 출간된『문학예술』을 개괄
하면서 북한 문예지의 문화정치학을 중심으로 분석을 진행한다. 배개
화13)는 박찬모의「수류탄」에 대한 단평을 비롯하여, 한국전쟁기 '고상
한 애국주의'를 둘러싼 김일성 계열 문학자와 박헌영 계열 문학자들의
파벌에 대해 분석을 진행하고, 다른 논문14)에서는「첫 전투에서」를 비
롯하여 현덕의 1950년대 작품들을 분석하면서 박헌영 노선을 따르던
작가의 숙청에 대해 분석을 진행한다.15) 김민선16)은 한국전쟁을 소재
로 형상화한 북한소설의 육체성에 대해 계보학적 고찰을 진행함으로
써 전형의 반복과 전유의 시도가 지닌 함의를 분석한다.

　이상의 선행 연구에서 드러나듯 황건의「불타는 섬」이나「안해」, 박

---

10) 김은정,「전쟁기 문학을 통한 정체성의 재구성―북한문학에 나타난 마산·충북양
　　민학살을 중심으로」,『비평문학』52, 한국비평문학회, 2014. 6, 73~100쪽.
11) 김은정,「북한의 한국전쟁 소설에 나타난 국가서사―『조국해방전쟁승리를 위하
　　여』1~4에 수록된 작품을 중심으로」,『외국문학연구』66, 한국외국어대학교 외
　　국문학연구소, 2017. 5, 9~33쪽.
12) 김성수,「6.25 전쟁 전후시기 북한 문예지의 문화정치학―『문학예술』(1948.4~
　　1953.9) 연구」,『민족문학사연구』62, 민족문학사학회, 2016, 223~254쪽.
13) 배개화,「한국전쟁기 북한문학의 '애국주의' 형상화 논쟁」,『민족문학사연구』73,
　　민족문학사연구소, 2020. 7, 143~176쪽.
14) 배개화,「한국전쟁 동안의 현덕과 그의 소설」,『한국현대문학연구』61, 한국현대
　　문학회, 2020. 8, 9~42쪽.
15) 특히「첫 전투에서」'박'으로 상징되는 조선로동당의 격려가 전투 영웅의 애국심
　　을 고취하는 것으로 묘사함으로써 자연주의 경향에 대한 비판과 함께 숙청의 빌미
　　를 제공한다고 평가하는 대목은 흥미로운 분석이다.
16) 김민선,「재생되는 전쟁, 반복되는 서사―한국전쟁 소재 북한소설의 육체성」,『사
　　이』제29호, 국제한국문학문화학회, 2020, 10, 73~102쪽.

찬모의 「수류탄」, 현덕의 「첫 전투에서」 등이 파편적으로 분석되고 있긴 하지만, 한국전쟁기 문예지인 『문학예술』에 게재된 단편소설에 대한 입체적 연구는 부재한 것이 현실이다. 따라서 한국전쟁기 북한 단편소설이 지닌 이데올로기적 경직성과 함께 인물들의 심리적 동요가 드러나는 서사적 개연성에 대해 구체적으로 분석함으로써 북한문학이 내포한 인물 형상화의 유연성이 전쟁 시기에도 살아있음을 주목하고자 한다. 그것이 남북한 문학의 접점으로써 텍스트의 서사적 리얼리티 확보라는 미학성을 공유하는 방식이기 때문이다.

II. 남한 점령지 인민들의 '영웅적 투쟁' – 박찬모의 「수류탄」 (1951. 4)

먼저 박찬모의 「수류탄」(1951. 4)에 대한 동시내 평가로는 양면적 평가가 공존한다. 한효는 한설야의 「승냥이」, 김남천의 「꿀」, 리북명의 「악마」 등과 더불어 박찬모의 「수류탄」이 "미국강도들을 반대하여 싸우는 우리문학의 전투적 모습"을 보여주면서 "우리문학의 우월성"을 제시하는 작품으로 평가하면서 "자랑할만한 전형"이며, "깊은 향토애"를 불러일으킨다고 평가한다. 하지만 동시에 내용이 빈약하여 독자가 공허감을 느낄 수밖에 없다고 비판하기도 한다.[17] 엄호석 역시 '서대문 특별 방위대에 대한 이야기'에 대해 박찬모의 「수류탄」이 "사건 자체의 서사시적 진폭과 심오성을 상상하기 어려울 정도로" 빈약화[18]

---

17) 한효, 「우리 文學의 戰鬪的 모습과 提起되는 몇 가지 問題」, 『문학예술』, 문예총출판사, 1951. 6, 96~101쪽.
18) 엄호석, 「작가들의 사업과 정열 – 최근의 창작을 중심으로」, 『문학예술』, 문예총출

하였다고 비판적 평가를 진행한다.

실제 작품은 서울기관구 수리공인 리영우가 미군의 폭격으로 어머니를 잃게 되면서 시작된다. 영우가 며칠째 들어오지 않자 아들을 직접 찾아 나섰다가 어머니가 변을 당한 것이다. 시신조차 수습하지 못한 영우에게 돌아온 유일한 유품은 어머니의 식은 보리밥과 눌러붙은 고추장이 담긴 도시락통밖에 없다. 어머니의 유품을 받은 날 오후 영우는 서울시 중구역당에 소환되고, 스스로 자원하여 특별자위대로 나서게 된다. 사실 영우는 이미 전쟁 전에 수제수류탄을 안고 '이승만 도당의 선거장'에 뛰어들었다가 체포되어 서대문 형무소에서 무기징역을 선고받고 복역 중이었지만, 한국전쟁이 개시된 이후 6월 28일에 인민군에 의해 풀려난 상황이다. 작품의 시점은 1950년 9월 25일, 한국군이 인천에 상륙하여 서울로 들어서기 시작한 지 12일째 되는 날 오후 5시이다. 특별자위대로 자원한 영우는 전우들과 함께 돌격대가 되어 총과 몇 개의 수류탄을 챙겨 공격을 시도한다. 하지만 너무 멀게 던져지거나 그나마도 불발이 되는 등 실패를 거듭하다가 결국 남은 수제수류탄을 품에 안고 적의 탱크로 돌격하여 자폭하게 되는 것으로 작품의 서사는 마무리된다.

> "비러먹을"
> 영우는 입술을 꽉 깨물며 뒤를 도라보았다. 순간 까닭없이 눈물이 핑 돌았다. 마음대로 되지않는 자기의 육체, 그것처럼 무엇인가 원망스러운 생각이 가슴에 서리는 것이다.
> "비러먹을…… 포 사격이나 해주지?"

판사, 1951. 7, 75쪽.

그렇다. 이런때 포 사격을 해주지 않는 것은 얼마나 안타까운 일인가? 저놈들을 모주리 잡아야 할텐데…… (중략)

그는 어린애같이 웃었다. 세상이 꿈 속 같이 노랗게 잦아들었다. 그리고 것잡을 수 없이 잠에 취해버리는 것이었다.

"애, 벼개를 베구 자려므나."

어머니의 부드러운 목소리가 들려왔다. 영우는 네… 네… 하고 몸을 뒤치려 하였으나 도무지 꼼짝하기가 싫었다. 전력을 당하여 눈을 뜨려고 하였으나 다만 아득한 벌판에 두줄기의 철로길이 한없이 벋어나간 풍경이 보이다가 사라지군 하였다. 그리고 기관차 앞대가리 옆에 변또 보재기를 들고 섰는 어머니의 웃음진 얼굴이 하얀 연기 속에 어른거리는가 하면 그 수줄진 얼굴이 기폭처럼 넓게 퍼저 왼 세상과 함께 영우의 전신을 덮어버리었다.

이윽고 영우의 눈 앞에는 무학재 저쪽에 비껴앉은 태양이 한강물 줄기에 붉은 노을을 던진채 움직이지 않는 것과 치솟은 삼각산 봉우리에 자주빛 양광이 뒤덮혀 언제까지나 꺼질줄 모를것같이 황홀하기 비할데 없는 서울의 석양 한순간이 나타났다. 그러나 그 것마저 서서이 또 고요히 가물어 버린 다음! 그 다음에는 모두가 잠잠해지고 말았다.[19]

작품의 말미에 영우는 "빌어먹을"이라고 욕설을 내뱉으면서 포 사격을 해주지 않는 인민군의 전투력에 대해 자조적인 토로를 한다. 그러다가 탱크로 돌진하여 수류탄을 터뜨린 뒤 잠에 취한 듯 생을 마감하는 모습으로 그려진다. 베개를 베고 잠들라는 '부드러운 목소리'의 어머니 환청이 들리지만, 영우는 꼼짝하기 싫은 자신의 육체의 한계를 자인한다. 더구나 어머니의 웃음 띤 얼굴이 아득하게 전신을 덮어오면서 삼각

---

19) 박찬모, 「手榴彈」, 『문학예술』, 문학예술사, 1951. 4, 75쪽.

산 봉우리로 석양의 한순간이 나타나는 진경을 흐릿하게 음미하며, 사후 세계에 젖어드는 것으로 그려진다.

작품의 마지막 부분에 해당하는 인용문은 영우의 죽음을 일종의 '황홀경의 사상'[20]으로 초점화하여 형상화하는 대목에 해당한다. 영우는 시신처럼 보일 만큼 처참한 부상을 입었지만 즉사하지 않는 것으로 그려진다. 그리하여 불타는 적들의 탱크와 혼비백산 도망가는 적들을 머리에 떠올리고, 아군의 포탄에 죽어가는 적들을 확인하고 난 뒤에야 어머니의 음성을 들으며 잠들 듯 죽음을 맞이하는 것으로 그려진다.

박찬모의 「수류탄」은 "적 강점지"에서 영웅적인 인민의 투쟁을 그린 작품이긴 하지만, '빈약한 서사'가 부정적으로 평가된다. 하지만 영우가 '인민군의 폭격 부재'에 대해 불만을 털어놓거나 작품 말미에 돌아가신 어머니를 떠올리면서, 삼각산 풍경을 흐릿하게 관조하며 생명이 꺼져가는 모습은 주인공의 최후를 절절하게 표현하고자 극대화한 모더니즘적 내면을 보여준다는 점에서 소중한 대목이다.

III. 후방 인민들의 '애국적 헌신성' – 황건의 「안해」(1951. 9)

두 번째로 황건의 「안해」(1951. 9)에 대한 동시대 평가 역시 양면적 평가가 공존한다. 엄호석은 「안해」에서 "작자가 주인공의 가정부인으로서의 일반적 특성을 잘 알았기 때문에 투쟁 속에서 항상 겁에 질려

---

20) 김윤식에 따르면, 유토피아적 상상력과 허무주의는 깊은 친연성을 유지한다.(김윤식, 『황홀경의 사상』, 홍성사, 1984.) 영우의 마지막 장면은 신념에 찬 인물의 내면을 찰나적으로 조명하고 있기 때문에 『장길산』에서 마감동의 최후를 조망하는 '황홀경의 시선'과 유사하게 평가된다.

주저하는 취약성을 감춤이 없이 레알리스틱하게 들어내면서 그를 진실에 가까운 산 인물로 묘사하였"다고 평가하면서 "오늘 새로운 도덕적 면모로 나날이 변모하는 우리 인민들의 아름다운 인간성을 깊이 연구"[21]한 작품으로 평가한다. 하지만 "묘사의 장황성"과 함께 "프로트 구성의 평판성"이 지닌 작가적 기교의 부족, 부정적 미군의 형상화 부족 등을 비판한다.[22] 반면에 한효는 "가장 평범한 안해"가 "정보를 수집하려 누더기 옷에 깡통을 든 피난민 로파 채림으로 장거리"로 나가는 믿음성 있는 공작원의 모습임을 고평하면서 "우리 시대의 영웅"으로 "영광스러운 당과 경애하는 수령의 뜨거운 손길에 의하여 교양 받은 새로운 사람들"[23]임을 긍정적으로 평가한다.

황건의 「안해」는 한 남자의 아내이자 한 아이의 엄마일 뿐이었던 '탄실'이 미군과 국방군에 대항하면서 점차 빨치산의 후방 공작원이 되어가는 과정을 그린 소설이다. 미군이 쳐들어오자 당에서 빨치산을 조직해 대항하기로 결정하자, 군 인민위원회 농산과장인 남편 정태원은 아내인 탄실에게 함께 남아줄 것을 부탁한다. 여맹원인 탄실은 남편과 어린 아들인 상기와 행복하게 사는 것 외에 다른 삶은 상상해본 적이 없기에 두려움을 느끼기도 하지만, 남편의 뜻에 따라 아이를 친정집에 맡긴다. 아이를 맡긴 뒤 빨치산 남편과 만나기로 약속한 장소로 이동하는 도중 탄실은 미군과 국방군이 죄 없는 사람들을 처참히 죽이는 장면을 목격하게 된다. '모든 것을 빼앗기지 않고 되찾기 위해서는 싸워서

---

21) 엄호석, 「조국 해방 전쟁과 문학의 앙양」, 『문학예술』, 문예총출판사, 1952. 5, 108쪽.
22) 엄호석, 「조국 해방 전쟁과 문학의 앙양」, 『문학예술』, 문예총출판사, 1952. 5, 94~96쪽.
23) 한효, 「자연주의를 반대하는 투쟁에 있어서의 조선문학(4)」, 『문학예술』, 문예총출판사, 1953. 4, 141쪽.

이기는 길밖에 없다'던 남편의 말을 복기하면서 탄실은 산 아래 마을에서의 공작활동을 수행하며 빨치산들을 돕게 된다.

그러던 어느 날 빨치산들이 경찰대 본부를 습격하는 과정에서 탄실의 남편이 잡혀 사망하게 된다. 탄실은 남편이 쫓기는 모습까지만 본 상태였기 때문에 극도의 불안함에 휩싸이지만, 그 와중에도 공작활동을 멈추지 않는다. 탄실은 군 소재지에 대한 두 번째 습격 작전의 중대한 임무를 제안받고, 군수품 창고 방화 임무를 수행하다가 미군들에게 체포된다. 결국 유치장 안에서 남편의 죽음을 알게 되고, 아들 또한 도저히 살아날 수 없는 상황에서 자신의 생명을 포함하여 가장 귀중한 것들을 함께 조국에 바쳤다고 생각하면서, 온갖 고문 속에서도 굴하지 않은 채 죽음을 준비한다. 그때 빨치산들이 인민군, 중국 인민지원군과 함께 공격을 감행하여 미군과 국방군들을 몰아내고 탄실을 비롯한 사람들을 구출한다. 탄실은 아들과 기적적인 재회를 하면서, "숨 막히던 무덤 속에서 거리는 소생했다. 거리는 방금 들어오고 있는 인민군대와 중국 인민지원군을 맞는 만세 소리 아우성 소리에 번지는 듯 했다."라는 구절로 작품은 마무리된다.

> 주위를 살피다 방공호 앞에 이르렀을 때, 탄실은 얼맛동안 캄캄한 굴 속만 들여다보았다. 어쩐지 그 속에 발 옮길 마음이 안 났다.
> 정작 굴 안에 들어가 앉으니 두려운 생각 보다도 와락 슬픈 생각이 들며 울음이 터질 것 같았다. 탄실은 두 손에 얼굴을 파묻고 소리 없이 흐느껴 울었다.
> 막연한 생각이나 탄실은 남편이 말했듯 모든 것을 잃었다는 마음이 가슴을 어이듯 했다. 마을도 집도 부모도 형제도 살아가는 모든 기쁨을 잃은 것이였다.

탄실은 어느 때까지고 울음을 다잡을 길이 없었다. 울음이 진하고 가슴이 저으기 가라앉는가 싶어지자 탄실은 남편과 어린 상기가 갑짜기 뼈저리게 그리워졌다. 아직 약속한 시간이 안 되였겠지만 그 이는 왜 지금도 나타나지 않는가 초조한 마음이 들었다. 그리고 상기의 일이 생각되였다. 상기는 지금쯤 낯선 등잔 밑에서 작난을 하다 말고 불빛만 바라보며 어머니, 아버지 일을 생각고 있지는 않는지……24)

　작품 중반부인 인용문에서 드러나듯 탄실은 방공호 앞에서 머뭇대는 표정이 드러난다. 심지어 방공호 속에 대피해서는 '두려운 생각'에 앞서 '슬픈 생각'을 먼저 하면서 흐느껴 우는 연약한 존재로 그려진다. 가슴이 에이는 듯한 심정과 함께 "모든 기쁨을 잃은" 상실감을 솔직하게 토로하고 있는 것이다. 더구나 남편과의 약속 시간을 기다리면서 남편에 대한 걱정과 함께 아이인 상기에 대한 그리움이 드러나면서 불안과 초조를 느끼는 모습이 사실적으로 포착된다. 이렇듯 황건의 「안해」는 주인공 탄실의 '영웅적 서사'에 초점을 맞추기보다는 임무 수행의 와중에서 드러나는 심리적 동요를 설득력 있게 포착하고 있다는 점에서 주목을 요한다.

　황건의 「안해」는 작품의 서사에서 드러나듯, 평범한 아낙네였던 '탄실'이 빨치산을 지원하는 후방 인민의 대표적 전형으로 임무를 수행하면서 온갖 고초에도 불구하고 미군과 국방군들을 물리치는 데에 기여하고 있음을 주목한다. 하지만 전형적인 서사의 구도에도 불구하고 작품에서 주목할 만한 대목은 '탄실의 내면 풍경'이 진솔하게 포착되고 있다는 점이다.

---

24) 황건, 「안해」, 『문학예술』, 문학예술사, 1951. 9, 9쪽.

Ⅳ. 인민군 장병들의 '완강성' – 현덕의 「첫 전투에서」(1952. 10)

세 번째로 현덕의 「첫 전투에서」에 대한 평가는 양면적 평가보다는 부정적 평가가 주를 이룬다. 한효는 "「첫 전투에서」의 칠딴이와 「림진강」의 공안립과 「악마」의 박첨지의 형상들은 김일성 원수의 고무를 받고 있는 우리의 고상한 인도주의와는 아무런 인연도 없는 것이며 우리 문학의 고상한 목적과 부합되지 않는다."면서 "칠딴이를 전적으로 동물적인 본능과 결부시키여 추잡하고 더러운 존재로 만들었"다고 비난한다.25) 뿐만 아니라 "우리의 생활에 대한 비방적인 의곡과 로동 계급에 대한 모욕적인 중상에서 묘사의 자연주의적 야식을 전형적으로 리용"하였으며, "묘사되고 있는 사실의 '사실성'과 '확실성'으로써 자기의 반레알리즘적 태도를 엄폐"하면서 "가장 타기할 저급한 동물적 충동"을 "흥미 있는 사건"으로 간주26)했음을 지적한다.

특히 한효는 이원조를 비판하면서도 이원조가 상찬한 현덕의 「첫 전투에서」를 함께 비난한다. 즉 '리원조의 반리알리즘적 견지'에 입각하면, 현덕의 「첫 전투에서」야말로 가장 "훌륭한 걸작"일 수 있다고 비판한다. 결과적으로 "우리 문학에 있어서 자연주의의 대표적 표현이며 로골적으로 우리 인민들의 애국심과 로동 계급을 모욕하여 나선 반동적 작품"을 "잘 째인 성공한 작품"이라고 이원조가 추천한 사실27)을 비난하는 것이다.

---

25) 한효, 「자연주의를 반대하는 투쟁에 있어서의 조선문학(4)」, 『문학예술』, 문예총 출판사, 1953. 4, 142~143쪽.
26) 한효, 「자연주의를 반대하는 투쟁에 있어서의 조선문학(3)」, 『문학예술』, 문예총 출판사, 1953. 3, 144쪽.
27) 한효, 「자연주의를 반대하는 투쟁에 있어서의 조선문학(3)」, 『문학예술』, 문예총 출판사, 1953. 3, 151~152쪽.

작품 속에서 대대장 백기락은 비행장에서 자신의 짝패인 김락준이 첫 전투에 나가게 된다는 사실을 알려준다. 이후 락준의 첫 전투 비행에 대한 묘사가 구체적으로 전개되는 와중에, 락준은 소년 시절 짝사랑하던 이웃집 누이 칠딴이가 빚에 의해 팔려가게 된 날을 회상한다. 칠딴이가 떠나가는 장면을 바라보며 아무것도 할 수 없던 지난날의 무력감을 떠올리는 것이다. 과거에 대한 락준의 무력감은 위험에 처한 백기락을 구하기 위해 구체적인 행동을 전개하게 만드는 동력으로 작동된다. 백기락의 비행기가 위태롭게 흔들거리는 사실을 목격한 락준은 지속적으로 무전 라디오를 치면서 "기운 내라"는 메시지를 전한다. 결국 백기락이 가까스로 정신을 차리고 무사히 함께 귀환하게 되는 것으로 작품이 마무리된다.[28]

　　"내 떡 허거들랑 많이 줄게 우지마."
　　언제 어떻게 떡을 해서 많이 준다는 것인지 모르면서 소년은 그저 감격하였다. 그리고 코 속이 알싸하도록 강한 꽃향기와 함께 땀내가 시큼한 처녀의 젖가슴에서 그는 어머니를 느끼고 자기의 지극한 동정자를 느끼고는 한편 설고도 행복하였다.
　　지금 이십 장정의 호흡 거치른 심장과 심장을 맞붙이고 있을 때, 락준은 십년 전 별바우꼴 돌배 나무 짬에서 생의 첫 눈이 떳을 때, 전

---

28) 배개화는 "전투 영웅 김락준의 애국심을 고취하는 주체가 조선로동당"이며 '당'을 박헌영이라는 인물로 상징화하였다고 분석하면서, 작품 속에서 당 위원장에 대해 "따뜻한 온기가 도는 투툼한 손"을 지닌 사람이며, "늘 웃음을 짓는 얼굴이나 그 눈은 상대의 속속드리를 들여다보는 것 같은 박이라는 성을 가진 그 개인"으로 표현되며, "자기 앞으로 오는 것이 아니라 크고 존엄한 당 그것이 자기를 행해 오던 것"이라고 기술됨을 주목한다.(배개화, 「한국전쟁 동안의 현덕과 그의 소설」, 『한국현대문학연구』 61, 한국현대문학회, 2020. 8, 33쪽.) 현덕의 작품이 평가절하되는 핵심적인 대목을 잘 파악하고 있는 선행 연구로 판단된다.

율하던 그 심장은 오늘 조국애와 동지애의 크고 높은 감동으로 어쩔
하도록 강한 행복감에 취하는 것이다.

본시 주도기와 대렬기의 작패를 지은 두 사람은 오랜 훈련 생활에
서부터 한 침대, 한 식탁, 한 비행장에서 서루 체취와 감정이 젖고, 그
적을 미워하는 마음이 같고 그 복쑤를 맹서한 대상이 같다고 해서 뿐
만 아니라 한번 전투 임무를 받고 공중에 올랐을 때에는 두 개의 심장
은 한 개의 심장으로 되어야 한다. 그렇게 대렬기는 주도기의 조그만
움직임 하나에도 상대의 의사와 감정을 요해하고 동감해야 하였고
한 마디의 말에서 열 가지의 내용을 감득해야 하였다. 이래서 그들은
말하는바 피로써 맺어진 동지요 형제요 전우였다. 그것은 주도기와
대렬기를 생각할 때에도 마찬가지였다.[29]

인용문에서 드러나듯 락준은 과거에 칠딴이에게서 느꼈던 연정으로
서의 '낯선 행복감'을, 현재에 '일종의 브로맨스'로서 기락과 함께하는
'강한 행복감'으로 전이하면서 '조국애와 동지애의 감동'을 확인하는
형상으로 그려진다. 과거에 칠딴이에 대한 기대와 설렘이라는 이성애
적 떨림이 자신에게 행복감을 선사했듯, 지금의 실전 비행에 대한 두려
움을 기락과의 비행이 극복하게 해주기를 기대하는 마음이 드러나는
셈이다.

하지만 1952년 12월 개최된 <소설 합평회>에서 현덕의 「첫 전투
에서」는 총체적인 비판에 직면하게 된다. 즉 이태준의 보고를 필두로,
리갑기, 최명익, 김남천, 박웅걸, 윤시철, 리상현, 김영석, 리원우, 천청
송 등 9명의 지적과 경고를 거쳐 다시 현덕의 다짐을 제시하고, 결론을
마무리하는 과정은 1950년대 북한문학이 경직된 이념적 도식성을 가

---

29) 현덕, 「첫 전투에서」, 『문학예술』, 문예총출판사, 1952. 10, 40쪽.

지고 있음에도 불구하고 백가쟁명의 논쟁이 가능한 공간이었음을 보여준다.

이태준은 "일반 작가들이 체득하기 어려운 항공을 주제로 해서 우리들에게 적지 않은 도움을 준 작품을 썼다"면서 "풍부한 디테일들로써 주인공을 윤택하게 묘사"했으며, "전체적으로 화려하고 광활한 장면을 인상주었으며 또 기록식 폐단을 극복할 자취가 력력히 보이기"도 하고, "공중전에서 우리가 발견키 어려운 좋은 장면을 다채롭게 묘사했음에도 불구하고", 결함과 단점으로 "주제의 일관성이 약하며 매개 디테일들이 주인공의 중요 목적에 복종되어 있지 않"으며, "첫 전투에서의 주인공의 애로 극복 장면과 고귀한 의무에 대한 묘사가 약"하고, "'칠딴이'에 대한 취급 법이 텁텁하며", "주제에 대한 적극성이 부족하며 칠딴이를 취급하는데 있어 용의가 부족"하다고 비판한다.

이후 리갑기는 '군사적 지식의 부족과 모순'을 지적하면서 "자연주의적 잔재가 농후한 작품"이라면서 "시집 『응향』의 경향이 련상"된다면서 칠딴과 락준의 소년 시대에 대한 묘사를 비판하고, 올바른 세계관의 필요성을 강조한다. 반면에 최명익은 "항공의 역할에 대한 좋은 선전 가치가 있는 작품"이라면서 "주제의 적극성이 미약하며 칠딴이에 대한 묘사가 불충분할 따름이지" "자연주의적 작품"은 아니라고 옹호한다. 그러나 김남천은 "주제에 대한 일관된 디테일의 집중성이 약하며 사상의 굵은 실로 매개 사건들을 구슬 꿰듯 일관시키지 못했"음을 지적하면서, "이 작가가 쓴 4개의 항공소설에는 거의 전부가 주제에 대한 일관성이 없으며 낡은 자연주의적 잔재가 흘러있다"고 충고한다.

박웅걸 역시 "이 작품 속에 작가의 목적 의식성이 전연 없다는 것과 조국 해방 전쟁에 대한 심오한 연구가 없다고 지적하면서 치욕적인 과거를 가진 칠딴이를 5.1절 행사에서 기수로 내세운 것은 작가의 사상 문제로서 엄중한 일"이라고 비판한다. 반면에 윤시철은 "이 작품의 문장은 단지 화려하다는 데에 의의가 있다"고 지적하고, 리상현은 "가장 멋진 스릴과 랑만과 희망이 가득차 있어야 할 터인데 이 작품에는 그러한 명랑하고 생신한 데가 없다"고 비판하면서 '항공에 대한 꾸준한 취재'는 높이 평가하지만, "관조적인 세계에서 탈출하도록 노력하여야 한다"고 요청한다. 김영석은 "원쑤에 대한 아무런 적개심도 찾아볼 수 없다"고 지적하면서 "애국주의 사상으로 무장되어 있지 않"았음을 비판하며, 리원우 역시 "주인공의 애국주의 사상과 영웅적 전투 모습이 전연 나타나 있지 않다"고 지적하고, 천청송은 "불필요한 지엽적 사건을 묘사"하여 "자연주의 형식주의의 사도에 빠져버렸다"고 경고한다.

작가 현덕 동무는 보고와 토론을 대체로 접수하며 동지적 충고에 경의를 표한다고 말하면서 항공 소설을 쓰는데 있어 지상관계, 대인관계가 없는 조건에서 칠딴이를 내놓았다는 것과 자기로서는 자연주의적 경향을 극복하려고 꾸준히 노력하였으나 결과는 그렇지 못했다는 것, 앞으로는 머리를 정리하여 토론들을 심심히 연구하며 문학 창작을 위하여 고상한 사상 쟁취에 견결히 노력할 것을 말하였다.

결론으로 작가가 종래 가지고 있던 모든 잔재, 불필요한 사색을 청산해야 할 것을 력설하면서 이 작가가 「첫 전투에서」와 같은 작품을 쓴 것은 그의 낡은 잔재에 대한 향수에서 온 것이라고 지적하며 오늘 합평회에서 나온 토론들은 작가가 깊이 인민 생활을 연구하는 방향에서 의식 개변을 가져오게 하는 것과, 작가 현덕 동무를 애끼는 의미에서 값있고 의의 깊은 토론들이었다고 말하였다.[30]

---

30) 소설합평회, 「자연주의적 잔재─현덕 작 「첫 전투에서」에 대하여」, 『문학예술』,

결국 인용문에서처럼 10명의 소설가와 비평가 동료들로부터 지적과 비난에 가까운 비판을 듣게 된 현덕은 동지적 충고에 경의를 표하면서, 결과적으로 자신의 노력이 부족하였음을 자인한다. 특히 자연주의적 경향을 극복하기 위해 지속적인 노력을 진행하겠다는 다짐과 함께 고상한 사상을 쟁취하도록 견결히 노력할 것을 강조한다. <소설 합평회>의 결론 역시 "낡은 잔재에 대한 향수"를 버리고 "의식 개변"을 통해 새로운 창작물을 산출해야 함을 강조하는 것으로 마무리된다.

일종의 '인민재판식 소설 합평회'에서 현덕의 세계관과 창작방법론과 텍스트가 총체적 난맥을 드러내는 텍스트로 평가절하되는 것이다. 그러나 현덕의 「첫 전투에서」는 역설적이게도 북한문학의 획일화된 도식주의적 경향이 텍스트의 유연성을 억압하는 잘못된 지침으로 활용될 수 있음을 보여준다. 작품 자체에 대해 부정적 평가가 주를 이루긴 하지만, 전쟁 중임에도 불구하고 입체적인 평가가 다양하게 전개되고 있음을 주목할 수 있는 텍스트라는 점에서 유의미한 텍스트라고 판단된다.

V. '영예군인(=부상 귀환병)'의 심리적 동요 – 리상현의 「고압선」(1953. 8)

네 번째로 리상현의 「고압선」에 대한 동시대 평가 역시 양면적 평가가 존재한다. 김명수[31]는 리상현의 「고압선」이 '전형성으로부터 이탈

문예총출판사, 1953. 1, 106~109쪽.
31) 김명수, 「우리 문학에 있어서의 전형과 갈등 문제 – 전후 인민 경제 복구 건설 투쟁과 관련하여」, 『조선문학』, 조선작가동맹출판사, 1954. 1, 124~145쪽.

한 작품'이라면서 "형상의 편협화 왜소화를 초래"한 대표작품으로 비판한다. 반면에 안함광[32]은 우선 "조국과 인민의 승리를 위한 정의의 싸움에서 단련된 새로운 인간들의 새로운 사랑의 륜리에 대하여 이야기"하고 있다면서 긍정성을 주목한 뒤, 작중 인물에게 "심리적 굴절면의 추구로서 성격을 창조하려 한 탓으로 하여 예술성에 어쩔 수 없는 손상을 가져온 작품"이라면서 "행동과 심리의 부조화, 정항과 성격의 부조화"를 초래한 작품으로 비판한다. 특히 김명수는 주인공 진수가 "인테리적인 내향성, 자의식 소심한 고민이 너무나도 많은 사람"으로서 "구 시대적 소 부르죠아 인테리의 유물"이라는 점을 비판하면서, "이러한 우울하고 소심한 로동자보다는 대담하고 명철하고 쾌활하며 볼쉐위끼적 새로운 특질들을 소유한 로동자들"[33]을 형상화할 것을 주문한다. 하지만 김명수가 비판하는 인물의 형상력이 사실은 북한문학에서 살려써야 할 유연성의 대목임을 주목할 필요가 있다.

리상현의 「고압선」은 전쟁 중에 얼굴에 화상을 입고 다리를 다치면서 영예군인으로 제대할 수밖에 없었던 주인공 진수가 병원에서 나와 고향으로 돌아와서 전기공 생활에 다시 적응하는 내용을 다룬 작품이다. 진수는 자신의 화상 입은 얼굴을 알아보지 못하는 친구 응선을 만나 자신이 진수임을 확인시킨 후, 동료들과 재회한다. 돌아온 고향에서 전기공 임무를 수행하고자 기대하지만, 동료들과 세포위원장은 진수의 몸상태를 걱정하며 서무 서기의 일을 맡기자 진수는 불만을 갖게 된다. 더구나 현재 '진수의 뺀치'를 들고 노동을 수행하는 사람이 전선으

32) 안함광, 「소설 문학의 발전상과 전형화상의 몇가지 문제」, 『조선문학』, 조선작가동맹출판사, 1954. 2, 128~150쪽.
33) 김명수, 「우리 문학에 있어서의 전형과 갈등 문제 – 전후 인민 경제 복구 건설 투쟁과 관련하여」, 『조선문학』, 조선작가동맹출판사, 1954. 1, 131~132쪽.

로 떠나기 전에 사랑했던 여인 원희임을 알게 되고, 화선에서 전투에 임하고 있을 동무들을 생각하며 현장 노동을 해야 한다고 다짐한다.

결국 다시 전공일을 시작한 진수는 로동당원이자 영예군인으로서의 의무를 보람 있게 수행할 계획에 기쁨을 누린다. 하지만 서동무가 반장 응선에게 앙심을 품고 응선의 지시를 따르지 않다가 진수에게 응선과 원희의 관계에 대한 왜곡된 정보를 흘린다. 원희는 진수의 변한 외모에 처음에는 당황하지만 진수와의 관계가 지속되길 원하는 것으로 그려 진다. 하지만 진수는 부상당한 자신의 육체에 대한 자괴감 속에 원희를 보내주어야 한다고 생각하며 괴로워한다.

작품 말미에 비 오는 날 폭격에 맞은 철탑의 고압선을 연결하기 위해 진수와 원희, 응선과 서동무가 나서게 된다. 떨어지는 포탄 속에서 고 압선은 연결되지만 원희가 부상을 당하게 되고, 작업을 반대하던 서동 무 역시 포탄의 파편을 맞고 고통스러워 한다. 원희와 서동무를 병원에 입원시킨 후 진수는 응선과의 우정을 확인하고, 원희와의 사랑도 다시 회복하게 되면서 작품은 마무리된다.

진수는 서동무가 가는 쪽을 한참이나 서서 보다 다시 걸었다. 순간 진수는 마음이 후련해지는 것 같기도 하였다. 차라리 그것이 다행한 길일지도 몰랐다. 응당 그럴 수 있을 것이었다. 삼년이라면 결코 짧은 세월이 아니였다. 그 동안 원희를 동무로서 일을 배워주었을 터인 응 선이의 머리 속에 진수라는 동무의 기억이 차차 사라지고, 아니 원희 의 머리 속에 진수라는 사람의 모습이 희박해지며 으레히 서로의 사 이에는 우정이 아니라 애정이 맺어질 수도 있는 일이였다고 생각했 다. 그렇다면 자기를 만나 속 시원히 털어놓고 이야기한들 어떠랴! 진수는 마음 속에 끼었던 어두운 구름장이 사라져 밝아오는 것 같은 것을 느끼며 동시에 다시 그 어떤 어둠이 끼쳐오는 것같은 것을 느끼지 않을 수 없었다. 응선이는 정말 그럴 수가 있을까? 원희의 태도가 왜 저렇게 석연하지 못할까? 부상 당해 돌아온 자기를 동정해서 그런다면 너무나 쓸쓸한 일이였다. 응선이와 자기 사이는 천리 같이 멀어지는 듯했다.

동지로서의 우정…… 이성으로서의 사랑…… 사랑은 동정이여서는 안된다.

전선에서 아름다운 청춘과 생명을 바쳐 싸운 것은 자기 조국의 운명을 등에 지고, 사랑하는 자기 인민의 번영과 장래 발전을 위해 목숨을 내여 건 것이였다. 때문에 인민들의 사랑을 받는다는 것은 이상 없는 행복이였다. 그것이 동정일 수는 없었다.

진수는 발을 멈추고 길게 숨을 들여쉬였다.

달빛은 허물어진 터전 위로 흐르고 사위는 너무나 정적했다. 그러나 이곳에는 침묵만 깃들이고 있는 것이 아니였다. 공장 안에서는 이따금 쿵, 쿵 소리가 들려왔다.[34]

인용문은 작품 중반부에 진수가 서동무의 이야기를 들으면서 심리적 갈등을 토로하는 대목이다. 원희와 자신이 3년간 이별했던 시간을 염두에 두면서 진수는 원희와 응선이의 친분 관계가 자신에게 후련함과 다행함을 느끼게 한다고 수긍하는 것으로 그려진다. 일종의 삼각관계 속에서 자신이 부재한 가운데 응선과 원희의 관계가 우정에서 애정으로 이어질 수도 있다고 짐작하는 것이다. 그러나 '마음속 어두운 구름장'이 사라졌다가 다시 끼쳐온다고 느끼는 대목은 진수의 내면이 자연스러운 욕망의 표정을 드러내고 있음을 보여준다.

---

34) 리상현, 「고압선」, 『문학예술』, 문예총출판사, 1953. 8, 63쪽.

이렇듯 리상현의「고압선」에서 영예군인 진수가 보여주는 응선이에 대한 의심과 원희의 태도에 대한 불신은 젊은 청년이 보일 수 있는 자연스런 반응에 해당한다. 진수가 부상당한 자신에 대한 동정 속에 응선과 원희가 보여주는 자신과의 관계가 서먹한 사실이 '쓸쓸한 일'이라고 진단하면서도 응선과 자신의 우정 관계가 '천리 같이 멀어짐'을 느끼는 것은 더더욱 자연스럽다. 더구나 "동지로서의 우정"과 "이성으로서의 사랑" 사이를 갈등하며 "사랑은 동정이여서는 안된다."는 결론을 내리는 태도는 지극히 진솔한 주인공의 내면을 보여준다. 이러한 욕망의 삼각형은 북한 소설 속에서 배제될 금기가 아니라 자연스러운 표정으로 외화되어야 할 대목인 것이다.

VI. 결론

이 글에서는 1950년대 한국전쟁기 북한 문예지『문학예술』에 발표된 단편소설들을 통해 당문학을 표방하는 북한 문학의 이데올로기적 경직성과 함께 텍스트 내적 리얼리티의 유연성을 조망하기 위해 동시대적 평가의 양가성과 인물의 내면 풍경을 분석하였다. 북한문학의 정전으로 고평되는 황건의「안해」와 함께, 동시대 평론가들에 의해 양면적으로 평가되는 박찬모의「수류탄」과 현덕의「첫 전투에서」등과 더불어, 부상당한 귀환병의 우정과 사랑을 유동하는 내면을 형상화한 리상현의「고압선」등의 4편을 구체적으로 분석하면서 동시대적 평가의 입체성과 서사적 개연성의 확보를 확인할 수 있었다.

박찬모의「수류탄」에서 주인공 영우가 '인민군의 폭격 부재'에 대해 불만을 털어놓거나 작품 말미에 돌아가신 어머니를 떠올리면서 삼각산 풍경을 흐릿하게 관조하며 생명이 꺼져가는 모습의 마무리는 주인공의 최후를 절절하게 표현하고자 극대화한 모더니즘적 내면을 보여준다는 점에서 소중한 대목이다. 황건의 「안해」 역시 주인공 탄실의 '영웅적 서사'에 초점을 맞추기보다는 임무 수행의 와중에서 드러나는 심리적 동요를 설득력 있게 포착하고 있다는 점에서 주목을 요한다. 현덕의 「첫 전투에서」는 북한문학의 도식주의적 경향이 텍스트의 유연성을 억압하는 잘못된 지침으로 활용될 수 있음을 보여주지만, 전쟁 중임에도 불구하고 입체적인 평가가 다양하게 전개되고 있음을 주목할 수 있는 텍스트라는 점에서 유의미한 텍스트라고 판단된다. 리상현의 「고압선」에서 진수가 응선이에 대한 의심과 함께 원희에 대한 불신 속에 "동지로서의 우정"과 "이성으로서의 사랑"에 대해 고민하는 모습은 지극히 진솔한 내면을 보여준다.

1950년대 한국전쟁기 북한소설은 남한의 종군문학과 함께 입체적으로 조망되어야 할 텍스트에 해당한다. '적과 동지'라는 이분법적 시각이 전쟁 서사의 기본적 골격에 해당하지만, 황순원의 「학」이나 하근찬의 「수난이대」처럼 다면체적 인간의 본성을 포착한 작품이 남한에 존재하듯, 북한에서도 인간의 심리적 동요를 보여주는 단편의 미학이 존재한다. 당문학을 표방하는 북한문학에서 의도적으로 배제하고 있는 텍스트들의 유의미성을 발굴하고 재조명함으로써, '뺄셈의 정치학'으로 일관하는 '북한문학의 여집합'을 복원하여 '덧셈의 문학장'으로 외연을 확장하여 남북한 문학의 통합문학적 시각을 확보할 필요가 대두되는 것이다.

승냥이

한설야

수길이는 선교사네 젖소 외양깐 뒤컨 웅뎅이 속에서 커다란 고무공 하나를 얻었다.

좀 낡기는 했으나 맨뺀하게 곱게 다른 품이라든지 찹찹한 손맛이 좀 한것이 아닌듯 싶었다.

"이게 웬 떡이냐"

수길이는 너무 기뻐서 한참동안 앙감질로 뛰여 돌아갔다.

그리다가 공을 힘껏 공중에 올려떠려 보기도 하고 내려오는 것을 껑충껑충 쫓아가 잡아보기도 하였다. 매번 그리 수이 잡혀지지는 않았으나 쫓아가는 것이 그리고 다섯번에 한번이나마 덩쿰 뛰여 냉큼 잡는 것이 실없이 유쾌했다.

수길이는 다음으로 공을 발길로 질러보았다. 공이 저만침 떠러져 딩굴어가는 것을 보며 그는 그편에 누가 있어 이편으로 차 주었으면 하였다. 수길은 학교마당에서 학생들이 공을 차던 광경을 생각하였다. 동리

아이들이 와주었으면 하고 수길은 사면을 휘휘 둘러 보았다.

그러나 실상 이리로는 아이들이 좀체 들어올 수 없게 마련되어 있다. 선교사네 너른 울타리는 비잉 돌아가면서 나무 아랫도리에 가시철을 배게 둘러치놓아서 외인은 감히 얼씬 못하였다.

젖소 외양깐 뒤 소소리 높은 벼랑 위 안침진 수림 속에 들어 앉은 선교사 주택은 두말할 것도 없고 외양깐과 아래위 당반을 맞물고 들어선 과수나무까지 모다 선교사의 주택구내로 되어 있어서 아무리 세찬 작란꾸러기 아이들일지라도 감히 범접할 엄두를 못낸다.

수길어머니는 선교사네 잡역부다. 빨래도 빨고 소똥도 치고 혹시는 소젖 짜는 시중도 들고 또 가을이면 과실따는 일도 한다. 수길의 모자는 오양깐 곁에 달린 조고만 막간에 살고 있다. 이 막간 한방에는 최영감이라는 늙은 잡역부가 살고 있다. 최영감은 본시 지주 강돼지네 머슴으로 있었는데 사람이 지나치게 어리무던해서 십년남아 하루같이 강돼지네 오줌똥을 주물러 동리에서 '똥물에 빠진 최서방'이라고 불렀으나 나이 들고 허리가 꼬불자 전공도 보람없이 따돌리게 생겨서 전에 선교사의 외양깐 거름을 쳐가던 인연을 밟아 이리로 드러온후 어느새 이름도 조금 격이 높아져 최영감으로 되었다.

수길어머니는 이 늙은이의 반연으로 이리로 들어왔다. 최영감에 비하면 수길어머니는 수월찮게 영악한 녀인이나 두사람 다 맘씨가 착한 점에서 구차한 이웃이면서도 큰 동티없이 의좋게 지나는 터이다.

대체로 선교사네 부근에는 구차한 사람이 많이 살고있다.

이십년도 전에 미국선교사가 조선 오는 맥시로 지금 사는 일대를 그때 돈 이십원에 사서 풍치좋은 별장지대로 만들었고 또 근래에는 리목사네와 새 부자 한두사람이 번듯하게 벽돌집을 세웠으나 예전부터 살아오던 구차한 곰돌막의 살림살이는 늘기는 커녕 갈쑤록 배틀리고 꼬이기만 하였다.

그러나 이 동리도 다른 모든 가난한 동리와 마찬가지로 아이들은 많았다. 수길이는 이리로 온 뒤 이내 이 아이들과 섭슬려졌으며 그들과 섞어 노는 것이 가장 유쾌하였다.

오늘 뜻밖에 좋은 작란감을 얻은 수길이는 젖소 오양깐 마당에서 뛰쳐나와 이웃 아이들에게로 왔다. 아이들은 수길이가 가지고 온 고무공을 제가끔 만져보고나서 어떻게 하면 이걸 가지고 잘 놀기 하는 것을 궁리하였다. 그리하여 공중에 높이 올려떠리고 서루 먼저 받으려고 머리를 맞쩔으며 달려다녔다. 이편 아이가 주먹으로 질르면 저편 아이가 받아서 주먹으로 되질러 보내기도 하였다. 발길로 찰내기도 하였다. 어쨌던 자미났다.

수길이네와는 잘 놀지 않던 아이들도 더러왔다. 늘 비단쪼끼에 손을 찌르고 이따금 그 속에서 과자나 도롭뿌쓰를 꺼내서 입에 끌매하듯 집어넣던 과수원집 아들도 구경왔다. 그리고 조고만 공을 가지고 언제든지 혼자만 놀던 리목사의 아들 요한이란 아이도 한목 끼려고 들었다. 그 때 수길이가 외쳤다.

"넌 안 돼 너 이새끼 도롭뿌쓰 하나 달라니까 종이깍지만 줬지."

그래서 이 놈은 끼여들지 못하고 구경만 하고 있었다. 수길은 이 요한이란 놈에게 단단히 앙치가 있었다. 얼굴이 해쓱하니 밸밸하고 다니는 주제에 수길이가 과자 좀 달라고 하면

"비껴 네게선 소똥내가 나 메시껍다"

하고 도라지군 하였다.

수길은 밤에 집에 돌아가서도 요한이란 놈의 일이 생각나서 어머니

한테 푸념이었다.

"요한이 새끼 오늘 얼굴이 지지벌개서 가구 말았어"

하고 수길은 언제 만져보아도 대건한 고무공을 만지며 뇌까렸다.

"요한이라니 리목사 아들 말이냐?"

"그깟 놈이 글세 내 공을 차려고 들겠지"

"그래 못차게 했단 말이냐?"

"그럼"

"얘 큰일 났구나 리목사가 선교사와 아주 친하단다. 그리고 또 무슨 학교랬나 네가 이 봄에 들어갈 교회 학교 말이다. 그 학교에서는 교장 보다 더 높대. 성세가 서양사람 담에 간다는데 요한이가 제 아버지한테 일러바치문 너 학교다닐어"

이 말에는 수길이도 명문이 뜨끔했다. 벌써부터 그는 제가 든다는 레배당 소학교를 보고는 속으로 가만히 '우리학교'하고 불러보는 터이다.

참말 몸이 근지럽도록 유쾌한 부름이었다. 선교사집에 있으니까 꼭 들 수 있으리라고 수길이는 든든히 믿고 있었던 것이다.

"가난한 집의 아이들은 어디 다른 학교에서 받는 다듸 더구나 애비 없는……."

하다가 어머니는 자발없이 나오는말을 툭 끊었다. 남편 없는 홀애미 애비 없는 외아들 이것은 늘 양심에 맺혀 떠러지지않는 생각이나 입 밖에 내고싶지않은 말이었다.

그의 남편은 XX농민동맹 재건사건으로 왜놈에게 붙뜰려 사년반동 안 예심에서 썩다가 칠년 징역을 받고 일년남아 벽돌날르는 고역을 하 다가 추은 겨울에 심장마비로 그 부르고 싶던 수길의 이름한번불러 보 지못하고 졸지에 옥사하여 버렸다.

수길어머니는 남편이 옥중에 있을 동안 구십리나 되는 농촌에서 수길이를 업고 남편 면회하러 다녔다.

역시 아들을 감옥에 보낸 수길이 동네 로파들도 그때 마다 수길어머니를 따라서군 하였다. 로파들은 기골 좋고 주눅 좋은 수길어머니와 함께 가지않고는 으리으리한 감옥문 앞에서 어찌할 바를 몰랐다.

수길어머니와 로파들은 한번 면회에 래왕 사오일이 여상사로 걸렸다. 그래서 떠날때는 세미꼬장떡을 해서 허리에 띠고 다녔다. 잠은 늘 으슥한 길가에서 머리를 한데 오붓이 몽이고 꼬부린 채 앉아 자군하였다. 워낙 손이 텅 비인터이라 남의 집에 들어 자잘염치가 없어 고박한 아낙네들은 늘 아늑한 산구비같은 데를 택해서 자는듯 마는듯 밤을 새곤 하였던 것이다.

한번 그 여인들은 바루 선교사네 뒤편 언덕밑에서 이렇게 잔 일이 있다. 그때 우연히 수길이 어머니는 최영감을 만나 알게되었고 그 반연으로 선교사네 잡역부가 되었다.

그가 면회갈 때마다 수길아버지는 수길이를 잘 기르라고 신신 당부였다. 한번 수길이가 백일해로 앓는 것을 업고 간 일이 있는데 그때, 수길아버지는 되게 아내를 나무럼 하였다.

"수길이 나을때 까지 면회 절대로 오지 마오. 나는 아무 걱정 없으니 아이 간수나 잘하오"

하고 남편은 화를 내여 말하였다. 언제나 강강한 남편은 이 때에도 결코 섭고 못난 얼굴은 보이지 않았으나 그 철석같은 마음이 수길의 병을 얼마나 아파하고 있으리라는 것을 아내는 잘 알고 있었다.

남편이 세상을 떠나기 얼마 전에 면회갔을 때 아내는 그의 몸이 심상치 않은 것을 직각하였다. 남편은 첫째 백골같이 말랐고 목을 잘 가누

지 못하였다. 몸이 성하냐고 물었을 때 남편은

"아무 병없소. 며칠 전에 벽돌에 손구락을 조곰 다처서 않았을 뿐이오"

하고 바른 손가락을 내 보였을 뿐이고 이어 아내등에 업힌 수길이를 유심히 바라보며

"래후년 봄이문 수길이 학교 가겠군 이제 일년반이문"

하고 매우 만족한 표정이었다. 간수놈들이 수길이를 떼놓고 면회 들어가라고 을러대기 때문에 수길어머니는 넉넉히 걸을수 있는 수길이를 늘 업고 면회실로 가군 하였다.

그로부터 얼마 뒤에 얼굴이 해쓱하고 좀 부식부식 해보이는 젊은이 하나가 수길어머니를 찾아왔다. 갭을 빗고 인사하는 그젊은이의 깎아 중이 머리를 볼 때 수길어머니는 곧 자기 남편을 련상했고 감옥에서 갓 나온 사람이구나 생각하였다. 얼굴에 박힌 어루레기도 옥고의 자터일 것이 분명하였다.

"수길어머니시지오?"

"네 그렇습니다. 어디서……?"

수길어머니는 어느듯 뛰여 멈칠줄 모르는 가슴을 누르며 물었다.

"네 저는 수길아버지와 함께 있었습니다."

"아 그래요. 언제 나오셨어요?"

자기 남편도 이렇게 나올 날이 있다는 희망이 일월처럼 그의 앞을 비쳐주었다.

"네 수일됩니다. 곧 온다면서…… 수길아버지는 별고 없습니다만 수길이때메 걱정하더군요"

"야 수길아"

수길어머니는 대답보다 수길이를 아버지 친구에게 보일 생각이 더

급하였다. 그러나 마침 수길이는 어디로 놀러가고 없었다.

"수길이는 잘 있소만…… 조곰 들어오시지오"

"아니 또 오겠습니다. 요 가까운데 있습니다."

"아니 어디……?"

"바루 저어 앞 벽돌구묵 선 집 앞입니다."

"네 네 그래 누구……?"

"네 나는 리동건입니다"

하고 동건은 수길아버지 소식을 대강 전하고 돌아갔는데 그 뒤 얼마 아니하여 천만 뜻밖에 남편이 옥사하였다는 기별이 나왔다.

그 때 수길어머니가 맨 먼저 찾아간 것이 동건이었고 또 수길어머니와 함께 감옥에 가서 시체를 찾아온 것도 동건이었다.

그리고 그 뒤에도 어려운 일이생기면 수길어머니는 그를 먼저 찾아갔다. 수길어머니는 한때 고향으로 돌아갈 생각도 해보았으나 수길이를 공부 잘 시킬 일념으로 수이 뜨지 못했다. 고향은 부근에 학교가 없고 토박한 산전고랑이나 긁어가지고는 도저히 수길이를 공부시켜낼 도리가없어서 두루 궁리 끝에 또 동건이를 찾아갔다. 동건이도 역시 수길어머니의 뜻과 같은 의견이어서 그는 그대로 선교사네 잡역부로 눌러 있었던 것이다.

수길어머니는 동건이와 래왕하는 사이에 그가 어떤 사람인 것도 대강 알게 되었다.

동건이는 본시 도립병원 급사로 있다가 부지런하고 령리한 보람이 있어 약제사조수까지 되였는데 그 뒤 한때 세상을 놀래던 태평양로동조합 사건에 관계하여 감옥에갔었다. 그는 병원에서 자루 동지들과 련락을 취했고 또 동지를 획득하는 사업을 하는 일방 병원약품을 빼돌려 동지들 병치료에 이바지하였다. 어느 동지 하나가 형사들의 습격을 받아 총을 맞고 부상한채 도망한것을 산중에 있는 폐광굴속에 두고 치료하여 그를 구원해 낸 일도 있었다.

동건이는 감옥에서 나와 정양도 변변히 할사이없이 직업을 구하러 돌아다녔다. 그리더니 얼마 뒤부터 XX화학공장에 로동자로 취직하여 경편차로 통근하게 되였노라고 수길어머니에게 말하였다. 웨 인끔이 그만한 사람이 로동자로 들어갔는지 수길어머니에게는 의심되였으나 그것은 여하튼 그는 동건이를 선생이라고 불렀다.

얼마 전에 수길이 입학 때문에 찾아 갔을 때에도 동건이는 자기일처럼 걱정해주었다. 소학교 선생중에는 옛날 동무들이 있기는 하나 별로 자신이 없고 차라리 교회학교가 들기 쉬우리라고 말하고 자기는 교회와는 인연이 없는 터이라고 걱정하던 끝에

"그러나 수길이는 령리하니까 들게 되겠지오. 학교에가서 떼를 쓰십시오. 나도 가보겠습니다."

하고 안심시켜 주었다.

수길어머니는 어찌하든지 아들을 잘 길러 죽은 남편의 뒤를 잇게하리라고 마음 먹었다.

수길의 머리를 어르만지는 때 어머니는 자기도 문을 활짝 열어부치고 밝은 날을 우러러 살날이 꼭 있으리라는 희망이 솟았다.

수길어머니는 수길이한테 백까지 셈세는 것도 가르켜주고 또 선교사집 주소를 알아다가 이것이 네 사는 주소라고 가르켜주고 그 밖에 입학 때 선생들이 흔히 묻는다는 문제들을 알아다가는 수길이에게 가르켜주곤 하였다. 그러나 그리고도 늘 미타해서 꼭 한번 죽을설하고

"선교사님!"

하고 그에게 애원해 보려고도 마음먹고 있었다. 그러던 차에 수길이가 세도좋은 리목사아들을 까주었다는 말을 들은 다음부터 수길 어머니는 실낱같은 희망이 바람받이 촛불처럼 흘기는 것을 느끼었다.

"아무래도 선교사의 힘이라야……."

하며 수길어머니는 때따라 속으로 달걀 나까리를 가리곤 하였다.

II.

수길은 아침에 일어나 잿바람으로 산등성이를 밟아 올라갔다. 황금빛 해변 원근산천에 우렷이 서리운 푸른 빛―훨훨 날아보고 싶도록 맘이 들뜨는 산뜻한 아침이었다.

이 거리 북쪽에 원연히 뻗은 느릿한 산세가 S강가에 다하는 곳 거기서 산은 갑자기 바튼 주름을 잡으면 위로 오뚝한 봉우리를 개여올리고 아래로 신발을 잘개잘개 주름 잡아 수많은 등성이와 구름과 골짜기를 이루고 있다.

높은 봉만 나무없이 홀랑 벗겨져 고깔 쓴것 같고 그 아래는 일면으로 나무가 들어서 있는 아랫기슭에 교회당이며 교회병원이며 교회학교며 하는 희고 붉은 우중충한 건물들이 띠엄띠엄 들어앉아 있다.

그리고 고깔봉에서 S강을 향하여 두팔을 벌린것처럼 내려뻗은 좌우 두줄기 산발에 안겨진 그 안은 마치 소라 아구리처럼 넓고 우묵하게 되어있으며 소라 뿌다귀같은 고깔봉 밑 수림속에 선교사의 흰 저택이 그윽히 들여다보이고 그집좌우 등성이의 소나무 숲을 구린도리하고 일단낮게 사과나무 배나무 복숭아나무들이 그득 들어서 있다. 잘 다스려진 사과나무는 겨울에도 줄기에 자줏빛이 보이고 더욱이 선교사네 집 서편 구석에 수둑히 들어선 여러 살구나무는 한데 얼려 그근방은 어느새 웃는 연분홍 살구꽃빛을 연상케하는 뽀얀 빛갈을 자아내고 있다.

그 것을 쳐다 보고 땅에 어리는 황금빛 봄볕을 밟을 때 수길이는 자귀자귀 견딜 수 없이 기쁘기만 하여 함부로 뛰놀고 싶었다.

수길이는 조밥을 가래질하듯 퍼넣으며 흘리며 대수 설때리고 나서 공을 가지고 총총히 아랫동리 아이들을 찾아갔다. 그리하여 이 날도 진일 아이들과 공 차기를 하고놀았다. 그 동안에 아이들은 공을 차고 받고 지르는 솜씨들이 많이 늘었다. 중학생들이 푸뿔 차는 것을 숭내 내여 때에는 아주 거들먹지게 차는 아이도 있었다.

공을 발 끝으로 슬슬 몰고 가는 아이도 있고 옆에 섯다가 몸으로 달려오며 그 것을 차서 딴 방향으로 날리는 아이도 있었다. 한 아이는 요전에 중학교 학생들이 하는걸 본 일이 있어서 날아오는 공을 머리로 받아 넘구랴다가 곁엣 아이와 어깨를 맞부딧고 그만 둘이 다 그 자리에 나딩굴었다. 공이 그 아이들 뒤에 떠러지는 것을 수길이는 너무 성급히 차려고 뛰다가 그만 발목을 시끗데리고 앙감질하듯 그 다리를 안고 돌아갔다. 그래도 수길이는

"나도 구두만 신으문사⋯⋯."

하고 검언 딱찌가 들어앉은 까마귀발을 설설 문지르며 흰소리였다.

그리다가 간신히 일어나서 절름발로 다시 공을 차려던 순간에 누가 뛰여오며 공을 덥석잡아쥐고

"누가 이 공을 훔쳤느냐?"

하고 노라발간 눈깔로 아이들을 하찮게 쏴보았다. 그 것은 선교사의 아들 시몬이었다.

그러나 아무 아이도 말이 없고 다만 한두아이가 무심결에 수길이를 바라 보았을 뿐이다.

그 순간에 시몬의 억센 손이 솔개미 발처럼 수길의 덜미를 덥석 글어 쥐었다. 단박에 수길의 목이 자라목처럼 옴추라들었다. 시몬의 한주먹이 수길의 턱 아래에 번쩍하며 딱 소리와 함께 수길이는 공중걸이로 땅바닥에 머리를 처박고 나딩굴었다. 수길의 머리가 땅에 부딪는 반발로 조금 들먹하는 것을 시몬의 구둣발이 꽉 내려밟자 수길의 두발길이 바들바들 떨렸다. 그 것을 본 아이들은 그만 간이 콩알만해서 거미새끼 흩어지듯 쥐구멍을 찾아 산산이 다라빼고 말았다. 수길어머니가 매일 짜 가는 우유에 기름살이 오른 시몬은 넘치는 혈기를 수길의 턱에 한대 멕여 꺼꾸러 트리고 다시 아이들에게로 시선을 돌렸다. 조선땅에서 누가 그들에게 준 권리인지는 몰라도 조선아이들은 열다섯살 난 시몬에게도 감히 범접해서는 안 된다는 선입견이 백혀 뿔뿔이 도망치고 만 것이다.

시몬은 한손에 공을 들고 메뚜기 다리같은 긴 다리를 휘청거리며 유유히 제집쪽으로 걸어가고 있었다. 그러다가

"시몬"

하고 부르는 소리에 시몬은 흠칫 놀래듯 그편을 바라보며

"아버지"

하고 달려 갔다.

교회에 볼일이 있어 내려갔던 선교사는 집으로 돌아오는 언덕길에서 이제까지의 광경을 멀리 바라보고 있었다. 그는 앞을 달리려는 부르독크의 고삐를 당기며 잠시 멈춰섰다.

"그게 뭐냐?"

"공이에요. 내 공을 저 외양깐집 도적놈이 훔쳤어요"

"훔쳤어?"

"그래서 뺏어와요"

"그래 그 애들이 차고 만지던걸…… 에이 더러워 어서 거게 내버려. 전염병균이 묻었는지 누가 아나"

선교사는 아들이 공을 팡개치는 것을 바라보다가 다시

"시몬……."

하고 기도할때처럼 엄숙한 소리로 불렀다.

"도적은 하누님이 벌을 주어. 우리 미국사람은 더러운자에게 신성한 손을 대서는 안돼 알았어"

"그렇지만 아버지! 미국사람은 흑인을 때려죽일 권리가 있지 않아요? 하누님이 그 것을 우리에게 용서해 주었거든요"

"흑인은 하누님의 아들이 아니거든 그러니까……."

"그럼 조선사람은 하누님의 아들인가요?"

여기서 선교사는 잠시 머뭇거리다가

"조선사람도 더러는 하누님 아들이 있지. 리목사 김목사 안장로……."

"그건 정말 하누님 아들인가요?"

"아들이 되겠다고 맹세했고 또 하누님이 용서했으니까. 그리고 하누님은 워낙 아들이 썩 많으니까……."

"그렇지만 도적놈은 하누님의 아들이 될 수 없지 않아요? 그러니까 흑인과 같으지오"

"도적은…… 개가 있어. 개가 물어 죽이거든. 여게 있지 않아. 마치 검둥이는 흰손으로 때리지 않고 몽둥이로 때리듯이……."

하고 선교사는 부르독크 고삐를 늦추며 다시 걷기 시작하였다.

선교사 부자가 안침진 수림 속 저택으로 들어가 버릴때까지 수길은 아무의 보살핌도 받음이 없이 까무라친 대로 땅바닥에 코를 박고 있었다. 그의 코에서는 피가 흐르고 있었다.

조곰 뒤에 계득이란 아이가 동무아이 하나와 함께 비슬비슬 가까이 와 보았으나 피흐르는 수길이를 건드릴 엄두도 못내고 집으로 달려들어갔다.

그러자 이내 계득어머니가 달려나왔다. 계득어머니 역시 과부로 수길어머니와 속주고 통정하는 사이였다.

그는 코 앞에 피가 엉킨 수길이를 보자 자기의 외아들 계득이를 생각하며 분명 제 육신 맨 깊은 곳이 바눌에 찔리는 것을 느꼈다.

"이 화단이 계득에게도 미치는 날이 있지 않을가"

하는 공포와 애처로움이 함께 왔다. 그는 수길이를 꼭 껴안아들고 자기 집으로 들어갔다. 들어가서 냉수에 수건을 짜가지고 수길의 코를 닦고 이마를 식혀주었다. 수길의 몸이 불덩이 같다. 동가슴이 병아리 심장처럼 팔닥팔닥 뛰는 것이 손끝에 알려졌다.

계득어머니는 별안간 불길한 생각이 들어서 포대기에 수길이를 꼭 싸업고 대숨에 수길어머니에게로 달려갔다.

"왜놈들만 사람을 죽이는 줄 알았더니 미국놈도……."

계득어머니는 속으로 이렇게 뇌까리면서도 입밖에는 하마 내지 못하고 그저 혀만 끌끌차며 달렸다.

"이래 저래 죽다가나문 조선사람 씨댕이나 남을나구"

계득어머니는 이 험한 세상에서 자기의 외아들을 키여갈 일이 기나긴 그믐밤같이 까마득 하게 생각되었다. 그리면서도 계득어머니는 속으로 빌었다.

"죽지 말아 죽지 말고 어떻게 하든지 살아라. 그렇게 천도가 천년 만년 무심하겠느냐"

Ⅲ.

수길어머니는 아무리 생각해도 분통이 터져 견딜수 없었다. 수길이 학교 드릴 청탁만 아니면 벌써 뛰어 올라가 먹살은 잡고 늘어 질 것을 '그래도' 하는 희망이 있어서 여직 바쟁이고 있었으나 이제는 더 참을 수가 없다.

수길이가 살아야 학교도 있는 것이다. 그런데 천금 맞잡이, 수길이를 눈 깜빡 사이에 이지경을 만들어 놓았으니 낸들 살아 무엇하랴. 죽던살던 요정을 내리라고 수길어머니는 그 으리으리한 선교사 집으로 오늘은 다리 꼬임도 모르고 올려 달렸다. 바윗돌이라도 칵 받아보고 싶도록 가슴은 막히고 답답하였다.

그러나 그는 한편

"설마한들 죽기야"

하는 생각과 또는

"어찌 하든지 살려야지"

하는 욕심이 있어 그의 날뛰는 복쑤심이 얼만큼 뒤로 밀려졌다.

그러나 선교사의 무거운 방문을 획 열어 제끼는 바람에 수길어머니의 말문도 사납게 터져나왔다.

"내 아들 죽소다"

그러자 선교사는 새잎에 눈을 찔린 사람처럼 우멍눈을 숨벅거리며 앞을 막듯 한손을 번쩍 들고 위풍을 돋구려 하였다.

"어어"

"당신 아들때메 내 아들은 죽소다. 당신 아들을 내놓소"

수길어머니의 두팔은 부들부들 떨렸다.

"어어 이거 무슨 소리요?"

"제 자식 귀하기는 마천가지오. 똥물에 던진 고무공을 집었다기로 사람 처죽이는 법 우리 조선엔 없소다"

"어어, 당신 마귀들었소. 저리 가시오"

"마귀? 생사람 잡는기 마귀지 누가 마귀요. 어서 썩 그놈을 내 놓란 말이오. 백정놈을……."

악에 바친 수길어머니의 날카로운 목소리에 멱술을 찔린듯이 선교사는 턱수리를 뒤로 휘뚝 당기며 우묵한 두눈을 숨벅거리고 있었다.

그럴판에 선교사 부인이 달려 들어왔다. 본시 여우같은 계집인데 더욱 무섭결에

"형님…… 이기 무슨 일이오?"

하고 상냥한 얼굴로 '형님'을 개어올리며 선교사를 막아주듯 수길어머니 앞에 나섰다.

"그래 여태 몰라서 묻소? 당신 아들과 물어보시오. 하누님 자식들은 다 그런 법이오? 내 아들은 맞아 죽게 됐소. 당신 아들한테 맞아 죽게 됐단 말이오"

"어 그런 일 없소. 거짓말 하는 사람 벌받소"

"거짓말? 누가 거짓말 하는기오? 동리공판에 붙쳐봅시다"

"우리 그 사람들 상관 없소. 우리 시몬 하나님 아들이오"

"하나님 아들은 사람잡는 법이오? 어서 내놓소 사람 잡는 놈을 내놓

란 말이오"

"으 형님! 당신 아들 벌 받소"

하고 선교사 부인은 구미호같은 갸름한 눈을 사르르 내려깔며

"형님 내려가 보오. 하나님께 우리 당신 아들 기도드리겠소. 떠들면 당신 아들 해롭소"

수길어머니 눈에는 문득 까무라처 늘어진 아들의 모습이 떠올랐다. 동침을 찔러도 피 한방울 없을 목석같은 것을 두드리고 있는 사이에 수길의 생명이 아삭바삭 깎여 들어가는 것만 같았다.

그리고 또 그는 그 순간에 구차하나 서루 통정할수 있는 이웃을 생각하고 더욱 동건이가 아닌밤중의 불빛처럼 눈 앞에 선히 떠왔다.

"어디 보자구. 내게도 사람이 있어. 조선사람이 다 죽은 줄 아오"

수길어머니는 시선끝에 불찌를 담아붓고 돌아서 나오다가 아무래도 분이 치밀어

"내 아들만 잘못 돼봐라. 네 아들 잘살라구 가만 둘 줄 아니"

하고 불끈 쥔 두주먹을 뒤로 채치며 머리를 번쩍 들고 종종걸음으로 걸어나왔다.

수길어머니는 집에 들러 수길의 머리와 몸을 두루 만져보고 선발로 동건이를 찾아갔다. 동건이는 마침 주근을 마치고 돌아와 있었고 그의 늙은 어머니와 어린 누이동생도 반색하며맞았다.

그러나 수길어머니는 인사말 할 정황도 없이

"아니 우리 수길인 맞아 죽게 됐소다"

하고 하소부터 터졌다.

"아니 그거 무슨 소리오?"

"글세 사람이 살다가 이런 일도 있소"

수길어머니는 사정을 대강 말하고나서

"선생 좀 가봅시다. 내사 어디 하늘에도 땅에도 말할곳이 있소"

"네 가봅시다"

그리하여 두사람은 총총히 그집을 나서 걸어왔다.

동건이는 과수원 입구에 이르렀을때 선교사네집 바루꼬니에서 선교사 부인이 아래를 내려다보고 있는 것을 언뜻 보았다. 선교사 부인도 이편을 보았는지 끼웃거리며 한동안 빤이 내려다보더니 다시 실내로 들어가버렸다.

동건이는 수길네 집에 이르러 방에 들어서며 수길의 머리와 몸을 두루 어르만져 보았다. 코 앞에 피흔적이 있을뿐으로 외상은 없으나 울기 오르고 지쳐나부러진 품이 필시 내출혈인 것 같았다.

동건은 한참 잠자코 내려다 보고만 있었다. 아무 말도 나가지지 않았다. 가슴막히는 일이였다. 절대로 다시 보기를 원치 않는 광경이 여게 또 하나 딩굴고 있는 것이다. 그것은 자기 행위의 결과에 대해서 전연 생각하지않으며 그 결과에 대해서 책임을 지지 않아도 좋다고 생각하는 자들만이 저질를수 있는 일이였다.

"조선사람이기 때문에 그럴 수 있단 말인가. 조선사람은 언제나 남에게 죽엄을 강요 받아야 한단 말인가. 대체 누가 그들에게 이런 권리를 주었는가"

생각할수록 분한 일이였다. 조선사람 하나쯤 죽었대야 무슨 일이 있으랴 하는 이자들은 제맘대로 조선사람 앞에 칼도마를 드리대고 있는 것이다.

"죽일 놈들!"

동건은 무중 입으로 튀여나오는 말을 입 속에 우무리고 수길어머니에게 말을 돌렸다.

"집에 두기보다 병원에 입원시켜야되겠는데요."

"입원이오?"

"네 그래 지금 생각인데…… 나 아는 의사가 하나 있으니 아마 또 그리로 가보는 수바께 없습니다."

"그러문사 여북 좋겠소"

"그런데 온 하도 여러번 폐를 내고 또 우리들 때메 부뚤려 다니고 졸경까지 처서……."

동건이가 생각하고 있는 류의사는 본시 가난한 목수의 아들로 에이레없이 구차한 환자를 하정을 알아주고 아주 할길없는 환자는 돈 안 받고 보아줄 뿐아니라 지하에 숨어다니는 몇사람을 무료로 치료해준 일이 있어 경찰서에 불려가 문초받은 일도 한두번이 아니였다.

동건이가 이런 생각을 하고있는데 밖에서 누가 찾는 기척이 들리더니 뒤이어

"형님"

하는 귀서른 소리와 함께 문이 삐걱 열렸다. 선교사 부인이였다.

그는 한손에 속이 횅 들여다 보이는 유지로 만든 과자봉지를 보라는드시 추켜들고 한손에는 하이얀 손수건을 펴서 코를 막 싸쥐고 퀴퀴한 냄새나는 방으로 마지못해 돌아섰다.

"형님 나 기도드리러 왔습네다."

아까보다 한결 고분고분한 말씨였다.

"기도요?"

수길어머니에게는 선교사 부인의 말이 바람같이 잡을수 없었다.

"네 하나님…… 모든 사람, 다 구원해 주십네다."

"……."

"우리 모다 하나님 자식입네다"

하며 선교사부인은 과자봉지를 수길의 머리맡에 살몃이 내려놓았다.

선교사부인은 아까 바루꼬니에서 수길의 집으로 웬 사나이가 들어가는 것을 보고 어심에 마치는데가 있어서 남편에게 이 것을 알렸다. 선교사도 어쩐지 그 것이 꺼름해서 동정을 살필겸 아내를 내려보냈던 것이다.

그들에게는 조선사람이란 맘놓을수 없는 존재였다. 왜놈들 학정 아래에서 토막토막 잘리면서도 그 토막 토막이 그래도 굼틀거리고있는 것이다.

기미년 만세때만 해도 왜놈의 군인과 기마순사들이 거리를 피로 물들이고 소방대들까지 불끄는 꼬깽이로 사람 대가리를 불집 허치듯 찍어당기였건만 조선사람들의 행렬은 멎을 줄 몰랐다.

행렬의 앞장을 선 기수가 군도에 맞아 관자노리에서 피가 철철 흐르는 것을 그 뒤엣 사람이 제 두루마기를 찢어 싸매주고 군중은 손을 맞잡아 각지걸이를 지은 다음 그 위에 기수를 올려 앉히고 총창을 꾸지르며 나갔다.

기마순사의 말이 쇠꼬쟁이에 뒤 허벅다리를 찔려 남의 판장을 찌르고 도망가고 순사놈들이 노한 물결에 떠다박질려 개천에서 헤염치고 다녔다.

밖엣 사람들 뿐이 아니였다. 사전에 경찰서에 검거되였던 학생 시민들도 민족적 약속을 지켜 바깥과 같은 시간에 경찰서 안에서 만세를 불렀다. 그 선두에는 중학생들이 섰다. 교회중학생들도 그 중에 섞여 있었다.

밤을 새여가며 경부놈에게 혹독한 문초를 받던 학생 하나가 나는듯 탁자에 뛰어 올라 가슴에서 깃발을 꺼내 흔들며 만세를 높게 웨치자 취조실에 있던 사람들이 일시에 고함쳐 일어났고 동시에 여러 취조실과 유도장과 유치장에 가첬던 사람들이 이에 호응하여 개왓곬이 울리도록 만세를 불러댓던 것이다.

경찰서장놈과 헌병대장놈이 칼자루로 만세소리와 함께 밀림처럼 치솟는 손들을 후려갈기고 순사놈들이 총대를 휘두르고 유도쟁이들이 즌명태 치듯 사람들을 메따쳐 많은 사람들이 피가 터지고 팔 다리가 불어졌으나 그소리는 좀체 멎을 줄을 몰랐다. 놈들에게 더수기를 박질려한 눈깔이 빠진 한 학생은 손으로 그것을 되밀어 넣으며 만세를 불렀다.

경찰은 많은 사람을 감옥으로 넘구고 거리에서 닥치는대로 사람을 비웃처럼 얽어다가 소방대 무자위 두는 고깐 속에서 볼기를 쳐 내좇기도 하였다.

그러나 그것으로 일은 끝나지 않았다. 조선사람은 결코 항복하지 않았다.

그로부터 일년 몇개월 만이였다. 그때 이 사건으로 감옥에서 옥사한 교회학교 학생의 장례식이 있었는데, 그 상여 뒤에는 광목필이 두줄로 길게 달려있어 거게 학생들이 주렁주렁 매달리고 시민들도 그 뒤에 따라서 나갔다.

교통을 방해한다고 순사들이 해산시키려 하였으나 끊어졌다 잇기고 헤여졌다 또 줄달리군 하였다.

선교사는 이 날도 바루꼬니에서 S강 기인 다리를 행렬지어 나가는 이 광경을 바라보았다. 그리며 선교사는 속으로 죽엄을 무서워 하지 않는 미개한 사람들이라고 생각하면서도 겉으로는

"조선사람 참 훌륭하오. 나는 기미년에 조선 형제 위해 경찰서에 가서 항의했소. 나는 이렇게 말했소. ─조선사람 머리 불 붙지 않소. 그런데 소방대가 꼬깽이로 사람 머리 불을 끄고 있소."

선교사는 이런 말로 조선사람의 호감을 사랴 하였다. 그러나 오년이 넘어서야 그는 리목사를 다시 불러올수 있었다.

그러나 세상은 여전히 조용한 날이 없었다. 갈수록 풍세는 높아지고 널려지는것 같았다. 그리고 두만강을 넘나드는 바람이 더욱 거세여졌다. 언제 어디서 무슨 일이 불거질지 몰랐다.

그런공기는 끄치지 않고 오늘까지 주욱 계속되고 있었다.

그런데 또 선교사부처는 수길아버지가 감옥에 오래 있다가 옥사한 사람이라는 것을 알고있는 터이다. 그 것이 선교사 부처에게는 어쩐지 꺼름하였다.

선교사 부인은 수길어머니와 동건이를─그의 몸과 손을 한번 흘낏 곁눈질 해보고 아무 것도 들려 있지 않은 것을 확인한 다음 눈을 감은 듯 만듯 지긋이 내려뜨고 기도를 시작하였다.

"하나님 아부지시여! 불상한 사람, 도아 주십시오. 죄있는 사람 용서해 주십시오. 비록 죄 있다 하더라도 회개했습네다"

그 때 수길어머니는 일변으로 동건이를 병원으로 먼저 내려보내 볼 맘이 있어 목에 걸린 가래침을 톱으며

"선생!"

하고 나즈막하게 불렀다.

그 바람에 선교사 부인은 흠칫하며 부지중 곁눈을 팔았다. 그 순간 수길어머니와 동건의 시선이 번쩍이며 마주치는것이 얼른하였다.

그 것은 마치 무슨 무언의 약속을 주고 받은 것 같았다. 선교사 부인

은 별안간 왕청한 환상이 떠올랐다.

쇠마치 시칼 그리고 외야깐에 있는 삽, 소시랑과 창고에 있는 꼬깽이…… 그리고 이 것을 들고 덤벼드는 수길어머니 동건이…… 이런 것이 눈 앞에 서물그려 자칫하면 생각과 말이 혼선되랴 하였다.

"하나님 아부지시여! 오늘 밤부터 앞뒷 문에……."

하다가 선교사 부인은 놀라 말을 끊었다. 오늘 밤부터 앞뒷문에 사나운 개를 지켜서게 하리라는 생각을 그대로 기도에 올려버릴번 한 것이다.

선교사 부인은 다시 정신을 가다듬어가지고 기도를 계속하였다.

"…… 이 어린 아이에게 복을 주십시오. 무병장수하게 해 주십시오"

그러나 벌써 수길어머니에게는 그 소리가 전혀 귀에 들어오지 않았다. 그는 동건이를 향하여 중얼거리듯 말하였다.

"선생! 이 애를 어서 입원시켜야겠는데…… 이러다가는……."

수길어머니는 말을 채 맺지 못하고 뛰는 가슴을 손으로 눌렀다.

"네 이제 내려가 보겠습니다. 입원실만 있으문 어떻게든지 떼써 보겠는데"

그리며 동건이가 나가자 선교사 부인은 훔칫하며 이내

"아ー멘"

하고 기도를 끊었다.

만일 수길이가 오늘 밤에라도 죽어서 조선 의사가 해부하게 된다든지 또는 곧 죽지 않는다 하더라도 조선병원에 입원하게 된다면 말썽이 시끄러워질른지 모른다고 선교사 부인은 생각하였다.

"형님 안심하시오. 이제 곧 낫습네다. 좋은 약도있고 의사도 있소"

선교사 부인은 우선 이렇게 안심시켜놓고 이어서

"이 방 청결하지 못하오. 환자에게 좋지못하오. 병원에 입원시키는 것이 좋소"

"그래서 지금……."

"아니 우리 교회병원이 제일 좋소. 아주 비싼약 있소. 우리나라에만 있는 약이오. 다 죽는 사람도 살아날 수 있소."

수길어머니는 그 말에 좀 맘이 누그러질사 하였다.

"내가 병원에 말하겠소. 그럼 돈 안 받고 보아주오"

"그럼사 얼마나……."

"우리 모두 하나님 자식이오. 다 같은 형제요. 서루 사랑해야 하오"

구미호같은 선교사 부인은 자기의 구실림이 외착없이 수길어머니 맘을 부뜰어논 것을 보자 그 방을 나와 불에 쫓긴 거우처럼 군살이 처져 늘어진 궁둥이를 삐뚜덩그리며 곧 바루 교회병원으로 올라갔다.

그는 바루 원장실로 들어갔다. 원장 맥부인과 대강한 사정을 이야기하고 나서 그는

"절대로 타박상으로 그런 것이 아니고 다른 병으로 그렇다고 해야하오. 그러니까 다른 의사를 보이지 말고 당신이 꼭 보아주오"

하고 일깨어 주었다.

"알았습니다"

"그러니 먼저 응급주사를 놓아서 하루 이틀 그렁그렁 지난 다음에 이 것은 다른 무슨 열병이라고 하란 말이오. 그래야 죽더라도 문제될건지가 없지오"

"염려마세요. 여게 들어만 오면 하는 방법이 다 있습니다."

"그럼 어서 환자 운반차를 보내시오"

그래서 수길은 그 날 석양에 생래 처음으로 북석북석한 병원 침대에

누어보게 되었으나 그는 여전히 의식을 잃고 있었다.

그러나 졸지에 새카만 세상이 드리덮인 수길이 모자와는 달리 이 날 밤 선교사는 하누님 은혜를 감사해하며 늙은 부인을 마치 젊은 신부처럼 힘있게 껴안으며 감탄하였다.

"하누님은 당신에게 지혜를 특히 많이 주셨소. 우리는 은혜받은 사람들이오"

그들은 사람의 목숨을 빼앗고도 아닌보살하고 살 수 있는 그들의 '밝은 세상'을 노래하며 이 날 식탁으로 나아갔다.

그 날 밤 수길은 주사 덕으로 의식을 회복하였다. 그는 몹씨 배가 출출했던 탓으로 병원에서 주는 흰죽 한 사발을 거의 다 먹었다.

그리고도 또 달고 시원한 것이 먹고 싶다 하여 어머니는 계덕어머니에게 가서 돈을 꿔가지고 거리에 내려가 파인애플 한통을 사다주었다.

"어서 나사만 나라. 먹구싶은거 다 사다줏게"

"돈이 있나 뭐, 안 먹구싶어"

"애 아무리 돈이 없기로 네 먹구푼걸 못사주겠늬"

수길어머니는 감옥에서 배곯아 죽은 남편을 생각할 때마다 수길이만은 어찌 하든지 허리띠를 끌러놓고 살게 하려고 마음먹었다. 지금 생각해도 남편같은 고집불통은 없었다. 처음 감옥에 들어갔을 때 면회를 가서 사식을 차입하겠다고 한즉 남편은 화를 더럭 내면서 그 따위 걱정 말고 아이나 잘 길르라고 꾸지람이었다.

그 때 사식 한끼에 오십전이니까 아무리 치마두른 녀인일지라도 하루 한끼는 대일 수 있었고 또 남의집 아내들도 모다 그렇게 했는데 남편은 뱃가죽이 등에가 붙으면서도 종시 옥은 귀를 펼 줄 몰랐다. 그것이 모다 아들 수길이와 또는 자기를 위해서인 것을 모르는바 아니나 막상 남편이 죽고보니 영원히 맺쳐 풀리지 않는 한이였다. 그러니만치 어머니는 이젠즉 한낱 외아들 수길이를 잘 기름으로써 그 한을 푸는 수바께 없다고 생각하였다.

"어머니 이제 몇밤 자문 학교 들어가나?"

수길이가 별안간 그런 소리를 물었다.

"뭐 아직 설흔 밤도 더 있어"

"설흔 밤?"

수길은 손구락을 꼽아가며 설흔을 세고 내처 백까지 세였다.

"너 학교 들어갈 걱정은 없어. 예수교학교는 가난한 아이들을 더 잘 받는다더라"

수길어머니는 말만은 이렇게 외여보나 요새 세상이 예수교라고 딴 바람 불리 없는 것을 잘알고 있어서 속으로는 여전히 윈새끼만 꼬여졌다.

"학교 들어가문 꼭 일등 먹을테야."

"일등 먹구말구 수길이만한 아이가 어디 있나."

이런 이야기에 밤 드는 줄을 몰랐다. 그러나 밤중부터 수길이는 또다시 머리가 쑤신다고 하더니 괴롬에 못견디어 이 까지 빠득빠득 갈다가 그만 지치고 기진하여 또 혼수상태에 빠지고 말았다. 얼마 뒤에 간호부가 들어와서 끼웃이 들여다보고 그저

"이제 잠이 들었으니 깨지 마시오"

하고 나가버렸다.

어머니는 눈 한번 붙이지 못하고 수길이를 지키고 있었다. 수길이는 몹시 괴로워하는 몰골이 훤등하였다. 얼굴에 잔뜩 질리고 이따금 안면 근육과 입설이 발발 떨리는 것이 아무러나 심상치 않았다.

수길어머니는 별안간 저도 모르게 제 가슴에 손을 대였다. 명문이 찌릉하며 뼈와 살짬으로 화침이 찌르는듯한 아픔이 발끝까지 흘러갔다. 그러나 그 것은 자기의 아픔이라는 것보다 정녕 수길의 아픔이였다.

어머니는 수길의 머리에 살몃이 손을 얹었다. 그리며 그는 자기의 살 속에 따끔한 쑤심을 느꼈다. 그는 자기의 살이 지금 수길의 아픔을 뽑아내는 것이라고 생각하였다.

어머니는 한손으로 수길의 이마를 짚고 한손으로 그의 뒷골을 감싸 쥐며 속으로 부르짖었다.

"나는 얼마를 아파도 좋다. 너만 살아다구"

그러다가 어머니는 다시 자기의 이마를 수길의 뺨에 대이고 소곳이 엎드렸다. 그리고 눈을 지긋이 감으며 무엇에게 빌 듯이 입 속으로 중얼거렸다.

"내 아픈것이 다 무엇이오리까. 죽어도 좋습니다. 내가 죽어 수길이가 산다문 나는 지금이라도 기쁘게 가겠습니다."

어느덧 어머니 눈에는 이슬이 맺혔다.

그 이튿날 아침, 회전시간에 녀의사는 수길에게 또 주사 두 대를 놓았다. 그 보람인지 수길이는 얼마뒤에 다시 의식을 회복하였다. 그러나 몸은지처 나부러지고 얼굴은 또릿또릿한 기색이 없이 흐리멍덩 하였다.

그러나 그 것만으로도 어머니는 우선 기뻤다. 수길의 눈이 다시 뜨여질 때, 어머니는 캄캄한 방문을 활 열어제끼고 아침 햇발을 받아드리는 것 같았다.

"수길아 나 누구지?"

"알어"

"사과 줄까?"

"안 먹구 싶어"

수길어머니는 순간 영락없이 그 애비에 그 아들이라고 생각하였다.

작년에 수길이는 눈 병으로 병원에 간 일이 있는데 그 때, 자기 어머니의 홀쭉한 주머니를본 수길이는 그 담날부터는 기여이 안 간다고 욱이고 병원에서 시키던대로 불돌을 달쿠어가지고 제손으로 눈찜질을 하고 있었다. 수길아버지도 죽는 날까지 그 고집을 굽힌 일이 없었다.

"사람이사 일당백이건만 왜놈들이 이 사람을 죽이지 않았는가"

수길어머니는 이가 갈렸다.

그런데 또 이 '일당백'의 뒤를 이을 수길이를 미국 노랑 불개미새끼가 이 지경으로…….

수길어머니는 앞이 희감해지고 귀가 멍멍해졌다.

그에게는 벌써 아무 것도 보이지 않고 들리지 않았다.

총검도 대포소리도 꿈에 넉두리였다. 제몸은 모진 탄알인 것 같았다. 그것은 아무 속에서라도 불벼락이 되어 탁 터질 수 있을 것 같았다.

"어느 놈이 내 아들을…… 안 된다. 내 아들은 죽이지 못한다."

수길어머니는 혼자 외쳤으나 어디서 그 소리에 대답하는 소리가 아슴푸레 들려오는 것 같았다.

수길이는 그 뒤에도 주사 덕에 이따만큼 정신을 돌렸다. 늙은 녀원장은 무슨 까닭인지 꼭꼭 자기가 와 보아주고 다른 환자보다 위험해서 주사도 자주 놓아주었다.

"제놈들 지은 죄가 있으니까"

수길어머니는 이렇게 생각하였다.

어쨌든 이리해서 수길이는 일주일이넘도록 목숨이 붙어갔다. 병세는 덜리는 기미가 보이지 않으나 크게 더치는 것 같지도 않았다.

그러나 수길이는 그 며칠 뒤부터 이따금 잠고대를 치기 시작하였다.

주사를 놓고 난 뒤면 잠시 동안 잠고대를 하고 그리고 나서 빼죽이 눈을 뜨고 의식을 회복하군 하였다.

수길어머니는 잠고대라도 어쨌던 수길의 말소리를 듣는 것이 탐탁했고 그 것은 정녕 주사덕이며 병이 덜리는 증상이라고 생각하였다.

수길어머니는 어느날 밤 스팀이 꺼진 라지에타 곁에 기대여 잠시 곤한 눈을 붙였다. 비몽사몽간에 그는 품에 무엇이 안긴 것을 느꼈다. 분명 수길이라고 생각하여 꼭 껴안았다. 그러나 껴안고보니 그 것은 차디찬 돌이였다. 불현듯 '주검!'이라는 의식이 무서운 공포와 함께 등곬을 죽 흘러갔다. 그는 그 곡경에서 벗어나랴고 바둥바둥하면서도 종시 벗어날 수 없었다.

그럴판에 어디서 애처러운 부르짖음이 그를 흔들었다.

"어머니…… 아 어머니…….."

수길어머니는 소스라처 눈을 떴다. 그리고 흐―숨을 토하려는 순간에 다시 무서운 부르짖음이 그의 나오던 숨을 가슴속으로 되몰아 넣어주었다. 어머니는 더욱 숨이 칵 막히는것을 느꼈다.

"어머니…… 저 놈을…… 저 놈이 나를…….."

수길어머니는 제 가슴을 두손으로 꽉 누르고 엎더지듯 수길에게로 달려갔다. 목에서 모진 겻불내가 났다. 터질듯한 숨막킴이였다.

"시몬, 시…… 저 놈이…….."

"애 수길아 수길아…….."

어머니는 수길의 몸을 꼭 껴안으며 부르짖었다. 화끈하는 수길의 체온이 가슴에 안겨질 때에야 어머니의 막혔던 가슴은 열리며 긴 한숨이 하아 나왔다.

그러나 그 뒤 수길이는 더 잠고대할 기맥도 없이 파김치처럼 나부라져갔다. 어머니는 때로 불길한 생각에 사로잡혔다. 눈앞이 캄캄하였다.

그런데 또 동네 아낙네들말이 그를 더욱 불안하게 하였다.

"그 병원에서야 어디 교인 아닌 사람 잘 봐준답데"

하는 말이 든지

"돈 안받고 보는기 그렇지 잘봄 얼마나 잘 보겠소"

하는 말에 수길어머니는 가슴이 쩔렁하고 머리칼이 하눌로 쭈빗이 일어섰다.

그런데 또 어떤 녀인은 말하기를 그 병원 속내는 외인으로 잘 알 수 없으나 그 병원에 오래 있다가 개업해 나온 의사들을 보면 그 속판 알 수 있다고 하였다. 그 병원에 오래 있던 함선생이고 로선생이고 모다 약속이나 한 것처럼 환자가 가면 돈이 있나, 얼마나 있나, 알아본 담에 약을 주고, 돈 없는 환자는 금시 죽을 사람일지라도 다른 병원으로 가보라고 내쫓고 밤에는 절대로 환자를 받지 않고 딴 장사를 한다하였다. 그 딴 장사란 대개 고리대금업이었다. 그들은 교인을 상대로 빚놓이하는데 만일 기한에 물지 못하게 되면

"우리 하나님 아들 거짓말 없다. 하나님이 벌 준다"

하고 차압이라 강제집행을 여상사로 하며 심지어는 차고 있는 금시계까지 떼간 일이 있다 하였다.

"그러니 돈만 아는 사람들이 돈 없는 사람 잘 보아줄 택이 있소"

하였다.

그리고 이 반면에 어느 병원이 잘하느니 어느 선생은 다 죽었던 사람을 살렸느니 하는 말들을 하였다.

개중에도 류의사 선생이 제일 높았다.

"그 선생은 좋은 약 많이 가지고 있대요. 그러기 남이 주사 세대 놓걸 한 대에 낫군다지 않소. 약값도 싸고"

"저 아랫마을 뉘집 아이가 갑자기 목이 배틀리고 눈이 가루선걸 그 선생이 등구슬뼈에서 물을 뽑고 주사 놓아 살렸답데다."

그래서 수길어머니는 또 동건이 한데로 달려가서 이런 이야기를 하고 이제라도 그 선생 병원에 입원시킬 수 없겠는가 물어보았다.

"글세 요전엔 오라고 했는데 교회병원에서 어쩔 른지…… 좌우간 내 류선생을 한번 더 만나보고 올라갈터이니 먼저 올라가시오"

해서 수길어머니는 조곰 마음을 놓고 병원으로 올라왔다.

한참 이윽히 지나서 동건이도 올라왔다. 류의사 병원에 입원시킬 수 있으니 이 병원 퇴원수속을 하라는 것이었다.

그래서 수길어머니는 담당 간호부를 찾아 그 뜻을 말하였다. 간단히 될 줄 알았는데 간호부는 원장선생의 승낙이 있어야 한다고 의젓한 표정으로 말하였다.

그래서 수길어머니는

"아니 내 자식 내 가저가는데 어떻소"

하고 말하고 동건이도 그러면 원장에게 곧 그 말을 전해 달라고 하였다.

그래서 간호부가 원장실에 갔다 오더니, 정색하며

"일단 병원에 입원시킨 담에는 아무리 부모라도 맘대로 드내지 못한답니다"

하고 다시 더 묻지 말라는듯이 돌아서서 주사기를 소독하기 시작하였다.

그래서 수길어머니와 동건이는 바루 원장실로 찾아 들어갔다. 그런

즉 늙은 녀원장은 의외로 상냥한 얼굴을 지으며

"아니, 퇴원시키더라도 내가 한번 더 봐야겠소. 요전에도 말했지만 다른 증세가 발생한 것 같은데…… 내가 맡았으니까 내게 책임이 있소. 오늘은 늦었으니 래일 오전에 다시 한번 자세 보고 적당한 처치를 한 담에…… 좌우간 오늘밤은 그대로 두시오"

하여 수길어머니도 맘이 적이 풀려 내일 아침을 기다리기로 하였다.

그러니만치 수길어머니는 이 날 밤이 수길의 운명을 재촉하는 저주의 밤이 될 것은 꿈에도 생각하지 못하였다.

IV.

그 날 밤 선교사는 녀원장(댁부인)의 말을 듣다가 조금 흥분한 - 그러나 기도하는 때와같은 목소리로 말하였다.

"당신은 미국사람입니다. 미국사람 무어 때문에 조선 와서 일합니까. 무엇때문에 조선사람에게 하누님 은혜 베풀어 줍니까"

그러자 여우같은 선교사 부인이 곧 뒤를 이어

"미국 때문입니다. 미국사람 때문입니다."

하고 말을 달았다.

"미국사람의 명예를 위해서는 조선아이 하나가 무엇입니까. 하누님이 모르는 생명에 대해서 무엇을 더 생각한단 말입니까"

"하누님이 버린 존재는 벌거지와 같습니다."

부인이 또 곁방망이질을 하였다.

"글세 그래서 그걸 내보내지 않았습니다."

"그건 좋습니다. 그러나 내보내지 않기만 하면 무슨 소용이오. 의사에게는 권리가 있습니다. 방법이 있습니다."

"네 그래서 진작부터 타박상이 아니라 다른 병이 발생한 것이라고 말은 했습니다."

"그러나 무지한 것들이란 용감합니다. 밤에 아이를 몰래 꺼내가면 어찌 합니까"

그러자 부인이 또 입을 종긋거리며

"그렇습니다. 도적해 갈 수 있습니다. 미국사람 지혜 부족합니다. 당신은 조선사람이 돼서는 안 됩니다. 무지한 사람에게 전염돼서는 안된단 말입니다. 미국사람의 지혜와 용기와 도덕이 필요합니다."

하고 껴들었다.

"결단성이 있어야 합니다. 방법은 얼마 든지 있지 않습니까. 위험한 전염병이라고 딱 진단을 내리고 그 자리에서 격리시켜 버리란 말이오. 그리고 아무도 접근하지 못하게 하란 말이오."

"네 나도 그렇게 생각하고 있습니다."

"좋ー습니다. 미국사람 그래야 합니다. 우리에게는 우리 도덕이 필요합니다. 조선사람 도덕 또 다른 아무 도덕도 필요 없습니다."

"……."

"그 뿐 아니라 우리 도덕을 남에게 강요하는 것이 필요합니다. 전염병이 아닌 것을 세균주사를 놓아서 전염병으로 만드는 것도 필요합니다."

"미국인을 위한 것이라면……."

하고 부인이 또 부연하였다.

"그 것은 어렵지 않습니다."

"원장선생! 좋습니다. 좋습니다. 그러나 그 보다 더 좋은 방법을 또 생각해야 합니다. 정말 전염이 된다 하더라도 그 것이 한시간만에 죽는 것이 필요하다면 그 때는 더 주저할 것이 없습니다. 여게는 좋은 주사가 얼마든지 있지 않습니까. 우리 병원엔 그 것이 없습니까"

"아니 있습니다."

"좋습니다. 꼭 있어야 합니다. 미국도덕, 미국사람을 위해서는 교회만 필요한 것이 아닙니다. 하누님은 우리에게 탄환을 주십니다. 비행기와 군함을 주십니다. 우리 선교사가 든 성경을 당신은 무엇이라고 생각하십니까. 의사가 잡은 주사기를 당신은 무엇이라고 생각합니까."

"……."

"그것은 미국과 미국인을 위한 무기입니다."

부인이 또 입을 쫑긋이 뭉으며 말하였다.

"그러나 총을 차고 남의 총에 맞아 죽는 사람은 어리석고 가련한 자입니다. 먼저 사용해야 합니다. 미리 예방해야 합니다. 그러지 않으면 당신이 가진 무기는 소용 없게 됩니다."

"네 알겠습니다."

"좋습니다. 그러면 내 하누님을 대신해서 원장선생께 하나 묻겠습니다. ―전염병환자의 시체가 다른 의사, 아니 조선 의사의 손에 넘어가 엄밀한 감정을 받게 된다면 그 때는 어찌 될가요?"

"누가 그럴 사람이 있습니까"

"아닙니다. 조선사람 무지합니다. 무지한사람, 용감합니다. 자기 목숨 아끼지 않습니다.

일본사람의 총칼과 맨주먹으로 싸웁니다. 자기 아들의 시체를 빼았아 갈 수 있습니다. 거게 있어서는 법률과 순사만을 믿는 사람보다 용감합니다."

"그러니까 아주 없새버려야지오."

녀원장도 결심한듯이 단안을 지어 말하였다.

"아! 옳습니다. 옳습니다. 미국사람 현명합니다. 미국사람 세계를 지배할 날 멀지 않습니다. 나는 원장선생에게 미국사람의 영예를 드립니다."

하고 선교사는 손을 들며 잠시 기도하는 시늉을 하고 다시 말하였다.

"시체를 그 즉시 화장하란 말이오. 그 것은 의사의 권립니다. 일본경찰은 여게 간섭하지 않습니다."

"알겠습니다."

그리며 녀원장은 일어섰다.

선교사 부처도 따라 일어섰다. 선교사는

"하누님 아부지시어! 미국사람에게 영광을 주십시오. 아ㅡ멘"

하고 부인은 그 뒤를 받아 보충하듯이

"맥원장선생에게 복을 주십시오. 아ㅡ멘"

하고 빌었다.

그 이튿날 아침이였다.

수길어머니가 집에 나와 아침을 먹고 총총히 병원으로 돌아간 때는 벌서 수길이는 그 자리에 없었다.

그리고 악독스런 소독냄새가 코를 칵칵 찔렀다. 곁에 누운 늑막염 환자도 소독약 냄새에 밀취한듯 이불을 뒤집어 쓰고 들어백였다가 수길어머니 들어오는 것을 알아듣고 머리를 빠끔이 내밀었다.

"아니 우리 수길이 어디 갔소?"

"글세 전염병이라는군요. 나도 누었다가 생벼락을 맞았소. 왼통 야단이 났다오"

그 때, 입에 꺼벙이 같이 커다란 마쓰크를 한 간호부의 위생복 입은 사나이 하나가 쫓아들어왔다. 그들은 다짜고짜로 수길어머니를 부뜰어 세우고 고약스런 소독수를 냅다 뿜었다. 코구멍이 칵칵 멕히고 아리였다.

"여보 우리 수길이 어디 갔소?"

수길어머니는 느끼며 외쳤다. 맵짜한 소독수가 혀바닥을 쑤셨다.

"우리 수길이……."

"당신 아들 전염병이오. 그래 당신도 소독하지 않소"

"염병?"

"격리병실로 갔소"

"그 것은 어디오?"

"거겐 가지 못하오"

"글세 어디 있소?"

"못 간다니까. 어서 집으로 가오."

하고 그들은 가버렸다.

수길어머니는 아무리해도 리해할 수 없었다. 그는 간이 조여 반다름을 쳐 원장실로 쫓아 올라 갔으나 마침 원장은 어디 나가고 없다 하였다.

어디 가서 누구를 두드릴지 막연하게 된 수길어머니는 한참 서성거리다가 하는수 없이 다시 입원실쪽으로 왔다. 후들후들 떨리는 다리를 휘청거리며 복도로 정신없이 왔다 갔다 하다가 그는 면안있는 간호부 하나를 만났다.

"여보시오 우리 수길이 어데 있소?"

그는 애원하였다.

"수길이라니?"

하고 간호부는 잠시 수길어머니를 바라보다가 문득 생각난듯이

"아니 저 병실에 있지 않소?"

하였다.

"아니, 저 무어라든가. 격리실이라나……."

"네, 네…… 그리로는 못 갑니다."

하고 지나처버리랴는 것을 수길어머니는 앞을 막아서며

"아니 좀 가르쳐 주시오."

하고 소매를 잡을듯이 다가들었다.

"집에 가 있소. 환자는 병원에서 잘 치료해 줍니다. 안심하고 나가시오"

"나를 그 애 방에 함께 있게 해 주시오. 부탁입니다."

"그건 안 돼요. 당신께 전염됩니다."

"아니 나는 염병이 아니들어요. 들어서 죽어도 좋아요. 네. 꼭 가치 있게 해주시오. 내 머리를 비여 신을 삼아 드리리다. 네"

"안 됩니다. 경찰서에서 알문 잡아가요."

하고 간호부는 다른 방으로 들어가버렸다.

병원치들은 모다 한속이라고 수길어머니는 생각하였다. 어디 가서 누구를 잡고 하소할지 명분이 막히고 눈 앞이 캄캄하였다.

수길어머니는 하는 수 없이 입원실 뒷문 밖에 나가 이 건물 저 건물 찌빗찌빗 엿보고 돌아다녔으나 어디가 어덴지 바이 알 수 없었다.

그는 원장실로 들어가는 문 밖에 가서 섬돌 옆에 쪼그리고 앉아서 원장이 얼신하기만 기다리고 있었다.

오후에야 원장이 어디 갔다가 자기 방으로 들어가랴는 것을 그는 발

견하였다. 그는 미친듯 뛰어올라가 녀원장 앞전을 막아섰다.

"원장님! 우리 수길이 어데 있소?"

그 목소리보다 그 눈은 더 한층 애졸하였다. 녀원장은 첨은 조곰 놀랐으나 이내 그 눈매를 보고 위의를 돋구며

"당신 아들, 전염병이오. 격리병실로 갔소."

하고 옆으로 띄여져 자기 방으로 들어가라 하였으나 수길어머니가 지남철처럼 따라도는 바람에 또 멈처섰다.

"원장님! 나를 그리로 가게 해주시오.. 네"

"안 됩니다. 거게는 다른 사람 못 갑네다."

"그럼, 우리수길일 내주시오"

"안 됩네다. 전염병환자 아무데도 못 갑네다. 집으로 돌아가시오."

"아닙니다. 원장님!"

"비끼시오"

"원장님! 수길일 주시오. 내 가져가문 꼭낫게 하겠사와요"

"안 된다니까, 경찰서에서 알문 당신 잡아 가. 비끼시오"

"아닙니다. 내 자식 내 가져가는데 무슨"

"글세 안된다니까"

"원장님! 죽던 살던 내 손으로 ……네"

"안 돼요. 경찰서에 전화할테요. 비끼시오"

"나는 죽어도 내 자식을 찾아가지고야 가겠소다. 내 자식 주기 전엔 죽어도 못 가겠소다."

"비끼라니까. …… 여보, 거게 누구……."

"안 됩니다. 내가 어떻게 길른 아들이기 남의 손에 죽이겠소. 안 됩니다. 안 되요."

"비끼라니까. 저리……."

하며 녀원장은 발길로 차줄듯이 몸을 솟구치며 떼어져 나갔다.

"안 됩니다."

순간 수길어머니는 녀원장의 소매자락을 덥석 검어쥐었다.

"엄마나!"

늙은 녀원장은 덫에 든 쥐처럼 눈이 희동글해지며 도망치랴고 바둥거렸다.

"우리 수길을 내놔요. 내 놔"

"거기 사람 없소?"

"안 돼요. 안돼. 우리 수길일 어디다 빼돌렸느냐 말이오. 내 놔요."

"여보. 미친 사람 왔소. 사람 없소?"

하고 평생 독신으로 늙은 녀원장은 트일 구멍이 종시 트이지 못한 염소 목소리같은 비린청을 지르며 꼭두각씨같은 머리를 홰 홰 내저었다.

그의 안경이 코 끝에 걸리고 한팔 소매가 어깨를 미끄러 벗어지랴 하였다.

"내 자식 내가 가져가는데…… 내 놔요. 내 놔"

그 때, 간호부 둘과 소제부 하나가 달려 왔다. 그들은 달려 붙어 사나이는 수길어머니 손목을 비틀고 간호부는 손구락을 제쳤다.

그리하여 녀원장은 간신히 빠져 제 방으로 들어갔다.

수길어머니가 소제부와 수위에게 붓잡힌채 등을 밀려 문 밖으로 나가는 것을 유리창 밖으로 내다본 때에야 녀원장은 숨을 흐—쉬며 소독수로 손과 소매를 문질렀다.

"이 더럼과 냄새가 빠질 수 있을까"

녀원장은 수길어머니가 잡았던 여기저기를 한갑질 벗도록 연실 문

질르며 속으로

"꼭 오늘 밤 중으로…… 그리고 래일 아침 일즉 사라버려야겠다."

고 곰곰 생각이었다.

일단 집에까지 등경걸음으로 밀러갔던 수길어머니는 병원사람들이 돌아간 다음 동건이 집으로 찾아갔다. 그러나 아직 돌아오지 않아서 그는 그 발로 다시 병원엘 쫓아갔으나 수위에게 다시 밀려나고 말았다.

수길어머니는 병원 뒤 언덕바지에 올라가서 망연히 붉은 벽돌집들을 바라보았다. 그 속 어디에 수길이가 숨소리 가랑가랑 홀로 들어누어 있을 것이다.

수길어머니는 날아다니는 새들이 부러웠다. 자기를 소제부로 써주었으면 맘놓고 수길의 방으로 들어갈 수 있으리라는 공상이 잠시 달았다.

봄 하늘은 찌푸린듯 음산하고 머리 위에서 전선줄이 윙윙 울고 있었다.

그 때 웬 사람 하나가 비탈길로 올라오는 것이 보였다. 병원 약제사였다. 예전에 레배당에서 성경책을 끼고 나오는 것을 보아하니 인품이 매우 점잖은 것 같았는데 더욱 요사이 병원에서 몇 번 본 일이 있었다.

수길어머니는 바루 그를 쫓아갔다.

"선생님!"

하고 두어번 부른 때에 약제사는 천천히 돌아섰다. 그는 퇴근하여 집으로 돌아가는 길이었다.

약제사는 수길어머니의 떨리는 목소리를 들은 둥 만둥 하다가

"미국의사들에게 맡겼으문 하나님께 맡긴 것이니 일반입네다"

하고 기도식으로 설교였다.

"아니 선생님! 하누님에게 맡기다니오!"

수길어머니에게는 약제사의 말이 도리여 매우 불길하게 들렸다. 하누님이 아무리 좋다한들 어째 에미만하랴 싶었다.

"미국사람은 거짓말이 없습네다. 보십시오. 그분들은 조선서 병원을 짓고 학교를 세우고…… 의사선생님이 오시고 선교사님이 오시고……."

"아니 선생님!"

수길어머니 귀에는 그런 소리가 통 들어가지 않았다. 수길이 누어있을 병원 건물들을 바라보는 것만도 못한 소리따위였다.

병원에 있는 사람들은 그 누구도 이름만 조선사람이지 속은 모다 미국사람이나 다를배 없는 저와는 아주 딴 세상 사람 같았다.

수길어머니는 그 날 밤에 또 동건이를 찾아갔다. 동건이는 오늘의 자초지종을 듣고 필시 무슨 곡절이 있는 일이라고 생각했으나 과연 무슨 속판인지는 역시 알 길이 없었다.

그러나 그는 되나 안 되나 래일 석양에 공장에서 돌아오는 길로 수길어머니와 함께 원장을 찾아가기로 약속하였다.

하로밤을 거의 뜬 눈에 새운 수길어머니는 이튿날 새벽에야 겨우 자는듯 마는듯 깜빡 눈을 붙였다. 그러자 이내 꿈이 왔다. 그는 무서운 도적에게 쫓기고 있었다. 도망치랴 하나 다를 수가 없었다. 한참 바둥거리는데 도적이 눈 앞으로 달려들었다.

그런데 별안간 누가 시퍼런 비수로 그 놈을 보기좋게 칵 찔러 번졌다. 그 것은 분명 남편인 줄 알았는데 자세 보니까 동건이였다.

수길어머니는 숨을 하아 쉬며 기지게를 주욱 켜다가 그만 잠이 깨였다. 잠이 깨니 까치 소리도 어디서 들려왔다.

"오늘은 무슨 일이 있을라나"

수길어머니는 그렇게 생각하며 마음을 조렸다.

그 날 오후에 웬 사나이가 수길어머니를 찾아왔다. 수길어머니는 어쩐지 대뜸 가슴이 쩔렁하였다.

얼굴이 검으테테하고 조는듯한 거적눈 아래에 오누월 소부랄처럼 축 늘어진 개발코가 달린 숭물스러운 사나이였다. 그는 분명 병원에서 본 수위인지 소제부인지 한 사나이였다.

"이게 리수길이 집이오?"

그 사나이는 말도 전하기 전부터 돌아가랴는 듯이 뒷둑거리며 물었다.

"네 어째 그러오?"

수길어머니는 가슴이뿌처 손으로 지긋히 누르고 맨발로 쫓아나왔다.

"병원으로 오래요"

"병원으로? 아니 무슨……."

"이 집에 입원한 사람이 있지오?"

"네 있어요"

"그 사람이 죽었대요"

"죽……."

수길어머니는 그만 정신이 팽그르 돌며 다리가 꼬여 그 자리에 풀석 주저앉고 말았다. 그러자 그 사나이는 암말없이 엉 비슬비슬 나가버렸다.

"수, 수길아!"

수길어머니는 손벽을 한번 크게 치며 맨발 그대로 쫓아나왔다.

나오노라니 그는 그만 목이 칵 메며 설음이 쏟아져 다시 그 자리에 풍덩 주저 앉았다.

"수길아! 수길이가 죽다니 웬말이냐"

그는 땅을 치며 통곡하였다. 숨이 꺼질듯 흐느껴졌다.

그러나 다음 순간, 그의 가슴에는 곤장같은것이 불끈 치쳤다. 그는 모든 것을 깨달았다. 수길이를 죽인 것은 선교사네 승냥이떼들이오. 병원 원장년이였다.

"오냐. 알았다. 이 년놈들, 내 자식을 잡누라고 그 작간을 꾸몃구나. 그러나 안 된다. 안 돼"

수길어머니는 들에 굴어다니는 작대기를 들어 땅을 힘껏 내려쳤다.

"안 된다. 안 돼. 이 년놈들 생사람을 잡구 전염병이라구…… 안 된다 안 돼. 살려놔라 살려놔. 그러지 않으면 당장 너이 년놈들을 씹어먹구야 말겠다."

수길어머니는 다시 달리기 시작하였다. 그러나 이상하게도 아직 수길이가 숨이 가랑가랑 붙어 있는 것같은 환상이 머릿 속에서 죽엄과 맞물고 맴을 돌았다.

그는 길이 어텐지 발이 어데가 놓이는지도 몰랐다. 그러나 수위보다 더 먼저 병원으로 달려갔다. 그가 입원실 현관에 들어섰을 때, 누가 수부에서 불렀으나 그는 듣지 못하고 긴 복도를 천방지축 달려들어갔다.

"수길아 아이고 수길아"

"여보─여보─"

흰 위생복을 입은 사나이가 쫓아와서 수길어머니의 팔을 꽉 잡았다.

"우리 수길이 어데 있소?"

"떠드지 마시오. 환자들이 놀랍네다"

"여보─우리 수길이 어데 있소? 나 좀 어서 보게 해주오"

"이리 오시오"

그리하여 수길어머니는 안침지고 으슥한 구석에 있는 한방으로 안 내되여 들어갔다. 그러나 거기에도 수길이는 없었다.

"수길이는 어데 있소? 나 좀 어서……."

하며 수길어머니가 도루 문 밖으로 뛰어나오는 것을 그 사나이가 다시 붓잡아 당기며

"여계 앉으시오"

하고 걸상에 앉히려 하였다.

"아니…… 난 가야……."

"글세 앉으시오. 이제 보게 해드립네다"

하고 수길어머니를 억지로 주저앉혔다.

"당신이 리수길어머니신 가요?"

"네 수길이 아직 살아 있지오?"

"당신 아드님은 우리 병원의 따뜻한 기도를 받으며 영원한 세상으로 갔습네다."

"가다니오?"

어머니 눈에서 푸른 불빛이 번쩍하였다.

"하누님 품으로 돌아갔습네다"

"하누님?"

수길어머니는 소스라처 일어나다가 다시 푹 물러 앉아버렸다.

"병이 워낙 고약한 병이 되어서 집에도 알릴 수 없었습네다."

"……."

"본시 병원 규칙이 그렇습네다. 그리고 또 전염병으로 죽은 사람은 전염병을 방지하기 위해서 곧 화장하는 법입네다. 네 그래서……."

그러나 수길어머니는 그게 무슨 소린지 알아 듣지 못하였다.

"수길이 어데 있소?"

"네 여게 있습네다. 이제 올리겠습니다."

하고 위생복 입은 사나이는 선반 앞에 가서 흰 보재기에 싼 조고만 상자를 내리여 두손으로 수길어머니에게 주며

"이게 바루 당신 아들입네다. 받으십시요"

그러나 수길어머니는 멀끔이 바라볼 뿐, 무엇인지 알지도 못하고 받으려고도 하지 않았다.

"이게 당신 아드님입네다."

"……."

"불에 살르고 남은 유골입네다. 받으십시오."

"불에?"

"네 법이 그렇습네다"

"내 아들을 불에……."

"네 바루 이겁네다"

"오냐, 알았다. 생사람을 잡구 증거를 없새랴고 덩지채 살아버렸지. 이 날백정년놈들 너이는 내 손에 죽을 줄 알아라"

수길어머니는 두주먹을 꽉 부르쥐고 소스라처 일어났다.

"안 된다. 안 돼. 내 아들을 내놔라"

설음도 잊고 수길어머니는 입술을 깨물며 외쳤다.

"누가 내 아들을 살으랬느냐"

위생복 입은 사나이는 뒷뚝하며 한두걸음 물러섰다.

"안 된다. 안 돼. 너이가 내 아들을 때려죽이고 흔적을 없샐랴고……."

"진정하십시오. 사람이 죽고 사는 것은 하누님께 달렸습네다. 성경에 다 적혀있습네다."

"내게는 하누님이 없다. 내 아들을 내놔라"

"하누님 뜻을 거역해서는 당신께 해롭습네다. 그리고 당신 아드님께

도……."

"썩 내 아들 내놔라. 못 내놀테냐"

"여게 선교사님께서도 당신 아들의 영생을 축복하는 의미에서 자아 이렇게……."

그리며 위생복 입은 사나이는 종이봉지 하나를 또 내놓았다. 그것은 선교사가 보낸 약간의 향전이였다.

"선교사가……."

수길어머니는 내미는 종이봉지를 탁 싸려버리며

"이 놈 하누님을 팔아 살인하는 백정놈들, 선교사가 다 무슨 벼락맞을 선교사냐"

수길어머니는 위생복 입은 사나이 손에 들린 유골상자를 차가듯 빼앗아 한품에 끼었다. 그 바람에 선교사가 보냈다는 돈봉지가 바닥에 나딩굴었다. 수길어머니는 마치 솔개미가 병아리 차듯 그 봉지를 한손에 와사삭 검어쥐고 문을 차고 불이나게 내달렸다.

V.

수길어머니의 한발이 돌뿌리를 차서 피가 터졌으나 그는 알지 못하였다. 깨물려 팅팅 부어 오른 아랫 입술에는 선지피가 엉키어 붙었다. 쑥대머리에 화등잔같은 눈…….

수길어머니가 선교사네 벽돌양옥 무거운 또아를 세번째 돌개바람치듯 열어제낀 때 식탁에 둘러앉은 세 원쑤의 얼굴이 가까운 관혁처럼 그의 눈앞에 나타났다. 그 것은 마치 움직이는 화면처럼 수길어머니의 눈

앞에서 커졌다 적어졌다 하였다.

후치날같은 매부리코 끝이 숭물스럽게 웃입술을 덮은 늙은 승냥이와, 방장 멱자귀를 삼킨 구렁이 뱃대기처럼 젖가슴이 불쑥 내밀린 암여우와 지금 바루 껍대기를 벗고 나오는 독사 대구리처럼 독기에 반들거리는 매끈한 이리새끼…… 그 것들의 우묵한 여섯눈깔이 한결같이 송장을 기다리는 무덤구멍같이 수길어머니에게는 보였다.

이 이리떼들은 염라대왕 앞에 선 악령들처럼 수길어머니의 헝크러진 머리, 파진 눈, 피벌건 발, 찢어진 옷자락 앞에 몸소름을 쳤다.

"오…… 하누님……."

암여우가 먼저 기도를 올렸다.

"내 아들을 내놔라"

"오…… 하누님 아버지시어……."

"이 백정년놈들아 내 아들을 내노란 말이다."

수길어머니는 피엉킨 입술을 지근 지근 깨물어 붉은 피를 홱 내뿜었다. 그리고 돈봉지를 늙은 승냥이 면상에 쥐어뿌리며 한손으로 이리새끼의 대갈통을 검어쥐려고 덤벼들었다. 암여우가 일어서며 떨리는 목소리로 또 부르짖었다.

"으…… 저게 하누님이 계십네다. 형님아들 천당으로 갔습네다"

"천당? 천당은 너이 백정년놈들이 가거라. 내게는 소용없다. 어서 썩 내 아들을 내놔라. 안내놓을테면 네 아들을 다구."

수길어머니는 또 손을 쳐들었다.

"형님 안 됩네다. 형님 마귀 들었습네다."

"마귀? 마귀를 보겠거든 물떠놓고 그림자를 봐라. 내 아들을 때려죽이구…… 입원시키면 낫는다. 전염병이니 오지 말라 하고 몰래 죽여서 형체도 없이 사른 년놈이 누구냐 이 사람잽이 백정년놈들아. 그래도 네 새끼 귀한 줄은 아느냐. 썩 내놔라, 안 된다. 안 돼"

수길어머니는 또 이리새끼를 향하여 손을 처들었다. 그 때 암여우는 제 아들을 감싸며 피신하라고 눈질했다. 그리자 이리새끼는 제 애미굵은 배통 밑을 살금 살금 기여 뒷방으로 빠져 들어갔다. 이윽고 그 방에서 전화신호 돌리는 소리가 찌릉 찌릉 울려왔다.

"네 새끼를 내놔"

하며 수길어머니가 머리로 쿡 찌르고 나가랴는 것을 암여우는 뒷걸음질하며 막아섰다.

"하누님이 용서 안 합네다."

그때 늙은 승냥이가 벌떡일어서며 고래고래 외쳤다.

"마귀 물러가라"

"마귀? 이 백정놈아, 내버린 공을 가졌기로 사람을 죽여. 네놈들이나 물러가라. 네놈들이 남의 땅에 와서 사람 잡을 권리가 어딧니. 이 것은 우리 조선땅이다. 조선땅…… 조선사람 다 죽은 줄 아느냐"

"안 물러갈테냐"

"내 아들을 내놔라. 내 아들을 내놔. 이 강도놈아"

"네 아들은 병원에 가서 찾아라"

"너이놈들이 빙빙 두루 얼려서 도깨비 숨박곱질을 하는구나. 그러나 안 된다. 내아들을 죽였으니 네 아들을 내놔라. 안 된다 안 돼"

"하누님을 모르는 야만……."

그 때 암여우가 남편을 감싸주며 앞으로 나섰다.

"내 아들을 죽인 원쑤를 내노란 말이다. 얼른"

수길어머니는 머리로 암여우의 뱃통을 칵 밀치며 꾸지르고 나가랴

하였다. 그 때 늙은 승냥이가 다급히 부르짖었다.

"저 악마를 죽여라…… 시몬 총 총……."

이윽고 이리새끼가 길다란 사냥총을 들고나와 수길어머니의 가슴팍에 드리댔다.

"쏠테다"

"오냐 쏴봐라. 나까지 죽일테건 죽여봐라"

수길어머니는 가슴을 쩍 벌리며 다가섰다. 그 바람에 이리새끼는 놀란 토깽이처럼 흠칫하고 뒷걸음질을 쳤다.

그러자 늙은 승냥이가 총을 받아쥐고 그부부리로 수길어머니 가슴을 냅다 밀었다. 수길어머니는 한두 걸음 뒤로 뉘둑서리다가 이내 몸을 가누어가지고 가슴을 팍 내밀며 두팔에 죽을힘을 주어 총대를 검어 채쳤다. 그 바람에 늙은 승냥이는 앞으로 몸을 숙이며 두어 걸음 끌려오다가 총을 놓고 말았다.

수길어머니는 젖먹은 힘까지 다 내서 총을 꺼꾸로 잡은채 총허리로 유착스러운 무쇠난로 모수리를 드리쳤다. 총신이 뚝 부러져 나갔다. 그 바람에 넌놈은 뒤로 훌쩍 물러서고 새끼놈은 다시 뒷방으로 달려들어가 전화통을 요란히 울렸다.

"……아, 빨리 빨리…… 아, 떠났어요? 네 네…… 지금 그 년이 총으로 사람을……."

그런 소리가 아슴푸레 들려왔다.

"이 백정년놈들아 총으로 나를 잡을라구…… 그러나 안 된다. 너의 간을 내서 씹어먹기 전에는 죽지 안는다. 내 아들을 죽인 네 아들놈 간을 내가 씹지 않고 말 줄 아느냐"

수길어머니는 이를 빠드득 갈면서 뒷방으로 쫓아들어갔다. 그러나

두 년놈이 함께 앞을 막아서 한동안 밀고 밀리고 하였다.

그런판에 뒤에서 누가 벼락치는 소리를 질르며 수길어머니의 덜미를 수리개 덮치듯 꽉 검어잡았다. 그리고 다두처 묵직한 무릎이 수길어머니의 엉치를 되게 드리받았다. 수길어머니는 허리가 시큰하도록 뒤로 몸이 휘여졌다.

"이 년아…… 놓지 못해"

그 담은 구둣발이 성문으로 연송드리박혔다. 순사놈이었다.

"이건 또 누구냐?"

수길어머니는 한입 담뿍 물었던 피를 칵 내뿜었다.

"홍 너이들이 모다 한편이로구나. 좋다 죽으나 사나 해보자"

순사도 그 바람에 뒤로 뒤뚝거렸다.

"이 년"

다음 순간 솟뚜껑같은 순사의 손이 뺨에 철석하며 수길어머니 눈에서 불똥이 튀었다.

"웅 네가 내 아들을 물어내놀테냐. 이 개새끼야. 순사란건 백장놈의 편을 드는거냐"

그러나 수길어머니는 마침내 포승에 꽁꽁 얽히고 말았다. 그 때 이리새끼가 다시 이편 방으로 들어왔다.

"사람 죽인 놈을 얽지않고 나를 웨 얽는기냐"

"이 년 닥치지 못해"

그리고 순사놈은 선교사 부처를 향하여

"선교사님 미안합니다. 진작 알았으면 이런 일 없을걸 그랬습니다."

"아니 수고합니다. 하누님이 아시고 지금 벌을 내리지 않습니까"

"네 단단이 중치하겠습니다. 이 총은 증거품으로 가지고 가겠습니다."

"그러나 나는 미국사람으로 한마디 부탁하겠습네다. 저 사람이 자기의 죄를 회개하면 용서해주기 바랍네다. 착한 사람되게 해주시오. 모든 착한 사람 모다 우리미국사람 형젭니다. 이것은 하나님의 뜻입네다."

"너이들 용서를 누가 원한다더냐. 너이들이 또 나같이 무지한 사람을 속여서 종으로 부리고 맘대로 죽이자고 그따위 수작이지만 안 된다 안 돼"

"이년 잔말말고 이 총을 들어라"

순사가 웨쳤다.

"내가 그걸 웨 들어. 내가 들것은 따로 있다."

수길어머니는 묶기운채 허리를 굽혀 유골이 든 상자를 집었다.

원쑤를 못갚고 잡혀가는 것이 절통하였다.

"그러나 두고 보아라. 조선사람 다 죽지 않았다."

어둠이 깃들인 황혼의 거리를 수길어머니는 하염없이 걸어갔다. 깃을 찾는 새들이 낮은 하늘을 날아오고 날아가고 하였다.

-『문학예술』, 1951. 4.

작품평

한설야의 단편소설 「승냥이」(1951년)는 이러한 쩨마에 바친 가장 우수한 작품의 하나다. 작가는 여기서 수십년 전에 조선에 와서 '하느님'의 아들로 자처하면서 온갖 흉악한 만행을 다한 미국 선교사와 그를 중심으로 한 미제 야만들의 정체를 폭로하고 직접 오늘의 문제에 해답하였다.

죄없는 조선의 한 어린이 수길이를 아무 량심의 꺼리낌도 없이 암살한 소위 '하느님의 사도'에 대하여 작가는 증오의 마음을 참을 수 없었다. 도대체 이 자들에게 량심이란 말조차 가당하지 않다. 작가는 정당하게 놈들을 승냥이로 불렀으며, 인간 승냥이로서의 그들이 교활할 뿐만 아니라 가장 포악하며 추악한 존재임을 백일하에 드러내놓았다.

작가는 불타는 증오의 붓끝으로 이렇게 썼다.

후치날 같은 매부리코 끝이 숭물스럽게 웃입술을 덮은 늙은 승냥이
와 방금 먹자구를 삼킨 구렁이 뱃대기처럼 젖가슴이 불쑥 내밀린 암여

우와, 지금 바루 껍대기를 벗고 나오는 독사 대구리처럼 독기에 반들거리는 매끈한 이리 새끼… 그것들의 우묵한 여섯 누깔이 한결같이 송장을 기다리는 무덤 구멍같이 수길어머니에게는 보였다.

이러한 말들이 결코 지나침 말이 아니라는 것은 너무도 명백하다.

삭가는 여기서, 이 짐승 같은 원쑤들의 소위 '도덕', 인간 증오의 아메리카니즘에다 우리 인민의 고상하고 아름다운 도덕과 정신적 위대성과 항거의 정신을 날카롭게 대치시켰다.

두고 보아라, 조선 사람 다 죽지 않았다.

승냥이 놈들의 편을 든 일제경찰에 끌려가면서 웨친 수길 어머니의 이 말은 곧 그대로 오늘의 현실의 말이며 제국주의자들에 대한 인민의 증오의 목소리였다.

작가는 사실주의적 일반화의 힘을 가지고 자기 주인공 수길 어머니의 형상을 창조하였다. 그리하여 이를 통하여 조국의 땅 우에 영원히 뿌리박고 있는 우리 인민의 불패의 정신의 위대성을 보여주었으며 자기의 온 마음으로써 원쑤를 증오하는 그 강한 의지력, 영웅적 인민의 성격적 특질을 보여주었다.

－사회과학원 문학연구소, 『조선문학통사─현대문학편』, 인동, 1988(사회과학출판사, 1959), 262~263쪽.

꿀

김남천

"내가 다시 소생해서 이렇게 오늘 저녁으로 전선에 나가게 된 것은 말하자면 팔순이 가까운 그 할머니 덕분이지요"

하고, 一九五〇년 八월하순의 어떤날, 락동강전선에서 얼마아니 격하여있는 합천 관기리 야전병원에서 한나절을 나와 가치 지내인 부상병 동무는 다음과같이 이야기를 계속하였다.

아까도 말씀 드렸습니다만 안의전투를 결속지을 무렵에 나는 다른 두 동무와 함께 거창을 돌아 적의 후방 종심 깊이 침투하여 적정을 정찰하고 돌아오라는 임무를 띠고 본대를 떠났던 것입니다.

당시 안의에서 괴멸의 운명에 봉착하였던 적들은 거창읍에서 합천 땅으로 들어서며 봉산 묘산을 거처 합천읍으로 나가 황강을 따라 락동강 본류를 넘을 것이 예상되면서, 도중 몇군대의 방어진지에서 패주하는 병력을 수습할 방도로 완강한 저항을 시도하리라고 취측되였지오.

우리들의 정찰임무는 거창군 양곡리에서 합천군 권빈리에 이르는 지역에 집결중인 적 병력의 수량, 화력 및 그 배치등이였습니다.

부대를 떠나자 이내 교전지대를 돌아 적중 깊숙이 드는 것임으로 세 사람은 임무를 분담하고 세심한 위장을 가출 것이 필요하였습니다. 그래서 동행 셋중 두 동무는 권총을 휴대하고 농민처럼 변장하였고 나는 인민군 전사복 위에 국방군의 웃저고리를 껴입고 전사모 위에 철갑모를 눌러쓰고 미국식 자동총으로 무장하였었지오.

셋이 모두 사민의 복색을 하는 것이 적중에 들기는 편하지만 일행이 전부 권총만으로 무장하는 것은 다소 허전하였고 큰 무기를 메자면 역시 사복보다는 군복이 자연스러운데 안팎으로 융통성있게 써먹자고 나는 철갑모를 쓰고 국방군 웃옷 밑에 우리 전사복을 바처 입게 되였던 것입니다. 물론 모두 부대장동무의 지시로 한것이지만.

복색 자체가 말하듯 두 동무에 대해서 나는 마치 호위와같은 부차적 임무를 띠게 되였습니다. 거창 조곰 못미처 하고리에서 셋은 길을 갈랐지오. 한 동무는 거창을 북으로 우회하여 남하면으로 들어갔고, 다른 한 동무는 거창 남쪽으로 무림을 꾀뚫고 남상면에 들어가는대신 나는 동무들이 돌아오는 동안 국군복을 입고 민정을 살피면서 거창부근에 묻혀 있었지오.

이리하여 두 동무는 양곡리에서 권빈리에 이르는 지역에 집결중인 적군 주력의 적정을 각각 정찰한 뒤 미리 작정하였던 시간에 하고리에서 거창읍에 이르는 작정한 지점에서 나와 다시금 맞날 수 있었습니다. 먼동이 트자 한 사람 국방군에세 호송되는 두 사람 사민을 가장하여 피란민들에 쌔여서 우리들은 무사히 산등에 올라설수 있었습니다.

무명 六백고지를 넘어선 곳에 마침 안욱한 샘물터가 있어서 세사람은 여기서 수집한 정보를 종합할겸 휴대식량으로 아침 요기를 치르기로 했습니다. 나는 총을 풀숲에 눕히고 두개의 웃저고리를 모두 벗어제치고 샤쓰바람으로 땀을 드릴 수 있었지요.

그 것은 참말로 상쾌한 아침이었습니다. 안개가 벗어지면서 멀리 흰 바위틈을 돌아 흘러내리는 푸른 냇물을 좇아 구비 구비 휘감긴 하이얀 신작로가 군데군데 소나무가지에 가리어서 숨었다나타났다 하는 것을 아득히 높은 곳에서 굽어보는 것입니다. 바위틈에서 흘러나오는 샘물 맛은 말도 말고 아침맛도 별미였고 담배맛도 각별했지오.

자아 인제 단숨에 본대로 달려가자고 막 우리들은 자리를 뜹니다. 두 번째 옷을 꿰면서 내가 먼저 자리에서 일어났습니다. 일어서서 사위로 눈을 돌리자 아뿔사 하고 멈쭛 단추 꿰든 손을 멈추었습니다. 우리 있는 쪽을 향하여 몰려오는 한소대가량의 적의 부대를 발견한 때문입니다.

"五백메ー타 전방에 적병 일소대가량 출현"

셋이 모두 그쪽을 바라보고 일시에 다시 몸을 숨겼지오. 필시 안의전 투에서 패하고 허둥지둥 산줄기를 타고 후퇴지점으로 몰려가는 적임이 틀림없어 전의를 상실한 패잔병일이오나 우세한 적을 상대로 싸우는 것이 우리의 임무가 아님으로 우리는 흩어져서 각각 안전하게 본대로 돌아갈 것을 결정했지오. 두 동무가 우선 골짝이를 따라 풀숲으로 빠져 나갑니다. 나는 두 동무가 착탄거리에서 벗어날 때까지 이들을 엄호할 임무가 있음으로 바위를 안고 전방을 주시하면서 차츰 비스듬히 하향선을 긋고 적이 오는 방향에서 떨어져 나갑니다.

그런데 겁을 집어먹고 허둥대는 패잔병일쑤록 귀는 초롱처럼 밝은 가보지오. 앞서서 오던 몇놈이 웃뚝 서며 두리번거립니다. 나는 밧짝 땅 위에 배를 부쳤지오. 놈들중에 한 놈이 손짓을 합니다. 다행히 내가 발견된 것은 아닙니다. 그러나 손가락의 방향을 더듬으면 잔솔포기와 가당나무 숲을 흔들며 산 밑으로 빠저 내려가는 무명중의에 농닙을 쓴 두 동무의 그림자가 보입니다.

"남로당패다."

하고 한 녀석은 카―빙을, 또 한 녀석은 엠원을 들어서 연발로 쏘아댑니다. 그러나 이곳 저곳서 공연한 총소리를 낸다고 꾸짖어대는 소리가 연방 들려옵니다.

"빨리, 빨리!"

서로 서로 짖어기며 우르르 몰려서 선두에 섰던 놈들은 벌써 산고지를 타고 넘어갑니다. 총도 없이 맨손으로 뛰는 놈으로, 철갑모도 웃저고리도 없이 샤쓰바람으로 두리번거리는 놈으로, 어떤 놈은 숫재 군복 윗옷을 벗어버리고 베적삼을 걸친 놈도 있어서, 그 행색이 가지각색이지오.

그런데 질색할 일이 생겼습니다. 五십메―타 가량 간격을 두고 뒤따라오던 십여명의 적병은 저이들 총소리에 놀래어 우르르 내가 엎데여 있는 쪽으로 산개하여 굴이 떨어지듯 몸을 숨기며 총뿌리를 겨눕니다. 놈들은 총소리의 유래도 몰으고 제불에 놀랬을 뿐 아니라 빨리 가자고 서두르는 앞서간 놈들의 떠드는 소리에 조차 착각을 가집니다. 잔뜩 긴장한 놈의 눈에 나의 철갑모가 보이고 이어서 내가 겨눈 총구에 놈의 총신이 후둘 후둘 떨립니다. 그 순간 눈먼 총탄이 무수히 내가 엎드린 바위에 부디칩니다. 드디어 나도 방아쇠를 닥첬지오. 침착한 묘준에 우선 두 놈이 침묵합니다. 그러나 유리한 위치에 산개한 적병들이 집중사격으로 쏘아대는 총탄 속에서 잠시는 눈을 뜰새도 없습니다. 다릿게가 후꾼합니다. 연니어 어깨쭉지가 망치로 후려맞는 듯 쨍하고 울립니다.

한놈, 또 한놈, 두놈의 시체가 굴어떨어지는 것을 보자 왼팔에 더운 것이 쑤르르 흘러내리는 것을 뿌리치듯하며 나는 벌떡 일어섭니다. 밸이 틀려서 고성으로 구령을 던지며 자동총을 한바탕 휘둘러댑니다.

"이분대는 좌측으로 돌고 삼분대는 적의 측면으로 돌 것이며 일분대는 정면에서 추격할 것!"

우수수 갈팡 질팡 흩어지며 다라나는 적병의 그림자가 차츰 흐미해지면서 나는 마침내 멫발자국을 못걷고 소나무 굵에 엎드러졌지오. 엎드린 자세로 그대로 유지할 수 없어서 노근해진 육체는 두고패를 떼굴떼굴 굴어납니다. 사위가 갑자기 조용해집니다.

'나는 이대로 죽는 것일까?'

막연히 그런 생각이 나서 흐려지는 눈자위에 힘을 주며,

"로동당만세, 공화국만세, 김장군만세"

를 입 속으로 불렀지오. 마즈막만세가 입안에서 느리게 읊조려지는 것을 남의 의식처럼 느끼면서,

'죽어선 안된다. 죽지는 않는다.'

그렇게 나 자신에게 타일러볼려고 무진 애를 쓰는 것이나 그럴싸록 의식은 자꾸만 희미해저 갑니다. 드디어 나는 모든 감각을 잃어버리고 말었지오.

얼마나 그런 상태가 계속되었는지오. 내가 왼편 어깨와 오른 다리에 참을 수 없는 동통을 느끼며 다시 정신을 도리켰을 때, 소나무의 그림자가 길다랗게 나의 옆을 두세줄 건너간 것이 보이었습니다.

참말로 이러다가는 아무도 모르는 개죽엄을 할 밖에 별도리가 없겠다고 나는 기를 쓰고 이를 악물며 총을 짚고 일어서 봅니다. 그러나 도저히 일어나서 걸어갈 기력이 나지 않습니다. 피가 홍건히 흘렀다가 말

라들기 시작하는 땅 위에 다시 쓸어졌지오. 갑자기 목이 타 올랐습니다. 해가 넘어가기 전 바람 한점 없는 무더운 순간입니다.

어디에 아까의 샘물터가 있는 것일가? 그 것을 찾아 헤매느니 차라리 골작을 따라 신작로가에 나서려고 생각합니다. 물과 인가를 찾는 외에 부대와 맞나야 살 수 있다는 강한 욕망이 앞을 섭니다. 기어도 보고 미끄럼타듯 지처도 보고 하면서 죽을 힘을 다하여 움직입니다. 멀리서 포소리가 나지만 포의 종류도 분간할 수 없고 소리나는 방향이 어디인지 조차 알 수 없습니다.

'두 동무는 돌아가서 임무를 훌륭히 완수했을 것이다.'

'살아야 한다! 찬물로 목을 축이고 길역으로 나가서 우리군대가 거창을 향하여 진군하는 것과 맞나야 한다!'

땅거미가 기기시작할 때, 소로에 나섰고 그 곳서 한마정가량을 다시 기어서 나는 어느 쓸어저가는 초갓집 앞마당에서 기진 했습니다. 일가가 있으니 마실 물이 있을 것이나 우물이나 냇물을 찾아볼 기력이 없습니다. 누가 있으면 물어서 알라고 힘껏 소리를 친다는 것이 아이구 하는 느린 신음 소립니다. 인기척이 있는듯 싶으나 아무도 나타나지 않습니다. 부엌 토방을 미처 넘지 못하고 한손에 총을 잡은채 번뜻이 누어버릴 수 밖에 없습니다.

전신의 피로가 찬물에 씻은듯이 시언히 풀려나갑니다. 붉으레한 노을이 한옆으로 비낀 넓디 넓은 하늘이 차츰 차츰 나의 눈 위에 가까워지다가 그대로 그 것이 명주이불처럼 나의 전신을 가볍게 덮어주는 것 같습니다.

펄떡 정신이 듭니다. 확실히 인기척이 난 것에 귀가 번쩍 티인겁니다. 총신을 짚고 몸을 뒤책이려 합니다. 어깨와 다리에 무서운 동통!

"기 누군기요?"

하는 가느다란 목소리.

"군댑니다, 물 한 목음만 주십시오. 부상한 군댑니다"

하며 각깟으로 처다보는 눈에 방 아랫목에 동그라니, 그러나 터럭보다도 가볍게 앉아있는 표주박만한 늙은 할머니. 얼굴이 왼통 주름살로 욱여들고 까맣게 탄 이마 위에 가르마를 한 뼘이나 밀어던지고 은실같은 머리가락이 얼깃살처럼 갈라 붙어 있지오.

"군대믄 와 거창쪽으로 안 가고. 아침내로 신작로가 메게 거창읍으로 밀려갔는대"

필시 나를 국방군으로 아는 모양이지오. 나는 다시 방 있는편 댓돌 붕당까지 기어갑니다.

"할머니 국방군은 아닙니다. 인민군댑니다."

조용히 할머니는 나를 굽어 봅니다. 팟알만큼 반짝이는 두 눈에서 조차 도시 표정을 찾아 볼 수가 없습니다.

"내사 구신 다 된 늙은거라 아무 것도 몰으니더"

다시 얼굴을 돌려 산자받은 수수깡이 앙상하게 들어난 윗목 바람벽께를 바라봅니다. 찬 서릿발이 이마와 두 눈가에 비수처럼 스칩니다.

"할머니 리승만네 군대가 아닙니다. 국방군이 아니라 인민군댑니다."

힘을 다해 외치듯 하고는 기운이 지쳐 댓돌 밑에 머리를 부딧고 엎드려 버렸지오.

할머니는 일어서는 것 같앴습니다. 나는 그 때에야 나의 웃옷이 국방군의 것임을 깨달았으나 그 것을 활짝 벗어 버릴 기력이 없습니다.

"빨갱인게오?"

문지방에 서서 묻는 것이 확실합니다. 그러나 선뜻 대답할 수가 없었습니다. 할머니 입에서 나오는 냉냉한 그 말이 어쩐지 섬찍하게 느껴졌던 때문이지요.

"남로당팬기오?"

또 다시 나직히 가느다랗게 묻는 것이나 눈을 감은채 역시 이내 대답이 나지 않습니다. 나는 거이 애원하듯 머리를 들고 눈을 뜨며,

"할머니……."

그렇게만 불러보았지요. 할머니는 나를 물끄럼히 내려다 보다가 소리나지 않게 방에서 나왔습니다. 그는 나의 옆으로 가까이 옵니다. 이윽고 그는,

"에구 이 피, 어데 다쳤노?"

그렇게 옴으라든 입 속으로 읊조리듯 하며 나의 군복께를 만집니다. 옷을 두 겹으로 입은 것을 그 때에야 비로소 똑똑히 압니다.

할머니는 내 몸을 곁들어서 부축하여 이르킵니다. 방이 누추하지만 안으로 들어가잡니다. 그리고는 혼잣말로 몇일째 우물이란 우물은 국방군것들이 죄 바닥을 냈으니 어디 시원한 냉수가 있어야지 라고 나직이 한숨집니다.

나를 안아서 방가운데 눕히고는 자기도 따라 내 옆에 앉으며 노랑개란 것들이 개몰리듯 쫓긴다고 아침 한나절 갈팡 질팡 했는데 어디서 이렇게 상처를 입었냐고 묻습니다.

부대보다 앞서 거창까지 들어갔다 나오는 길이라니까, 할머니는,

"거창요?"

하고 놀란듯이 갑작이 눈을 크게 뜹니다. 눈가장자리로 몰여들었던 잔주름이 일시에 치켜 올라갑니다.

"아 거창!"

그는 무엇을 생각하는지 내 옷소매를 잡은채 멍하니 앉아 있습니다.

"아 거창요"

하고 뇌이면서 할머니는 내 옆에서 소리도 없이 일어납니다. 그는 아무 말없이 방안에서 나가 버리는 것입니다.

나는 다시 답답한 얼마동안은 아무 것도 없는 봉당내 풍기는 빈 방안에 혼자 누어서 보낼 수밖에 없었지오. 그때에는 목이 타는 것 보다도 왼몸에 아픔이 젖어들어 거이 의식을 잃을상 싶습니다. 쿡 쿡 쑤시는 아픔이 가뿐 숨결처럼 가슴께를 뚜드립니다.

'어디로 갔을까? 거창읍이 어떻다는 것일까?'

불길한 생각조차 머리를 스쳤으나 인제 모든 것이 될때로 되라고 한편으론 거이 자포자기에 가까운 체념이 가슴을 지긋이 누르고 지나가기도 합니다. 골짝이 넘어로 물매암이소리가 자지러지게 들려왔으나 그 것 조차 어쩐지 구성지기 그지 없두군요.

펀뜻 고향생각이 납니다. 할머니, 어머니, 누이동생 ―그들은지금 내가 이렇게 하염없이 죽을 경지에 헤매이고 있는 것을 알고 있는 것일까? 살그머니 꿈결처럼 들려오는 할머니의 발자취소리. ―나는 일시 그 것이 내가 고향에 두고온 할머니의 발자취소리로 혼돈합니다.

번쩍 눈을 뜹니다. 내가 누어있는 옆에 할머니가 서있습니다. 그것은 틀림없는 표주박 처럼 작다란 아까의 그 할머니였지오. 두 손에 무엇을 들었던 것을 방바닥에 놓고 그는 부엌으로 나가 한양푼 냉수를 떠갖고 들어옵니다.

"자아 은자 정신 좀 채려보소"

목소리는 가느다랗게 야위었으나 아까와는 딴판인 인정이 풍기는 음성인 것을 나는 이내 느낄 수 있었지요.

파초잎을 아무렇게나 그린 팔각이 난 푸리딩딩한 단지기와 그 옆에 중의 동냥자루같은 자루주머니와 그리고 외올 무명 한끝이 베치마 앞자락 밑에 가지런히 놓여있습니다. 찬 곳에서 갑작이 끄내온 것이 분명한것이 단지기에는 서릿발이 잽힙니다.

단지기 뚜껑을 열어놓고 소복이 담겨있는 산청가운데로 놋숟가락을 푹 박습니다. 그리고는 잽사게 꿀을 떠서 냉수 그릇에 옮깁니다. 물에 알맞게 꿀을 떠놓고는 그 숟갈로 다시 자루에서 미수가루를 퍼냅니다. 한 손으로 양푼을 누르고 익숙한 솜씨로 숟갈을 저읍니다.

"자아 이거로 좀 드이소. 먼저 기운을 돌리야 되니이더"

아푸지않은 팔로 가슴을 고이며 두손으로 바처주는 손양푼에 입을 댑니다. 입술에 닿는 놋그릇이 선뜩 찹니다. 단숨에 반 양푼을 마시고는 잠시 숨을 돌렸으나 그러나 이내 다시 입을 대어 벌떡 벌떡 소리를 내여 드리켜 버립니다. 이마에 땀을 주욱 뿜으며 나는 다시 펄석 누어 버렸지오.

'살았다!'

속으로 우선 그런 생각이 들었습니다. 생기가 금시 샘솟듯 솟아납니다.

'이저 나는 살았다!'

그때 우르르 밖에서 발자국 소리가 소란스럽게 달려 듭니다. 가슴이 섬찍했으나,

"어서 다 들오소"

하는 할머니의 목소리에 안심이 되었지오.

"이 동뭅니까?"

씨근거리는 높은 숨결들이 서너 너덧 맞부드칩니다.

"아아"

감격한 외마디소리를 저저끔 지르며 숨결 높은 장정들이 누어있는 나를 가운데로하고 쭉 둘러섭니다. 나는 눈을 크게 떴습니다. 모든 것을 한눈에 또 대번에 보아버릴 듯이.

"동무!"

다릿개를 타고 넘으며 그 중의 하나가 불쑥 손을 내밉니다. 그들은 이 동네 로동당원들이라고 하면서 며칠전에 모두 동네로 돌아 왔다고 하였습니다.

나는 그에게 내 오른손을 맡기며 어쩐지 울컥 솟구쳐 올라오는 눈물을 참을 길이 없었습니다.

"기다리고 기다리던 우리군대의 동무는 첫분이십니다."

또 하나의 얼굴이 그렇게 외치듯하며 내 눈앞에 크게 확대되어 보이였으나 넘쳐흐르는 눈물에 어리어 나는 드디어 그의 얼굴도 아무의 얼굴도 얼굴의 표정들도 분간 할수 없었지요. 성한 몸으로 늠름히 나타났서야할 군대대신에 출혈에 새파랗게 질린 양초가락같은 부상병이 한 팔 한다리로 간신이 엎으러지고 기고 하면서, 하로를 천추처럼 몇해째 눈이 빠지게 기다리던 그들 앞에 나타났다는 것을 이 어이 기구한 일이 아니겠습니까?

"여보게들 그만 두소. 어서 상처를 이거로 처메고 떠날 채비를 해야지"

그들이 손목을 놓는대로, 그들이 외올무명을 끊어서 상처를 동이는대로 아픔도 괴로움도 모두 잊어버리고 나는 그저 흘러내리는 눈물에 얼굴을 적실뿐이었지요.

출혈엔 꿀물이상이 없다느니, 이제 여기서 이십리만 가면 우리군대의 선발대와 맞나게 되리라느니 곧 달이 뜰 것이라느니, 군대와 맞나는

대로 급히 손쓰면 요맛 상처는 이내 아문다느니 서로 두런거리는 것을 마치 엉석바지 아이처럼 누어서 몸을 맡기고 귓결로 들으며, 그러나 나는 할머니와의 나직한 대화를 흘려버릴수 는 없었습니다.

"아아니 이 꿀과 마수가룬 다 웬겁니까?"

하는 어느 동무의 물음에 할머니는 나직히!

"그 일 있인 뒤로 가아가 혹시 들르더라도…… 그 때 꿀을 찾기로"

라고만 대답하는 것이었으나, 그 일 있은 뒤라니 무슨 일인지? 혹시 그 애가 들르더래두라니 그 애가 누군지? 모두 그 당시의 나로서는 풀 수 없는 수수께끼들이 아니겠습니까?

─물론 뒤에 부락 동무들한테 물어서 안 일이지만 할머니는 금년에 이른여덟에 나시는데 밑에는 아들네 양주와 손자까지 도합 네식구가 살아왔답니다.

아들은 一九四六년 十월항쟁 때 농민폭동의 선두에 섰다가 놈들의 흉탄에 쓸어졌고 손자는 一九四八년 二 · 七구국투쟁 때 산으로 올라가서 빨찌산이 되었답니다.

동무들이 말하는대로하면 그 때 열아홉의 이 청년빨찌산은 군당빨찌산에 소속되어 금룡산 덕유산을 근거지로 소백산맥의 등을 타고 五 · 十 단선 반대 와 八 · 二五 총선거투쟁등을 거처 줄기차게 싸워 나아갔고, 려수 순천 항쟁을 계기로 그 이듬해 이른봄부터는 지리산 유격대의 휘하에 들게 되었다 합니다. 겨울과 봄에 걸처 놈들의 가혹한 소위 토벌작전의 어려운 시련에서 단련된 유격대들은 대렬을 정비하여 작년 一九四九년 이맘때 드디어 저 유명한 도읍작전인 거창읍 진격을 신호로 소백산맥과 로령산맥을 근간으로 또한 한편으론 호남평야 일대에 퍼져나간 야산대의 활발한 투쟁에까지 그렇듯 광대한 유격지구를 이루었던 것이 아니겠습니까?

그 것은 여하튼 거창진격이 있은 뒤 경찰놈들은 유격대원의 어머니를 데려다가 아들의 거처를 대라고 가즌 고문을 다하였으나 끝내 자기 아들이 거창진격 얼마전에 집을 댕겨간 사실조차 깊이 가슴 속에 품은 채 놈들의 혹독한 심문에는 일찍이 남편이 그러했던 것처럼 목숨을 조국 앞에 바치는 것으로 유일의 대답을 삼았답니다.

그러니 남은 가족은 할머니 한사람 뿐으로 되었지오. 할머니의 '그 애'란 빨찌산동무를 가르침일 것이오. '그 일'이란 거창진격 사건과 아마도 며누리의 사건을 함께 몰아서 말함일 것이오. 거창이라는 말자체에서 할머니가 받는 충격이 큰 것 역시 그 탓인가 합니다. 빨찌산동무는 정보수집차 고향에 들렀다가 밤을 타서 잠시 집에 들렀던 모양이고 할머니의 대답에서 미루어보면 그 때에 지나간 말로 꿀이나 미수가루가 없는가고 물었던 것 같다합니다. 이래 일년동안 꿀과 미수가루를 독속에 넣어 깊이 묻어놓고 기다리는 빨찌산 손자는 나타나지 않고 그 동무대신에 인민군대의 첫번째 군인으로 내가 그 곳에 나타난 셈이 되었지오.

"동무! 인민군대동무!"

하고 어깨와 다리의 상처를 처매고난 부락 동무들은 이미 그때 에는 어둡기 시작하는 방가운데 우중충하게들 늘어선채 나를 정색해서 부릅니다.

"감사합니다. 동무들!"

하고 나는 오른 손을 허공에 들어 사의를 표하려하나 그들이 나를 찾는 것은 그런 것에 있었던 것은 아니었던 모양이지오.

"우리는 동무를 모시고 우리군대의 선발대가 진격해 나오는 방향으로 맞받아 출발할랍니다. 야전병원이나 후방병원으로 한시 바삐 모시고 가는 것이 무엇보다 시급한 일인께요"

나는 오직 동무들이 분초를 다투는 조처에 눈시울이 뜨거워질 뿐이였습니다.

할머니는 벌써 마당에 나가 들것에 멜방을 매고 백이지 않게 깔개를 깔고하며 부산하게 움직입니다. 동무들은 나를 맞들어 뜰가운데로 나릅니다. 달이 솟을려고 사위가 우렷하니 밝아옵니다.

"할머니!"

내미는 나의 손길에 할머니의 말려올라간 베옷자락이 스쳤고 이내 작다란 그의 손이 나의 손속에 들었습니다.

"할머니!"

나는 다시 또 아무말도 건너지 못하고 덤덤히 이미 팔순이 가까웠을 그의 얼굴만 쳐다봅니다. 달빛이 팔십년동안의 고난의 자죽인 잔주름들을 파란 망사로 감추어 줍니다.

"어서 속히 나사서 싸움터에 나서야지"

할머니는 내 곁에 서서 그렇게 대답합니다.

"꼭 났습니다. 나어서 곧 전선에 나서겠습니다."

이윽고 나를 눕힌 들것은 동무들의 어깨에 돌려서 소로를 거쳐 신작로로 나섭니다. 들것 옆에 발게 섰던 할머니의 상반신조차 네 동무가 앞으로 전진함에 따라 나의 시야에선 벗어져 나가고 나는 오직 뭍별이 비오듯하는 가이없는 파란 하늘을 바라볼 수 있을 뿐입니다. 걸음에 맞추어 북두칠성과 은하수가 우쭐 우쭐 춤을 추며 저편 가으로 느리게 느리게 이동합니다.―

이렇게하여 우리들은 그날밤 자정 안으로 진격하여오는 우리군대의 척후대와 맞났고 나는 곧 접수과로 넘어가서 응급처치를 받고 그 뒤 군의소로 야전병원으로 전전하여 오늘날에 이른 것입니다. 한번도 후방 병원에 후송되지 않는 것은 전선과 떠나기 싫은 나의 고집에서 였지오.

그러니 내가 이렇게 몸을 고쳐가지고 오늘 저녁으로 다시 본대를 따라 락동강 전선에 나서게 된 것은 말하자면 그 팔순이 가까운 할머니 덕분이지 않습니까?―

나는 부상병동무의 이야기를 귀기우려 듣고나서 이 짧다란 이야기가 남기고가는 여운을 따라 가노라고 잠시 아무 대꾸도 건느지 못하였다. 이야기를 끝 마치면서 그는 우연히 읊조리듯 하는 것이였다.

―빨찌산의 청년동무는 그 뒤 한번쯤 자기 집에 들려볼 수 있었는지? 혹여 아직도 팔순의 할머니는 표주박처럼 빈방을 지키고 앉아서 영웅적인 자기 손자가 나타나는 날을 조용히 기다리고 있지나 않는지?

(一九五〇년 十二월 『종군수첩』에서)
―『문학예술』, 1951. 4.

작품평

1.

김남천씨는 「꿀」에서 한 부상병의 술회를 통하여 인민군대와 인민들과의 굳은 련계성을 묘사하였다. 이 작품에 나오는 할머니의 형상을 통하여 김씨는 인간의 귀중한 개성의 존재를 승인하면서 우리의 숱한 할머니들의 진정한 모습을 보여주었다

"어서 속히 나사서 싸움터에 나서야지"

팔십년동안의 고난의 자죽인 잔주름들을 파란 망사로 감추어 주는 달밤에 할머니는 들것으로 운반되여 가는 부상병에게 이렇게 말한다. 모든 조선의 할머니들은 그의 손자들이 싸움터에 나가서 원쑤와 용감히 싸우는 것만이 념원인 것이다.

이 념원은 무엇에서 유래되였는가? 그것은 바루 할머니의 얼굴에 주름잡힌 오랜 고난의 가죽이 말해주는 그 모든 지나간 날의 고난에서 유래되였으며 할머니들이 체험한 고난을 그들의 사랑하는 후손들에게 반복시키지 말려는 그 간절한 심정에서 유래되였다.

우리의 할머니들은 벌써 자기들의 참을 수 없는 고난을 영원히 벗어

날 수 없는 운명으로 생각하는 그런 낡은 할머니들이 아니다. 공화국북반부에 창설된 새로운 제도아래서 모든 고난받던 사람들이 어떻게 자기의 새로운 생활을 건설해나가고 있는가를 잘 알고 있는 우리시대의 할머니들은 인간이 세상에 살고 있다는 거대한 행복을 위하여 또 그 끊김없는 성장의 요구에 따라 사람들이 만일 원쑤를 반대하여 싸운다면 능히 자기들의 생활의 터전을 아름다운 거주지로 개변시킬 수 있다는 것을 확신하고 있다. 바루 그렇기 때문에 할머니는 심한 부상으로 생사지경에 헤매는 부상병에게 속히 나사서 싸움터로 나서야 한다고 당부하듯 타이르는 것이다.

그런데 흔히 이러한 할머니를 그리는데 있어서 어떤 작가들은 그를 그의 깊은 애정을 통하여서 그리는 대신에 다만 어떤 외부적인 자극이라든가 차디찬 도덕적 한계를 가지고 처리하려고 든다.

이 것은 자기의 주제를 깊이 그 본질에서 소화하지 못하고 어떤 기묘한 수법과 번지르르한 재치로서만 료리하려고 드는 작가들이 항용 빠지기 쉬운 위험이다.

김남천씨는 이러한 위험으로부터 자기의 형상을 구출하였다. 실상「꿀」은 처음부터 이러한 위험에 빠지지 않도록 용의주도하게 구상된 작품이다. 할머니가 자기의 손자를 주려고 一년동안 독 속에 넣어 깊이 묻어두었던 꿀과 미수가루를 내다가 풀어서 부상병에게 먹이는 것이라든가 마을의 젊은 동무들을 다려오고 들것에 손수 엘바를 매고 백이지 않게 깔개를 깔고 하며 부산하게 움직이는 것이라든가 이러한 할머니의 동작은 모두 깊은 애정의 표현인 것이다. 이 애정이야 말로 인민군대와 인민과를 그 혈연적 관계에서 굳게 단합시키는 튼튼한 련계의 근원이다. 여기에 주의를 돌리고 또 그 것을 묘사하는데 많은 노력을 기우린 것은 확실히 이 작품의 성공이다.

그러나 그럼에도 불구하고 우리들이 이 작품을 읽고 어딘지 모르게 서먹서먹한 것을 느끼게 되는 건 무슨 까닭일까? 할머니의 그 너그럽고 따슷하고 눈물겨운 애정이 우리들의 가슴속으로 깊이 파고들어 심장이며 혈맥이며 귀뿌리며 눈자위며를 왼통 불덩이로 만들어 주지 못하는건 무슨 까닭일까?

어째서 작가는 좀 더 직접적으로 알몸뚱이로 그 깊은 애정의 세계로 뛰여들어가지 못하는 것일까? 주제가 어느 부상병에게서 얻어 들은 이야기건 종군 수첩에서 뽑아온 것이건 이작품의 진실한 목적이 인간의 깊은 애정에 호소하며 그 애정을 통하여 인민 군대와 인민들과의 련계를 더욱 굳기는데 있다면 작가자신이 직접으로 그 애정의 세계로 뛰여들어 한층 더 심각하게 할머니의 성격이며 그 애정의 기미를 묘사할 필요가 있지 않았을까!

즉 부상병의 입을 통해서가 아니라 작가자신이 할머니의 애정과 낯을 맞대고 직접으로 그 것을 그리여나 가는 것이 더 효과적이 아니였을까?

그렇다고해서 이 작품에서 김씨가 채택한 수법자체를 비난하는 것은 아니다. 이러한 수법은 얼마든지 리용할 수 있으며 또 그제재에 따라서는 한층 더 진실한 묘사를 줄 수도 있다.

그러나 깊은 애정을 취급하며 그 주인공의 마음의 움직임의 하나 하나를 놓침없이 묘사해 나가야할 경우에 이 수법은 향응 많은 제한을 대동하게 된다. 가령 이 작품에서 부상병에게 주는 꿀과 미수가루에 대해서도 또 그 것을 빨찌산 손자를 위하여 남몰래 묻어두고 기다리던 할머니의 마음과 또한 그것을 부상병에게 먹여주는 할머니의 마음이 다만 지나가는 이야기로서가 아니라 깊은 애정으로써 묘사되여야 할 것인데 여기서는 작가가 선택한 수법상 제한으로 말미암아 거의 지나가는 이야기처럼 취급되어 있으며 특히 마지막 전별의 장면에서 부상병을 들것에 눕혀 보내면서 그가 죽지 말고 살아 다시 전선으로 나서주기를 기원하는 그 견줄 데 없이 눈물겨웠을 할머니의 마음이 간접적으로서가 아니라 직접적으로 묘사되여야 할 것인데 이 역시 수법상 제한으로 말미암아 다만 독자들의 상상과 작가가 여기에 삽입한 몇마디 말의 여운에만 맡겨두지 않을수 없게 되었다.

– 한효, 「우리 문학의 전투적 모습과 제기되는 몇 가지 문제」,
『문학예술』, 문예총출판사, 1951. 6, 91~93쪽.

2.

김남천도 단편소설 「꿀」에서 우리 인민군 정찰병을 비방적으로 묘사하면서 우리 인민군대의 고상한 동지적 전우애와 애국심을 모독하였으며 그를 죽음 앞에서 동물적 공포에만 떠는 비겁한 형상으로 외곡 중상하였다. 그리하여 이 작품은 비애와 절망의 독소를 풍기면서 인민들에게 염전사상과 패배주의 사상을 고취하려 한 것으로 일관되였다.

– 사회과학원 문학연구소, 『조선문학통사—현대문학편』, 인동,
1988(사회과학출판사, 1959), 248쪽.

수류탄手榴彈

박찬모

왼종일 잠시도 쉬지 않고 미쳐날뛰던 항공 습격이 오후 다섯시가 지
나서야 겨우 뜸해졌다. 기관포와 불탄에 맞아 불붙고 허무러진 집들에
서 확확 소꾸쳐 나오던 불길이 차츰 잦아들고 이곳 저곳에서 치솟아 오
르는 시커먼 연기기둥들이 가을 상공에 흐터져 서울시가는 왼통 시뿌
연 매연 속에 휩싸인채 잠시 조용해졌다.

지난 밤, 적의 포사격에 맞아 왼통 불바다를 이루웠던 서대문 송월동
일대가 오늘 하로동안 계속하여 타고 있었으나 그 것도 지금은 그 무시
무시한 화염을 잠재워버렸다. 그리고 층층이 느러섰던 크고 작은 주택
들이 하로 사이에 간데 없고 황량한 재떼미와 돌각담만이 그 곳 언덕바
지 경사진 곳에 가로 놓여있었다. 그 시커먼 폐허 가운데 군데군데 허
연 담벽이 남아있고 혹은 외따로 돌 기둥이 우뚝우뚝 서있는 사이로 남
은 연기와 뜬김이 서리어 거물거물 피여오르는가 하면 재떠미 속에서
이따금 무엇이 튕기는 소리가 툭 툭 들려오며 매캐하고 고약스런 냄새

를 풍기고 있었다.

석양을 앞두고 이렇듯 스며드는 부자연스러운 정적은 어느 전선에서나 마찬가지로 사람들을 더 한층 흉흉한 불안 속에 휘몰아 넣는 것이었다.

동양극장 앞, 언덕진 거리에는 쏟아져 떠러진 기와장들과 불에 익은 벽돌쪼박들과 또 산산이 바사진 유리쪼각들이 담아다 부은듯 쌓였고 그 위로 굵고 가느른 전선줄들이 얽흐러저 발자국을 외여 딛일수 없었고 사실 사람들의 그림자는 아무데도 찾아볼 수가 없었다. 행길에는 다만 누렇게 끄스른 푸라타나스 가로수들이 왼통 먼지와 잿가루에 뒤덮인채 더러 중동이 끊어진 전선주와 함께 비스듬이 서있고 파괴된 건물들의 일그러진 그림자가 어수선하게 덮여있을뿐이였다.

그러나 큰길을 가르 막고 드높이 쌓아올린 빠리케―트들은 이 상처받고 몸서리치는 거리를 붓안고 엎드려 묵묵히 가로 놓여 있었다. 서울시가의 어느 거리 어느 골목에도 시민들의 불타는 애국심을 가마니 속에 조악돌처럼 다져 쌓아올인 빠리케―트들이 겹겹이 구축되어 있었고 그 무수한 빠리케―트마다에는 조선로동당 서울시당의 특별자위대가 배치되어 있었다.

서대문 로―타리를 중심하여 방사선으로 뻗어나간 가로들을 겹겹이 가로 막고 거미줄형으로 쌓아올린 빠리케―트―그중 제일 중심적인 한복판 빠리케―트에 엎드려 있는 서울기관구 수리공인 리영우동무는 조금전에 소대장이 전하고 간 적정을 머리 속에 외여보며 전방을 노리고있었다. 그는 벌써 이틀밤 사흘낮채 빠리케―트 총구녕에 얼굴을 틀어막고 엎드리여 돌절구처럼 움직이지 않고 있는 것이다.

오늘이 九월 二十五일. 원쑤들이 다시 인천에 상륙하여 서울을 노리며 기여들기 시작한지 열이틀채다. 그리고 지금은 오후 다섯시.

적의 한부대는 서강쪽으로 올라왔고 다른 한부대는 서빙고로 침입하였다. 서빙고로 기어든 부대는 리태원을 거쳐 다시 삼각지와 장춘단방면으로 나뉘어 한쪽은 서울역을 향하고 또 한쪽은 청량리로 들어온다는 것이다. 서강쪽으로 올라온 놈들이 신촌을 거쳐 들어오다가 북아현동과 대현동에서 우리 인민군대와 시당 자위대의 영웅적 반격에 부닥쳐 격퇴되었다. 그 것이 二十二일 대현동 전투였다. 놈들은 허겁지겁 꽁무니를 빼고 도망쳐 마포강까지 퇴각하였다가 거기서 새 보급을 받고 다시 이 서대문을 향해 침입할 기세를 보이고 있다는 것이 현재의 적정이었다.

"아무튼 오늘쯤은 무슨 기맥을 보일 것이오…… 한바탕 해봅시다!"

얼굴에 죽은깨가 까마잡잡한 땅딸보 소대장은 이렇게 야무진 말을 남기고는 령천행 전차정류장쪽 빠리케-트로 옮겨갔다.

영우는 미리 예감하고 있었던 모양으로 심상하게 들어넘겼고 다만 '대현동전투'에서 우리 동무들이 어떻게 원쑤들을 물리쳤는지 그 것을 자상하게 물어보지 못한 것을 후회하였다. 빠리케-트 밑에 반달형으로 파놓은 전호 속에는 영우가 지휘하는 한 분대 여덟명의 동무들이 하반신을 파묻고 엎드려 무슨 이야기들을 하고있었다. 얼핏 듣건대 그들은 긴박한 정세에 초연한 듯이 전투와는 아무런 상관도 없는 가정이야기며 동지들의 신변잡담을 주고받는 것이었으나 영우는 어쩐지 그런 대화 속에도 인생의 깊은 철학이 론의되기나 하는듯이 느껴졌다.

"한바탕 해봅시다."

소대장동무의 옹골찬 말을 입 속으로 되푸리 해보며 영우는 그맛 정도로 자기를 도사리고 있을 때였다. 바로 건너다보이는 서대문우편국 옆 빠리케ー트 속에서 누구인가 콧노래로 <인민항쟁가>를 부르는 소리가 들려왔다. 그 콧노래가 가까이 들리리만큼 주위가 조용한 것이 문득 기이하게 느껴졌다. 허기는 이맛때면ー원쑤들의 항공이 잠시 뜸해지기만 하면 어디서이고 빠리케ー트 속에서는 저런 노래소리가 흘러나왔고 노래가 끝날무렵에는 무수한 주먹들이 소꾸쳐나오며 구호를 웨치군 하는 것이 이 빠리케ー트를 지키는 사람들의 행사가 된 것이다.

"조국의 독립과 자유의 영예를 위하여!
한치의 땅일지라도 피로써 지키자!
미국강도배들에게 복수와 멸망을 주자!
조선 민주주의 인민공화국 만세!"

이렇게 한마디식 목소리를 합쳐 웨치면서 그들은 한시각 한시각식 긴박하여지는 성세를 육체의 긴장 속에 느끼며 밤을 밝히고 낮을 지키여 그 흙가마니 위에 엎드려 있는 것이었다. 그리고 지금 그들은 이 도시의 주인이였다.

그런데 이 <인민항쟁가>가 오늘은 어쩐지 이렇게 장엄하게 들리는 것일가? 영우는 고개를 쳐들어 주위를 살펴보았다.

"원쑤와 더불어 싸워서 죽는
우리의 죽엄을 슬퍼 말어라……."

노래소리는 마포행 가드를 돌아 로ー타리 전체에 퍼져나가며 차츰 더 우렁찬 합창으로 변했다. 영우는 다시 빠리케ー트를 안고 엎드리어 총구녕에 얼굴을 드리대었다. 노래소리가 땅에 울리도록 더 커지는것

같기도 하고 그런가 하면 어느 한구석에 뭉쳐서 부서지는 것 같기도 하며 이상하게 가슴이 찡 하여진다.

'올 것이 오는구나.'

영우는 막연히 이런 것을 느끼며 빠리케—트에 대고 있는 가슴팍을 지긋이 눌러보았다.

"우리 영웅적 인민군대가 해방시켜준 영광스러운 우리공화국의 수도 서울에 단 한발자국도 원쑤들의 추악한 발걸음을 드려놓지 못하게 하기위해 우리는 싸워야 하겠습니다. 서울을 방위하는 영광스러운 임무를 담당하게된 것은 우리 서울시당의 자랑입니다. 우리당이 항상 인민의 전위였다면 우리를 서울방어전에 참가한 자위대 당원들은 전위의 전위일 것입니다. 동무들! 다같이 목숨을 바쳐 싸웁시다."

시당 조직부 부부장이던 자위대 대대장 리동무가 영우를 이 곳으로 파견하면서 아구센 악수와 더불어 일러주던 말.

"죽을 각오는 됐습니다"

영우는 빙긋이 웃으며 이렇게말하고 왔던것이다.

"죽을 각오는 되었습니다. 어머니!"

영우는 대대장 앞에서 하던 말을 그대로 어머니 앞에 맹세하였다. 어머니는 이미 이 세상에는 없었다. 송월동 막바지에 있는 영우네집이 소이탄에 옴싹 타버린 그 전전날 어머니는 간데가 없어졌다. 며칠채 집으로 들어오지않는 아들을 찾아 점심그릇과 내의를 꾸려들고 집을 나섰던 어머니는 기관구를 향해 연초공장을 지나가다가 폭격을 맞았다. 시체조차 간데가 없어졌고 영우에게는 다음날 변도그릇을 싼 보재기만이 전해져왔다. 통보리를 삶아 꼭꼭 눌러담은 싸늘한 벤또 한귀퉁이에 고추장이 엉거 붙어있었다. 그 것은 어머니의 피 그것처럼 진한 붉은

빛을 띠고 있어 뜨끈한 것이 느껴졌다. 영우는 그날 오후에 서울시 중구역당에 소환되었고 자원하여 특별자위대로 나섰다. 이 곳에 배치되자 잠시 틈을 타서 행여나하고 집에 가 보았으나 어머니의 모습과 더불어 오막사리집조차 간데가 없어졌다. 당에서 받은 시퍼런 창칼 하나와 아식보총 한자루와 반땅크 수류탄 두개를 으그러쥔채 그는 이 서대문 빠리케―트로 왔다. 그리고는 이틀밤 사흘낮동안 아무 것도 먹지 못했다. 여맹원들이 만들어다 주는 주먹밥 뭉치에는 고추장이 묻어와서 영우는 번번히 그 밥덩이에서 어머니의 복쑤를 다짐받는 감이었다.

"기여쿠 원쑤를 갚구야 말겠서요 어머니!"

영우는 입 속으로 외이며 가슴을 마구 찔러주는 것같은 <인민항쟁가>를 듣고 있었다.

　　　"……잘가거라 원한의 길을
　　　복쑤에 끓는 피 용소슴친다……."

마침 그 때였다. 우렁찬 합창소리로 송두리채 뭉따려버리며 마포쪽으로부터 애오개 상공을 짓바수는 뿌르릉소리가 들려왔다.

그 몸서리치는 소리와함께 날러온 포탄이 로―타리 모슬기에 있는 꽃나무 로점에 떨어지자 빠리케―트를 들었다 놓는 진동이 가슴팍을 들찧고 뒤니여 산산히 부서진 화분그릇들이 파편에 섞여 와르륵 잔등에 쏟아져 뒤덮히는 것이다.

"오냐 올테면 오너라 빌어먹을……."

이 서대문 네거리를 노리고 포망을 펴는 적의 크고 작은 포탄들이 연겊어 날라오기 시작하였다. 서대문우편국 뒤와 검찰소(금융조합련합

회 자리) 옆에 번가라 포탄이 터지며 지축을 쑥 잡아뽑는 것같은 진동
과 폭음이 이러나고 건물들이 송두리채 날라가 산산이 흩어지는 소리
가 계속될 때마다 영우는 빠리케―트에 가슴을 밀착시키며 되푸리하
였다.

"오냐 올테면 오너라 빌어먹을……."

그러나 이 포탄의 작렬하는 폭음사이로 간단없이 울려오는 진동이
영우를 새로운 긴장에로 이끌었다. 빠리케―트에 엎디여 있는 그의 가
슴을 통하여 지심이 흔들리는 진동이 련달아 울려오는 것이다. 그리고
그 진동은 땅 속에 뿌리 박고 있는 영우의 다리통을 흔들기 시작하였
다. 영우는 그 소리에 귀를 기우리다가 입속으로 부르짖었다.

"땅크다!"

총구녕에 드리댄 얼굴을 비비대며 정면을 노려보았다. 애오개 넘어
로 벋어올라간 마포행 가도를 가로 막은 빠리케―트에서 자위대동무
들이 몇몇 어찔어찔 움직이는 것이 흐릿하게 바라뵈였다. 무학재 넘어
에서 띠엄띠엄 들려오던 소총소리가 차츰 가까이 또 다급히 들려오는
가하면 남산쪽에서와 마포쪽에서 쉴새없이 포탄이 날아오는 것이었으
나 영우에게는 이미 그 포탄소리 쯤은 왕벌의 울음소리만큼 뜬 음향으
로 느껴졌고 눈앞에서 이곳 저곳 치솟아오르는 불기둥이 별찌만큼 작
은 것으로 바께 보이지 않았다. 영우는 발뿌리와 가슴 속으로 울려오는
진동 이것은 한초의 사이도 없이 조금식 더 크게 더 흉악한 음향으로
닥아오는 것이다.

"분명히 땅크다!"

그 진동은 영우의 이마빡을 긁으며 맞받아 닥처오는 것이 아닌가?
영우는 숙붙은 니마에 내려덮인 급실머리가 근질근질하게 느껴졌다.

—우리 조선인민이 가장 사랑하고 애끼는 곳 서울 한복판을 노리고 비단같은 조국의 땅바닥을 짓밟으면서 한치한치 기어드는 흉악한 도적의 발자국이 가까워 오는거다.

영우는 힘껏 빠리케―트를 두팔로 안았다. 십팔일과 십구일 단 이틀밤 사이에 이 거대한 빠리케―트들을 쌓아올리던 장면이 눈 앞에 나타난다. 삽이 없어서 부삽을 들고나와 돌멩이보다 굳은 길바닥을 파내노라고 불꽃을 튕기던 소녀, 세수대야에는 흙을 담아 이고 치마자락에는 돌맹이를 안아 날르노라고 비척거리던 낯모를 로파의 모습이 눈 앞에 얼른거린다. 영우는 그 로파가 자기 어머니로 바꾸어지며 빠리케―트 흙가마니 속에서 뜨끈한 열기가 소꾸쳐 나오는 것을느꼈다. 코 언저리가 시큼했다.

그 때였다.

"분대장동무!"

하고 소대장이 등 뒤에서 불렀다.

"리영우동무!적이 들어오우 적의 땅크가 밀고들어오우"

영우는 천천히 몸을 이르켰다. 그리고는 소대장과 시선이 마주치자 빙긋이 웃어보였다.

'벌써 짐작하고 있었는걸요!'

그 웃음은 그렇게 말하는 것이었다.

마포강에까지 퇴각했던 적들은 거기서 새 보급을 받아 땅크 다섯대를 앞세우고 이 곳을 향해 기어들고 있었다. 적은 벌써 마포 철다리를 지나 직업학교 앞으로 돌진해왔다. 그런데 우리의 방어진은 뭃어진 모양이었다.

"애오개 마루턱에서는 자위대 전원이 돌격태세를 가추고 있소"

영우는 소대장의 전갈을 들으며 그의 등넘어를 쳐다보았다. 적십자 병원 앞 경사진 길 위에는 언제 옮겨다 놓았는지 一〇五미리 직사포 세문이 느러섰고 그 뒤에 인민군대 포병들이 칠팔명씩 느러붙어 포신을 겨누고 있었다. 영우는 주먹다시로 코 앞을 쓱 문지르고나서 부르짖었다.

"동무들!"

그는 자기 분대원들을 죽 훑어보며 말하였다

"우리들은 조국과 당 앞에 맹세했지요?우리 수도 서울을 원쑤들에게 빼았기지않기 위해 우리의 마지막 피 한방울까지 바치자구…… 동무들! 우리두 전원이 돌격조가됩시다. 나는 전투는 처음이오만 이몸동아리 하나루 넉넉히 땅크 한대쯤은 자신이 있소!"

그러자 나어린 대원 하나가 주먹을 내흔들며 외쳤다.

"미국강도놈의 배창구녕을 꿰뚫어버립시다!"

그들은 각자 긴장을 도꾸어 무장을 챙겨 쥐고 빠리케―트에 느러붙었다. 영우는 다시 아까와 같은 위치에 붙어 전방을 노려보았다. 그들은 마치 덫틀을 놓고 짐승을 기다리는 포수와 모릿군들처럼 긴장하였다. 영우는 대대장 리동무가 뜨거운 악수와 더불어 쥐여주던 아식보총 한자루와 허리춤에 매달린 두개의 반땅크 수류탄을 더듬어 보았다. 그리고 그의 발 밑에는 영우자신이 철통에 쇠쪼박과 솜과 화약을 다져만든 수제수류탄이 네다섯개 딩굴고 있었다. 이 수제수류탄이야 말로 원쑤들의 망국 五·十단선을 때려 부시던 그 때로부터 남반부의 영용한 빨치산들이 도처에서 원쑤들의 심장을 겨누고 인민의 원한을 터뜨리던 바로 그 것이였다. 영우도 이 수류탄을 안고 리승만 괴뢰도당의 망국 선거장에 뛰어들어 놈들을 혼비백산케 하였고 놈들에게 잡히여 몇

번 죽엄의 고개를 넘고나서 무기징역을 받았었다. 그러다가 六월 二十
八일 인민군대의 손에 의하여 서대문 형무소를 나왔던 것이다.

"내가 원쑤들과 싸와온 五년간의 투쟁을 총 결질는거다. 그리고, 복
수하는거다…… 어머니!"

그는 이런 말을 중얼거리고는 발 밑에서 그 수제수류탄 두개를 집어
푸른빛 로동복바지 주머니에 틀어박았다. 그리고 이빠디를 부드득 갈
았다. 땅크소리는 허공과 땅을 흔들며 가까워졌다. 그 무시 무시한 음
향은 가슴팍을 뒤흔드는가 하면 영우의 온몸둥이를 깔아뭉개며 기어
오는 감이었다. 그는 와짝 몸을 이르컸다. 순간 그의 눈 앞이 어찔하며
어머니의 모습이 휙 나타났다. 형무소에서 나오던 날 두부 한모를 살
돈이 없어 어쩔 줄을 모르고 서성거리던 어머니! 삼십청춘에 과부가 되
여 영우 자기 하나를 기르기에 헛되이 늙은 어머니의 다심하고 쇠잔한
모습. 그 모습이 흐미해지자 가까워오는 음향은 마치 석달 전 즉 六월
二十八일 새벽 캄캄한 감방 속에서 듣던 우러 인민군대가 감옥문을 열
어놓기 위해 가까워오던 그 땅크소리로 착각되었다.

―따따따따…… 따르르룩.

마즌편 애오개 마루턱에서 기관총 소리가 다부지게 들려왔다. 그러
나 사람의 그림자는 보이지 않았다. 다만 팽팽하니 긴장된 공기 속으
로 불찌가 튕기는 것이 느껴질 뿐이였다. 그넣듯 불찌가 튕는 것같은
다급한 목소리가 등 뒤에서 들렸다.

"적의 땅크가 애오개를 넘어옵니다. 땅크는 다섯댑니다. 땅크대를
앞세우고 국방군놈들과 미국놈들이 트럭을 타고 옵니다. 돌격대원들
이 네명이나 희생되였답니다"

소년 련락원이 소대장에게 보고하는 목소리 ―그 단숨에 엮어대는

악찌스럽고 새된 목소리는 더 계속되지 않았다. 그러나 아직 적의 땅크는 형체를 나타내지 않았다. 천지를 진동하는 소음만이 바로 이마빡을 짓바술듯 가까워왔다.

"소대장 동무!"

영우는 튕기쳐나오듯 몸을 소꾸쳐 진호 밖에 나와 소대장 앞에 떡 마주섰다. 키 작은 소대장 앞에 선 영우의 구쩐한 체구는 빠리케―트의 키를 넘을 것같이 높아보였다.

"여기 엎드려 기다리기만 헐순 없습니다. 우리는 돌격해 나가야겠습니다."

소대장이 대답을 하기도 전에 영우는 대원들을 도라보았다. 그 쭉 째진 눈이 찍 찍 타는 것 같았다.

"동무들…… 자아 나갑시다."

영우는 벌써 빠리케―트 밖으로 날랜 표범같이 뛰쳐나가 로―타리를 끼고 바른쪽으로 내달았다. 소대장의 명령에 따라 대원 세동무가 영우의 뒤를 따라나갔고 소대장 자신은 의주통쪽으로 뛰여 가며 그 쪽 분대원들에게 고함을 치고 있었다.

영우는 우편국 앞을 돌다가 큰길을 내버리고 옆골목으로 쑥 들어섰다. 어느 골목이나 발길이 익숙치 않은 곳이 없고 어느 집 담벼락에도 손길이 닿지 않은 데가 없는 이 거리. 이리떼같이 눈깔에 핏발이 선 형사놈들을 피해가며 이 골목에서도 무수히 데포를 맞고 삐라를 뿌리고 데모를 조직하고 하던 곳이다. 그는 전차 정류장으로 뛰어나가려다 말고 재빠르게 두부집 굴뚝을 타고 함석 집웅 위에 기여 올라갔다. 적의 진공을 맞받아 나가기보다는 높은 장소에서 적의 측면에 부디치려는 것이다. 마침 애오개 마루턱을 넘어오는 땅크가 끝이 뭉툭한 긴 포신을 꺼불거리며 벌써 '도요다'아파ー트 앞을 지나 구름다리로 미끄러져 나려오는 것이 보였다. 순간 귀창이 찢어질듯 요란한 소리와더불어 눈에서 불이 번쩍 이러나는 것을 느꼈다.

"저 흉악한 원쑤를……."

동시에 그는 이 집웅 위에 올라온 것이 무의미한 행동인 것을 알아채리고 당황한 순간, 그의 검정 캪이 휙 날라가며 탄환이 머리카락에 가르마를 긋고 쌩 지나갔다. 영우는 집웅에서 뛰여나려 곧장 큰길로 빠져나갔다.

선동에서 기어오는 땅크가 바로 눈 앞에 괴물처럼 지나간다고 느끼는 순간 도로 마즌편으로부터 윙하고 돌맹이같은 것이 날라왔다. 그것이 바로 땅크 밑바닥에 부디치는 것을 보고 땅바닥에 퍽 엎드러버렸다. 영우는 그 것이 룡산기계제작소에서 나온 성동무가 던지는 반땅크 수류탄인 것을 알아채렸다. 이윽고 땅바닥이 쩍 갈라질듯 벼락을치는 소리와 자갈실은 화차문이 열릴 때 같은 쫘르륵 소리가 한참 계속되였다. 땅크는 무한궤도를 끊기운채 몇메ー터를 굴러가다가 우뚝 멈추어버렸다.

영우는 엎드려 있는 동안에 자기도 몰래 뽑아 잡은 반땅크 수류탄을 겨누며 이러섰다. 둘째번 땅크가 바로 눈 앞에 닥아온다고 짐작하고 내여던졌다. 그러나 땅크는 움찍도 않고 닥아왔고 수류탄은 땅크와는 십메에터나 상거한 곳에서 극히 적은 음향을 내고 터졌을 뿐이였다. 영우는 털석 가슴이 내려앉았다. 떨리는 손으로 두번째 수류탄을 잡아 뽑았다.

"십메ー터 이내에서 사십오도 각도로, 땅크 가슴팍 밑에……."

구역당에서 영예로운 특별자위대로 선발되던 날 생전 처음 배운 수류탄 사용법을 그대로 입 속에 외이며 번개같은 동작을 치루었다. 그리고는 또 한번 땅바닥에 엎드려 그 요란한 폭음을 기다렸다. 오초……
십초…… 일분……!

'이게 웬일인가?'

불과 사오초 동안이였으나 영우에게는 오분도 십분도 더 지나간듯 지루하게 느껴졌다. 그나마 던진 수류탄은 아무런 반응도 없다. 불발이였다. 땅크는 불과 몇걸음 앞으로 닥아오지 않는가? 사실 땅크는 아직도 상당한 거리에서 움직여 오는 것이였으나 영우에게는 바로 눈 앞에 닥아온 것으로 보이는 것이였다. 그는 다시 일어나 잠시 무엇을 생각하다가 도로 한복판에 삐뚜름이 나섰다. 그는 천천히 량쪽 포켓트에서 수제수류탄을 한쪽손에 한개씩 꺼내어들었다. 그리고는 왼쪽손엣 것을 도루 주머니에 집어넣고 그대신 담배와 라이타를 꺼냈다. 라이타를 찍 켜서 담배 끝에 붙여 쭉 빨아드리며 수류탄 심지를 드리댔다. 심지가 찌직하고 타기 시작했다. 마지막 또 한개를 꺼내였다. 두가닥의 심지가 찌직하고 타는 것을 확인하자 그는 그 두개의 수류탄을 한데뭉처 가슴팍에 끄러안으며 전진을 뒤이였다. 바로 코 앞에 닥아오는 땅크의 뱃창구를 향해 그는 몸둥이채 뛰어들었다. 땅크는 금방 집채같은 불뎅이가 되였다.

인생의 가장 화려한 한순간이 지나갔다. 영우는 일그러진 아스팔트 위에 쓸어진채 얼마동안 의식을 잃고 있었다. 그의 전신에는 조약돌과 파편들과 흙재무더기가 왼통 들씨워졌고 그 것은 흡사이 가 매장을 한 시체 그것처럼 보였다.

그러나 얼마 후에 그의 육체는 불사신과도 같이 꿈틀거리며 홍크러진 머리를 추켜들었다. 그는 시커멓게 끄슬린 넓죽한 얼굴에서 황황이 빛나는 눈알을 두리번거리며 앞을 바라보았다. 그리고 그는 자기의 눈앞에 흉악한 원쑤 미국강도배의 추악한 시체 그 것같이 시커먼 복장이 뚫어진 땅크가 나뒹그러져 있는 것을 보았다. 그리고 그 뒤로는 마포행 언덕바지 행길 저편으로 황겁이 도망을 치는 땅크포수놈들의 휘우청거리는 뒷모양을 보았고 뒤따라오던 땅크들이 어쩔 줄 몰라 기체를 돌리지도 못하고 뒷거름질을 치기 시작하는 것을 보았다. 그는 벌떡 몸을 이르키려고 애쓰며 외쳤다.

"추거억!"

그러나 웬일인지 그 목소리는 입 밖으로 튀어나오지 않고 아랫다리로 쑥 빠져버리고 말았다. 몸둥이가 약간 꿈틀했을 뿐 그 이상 말을 듣지 않는다. 팔을 벌려 보총을 더듬었으나 언제 어디서 떨어트렸는지 총은 아무데도 보이지 않는다.

"비러먹을……."

영우는 입술을 꽉 깨물며 뒤를 도라보았다. 순간 까닭없이 눈물이 핑 돌았다. 마음대로 되지 않는 자기의 육체, 그것처럼 무엇인가 원망스러운 생각이 가슴에 서리는 것이다.

"비러먹을…… 포 사격이나 해주지?"

그렇나 이런때 포사격을 해주지 않는 것은 얼마나 안타까운 일인가?

'저놈들을 모주리 잡아야 할텐데…….'

영우의 이 안타까운 갈망은 벌써 풀어졌어야할 것이었다. 적십자병원 앞에서 다부지게 갈겨대는 포사격은 벌써부터 계속되고 있었던 것이다. 영우는 얼마 후에야 자기의 귀창이 깨어진 것을 손바닥에 묻어나오는 피로써 알아 채렸고 머리 위로 직선을 긋고 날라가는 포탄이 원쑤들의땅크 뒤통수를 겨누고 작렬하는 것을 보았다.

"됐다 됐어!"

그는 어린애같이 웃었다. 세상이 꿈 속 같이 노랗게 잦아들었다. 그리고 것잡을 수 없이 잠에 취해버리는 것이었다.

"얘 벼개를 배구 자려므나"

어머니의 부드러운 목소리가 들려왔다. 영우는

"네…… 네……"

하고 몸을 뒤치려 하였으나 도무지 꼼짝하기가 싫었다. 전력을 다하여 눈을 뜨려고 하였으나 다만 아득한 벌판에 두줄기의 철로길이 한없이 벋어나간 풍경이 보이다가 사라지군 하였다. 그리고 기관차 앞대가리 옆에 변또 보재기를 들고 섰는 어머니의 웃음진 얼굴이 하얀 연기 속에 어른거리는가 하면 그 주글진 얼굴이 기폭처럼 넓게 퍼져 왼 세상과 함께 영우의 전신을 덮어버리었다.

이윽고 영우의 눈 앞에는 무학재 저쪽에 비껴앉은 태양이 한강물 줄기에 붉은 노을을 던진채 움직이지 않는 것과 치솟은 삼각산 봉우리에 자주빛 양광이 뒤덮혀 언제까지나 꺼질줄 모를것같이 황홀하기 비할 데 없는 서울의 석양 한순간이 나타났다. 그러나 그 것마저 서서이 또 고요히 가물어 버린 다음 ─그 다음에는 모두가 잠잠해지고 말았다.

(一九五一. 一)
─『문학예술』, 1951. 4.

박찬모씨의 「수류탄」은 서울방어전투의 영웅적제재로 쓰이여진 작품임에도 불구하고 내용이 매우 빈약한 작품이다. 이 작품에서 우리들은 다만 주인공이 수류탄을 안고 적땅크로 뛰여들어 갔다는것 이외에 무엇을 더 읽은 것이 있는가. 물론 빠리케트 속에서 인민항쟁가를 불렀느니 영우의 어머니가 폭격을 맞아 시체조차 간데없다느니 변도 그릇을 싼보새기만이 영우에게로 전해졌다느니 여러 가지 것을 읽었다. 그러나 이러한 이야기들이 근본테―마를 살리며 그것을 더욱 다양하게 만들며 작품의 내용을 풍부히 만드는데 어떠한 도움을 주었는가?

이 작품에서는 작가가 모든 소박한 사람들의 향토애에 호소하면서 수도 서울을 방위하는 사업은 인간의 가장 고귀하고 영예스러운 사업으로 묘사하고 있는것만큼 이 사업을 통하여 사람마다의 마음 속에서 격정적인 정서를 불러 일으킬 수 있는 그런 적절하고 감명깊은 디테일을 설명할 필요가 있지 않을까?

서대문 구역에 있어서의 서울시당 특별자위대원들의 방위전투는 그대로 거대한 서사시다. 그럼에도 불구하고 제재 자체가 가지는 풍부한 시적 내용이 그보다 몇갑절 더 풍부하나 또 아름답게 형상화 되어야할 문학에서 오히려 감살되는 결과를 가져 왔다면 이 것은 전적으로 작가의 책임이다.

어째서 작가는 자기의 주인공과 함께 그 거대한 서사시의 세계로 깊이 뛰여 들어가지 못하는 것일까? 어째서 그 싸움의 행정에서 보여준 수다한 감격적인 이야기들을 더 풍부하니 자기의 형상속에 잡아넣지 못하는 것일까? 어째서 실제 사실은 인민들에게 많은 감격적인 이야기 꺼리를 제공하고 있는데 그 보다도 더 많은 것을 제공 해야할 문학작품이 그 것을 제공하지 못하는 것일까?

「수류탄」을 읽고 느껴지는 이 공허감을 박찬모 씨도 반드시 다음 작품에서 채워주어야 할 것이며 씨에 대한 우리의 간절한 기대에 대답해 주어야 할 것이다.

그런데 이번에 박씨가 발표한 두개의 작품을 읽고 우리는 정반대되는 두개의 약점을발견하게 되었다. 즉 이미 말한 바와같이 「수류탄」에서는 근본줄거리만이 나서고 부차적인 사건들이 너무 없다싶이 해서 흠이었는데 「밭가리」에서는 근본줄거리 보다도 부차적인 사건이 더 많이 나서 마치 이 작품의 이름을 「밭가리」라고 붙이지 않았더라면 밭갈이가 주제인지 어머니의 사건이 주제인지 분간하기 어려운 것이 또한 흠이라면 흠일 수 있다.

(중략)

박찬모씨는 「수류탄」에서 심지가 찍찍타는 두개의 수류탄을 가슴팍에 안고 적땅크로 몸둥이채 뛰여들어간 주인공이 폭파 이후에 살아남아서 아름다운 서울의 석양을 바라보고 철로를 머리속에 그리여 보았다고 쓰고 있는데 이것도 진실하지 못한 장면 설정이다. 직접 우리가 서울 방위전투에서 얻어 들은 바에 의하면 수류탄을 안고 땅크로 몸둥이채 뛰여들어간 동무들은 그 몸둥이조차 간데 온데 없이 되였다는 것이다. 실지에 있어서 땅크와 같이 육중한 물건을 파괴할만한 폭파력을 가진 수류탄을 가슴팍에 안고 뛰여든 사람이 비록 짧은 시간이나마 살아남았다는 것은 부자연하기 짝이 없는 일이며 또 사실 살아남았다면 그는 몸둥이채 땅크로 뛰여든 것이 아니라 땅크 가까이 달려가서 수류탄을 던진 것에 지나지 않은 것이다.

이렇게 실지 사실과 부합되지 않을 뿐아니라 어떠한 상상력을 가지고도 수긍 되여지지 않는 일을 작가가 억지로 그리여내는 것은 무리한 일이고 그 결과는 형상을 부자연하게 만들 뿐이다.

－한효, 「우리 문학의 戰鬪的모습과 提起되는 몇 가지 問題」,
『문학예술』, 문학예술사, 1951. 6, 96～100쪽.

안해

황건

1.

밖에서는 먼 폿소리가 쿵쿵 울려 오고 이따금 비행기가 날아와 거리 며 거리 주변을 기총으로 사격하고 폭탄을 던졌다.

종일 행길은 북으로 가는 군대며 일반 사람들로 꽉 찼었다.

밤이 깊어서야 집에 돌아온 남편은 밥상을 마주하고도 상 위에 고개 를 숙인채 말이 없었다.

탄실은 아랫목 어린 상기가 누어 있는 머리맡에 겹친 두 무릎을 옆으 로 비스듬히 가누고 단정히 앉아 남편의 얼굴을 살폈다.

남편은 밥을 반도 뜬 것 같지 않은데 그 밥상을 물렸다.

남편의 밥상을 내다 치우고 돌아온 탄실은 같은 자리에 같은 모양으 로 또 오둑하니 앉아 역시 눈길은 남편에게서 떨어지지 않았다. 무거운 남편의 눈길이 안해의 얼굴을 어루만지듯 서성댔다.

서로 애끼고 받들어오며 애정이 너와 나를 분간할 수 없게 얽혀진 지 나간 아홉해가 곰곰히 회상될 것같은 그런 시간이였다.

"짐을 싸야겠소. 미국놈들이 백리 밖에 당도하고 있소. 이 밤으루 떠야겠소."

남편의 굵은 음성은 가슴에 한 개 한 개 무거운 돌을 놓는 듯 울렸다.

아침에 나갈 때 남편은

"집을 일시 떠야 할지도 모르겠소."

했었다. 평양도 이미 놈들의 손에 들었다는 것이었다.

그러나 탄실은 그 용감하던 우리 인민군대가 물러서고 놈들이 예까지 들어오리라는 것이 도무지 믿어지지 않는대로 미국놈들이 들어오면 어떠리라는 것도 상상이 가지지 않았다. 탄실은 남편이 돌아온 금방까지도 자기도 모르게 이따금 숨을 죽이고 바깥기척에 귀를 기우리면서도 남편을 기다리는 한편 베틀에 앉아 북을 놀리고 있었던 것이다.

"군당에서는 당원이 전부 남기로 했소. 빨찌산을 조직해 놈들의 뒤에서 싸우자는 거요."

남편은 탄실의 얼굴을 다함 없는 눈으로 바라보았다.

"당신두 같이 남을 수 있겠소? 빨찌산이라야 당신한테 총을 맡기자는 건 아니오. 상기를 외가에 가져다 맡기구 거리에 숨어 당신이 할 수 있는 일을 맡게 될 것이오. 어떻소? 남을 자신이 있소?…… 나루서는 그래 주었으면 하는 거요."

탄실은 오돌지나마 적은 몸집을 꼼짝 안하고 앉아 총총한 눈길을 남편의 얼굴에서 그냥 떼지 못했었다. 정작 이럴 수 있었던가? 무턱 대고 또 이런 마음이 들었다. 그리고 어려서부터 즐겨 배운 무명을 짜는 일이라면 남편을 섬기고 어린 것을 걷우는 일이라면 지금껏 하여 오던 평상시의 녀맹 동원이라면 몰라도 내 어떻게 그런 일을…… 하는 두려운 생각까지 들었다.

농사 짓던 남편이 해방 후 부락민의 앞장에 서면서 당에 들고 부락 인민위원장에 당선되었다가 군에 소환 되어 읍에 들어와 살기까지 내 내 그의 감화를 받아 오며 무엇이든 배워 알려고 명심하는 탄실이기는 했다. 녀맹에서 역시 열성 맹원으로 지목되어 왔었다. 학교 건축이며 교량 복구에 동원되어 나가는 때, 탄실은 오돌진 몸이 날쎄게 돌아치며 언제나 옹골차게 돌을 날러오고 자갈이며 모래를 이여왔다. 둥근 얼굴의 이마며 콧등에는 뽀짓뽀짓한 땀이 잦을 사이 없어도 초롱초롱한 눈은 지칠줄 몰랐다. 회의에도 열성스레 나갔고 학습이나 강연같은 데도 빠짐없이 나가 한 자라도 한 마디라도 더 배우고 알려고 하였기 때문에 상당히 사상적 수준도 상승하였던 것이다. 전쟁이 일어난 뒤, 군복이며 군대 샤쯔를 지어가는 데도 남에게 뒤저본 일이 없었다. 그러나 그 보다도 더 남편을 섬기고 어린것을 걷우고 집안을 꾸리는데 정신이 없는 날의 안해요 어머니였다. 어려서 보통학교 다닐 때부터도 농사 짓는 가난한 부모를 도와 남달리 일에 부지런했지만 이내 배와 솜씨도 있거니와 즐기는 무명틀을 목화를 구하기 힘든 이 거리까지 끌고 왔듯이 손에 익고 앞에 당박한 일에 보담 정신을 잃었으며 그대로 손 놀줄 몰라온 탄실이였다.

남편은 그대로 말을 이었다.

"이저는 우리두 집이구 장농이구 벼틀이 아직 남아 있거니는 생각도 말아야겠소. 가정이라는 것도 이미 없어진 것이나 다름 없소. 부자 형제 부부의 관계도 완전히 통일된 뒤라야 있을 수 있을 거요. 저놈들은 모주리 쌀굴 작정이구 모주리 죽일 작정이구 까맣게 변한 들판에 아주 새 금을 그어볼 작정이오. ……그럭 저럭 이제 와서야 당신과 이런 이야기를 나누게 된 건 내 불찰이오만 우리 모두 발가숭이루 다시 출발해야 할 엄혹한 시간에 당도한 것이오."

차츰 열기차지는 남편의 눈은 어느 깊은 못을 굽어 보는듯 아—뜩하였다. 모르는 사이에 탄실은 등골을 차디 찬 얼음 물이 숨새여 흐르는 것 같았다.

"물론 우리는 이기오. 다시는 아무도 노예가 될 것을 원하지 않는 것이오. 또 세계 인민은 우리의 편에 서있는 것이오. 그러나 三천만의 한 사람이라도 내 생명을 남길 생각을 해서는 아무 것도 남지 못하는 것이오. ……문제는 이 한 가지오. 모든 것을 놈들에게 빼앗기지 않기 위해서는 ……모든 것을 도루 찾기 위해서는 마지막 피 한 방울까지라도 바쳐 싸워야 하는 거요. 싸우는 길만이, 그리구 이기는 길만이 사는 길이 되는 것이오. ……어떻소…… 각오가 서오?"

탄실은 너무나 진한 남편의 눈길에 견딜 수 없어 눈을 힘 없이 장판에 떨궜다. 그러다 무심히 눈은 이 시간에 살지 않는 것처럼 평화스럽게 자고 있는 어린 상기의 얼굴로 갔다. 그 얼굴에서 어쩐지 탄실은 눈이 떨어지지 않았다. 그 것 역시 가난을 물리친 해방후 五년 동안의 이들과의 가지 가지 줄거운 기억들을 일시에 불러 일으켜 줄 것도 같은 기름기 돌기 시작하는 새살림, 벽에 늘어서고 걸린 장농들이며 옷가지며에는 남편이 말하듯 차마차마 눈돌릴 용기가 나지 않았다.

먼 폿소리가 또 쿵 쿵 들려왔다.

폿소리는 마치 가릴 길 없는 탄실의 마음에 대답을 재촉하는 것도 같았다.

탄실은 이제껏 그를 믿고 그의 사상을 더 없는 귀중한 것으로 받들어 온대로 남편이 가르치는 길이면 주검의 길에도 함께 나설 수 있는 마음이었다. 그러나 어디까지든 남편이 곁에 있고 상기 역시 곁에 있는 경우 이외의 경우란 생각해 본 적이 없는 탄실이였다. 더우기 상상도 안 가는 이제 올 엄숙한 환경과 생소한 일을 견디고 감당해 나갈수 있을까? 이제껏 녀맹에서 하던 일쯤 어찌 여기서 비교할수 있으랴?

여전한 애잔함, 목에 걸려 겨우 말을 꺼냈다.

"……남는 거야……남는 거야 쉽지만서두 감당해 내겠는지……."

그리고 탄실은 믿는 마음 하나뿐인 극진한 눈으로 남편을 지키다 시선을 떨궜다.

"내가 뒤에 있으리다. 못할 일이 없소. ……피를 흘리지 않고 뒤에 올 승리의 날을 떳떳이 찾을 수는 없는 것이오."

남편은 한결 명랑한 어조로 말했다.

옷가지와 중요한 기물들을 부엌 바닥에 묻은 다음 남편은 배랑을 지고 탄실은 한 손에는 적은 보따리와 한 손에는 상기의 손목을 잡고 갑짜기 공동묘지에라도 온 것 같은 괴괴한 어둠 속에 나섰다.

탄실은 친정 집을 다녀오는 길에 시가지 아래 끝에 있는 탄실의 어렸을적 수영 어머니네 집 정옥이네 집에 숨기로 하고 둘은 그글피 저녁 산 밑에 있는 인민학교 방공호 속에서 만나기로 약속되였다.

놈들의 폭격 까닭에 화약내 끄스름 내가 끄칠 사이 없는 거리를 남편과 나라니 걸으며 탄실은 말 잘 듣는 어린 아이처럼 고개만 끄덕였다. 그러며 탄실은 역시 복습하는 아이처럼 아무리 막연한 밤길이더라도 혼자고 보면 돌같은 매서운 마음이 되어야겠다고 그 것만 곱씹어 생각했다.

그러나 더 같이 걸을 수 없게 되고 헤여지려 마주 섰을 때, 탄실은 어쩐지 이제는 남편과는 아주 헤여져 버리는 것 같은 마음이 들며 가슴이 갑짜기 뻐개져 오는 것을 어찌 할 수 없었다.

"조심해요. ……어서 가요."

하기에 탄실은 말 없이 돌아서 서너 발자국 옮겼다. 그러나 탄실은 도무지 발이 땅에 붙어버린 것처럼 더 옮겨지지 않았다. 탄실은 자기도 모를 힘에 끌려오던 길을 되돌아서고 말았다. 어둠 속에 남편은 그대로 서 이 쪽을 바라보고 있었다. 흐미하니 너무나 낯 익은 그 모습에 어쩐지 목 구녁이 꽉 메여지며 울음이라도 터질 것 같애 탄실은 재빨리 상기의 손목을 도루 이끌자 되돌아 골목을 달음질하듯 나왔다.

II.

어린 상기를 친정 어머니한테 맡기고 남편과 만나기로 한 나흘째 되는 날 피난민 노파의 채림으로 탄실이가 거리에 돌아왔을 때 거리는 첫 어구에서부터 생판 남의 집에 들어오는 것 같았다.

다리를 건느는 저편 길목에는 어디서 쓸어 나왔는지 매명 커다란 먹 글씨에 인주가 생생한 완장을 단 불한당 놈들이(탄실은 이내 그렇게 생각되었다) 전지불에 총창이며 몽둥이를 쥐고 우굴 우굴 모여서 눈방울들을 번득이고 있었다. 놈들은 지나가는 사람인듯 두 명의 양복쟁이를 가운데 놓고 으르렁대고 있었다. 거리도 있지만 하나 면목이 있는 것 같지 않은데 자세히 본즉 그 중 주장인듯한 뚱뚱한 놈은 친정 마을에서 쫓겨간 지주의 아들에 틀림 없었다.

탄실은 다리를 건느자던 것을 그만 두고 개울을 건늘 작정으로 뚝 아래로 내려섰다.

어둠 속에 뚝 밑 길을 더듬듯 걸어가며 탄실은 자기 생각은 없이 남편이며 끌끌한 모든 남편의 동무들이 불상한 생각이 들었다. 얼마나 착한 사람들이 얼마나 의분에 끓는 사람들이 지나간 五년 동안 밤낮을 가리지 않고 만 인민을 위하여 애써 왔던가 생각 되었다. 탄실은 무시로 찬 바람이 건느는 빈 집처럼 가슴 속이 스산스러워만졌다.

조심스런 눈길을 사방에 돌리며 물이 발 목에 닿는 개울을 건는 탄실은 거리에는 못들어가고 뚝 길을 내리 걸었다.

온통 거리는 무덤 속 같고 어둠 속에 집들은 무엇에 꽉 눌리운 형상으로 거북스레 앉아 그 속에서는 숨 소리 하나 제대로 나는 것 같지 않았다.

그런데 머지 않은 곳에서 나는듯 불현듯 장구 치는 소리가 들려오더니 그 소리를 맞 물며 기생년인 듯 녀자의 간드러진 노래 소리가 뒤를 이었다. 노래 소리는 낮아졌다 높아졌다 들리기도 하고 들리지 않기도 하며 오래 계속되었다. 그러나 노래 소리는 박수와 갑짝스런 아우성 소리에 들리지 않아졌다.

저 역시 반동 놈들이 미군이며 국방군을 맞아 제 세상이 왔노라고 좋아하는 꼴들이 눈 앞에 떠오르며 탄실은 분하고 안타까운 마음, 자기의 발길이 어디에 놓여지는지도 모를 지경이었다.

폭격에 반이나 무너져버린 현물세 창고 근방에 다달았을 때였다. 개울에 면한 창고 뒤켠 어둠 속에 우굴우굴 사람 움직이는 양이 보였다. 탄실은 핫하고 놈들에게 보이지는 않았는가 생각하며 황급히 발을 멈추자 허둥지둥 뚝 안컨 잔디밭 비탈에 미끄러지듯 내려 앉아 뚝 벽에 상반신을 엎드렸다. 탄실은 머리를 조금식 추켜들자 뚝 넘어 창고 뒤를 살폈다.

먼저 탄실의 눈에는 창고 윗쪽 모소리에서부터 이쪽에 등을 향하고

늘어선 十여명의 무장한 키 큰 미군 놈들과 국방군 놈 완장을 단 치안
대 놈들이 보였다. 그리고 그 넘어 놈들의 비행기가 몰려와 현물세 창
고와 근방 주택들을 들부시던 날, 펑 뚫어진 크담한 구뎅이 두리에 조
선 옷이며 허줄한 양복들을 입은 삼십명도 넘을 한 떼의 사람이 몰켜선
것이 보였다. 그 중에 는 녀자도 몇명 보이는데 두 녀자는 등에 업었던
아이를 한결같이 가슴에 돌려 두 팔로 부둥켜안고 아이 얼굴에 자기 얼
굴을 묻고 있었다. 가느다란 울음 소리가 애처럽게 들려왔다.

미국 놈이 무어라고 중얼거리면 키 작달막한 국방군 놈이 손질을 하
며 받아 웨쳤다.

"펼처 섯!"

"펼처 섯!"

라든지

"빨갱이……."

라는 말 같은 것은 알아 들을 수 있으나 그 다음 말들은 거리 관계도
있지만 놈의 어정이 너무 높고 빠른 까닭에 도무지 알아 들을 수 없었다.

구뎅이 두리에 몰켜선 사람들은 놈의 욕지거리 소리가 높아지는 때
마다 이쪽 저쪽 제 각금 자리를 움직였다. 그러나 뒤윗 사람이 앞에 나
서고 앞윗 사람이 뒤에 숨는 정도로 여전히 몰켜 돌았다.

호통 치던 키 작달만한 국방군 놈은 성이 난듯 옆에 선 같은 국방군
놈의 총을 빼앗아 쥐자 총 자루를 거꾸로 추켜들고 앞에 선 사람들을
후려 갈기기 시작했다.

"아이구…… 아이후……."

허기 찬 비명 소리가 연이어 들리고 하나 둘 허리를 빗틀며 거꾸러지
는 양이 보였다.

어린 아이들의 울음 소리가 갑짜기 높아지며 귀창을 찢는듯 했다.

미국 놈이 성난 어조로 무어라고 지껄였다.

총 자루로 후려 치던 놈은 손을 멈추며 뒷걸음을 치며 꿱 소리를 질렀다.

늘어섰던 놈들이 일제히 총을 들었다.

골박 귓박을 짓바수는듯한 애처로운 총 소리와 함께 새파란 불빛이 (탄실은 그렇게 보였다) 일제히 총 끝을 밝히면서 자즈라드는 허리며 비틀리는 어깨며 머리와 얼굴을 움켜싸는 손을 팔굽들을 비쳤다.

탄실은 바르르 몸을 떨며 그만 눈을 감아 버렸다. 착각인지 현실인지는 몰라도 탄실은 또 다시 먼 계집년의 노랫소리를 들은 것 같았다. 탄실은 총 소리가 멎은 뒤도 눈 뜰 힘이 없었다.

자신 땅밑에 자즈라드는듯 싶은 얼마의 시간이 지난 다음 간신히 눈을 떴을 때 구뎅이 두리에 몰켜 섰던 사람들은 보이지 않는데도 탄실은 계집년의 먼 노랫 소리와 함께 귓가에 어린 아이들의 애처런 울음 소리가 그대로 들려오는듯 싶었다. 긴 산 밑길을 몇 번이고 엎드려질번하며 학교 문안에 들어섰을 때 그제야 탄실은 자기의 가슴이 튀는듯 높고 땀에 젖어 등이 선듯 선듯 차오는 것을 느꼈다.

주위를 살피다 방공호 앞에 이르렀을 때, 탄실은 얼맛동안 캄캄한 굴 속만 들여다보았다. 어쩐지 그 속에 발 옮길 마음이 안 났다.

정작 굴 안에 들어가 앉으니 두려운 생각 보다도 와락 슬픈 생각이 들며 울음이 터질 것 같았다. 탄실은 두 손에 얼굴을 파묻고 소리 없이 흐느껴 울었다.

막연한 생각이나 탄실은 남편이 말했듯 모든 것을 잃었다는 마음이 가슴을 어이듯 했다. 마을도 집도 부모도 형제도 살아가는 모든 기쁨을 잃은 것이였다.

탄실은 어느 때까지고 울음을 다잡을 길이 없었다. 울음이 진하고 가슴이 저으기 가라앉는다 싶어지자 탄실은 남편과 어린 상기가 갑짜기 뼈저리게 그리워졌다. 아직 약속한 시간이 안 되였겠지만 그이는 왜 지금도 나타나지 않는가 초조한 마음이 들었다.

그리고 상기의 일이 생각되였다. 상기는 지금쯤 낯선 등잔 밑에서 작난을 하다 말고 불빛만 바라보며 어머니 아버지 일을 생각코 있지는 않는지…….

그러나 탄실은 이들과 몰려서 그대로 아주 헤여지는 일이 있다면…… 하는 생각이 들었다. 어떻게 잘못되어 남편도 저 놈들의 손에 붙잡혀 죽기나 하면 어떻거나…… 그리고 '빨갱이'의 자식이라고 어린 상기도 붙잡혀 죽기나 하면 어떻거나…….

탄실은 몸서리를 쳤다.

탄실은 불현듯 남편의 말이 생각났다.

"……모든 것을 빼앗기지 않기 위해서는…… 도루 찾기 위해서는…… 싸우는 길만이 그리구 이기는 길만이 사는 길이오."

탄실은 추위에 떠는 사람처럼 아금니가 성기섰다. 탄실은 보등보등 이를 갈았다.

이윽고 방공호 밖에 발자국 소리가 나고 듬직한 남편의 낯익은 남편의 모습이 입구에 막아섰을 때, 탄실은

"나는 모진 돌이 되여야겠다. 저이가 가르키고 맡기는 모든 일을 나는 이를 악물고 이루어 놓아야 하겠다."

고 생각했다.

거리에서는 날마다 사람 도살이 나고 강간 략탈이 계속 됐다.

아랫목에서 코를 골고 있는 수영 어머니의 옆 이불 밑에서 밤을 새워 가며 탄실이가 의형제별 되는 정옥이에게 속삭인 말은 이런 것이었다.

"이러다 성해날 것 같애? 살 순들 있을 것 같애? 아이는 마음대루 키울 수 있을 것 같애? 지주놈까지 나타나 땅을 도루 찾는다지 않아? 五년동안이나 잘 먹고 잘 살았으니 이제는 모두 게워 노라지 않아? 우리두 싸워야 해요. 이렇게 있지 말구 숨어야 해요. 저 놈들을 쫓아내기 전에는 모두 못 사는 거에요."

나이가 다섯 살이나 아래며 자기가 결혼 중매를 하여준 마음 어진 정옥은

"흑…… 흑……."

느껴 울고 있었다. 오래도록 울음을 끄치지 못하던 정옥은

"언니…… 정말 이러구는 무서워 못 살겠어요. 어디든지 같이 피해요. ……아무테두 죽기는 마찬가진 걸, 나두 언니를 따라 일을 하겠어요."

하고 말했다.

한 동네에서 자라온 정옥은 의형제 인연이 아니더라도 탄실을 잘 따랐었다. 탄실을 따라 정옥이 역시 부지런한 영특한 녀맹원이었고, 시집오기 전은 민청에서도 열성맹원이었다.

탄실은 한결 갈앉은 마음에서 물었었다.

"정옥이는 인민군대가 꼭 돌아올 것 같애?"

"돌아오지 않구……."

"정옥이는 남편을 사랑해? 몹시 그립지않아?"

"그립지요. 머……."

어둠 속에 정옥의 갸륵한 웃음이 보이는 것 같았다. 정옥의 남편은 인민군대에 나갔었다.

"아이를 얼른 남편에게 보이구 싶지 않아?"

"그러니 어떻게요……."

탄실은 말 없이 정옥의 손을 찾아 꼭 쥐였다. 한참 뒤 탄실은 혼잣말처럼 중얼거렸다.

"남편들은 처자를 하로 라두 더 빨리 만나려구 피를 흘리며 싸워요. 우리들 어떻게 가만히 기대리구만 있을 수 있어? 그 위에 몸을 망치구 또 개주검을 당한다면 무슨낯으루 남편들을 대하겠어?"

새벽과 같이 정옥이도 얼굴에 거먹칠을 하고 누데기를 갈아 입었다.

항상 탄실이가 명심하는 것은 자기도 남편이나 남편의 동무들처럼 (그 중에는 녀성 동무도 탄실이 아는 이가 있었다.) 어떻게 하면 굳세어질까 하는 것이였다.

첫 삐라를 붙이려 나가던 날 밤, 탄실은 곁에 정옥이가 같이 가는데도 무덤 속을 혼자 걷는 것처럼 발이 잘 옮겨지지 않고 가슴 속 고동을 진정시킬 수 없었다. 멀리서 들리는 총소리인데도 첫 두 세 번은 숨을 죽인듯이 서 있어야 하였고 다음부터는 저것은 겁쟁이 보초 놈들이 무서워 쏘는 총 소리라는 것을 번번히 자신에게 타 일렀다. 우편국 앞 어두운 골목에서 삐라에 풀칠해 들고 일어섰을 때, 보깨우는 속에 호흡은 그만 정지되는 것도 같았다. 길목에 망을 보고 서고 있는 정옥의 쪽을 두번이나 돌아본 다음에야 달리듯 행길을 건널 게시판에 풀묻은 삐라를 댔다. 양말 짝을 들어 그 위를 가로 문지르던 탄실은 갑짜기 손을 멈추고 자기도 모르게 휙 고개를 돌렸다. 얼결에 탄실은 근방을 지나는 자동차 소리를 들은 것 같았다. 그러나 뒤에는 어둠이 있을 뿐, 숨어 선 정옥이 역시 아무 기척을 내지 않았다. 두번째 종이를 문지르는 때에야 탄실은 그 것은 자동차 지나가는 소리가 아니라 종이위를 문지르는 자기가 낸 소리임을 깨달았다. 다 문지르고 총총히 돌아서던 탄실은 내가 겁에 질려 덜 붙이지는 않았는가 생각되어 그 때문에 오히려 시간을 보내며 가지도 있지도 못하다 아무래도 안심이 되지 않아 도루 돌아서려는데 어디선가 총 소리가 들렸다. 먼 데서 나는 총 소리인데 탄실은 몸이 오싹 조여들어 어둠 속만 살펴지며 게시판에 손이 올라가지지 않아 그만 아주 돌아서고 말았다. 골목을 이리 돌고 저리 돌고 하며 소방대 망루가 무슨 무지스런 장승과도 같이 쳐다보였다.

그러면서도 탄실은 영특하고 빠른 정옥의 도움을 받으며 새벽내 삐라를 죄 거리에 붙이고 말았다. 국방군 본부로 되고 있는 내무서 게시판에는 보초 놈이며 드나드는 놈들 까닭에 기회를 잡을 수 없어 딴 건물과 장거리에 붙이는 사이 사이 네번째 돌아와서야 붙였다.

겁에 질리고 가슴이 두근거릴 때, 탄실은 언제나 남편과 어린 상기를…… 생각했다. 남편이 준 말들을 생각하고 이들을 잃지 않기 위해서는 이들과 다시 모여 살기 위해서는 내 맡은 일을 완전히 하지 않으면 안된다는 것을 탄실은 뼈저리게 생각했다. 실로 그는 무엇 보다도 남편과 어린 상기의 일은 뼈저린 마음이 아니고는 생각할 수 없었다. 그리고 탄실은 남편도 지금 산중에 들어가 싸우고 있다는 것, 남편의 동무들이, 적지 않은 녀성 동무들도 총을 들고 피를 흘리며 싸우고 있다는 생각을 했다. 그는 입술을 깨물며 벽보판 게시판에 다가가고 골목을 또 앞으로 나갔다.

다음번은 좀 나았고 세번째는 갑자기 낯 설어진 거리가 다시금 익어지는 것도 같았다. 차츰 차츰 대담해지고 침착해지며 거리는 자신의 힘도 합쳐 이리저리 칼질을 할 수 있고 끄나풀로도 동여맬 수도 풀어줄 수도 있는 그 어떤 대상으로 생각되었다.

거리에는 탄실이나 정옥이만이 아니라 딴 동무들이 붙이는 다른 종류의 삐라 표어 만화도 나타나고 시민들의 기색이 놈들이 갓 들어오던 며칠과는 달랐다.

"빨갱이는 이렇게 무섭다니까!"

"보이지 않는 것 같지만 그냥 살아 있다니까!"

정면으로는 못하지만 스스로 장한 마음이 하는 말들이었다.

정보를 수집하러 누덕이 옷에 깡통을 피난민 노파 채림으로 장거리에 나간 탄실은 녀자 옷을 늘어놓은 고물상 앞에 잠간 멈춰 섰었다. 고물상 중년 부인과 비단옷을 걸친 사려는 젊은 녀자와의 사이에는 싸움이 벌어지고 있었다. 값이 결정된 다음 젊은 녀자는 일대 일이라 하며 희멀건 리승만 괴뢰정부의 지폐를 세여 주었는데 나 먹은 부인은 그 돈은 싫으니 북조선 돈을 달라는 것이었다.

한참 승강이를 하던 나머지 젊은 녀자는 기막히는 듯 새파란 얼굴에 입술까지 바르르 떨며

"홍…… 요즘 삐라가 바짝 나 붙는다구 그러는 거요? 좋아요. 안 팔 테면 그만 두구려, 어디 봅시다."

하고 팩 돌아서자 딴 데로 가버렸다. 나 먹은 부인은 멀어져 가는 젊은 녀자의 뒷 모습을 물끄럼히 바라보다 같은 코 웃음을 치며

"홍…… 보기는 무얼 봐…… 내 물건을 가지구 내 맘대루지…… 보기는 누가 보자는 건지 어디 두고 보자 쌍 백당년의 간나……."

하고 혼잣말처럼 중얼거리더니 팔해진 얼굴을 숙이자 발 앞 옷가지 밑에서 먼저 판 돈인 듯 빨간 돈을 책책 접어 주머니에 넣은 다음 먼저부터 그 속에 있던 괴뢰 정부의 지폐를 꺼내 발 앞 옷가지 밑에 도루 넣었다. 승전을 치를 작정이나 바꿀 작정인 듯 싶었다.

탄실이네가 '목숨이 아까우면 인민의 적이 되지 말라!'는 경고문을 집어 넣은 몇몇지방 '치안대' 놈은 치안대를 그만 두고 도망쳤다는 소문이 돌았다.

탄실은 장소를 바꿔가며 사흘에 한번 나흘에 한번씩 만나게 되는 남편의 지도에 따라 十여회의 삐라 표어 만화 경고문들을 붙이고 뿌리고 놈들이 강제로 걸게 하는 태극기를 주서다 찢어버리고 정보를 수집해 산에 전했다. 일하는 동무도 의동생 정옥이만이 아니라 전에 녀맹에서 알았던 동무들 두명 끌어냈었다. 한번은 불공을 하여 놈들의 치안대 본부와 이전 은행 자리였던 경찰대 본부와 이전 중학교 자리였던 미군 사령부 국기계양대에 갖은 신고의 끝에 공화국기도 달았었다. 생목 울타리를 뚫고 기여들어가던 탄실은 마침 소풍하러 나온 경찰대 놈들을 불과 十 메―타 앞에 두고 어둠 속 찬 땅에 좁은 구녕을 빠져 들어 오느라 빗틀 듯 거북스레 눕힌 몸 그대로 손끝 한번 까딱 못하고 시간 반이나 누어 있어야 했다. 허리에 찔린 나무 꼬챙이가 창자까지 뚫고 드는 것 같고 목이며 팔이며 전신이 나무떼기처럼 파다져버리고 제각금 물러날 지경이였다. 그러나 이제도 소풍 나왔던 놈들이 물러가기 바쁘게 자기 몸 아픔도 죄 잊고 죽어라 싶은 마음으로 어둠 속을 게양대 향하여 또 기여 들어갔었다. 귀가 온통 항아리처럼 되고 호흡이 멈춰버린 형편이면서도 깃줄 올리고 내리는데 모두 목숨이 달린듯 또는 그 깃줄에 마지막 자기 목숨을 걸듯 기를 끝내 바꿔 달고 말았었다. 실로 그에게는 이 일도 남편이며 숱한 남편의 동무들이 피를 흘리며 싸우는 큰 일의 한 부분이라는 생각과 함께 내 목숨만 아깝지 않으면 못할 일이 없다는 신념이 굳어진 것이였다.

이튿날 아침 푸른 하늘 아래, 아침 햇살에 별빛이 찬란한 공화국기가 휘날리는 것을 바라볼 때 탄실은 눈굽이 뜨거웠다.

벌써 전부터 군내에는 무장한 빨찌산들의 경찰지서 습격, 미군 트럭 습격 무기 식량 탈취, 교량 폭파등 사건이 계속해 일어났다. 때로는 도로 요소에서 미군 국방군 부대를 요격 기습하는 일도 있었다. 그런 때마다 놈들의 피해가 크다는 소문이 떠돌았다.

이러한 가운데 탄실은 점점 단련되고 익숙해졌다. 위험과 싸움을 거듭하는 가운데 마치 주사가 체내에 항체를 맨들듯 힘이 생기고 대담해지고 리력이 났다. 남편은 번번히 칭찬을 했으며

"정말 당신은 일꾼이 되었소."

하고 말했다. 남편 뿐이 아니라 남편을 대신하여 가끔 산에서 오게 되는 동무도 산에 있는 동무들 사이에 나누어지는 탄실이에 대한 이야기를 전했다.

"아주머니는 이저는 완전한 빨찌산이에요."

하고 칭찬을 했다.

탄실은 밤이깊어 공작에서 돌아와 음페 장소인 방공호 속에 정옥이와 마주 꼬부리고 누었으랴면 지금도 자기를 혁명가나 빨찌산이라고는 조금도 믿어지지 않았지만 내가 어떻게 이럴 수사 있었는가 스스로 놀라운 마음이 없지 않았다. 그러면 탄실은 또 이내 남편의 일이 생각되고 친정집에 두고 온 어린 상기의 일이 가슴에 메여오는 것이었다. 실로 모든 것은 남편이 이끌어 주고 남편이 받들어 준 까닭이오 아무가식이 없이 남편과 상기를 생각함으로서라는 것을 탄실은 아니라고 할 수 없었다.

실로 탄실은 남편이나 상기의 일신상에 불행이 올 것 같은 것은 끔찍스러워 상상조차 할 수 없었다.

III.

호언 장담하던 놈들의 군대 진격도 차츰 꺾이우는 모양이고 놈들이 당황해 하는 빛이 날로 더해 가는 가운데 어느 날 탄실은 국방군이 자주 드나드는 한거릿 집에서 래일 저녁 놈들은 미군도 국방군도 무슨 연고에선지 먹고 떠들 계획이라는 것을 탐지했다. 탄실은 곧 산에 보고했다. 그랫더니 탄실에게는 밤 사이에 또 삐라가 전달되였다. 삐라에는 '인민군대는 머지 않아 돌아 온다! 시민들이여! 패주를 앞둔 놈들의 머리 위에 주검의 쇠 망치를 내리자'는 제목이 달려 있었다. 무슨 리유에선지는 알 수 없으나 래일 새벽 두 시까지 시내에 죄 붙여 버리라는 것이였다.

그런데 이튿날은 정옥의 시어머니가(탄실의 수영 어머니) 지난 밤 우리 비행기가 삐라를 뿌렸는데 한 오리 되는 마을 어느 집에 뭉테기로 떨어진 것이 있다는 소문을 듣고 왔다. 탄실은 정옥의 시어머니를 시켜 낮 동안에 그 것을 몰래 가저 오게 하였다. 중국 지원군과의 협동작전이 벌어지는 조건하에서의 새로운 정세와 인민들의 과업을 호소한 글이였다. 밤이 되자 탄실은 정옥이와 나누어 삐라와 풀통을 들고 거리에 나섰다. 둘 다 아래 위 검은 옷이였다.

한정된 시간을 생각하며 둘은 어느 날 보다도 재게 거리를 빠지고 돌아야 했다. 예상한바대로 놈들의 노랫 소리 장구 소리 떠드는 소리가 한결 몸을 자유스럽게 하여 주었다. 이제는 정작 두 시를 다넘지 않을까가 생각하면서도 욕심이 놓이지 않아 나머지를 마저 붙였다.

몸이 가벼워진 탄실은 이 밤도 보람찬 마음으로 귀로를 잡아 거리뒤 공지를 잽싸게 나갔다. 쭉 산밑까지 나가 밭 고랑을 아랫쪽으로 걸었다.

놈들이 경찰대 본부로 쓰고 있는 이전 은행 자리 뒤도 얼마를 지나서의 일이다.

불현듯 탄실은 밭으로부터 산비탈 솔밭에 사람의 떼가 우굴우굴 급하게 몰켜 올라가고 있는 것이 보였다. 가까이에 얼뜻 눈에 띄이는 복장들로 미루어 빨찌산 토벌을 가는 경찰대가 아닌가 생각했으나, 경찰대는 무장도 해제 당한채 복장이 일정치 않은 빨찌산들에 틀림없는 무장한 사람들의 감시를 받고 가며 그 더 앞 솔밭에는 희뜩 희뜩 남녀 조선 옷을 입은 사람들이 감시도 안받고 몰켜 올라가고 있었다.

그런데 그 것을 발견한 것도 순간의 일로 은행 자리 뒷컨에서는 갑짝스런 총소리가 연이어 나며 밭 위를 불 빛이 날았다. 그러자 이제껏 몰랐던 탄실이가 선데서 얼마 멀지 않은 밭 가운데서도 은행 쪽을 향하여 총알이 날았다.

탄실은 어쩔 줄 모르고 밭도랑에 엎드렸다. 핏뜩 머리에 떠 오르는 것은 삐라 붙이는데 새벽 두 시까지라는 시간 제한을 한 일이였다. 그리고 두 가지 삐라를 붙이노라 시간을 보낸 일이였다. 산사람들은 두 시가 지나자 경찰대 본부를 습격한 모양이고 총소리 한번 안 내고 놈들을 잡은 위에 애국자들을 풀어 데리고 가는 모양이였다. 그러다 산 사람들은 군대나 딴데 집결해 있는 경찰대 놈들의 습격을 받게 된 것 같았다. 밭 가운데 엎드러 총질하는 사람들은 산에 오르는 사람들을 엄호하고 있는 것이였다.

놈들 쪽에서는 불질이 끄칠 사이 없는데 탄환을 애끼거나 사람의 수가 적은 관계인지 산 사람들은 띠엄 띠엄 총을 쏘았다. 그러다 잠간 잠간 기관총소리가 시언스럽게 련속되기도 했다. 접어들지 못하도록 위협만 주고 있는지도 몰랐다. 그런데 안 된 것은 놈들의 불질이 은행 뒤에서 뿐만 아니라 그 좌우에서도 부채 살처럼 퍼져 나오는 것이었다.

한참 콩 볶듯 하는 총 소리와 불이 교차되더니 산에 오른 사람들도 어지간히 산 중측에 잡아들었을까 싶고 밭에 누은 빨찌산들도 하나 둘 뒤으로 물러서는 양이 얼찐 얼찐 하는데 불현간 빨찌산들이 누은 저편 산 밑에서 새 불질이 시작되었다. 그러자 물러서던 빨찌산들은 탄실이가 누었는 왼 쪽 뒤로 방향을 돌리기 시작했다. 탄실이가 또랑에 누었는 불과 열 발자국 스무 발자국 앞을 빨찌산들은 한 명씩 두 명씩 총질을 하며 산 밑으로 물러갔다. 이들만 마저 산에 오르면 놈들은 허탕을 칠 것이었다.

그러나 위급한 시간이였다. 탄실은 엎드린 앞에 가지런히 놓은 주먹에 땀이 흠벅했다.

탄실은 자기가 누어 있는 자리도 위험할 것이 생각되어 또랑을 오던 방향으로 올라 가려 상반신을 일으키려 했다. 순간 탄실은

"앗!"

하고 외마디 소리를 치며 도루 엎드리자 넋없이 앞만 바라보았다.

탄실이가 누은 여나무 발자국 앞에서 총을쏘다 허리를 구부린채 일어나 산쪽으로 뛰여가는 사람은 틀림 없는 남편이였다. 굵진 몸집이며 동작이며 넓은 얼굴 윤곽이며 틀림 없었다. 추격하는 놈들에 조금만하면 붙잡힐 형세였다. 극히 순간의 일이나 탄실은 무의식 중에 남편에게 무슨 소리라도 칠것 같았다. 그러나 탄실은 어느덧 어둠 속에 남편의 모습을 잃고 말았다.

그제사 탄실은 절박한 자신의 위험을 생각하고 도랑 속을 윗쪽으로 두세번 엎으러지며 허둥지둥 달려 올라갔다. 한참 올러가다 어쩐지 총 소리가 뜸하기에 발을 멈추고 돌아보니 사람들의 움직임은 보이지 않

고 산 밑 근방에서 무어라고 수월수월 떠드는 소리가 들렸다. 어조가 귀에 선 것이 미국놈들이였다.

탄실은 거리 쪽으로 빠져 나왔다. 탄실은 제 마음이 아니였다.

"어쩌나…… 저 걸 어쩌나……."

탄실은 자기도 모르고 중얼거렸다.

"내가 왜 그이네가 달려가는 쪽으로 따라가지 못하고 그냥 이리루 와버렸어? 그이가 죽었는지 살았는지도 모르고 왜 이리루 왔어?"

이런 생각도 들었다.

집안에 들어섰을 때, 벌써 돌아온 정옥은 어쩐지 한쪽 볼을 손으로 가린채 탄실의얼굴만 바라보았다.

"언니 얼굴이 왜 그렇소? 샛하얗구만……."

그러나 탄실은 그 말에는 아무 대답도 않고 무표정한 얼굴로

"볼은 왜?"

하고 힘 없이 물었다.

"군 인민위원회 담 안에 들어가다 굴렀세요. 대단친 않은데 피가 나와요."

"붙잡히지 않아 다행이야. 삐라는 전부 붙였어?"

"죄 붙였어요."

"욕 봤어……."

여니때 같으면 더 물었을 것이나 탄실은 그럴 기맥이 없었다. 탄실은 멍하니 목이 긴 정옥의 얼굴에서 눈을 떼지 못하며 이 아이는 귀중한 아이라는 막연한 생각을 했다. 언젠가 자기는 무서울 때면 그 이를 생각하고 상기를 생각하고 남편의 동무들을 생각한다고 했을 때 정옥은 자기도 그런 생각을 하지만 그 보다도 길에 있는 언니가 먼저 생각되였

다고 하던 말이 생각났다. 어질고 고운 마음이 이렇게 강한 것을 품고 있다는 새삼스런 생각이 들었다.

기쁨에 서린 정옥의 환한 얼굴은 갑짜기 정색을 하며

"그런데 언니…… 아까 총소리는 웬 총소리들이오?"

하고 물었다.

탄실은 말 없이 자리에 앉았다.

정옥은 탄실의 얼굴에서 그 맑은 눈을 떼지 못한채 따라 앉으며 설명만 기다렸다.

Ⅳ.

이 날 밤, 경찰대 본부는 빨찌산 무장대에게 숱한 대원과 가치였던 애국자들을 떼우고 게다가 놈들의 무기 탄약까지 송두리채 털려버렸다. 밤새 거리는 발칵 뒤집혀졌다.

이튿날 저녁 남편과 만나기로 약속된 노파네집 뒷산에는 남편 대신 남장한 녀성동무가 왔다. 탄실이가 묻자 남편은 어제 저녁 전투에서 다리에 부상을 당했는데 한 二주일 치료하면 나을 것이라고 했다.

그러나 탄실은 지난 밤, 산 밑에서의 절박한 정황이 생각되며 남편에 대한 말이 잘 믿어지지 않았다. 그 속에서 딴데도 아닌 다리까지 부상을 당했으면 뜰 수는 더 없었을 것이 아닌가, 이 생각부터 들었다.

그런데 동무는 탄실의 얼굴색이 지내 나빠진 걸로 해선지 보태여

"근심을 마세요. 부상쯤은 보통이에요만 싸워가려면 그 이상 얼마든지 기맥히는 일이 있어요. 일을 위해서는 참아야 해요. 불행이 오면 올

쑤룩 우리는 마음을 가다듬어야 해요. 더 복쑤에 타야 해요. 그렇지두 못하면 아까운 생명을 잃는데다 지기까지 하게요…… 댁 선생님은 곧 나으실거니까 문제는 없지만서두…….”

했다.

그러나 탄실은 더 캐고 싶고 더 다지고는 싶으나 사실은 그렇지 않다 더라도 이 동무가 사실대로 말해줄지도 의문이고 어쩐지 너무나 무서운 것이 앞을 가리고 서 있는 것 같애 입을 열수 없을 뿐이였다. 그리고 믿는 동무가 그렇게 까지 말할 적에 캐고 묻는 것이 남편을 위하여 또 모든 동무들을 위하여 옳은 일인지 그른 일인지를 모를 뿐이였다.

동무는 또 몸을 주의하라고 하며 요즈음 놈들이 군인민위원회 농산과장 정태원(탄실의 남편)씨의 안해를 찾고 있다는 정보가 들어 왔다고 했다. 정태원이란 이름이 잘 알려져 있는만큼 놈들은 응당 그 가족을 찾을 것이 당연하게 생각되나 아울러 생각되는 것은 우연히 만나 손을 잡은뒤 단 두번 만나고는 련락이 안 되는 전에 녀맹반에서 안 여자의 일이였다.

동무는 이 것도 전과 다른 대수롭지 않은 정보 수집 몇건과 만화를 몇장 붙일 임무만 맡기고 돌아갔었다.

탄실은 종일 입술만 깨물었다. 시시로 가슴이 엇개져 오는듯 싶으며 아무 모로도 진정이 되지 않았다. 무슨 큰 방맹이에 얻어 맞은 사람처럼 사물의 전후도 분간이 잘 안 갔다. 입술을 지근지근 씹으며 탄실은 겨우 얼마씩 마치 물에 빠진 사람이 잠간잠간 물 밖에 머리를 드는 것처럼 제 정신을 돌이킬 수 있었다.

“어쩌나? 그이가 죽었으면 어쩌나?”

하는 생각만 들었다. 싸우고 살아갈 의지가 전부 허망에 뜬 것 같았다.

그러나 저녁 편에는 내가 이러다 이제껏 하여온 일이 무엇이 되랴…… 그래도 몰라서 그 이가 만일 살아 있다면 —탄실은 놈들이 자기를 찾고 있다는 것은 다시 생각도 안 했다. 그래 이 일을 안다면 얼마나 락심하랴 이런 생각도 들었다. 실로 탄실은 남편이 살아있으리라고는 믿어지지 않았지만 또 정녕 죽었으리라고도 믿어지지 않았다.

탄실은 일을 쉰다는 것이 이제는 외벌 옷을 걸치는 것처럼 죄스럽고 허정했지만 정옥이가 자기가 죄할터이니 오늘만은 집에 있으라는 것도 듣지 않고 또 임무를 전달하던 동무가 남에게 맡겨버리라고 한일이 없는대로 겨우 분담하는 정도로 밤 거리에 또 나갔었다. 이미 탄실은 남편을 위하여서만 상기를 위하여서만 있지는 않았다. 이 것을 탄실이 자신은 딱이 몰라도 말로서는 생각나지 않아도 감정은 그렇게 되고 있었다.

다음번 만났을 때 녀동무는 탄실에게 군 소재지에 대한 두번째 습격을 할터인데 놈들의 주위를 한 곳에 모둘겸 모레 새벽 세시를 전후하여 윗말 산 밑에 있는 그들의 군수품 창고에 정옥이와 함께 불을 지르라는 명령을 전달했다. 불길이 일어서는 것을 기하여 빨찌산들은 미군 본거와 국방군 본거를 동시에 습격해 내려오리라고 했다. 불은 습격의 신호가 될뿐만 아니라 그 자체 또한 의의가 컸다. 창고 안에 놈들은 포탄을 산떼미로 쌓아 놓고 있는 것이었다. 그만큼 어렵고 중대한 일이였다.

"아즈머니면 능히 할 수 있으리라는 모든 의견이였어요."

어떻게 내면 할 수 있다는 말인가 이 것도 사기의 처진 용기를 돋구어 주노라 하는 동무들의 극진한 말로 밖에 생각되지 않았다.

산에서 내려온 동무는 탄실에게 날이 시퍼런 단도를 한 자루 주었다.

"노해 마세요만 무기는 쓸 줄 모르는 사람에겐 주지 않는 법이에요.

칼을 쥐었다구 아즈머니 힘에 크담한 장정을 담당해 낼수 있겠어요? 정 할 수 없을 적에만 적에게 쓰세요."

그리고 녀동무는 래일 저녁 이 시간에 개울 뚝 수문 앞에 중절모를 쓴 한 로인이 휘발유와 밧줄을 가지고 기다릴 터이니 만나 가지라고 했다. 울타리 안에 들어가는 방법은 탄실이네도 연구해야겠지만 아마 창고 뒤 바우 벼랑을 밧줄을 타고 내려가는 수밖에 없으리라고 했다.

죽고 사는 것은 아주 문제가 아니였다. 이 마음으로 이 임무를 완전히 해낼수 있을런가 그 것이 의문이였다. 자기면 능히 하리란다면 더구나 임무는 무서운 것이였다.

이런 일을 내가 어떻게? 그러나 이 것은 벌써 명령이라고 했다. 명령은 남편이나 어느 한 개인이 주는 것과도 달랐다. 그 것을 탄실은 이미 잘 알고 있었다.

탄실은 전에 한 모든 결심들도 도리키며 마음을 가다듬기에 가까스로 애썼다. 산에서 내려온 녀동무가 하던 말도 있고 창고가 있는 근방의 지형을 생각하며 어디로 어떻게 들어가 어떻게 불을 지르면 좋을까도 생각했다. 차츰 어둡기 시작하자 습관처럼 또 마음이 어느 정도 긴장해 지면서 이 일 역시 어떻게든 해낼 수 있을 것 같았다. 뿐만 아니라 시시로 회오리치는 마음은 놈들의 턱 밑에 또 칼을 꽂지 않고는 견딜 수 없었다.

약속한 시간 수문 앞에는 약속한 물건들을 들고 한 로인이 서 있었다.

새벽 두시가 되자 탄실이외 정옥은 휘발유병과 성냥과 밧줄을 나눠들고 집을 나섰다. 칼은 탄실이가 가슴에 품었다.

탄실은 이미 모든 것을 잊고 창고 주위만을 머릿 속에 그렸다.

간간히 비켜서고 엎드리며 골목들을 둘은 내집 뒤우란을 가듯 날래게 지나갔다.

소방대 망루가 별들이 총총한 먼 하늘 가에 장승처럼 웃뚝하게 보일 무렵이었다. 그 망루 위에서는 바람에 날리는 소리처럼 애처런 어린 아이들의 울음소리가 들려왔다. 울음 소리는 하나만이 아니고 아이들은 둘인지 셋인지 망루 위를 돌고 있는듯

"엄마ー, 엄마ー"

하며 한참 높아지다가는 한참 낮아지고 또 높아졌다. 그리고 번갈아 들렸다. 그 울음 소리는 지친 것 같은 목소리며 자기의 호흡 그대로 부르는듯 그냥 급하게 이여졌다. 그러다는 어쩐지 울음 소리는 가느다랗게 하나만으로 되기도 했다.

탄실은 넋 잃은 사람처럼 길 위에 서 버렸다. 숨을 홈빡 죽이고 귀를 온통 망루 쪽에 빼앗긴채 아무 말도 못하고 서있었다. 그러다 황급히 고개를 돌린 탄실은 정옥의 얼굴을 멍하니 바라보았다. 정옥이도 정신 없이 탄실의 얼굴만 살폈다.

탄실은 어느듯 팔이 축 늘어져서

"에구…… 저 걸 어쩌나…… 저 걸 어쩌나……."

소리만 외였다.

"저게 우리 상기 아니야? 우리 상기…… 지애를 어떻게 지애를……."

그리고 탄실은 몸 가질 바를 몰라하며 도루 돌아서자 밧줄 든 두 손을 가슴에 모두기며 또 망루만 넋없이 바라보았다.

탄실은 가슴이 홈빡 무너져버린 것 같았다.

정옥은 어찌할 바를 몰랐다. 오직 ー탄실의 가까이에 더 붙어설 뿐이었다. 막힌 목소리를 겨우 가누며

"언니 왜 이러우? 상기가 왜 절루 와요?"

하며 의미도 없이 탄실의 팔을 붙잡았다.

정옥의 말이 있은지도 조금 뒤에야 탄실은 또 어쩔 수 없이 돌아서며

"왜 저게 상기 소리가 아니야? 내가 그래 상기가 나를 부르는 소리를 모를까바?…… 그 놈들이 나랑 모두 붙잡자구 데려 온거지 머어야?"

하고 성내듯 말했다. 탄실은 로파네 뒷산에서 만난 녀동무가 전하던 말이 생각난 것이었다.

정옥은 오직

"아니에요. 딴 아이예요. 그 애가 붙잡혀 올 리가 있세요?"

할 수 있을 뿐이었다.

탄실은 그러나 이제는 정옥의 말은 상대조차 안하고 또 망루 쪽에 돌아서자

"내 갔다 오겠어. 여기서 소리칠 수두 없고 내 저애를 안아 내려 올테야……."

하며 손에 든 밧줄을 정옥의 앞에 내어 들었다.

정옥은 큰 일 난 마음으로 허둥지둥 탄실의 또 한팔을 힘껏 붙잡았다.

"언니 왜 이러우? 좀 진정을 해요. 상길 리두 없지만 상기를 가져다 놓았다면 언니 말대루 언니나 아저씨를 붙잡자구 그런게 아니 겠세요? ……."

그러자 탄실은 어린 아이처럼 벌컥 성을 내였다.

"아저씨가 왜 지금껏 살아 있어? 죽은 사람을 왜 모두 살었다는 거야? ……."

정옥이 역시 지금은 주검으로써 탄실을 막지 않으면 안 되였다.

"그럼 언니만이래두 좋아요. 언니를 붙잡자구 그런다면 지 밑에는 꼭 파수 보는 놈이 있을거 아니에요?"

"있으면 어때? 나는 죽어두 저 애는 살 수 있을지 알아?"

"그래 그 놈들이 언니만 죽이구 상기는 살릴 줄 알우? 살릴 놈들이 저 어린것들을 저 위에 가둬 놓구 저렇게 애말르게 해요? 언니가 붙잡히면 화약고에는 누가 불을 질러요? 화약고에 불만 못질르면 오늘 저녁 계획은 모두 틀리지 않어요? 그리구두 상기는 상기대루 살아날 줄 알우? 언니는 말구두 말이에요…… 상기는 그대루 저 놈들의 손에 있지 않어요?"

"그럼 어떻거면 좋아?"

"불부터 질러야 해요. 그래 산에서 모두 처내려오면 그 바람에 아이들두 혹 살릴 수 있을지 알어요?"

"그걸 어떻게 믿어?"

"그 밖에는 믿을게 없는 건 어떻거구요……."

바람에 불리우는 소리처럼 아이들의 울음 소리는 그대로 애타게 계속되였다.

탄실은 그만 땅 바닥에 털벅 주저 앉아버렸다. 탄실은 가슴이 갈기갈기 찢기우고 끊기우는 것 같았다. 탄실은 정옥의 말이 조금도 믿어지지 않았다. 이제는 자기의 모든 것을 잃은 마음이었다. 성까지 내였지만 어쩐지 이제야 정말 남편은 놈들의 손에 틀림없이 죽었다는 생각이 들었다. 딴 리유에서가 아니라 저렇게 악독한 놈들인 까닭에 남편도 꼭 죽었으니 싶었다. 그 것들을 위해 싸울 모든 것을 탄실은 잃은 것이었다. 순간 탄실은 가슴에 칼끝같이 랭랭한 노여움이 살아왔다.

그런데 그 것들은 모다 어느 놈이 빼앗아 갔는가?

탄실은 바드득바드득 이를 갈았다.

노여움은 이내 끌래야 끌수 없는 말못할 증오의 불길로 변해갔다.

"어서 가요. 어서…… 이러다 붙잡히겠세요. 어서 일어나요."

정옥은 전력을 다해 탄실의 팔을 이끌었다.

탄실은 일어났다. 탄실은 일어날 때와도 달라 인도하는 정옥의 뒤를 순한 아이처럼 따라갔다. 그러며 탄실은 속으로

"상기야…… 상기야…… 조금만 더 참아라. 조금만……."

하고 외였다.

탄실은 버릇처럼 또 아금니를 깨물었다. 탄실은 문득 산에서 온 녀자 동무가 하던 말이 생각났다.

"더 복쑤에 타야 해요. ……가는 사람은 지라구 그 아까운 생명을 버리나요?"

그 것은 지금의 자기를 위하여 한 말 같이 생각되었다. 그 것은 또 남편의 말이며 모든 동무들의 말로 생각되었다.

동시에 탄실은 금방 정옥이가 하던 말과 함께 언젠가 자기도 정옥에게 한 말들이 생각났다.

'그렇지! 그렇지! 본굴을 처야 상기두 살아날 수 있지…… 죽을지두 모르지만 살아날 수도 있지…… 모두 사는 날이라야 상기두 사는 날이지.'

탄실은 상기와 함께 그 위에서 울고 있는 딴 아이들의 울음 소리가 생각나며 친정에 갔다 오던 날 창고 옆에서 듣던 우는 아이의 가느다란 음성이 기억에 살아왔다. 세상에는 얼마나 많이 자기와 같이 남편을 잃고 자식을 빼앗긴 녀자들이 있는 것이며 그 보다도 더 많은 남정들이 아이들이 있는가 생각되었다. 동시에 탄실은 앞으로도 망루 위에 붙잡혀 올라가 공중에서 밤새 울고 있을 아이들의 형상이 보이는듯 싶으며 가슴이 터질 것 같았다.

둘은 그대로 종종 걸음으로 갔다.

깎아 세운 듯 강파랍게 선 바우 벼랑을 뒷담으로 삼고 창고는 놈들이 들어오며 이내 막아놓은 타―루칠을 한 검은 널파주에 쌓여 윗도리와 지붕만 어둠 속에 칙칙하게 보였다. 늘어선 기둥만이 그러툼이 보이나 널바주 밖에는 물론 가시 쇠줄이 돌려 있었다.

예상하였던 바와 같이 널문을 닫아 건 울타리 정면 어둠 속 미군 보초 한 놈이 왔다 갔다 했다.

탄실은 정옥이를 데리고 산비탈 솔밭을 기어올랐다.

바로 가시 쇠줄을 앞에 놓고 둘은 잠간 쪼그리고 앉아 주위 기척을 살폈다. 창고 앞에서 보초놈의 구두 발 옮겨 놓는 소리가 약간 들려올 뿐 주위는 잠잠했다.

시간이 거진 되지 않았을까 생각되어 탄실은 정옥의 도움을 받으며 밧줄을 가시 쇠줄 기둥에 잡아 맸다. 그러나 탄실은 내가 무슨 상기의 울음 소리가 내처 들리는 마음이여서 급하게 서두는 것은 아닌가 생각되어 그 자리에 또 얼마를 쪼그리고 앉아 주위의 기척을 다시 찬찬히 살폈다.

얼마를 그러다 탄실은 정옥에게 휘발유 병을 달라고 손을 내여 밀었다. 그러나 정옥은 석유병을 주려고 안했다.

"망은 언니 보시우. 내 내려 갈게……."

하고 속삭이듯 말하며 정옥은 일어서려 했다.

그러나 탄실은 정옥의 어깨를 눌러 앉히고 휘발유병을 빼앗듯이 가져왔다. 탄실은 이제껏 모든 어려운 일을 자기가 하여 왔지만 이 밤이라고 바꾸기는 싫었다. 오히려 이 밤은 더 자기 손으로 불을 지르고 싶고 겨드는 놈이 있으면 자기 손으로 놈의 목에 칼을 꽂고 싶었다.

탄실은 휘발유 병을 치마 띠 뒤에 튼튼히 달아매자 정옥이가 벌려주는 쇠줄 짬을 못에 옷이 걸키우며 간신이 빠져 나갔다. 그리고 탄실은 밧줄을 두 손에 힘껏 틀어쥐자 금방 멎을 것 같은 발을 조심조심 바우 아래로 옮겨 놓기 시작했다.

몇발자국을 못 옮겨 사람과 바우는 거진 병행을 이루었다. 발 붙일 곳을 찾을 수 없게 되고 그것을 찾노라 헤매는 사이 팔에 힘이 탱겨 왔다. 얼굴이며 몸둥을 바우에 문지르며 금방 미끌어 떨어질 것 같았다. 부득히 탄실은 밧줄을 쥔 손바닥과 밧줄과 바우에 찢기우는 손등에 살점이 떨어져 나가는 것 같은 것을 느끼면서도 밧줄을 미끄듯이 빨리 놓을 수 밖에 없었다. 두 발마저 끝내 설 자리를 못 찾고 허망에서 놀며 떨어져 내려갔다. 그래도 잇발을 깨물며 손에 죽을 힘을 다한 덕에 간신히 소리는 안내고 바닥에 내려 설 수 있었다.

탄실은 아픈 손 바닥을 펴볼 사이도 없이 돌아서자 주위를 살폈다. 그리고 귀를 기우렸다. 창고 앞에서 들려오는 여전한 발 소리와 뛰는 자기 숨결 소리가 들릴 뿐이었다.

탄실은 치마 띠에 달아맨 휘발유 병을 잽싸게 끌르자 마개를 빼며 창고 모스리로 다가갔다. 탄실은 휘발유를 창고 모스리에 뿌렸다. 그리고 탄실은 다시 귀를 쫑긋히 하며 성냥을 꺼내 불을 켜댔다.

성냥 그싯는 소리가 어떻게 그처럼 크게 들리는지 몰랐다. 그러나 탄실은 놀라지 않았다. 오히려 마음이 오붓하기 끝이 없었다. 불은 금시에 활개를 치며 붙기 시작했다. 밝아오는 불빛처럼 막막하던 탄실의 가슴 속도 환히 밝아왔다.

탄실은 돌아서자 밧줄 있는데로 달려 갔다. 밧줄을 잡아 쥐며 무의식적으로 뒤를 돌아봤다. 퍼지는 불빛에 더 마음커져 탄실은 전 힘을 손에 모두며 발로 바우를 벋으리기 시작했다. 그런데 두 발을 바우에 붙이기는 했으나 밧줄 쥔 손이 조금도 움직여지지 않았다. 몸이 밧줄에 달리워 있는 것도 겨우였다. 위낙 올라갈 적 생각을 못했었지만 확실히 몸이 지쳐 버렸었다.

탄실은 금방 굴러 떨어질 것 같애 밧줄을 놓자 또 두 땅에 내려 섰다. 헛일 삼아 주위를 살폈다. 역시 도망칠 곳은 이 한 곳 밖에 없었다. 이러다 생 붙잡힐 것 같았다. 탄실은 다시 밧줄을 틀어 쥐자 전 힘을 팔과 손에 가져갔다. 그리고 발을 하나씩 바우에 세우며 이를 악물었다. 몸을 숫구며 밧줄 위를 옮겨 잡으려 했다. 그러나 탄실은 밧줄을 한치도 옮겨 쥐나 마나 했다. 이 쪽 손은 숫제 뗄 수 부터 없었다. 몸은 달리우고 손과 발의 힘은 끄나풀처럼 가늘어 갔다. 아무렇게도 할 수 없는 아―찔한 시간이 지나갔다. 이 걸 어쩌나 생각하며 다시 이를 악물고 손을 옮겨 놓으려는 순간 탄실은 그만 발이 미끄러 밧줄 마저 놓으며 픽 땅에 떨어져 버렸다.

바우 위에서 정옥의

"앗!"

하는 외마디 소리가 들렸다.

탄실은 다시 허둥 지둥 일어나 밧줄을 잡았다.

그 때였다. 문 열리는 소리도 난 것 같지 않은데 뒤에서는 다급한 발소리가 났다. 탄실은 밧줄을 놓으며 홱 돌아서는 것과 동시에 칼을 품은 가슴에 손을 가져갔다.

그러나 때는 늦었었다.

덥석 앞에 와 막아서는 미군 병사 놈은 어느 새 벌써 가슴에 간 팔 목을 틀어 쥐었다.

V.

미군 창고에서는 밤새도록 포탄 터지는 소리가 계속되었다.

그 뒤를 이어 빨찌산들은 미군 본거 중학교를 포위하고 밀물처럼 쳐들어왔다. 장밤을 정신 없이 날친 놈들은 이튿날 밤에야 탄실을 취조하려 끌어냈다.

놈들이 나누는 말로 미루어 거리에 주둔하고 있던 백여명의 미군과 응원에 나갔던 五十여명의 국방군이 거의 섬멸되다 싶이 한 외에 다수의 무기 탄약을 빼앗기고 오늘은 새 미군 응원부대가 도착한 것을 알 수 있었다.

탄실에게는 밤 낮을 가리지 않는 무서운 고문이 계속되었다.

'어디에 숨어 있었으며 누구의 지시로 일을 했느냐 누가 너의 앞잡이 였으며 련락소는 어디고 빨찌산 본거는 어디냐?'

때리고 날고 물을 먹이고 손톱 짬에 댓가지를 꽂았다. 그리고 전기 고문을 했다.

그러다 놈들은 아이가 보구 싶지 않느냐고 말했다.

"네가 오기 때문에 아이까지 데려 왔는데 네 태도 여하로 만날 수도 있고 살릴 수도 죽일 수도 있다. 뿐만 아니라 너까지도 살 수도 죽을 수도 있다. 너는 네 남편이 저번 습격 때 붙잡혀 들어와 말을 안 듣기 때문에 뒷 소나무 가지에 목을 달아매여 죽인 줄을 아느냐?"

남편이 그렇게 죽은 것은 탄실의 뒤에 붙잡혀 들어온 사람에게서 이미 알았다. 상기 역시 살아 있겠거니는 조금도 믿지 않았다. 파수 보던 놈이 망루에 올라가 아이들을 끌고 내려올 사이가 있을 수 없고 아이들이 많아 운반하기 어려웠다면 아무래도 죽일것이니 간단히 총질을 하고 뛸 수도 있는 것이였다. 자신 또한 놈들의 손에서 살겠거니는 조금도 생각지 않았다. 이미 자기의 생명은 자기의 가장 귀중한 것들과 함께 깨끗이 조국의 앞에 바쳤을 뿐이였다. 언제든지 마음 편안히 죽을 수 있었다.

탄실은 하루에도 두번 세번식 까무러쳤다. 몸이 성한데 없고 가눌 기운이 없었다. 금방 죽어 가는 사람처럼 정신이 시시로 까뭇까뭇했다. 그러한 속에도 놈들의 고문에 마음 약한 자가 있으면 팩팩 쏘아붙였다.

모진 취조 끝에 정신을 잃은채 류치장에 끌려 들어왔던 탄실은 옆윗사람에게 흔들려 눈을 떴다. 멀리서 뜻하지 않은 폿소리가 들려오고 콩 볶듯 하는 보총 기관총 소리가 들려왔다. 언제나 장거리 모양으로 소란하던 사무실은 이상하게도 아무 기척이 없다.

빨찌산들은 인민군대며 중국 인민지원군과 함께 세번째 거리를 쳐들어오고 놈들은 형틀을 버리고 끝내 도망치기 시작하였다.

어느듯 폿소리가 멎었는가 싶은데 사무실 쪽에 별안간 요란한 발소리가 나더니 류치장 문이 열렸다.

탄실은 꿈 속에서 헤여나듯 몸을 일으켰다. 빨찌산들이 억쎈 팔로 탄실을 안아 내여갔다. 숱한 가운데 아는 얼굴을 보는 때마다 탄실은 목구녁이 꽉꽉 메였다.

그런데 얼마 안 있어 사무실 문 안에는 이 또한 꿈이런듯 상기를 안은 정옥이가 나타났다. 탄실은 넋 빠진 사람처럼 그 쪽으로 다가갔다. 힘에 겨운 상기를 받아 안자 아무 말도 못하고 상기의 머리에 자기의 뺨을 꽉 댔다.

어린 상기는

"엄마아 아버지는 어디 갔어?"

하고 말했다.

"엄마아 나는 소방대 꼭대기에 가쳤댔어…… 그런데 아주머니가 업어 내려다 아즈머니네 방공호에 있게 했어…… 그런데 엄마아 아버지는 어디 갔어?"

탄실의 눈에서는 눈물이 비오듯 했다.

숨 막히던 무덤 속에서 거리는 소생했다. 거리는 방금 들어오고 있는 인민군대와 중국 인민지원군을 맞는 만세 소리 아우성 소리에 번지는 듯 했다.

－『문학예술』, 1951. 9.

　황건의 「안해」는 일시적 후퇴시기의 한 젊은 안해의 수난과 투쟁을 레알리스틱한 수법으로 쓴 작품이다.

　"정보를 수집하려 누더기 옷에 깡통을 든 피난민로파채림으로 장거리에 나간 탄실"이란 한 용감한 녀성 지하 공작원이 바로 하루 이틀 전에는 주로 가정에 들어백여 오로지 "남편을 섬기고 어린 것을 거두고 집안을 꾸리는데 정신이 없는 남의 안해요 어머니였다"면 사람들은 놀랄 것이다. 이러한 사실이 어찌하여 생길 수 있을가? 그러나 그것은 사실이였으며 일시적 후퇴기에 있어서의 많은 젊은 안해들이 그러하였으며 이 작품의 주인공 탄실이 또한 가장 그러하였다.

　적이 아직 백리 밖에 닥처왔을 때까지도 한 충실한 안해요 어머니로서 남편과 아이가 곁에 있는 경우 이외의 경우란 생각해 본 적이 없는 탄실로서는 상상도 안가는 "인제 올 엄숙한 환경과 생소한 일을 견디고 감당해 나갈 수 있을가?"가 의문이였다. 그러나 적들의 침입으로 말미암아 생기는 모든 비극과 고난은 그를 불에 구어도 녹지 않을 쇳덩어리로 굳어지게 했다. 브벤노프는 「벗나무」 가운데서 "증오심은 샘물처럼 사람의 정신을 깨끗하게 한다" 라고 했거니와 미국놈들의 침입으로 말미암아 남편과 아이와 갈라졌으며 해방후 자기들의 로력으로 창조해낸 모든 행복의 조건들을 잃게 된 탄실은 그것들을 도로 찾고 가정을 다시 자기의 것으로 하기 위하여 복수의 길에 나섰다.

작자는 이러한 탄실의 비극과 투쟁과 모험을 디테일에 걸쳐 붓을 가늘게 가다듬으면서 썼다. 작자는 탄실이 감행한 무서운 투쟁이 한 사람의 연약한 가정부인에게 있어서 무엇을 의미하는가에 력점을 두고 그를 한 어머니로서 또는 안해로서 맛볼 수 있는 가장 쓰라린 고난과 시련 속으로 끌어들였다. 그리고 그러한 혹독한 시련이 이 연약한 주인공의 마음에 무엇을 일으키는가를 면밀히 관찰하고 연약한 가정부인이기 때문에 항상 주저하고 겁나 하는 그러한 성격 속에 레알리스틱한 수법으로 성실하게 자기 작품을 써냈다.

즉 그 시련이란 가정부인으로서 남편과 가정을 버린 일이였으며 남편의 주검이였을 뿐 아니라 그보다 더 측량키 어려운 어머니의 애정을 끊기우는 일이였다. 인질로 끌려가 망루 위에서 "엄마! 엄마!"하고 애처럽게 우는 자기 아이의 목소리를 들었다고 믿는 순간의 어머니의 심정이 어떠하였으랴! 애기에 대한 어머니의 마음, 그것은 세상에도 고귀한 것이다. 그러나 애기를 가슴에서 빼앗긴 어머니의 마음도 또한 그만한 정도로 무서운 일이 아니겠는가? 그렇거든 지금 원쑤가 탄실의 아이를 빼앗아 갔으며 그 아이가 구해 달라고 버둥거리며 엄마를 부르짖고 있다. 어머니의 처지에 있어서 이렇듯 혹독한 경우는 상상키가 어려운 일이 아니겠는가? 그러나 탄실은 아이의 부르짖음을 등 뒤에 들으면서 끝장 모를 슬픔을 안고 자기 임무가 부르는 곳으로 용감하게 나섰다. 그것은 벌써 자기 임무를 버린다는 것이 무엇인가 큰 범죄를 저지르는 것 같은 본능을 느꼈으리만큼 그는 자기의 쉴새 없는 지하공작으로 하여 단련되였을뿐 아니라 지금 당장 아이를 구해내야 된다는 끌 수 없는 일념이 그를 떠밀었기 때문이다.

이러한 그가 무엇을 감행 못하랴! 그는 마침내 산으로부터 받은 지시에 따라 적들의 무기 창고에 불을 지르기 위하여 칼을 가슴에 품었으며 밧줄과 휘발유통을 가지고 목적지에 가까이 갔으며 벼랑에 밧줄을 늘인 다음 그것을 타고 건너갔다 건너오는 위험한 모험을 감행할 수 있었다.

일시적 후퇴기의 조선의 어머니들이 겪은 그처럼 무서운 슬픔과 고난을 다시 상상키가 어렵다. 그러나 그 시기의 조선의 어머니들처럼 용감한 실례도 드물 것이다. 우리는 그것을 조옥희를 통하여 보고 있으며 지금 또 탄실을 거처 본다.

작자는 이 탄실의 이야기를 사건들에 대한 피상적인 탐취로서 그리지 않고 주인공을 충실히 따라다니며 그의 마음의 적은 움직임도 놓치지 않고 어떻게 생각하고 어떻게 추억하고 어떻게 겁나 했고 결심하고 슬퍼하고 부르짖었는가 하는 내면 세계를 깊이 파들어 감으로서 아주 생채있고 산 형상을 창조해냈다.

그러나 이 작품은 이 작자가 오래 전부터 버리지 못하고 있는 묘사의 장황성이 아직도 꼬리를 끌고 있다. 이 작품에 있어서는 작자가 주인공의 내면 세계에 초점을 돌렸기 때문에 모든 디테일과 사건들은 필요한 한도에서 필요한 때에 선택되여 있어 무용한 군더데기는 거의 없다. 그러나 수완 있는 예술가는 한 가지 사상을 표현하기 위하여 여러 가지 많은 디테일이나 사건을 들지 않고도 하나의 적은 디테일의 점묘로서 혹은 암시와 대조와 비유의 채용으로서 그것을 잘 표현하는 법이다. 이 작품은 이러한 예술적 수완이 많이 발휘될 큰 여백을 가지고 있다. 작자는 이 여백을 메꾸면서 자기 작품을 더 압축할 수 있지 않았을까.

다음으로 그러한 묘사의 장황성에 프로트 구성의 평판성까지 도와 작품으로 하여금 얼마간 지루한 감을 느끼게 했다. 즉 이 작품은 처음부터 끝까지 프로트가 아무런 꺾이움과 구석도 짓지 않고 외오리로 풀려져 나갔다. 작품에 있어서 외오리로 풀려진 긴 직선은 읽는 눈에 저항을 일으키며 피로와 지루감을 주는 법이다. 그러기 때문에 프로트의 구성에 있어서는 주인공의 행동의 모찌브를 숨기면서 복선을 깔아 가다가 발단을 일구는 식으로서 작품을 꾸며야 하는 것이다. 「안해」는 구성에 있어서의 이러한 작가적 기교가 부족하였다.

다음 탄실이의 수난과 투쟁을 더욱 용감한 것으로 또는 다이나미크한 것으로 하기 위한 부정면으로서 미군이 무대의 전면에서 형상화되지 못하고 다만 정황 설명에 끄친 점은 이 작품의 구성에 있어서 중대한 결함으로 된다. 적어도 사건의 초점인 무기창고 방화의 장면에 있어서만이라도 반드시 원쑤들의 그 순간에 있어서의 동정을 그렸어야 하고 체포되었을 때의 원쑤들의 만행과 그에 대한 탄실의 대답이 설정되어 있었어야 할 것이다. 그 밖에 방공호 안에서 남편을 기다리는 장면에 있어서 "이윽고…… 낯 익은 모습이 입구에 막아섰다"라고 설명한 다음 그 뒤에 남편을 만나 어찌 되었는가 하는 계속이 없이 벼란간 이야기가 중도에서 뚝 끊기고 말았으며 그 뒤에 다시 이어지지 않은채 잊어버려지고 말았다.

－엄호석, 「조국 해방 전쟁과 문학의 양양」, 『문학예술』, 문예총출판사, 1952. 5, 94~96쪽.

첫 전투에서

현덕

비행장 마즌편 산머리에 그 날의 희망처럼 조용히 동살이 잡히자 리륙 신호의 깃발이 올랐다.

련대부에서 대대장 백기락은 돌아오는 길로 자기 짝패, 김락준을 눈으로 찾았다. 입귀를 말아 반 좀 웃음을 지은 그의 얼굴을 보자 김락준은 자리에서 일어섰다. 백기락은 평시에 잘 웃는 사람은 아닌데 그가 웃는 때에는 보통이 아니라는 인상을 주었다.

백은 두리 두리한 눈으로 옆에 와 선다. 두 사람이 나란히 서자 한 치 좀 키가 큰 김락준은 상대보다 키가 큰 것이 죄송한 것처럼 이마를 수굿이 무슨 말이 나오기를 기다리고 있는데

"담배 하나 주우"

하고 백은 손을 내민다. 그리고 담배를 받아 한목음 깊이 들이마신 연기와 함께 툭 이런 말을 하였다.

"이번에 잘해주어야 하오"

"뭘 말요"

그는 천천히 간을 느리며

"○○ 신호야"

○○ 신호란 전투 명령이다.

김락준은 이번이 첫 전투이다. 이 날을 기하여 뼈가 휘는 훈련과 그리고 사상으로 감정으로 원쑤에 대한 증오를 오랜 동안 다지고 다지여온 그였으나 전투 명령이란 역시 크고 가슴 벅찬 것이었다. 온몸이 후꾼해지는 감동과 더불어 그는 쨍쨍한 가을 햇빛 아래 벼 이삭이 여무는 논 가운데 선 것같은 찬란한 꿈과 격류 속을 돌진하는 것같은 간고한 것이 동시에 느껴지는 벅찬 길을 이 사람 좋고 늠직한 친구와 같이 날게 되는 것이 그지 없이 든든하고 기뻤다.

이런 때에는 말보다 다른 무슨 감동적인 것이 있어야 하였다. 김락준은 엉석을 부리듯 백기락의 한 쪽 팔을 잡고 한바퀴 휘익 돌아가더니 덥썩 두 사람은 포옹을 하였다.

열 넷인가 다섯 때, 두만강 가까이 있는 고향에서 그는 자기보다 나이 두살 위인 처녀의 가슴에 안기여본 일이 있었다.

북쪽 산꼴은 철기가 늦어 五월이 되여야 진달래가 피였다. 진달래 뿐만 아니라 들과 버덩에 눈이 녹아 나리자 해토가 되고 해토가 되자 곧 모았던 것이 한꺼번에 터져나오듯이 들에는 오랑캐와 할미꽃이 피고 며음달래와 노란 독구마리꽃이 때를 같이하여 피였다. 사람들은 오랜 동면 생활에서 깨여난 곰처럼 들과 산으로 흩어져 나물을 뜯고 풀뿌리를 캐였다.

칠딴이는 락준의 집에서 우물 하나를 사이에 두고 사는 집 둘째 딸이다. 동리에서 말괄랑이로 이름난 이 처녀는 한편으로 어깨를 썰거죽,

맥 없는 웃음을 실실 웃으며 소년을 꼬였다.

"너 저기가면 제비꼬리랑 더덕이랑 숱해 많더라"

"어디 말야"

"저기 별바우꼴"

별바우꼴이란 낮에도 범이 난다는 으슥한 곳이다. 소년은 망서리고 있는데 처녀는 대담하였다.

"나만 따라와"

하고 그는 어깨를 저며 앞 서 갔다. 락준은 남자된 체면을 지켜서라도 겁쟁이란 표를 보일 수는 없었다. 어슬렁 어슬렁 따라 갔다.

푸른 이끼가 미끈거리는 돌을 밟으며 여울물을 따라 좌우 벼랑이 깊은 골짜기를 돌아 들어갔다. 흰 돌배꽃이 왼 골짜기를 덮어 꿈처럼 란만하였다. 두 동남 동녀는 걸음을 멈추었다.

"아아"

하고 먼저 그 황홀한 경지에 입을 벌리고 감탄하였다. 그 감탄은 잠시 후 허리에 사르르 맥이 풀리는 허깃증으로 변하였다. 그들은 첫째 배가 고팠던 것이다.

"이것이 다 먹을 것이라면"

하였다. 정말 그랫으면 그 감동이 얼마나 충실한 것이었으리요.

그러고 보자 그 흰 배꽃은 먹을 수 있는 것으로도 보였다. 그들은 가지를 휘여잡고 주먹밥을 들고 먹듯이 허겁을 해서 먹어본다. 밥으로 먹고 떡으로 알고 먹는다. 그러나 목젖이 아리도록 아무리 먹어도 꿈에 맛있는 음식을 먹듯이 헛텃증은 여전하였다.

칠딴이는 한 웅큼 쥐였던 꽃을 뿌리며 탄식하듯 말하였다.

"어째 너나 나는 이 좋은 날에 배가 고파야 한단 말이냐"

다른 때 같으면 그 어른같은 멋적은 말투에 곧 반감을 일으키여 빈정 거리였을 락준은 웬일인지 감성이 금선처럼 가늘어져 눈물이 나왔다. 집을 나올 때 다섯살 먹은 어린 동생이 먹을 것을 조르며 울던 그 가느 다란 손목이 가엾다 생각되였다.

"너 우는구나"

하고 칠딴이는 놀리는듯 하더니 어머니처럼 정색을 하며 가만히 소 년의 얼굴을 자기의 품 안에 안았다.

"내 떡 허거들랑 많이 줄게 우지마"

언제 어떻게 떡을 해서 많이 준다는 것인지 모르면서 그저 감격하였 다. 그리고 코 속이 알싸하도록 강한 꽃향기와 함께 땀내가 시큼한 처 녀의 젖가슴에서 그는 어머니를 느끼고 자기의 지극한 동정자를 느끼 고는 한편 설고도 행복하였다.

지금 이십 장정의 호흡 거치른 심장과 심장을 맞붙이고 있을 때, 락 준은 십년 전 별바우꼴 돌배나무 집에서 생의 첫 눈이 떳을 때, 전율하 던 그 심장은 오늘 조국애와 동지애의 크고 높은 감동으로 어찔하도록 강한 행복감에 취하는 것이다.

본시 주도기와 대렬기의 작패를 지은 두 사람은 오랜 훈련 생활에서 부터 한 침대, 한 식탁, 한 비행장에서 서루 체취와 감성이 젖고, 그 적 을 미워하는 마음이 같고 그 복쑤를 맹서한 대상이 같다고 해서 뿐만 아니라 한번 전투 임무를 받고 공중에 올랐을 때에는 두 개의 심장은 한 개의 심장으로 되여야 한다. 그렇게 대렬기는 주도기의 조그만 움직 임 하나에도 상대의 의사와 감정을 요해하고 동감해야 하였고 한 마디 의 말에서 열 가지의 내용을 감득해야 하였다. 이래서 그들은 말하는바 피로써 맺어진 동지요 형제요 전우였다. 그것은 주도기가 대렬기를 생각할 때에도 마찬가지였다.

런대부에서 작전 참모와 항법사가 나려왔다. 네귀에 담뇨를 둘러친 방 안에서 지도를 가운데로 둘러앉아 면밀하고 정확한 항법을 잡자 밖으로 나왔다.

개구리 우는 소리가 요란한 밤길을 달리여 비행장으로 향하였다. 자동차에서 나리여 궁둥이의 먼지를 터는데 백기락이가 옆에 와 선다.

"이번에 본때를 보여주어야 하오"

하고 다지더니

"그럼 돌아와서 내 한턱 내지"

"한턱이란 뭘"

"내 이것을 주지"

하고 머리에 쓰고 있는 비행모를 가르킨다. 그 모자는 런대장에게서 전일 전투에 상으로 받은 것인데 새로 들어온 신품일 뿐더러 속의 라디오 장치가 좋아 비행사들이 서루 탐을 내던 것이다.

갓난 송아지 털처럼 이슬이 축축한 잔디밭에서 그날 같이 행동할 습격기 편대 성원들과 합석해서 지상 련습을 하기 시작하였다.

이 날 지상련습은 첫 전투를 나가게 되는 김락준 한 사람을 위해서 차려진 자리처럼 되였다. 먼저 습격기 편대가 일정한 간격을 두고 두 팔을 벌리고 수평형으로 나간다. 그 좌편으로 약간의 거리를 두고 그 편대를 엄호할 임무를 맡은 추격기가 나간다. 그리고 추격기는 추격기 대로 주도기 백기락기를 엄호하기 위한 대렬기 김락준이 또한 좌편으로 일정한 거리를 두고 따른다. 지휘관은 특히 그에게 다짐하였다.

좌석에 조종간을 쥐고 앉은 자세를 하고 큰 키에 껑충한 다리가 조심스리 한 발짝씩 내딛고 있는 그를 보고

"옳지, 옳지, 결혼식장을 걷는 신부처럼 일정한 속도로 신랑을 놓치지 않게 신랑 가는대로 신랑 하는대로"

락준은 잘 한다고 칭찬을 하는 소리인지 못한다고 조롱을 하는 소리인지 몰라 어리둥절 하는데 좌우에서 와아하고 웃음이 터졌다.

휴식으로 들어가 각자 풀밭에 눕고 혹은 앉았는 자리에서도 또 한차례 그 얘기다.

"신랑 가는대로 신랑 하는대로 신랑을 놓치지 않게 허리를 꽉 끌어안고"

하는 사람에

"결혼 식장에서 신부가 신랑을 잃어먹으면 거 참 대단할께다"

하는 사람에

"전투에 나가 주도기를 잃었을 때도 애 마르지"

또 한 동무는 뒤로 돌아와 가슴에 손을 대본다.

"됐어, 됐어"

"뭐가 됐단 말야"

"아주 심장이 불덩어리 같은데 그만 하면 적기 두 셋은 넘려 없이 귀자실게요"

하고 등을 한번 탁 치며

"내 장담 하지"

어디서 훈훈한 밤 공기를 타고 강한 수수꽃다리(정향화) 냄새가 풍기여 온다.

운동회를 앞 둔 소학생처럼 락준은 친구들의 농까꺼리가 되는 것도 탓할 넘도 없이 그저 좋아 볼이 붉어지는 것이다.

생각하면 지금 자기는 사실 잔치를 받고 있는 것이라 하였다. 그 잔치는 인민이, 조국이, 그리고 친구들이 베풀어 주는 잔치라 싶다. 이렇게 모두 목마를 태워 공중으로 떠받들어 올리며 자기에게 영광을 약속해 주는 것이라 싶었다.

출발 신호의 예광탄이 올을 림시해서 비행부 련대장과 당 위원장이 그들 앞으로 왔다. 먼저 련대장이 딴 사람 같은 음성으로 또박 또박 한 마디 한 마디에 힘을 주어 간단하고 명료한 전투 임무를 내리였고 당 위원장이 찬찬히 열과 성을 주어 말해주었다.

적은 지상 부대의 거듭되는 실패를 어떻게 만회해 보려는 갖은 간교한 수단을 쓰고 있는 그 하나가 오늘 ○○도 상륙기도다. 적은 후방 가까이 있는 이 섬에 병력을 상륙시키는 것으로 어떻게 우리 지상 부대의 측면을 어지러 보겠다는 것이 그 하나요 둘째는 우리 후방이 철옹성 같은 것에 불안을 느끼는 적은 여기다 간첩의 출입 거점을 만들어 보려는 것이다. 물론 제아무리 간교한 수단을 쓴다 하더라도 류상에서와 같이 박멸이 있을 따름이지만 그 수단이 야비하고 간교하다. 오늘 이 섬에 있는 놈들의 거점을 철저히 분쇄함으로써 적으로 하여금 자기들의 헛된 짓이란 것을 깨닫게 할 것이다. 철저하고 과감하게 철추를 나리여야 한다.

당 위원장은 이 말을 말로만 아니라 육감으로 단속하려는듯이 따뜻한 온기가 도는 두툼한 손을 내밀어 한 사람씩 악수를 한다.

김락준은 자기 앞으로 당 위원장이 오자 깜작 놀라 차렷을 하였다. 늘 웃음을 짓는 얼굴이나 그 눈은 상대의 속속드리를 들여다보는 것 같은 박이라는 성을 가진 그 개인이 자기 앞으로 오는 것이 아니라 크고 존엄한 당 그것이 자기를 향해 오던 것이다.

그는 락준의 손을 잡더니 가만히 얼굴을 바라본다.

"동무는 이번이 첫 전투시지"

"네 그렇습니다"

더는 말없이 손아귀에 힘을 주어 단단히 쥐여주는 그것이 도리여 더 크고 힘 있는 당부로 받아졌다.

출발 시간이 가까워진 것을 비행사들은 직감으로 느끼고 몸 단속을 한다.

락준은 비행모의 끈을 펴고 있는데 백기락이가 옆으로 오더니 자기 비행모를 벗어 말없이 씌워준다. 락준은 사양도 감사도 아니하고 그저 씌워주는대로 내맡기고 있는데 누구 보다도 이 친구가 오늘 첫 전투를 나가는 자기를 념려해주고 격려해주는 것이나. 그리고 바다 속의 물고기처럼 행복 가운데 잠기여 있는 자기임을 느끼였다.

크게 숨을 들이마시며 그는 혼잣말처럼 중얼거리였다.

"어쩨 머리통만 이리 크담 키는 작은 사람…… 그래두 좋아, 맞지 않는 시계는 미운 놈을 줘두 맞지 않는 모자는 좋아하는 놈에게 준다지"

거뭇할 서편 산머리에 금방 녹아나릴듯이 샛별이 이글거리였다. 락준은 그 별을 처음 보는 듯이 한참 놀란 눈으로 바라보았다. 그것은 자기가 떠날 구르-쓰 一三○도의 항로각을 가르키고 있었다.

갑짜기 비행장이 참았던 분노를 폭발한듯 요란한 소리로 노호하는 가운데 한 대 두 대 비행기는 리륙을 하기 시작하였다.

삼선에서 끝으로 올라간 습격기 四번기가 익숙하게 편대를 짓는 것을 보고 추격기는 리륙을 하였다.

직설항로로 들어설 림시에 언뜻 김락준은 고개를 돌려 비행장 있는 쪽을 내려다보았다. 왼편으로 강줄기를 끼고 있는 비행장의 활주로가 시계침같이 돌아가는데 몹씨 눈이 부시었다. 태양이 그 편에서 솟아올라오고 있었다.

알섬이라고도 하고 또는 형제 섬이라도 하는 두개의 오리알처럼 생긴 섬이 있었다. 보조 항로로 마련된 이 섬이 우측으로 내려다 보이는 지점에 이르렀을때 해변에서 안개가 일기 시작하였다.

김락준은 직각항로를 돌 때부터 비행모 량편 볼귀의 라디오 수화기에서 잡음이 들리기 시작하더니 이 지점에 이르르자 더욱 그 소리가 심해졌다. 처음에는 휘파람 부는 소리같은 것이 끊었다 런하였다 하더니 바로 자갈돌을 굴리듯 귀속이 소란하다.

"헐어두 제 모자가 격인걸"

그는 비행모 탓을 해본다. 조종간을 쥐고 있던 한편 손으로 파장을 조절한다. 그러나 귀 속에 입을 대고 소리 치듯

"우라오"

확실히 사람의 육성이다.

"뭐"

사람의 육성인건 분명한데 의미 모를 음성이다. 그것을 포착하려고 이리 저리 파장 조절기를 돌려보나 다시는 잡히지 않는다. 문뜩 적의 파장 권내에 들어오지 않았나도 생각해본다.

"적기 주의"

해본다. 응답이 없다.

라디오에서만 응답이 없을 뿐더러 一.五의 우수한 시력을 가져 동료들에게 '토까또루'라는 별명을 듣는 그의 눈으로도 이렇다 할 증거를 발견할 수 없었다. 해상에는 약 칠 팔백 메ー터 높이로 뽀얀 안개가 끼여 급한 속도로 흘러가는데 그는 나중에야 안개가 흐르는 것이 아니라

비행기의 행진 속도인 것을 알았다. 앞으로 갈쑤록 큰 구름을 이룬듯이 안개는 고도를 높이었다. 거기서 또 七, 八백 메—터 사이를 두고 상층에는 하층운이 찌프린 상처럼 잔뜩 끼여있다. 편대는 안개와 구름사이의 공간을 날고 있었다.

김락준은 임야에 적의 인기척을 들은 정찰병처럼 양금줄같이 날카로운 신경으로 전후 좌우를 배려하는데 검은 점 하나가 눈을 스친다. 전방 八백 메터 거리를 상거하고 물새만한 비행기 네 대가 구름밑을 지치듯 이편으로 날아오고 있다.

"적기 발견"

하고 락준은 기급을 해서 경고를 올리었다. 그러나 수도기 백기락의 음성으로

"아니다"

적기가 아닌지도 몰랐다. 락준은 자기가 당황한 것 같아 무안했다. 적의 '피 五一'은 그 외형이 우리 '야끄'와 흡사하여 얼핏 보아서는 구별을 하기 어려웠다. 그 방향으로 一. 五의 시력을 집중하고 있는데 또 있다. 우편 구름 밑으로 五, 六백 메—터의 사이를 두고 일선형으로 편대를 지여 날아오는 같은 종류의 비행기 네 대가 보인다. 적기가 분명하였다.

"적기 발견"

아까 보다 침착한 소리로 불렀다. 이번에는 아무 응답이 없다. 이런 때, 댓구가 없는 것은 전기가 일시에 발견한 것을 말하는 것이다.

앞에 나가고 있던 습격기 편대장기가 먼저 기수를 숙여 고도를 낮추더니 차례로 안개의 머리를 쓰다듬듯 스치며 나간다.

이렇게 상하 七, 八백 메—터의 사이를 두고 적기는 구름을 등지고

북진해 오고 우리 편대는 안개 위를 스치며 남진해 가고 있었다.

순시가 지나자 거리는 상하 교차점에 다다렀다. 이마 위로 처다보이는 적기의 배 밑에는 량익에 세 줄씩 검은 줄이 가고 있는데 이것으로 적기와 우군기의 구별을 확실히 할 수 있는 것이다.

김락준은 그 적 비행기의 승냥이 주둥이 처럼 삐죽한 기수 주책없이 길쭉한 날개쭉지, 그 거므칙칙한 빛깔 등이 이런 접근한 거리에서 보기는 처음 일텐데 그는 미운 놈의 상파대기 처럼 그것이 극히 눈에 익고 감정에 악랄한 것으로 맞아졌다. 그것은 오랜 시일을 두고 맺히고 맺히여 온 증오요, 눌르고 눌러온 복쑤심이였다.

자기 발바당으로 다지다싶이 한 정든 거리 자기 손바닥과 애정으로 착색한 것같은 종루가 있던 학교 건물이며 석류나무와 비둘기장이 있던 집이 순시에 기왓장과 벽토 부스러기로 변하고 굴뚝만 우뚝히 서 있는 것을 보았을 때, 그 집 찌 높은 문지방을 기여넘고 기여오르던 눈이 커다란 어린아이 그가 놀던 그 자리에 어린 자식의 시체를 묻은 젊은 어머니가 원쑤가 후벼 파헤쳐는 구덩이에 벽돌짝을 모아 움집을 짓는 그 억센 손 허다한 상처를 마음 깊이 감춘채 눈물도 없이 굴뚝에 여전히 연기를 올리고 있는 것을 보았을 때 원쑤에게 어미와 아비를 빼앗긴 세살난 어린아이를 이웃 집 아주머니가 대려다 길렀다. 아무나 녀자를 보면 엄마라고 부르고 남자를 보면 아빠라고 부르는 그 이마에 머리가 나풀거리는 어린아이를 안아보았을 때, 느끼던 그 몸서리처지는 원쑤의 상파대기가 바로 이놈이었다.

김락준은 번개같이 빠른 속도로 판단하고 계획하였다. 적기의 위치와 배렬 그리고 자기가 어떤 위치에서 어떻게 진입해서 적의 대렬을 흘을 것인가. 그때, 주도기는 어떤 계획으로 어떻게 동작할 것이며 자기는 어떤 놈의 꼬리를 물고 사격을 가할 것인가. 그때 적의 무리는 어떤 태세로 공격해 들어올 것이며 자기는 어떻게 민속하게 탈출할 것인 가…….

그는 조종간을 쥔 두 팔목에 심줄이 불끈 솟도록 단단히 움켜쥐며 몸으로 기체를 내밀듯이 상체를 앞으로 내민다.

명령이 나리기를 기다리는 다급하고 뭉친 눈으로 앞에서 날아가고 있는 주도기를 지켜본다. 그러나 주도기 백기락과 습격기 편대는 적기를 완전히 묵살해버리듯 둔중하리만치 조금도 자세를 고치는 일 없이 일직선으로 항로를 잡고 있다.

락준은 저으기 초조하였다. 놋견디리만지 다급해져서 이렇게 돌부처 모양으로 가만히 있어야 하느냐고 책망을 한다는 말이

"적기 발견"

하였다. 그러자 백기락이 음성으로

"따라만 오너라"

그 말은 이렇게 댓구하는 것같았다.

"락준은 오늘 전투의 목표가 어디 있는 가를 잊었는가, 길가의 적은 적들은 무시해버려라."

적기 편대는 우리가 지내온 알섬 근처에서 원거리 선회를 하더니 우리 편으로 기수를 돌리기 시작하였다. 그리고 중앙의 네 대 편대를 중심으로 좌우량익에 네 대씩 배치하고 제법 전투태세를 갖추는 것이다. 일터면 우리 편대는 적의 삼각 포위망에 든 셈이다.

편대는 적기와의 상거, 고도 五백, 거리 六백 메ー터를 두고 묵묵 남진할 뿐이다. 적도 일정한 고도와 일정한 거리를 둔채 그저 따라올 따름이다.

그 사이 대렬기와 주도기 사이나 주도기와 편대장기 사이에 한 마디의 말도 하나의 신호도 없었다. 그저 묵묵 남진이었다. 이것은 적에게 대한 말없는 위압이 되었다. 우리 보다 위치에 있어서나 수에 있어 우세하면서 그들은 서뿔리 접근을 못하였다.

실상 그 사이가 분으로 세일 얼마 아니되는 시간이로되 수 십 시간으로 헤아리고도 남을 긴장과 인내력이 들었다.

편대는 천근의 위엄과 오만하리만치 다부진 자신을 간직한채 혹은 안개 속에 잠기였다, 혹은 다시 벗어났다, 하고 남진한다. 안개는 앞으로 나갈쑤록 차츰 고도를 높이였다.

락준은 이런 기묘한 싸움을 가만히 앉아 견디기는 적과 맞다들이여 영웅이 되기 보다 몇배 힘든다 싶었다. 이마에 바작 바작 진땀이 솟는 판인데 시계와 라침판의 지침은 목적 지점에 가까이 왔음을 가리키고 있다.

그러나 사면은 일망무제한 대양처럼 뽀얀 안개 뿐이다. 안개는 우리의 목적 지점을 가리였을 뿐 아니라 완전히 전 시야를 가리고 말아 자기가 상공 천 이백 메―터 높이에 떠 있다는 감각조차 잊게 하였다.

상층에는 구름까지 끼여 해가 훨씬 올랐을 때인데 마치 컴컴한 미명 같았다.

그러자 습격기 편대장기가 좌편으로 선회를 하였다. 그 중심 안개 위에 묵화처럼 불끈 솟아 있는 암청색 산봉우리 하나가 보인다.

지도위에는 그 섬을 중심으로 암노루섬 숫노루섬 하고 부르는 작은 섬들이 점점이 배치되어 있고 그 훨씬 동남간으로 륙지 가까이 장군도라는 큰 섬이 있었다. 그 봉우리에서 동쪽으로 한 五백 메―터되는 지점이라고 예상되는 방향에 이르렀을 때 습격기 편대장기에서

"폭탄문 열어"

하는 구령소리가 나린다.

옳다. 폭격 지점을 잡았나보다 하였더니 투하 명령이 없이 그 자리를 그대로 지나고 만다.

"폭탄문 닫어"

그러면 그 봉우리가 딴 다른 섬이던가 하는데 편대는 그대로 잠시 쭈욱 뻗드니 좌측으로 다시 선회를 한다.

이때부터 적은 원거리에서 사격을 하기 시작하였다.

"사격"

편대장기에서 구령이 나리자 붉은 예광탄이 꼬리를 끌며 사방에서 교차한다. 그 사이를 편대는 수평선회를 하며 먼저 위치로 다시 기수를 돌린다. 이번에는 폭격 지점을 틀림없이 잡은 모양으로

"폭탄문 열어"

하는 구령과 함께 산봉우리 위를 스치듯 미끄러져 안개 속으로 기수를 꽂는다. 二번기, 三번기, 四번기가 벌거숭이 수영 선수들이 쭉지를 벌리고 바다물 깊이 뛰여들듯이 뒤를 이여 기수를 기우린다.

一초, 二초, 三초 그 짧은 시간이 끔찍히도 지루하게 느껴지는 순간이 지나자 흔적도 없이 중얼거리던 안개 위로 마치 흰 눈 바탕에 먹탕을 뿌린듯 검은 연기가 불끈 불끈 솟아올라 번진다. 폭탄은 전부 명중한 모양이다. 그러자 훨씬 지나쳐 엉뚱한 장소에서 큰 물고기가 주둥이를 내밀듯 一번기가 기수를 쳐들고 올라오고 二번기가 그 뒤를 련한다. 四번기가 올라오자 적기는 三면에서 집중 공격을 해 들어오기 시작하였다.

이것을 미리 예측하고 적당한 위치에서 상승 고도를 취하고 있던 추

격기는 적기의 무리가 한 곳으로 오물어들며 교차선을 이룬 그 중목을 뚫고 육박해 들어가기 시작하였다.

주도기 백기락기가 적기군의 한쪽 측면에 돌입하였을 때, 바로 정면 상공에서 적 '피 五一' 두 대가 습격기 편대장기를 겨누고 급강하해 나려오고 있다. 백기락은 그 놈을 五십메―터의 접근 거리에서 묘준경 안에 포착하는데 묘하게도 두 놈이 의좋게 동체를 겹친 그 순간이 十자선에 걸린다. 기관포의 긴 련발 사격이 계속되었다.

첫 놈이 제 배 밑에 달았던 폭탄이 폭발되며 단번에 확 공중 분해가 되여 비누 방울 꺼지듯 순간 우수수 불 가루를 뿌리며 없어져버리고 둘째 놈은 동체에 불이 붙어 길게 꼬리를 흘리며 안개 속으로 곤두박힌다.

이 첫 타격에 적기군은 편대가 흔들리기 시작하였다. 가까이 있던 놈은 기수를 돌려 달아날 태세를 보이고 멀리 있던 놈은 반대로 공격 태세를 취하여 왔다.

이 첫 공격으로 추격기는 제일 목적은 달성한 셈이었다. 즉 적의 편대진을 무너뜨린 것과 습격기 편대에 집중하던 주의를 이쪽으로 끌게 한 것 그리고 셋째는 최초의 맹렬한 타격으로 적에게 공포를 주어 적에게 전의를 잃게 한 것이다. 그와 동시에 추격기는 적의 공격을 한 몸에 도맡게 되었다.

주도기 백기락이가 적기를 향해 공격을 가하고 있을 때, 김락준은 '피 五一' 두 대가 좌우 량편에서 협공을 해오고 있었다. 좌석 옆으로 붉은 불줄기가 줄을 치듯 스치며 지나가는데 그는 슬쩍 반전해서 좌로 꺽어 선회하자 마침 주도기가 멋지게 적을 격추시키고 전투 선회해 올라가는 그 밑으로 빠져 올라가며 소리 친다.

"나 스물 둘, 적기 두 대 꼬리를 물었다."

그 소리를 못들었을 것만 같았는데 백기락은 기수를 꼿꼿히 주전해 올라가자 훌쩍 뒤집어 반전하더니 기수를 꺾어 대렬기를 따르던 놈의 꼬리를 물고 쫓아나려간다.

위치가 전도되여 이번에는 주도기 백기락이가 대렬기 김락준을 엄호하게 되었다. 그 백기락의 뒤를 또 다른 '피 五一' 두 놈이 주둥이를 기우리게 되였다. 이래서 서루 꼬리를 물고 꼬리를 물린채 타원형 운동장을 달리듯 두번 선회하고 세번 선회하였다.

이러는 사이 습격기 편대는 고도를 낮추어 한 대 두 대 안개 속에 잠길듯 말듯 북을 향해 가는 것이 눈을 스친다. 그것은 아마 백기락이도 보았던 모양이다. 그는 물시에 뒤 넘기로 방재주를 넘듯 주선반선을 하자 지금까지 악착스럽게 꼬리를 물고 늘어지던 놈이 자기 타력으로 그대로 앞을 지나 나간다. 그놈이 허둥지둥 기수를 돌려 회전하려는 그 찰나를 놓치지 않고 모진 주먹으로 내리치듯 곤두박이로 나려가며 뚜루루 련발을 갈긴다.

검으칙칙한 동체에서 풀썩 흰 김을 토하며 기수를 숙여 하강을 하는데 정통을 맞고 추락을 하는 것인지 탈주해 달아나는 것인지 분간을 할 수 없다. 백기락은 그놈의 뒤통수에 마지막 타격을 주려는듯이 그대로 뒤를 돌아 안개 속으로 잦아지고 만다.

위의 적기들은 그 백기락이가 두번째 안개 위로 머리를 들고 나타날 때를 노리고 있을 것이다. 김락준은 물 밑의 고기를 살피듯이 안개 속에서 이루어질 전투를 머리 속에 그리며 그 언저리를 돌며 엄호하고 있다.

이래서 그는 나머지 적기들의 집중 공격을 단신 맞아 싸우게 되였다. 여름철의 모기떼처럼 전후 좌우 눈을 돌리는 족족 적의 검은 날개를 볼 수 있었다. 그는 묘하게 엉킨 실을 풀어나가듯 적의 집중 포화를 피해가며 적의 대장기인듯 한 놈의 꼬리를 물고 돌아간다. 풍향 좌우 옆으로 또는 량 익단으로 붉은 줄이 빗발치듯 하는데 그 기세로 기체가 밀려 나가는 것 같다. 그는 자기 비행기가 적의 묘준경 안에 들었다는 것을 느끼자 급선회를 한다. 그러자 앞의 놈이 몰린 꼬리를 털듯 선회를 하는 배 밑으로 바싹 기체를 들이밀었다.

이것은 적의 포탄을 막는 방패가 되기도 하고 적을 공격하기에 좋은 위치도 되었다. 바로 원쑤의 괴수되는 놈을 앞세우고 적진 가운데를 단신 활보해 들어가는 용사와 같았다. 적들은 아우성치듯 포구를 기우려 접근거리까지 공격해 들어왔으나 자기 우군기를 상하지 않고 상대를 쏘는 재간은 없었던 모양인지 헛되이 비켜가군 하였다.

김락준은 쾌조를 치며 말하였다.

"너희놈들 대장기의 목숨은 내 손 안에 들었다. 우리 주도기가 나타날 때까지 끔적 말고 가만히들 있거라."

그러나 안개는 적과 백기락이를 동시에 삼킨채 여전히 감감하다. 그저 선하품을 치듯 둔하게 뭉글거릴 따름이다. 차츰 그는 불안해지기 시작한다. 목줄기를 잡아쥔 놈에게 최후의 타격을 가하듯 그는 심장부를 겨누고 두루룩 사격을 가하고는 숨통이 끊어진 놈을 손에서 놓아버리듯이 뚝 떨어져 리탈하자 아까 백기락이가 잦아지던 그 방향으로 기수를 숙여 몽몽한 안개 속으로 뚫고 들어갔다.

가슴이 답답하도록 시야가 막히었다. 무슨 크고 거치른 물체같이 빠른 속도로 다가드는 덩어리와 그것이 날개 깃에 짜르릉 쇗소리를 내며 갈라지다가 미부에 가서 분노처럼 무섭게 소용도리쳐 돌아나간다. 시야는 좌석 안으로 모아들어 계기판 위의 각 계기들이 눈을 대신한다.

거울에 비친 제 모양인양 창공처럼 새파란 청판 한가운데 백선을 그은 비행기의 홀쑥한 날개가 이리 갸웃둥 저리 갸웃둥 경사를 가리키는 인공수중계. 깜작스럽게 신경질로 생긴 물고기처럼 전신을 바들바들 떨며 민감하게 반응하는 방향을 가리키는 라침판. —이것들은 김락준 자신의 긴장할쑤록 침착해지는 성격을 닮아 그의 민감하고 날카로운 감각인양 정확하고 민활하게 고도를 가리키고 상승과 하강을 가리키고 방향을 가리킨다.

암야에 두 손으로 더듬어 가는 것같은 이 깊은 안개 속에서 주도기 백기락이도 계기판 하나를 의지하고 자기를 찾고 있을 그 심정이 알아진다. 락준은 레—바를 잡은 엄지손가락으로 라니오 난추를 눌렀다 뗴였다 하며 멀리 간 사람을 부르는 소리로 찾았다.

"나 스물 둘 스물 둘, 마흔 일곱 마흔 일곱 내 통신 받았느냐. 받았으면 위치 알리라"

또는

"나 스물 둘, 스물 둘, 마흔 일곱 송신 어떠냐 받았으면 대답하라"

안개처럼 몽몽할 뿐 댓구가 없다.

"이 동무가 어디서 애를 먹고 있는 모양이로군"

하고 대수롭지 않은 일처럼 혼자 중얼거려 보기도 한다.

"마흔 일곱 마흔 일곱 송신 받았으면 대답하라"

여전히 눅진 눅진한 안개가 음향까지도 가루 막는 듯이 감감하다.

안개는 물론 주도기 백기락이의 소재를 가리여주는 방해도 되였지만 김락준으로 하여금 적의 집중공격으로부터 엄폐해주는 역할도 하였을텐데 락준은 모든 것을 안개 탓으로 돌린다.

"망할 놈의 안개는 이것만 없으면 내 一. 五의 시력으로 단번에 찾아

낼텐데"

그의 열한 몸을 시키려는듯 안개의 싸늘한 랭기가 엄습해왔다. 그는 온 몸에 오싹 소름이 돋는 것을 느끼었다. 강 하나를 사이에 두고 동북 땅이 건너다 보이는 고향에도 얼음이 풀리기 시작하면 두만강 특유의 누런 황토빛 나는 물줄기를 따라 뭉게 뭉게 안개가 일어 퍼지였다.

이불 보따리 위에 바가지쪽과 어린 아이를 올려앉힌 이도꾼들도 이 안개 속으로 살아져 강 건너 동북땅으로 건너갔고, 소년 락준에게 청춘의 입김을 부어준 칠딴이도 하루 아침 시집 갈 때처럼 인조견 노랑 저고리에 분홍 치마를 휘날리며 이 안개 속으로 사라져버리였다.

노루꼴 사람들은 곰처럼 발바당을 핥고 산다 하였다. 강파른 비알에 부대밭을 일쿠고 발 뒤금치로 밟아 한 알씩 세여가며 강냥을 심어놓고는 가을이 되기를 기다린다. 이런 곳에도 지주가 있었고 금융조합이 있었고 빚놀이하는 대금업자가 있었다. 높세가 불어 강낭 잎이 어석거리기 시작하는 때가 되면 벌써 지주와 금융조합 서기와 대금업자가 찾아와 장기를 내밀었다. 식구들은 추수를 해들인 그 이튿날부터 들과 덕으로 싸다니며 곡식나락이랑 나무 열매랑 먹을 수 있는 것이면 가리지 않고 주어들이였다. 펑 구멍이 난 벌충을 이것으로 하자는 것이었다.

보리 고개를 넘기가 제일 고비였다. 소나무 껍질을 벗기여다 쑥을 뜯어 절구에 넣고 찧는다. 그러면 거모죽죽한 것이 끈기가 생기여 입에 넣고 씹게 되니까 먹이라고 하겠는데 오유월 긴긴 날을 시금떨떨한 것을 씹고 있을려면 마당이 노랗게 보였다.

이런 칠딴이 집에 빚놀이하는 오금고가 드나들었다. 오금고란 그의 별명이다. 악착스럽게 동네 돈이란 돈은 모주리 갉어들이는 쇠갈구리처럼 생긴 그가 사람 낚음질까지 하는 줄은 몰랐다. 마을에서는 칠딴네가 좁쌀 한 말에 딸을 팔았다고 어처구니 없어하기도 하고 딸 덕에 하루 갈이 밭을 사게 되었다고 수군거리기도 하였다.

그 소문대로 하루 칠딴이는 인조건 분홍 치마를 어색하게 뒷손으로 여미고 전에 없이 부끄러워 걸음걸이까지 비척거리며 동네 녀인들이 모여섰는 우물 앞을 지나 축동을 돌아 나갔다. 칠딴이 어머니는 시집 보내는 딸에게 하듯이 동구 밖까지 쫓아 나가며 뭐라고 당부를 하더니 돌아서 올 때에는 체면도 없이 엉엉 울면서 왔다. 동네 녀인들은 그 어머니에게 동정하는 것인지 그 딸 칠딴이의 운명에 대해서 그러는 것인지 눈물을 찔끔거리며 언짢아 하였다.

칠딴이는 죽동을 벗어날때, 한번 고개를 돌려 뒤를 돌아보았다. 소년 락준은 그 눈이 자기를 찾는 것이라 생각하자 걷잡을 수 없이 그 뒤를 쫓아갔다. 고개 하나를 넘으면 두만강이 나려다 보였다. 강 줄기를 따라 꼬불 꼬불한 길을 오금고의 뒤를 따라 조고맣게 오그린 등이 애련하게 멀어지고 있다. 한번은 뒤를 돌아보리라 기대하였다. 강에는 안개가 일고 있었다. 칠딴은 한번도 뒤를 돌아보는 일 없이 그 안개 속으로 사라지고 말았다. 삽시간에 안개는 소년이 서있는 고개 마루까지 기여올라 휩싸고 말았다.

안개는 차고 랭정한 것이었다. 칠딴이와 소꿉질같은 행복을 삼키여 버리고 종내는 락준이 자신까지 삼키고 만다. 그는 소리 처 울듯 칠딴이를 불렀다.

"칠딴아—"

"칠딴아—"

풍방 유리에 부딪처 깨여지고 흩어지는 안개가 바로 기관차 앞에 달겨드는 바위덩이 같아 무의식 중에 이마를 수그리게 될 때, 김락준은 노루꼴 고개마루에서 칠딴이를 떠나보내던 장면이 산봉우리에 비친 석양빛처럼 복사되었다.

"나는 스물 둘 나는 스물 둘 마흔 일곱 나의 통신 어떤가. 받았으면 말하라"

하다가 탄식하듯이

"아, 아, 아一"

그러다가 지꿎이 남의 애를 말리려고 그러는 것 같아

"마흔 일곱 기락이一"

단념한듯 송신기 단추를 놓는다.

해심 깊이 그물을 펴듯 사선형으로 꾸불 꾸불 선회를 하다가 가위형으로 우로 감고 좌로 감고 하기도 한다. 마치 큰 가물치가 꼬리로 흙탕 물을 일쿠며 잽싸게 돌아다니는 것처럼一.

방향은 ○○도를 원거리로 한 바퀴 돌아 동북간을 향해 가르고 나갔다. 장군도 근방의 악도나 우리도 근처라고 생각되는 지점에 이르렀을 때, 불시에 큰 산봉우리가 앞에 나타났다. 깜짝 놀라 장해물 경주를 하듯 기수를 들어 훌쩍 넘어섰다. 그러자 갑자기 눈앞이 확 열리며 쨍쨍한 해빛이 화끈하게 정수리를 따린다. 흑방에서 퉁기여져 나왔을 때처럼 아찔하고 현기증을 일으키며 눈 앞이 캄캄하다. 순간 추전으로 들어갔나 하였다. 청청한 물 빛을 바탕으로 흰 섬을 두른 것같은 섬 기슭의 백사장과 파도 이는 것을 보고야 광명을 맞이하는 환희가 꽃처럼 활짝 피였다.

우리섬이라고 생각했던 섬은 장군도였던 것이며 그 산봉우리는 바로 해발 七백 메一터의 높이를 가진 장군봉이었다. 어찌된 일인지 직경 六, 七백 메一터 주위로 거기만 펑 구멍이 뚫려 전구 속처럼 광채가 눈

부시게 번쩍이고 있는 것이다.

산 줄기를 타고 나려가며 바둑판처럼 널린 파란 밭이며, 단장을 한 지붕들이며, 노란 길바닥, 이런 것들을 꿈인양 신기하고 다감하게 나려다보며 크게 숨을 한번 들이마신다. 이런 때, 직감적으로 자기 뒤를 무슨 검은 그림자가 덮치는 것같은 등어리에 으쓱한 것을 느끼며 동시에 고도 五, 六백 메―터 상공에서 두 대의 적 '피 五一'이란 놈이 반전해서 기수를 꺾는 날개 빛이 번쩍하고 눈을 스친다. 뒤 미처 붉은 예광탄이 줄을 지여 쏟아져 나린다. 어마지두에 맞서볼 위치를 잡지 못한채 기수를 돌려 급선회를 하자 훌쩍 산봉우리를 넘어 다시 안개 속으로 들어가고 말았다.

감쪽같이 적의 암수에 속은 것이 분하다기 보다 웃음이 나와 킥킥킥 소리 없는 웃음을 웃었다.

"아 망할놈들"

또 한번 그는 안개 속에 그물질을 해본다. 역시 백기락기는 오리무중이다. 고도를 낮추어 안개 밑으로 나려가 본다. 고도계의 계시침이 四백에서 三백으로 바르르 떨며 넘어서자 안개가 열리며 검푸른 바다의 파도가 굼실거린다. 해면에서 약 三백 메―터 사이는 공간으로 밀어 들려 있었던 것이다.

"야, 이것 봐라"

그러나 그것 보다 더 큰 발견을 하였다. 모았던 숨을 내쉬며 좌우 전후를 돌아보는데 전방 저 만치 큰 매가 물 위로 뛰여오르는 고기를 채려는듯이 거뭇한 날개가 거진 수면에 꼬리를 끌 듯이 저공으로 날아가는 것이 있다. 두 대, 석 대, 넉 대, 가즈런히 일정한 편대를 지여 가는 것이 바로 습격기 편대가 아닌가.

김락준은 지금까지 찾고 있던 것이 바로 이것이었던 것처럼 반색을 하였다. 아니 주도기 백기락을 발견하였어도 이처럼 반색은 하지 않았을 것이니 그것을 발견하지 못한 보탬으로 더욱 그랬던 것이다.

그는 그 습격기 편대 옆으로 가 붙었다. 그리고 무거운 짐을 벗어놓고 이마의 땀을 씻는 마음으로

"나 스물 둘 엄호한다. 나 스물 둘 엄호한다."

하고 호기스럽게 의치는데 이렇다 반응이 없다. 그것이 말없는 핀잔같아 무색해졌다. 그는 잠잠히 따라간다.

항로는 기지로 습격기 편대는 전투 임무를 완수하고 지금 기지로 돌아가고 있다. 주도기가 없을 때에는 대렬기가 그를 대신해야 한다. 그러니까 지금 자기는 습격기 편대를 엄호해야 할 것이며 그를 엄호해서 기지까지 돌아가야 하는 무거운 책임이 있는 것이라고 생각했다.

그러나 초가 지내고 분이 지냈다. 따라서 기지는 가까워지고 주도기 백기락이가 있을 지점에서는 멀어가고 있었다. 그러자 마치 고무줄을 당기듯 멀어지면 멀어질쑤록 당기는 힘은 더 강해졌다. 량심이 뒤로 당기는 것이요 전우애가 당기는 것이었다. 주도기 백기락이는 후방 저 쪽 어디에서 자기를 불러 무섭게 그 줄을 당기고 있는 것만 같았다.

마침내 그 줄은 너무 늘어져버리고 말았다. 그는 편대에서 슬쩍 떨어지자 우로 선회, 기수를 돌리였다.

그는 바다 수면과 안개 사이를 떳다 잠기였다 하며 또 한 차례 자위형의 선회 비행을 하면서 간다.

주도기 백기락이와 갈라진 지점이라고 짐작되는 위치에 이르렀다. ○○도에서 동북간으로 ─키로 지점, 역시 위에는 안개가 엉기여 있고 아래에는 검푸른 수면에 파도가 굼실거리고 있을 따름이다. 그는 바다

와 안개 속에 무슨 동정이라도 있을까 해서 눈을 크게 뜨고 살피는 것이다.

그러나 이렇다 할 동정을 잡지 못하자 가슴이 뻐근 하도록 오열도 아니요 분노도 아닌 덩어리를 꿀꺽하고 삼키어버린다. 그리면서 자기가 여기를 오게된 또 한 가지 다른 목적과 의욕이 있었던 것을 생각한다.

그것은 장군도 앞에 열리여져 있던 그 동공에는 지금도 적기란 놈이 함정을 파놓고 기다리는 포수처럼 자기가 나타나기를 기다리고 있을 것이다. 이번에는 역으로 이쪽에서 놈들을 잡아넣는 함정으로 그것을 쓰자는 생각이다.

"간교한 놈들 이번에는 너 좀 경쳐 보아라."

그래서 아까 그 자들에게 속은 분푸리에다 주도기 백기락이를 찾지 못한 그것을 겹처서 풀자는 것이다.

따는 그의 짐작은 헛된 것이 아니였다. 장군봉 근방에서 고도를 높이자 한 바퀴 삥잉 돌아 남쪽에서 진입해 들어갔다. 안개 가운데 동공은 그대로 뚫려있다. 우물 속을 들여다보듯 그 주변을 천천히 돌며 날개를 이리 기웃 저리 기웃 살피고 있다. 세번째 선회에서 우측 측면으로 나오려 하는데 자기 보다 二, 三백 좀 하방의 한편 안개가 흩어지며 적 '피 五一'이란 놈의 미웁스럽게 생긴 주둥이가 불쑥 나오더니 동공 좌측을 돌아나가고 있다. 김락준은 숨을 죽이고 그 뒤로 기수를 돌려 꼬리를 물려고 하는데 약간의 거리를 두고 또 한놈이 같은 방향에서 나와 같은 방향으로 돌아간다. 짐작한대로 놈들은 함정 안에 뛰여들 사냥감을 대기하고 있는 모양인데 자기 자신이 사냥감이 되고 있는 줄은 모르는 것이 통쾌하기 짝이 없다.

"이 놈들 혼 좀 나봐라"

하고 김락준은 뒤로 돌아가 두번째 놈의 꼬리를 물고 잠시 쫓아 가다가 그 놈의 대구리를 묘준경 안에 잡아넣고 두루룩 련발 사격을 갈기고 슬쩍 안개 속으로 몸을 숨기였다.

자취도 없는 기습을 받고 당황망조할 놈들의 모습이 우습다기 보다 더욱 증오심을 자아냈다.

'이렇게 잘하면 거기 있는 놈들 모주리 잡을 수 있을 것이 아닌가.'

그렇게 생각하자 그는 통쾌해서 견딜 수가 없다. 그는 한 바퀴 삥잉 돌아 아까와는 반대 방향에서 기수를 내밀었다. 적이 송사리 떼처럼 그 안에 우굴우굴 하리라는 기대와는 반대로 그림자 하나 볼 수 없다.

"이 놈들이 놀라 흩어진게로군"

하고 가장자리로 붙어 슬 슬 돌며 사냥감이 나타나기를 기다리는데 난데 없는 불 줄기가 두어 가락 앞을 지나 쑥 나간다. 오른쪽 측면 상공에서 두놈의 적 '피 五二'가 기수를 숙여 나려오고 있다. 그것뿐인가 하였더니 아래 쪽에서도 좌측 수평 고도에서도 여기서 불쑥 저기서 불쑥 그야말로 낚시줄 끝의 미끼를 보고 모여드는 얼빠진 고기떼처럼 주둥이를 내미는 것이 아닌가.

김락준은 그런 경우를 예기하고 계획한대로 기수를 돌려 안개 속으로 들어가자마자 四십도 각도로 꼿꼿이 주전해 상승하자 반전해서 왼편으로 방향을 꺾었다. 적기들은 먼저 방향에서 수평으로 나갈 줄 아는 모양인지 그 편으로 드립다 총포탄을 집중하며 몇놈은 안개 속까지 쫓아들어온다. 그 중 한놈이 수평 자세를 취한 그의 바로 앞을 지나가는 흔적이 있다. 대충대고 긴 련발 사격을 갈긴다. 그리고 저기서도 또 반전해서 아래로 빠져나오며 그는 무엇 보다 적기가 해심 깊이 기체를 꿇어박는 최후의 모습을 자기 눈으로 똑똑히 보지 못한 것이 크게 유감이였다.

그러나 그는 친구에 대한 복쑤까지 겸해서 잔인할 정도로 최후의 장면을 크게 확대해서 상상하는 것이다. 수장을 당한 놈의 몸둥아리에 수많은 바다 속의 원한 깊은 물고기들이 떼지여 모여들어 천조각 만조각으로 살점을 저미고 있을 것이다.

그렇다한들 한 사람 백기락의 고귀한 생명에 비길 수는 없는 일, 그는 여전히 흡족하지 않았다.

김락준은 본시 락천가이여서 자기나 남의 운명에 대해서 컴컴한 것을 생각하기 싫어하였다. 사실 八 · 一五의 해방은 사람들의 운명에 대해서 크나큰 개변을 가져왔다. 불행에서 행복으로 암흑에서 광명으로 이것은 김락준 자신도 그랬고 남도 그랬다.

그 중 칠딴이의 경우도 그랬다. 그가 잇해만에 다시 마을에 나타났을 때 사람들은 그 변모한 모양에 놀랬다. 얼굴에 능금같은 생기 대신에 삶문 박처럼 누렇게 뜨고 눈 가슬에는 퍼런 가락지가 돌았다. 그 고기 뱃대기 같이 싱싱하던 팔뚝에는 시퍼런 점이 점점이 박히였다. 몸에서는 풍뎅이 궁둥이처럼 고약한 냄새를 풍기였다. 마을 사람들은 늙은 로파까지 그와 자리를 같이 하기를 꺼리였다. 나무꾼 아이들은 지개 작대기로 괴상한 동작을 해보이며 그를 모욕하였다. 그러던 하루 뱃사공들이 밤 늦게 돌아오다가 강가 모래사장에 녀자의 신이 놓여있는 것을 보고 소동을 일으키여 건져내고 보니 그가 바로 칠딴이였다. 물을 한 동이나 게우고나서 의식이 돌았다. 그리고 한번 사방을 휘 돌아보더니 끄칠 줄 모르는 긴 울음을 울었다.

八월 一五일 해방은 그 칠딴이에게도 운명의 개변을 가져다 주었다. 이듬 해 김락준은 마구네 공장에 직공으로 들어갔다. 그 해 오월 해방되여 첫번인 메—대를 맞이하였다. 김락준이 다니는 공장에서도 총출동으로 대렬을 지여 기념 회장인 정거장 앞 광장으로 나갔다. 길에는 회장으로 가는 같은 행렬들이 무데기 무데기 대렬을 지여 가고 있었다. 그 중에 어느 방직공장에서 나온 녀직공으로만 조직된 행렬이 지나가고 있었다.

"높이 들어라 우리의 깃발을⋯⋯."

락준은 색다른 합창 소리에 그 편을 바라보았다.

그 맨 앞에서

"근로자들은 단결하라"

라고 크게 쓴 푸랑카드의 한 쪽 깃대를 들고 가는 녀자의 모습이 익어 가까이 쫓아가서 자세히 보고 놀랐다. 그가 바로 칠딴이였다.

그의 붉게 상열한 이마와 뺨은 회복된 청춘과 자랑으로 빛났고 그의 눈은 열정과 희망으로 불탔다. 그것은 바로 어둠을 박차고 나온 사람의 새로운 탄생이였다. 또 그것은 바로 김락준 자신의 심장처럼 광명이요 희망으로 빛나는 생명의 노래와 환희기도 하였다.

마침내 안개는 개이기 시작하였다. 동트는 하늘처럼 절벽같은 안개 속이 훤해지며 청색이 돌고 홍색이 돌고 무지개가 아롱지더니 활짝 벗어나 햇살이 눈부시게 줄 지여 퍼지는 아래 청청한 파도가 굼실거리는 바다와 금빛으로 번쩍이는 해안선이 보인다. 바다에서 륙지로 들어서는 그 중간에 까만 점 하나가 있다. 점은 참새에서 갈매기로 갈매기에서 솔개로 보였다. 그리고 다시 비행기인 것을 알았고 비행기인 것을 알자 제비를 뽑아 맞칠 때처럼 반색을 해서 백기락이가 탄 六五호기라는 것을 그는 단정하였다.

갖은 간난 고초를 겪고 난 사람이 그렇듯이 먼저 화가 벌컥 났다. 어디서 뭘하고 있었느냐고 책망하는 말이 비행모 목젖에 달린 송신기를

울리기를

"나 스물 둘 대렬에 섰다. 마흔 일곱 내 말 어떤가, 받았으면 기지로 돌아가자"

아무 대답이 없다

"아, 아, 내 말 어떤가"

역시 고의로 귀를 막는 듯 댓구가 없다.

접근해서 미부의 번호를 본다. 틀림없는 六五호기 백기락이다. 김락준은 대답 없는 리유를 두 가지로 해석하였다. 하나는 대렬에서 떨어진 것에 대한 책망이요. 하나는 적에게 위치를 알릴까 저어하는 침묵이라 하였다.

하여튼 락준은 잠자코 잠시 따라만 간다. 이제는 적의 공격 범위를 훨씬 벗어났다고 생각되는 지점에서 또 한번 말을 걸어본다.

"나 스물 둘, 나 스물 둘, 내 말 어떤가 들었으면 대답하라"

나중에는 화가 나서

"귀 먹었나"

해보다가 혹시라도 라디오가 고장인가 싶이 한 바퀴 휘익 돌아 앞을 질러 지나가본다. 똑똑히 보아 알라는 것이다. 좌우로 날개를 흔들어도 보았다. 역시 본척 만척이다. 할 수 없이 그는 뒤로 돌아와 그저 따라가는 수 바께 없다. 가까이 접근해서 기체를 살펴보았다. 날개 익단과 동체 하부에 부스럼 자국 같은 구멍이 듬성 듬성 났다. 적탄에 맞은 모양이다.

바다에 뜬 목선처럼 비행기가 평정을 잃고 떴다 잠기였다 한다. 매우 위태로운 비행을 하고 있고나 하는데 갑짜기 한편으로 비끼는척 하더니 그대로 맥을 잃고 락엽 떨어지듯 흔들 흔들 거진 삼십도 각도로 경사를 준채 하강해 나려간다. 이것은 조종사가 실신 상태에 빠져 있는 것을 말하는 것이다.

낭떠러지로 떨어지려는 사람의 팔을 잡아낚구치듯 락준은 소리쳤다.

"마흔 일곱, 정신 차려라. 조종간 내밀고 발판을 중립에, 발판을 중립에"

그러자 번쩍 정신이 든 모양으로 비행기는 기수를 들며 날개를 바로 잡는다. 어떻게 그 소리만 알아듣는 것이 어찌도 신통하고 대견한지 눈물이 날 지경이다. 아슬 아슬한 고비를 넘어선 감으로 후우 숨을 내쉰다. 손등으로 땀을 씻으며 라침판을 보니 계침이 엉뚱한 방향을 가리키고 있다. 직선 항로에서 삼십도나 어긋났다. 그는 주도기의 뒤를 밀어주듯 따라가던 중에 자기도 모르게 딴길로 들어선 것이다.

"구르-쓰 三백 오십에 놓라, 구르-쓰 三백 오십에 놓라"

그래도 아니 되여 자기가 훌쩍 앞으로 나가

"나 스물 둘, 내 뒤만 따르라, 내 뒤만 따르라"

이렇게 손을 잡아 이끌듯이 몸과 기체가 아울러 상한 이 영용하고 다정한 친구를 인도해가는 것이다.

"기지까지 십 키로, 기지까지 십 키로 기운을 내라"

저 아래 지상에서는 희망처럼 푸른 장식을 한 산과 들이, 그리고 금빛으로 빛나는 길과, 그 길에 열매처럼 열린 지붕들, 그 지붕 아래 어린 아이들까지 뛰여 나와 이 악전 고투하며 기지로 돌아가는 조국의 매 백기락에게 소리 높여 영예와 격례를 주고 있으리라.

"기지까지 십 키로 기지까지 십 키로, 기운을 내라"

지나가는 구름이 앞을 가리였다. 김락준은 백기락을 손잡아 이끌며 구름 속으로 들어가 구름 밖으로 나왔다.

"기지까지 십 키로 기운을 내라."

그리고 아래를 나려다보자 기지는 바로 눈 아래 있다. 시가지 가운데를 감도는 강줄기가 백탑같이 하얀 지휘처와 푸른 벌판이 그리고 백금으로 빛나는 활주로가 그들을 맞이하여 원무를 추듯 빙빙 돌아가며 환호하는 것이다.

김락준은 몸이 거뜬하도록 배로, 새로워지는 힘을 느끼며 크게 소리쳤다.

"기지 상공에 왔다. 직각항로로"

그리고 험한 령마루에 올라선 사람처럼 혼자 말로 이렇게 중얼거리였다.

"대대장 동무, 아니 기락아, 오늘 전투의 영예는 모두 네 것이다. 네 가슴에는 해바래기 꽃만한 훈장이 빛나겠지. 그 때엔 네가 그렇듯이 이 번에는 내 손으로 이 비행모를 네 머리에 씌워 주마"

-『문학예술』, 1952. 10.

지난 二월 一五일 문학 동맹에서는 현덕 작 「첫 전투에서」에 대한 합평회가 개최되었다.

회의에는 보고자 리태준 동무를 비롯하여 리갑기, 현덕, 김영석, 박웅걸, 윤시철, 송영, 리원우등 다수한 작가가 참석하였는데 먼저 리태준 동무는 자기의 보고에서 요지 다음과 같이 지적하였다.

작가 현덕은 일반 작가들이 체득하기 어려운 항공을 주제로 해서 우리들에게 적지 않은 도움을 준 작품을 썼다는 것—또한 풍부한 디테일들로써 주인공을 윤택하게 묘사했다는 것—공중전에서 우리가 발견키 어려운 좋은 장면을 다채롭게 묘사했음에도 불구하고 이 작품 속에는 결함들도 있다는 것 즉 전체적으로 화려하고 광활한 장면을 인상주었으며 또 기록식 폐단을 극복할 자취가 력력히 보이기는 하나 단점으로는 주제의 일관성이 약하며 매개 디테일들이 주인공의 중요 목적에 복종되어 있지 않다.

첫 전투에서의 주인공의 애로 극복 장면과 고귀한 의무에 대한 묘사가 약하다.

작가는 줄기찬 테―마에다 너무 잡다한 디테일들을 쥐여주었으며 투석적 수법을 사용했다. 작중 인물 '칠딴이'에 대한 취급 법이 텁텁하며 마을 사람들이 칠딴이에게 대한 좋지 못한 태도를 가지게 할 필요가 없다고 본다. 작가는 끝에서 많은 여운을 남길려고 애썼으나 결과는 작가의 의도와 멀리 떨어져 있다. 요약해 말하면 주제에 대한 적극성이 부족하며 칠딴이를 취급하는데 있어 용의가 부족하다. 다만 이 작품은 기술면에 지나치게 신경을 쓴 작품이다.

보고가 끝나자 리갑기, 최명익, 박웅걸, 윤시철, 리원우, 천청송 동무들이 토론에 참가하였다.

리갑기 동무는 먼저 이 작품에 있어서 군사적 지식의 부족 및 그 모순을 지적하면서 다음과 같이 말하였다.

현재 우리들의 예술 형상을 위한 투쟁에 있어서는 두가지의 대상을 들 수 있다. 하나는 세계관에 의하여 예술 형상을 규격화하려는 도식주의적 경향이며 다른 하나는 우리 작가들의 사이에 남아 있는 자연주의, 형식주의로서 대표되는 일체의 소부르죠아적 잔재이다. 그중 전자는 예술 형상의 보다 높은 수준을 위한 자아 제고의 투쟁이나 그 후자는 문학의 정신 내지 세계관을 달리하는 적대 요소와의 투쟁이다. 일찌기 김일성 장군께서는 우리 예술의 가장 큰 적대 요소로서 자연주의와의 투쟁을 우리 작가들에게 호소하신바 있었다. 그런데 현덕 동무의 작품 「첫 전투에서」는 자연주의적 잔재가 농후한 작품이며 이 작품의 내용과 형식을 분석하면 작가는 오히려 자연주의에 대한 향수를 가졌다고 볼 수 있다.

이 작품의 구성은 주인공 락준의 전투와 그 어린때의 녀동무 칠딴이의 이야기로 완전히 이중주의 형식을 취하였으며 이 두개의 병행선을 하등의 결말이 없이 대치시킨다. 그중 몇가지는 영화적인 수법을 썼으나 하등 련결없이 파탄을 일으켰다. 그런데 이 작품에 있어 중대한 것은 작가의 의도가 락준의 이야기에 목적이 있는 것이 아니라 락준이에게 편승을 시켜서 칠딴이의 이야기를 하는 데에 주점이 있었다는 사실이다. 칠딴의 이야기를 빼놓으면 이 작품은 전투기로서도 지극히 미비한 전투기다.

우리 항공병인 젊은 매의 첫 전투에서 그 대역자로 창부를 내세운 것은 대체 어떠한 의도인지 알 수 없다.

창부를 반드시 대상으로 할 필요가 있다면 오히려 그가 갱생하는 과정을 그려야 할 것이다. 작가는 칠딴이의 운명을 일체의 죄악으로 하는 당연한 모찌—브를 주었으나 그 곳에는 하등의 구체적인 묘사가 없이 칠딴이의 타락적인 요소 부량 소녀로서의 소질을 고조하는 자연주의적 방법을 취한 것이다. 뿐만 아니라 이 작가는 평화 시대의 우리 마을을 "종루가 보이는 학교 운운"하여 조선의 촌락과는 얼토당토 아니한 것으로 묘사했다. 이 작가는 칠딴과 락준의 소년 시대에서 '에덴 동산'을 련상케 하는 환상적인 무대 장치를 하여 두고 그 곳에서 두 소년, 소녀 작가의 취미에 의하면 '동남 동녀'가 돌배나무 꽃을 따먹으며 서로 끼여안고 나이답지 않은 유희를 하게 하는것은 일찌기 원산에서 난 시집 『응향』의 경향이 련상된다.

이 작가는 현재 조선이 처한 환경을 엄밀히 인식하고 먼저 옳바른 세계관을 가져야 할 것이다. 그리고 무엇보다도 먼저 자기가 이 현실을 나아가 체험하려는 적극적이요 능동적인 정신이 필요하다.

최명익 동무는 이 작품이 우리 항공의 역할에 대한 좋은 선전 가치가 있는 작품이라고 말하면서 다만 주제의 적극성이 미약하여 칠딴이에 대한 묘사가 불충분할 따름이지 이 작품을 자연주의적 작품이라고 하는데에는 다소 의의가 있다고 말하였다.

김남천동무는 이 작품은 주제에 대한 일관된 디테일의 집중성이 약하며 사상의 굵은 실로 매개 사건들을 구슬 꿰듯 일관시키지 못했다. '칠딴이'를 거의 치욕적인 과거로서 성격 지은 것은 작가의 사상석 약점에 기인한 것이다. 칠딴이의 과거 죄악을 사회 제도에 결부시켜 묘사하지 않았고 주요 인물 '백기락'의 공로가 전연 나타나 있지 않다. 이 작가가 쓴 四개의 항공소설에는 거의 전부가 주제에 대한 일관성이 없으며 낡은 자연주의석 산재가 흘러있다. 이 문제는 여기서 명백히 들추어 작가에게 동지적 충고를 주어야 할 것이다.

박웅걸 동무는 이 작품 속에 작가의 목적 의식성이 전연 없다는 것과 조국 해방 전쟁에 대한 심오한 연구가 없다고 지적하면서 치욕적인 과거를 가진 칠딴이를 五 · 一절 행사에서 기수로 내세운 것은 작가의 사상 문제로서 엄중한 일이며, 어떻게 그렇게 그릴 수 있겠는가 말하였고 문장이 화려하다고 보고자는 말했는데 여기 쓰여진 문장은 모호한 데가 많으며 어려운 묘사가 있다고 언급하였다.

윤시철 동무는 아름답고 현란한 문장이란 것은 생활의 진실성이 안받침되어 있어야 하는 것이지 그것이 결여되었을 때에는 그 문장은 한낱 장식에 지내지 못한다는 것을 지적하면서 이 작품의 문장은 단지 화려하다는데에 의의가 있다고 말하였다.

리상현 동무는 항공을 취재한 소설일진댄 가장 멋진 스릴과 랑만과 희망이 가득차 있어야 할 터인데 이 작품에는 그러한 명랑하고 생신한 데가 없다고 지적하면서 이 작품의 문장이 아름답느니 화려하다느니

하는 것은 이 작가에 대한 불필요한 찬사이며 다만 문제는 작가가 현실을 어떻게 표현하였느냐 하는데 있다는 것, 자연주의적 경향은 곧 형식주의로 가는 길이라는 것과 아울러 이 작품의 비 사실성을 말하였고 이 작가가 항공에 대한 취재를 꾸준히 계속하고 있는데 대해서는 높이 평가하나 하루 바삐 관조적인 세계에서 탈출하도록 노력하여야 한다고 요망하였다.

김영석 동무는 이 작품에서는 원쑤에 대한 아무런 적개심도 찾아볼 수 없다고 지적하면서 이것은 작가가 애국주의 사상으로 무장되어 있지 않기 때문이라는 것과, '인민의 기수' 로서의 작가가 자기 자신 속에 끓어 번지는 애국심을 가지고 작품을 쓰지 않으면 안된다는 것을 말하였다.

리원우 동무는 이 작품의 주인공의 애국주의 사상과 영웅적 전투 모습이 전연 나타나 있지 않다고 지적하였으며

천청송 동무는 이 작품이 주인공 백기락이의 첫 전투에서의 전투 모습을 표현할 대신에 불필요한 지엽적 사건을 묘사했기 때문에 이 작품이 자연주의 형식주의의 사도에 빠져버렸다고 지적하면서 작가들이 낡은 자연주의 형식주의 도식주의와의 투쟁 과정에서 자칫하면 이런 사도에 빠지기 쉽다고 경고하였다.

작가 현덕 동무는 보고와 토론을 대체로 접수하며 동지적 충고에 경의를 표한다고 말하면서 항공 소설을 쓰는데 있어 지상관계, 대인 관계가 없는 조건에서 칠딴이를 내 놓았다는 것과 자기로서는 자연주의적 경향을 극복하려고 꾸준히 노력하였으나 결과는 그렇지 못했다는 것, 앞으로는 머리를 정리하며 토론들을 심심히 연구하며 문학 창작을 위하여 고상한 사상 쟁취에 견결히 노력할 것을 말하였다.

결론으로 작가가 종래 가지고 있던 모든 잔재, 불필요한 사색을 청산해야 할 것을 력설하면서 이 작가가 「첫 전투에서」와 같은 작품을 쓴 것은 그의 낡은 잔재에 대한 향수에서 온 것이라고 지적하며 오늘 합평회에서 나온 토론들은 작가가 깊이 인민 생활을 연구하는 방향에서 의식 개변을 가져오게 하는 것과, 작가 현덕 동무를 애끼는 의미에서 값 있고 의의 깊은 토론들이었다고 말하였다.

−소설합평회, 「자연주의적 잔재−현덕 작 「첫 전투에서」에 대하여」,
『문학예술』, 문예총출판사, 1953. 1, 106∼109쪽.

불타는 섬

황건

1950년 9월 12일 밤이 깊어 해군 통신수 김명희는 같은 통신수 두 어린 여성 동무와 함께 월미도에 있는 이대훈 해안포 중대에 배속되어 나갔다.

'지구'에서 차를 내려 인천 시가지를 뚫고 섬에 나가는 사이 내내 명희는 좌우 사방에 캥캥캥 쿵쿠궁 하고 쉴 사이 없이 날아와 떨어지는 함포에 엎드렸다가는 일어나고 또 엎드리고 하며 마음이 한 줌만 해 달려야 하였다. 바다 먼 해안에서는 전짓불을 켰다 껐다 하듯 포들이 연속 아가리를 벌리고 머리 위에는 비행기가 으르렁대며 맴돌고 있었다. 시가지는 여기저기 불길에 싸이고 역한 냇내가 멀리까지 쿡쿡 코를 찔러왔다.

월미도는 그보다도 더하였다.

월미도는 이미 이틀 전부터 건물도 초목도 죄 잿더미의 발가숭이로 되어 화광은 보이지 않았으나 함포는 줄곧 이곳을 제일 노리고 있는 듯 다섯 발짝 걸음이 어려웠으며 거의 기다시피 하여야 하였다. 연잇다시피 하는 포탄 구덩이 가생이에서 가생이에로 길이 아니라 생판 험산 묏등을 더듬는 것 같았다. 그리고 머리 위에는 조명탄이 둥둥 떠 있고 무엇을 쏘는지 뚜루룩 뚜르륵 귀 아픈 기총사격 소리가 계속되었다. 미처 흙기를 못 찾고 등을 못 넘는 흙더미를 의지하고 누워서도 턱밑에 물결이 선연한 세라복의 통신수들은 포탄과 기총사격을 피하느라 가슴이 수시 지지눌리워야 하였다.

"수고했소. 함께 싸워봅시다."

하고 아무렇지도 않은 얼굴로 중대장이 가리키는 대로 무전기 앞에 나란히 앉아서도 한동안은 마음을 신성시기기 어려웠나.

월미도는 줄창 몸서리치는 지진, 염병 속에 허덕였다. 낮은 밤보다도 더하였다. 거만스런 놈의 함포들은 이른 새벽부터 아가리를 일제히 처들고 북 치듯 땅을 흔들고, 하늘이 까맣게 덮여 오는 비행기들은 연속 폭탄을 퍼붓고 휘발유통을 던지고 기총사격을 하였다. 연기와 흙먼지에 가리어 태양은 종일 달걀 속처럼 흐리었다. 불사르고 파헤치고 또 뒤집어 엎었다.

조국의 작은 섬은 이 악독한 짐승들의 발악 앞에 맞고 할퀴우고 불에 지지웠다.

포중대 동무들은 계속 부상당하고 죽고 하였다.

그러나 명희는 그리고 명희의 동무들까지도 해안 포중대원들과 함께 그들의 말 못할 싸움 가운데 있는 사이 자기 두려움은 어느새 잊고 말았다.

그 무서운 포화 속에서 포중대 동무들은 두려움도 없이 지칠 줄도 모르고 얼마나 슬기로운 것인지…… 명희는 그들 생각에 눈물이 날 지경이었다.

　포중대 해병 동무들은 윗도리는 거의 서츠 바람이나, 무서운 폭풍에 찢기우고 너덜이 나 그 사이로 살결이 비죽비죽 드러났다. 그리고 그 살결은 폭풍에 모래가 박혀 피가 발갛게 배어 나왔다. 동무들은 포 곁을 떠나려고 하지 않았으며 졸음도 배고픈 줄도 몰랐다. 포를 쏘기에, 무너진 전호를 파 올리고 위장하기에, 부상당한 동무들을 나르기에, 해병들은 한시도 가만히 섰지 않았다. 물레방아처럼 중대장 이대훈을 축 삼아 동무들은 나무랄 것 없는 충직한 수채가 되고 물레가 되고 방아에 방아확이 되었다. 매명 가슴들은 원쑤에 대한 굴할 줄 모르는 투지와 전우에 대한 한없는 애정에 끓었다.

　그중에도 중대장 이대훈은 바다를 향하여 섰는 눈에 갈수록 불길이 줄기차지며 성난 범이 몸 둘 곳을 몰라 하는 형상이었다. 굳게 다문 입술은 강직하게 일어선 이마와 함께 굳은 투지와 그 어떤 자랑을 말해주었다. 그 역시 군복은 폭풍에 찢기우고 너덜이 나 그 사이로 비죽비죽 드러난 어깨며 팔이며 가슴은 모래돌에 박히우고 찢기워 피가 발갛게 배어 나왔다.

　중대원들의 한결같은 투지와 충직한 마음들은 더욱이 이런 중대장과 함께 있으므로 하여 더할 것이라 생각되었다.

　그는 함포가 그칠 사이 없는 속에도 포가 있는 전호와 전호 사이를 집 안 드나들 듯하며 전투 지휘를 하였고 묘준경에 달려 있었다.

　그는 무너진 전호를 자신이 파 올렸으며 위장하였다. 죽은 동무의 시체를 자기 손으로 파묻고 부상당한 동무들의 후송을 일일이 보살폈다.

　부상당한 동무는 동무의 등에 업히우지 않으며 두 번 세 번 팔을 뿌리쳤다.

"싫어요, 나는 안 가요. 나는 아직 싸울 수 있어요. 같이 남아 끝까지 싸우겠습니다."

무거운 눈길로 지키고 섰던 중대장은,

"업히우오! 동무는 자기 생각만 했지 동무들에게 오히려 짐이 되리라는 생각은 못하고 있소."

하고 엄하게 꾸짖었다.

중대장은 부상당한 동무가 끝내 업히어 중대부에서 교통호로 하여 밖으로 나갈 때까지 그 자리를 떠나지 않았다. 중대장은 초연에 싸인 어둠 속을 더듬듯 사라지는 동무들의 뒷모습이 보이지 않을 때까지 오래 지키고 섰었다. 그러던 중대장은 이쪽에는 눈길도 돌리지 않고 심성이 격한 사람처럼 곧장 포진지로 나갔다.

저녁 무렵이었다. 하늘의 날강도들이 돌아간 다음 취사병 동무는 동무들의 식사를 근심하다 물가로 내려갔다. 물거품이 바위에 얽힌 물가에는 놈들의 함포에 얼을 먹은 보가지가 서너 마리 밀려나와 푸들거리고 있었다. 그런데 취사병 동무가 물가에 닿았을까 말았을까 한데 때마침 날아온 포탄은 취사병 동무를 거꾸러뜨리고 말았다. 그것을 본 동무의 '앗!' 하는 소리가 들렸다.

깨어진 포를 수리하던 중대장은 '앗!' 하는 그 동무의 눈길을 좇아 물가를 바라보았다. 그리고 다시 동무를 돌아보던 중대장 이대훈은 눈길에 팍 열이 끼치는 듯싶더니 아무 말 없이 전호를 나가자 성큼성큼 물가로 내려갔다. 포탄에 허옇게 이즈러진 바위 옆에 다다르자 넘어진 동무의 상처를 살피고 가슴에 손까지 대었다 난 다음 안아 일으키자 팔을 이끌어 등에 업었다. 좀 떨어진 물속에 또 포탄이 떨어져 물기둥을 세웠으나 대훈은 돌아도 보지 않았다. 중대장은 넘어진 동무를 업은 그대로 일어나 도로 올라왔다. 취사병 동무는 이미 숨이 넘어갔었다. 중대장은 동무의 시체를 묻은 다음 다시 포 수리에 착수하였으나 오래도록 말이 없었다.

이 모두를 명희는 바로 곁에서 목도하였다. 중대 동무들의 수가 적어지고 포탄이 더하면 더할수록 중대장의 주위에 더욱 뭉쳐 도는 이유가 환해지는 것 같아 명희 또한 가슴이 긴축되고 끓어오르는 것이었다.

포중대 동무들은 이틀 낮과 밤을 꼬박 전투로 보냈다. 전투를 쉬는 참에는 무너진 전호를 파 올리고 교통호를 파고 포를 수리했다.

10일 이후 나흘 동안 꼬박 함포와 비행기 폭격으로 눈코 뜰 사이 없게 하던 놈들은 13일 오전 11시를 넘어 함포를 멈추자 해안에 다가들기 시작하였다.

동무들은 전신이 땀 먼지투성이가 되어 포탄을 나르고 포를 쏘았다. 하얀 수주가 계속 일어섰다. 순양함 구축함들을 뒤로하고 경비정 상륙정 상륙보트…… 크고 작은 각색 함선의 움직임과 뱃전에 거슬리는 높은 물결과 일떠서는 수주가 통신수들에게는 너무도 아름차고도 분에 겨운 목메는 광경이었다.

저 속에는 3백여 척의 대소 함선이 있다고 하였다. 신호수는 두 번 세 번 명중을 고했으나 배 기울어지는 것은 좀처럼 볼 수 없었다. 원쑤들이 미운 생각은 박박 가슴을 찢는 듯하였다.

12시경이었다. 마침내 구축함 한 척이 한쪽 꼬리를 끄면 연기를 토하기 시작했다. 그러던 놈은 거의 흑연에 가리워지면서 함체를 기울이며 도망치기 시작했다.

동무들은 기쁨에 서린 얼굴을 서로 쳐다보며 어쩔 줄을 몰랐다.

중대원들은 땀투성이 흙투성이 그대로 포를 계속 쏘았다.

10분 후에는 또 구축함 두 척이 거의 동시에 선체에 불길을 올리고 흑연을 뿜으며 도망치기 시작하였다.

동무들의 눈에는 눈물이 글썽글썽하였다.

"자식들 꼴 봐라! 꼴을……."

하고 자기를 잃고서 중얼거리는 동무도 있었다.

중대장 이대훈은 흥분을 누릴 길 없어 높은 소리로 명희를 부르자 무전으로 보고할 것을 명령했다.

기세를 꺾이운 놈들은 진격을 멈추자 다시 함포질을 시작했다.

비행기가 까맣게 덮여 와 섬을 아주 말아먹을 작정을 했다.

선투는 오후 네 시가 가깝도록 계속되있다. 놈들은 거듭거듭 흑연을 올리며 함체를 기울이고 바다 속에 대가리를 거꾸로 박고 도망쳤다.

중대원들은 단 네 문의 포로 하루 동안에 구축함 한 척을 격침시키고 네 척은 격파하고 상륙정 상륙보트 여덟 척을 격침, 격파했다.

밤에 전선 사령관에게서는 축하문이 내려왔다. 동무들은 다시금 눈물이 글썽글썽해 어쩔 줄을 몰랐다.

중대장 이대훈도 여전히 타는 듯한 열 오른 눈을 명희에게 돌렸으나 기쁨에 거북스레 눈을 껌벅이었다. 물 흐르듯 하던 땀이 아직 채 잦아들지 못한, 흙먼지에 얼룩이 진 얼굴이며, 너덜이 난 셔츠며, 바지며, 그 사이로 비죽비죽 내어민 피 흘리는 살이며 명희는 중대의 모든 동무들과 함께 그에게 벌써부터 마음이 흠뻑 사로잡혀버렸다.

이들과 함께면 죽음의 두려움 외로움까지도 잊어버릴 것이었다.

그러나 이날의 전투에서 중대의 손실 또한 적지 않았다. 포가 두 문 다 파괴되어 완전히 쓸 수 없게 되고 전투원들이 많이 부상당하고 죽었다.

새벽녘이 가까워 섬에는 포탄이 한 자동차 운반되었다. 같이 떠난 한

차는 폭격에 중도에서 타버렸다고 하였다.

한 차마저 제대로 돌아가냈는지 알 수 없었다.

14일은 일곱 시부터 전투가 시작되었다. 놈들은 먼 해상에 함정들을 멈춰 세우고 미친 듯이 함포를 퍼부었다. 섬은 온통 포탄에 가루가 되고 티끌이 되어 날아날 것 같았다.

오후 1시경이 되자 놈들은 다시 상륙을 기도했다. 전호 깊숙이 도사리고 섰던 포중대 동무들은 일제히 포에 매어 달렸다. 놈들이 3마일 지점까지 다가왔을 제 포는 불을 토하기 시작하였다. 포탄은 연거퍼 놈들의 심장부를 헤치고 날아 들어갔다. 드디어 구축함 한 척이 또 연기를 뿜으며 도망쳤다.

이어 경비함 상륙함에도 불이 달렸다.

중대는 이날도 대소 적함을 여섯 척이나 물속에 매장했다. 놈들은 두 번째 상륙 기도를 포기하고 말았다.

그러나 중대에는 포 한 문에 포탄이 얼마 남지 않았다. 중대 인원 역시 그랬다.

이대훈 중대장은 그러나 조금도 당황한 빛을 보이지 않았다.

그는 대원들에게 전혀 대비도 되지 않는 힘으로 이틀이나 놈들을 막은 위에 엄청난 전과를 올린 것을 역설하면서 오히려 더 투지만만해하였다. 동무들 또한 몇 명 못 되나 그를 따라 투지 완강한 가운데 싸움에서 살아남겠거니는 이미 생각하지 않고 있는 것이었다.

명희는 송신키의 키를 부지런히 눌렀다.

"현재 중대원 8명, 포 한 문 남았음. 포탄을 보내어 달라, 포탄을 ……."

밤이 깊도록 명희는 같은 내용의 무전을 세 번 쳤다. 사령부에서는,

"임무 중함. 계속 중대의 용맹을 바람. 한 시간 한 초라도 더 놈들의 상륙을 막으라. 포탄은 수배 중……."

그러더니 새벽이 가까운 조금 전 사령부에서는 다시, '무전수들은 전부 들어오라'는 명령이 내려왔다.

같이 나온 두 동무에서 명령을 전달하기에 앞서 명희는 어쩌면 좋을지 모를 괴로운 생각에 잠겨버렸다. 싸움을 중간에 놓고 포중대 동무들과 헤어지겠거니는 명희는 조금도 생각 못했었다.

일종의 절망에 가까운 말 못할 쓰라림 없이 당장에 명희는 이들과 헤어질 일은 생각할 수 없었다. 그중에는 싸움 속에 마음도 몸도 불붙는가 싶은 대훈의 모습은 시울 길 없는 신한 영상으로 혈육과도 같이 가슴에 하나 가득해왔다. 그리고 명희는 벌써 오래전부터 하여온 생각이면서 지금에야 한 생각처럼 생명을 내어놓고 싸우는 한 자기도 함께 남아 생명을 바치는 것은 자기의 가장 귀중한 의무라는 생각이 들었다. 자기 생애에는 이보다 더 절박하고도 더 중대한 시간이 있지도 않았지만 있을 것 같지도 않고, 이 시간이야말로 자기의 가장 귀중한 것이 결정되는 시간이라는 생각이 가슴 허비듯 했다. 아직도 적정은 보고되어야 할 것이고 중대는 사령부와 연락되어야 할 것이고, 또 포중대 동무들의 싸움은 모든 부모 형제들에게 전하여져야 할 것이었다. 어려운 이 전국에 당하여 중대원 자신들의 비장한 각오도 그러려니와, 사령관도 또 뒤에 있는 모든 사람들도 비장한 마음 없이 지금 월미도에서 싸우는 이들을 생각할 수는 없을 것이었다.

명희는 동무들에게 명령을 전달하기 전에 키를 두들겼다. 가슴이 왁작 저려오고 손끝이 떨렸다.

"1번수는 남을 것을 허가하라. 1번수는 남아 계속 보고할 것을 허가

하라."

회담이 없는 사이 명희는 동무들 쪽에 당황한 얼굴을 거눴다 앗아왔다하며 또 키를 눌렀다.

"1번수는 남아 적정과 포중대원들의 전투를 끝까지 보고할 것을 허가하라. 꼭 허가하라."

이윽고 사령부에서는 1번수는 남아도 좋다는 회답이 왔다.

명희는 동무들의 손을 정다웁게 잡았다. 동무들은 돌아가기 싫어하고 갈라지기 애석해하였다. 동무들은 교통호를 나가 포중대 동무들을 일일이 만나고 왔다. 깨어진 전호를 나가 초연과 어둠 너머 멀리 이 밤도 불바다를 이루고 있는 인천 시가를 바라보며 눈에 눈물이 자욱하던 동무들의 뒷모습을 바라보며 명희는 눈굽이 뜨거워오는 가운데도 알수 없는 가라앉은 마음으로 행복감이 목을 치받듯 했다.

"동무, 몸을 주의해요."

"난 염려 말구, 동무들 주의해 들어가요."

"또 만나!"

"그래…… 잘 싸워요……."

"그래……."

전호에 들어왔을 제 무전기가 놓인 책상 옆에는 이대훈 중대장이 우두머니 서 있었다.

명희를 보자 대훈은 적이 무거운 얼굴을 지었다.

"동무는 왜 들어가지 않소?"

명희는 잠깐은 당황한 속에 대답을 못했다.

"남아 있으라는 명령을 받았어요."

"명령……?"

하던 대훈은 중얼거리듯 말했다.

"그렇지만 이제는 동무 할 일두 없을지 모를 것이오."

"왜 없어요. 중대장 동무두 중대두 모두 그냥 싸우구 있지 않아요……?"

"……."

명희의 얼굴을 뚫어지게 바라보고 섰던 대훈은,

"동무의 마음을 알 수는 없소만…… 어떻든 고맙소."

하자 눈길을 먼 바다로 가져갔다. 무슨 말을 더 할 것처럼 입술을 씨물씨물하던 대훈은 자기감정에 얽힌 사람처럼 말을 못하고 외면한 채 너닌 걸음으로 선호를 나가버렸다.

대훈이마저 돌아간 다음 혼자 남은 명희는 이상하게도 갑자기 마음속이 회오리바람 일듯 허전해졌다. 그러면서도 명희는 자기 한 일을 끝내 후회하는 마음은 없었다.

벌써 날이 새는 듯 바다 먼 섬 봉우리들이 희끄무레 밝아왔다.

송신기에서 손을 놓은 지 이슥한 명희는 나무 걸상에 걸터앉은 채 전호 출입구 너머로 어둠 속에 괴괴한 바다를 어느 때까지고 지키고 앉았다.

그 왼켠 뒤에는 대훈이 그 역시 말없이 한 방향을 바라보고 섰다.

지난밤은 수리도 못하고 만 포탄에 무너진 전호 출입구 위턱에는 허리 부러진 통나무가 드나드는 사람의 이마를 찌를 듯 드리워 있다. 통로에 가득 쏟아진 흙이며 돌은 포중대 동무들이 포 주위에서 떨어지지 못하는 사이 명희가 혼자서 간신히 쳐내어 통행할 수 있게 하였었다.

바다 먼 어둠 속에서는 함포들이 계속 아가리에서 불을 토했다. 지진에 울리듯 전호는 간단없이 울렸다. 이따금 가까이에 떨어지는 포탄 폭풍에 먼지가 전호 속까지 홱 풍겨들었다.

아직 채 가시지 않은 별빛 아래 거밋거밋 멀고 가까운 섬들을 뒤에 두르고 인천 바다는 새벽 대기 속에 마치 헛바닥들을 다시는 피에 주린 악귀들의 소굴처럼 생각되었다. 크고 작은 함정들은 바다 한가운데 한 해적 도시를 이루고 있지만 지금도 히뜩히뜩 눈에 띄는 마스트며 굴뚝이며 포 아가리며 선체가 피 묻은 이빨로, 발톱, 손톱으로 살기 어린 눈깔들로 보였다.

"이젠 포탄 오기두 틀렸어……."

혼잣말하듯 대훈의 굵은 음성이 느릿느릿 들려왔다.

"날이 다 밝는군요."

명희 역시 혼잣말처럼 중얼거렸다.

대훈은 더 말이 없었다.

다시 둘은 묵묵한 속에 아직 어두운 바다 멀리 시퍼런 불이 번쩍이는 함포 아가리들만 바라보았다.

명희는 자기도 모를 힘에 끌려 대훈의 얼굴을 돌아보았다. 어쩐지 명희는 이 시간의 대훈의 얼굴 표정이 마음에 걸리는 것이었다. 어둠 속에 희미는 하나 대훈은 여전한 투지만만한 긴장된 얼굴이어서 명희는 다시금 안도되는 마음이었다.

대훈이에게서 도로 고개를 돌린 명희는 무슨 이야기를 해야 할지도 생각 못했으면서 어쩐지 바로 이 시각에 기어코 나누어야 할 것 같은 이제껏 못한 서로의 마음속 그 어떤 이야기를 나누고 싶은 간절한 충동을 어찌는 수 없었다. 명희는 적이 말성이던 가운데 다시 휙 고개를 돌렸다 난 다음 몸을 일으켜 나무 걸상 한 귀를 내어주며,

"좀 여기 앉으세요. 중대장 동무……."

하고 대훈에게 권했다.

"좋소."

하고 대훈은 걸상을 굽어볼 뿐 머뭇머뭇했다.

명희는 몸을 일으킨 그대로,

"앉으세요. 좁은 대루 앉으세요."

하고 재차 권했다.

대훈은 그러고도 얼마를 머뭇거리다 말없이 걸상에 걸터앉아 오른 팔은 책상위에 버리듯 눕혀 놓았다.

거북스런 가운데 둘은 다시금 한동안 묵묵히 앉아만 있었다. 명희는 사지도 모르게 가슴이 왁작 서려왔다. 명희는 이제는 서로 마지막 시산이 가까워왔다는 생각이 절실하게 들었다. 그러며 명희는 지금 이 동무는 무슨 생각을 하고 있을까 그 생각이 들었다. 어쩐지 명희는 자신에 대한 생각보다도 중대장에 대한 생각이 가슴에 가득했다. 그런데 불쑥 대훈은,

"동무는……."

하고 느린 어조로 혼잣말처럼 말했다.

"지금이라두 들어가는 것이 좋지 않겠는지……."

"왜요?"

하고 명희는 얼굴을 들었다.

"포탄이 안 오는 한 월미도는 오전 중에 저놈들에게 주어야 할 것이오."

명희는 그 말에는 대답을 하지 않았다. 명희 자신 이미 그것을 생각하고 있었다. 그보다도 명희는 딴 간절한 이야기가 나누고 싶은 것이나 생각도 말도 나가지 않고 가슴만 저렸다.

다시 얼마의 막막한 시간이 지나간 다음 대훈은 어성을 고치듯 갖추매없는 굵은 음성으로,

"동무는 죽음이 무섭지 않소?"

하고 물었다.

말을 하는 사이에도 눈은 바다 속 놈들의 함정들을 겨누고 있었다.

명희도 한 곳을 지키며 말을 못하다가,

"아니오."

하고 나직이 대답했다. 그러나 명희는 자기도 모르게 흥분에 적이 창창한 목소리로,

"그보다두 저는……."

하고 다시 입을 열었다. 말은 무엇에 걸리듯 멈춰 서는 때도 있었다.

"그보다두 저는 중대장 동무며 중대 동무들과 알게 된 시일이 짧은 게 안타까운 생각을 하구 있어요…… 그렇지만 저는 두렵거나 슬픈 생각은 없이…… 어떻게 말루 표현할 수는 없어두 기쁘구 행복한 마음이에요. 참말 저는 중대장 동무며 중대 동무들 때문에 지금은 제 일생의 그중 귀중한 시간에 있다는 생각이 들어요. 저를 욕하지 않으시겠지요?"

대훈은 입을 열지 못했다. 대훈은 명희의 일로 벌써부터 마음이 괴로웠다. 그의 마음이 무조건 고맙고 귀중하게 생각되면서 자기도 모르게 그에 대한 생각에 잠기게 되고 그것은 또 이상하게 마음을 무겁게 하였다. 대훈은 얼마 후에야 말이 목에 걸리듯 거북스레 입을 열었다.

"지금이야 나는 동무의 일루 마음이 괴로워지오. 무어라구 해야 할지 동무에게 나는 그저 감사하는 마음이오. ……어쩐지 나는 동무를 10년두 전에 안 것 같은 그런 생각이 드오. 같이 있을 시간은 한정이 목

전에 있지만 목숨을 바쳐 싸우려는 여기서 동무에 대한 생각까지 겹치게 된 것은 너무나 기이하게 생각되오. 물론 이것은 안타까우면서두 나에게는 기쁘고도 찬란한 일이오…… 그러나 나는 그만큼 또 동무가 괴롭게 생각되오."

"저를 용서해주세요. 저를 참된 길루 그냥 채찍질 주세요."

하고 명희는 자기 생각만 하듯 외우듯 말했다.

대훈은 더 말은 없이 말 대신 책상 위에 가지런히 놓인 명희의 두 손을 꼭 잡았다.

서로 겨눈 방향은 달라도 눈들은 타는 듯했다.

바로 전호 앞 얼마 떨어지지 않은 곳에서 포탄이 터졌다. 폭풍이 확 전호 안에 밀려들고 모래 돌짝과 먼지가 날아들었다. 그러나 대훈이도 명희도 고개를 약간 들었다 났을 뿐 그와도 관계없는 사람들처럼 앉아 있다.

명희는 그냥 높기만 한 이름 못할 감정에 가슴이 찢어지는 것 같다.

대훈은 한결 어성을 고치어 명희에게 물었다. 이제사 이것을 묻는 것이 새삼스런 생각이 들었다.

"동무는 고향이 어디지요?"

"청진이에요."

"입대하시기 전에는 무얼 하셨소?"

"방직공장에 있었어요. 47년도부터 방직공으루 있다가 작년에 군대에 들어왔어요. 들어오자 이내 해군기술학교에 가게 되구 졸업한 지 반년 만에 이번 전쟁에 나오게 되었어요."

말을 하는 간간이 검은 속눈썹을 내려 덮은 명희의 전에 없이 친근하게 생각되는, 어쩐지 평평 첫눈이 내리던 날을 연상시키는 탐스럽고도 밝은 얼굴에서 떼지 못하다가 눈을 명희의 손을 잡은 자기 손등으로 가져갔다. 대훈은 회상하듯 입을 열었다. 자신 무엇 때문에 이 이야기를 하고 싶은지 이유 없이 쑥스러워지며……

"나는 고향이 충청남도요. 어렸을 제 이민 열차로 동북에 들어가 크고 거기서 해방을 맞구 의용군에 들어갔댔소. 전쟁이 끝나면 고향에 돌아가 어렸을 적 그리운 이들을 찾은 뒤 마을을 위해 무척 많은 일을 하려고 마음먹어왔었소. 욕심꾸레기처럼 무슨 일이든 많이 하지 않으면 한 것 같지 않은 것이오. 오늘 이렇게 싸우는 것만도 한은 없지만 또 내 아니라두 얼마든지 열렬한 동무들이 고향을 위해 일을 해주겠지만 진격하는 길에 잠깐이라두 고향 마을에 들러보고 싶었었소."

"친척들도 아직 계세요?"

"삼촌 사촌들이 있습니다. 동무는 제사공장에 만나고 싶은 동무들이 많으시지?"

"많아요. 그렇지만 거의 전쟁에 나왔을 거예요. 저는 동무들과 책 읽은 이야기를 하는 게 제일 기쁜 일이었어요. 읽던 책이 너무 감동돼서 밤중에 미치광이처럼 동무네 집에 달려가 동무한테 읽어준 적도 있었어요."

기쁨에 서린 눈들은 다함없이 서로의 눈길을 찾았다.

낡은 더욱 밝아오고 함포는 더 세차게 주위를 울렸다. 둘은 싸움 속에 있지 않은 사람들처럼 또 모든 이야기를 이 시각에 죄 털어놓아야 하는 사람들처럼 어렸을 적 자라던 이야기며 군대에서 공장에서 지나던 이야기를 시름없이 하여갔다. 시간이 가면 갈수록 애정은 더 깊이 얽혀가는 듯했다.

문득 명희는 이야기를 바꿔,

"지금 우리들이 월미도에 이렇게 앉아 있을 줄을 장군께서는 아실까요?"

하고 웃으며 말했다. 대훈이 역시 웃음 어린 눈길을 치떴다 놓으며,

"알구 계실지두 모르지요."

하고 혼잣말처럼 중얼거렸다.

"어떻게요?"

"장군은 지금 지도 앞에서 월미도를 꼭 보구 계실 겁니다. 원쑤들이 더러운 발을 쳐드는 조국 땅 어디에나 자기의 사랑하는 아들딸들이 그 중에도 미더운 당원들이 총칼을 들고 서 있을 것을 사람들은 모든 정을 기울여 눈앞에 지키고 있을 겁니다."

역시 이것은 얼마나 귀중한 일인가. 조국은 말로는 표현도 할 수 없는 얼마나 큰 것인가. 명희는 이런 생각에 더 말은 못했다.

적함들의 움직임이 현저하게 눈에 띄었다.

점점 밝아오는 바다를 묵묵히 지키고 앉았던 대훈은 부스스 걸상에서 일어섰다.

"적정 보고를 부탁하오. 놈들은 또 상륙할 작정이오."

대훈은 이제껏 이야기하던 것과도 달리 다시금 전신에 탄력을 모두고 눈에 불길이 성성해서 교통호를 나갔다.

명희는 미진한 가슴을 누릴 길 없어하며 무전기 키를 두들겼다.

어느덧 바다는 눈앞에 환하게 떠올랐다. 크고 작은 가지가지 배들은 가로세로 움직이며 가까워오고 있고 함포들은 발악하듯 포탄을 퍼부었다. 전호 안이 뒤집힐 듯 울리고 출입구 밖이 초연(硝煙)에 뽀얗게 되었다.

더 가까이에 기어들 때를 기다리는 듯 우리 포는 단 한 문 남았으되 아직 침묵을 지켰다.

이윽고 먼 바다 속 섬 봉우리에 햇살이 비치자 이번은 하늘을 가릴 듯 항공기가 날아와 날쳤다.

앉은 자리가 마구 구겨지고 숨이 콱콱 막히는 것 같은 질둔한 시간이 계속 되었다.

함포와 폭격이 좀 뜸해지는가 싶자 또 놈들은 뱃머리에 흰 물결을 세우며 가까워오기 시작했다.

드디어 우리 포가 불을 토했다. 먼 해면서 싯허연 수주가 일떠섰다. 그리고 또 일떠섰다. 그러나 포탄은 한 발씩 한 발씩 너무나 외롭고 안타깝다. 단 한 문이 쏘는 포탄이 맞춰주었으면 하는 미운 적의 함정들은 짐승의 무리처럼 얼마나 욱실득실한가! 배마다 마스트마다 날리는 붉고 푸른 깃발들은 세상에도 악착스러운, 어떻게 저처럼 눈엣가시 같은 미운 물건일 수 있을까! 짐승들에게는 죄 없는 조선 사람의 간장이─간장의 피가 요구되는 것이다. 선한 생명의 모든 피가 요구되는 것이다.

마침내 단 한 문의 우리 포탄은 적의 구축함에 명중되었다. 바로 기관부에 맞은 듯 시커먼 연기가 용트림쳐 올라가더니 연기는 함체를 완연히 덮기 시작했다. 폭음 속을 새듯 포좌지 전호에서 동무들의 기쁨의 아우성 소리가 들렸다. 그리고 단 한 문의 포탄은 또 경비함을 갈겼다. 경비함은 이내 수중에 함체를 기울였다.

계속 우리 포는 해상에 외로운 수주를 올렸다.

그러나 우리 포 소리는 그만 멈춘 채 울릴 줄을 몰랐다.

명희는 두 손을 무릎에 놓은 채 교통호 쪽에만 귀를 기울였다. 포진지에서는 아무 소리도 들려오지 않았다.

명희는 걸상에서 일어서자 초연에 눈을 뜰 수 없는 교통호를 달음박질로 나갔다.

전호 안에는 포를 쏘다 만 수병복이 남루한 땀투성이 먼지투성이의 동무들이 손을 드리운 채 늘어서고 그 가운데 중대장 이대훈이가 왼팔을 동무에게 맡기고 눈살을 찌푸리며 서 있다. 대훈의 팔을 잡은 동무는 그 팔에 붕대를 감고 있고 붕대는 피에 벌써 발갛게 물이 들었다.

그러나 대훈은 명희를 보자 태연한 얼굴로,

"구축함 한 척이 격파되고 경비정 한 척이 격침된 걸 보고했소?"

하고 물었다.

"네. 보고했습니다. 이젠 포탄이 다 떨어졌습니까?"

하고 명희는 부상당한 것은 묻지 못했다.

"떨어졌소."

하고 무심하게 대답한 다음 대훈은 옆 동무에게,

"사 ㅡ만해 놓소."

하고 나머지 붕대를 받자 오른손으로 아무렇게나 끝을 매굴귀 팔을 그냥 드리워버렸다.

"이젠 모두 수류탄에 따바리들을 드오. 그리고 사장으로 기어나가야 겠소."

하고 대훈은 자기부터 전호 구석에서 수류탄을 집어 띠에 차고 호주 머니에 넣기 시작했다.

명희는 먼저 중대부에 돌아왔다. 명희는 걸상에 앉을 생각도 못하고 무전대 앞에 멍해 서 있었다.

바다 속에 해적의 무리는 흰 물살을 더욱 거칠게 울리며 가까이에 퍼져 다가왔다.

이윽고 교통호로부터 이대훈 중대장을 선두로 중대원들이 각자 따바리에 수류탄들을 차고 나타났다. 명희는 동무들의 얼굴을 유달리 일일이 살펴졌다.

중대장 이하 전원 여섯 명 누구나가 여전한 한결같은 기개 드센 얼굴이었다.

명희는 눈물이 날 것 같았다.

잠깐 동안 대훈이도 명희도 동무들도 한 곳에 우중충 모여서 바다 속 놈들의 함체며 움직임이며 흰 파도를 지켰다.

놈들은 훨씬 가까워지면서 함포를 멈추었다. 비행기도 뒤로 물러 갔다.

중대장은 대원들에게 전호를 기어나가 물가에 진을 칠 것을 명령했다. 동무들이 나가는 뒷모양을 일일이 살피던 대훈은 명희 쪽에 돌아섰다.

"부상당하셨어요?"

하고 기다렸듯 명희가 먼저 물었다. 대훈을 생각하는 그리고 동무들을 생각하는 뜨거운 물결이 끓듯 가슴을 소용돌이쳤다.

"파편에 좀 맞았소."

"많이 다치셨나 분데."

중얼거리며 명희는 자기 손을 대훈의 피 더욱 배어나 흐르는 팔 가까이에 다치지 않을 정도로 엉거주춤 가져갔으나 지금 어찌는 수도 없었다.

그러나 대훈은 그것에는 생각도 돌지 않는 듯 다시 놈들이 밀려드는 바다 쪽에 고개를 돌렸다 난 다음,

"자, 서루 마지막 임무를 깨끗이 수행합시다."

하며 성한 오른손을 내어밀었다.

뜨거운 눈길이 서로 맞부딪치며 말들이 나가지 않았다.

명희는 힘들여 들어가듯 자기 손을 대훈에게 주었다.

"전국이 어려워지는 것 같소. 그렇지만 우리 뒤에는 또 딴 동무들이 이를 갈며 나설 것이오."

명희는 가슴에 고패치는 마음 어찌할 길 없어 대훈의 손을 두 손으로

잡자 끌었다. 그 등에 얼굴을 묻었다. 그러던 명희는 홱 고개를 들자 메어오는 목을 겨우 가누며,

"중대장 동무. 저두 함께 나가 싸울 수 없어요? 저두 나가 싸우게 해주세요."

하고 간원하듯 말했다. 그러자 대훈은,

"안 되오. 동무의 임무는 그것이 아니오."

하고 엄하게 말했다. 그래도 얼마를 대훈의 얼굴을 간절하게 바라보던 명희는 단념하듯 이윽고,

"저한테 수류탄을 하나 주세요. 보고를 더 계속할 수 없을 적에 쓰겠어요."

대훈은 그 불길 같은 눈으로 명희를 뚫어지게 바라보다 말없이 바지주머니에서 수류탄을 꺼내 주었다.

그리고 한 발짝 다가서던 대훈은 경련하듯 충동적인 동작으로 다시 오른팔을 들어 명희의 목을 안자 자기 얼굴을 명희의 얼굴에 부비듯 맞대었다.

명희는 무전대 앞에 단정히 앉아 키를 잡았다.

전건(電鍵) 옆에는 쪽철을 펴놓은 수류탄이 이내 손이 닿을 수 있게 놓여 있다.

명희는 무전기 키를 두들겼다. 다행히 명희는 지난밤 헤어져 돌아간 3번 통신수를 찾아냈다. 명희는 타는 듯한 마음으로 키를 눌렀다.

"이것은 나의 마지막 통신이 될 것이다. 통신이 그칠 때 그때에는 전건 옆에 쪽철을 펴놓은 수류탄이 터질 것이다. 마지막 나의 통신을 정성껏 받아다고. 너와 모든 동무들에게 굽힐 줄 모르는 싸움과 싸움의 승리가 있을 것을 빈다…… 1번수."

명희도 다시금 몸을 단정히 하며 눈을 바다로 가져갔다.

바다를 가르며 바다를 덮듯 놈들의 상륙 보트들이 물가를 향하여 쏜살같이 다가왔다. 놈들은 물결을 차며 배에서 쏟아져 내리자 물가에 개무리처럼 까맣게 밀려들었다.

서울시 봉래 인민학교 교실 한 모퉁이 유리창 아래 무선대 앞에서는 턱 밑에 물결이 선연한 세라복의 3번 무전수가 눈물 고인 눈도 씻지 못한 채 전 정신을 수신지 위에 기울이고 있었다. 자줏빛 연필이 수신지 위를 넘어지듯 달렸다. 이윽고 무전수는 수신지들을 책책 겹친 다음 자리에서 일어서자 옆에 따로 밀어놓았던 자기에게 온 수신지를 잡고 망설이다가 그것까지 겹쳐 들자 사령관실로 들어갔다. 사령관은 방 안을 거닐던 그대로 발을 멈추자 전문을 읽기 시작했다. 먼저 3번수에게 온 첫 전문을 읽은 다음 분초의 사이를 못 두고 다음 수신지로 옮아갔다.

'8시 47분…… 중대장 이하 중대원 여섯 명 수류탄과 따바리를 휴대하고 물가로. 배에서 내린 놈들은 개무리처럼 까맣게 물가에 오르기 시작. 해안포 용사들은 바위틈에서 포탄 구뎅이에서 따바리를 휘두르며 수류탄을 던지며 일떠선다. 놈들은 물가 긴 흙탕에 까맣게 쓰러져간다. 거품이 어지러운 조수는 피빨래 풀리듯 붉게 물들어간다. 우리 범들은 몸도 감추지 않고 물 가까이 나가 감탕 속에 버티고 섰다. 용사들의 탄환 수류탄은 겹쳐 나오는 놈들의 배통 골통을 그대로 가르고 마순다. 놈들의 전진은 수라장을 이루고 있다…… 1번수.'

'8시 57분…… 뒤따라 나온 놈들의 상륙정은 물가에 탱크를 내려놓았다. 탱크는 중기 경기를 미친 듯이 휘두르며 흙탕 속을 기어온다. 우리 동무들은 저마다 엎드렸다 또 일어났다가는 엎드린다. 그냥 보이지 않는 동무도 있다. 불쑥 오른손에 수류탄 묶음을 든 이대훈 중대장이 일어섰다. 탱크를 향하여 수류탄 묶음을 던졌다. 수류탄이 터진 뒤 탱크는 무한궤도가 끊어진 듯 감탕 속 한 자리에서 뭉갠다. 또 하나 탱크가 그 옆을 기어 나온다. 중대장은 더 보이지 않는다. 놈들의 세찬 불길 속에 또 한 동무가 일어섰다. 수류탄은 던지지 못한 채 넘어지고 말았다. 우리 동무는 더 볼 수 없다…… 1번수.'

'9시 5분…… 놈들의 탱크는 벌써 내 전호 우측을 뒤로 달리고 있다. 또 한 대가 그 뒤를 따라 올라온다. 그도 보이지 않고 또 딴 탱크와 탱크…… 그리고 개무리들이…… 미국놈 검둥이에 일본놈까지 또 까맣게 따라 올라오고 있다…… 전호 출입구에 미국놈 한 놈이 막아섰다. 놈은 총을 겨누며 나를 향하여 다가…….'

밤잠을 못 자 눈이 부석부석한 사령관은 다 읽은 뒤에도 수신지에서 눈을 못 떼다 손을 떨궜다.

시체에 덮인 감탕이 피에 물드는 거품 흐린 조수가 어수선히 눈앞에 떠올랐다.

옆에 와 선 참모장이 수신지에 손을 내어밀었다.

사령관은 참모장에게 수신지를 주며 혼자 생각에 얽혀 중얼거리듯 말했다.

"이 사람들을 잊지 말아야 하겠소."

(1952)
—『화선(火線) – 조선인문군 창건 5주년 기념 소설집』, 1953.

황건의 단편소설 「불타는 섬」(1950년)은 1950년 9월 영웅적 월미도 전투를 취재하여 우리 인민군대의 영웅주의적 특질을 우수하게 표현하였다. 작가는 여기서 조국과 인민의 승리를 위하여 언제든지 자기의 청춘을 아낌없이 바치기에 준비된 우리의 아름다운 새 청년들인 중대장 리대훈과 해군통신수 김명희의 형상을 창조하고 이 영웅적 인간들의 정신적 특질을 가렬한 최후결전의 전면적 묘사 가운데서 보여주었다.

수백 척의 함선과 무수한 비행기를 총동원하여 발악적으로 인천상륙을 기도하는 적들을 상대로 그야말로 끝까지 완강한 결사전을 전개한 이들의 영웅성과 백전불굴성! 해변가에 무수히 기여 오르는 적 땅크와 적병을 맞받아 마지막 한 사람까지 침착하고 용감하게 최후 돌격대로 나아가 자기의 청춘을 서슴없이 조국에 바친 이들의 무한한 애국적 헌신성과 충성심! 그리고 그 아름다운 우리시대의 인간 모습들! ─바로 이러한 것이 이 작품의 빛나는 사상·예술적 내용을 규정하고 있다.

"역시 이것은 얼마나 귀중한 일인가… 조국은 말로는 표현할 수 없는 얼마나 큰 것인가"—자진하여 이 최후의 결전장인 불타는 섬 월미도에 남아 중대와 자기 운명을 같이하고 있는 통신수 김명희를 사로잡고 있는 이 절실한 생각은 결코 그 하나만의 생각일 수는 없다. 리대훈은 물론, 이 섬에 남은 모든 중대원들이 또한 오로지 이 한 가지 심정에 가득차 자기들의 귀중한 생명을 아낌없이 조국에 바치였으며 또 그 속에서 자기 생의 가장 고귀한 가치와 사랑을 발견하였다. 때문에 리대훈도 최후의 결전을 앞두고 김명희와 교환한 말에서 다음과 같이 이야기하였다.

> 상군은 지금 지도 앞에서 월미도를 꼭 보구 계실 겁니다. 원쑤들이 더러운 발을 쳐드는 조국 땅 어디에나 자기의 사랑하는 아들 딸들이, 그 중에서도 미더운 당원들이 총칼을 들고 서 있는 것을 사람들은 모든 정을 기울어 눈 앞에 지키고 있을 겁니다.

조국에 바치는 이렇듯 고결하며 이렇듯 성스러운 감정이 그들로 하여금 죽음 앞에서 조금도 두려움이 없이 자기의 마지막 임무를 훌륭히 수행하게 하였다.

작가는 가렬한 전투의 첨예한 현실적 갈등 속에서 자기 주인공들의 고상한 정신적 특질들을 발견하고 이를 자기 작품에서 예술적으로 형상화하였으며 커다란 비극적 사건 가운데서 이 비극을 넘어서 맥맥히 흐르고 있는 이들의 영웅정신의 고결성과 불멸성, 혁명적 랑만성과 승리자로서의 자랑스러운 모습을 훌륭히 보여주었다.

—사회과학원 문학연구소, 『조선문학통사—현대문학편』, 인동, 1988(사회과학출판사, 1959), 252~253쪽.

고압선

리상현

Ⅰ.

진수는 그립던 공장 거리를 지척에 두고서부터 차차 마음속이 불안스러워졌다.

전선에서는 아름다운 우리 강토를 침범해온 적을 무찌르는데 모든 것을 바쳐왔다. 부상 당하자 후송되어서는 극진한 간호원들의 따뜻한 애정이 대견하여 눈물겨웠고, 어서 나어 전선으로 나가려니 하는 희망으로 날을 보내왔다. 그러나 막상 화상을 입은 얼굴의 상처가 아물고 절골된 오른 다리가 완치는 되었으나 다시 전선으로 나가기는 어렵다는 의사의 결론을 듣자, 진수는 하루 종일 담요를 뒤집어 쓰고 여러가지로 생각했다. 진수는 영예군인으로 제대하라는 의견을 접수하지 않을 수 없었다. 비록 이렇게 되었을 망정 이미 하여오던 전공 일을 계속하는데에는 별로 지장이 없으리라고 생각하였다.

차는 달리는데 언제까지나 한 자리에서 손을 흔들어주던 떠나던 날 아침의 간호원이며 의사들의 모습을 머리 속에 그리면서 진수는 언제든 다시 만나야만 할 그리운 사람들로 그들을 생각했다.

진수는 확실히 자기의 몸이 쇠약하여졌음을 느꼈다. 느츰한 고개이라지만 어느 가파로운 벼랑에나 기여오르듯 숨이 턱에 닿아 사뭇 이마에서 땀이 흘렀다. 그러나 걸음은 빨랐다.

칠성고개의 마루턱에 올라서니 예나 지금이나 다름 없이 늦가을 바닷바람이 한 아름 가슴에 안기며 탁 티인 동해바다가 무엇인가 그립던 것을 이야기해 주는듯 하였다.

진수는 등에 졌던 배낭을 내려놓고 털석 주저앉았다. 바람이 앞 가슴을 파고들어 등골이 시원해왔다.

얼핏 보기에는 마치 새로운 건설이나 시작하는 공장 거리 같기도 했다. 그러나 그것은 지난 날의 그 우람찬 기계들이 돌아가던 공장인 것이 아니라 미국 강도에게 여지없이 상처 입은 잔해만 남은 공장이였다.

상전이 벽해가 되였달까! 이 거리는 너무나 변했다. 전선에서나 병원에서 노상 이와 흡사한 광경을 머리 속에 그려보지 않은 바는 아니였으되 이렇듯 참혹하게 되였으리라고까지는 애당초 생각하고 싶지 않았다.

아침 저녁으로 배를 마중하던 그 육중한 기중기도 부서졌다. 쉬는 참이면 철탑 옆에 선채 아름드리로 솟아오르는 연기를 쳐다보며

"장백산 줄기 줄기"

노래 부르던 그 하늘을 치솟던 굴뚝들이 중허리가 잘라졌고 그렇게 웅장하던 콩크리트 건물들은 부서졌다. 이런 것은 진수의 마음을 어지럽게 하였다.

순간 그에게는 참을 수 없는 분노가 치밀었다. 화선에서 단 한 놈의 적이라도 더 무찌르지 못하고 돌아온 것이 분했다. 그러나 인민들은 그들의 무수한 탄알에도 굴하지 않은 것이며 백배 천배로 복수의 불길은

더욱 높이 들 것이다.

그러기에 변모한 이 거리였으나 여전히 사람들이 바삐 왕래하고 있었다. 그는 배낭을 다시 졌다.

어머니며 동생들은 어찌 되었을까? 그 동안 별로 소식도 전하지 않았던 자식된 도리를 책하였다. 응선이며, 원희는 지금 무엇을 할까? 선참 꽁무니에 찼던 뺀찌며, 도라이바를 풀어놓고 전선으로 나간 다음, 그 해 七월엔가 간단한 편지 한 장을 띄웠을 뿐, 그 후 간고한 시련의 후퇴 시기가 없었더라면 일커니와 그 때로부터 다시 진공하여 이년이 가까워 오도록 이렇다 할 기별 한번 보내지 않은 자기의 위인됨을 얼마나 노여워할까? 잊을 수 있다면 일커니와 날이 갈쑤록 추억이 새로워지는 원희를 지금 머리 속에 그리며 걷는 진수의 마음은 노상 평온할 수가 없었다.

그것도 공장 사무실이던 자리를 가까이에 두고서부터는 와락 만나 보고 싶던 그리움이 스르르 불안스러운 것으로 변했다. 원희는 정말 자기를 기다리고 있을지? 만일 기다리고 있다면 지금 이처럼 부상되어 돌아오는 자기를 얼마나 놀랜 눈으로 쳐다볼까? 벌써 원희의 기억 속에서 사라진지 오래인 자기라면 설혹 만난다기로 어떤 낯으로 대할까? 자꾸 진수는 생각해서는 안될 그 괴로운 무엇을 생각하는 것 같애 애써 자기의 마음을 딴데로 돌리기에 힘 썼다.

머리를 들고 진수는 모든 것을 뜻 깊게 쳐다보았다.

폭격에 용마루와 서까래가 서로 뒤바뀐 사이로 전선에 매달린 애자들이 그의 눈을 파고 들었다.

여기 저기 서있는 낯 익은 전선주들을 쳐다보며 진수는 다시 발을 옮겼다.

쳐다보니 누군가 전선주에서 일하고 있었다. 지난날이 그의 머리 속으로 주마등처럼 스쳐 지나갔다. 알 수 있는 동무이면 오직 좋으리⋯⋯ 생각하니 무작정 걸음이 빨랐다.

허리의 밧줄을 전주에 얼매고 뒤로 몸을 재끼면서 애자에 감긴 전선을 푸느라 열심인 동무가 있는 전주 밑에 다달은 진수는 한참 쳐다보다

"웅선 동무!"

하고 불렀다. 그는 아래를 내려다보더니 꽁무니에 뺀찌를 박고 자세를 고친 다음, 다시 뺀찌를 끄집어내어 줄을 끊는다. 진수는 혹 사람을 헛보지 않았나? 싶어 다시 쳐다보았으나 틀림 없는 웅선이었다.

왜 대납이 없을까? 아니 나의 얼굴이 너무나 변모해서 몰라보는게 아닐까? 그렇게 친하던 동무들까지도 몰라보게 된 자기 얼굴⋯⋯.

진수는 머리를 땅에 떨어뜨렸다. 그는 삽시에 무엇을 생각는듯 머리를 쳐들자

"내가 진수야"

하고 자기의 귀에까지 어색하게 들릴만치 외쳤다. 웅선이는 마치 전기에 놀란 사람처럼 몸을 돌려 의아스러운듯 아래를 내려보더니 이윽고 전주를 미끄러 내렸다.

"이기 진수가 아닌가! 이게 웬 일이야, 응⋯⋯."

웅선이는 손에 뺀찌를 쥔채 진수의 몸을 으스러지게 끌어안으며 숨차하였다.

다음 순간 웅선이는 그의 두 손목을 힘껏 쥐며

"어! 왔군!⋯⋯ 매정한 사람 같으니라구⋯⋯."

웅선이는 뜨거워진 눈시울을 씀벅이며 어색한듯 얼굴을 돌리더니

"진수가 왔어⋯⋯ 진수가 왔다니"

하는 응선이의 목소리가 퍼지자 수수밭 속에서 전선을 감고 있던 동무들이 와락 몰려 나왔다. 그제사 응선이는 진수의 손을 놓고 기름 묻은 손등으로 눈물 자국을 훔쳤다.

진수를 쭉 둘러싼 동무들은 다함 없는 기쁨으로 거저 어쩔 줄 몰라했다. 진수는 그립던 동무들의 얼굴을 하나 둘 쳐다보았다.

"영 몰라보게 됐네…… 그래 어데까지 갔댔어?"

나 먹은 서동무의 말이었다.

진수는 대답 대신 동무들의 얼굴을 바라보며 한 손으로 화상 입은쪽 얼굴을 자꾸 어루만졌다.

"진수! 오늘 일이 급해서 그래…… 거의다 되였으니 좀 기다리게"

"괜찮어 어서들 하라니……."

"원희는 당당히 전공이 되었네"

하고 응선이는 원희를 가리켰다. 원희는 얼적은 듯이 빙그레 웃었다. 응선이는 손에 바이스를 들고

"오늘은 일을 빨리 끝냅시다. 자! 그리고 원희! 환영회 준비래도 해야지"

그러자 동무들은 더 활기를 띠고 작업을 시작했다.

진수는 웅성거리는 동무들을 쳐다보며 한없이 가슴이 흐뭇해옴을 느꼈다. 그리고 자기도 동무들과 어울려 저렇게 작업을 할 생각을 하니 새로운 힘이 솟아오르는듯 다소 흥분했다.

II.

토굴 안인 집합소에는 전등이 달려 있었다.

진수는 뻘겋게 피여오르는 히타불을 물끄럼히 바라보며 두 갈래의 괴로운 생각을 되풀이 하다 다시 벽에 걸린 시계를 처다보았다.

일곱시를 넘어서두 상기 작업을 나간 동무들이 돌아오지 않는다.

아침 일찌기 나가 이렇게 늦도록 돌아오지 않는 그 동무들이 돌아온 대야 곤한 사람들이여서 잠을 자야 할 것을 생각할제 길게 이야기할 수도 없었다. 비록 며칠이 아니라고는 하지만 그 동안이 몇 달 맞잡이로 지루했다.

서로 만나자 반가운 김에 진수는 전선에서 싸우던 이야기를 동무들에게 하였고, 동무들은 후방에서 싸우던 여러가지 미담들을 들려주었다. 그 중에서도 특히 후퇴 시기의 이야기가 진수의 마음을 흥분시켰다.

진수는 이시 동무들과 함께 현상에 나가 지난 날처럼 일하고 싶었다.

우선 진수는 부장을 찾아갔다. 이삼일 쉬기도 했으니 인젠 현장으로 보내달라고 말했다. 그러나 부장은 쉬운 서무 서기래도 해달라고 사정하듯 말했다.

진수는 낮에 부장 동무가 하던 말과 꼭 같은 말이 나오면 어쩌나 하는 조바심을 품으며 세포위원장을 찾아갔다.

"저 아까 부장 동무에게 잠간 말했지만 어떻거든지 뻰찌를 차게 해주시오"

했으나 세포 위원장도 다소 난처한 표정을 짓더니

"허긴 두 세 사람의 몫을 하는 동무가 이런 때 다시 뻰찌를 찬다는 것이 퍽 반가운 일이기는 하지만…… 자우간 부장 동무가 말한대로 당분간 서무 서기를 보아주오. 몸이야 완쾌되였다지만 좀 더 쉬는 셈 치고 그래 주오"

진수는 세포 위원장의 말에 더 우기지는 못했으나 여간 불만인 것이 아니였다. 이를테면 그들은 자기 몸을 돌보아 서무 서기 일이 편하리라고 그렇게 하는 것이지만 진수로서는 가장 자기의 손에 익은 일도 전공 일이고 그 일을 통하여서만이 자기의 있는 기량을 송두리채 발휘할 수 있고 일하는 보람이 날 것 같았다. 남은 어떻게 생각하든 자기는 어지간히 힘이 부치드라도 어려운 일을 하고 싶었다. 몸 생각보다도 군대에 나갔다 온 자기라는 생각이 더 들었다.

어떠한 일이 있든지 이 일을 해결하리라는 결심에서 진수는 응선이를 만나 툭 털어놓고 이야기를 했다.

그러나 응선은 얼굴에 엷은 웃음을 지으며

"동무의 뺀찌는 지금 원희 동무가 쓰고 있소…… 그러니 원희 동무가 대신으로 일하면 되지 뭘 그러우"

하고 말했다. 진수는 너무 어안이 벙벙해서 응선이를 물끄럼히 쳐다만 보고 있었다.

응선이는 다시 말을 이여

"그래 원희 동무가 동무에게 뺀찌를 돌려줄상 싶소?"

"응선이 농이 아니야…… 내 심정을 잘 알 수 있으면서두 그래? 그러지 말고 함께 가서 부장 동무하고 일이 되도록 힘써 주게"

"내가 동무 일까지 합처 할게 좀 몸을 쉴겸 그 일을 해주게"

"그렇다 치고 나까지 나가면 세 사람이 몫이 되면 더 좋지 않아"

"……"

응선이는 대답 대신 웃었다.

진수는 웅선이가 자기를 동무로써 애껴주는 것이 무한히 반가워 눈물겨웠으나 그러나 그것으로 만족할 수는 없었다.

진수는 다소 자신을 진정시키고 조용히 생각해 보았다. ……지금 자기는 책상 앞에 앉아있다. 그러면 머리 속에서는 현장에서 오고 가는 동무들의 모습이 떠오른다. 하루 일을 마치고 동무들은 웃으며 합숙으로 돌아온다. 그 중에는 원희도 끼여있다. ……진수는 더 이상 생각할 수가 없었다.

아침 식사를 함께 하고 동무들은 모두 현장에 나가는데 자기만 혼자 남게 된다. 배워오고 하고 싶은 일은 거기에 있는데…… 그 순간마다 진수는 대오에서 뒤떨어진 사람처럼 자신을 돌아보게 된다. 비단 이러한 사정만이 아니였다.

그와 함께 그의 마음을 더욱 흔들게 하는 것은 원희에 대한 생각이였다.

설혹 일이 바쁘다기도 하여 아직까지 만나 이야기할 틈도 없었지만 서로 기다리던 심정을 열어놓고 이야기 해 보지 못한 일이다.

원희의 모습은 전과는 퍽 달라졌다. 그의 억센 손이며, 작업복에서 풍겨오는 오이루 냄새며, 삐뚜룸히 올려놓은 모자 짬으로 머리칼이 바람에 날려 이따금 눈을 가리우는 그 고동색 얼굴에서 진수는 자기가 인제까지 머리 속에 그려오던 원희와는 너무나 일변한 그의 모습을 보았다.

진수의 머리 속에는 지나간 날이 회상되였다.

원희는 마음 착하고 어진 처녀였다. 쉬는 일요일이면 산보다 바다를 즐겼고, 파래미역을 뜯어서는 바위 위에 말리우며 어린 아이처럼 즐겨했다. 파도가 백합화처럼 피는 바닷가를 걷다도 곱게 다지운 모래 위에 '김일성 장군 만세!'라고 손가락으로 써놓고는 진수를 처다보며 즐거운 삶에 스스로 도취하듯 했다.

원희는 그 때, 진수가 일하던 이 배선부의 서무 서기로 있었다. 일이 그렇게 분주한 편은 아니였으나 많은 사람들과 접촉해야 하였다. 늘상 그의 앞에는 사람들이 웅성거렸고, 무더운 여름날 옷고름 한번 풀어놓지 않고 죽은깨 점점이 돋은 얼굴에 이슬 마냥 맺힌 땀을 훔치며 수굿이 일하던 그를 진수는 잊을 수 없었다. 아침이면 누구보다도 앞서 출근했고 그 넓은 책상 위를 거의 버릇처럼 혼자 훔치는 그였다.

다소 익살스러운 전공들이 우스운 말을 던지면 슬며시 자리를 뜨는 원희였기에 다구쳐 놀리면 얼굴이 거저 뻘개졌다. 동무들과 이야기하거나 또는 혼자 무엇을 생각할 때에는 다소 시무룩한 표정을 짓는 그였으나 한편 명랑하기도 했다.

당 회의에서나 직맹 회의에서의 그의 토론은 누구보다도 야무진 편이였다.

진수는 원희의 이러한 성격과는 다소 달랐다. 원래 외선공인 진수는 내선에 있어서도 다른 동무들에게 짝지지 않았다.

언제인가 사무실의 증설 공사가 있어 진수는 뚜껑을 달고 시링구를 붙이는데 원희는 물끄럼히 처다보더니 자기도 전공 일을 배웠으면 한다고 의외의 말을 던졌다. 순간 진수는 픽 웃어버렸다. 그러나 몸이 든든하고 억센 품이 능히 전공을 할 수 있는 녀자로 생각했다.

쏘련 녀성들은 철도 일도 하고 철탑에서도 일한다면서 조선 녀성도 전공 한 사람쯤 있어 과히 무방하리라는 롱쪼의 말도 했다. 이럴 때마다 원희는 별반 말댓구는 없었으나 내심 불쾌해 하는 표정이였다.

차차 원희는 진수의 좋은 말 동무로 되였다. 싱거운 소리를 좋아하는 동무들이 그들의 이러한 사이를 보고는 서로 사랑하는게 틀림이 없다고 수근거렸다. 그러나 한낱 소문이면서 여러 사람들의 입에서 오르나리게 되자 진수와 원희는 서로 처다보기까지가 어색해졌다. 그럴쑤록 서로의 일거 일동이 부자연스러워졌으며 애써 멀리 한다는 것이 되레 표면 뿐이지 마음 속의 거리는 더 가까워졌다. 서로 생각하게 되는 순간이 잦아졌다.

둘 사이에는 애정이 맺어졌다. 사랑하는 사람을 두고 전선으로 나간다는 것은 진수로선 괴로운 일이기도 했으나 그러나 다시 만날 날의 꿈은 더 부푼 것이기도 하였다.

그러나 지금 다시 돌아온 진수에게 있어서는 그 꿈의 일각이 무너지는 것 같았다.

진수는 마치 생각해서는 안될 그 무엇을 생각한 순간처럼 자리에서 일어나 히타에 담배 불을 부치고는 문을 열고 벽을 더듬으며 밖으로 나왔다.

바로 그 때, 웅선이는 목에 수건을 걸고 마주 들어오고 있었다.

"만나자던 참인데…… 어데 가?"

"갑갑해서……."

"동무들이 올테지……."

하고 웅선이는 무엇을 생각하는듯 하더니 먼저 앞서라면서 자기는 다시 방안에 들어가더니 이어 나왔다.

진수는 웅선이와 함께 언덕 길을 걸었다. 지난 날 등불이 명멸하고 동음이 소란하던 그 공장은 지금 등을 끄고 고이 잠드는 것 같았다. 그러나 그 어둠이 자욱한 속에서도 생명의 흐름이 맥박치는 고동소리가 어데선가 들리는 것만 같았다.

진수는 걸음을 멈추고 새삼스레 무엇인가 생각하는듯 했다.

응선이는 그제사 문득 생각난 듯

"들었지?"

"뭘?"

"동무를 래일부터 본부로 출근하랬어"

"그래……."

진수는 출근하라는 것이 반가운 일이기는 했으나 그러나 전공으로서가 아니라 서무 서기로 나오라는 말이 틀림 없다고 생각되였을 때,

"이거 봐 응선이…… 아무 일을 한들 국가에 충성 다하기는 매 한가지 아니야, 그러나……."

"진수 동무, 너무 고집을 부리지 말어, 앞으로 얼마든 배운 기술을 사용할수 있지 않는가 말이야"

"글쎄 동무의 생각도 난 잘 알아…… 그러나 지금 내 심정을 알아주게. 돌아다 보니 어머니며 동생들이 폭격에 죽고…… 전선이라면 당장 적의 화구로 돌입해 까부셨을거네"

잠간 침묵이 흘렀다.

"진수! 함께 래일 다시 부장을 만나기로 하자구"

진수는 응선이의 말이 무척 반가웠다. 응선이와 진수는 외선 견습공을 할 때부터 함께 지내오던 막역한 사이였다. 진수가 전선으로 나간 다음 응선이는 진수와의 우정이 더욱 굳어지는 것만 같았다. 응선은 진수와 원희의 사이도 잘 알고 있었다. 지난날 원희를 위하여 자기가 애쓴 일도 새삼스러웠다.

진수가 전선으로 나가자 원희는 여간 침울해지지 않았다. 그래서 응선이는 그 어느 날 원희를 조용히 불러 전선으로 사랑하는 동무를 보낸 후방 녀성의 태도가 그렇게 나약해서는 안 된다고 꾸짖어 주었다. 그

때 원희는 눈물을 글성한채 얼굴을 들지 못하고 밖으로 나갔다.

응선이는 여러가지로 생각던 남어지 원희의 기분도 전환시켜 줄겸 그 자신의 소원이기도 해서 전공 견습으로 돌리는데 노력했다. 한편 응선이는 진수와의 우정을 생각해서라두 반드시 원희를 전공으로 키우는데 자기가 책임을 질 것을 마음 속에 굳게 다짐했다.

세포 위원장과 부장 동무는 응선이의 이와 같은 심정이 고마워 쾌히 승낙하였다.

원희는 진수가 그렇게 애지중지하던 뺀찌를 허리에 차고 남자 동무들의 뒤를 따라 나섰다. 그러한 원희를 동무들은 부당하게 여기기는커녕 내견하게 생각해 주었다. 원희는 신이 났다. 원희를 전공으로 기르는데 응선이는 모든 것을 애끼지 않았다.

풀이 돋고 꽃들이 피는 봄이 오고 —초하의 신록이 짙어갔다. 아까시아 꽃이 한창이던 어느 날 석양이었다. 하루 일을 마치고 향기가 코를 찌르고 숨이 막힐듯한 길을 원희는 응선이와 함께 걸으며

"지금쯤 진수 동무도 몰라 보리만치 발전했을테지"

혼자 말처럼 외우면서 스스로 얼굴을 붉혔다. 순간 응선이는 지금 원희가 자기의 머리 속에 진수의 모습을 그리고 있으려니 생각하니 —어서 이 몰라보게 장성하는 원희를 그에게 보여주고만 싶었다. 응선이에게 있어서 원희가 탐탐한 전공이 되였다는 것은 더없이 기쁜 일이기도 했다. 그 날 저녁 응선이는 동무들이 모여 앉은데서 능히 녀성도 전공이 될 수 있다는 확신성을 자기는 가졌노라고 자랑했다…….

진수는 응선이가 들려주는 그 동안 원희가 장성해오던 이야기에 대하여서 응선이의 우정에 대하여 무어라고 말했으면 좋을지 말이 나가지 않았다.

"응선이 그러나 나는 원희를 잊어야 도리일 것만 같아……."

"그야 지금 동무를 대한 원희로서는 다소 마음속이 허전할 수야 있지. 그러나 원희는 동무를 잊고는 살 수 없는 사람인 것을 나는 확신해"

"내가 물러서야지…… 이것이 원희를 가장 생각는 길일 게야. 응선이 그렇지?"

"낮에두 쉬는 참에 원희는 그 사이 바빠 진수를 미처 만나지 못해서 이야기도 변변히 못했으니 진수 동무가 오해할지도 모른다고 그러데…… 그래 한번 만나 시원스레 이야기 하라구 권했네. 원희가 그런 사람일 수는 없네"

"오해라구?"

그러나 응선은 그 말에는 대답이 없었다. 진수도 더 묻지도 않았다.

진수는 오늘 아침도 동무들과 함께 작업장으로 나가는 원희의 뒷 모습을 바라보다 그냥 텅 비인 집합소에 돌아와 책상에 머리를 박고 한동안 생각했다.

그러나 그는 결국 원희를 생각하여서는 안된다는 결론에 도달했다. 만약 그의 아름다운 꿈에 자기가 어두운 존재로 나타난다면 그것은 있어서는 안 될 죄악으로 느껴졌다. 전선으로 나간 다음, 그렇게 자기를 생각하여 주었다면 응당 자기도 그에게 대하여 그만 못지 않게 생각해 주어야 할 것이 아닌가? 그일은 다만 원희를 멀리 하고 그에게 보람 있는 청춘을 소생시켜주는 길 밖에는 다른 길이 없음을 알았다.

설혹 원희가 자기에게 대한 애정이 변함 없고, 또한 그것이 더욱 강하게 작용한다 하더라도 자기는 이것을 받아서는 안된다.

지금 자기에게 있어 애정 문제가 있을 수 있다면 그것은 새로운 것이어야 되고 괴로운 일이나 원희와의 전 것의 계속이여서는 될 수 없었다. 그 새 것은 있을 수도 있고 없을 수도 있고 그것은 어떻든 자기에게 당면한 과제는 기쁘고 보람 있는 사업을 통하여 새 생활을 건설하는 것이였다.

진수는 응선이와 갈라진 다음 합숙에 돌아와 자리에 누었다. 그러나 좀처럼 잠이 오지 않았다.

다음 순간 진수는 화선에 있는 동무들이 머리에 떠올랐다. 자기가 부상을 당하던 소나무가 개피처럼 찢기고 발이 쑥쑥 빠지던 국사봉 전투가 머리에 떠올랐다. 얼마나 적을 증오하였던가. 오늘 다시 공장에 돌아왔으나 그 모든 것을 생각하면 삽시라도 그냥 있을 수는 없었다. 진수는 사꾸 현상에서 일하고 있는 동무들의 틈에 자기가 끼워 있는 것을 머릿속에 그려보았다.

III.

생각하면 진수는 삼년만에 처음으로 전선주에 오른 셈이였다. 진수는 한낮이 지날 때까지고 일에만 골몰하였는지 별다른 생각이 나지 않았다.

三○스빤을 넘어서부터는 전주가 차차 릉선으로 기여오르자 늦가을의 바닷바람이 가슴에 안겨와 어린애처럼 공연히 즐거워졌다.

진수는 줄을 쎄우던 바이스를 놓고 이마에서 흐르는 땀을 씻은 다음 완목에 엉치를 단단히 붙이고는 머리를 들고 휘 돌아보았다.

진수는 모든 것이 적게 보이며 머리가 아찔해오는 것을 느꼈다.

간격을 놓아 엎드린 전주를 가로 타고 완목을 붙이는 동무들, 전선한 끝을 등에 메고 비탈을 바라 오르는 동무들, 멀리서 밀차를 끌고 올라오는 동무들이 온통 적게만 보여졌다. 다시 머리를 들고 릉선을 올려다보니 전주를 세우는 동무들이 아물거리는데 그 속에는 원희도 끼여 있고 그 주위에는 단풍이 유달리 붉게 타고 있다.

이 모든 것이 마치 한 폭의 그림처럼 진수의 머리속을 파고 들었다

바람이 휘 등골을 스쳐 지나가자 진수는 길게 숨을 들여쉬었다.

진수는 아득히 푸른 바다를 내다보며 새삼스레 보람 있는 청춘과 삶의 향기를 느꼈다.

다음 전주에 올라간 웅선이의

"멀해……?"

하는 소리에 머리를 돌린 진수는 웃음 어린 얼굴을 돌리자 꽁문이에서 뺀찌를 내여 전선을 애자에 매여놓고 철선을 뚝뚝 자른 다음 바이스를 풀어 땅에 떨어뜨리고는 전주를 바라내렸다.

진수는 웅선이가 올라있는 그 다음 전주로 바라올랐다.

이렇게 하루의 일을 마치고 밀차에 쓰던 재료며 기구들을 걷어 싣고 합숙으로 돌아올 때 진수는 가슴 속 흐뭇함을 금할 수 없었다. 진수는 많은 일들이 자기를 기다리고 있으며 이 일들을 통하여 로동당원으로서 더우기 전선에서 돌아온 영예군인으로서의 의무를 보람 있게 수행하리라는 것이 전선에 있을 때처럼 또한 기뻤다.

전쟁 전의 진수는 외선에서도 특히 철탑 일을 잘하였다. 그 아스랗게 높은 곳에 바라올라 핑핑 돌아칠때는 번번히 동무들을 경탄케 하였다. 그 뿐만 아니였다. 현장 설계를 손에 받아들면 二. 五미리 선이 얼마 들고, 애자가 얼마 들고, 노쁘가 얼마 들고, 외관이 얼마 들고…… 하는 것쯤은 머리에 환했다. 그래서 출고 전표를 떼들고 창고에 들어가 턱턱

골라 꾸려메고 현장에 나가 일을 마치고 보면 대개 나사못 몇 개나 완목이 좀 남을 정도였다.

진수는 모든 일이 다시 자기의 솜씨를 기다리는가 싶을 때, 더욱 일에 열중했다.

진수는 저녁에 집에 돌아와 잠이 들면 간혹 앓음 소리를 했다. 아침에 일터로 나갈 때는 절골되었던 쪽 다리가 저리여져서 말쩬 때도 있었다.

이러한 경우에 응선이는 진수의 뒤에서 물끄럼히 바라보다가는

"몸이 괴롭지? 좀 쉬게나"

하고 권고하기도 하였다. 그러나 진수는

"아니 세절이 그래 그런게지…… 뭐"

하고 웃어버렸다.

사실 어느새 락엽이 지는 철이 되었다. 진수는 칠성 고개를 넘어 이 연회색 뿌연 광경 속에서도 무덕 무덕 붉게 누르게 단풍 든 나무들을 바라보던 것이 바로 어제 같은데 어느덧 벌써 서리바람에 락엽이 지는 시절이 되었다.

그래 진수는 듣기 좋게 계절 탓으로 돌렸지만 실상인즉 그의 다리의 아픔은 무리한 과로에서 온 것이었다. 그러나 그는 일을 쉬려고는 생각지 않았다.

진수가 이렇게 일에 열중할쑤록 응선이도 원희도 그랬거니와 다른 동무들도 진수를 도와 더욱 능률을 올렸다.

그러던 어느 날.

해안선을 둘러싼 일대에 널린 전선과 전기 용구들을 회수하는 작업을 하게 되었다. 오정 작업은 그런대로 마치고 오후부터는 널려서 할 것이 아니라 몇 사람씩 반을 나누어 하는 것이 더욱 능률이 오를 것이

라고 응선이는 동무들에게 지시를 주었다.

그러자 나 먹은 서동무는 하던대로 하지 뭘 새삼스레 그러느냐면서 응선이의 말에 엇서는 것이었다.

응선이는 그러지 말라고 타일렀으나 서동무는 그냥 뻗대고 서서 쳐다보는 것이었다.

그 순간 바다 쪽으로부터 그라만 네 대가 저공하여 바로 그들의 전면을 향하여 날아오고 있었다.

모두 방공호로 뛰여 들어갔다. 방공호 안은 어둠 침침하고 습기가 있었다.

서동무는 무슨 불만이 있는듯 혼자 말로 두덜거렸다. 이러한 일은 처음인 것이 아니라 응선이의 지시를 그는 번번히 이렇게 접수했다. 물론 서동무는 전공 일을 한지도 오래다. 그리고 보면 응당 자기가 반장을 해야 하겠음에도 불구하고 단 그 한 가지 —말하자면 후퇴하지 않았다는 그것으로 자기를 반장으로 시키지 않는다고만 서동무는 생각했다.

그 보다도 후퇴하지 않았던 서동무는 미국놈들이 버리고 간 물건들을 많이 모을 수가 있었고 다른 동무들보다 생활이 나았다. 그러나 그는 자조 공장을 쉬면서 장마당에 드나든다는 것으로서 회의마다 깨웠다. 그럴 때마다 응선이에게 남달은 악의를 품고 왔다. 때문에 응선이의 말이라면 번번히 엇가는 그였다.

방공호 안이 와릉하고 울려왔다. 서동무는 계속 무어라고 중얼거렸다.

응선이는

"왜 사람이 그 모양이요"

하고 툭 쏘자 서동무는 자기가 오히려 성을 내며 마치 아닌 밤중에

홍두깨 내밀듯 원희와 웅선이의 사이가 그런 사이가 아니라면서 으쓸해서 털털거렸다. 순간 웅선이는 머리가 아찔했다. 이상스러운 예감이 머리를 스쳐 지나갔다.

서동무는 그러한 말을 되는대로 내깔기고는 그냥 돌아섰다. 웅선이는 그를 붙잡고 조용한 곳으로 다리고 가서 어떤 근거에서 그런 말을 함부로 하느냐고 물었다. 그러자 서동무는 저는 그렇게 생각한다면서, 정말 그렇지 않느냐고 도리혀 반문했다. 웅선이는 너무나 터무니가 없어 낮살깨나 처먹은 사람이 그거 무슨 체신의 말인가구 욕을 퍼부었다. 앞으로 다시 그런 말을 입 밖에 내게 되면 그냥 두지 않는다고 울렀다. 서동무는 그제샤 머리를 수긋하고 무엇을 생각는듯 하더니 그냥 방공호를 나가는 것이었다.

그 날 저녁, 진수는 일을 마치고 동무들의 틈에 섞이지 않고 혼자 걸었다. 서동무가 진수의 뒤를 따라오더니 담배를 붙이라고 그에게 권했다. 서로 바람을 등지고 담배 불을 붙인 다음 또 걸었다.

"생각 났으니 말이지 웅선이를 그렇게만 보지 마우"

"……"

"요새 자꾸…… 고양이 쥐를 생각는듯 왜 진수 동무를 생각는지 아시우, 한번 원희에게 더 우쭐대 보느란 수작이지 별기 없소"

"동무 기술이 으뜸 가니 한번 눌러놓고…… 원희 앞에서 우쭐대 보자는게지 별다른게 아니오"

"대관절 게 무슨 말이요?"

"아니 보면 모르오…… 동무가 전선에 나간 다음 원휠 전공을 시킴네 하고는 늘 붙어 다녔지…… 동무가 오니 가장 친한 사람을 만난듯 능청스레 굴지만 여간 내숭한 놈이 아니오. 다 아는 이야기니 더 말치 않지만 원희하고 이만 저만한 사이기 말이지"

"그런 놈 하고는 동무구 머구 일 끝을 내야 하는기우"

서동무는 자기 집 있는 쪽으로 발길을 돌렸다.

진수는 서동무가 가는 쪽을 한참이나 서서 보다 다시 걸었다. 순간 진수는 마음이 후련해지는 것 같기도 하였다. 차라리 그것이 다행한 길일지도 몰랐다. 응당 그럴 수 있을 것이었다. 삼년이라면 결코 짧은 세월이 아니었다. 그 동안 원희를 동무로서 일을 배워주었을 터이니 응선이의 머리 속에 진수라는 동무의 기억이 차차 사라지고, 아니 원희의 머리 속에 진수라는 사람의 모습이 희박해지며 으레히 서로의 사이에는 우정이 아니라 애정이 맺어질 수도 있는 일이었다고 생각했다. 그렇다면 자기를 만나 속 시원히 털어놓고 이야기한들 어떠랴! 진수는 마음 속에 끼였던 어두운 구름장이 사라져 밝아오는 것 같은 것을 느끼며 동시에 다시 그 어떤 어둠이 끼쳐오는 것같은 것을 느끼지 않을 수 없었다. 응선이는 정말 그럴 수가 있을까? 원희의 태도가 왜 저렇게 석연하지 못할까? 부상 당해 돌아온 자기를 동정해서 그런다면 너무나 쓸쓸한 일이었다. 응선이와 자기 사이는 천리 같이 멀어지는듯했다.

동지로서의 우정…… 이성으로서의 사랑…… 사랑은 동정이여서는 안 된다.

전선에서 아름다운 청춘과 생명을 바쳐 싸운 것은 자기 조국의 운명을 등에 지고, 사랑하는 자기 인민의 번영과 장래 발전을 위해 목숨을 내여 건 것이었다. 때문에 인민들의 사랑을 받는다는 것은 이상 없는 행복이었다. 그것이 동정일 수는 없었다.

진수는 발을 멈추고 길게 숨을 들여쉬였다.

달빛은 허물어진 터전 위로 흐르고 사위는 너무나 정적했다. 그러나

이 곳에는 침묵만 깃들이고 있는 것이 아니었다. 공장 안에서는 이따금 쿵, 쿵 소리가 들려왔다.

공장은 숨을 쉬는듯 했다. 미제 강도들은 이 거리의 모든 것을 쓸어 갈 수는 있었을는지 몰라도 다만 한 가지 로동자들이 가지고 있는 그 자랑 —자기 조국에 대한 충성만은 비질해 갈 수 없었다. ……수많은 사람들이 포탄과 적의 학살에 생명을 잃었어도 또 새로운 사람들이 마치 지하에서 솟아오르듯 그들의 뒤를 따라 이 공장의 품에 안겼거늘 사람은 바뀔 수 있었어도 로동자들의 삶만은 바꿀 수 없었다.

진수의 마음은 이상스러우리만치 맑아 왔다. 일은 언제나 모든 괴로운 그늘을 맑게 해 주었으며 줄 수 있다고 생각했다.

다시 바람이 휘 지나갔다.

그는 합숙을 저만치에 앞 두고 비탈진 언덕 길을 오르면서 몇 번이고 달을 처다보며 걷는데 등 뒤에서 누구인지

"진수 동무 아니세요?"

하는 목소리가 들려서 돌아보니 원희였다.

그러나 진수는 아무런 댓구도 없이 그냥 합숙 있는 데로 걸었다.

원희는 자기의 고민을 더 끌을 수는 없었다. 그만치 자기 자신이 괴로운 것도 괴로운 것이거니와 진수에게 뜻하지 않은 오해를 사게하고 더 고민을 연장시킨다는 것은 이제까지 간직하여온 자기의 사랑이 너무나 부질 없는 것으로 생각되어 울기라도 하고 싶었다.

그래 밤은 다소 깊었었으나 진수를 다시 찾아 시원히 말이라도 하고 싶어 합숙소 있는데로 갔다.

멀리서 사발기가 우르렁거리며 밤 하늘의 공기를 흔들고 있었다.

원희는 조심스레 문을 열었다. 전등이 커있었다. 진수는 걸상에 앉은 채 팔을 벼개 삼아 책상에서 자고 있었다. 히타불이 그의 얼굴을 붉게 비쳐주었다.

원희는 가까이 갔으나 그는 사람이 온 줄을 모르고 잠에 잠겼다. 그는 책을 읽다 잠든 모양이었다. 원희는 그의 쥔 책을 스를 빼여 겉가울을 보니『강철은 어떻게 단련되었는가!』라는 소설책이었다. 원희는 몇 번인가 들어보던 진수의 어린 시절을 회상하며 지금 진수가 이 책을 읽는 심정을 알 수 있었다.

원희는 참아 곤히 잠든 진수를 깨울 수 없어 발길을 돌리다 벽에 걸린 군용외투를 그에게 덮어주고는 다시 문을 나왔다.

이런 일이 있은 다음 날 진수는 작업을 마치고 혼자 합숙 있는 쪽 길을 걷는데

"진수 동무!"

하고 부르는 소리가 들려, 뒤를 돌아보니 원희였다. 그는 퍽 숨이 차했다. 진수는 합숙 있는 길로 그냥 몇 발작 더 걷다 돌아보니 원희는 그 자리에 그냥 서있었다. 꼭 만나 이야기할 일이 있다면서 자기가 오던 길을 되돌아섰다.

진수는 그의 뒤를 따라 걸었다.

캄캄한 하늘에선 별들이 흐르고 있는 것 같았다.

한참 동안 서로 말이 없었다. 진수는 많은 생각을 하다 무겁게 입을 열었다.

"그리고 원희 동무와 응선 동무와의 관계가 나를 퍽 괴롭게 했더랬소…… 삼년이란 세월이 결코 쩌르지 않은 것이오. 나는 그럴 수 있다고 생각했소"

"……."

원희는 긴장되였던 가슴 속이 무너지는 것 같았다. 세상의 그 무엇이 변한다기로 진수와 웅선이의 우정이 변할 수 있을까? 더구나 자기와 진수 사이를 잘 알고 있는 웅선이로서는 도저히 그럴 수가 없는 일이였다. 원희로서는 그 무더운 여름 날 땀을 뻘뻘 흘리며 자기에게 일을 배워주다도 늘 진수 생각을 하는 웅선이기에 더욱 가슴이 메여질 듯 했다. 혹 남들이 웅선이와 자기를 그런 사이라고 말할 수 있을는지는 모른다. 그러나 진수로서 이것을 믿는다는 것은 지극히 죄스러운 일일 터이였다.

"내가 이렇게 부상까지 당하고 보니…… 원희를 생각는 마음에서라도…… 웅선이와의 관계가 그렇다면 더욱 반가운 일이였댔소"

"진수 동무! 이제까지 저를 그런 녀자로 생각하셨세요?"

"……."

진수에게 있어서 원희라는 존재는 너무나 컸다. 어머니로 될 수 있었고, 친한 동무로 될 수 있었고 ─단 하나인 사랑하는 사람이기도 하였다. 그러나 멀리 해야 할 사람으로만 생각해 왔다. 이 순간 원희의 말은 그의 마음에 괴로움을 더욱 가중했다. 폭탄에 못처럼 패인 그 곁에 있는 벽돌 무데기 위에 서로 나란히 앉았다.

맨처음 진수를 만나는 순간 원희는 아찔했다. 그 그립던 사람의 상봉…… 머리 속에 그려오던 사람의 모습이 아닌 그 변모…… 이 얽힌 감정에서…… 그래 원희는 고민했다. 그러나 원희의 머리 속에는 자기가 한 개의 서무 서기로 일하던 시절의 그 씩씩하고 눈이 어글어글하던 믿음직한 로동자 진수라 하는 젊은 청년이 못박혀 있을 따름이였다. 이것은 조국 해방 전쟁을 수행하는 과정에서 더욱 사모치게 그리워지는 존재로 되었다.

"진수 동무!"

"⋯⋯."

"얼굴의 상처가 무엇을 말해주어요, 왜? 고민하세요. 물론 나도 고민을 하지 않는 바는 아니애요. 그러나⋯⋯ 그것은 조국에 대하여 얼마나 충성을 다하였는가 하는 표적으로 될 것이애요."

"고맙소, 그러나 나는 이 이상 원희를 괴롭히고 싶지 않소⋯⋯ 처음 그런 이야기를 들었을 때, 마음이 여간 후련해진 것이 아니요⋯⋯ 지금 자꾸 이렇게 말하면 더 괴로워질 따름이요"

"왜? 자기 자신을 그렇게 비하하세요. 응선 동무를 그렇게 생각하셨다면 그것은 우정에서가 아니애요"

"⋯⋯?"

"나는 진수 동무의 얼굴을 사랑하는 것이 아니에요⋯⋯ 진수 동무! 나는 동무가 읽다 놓은 오쓰또롭쓰끼의 소설 대목을 다시 읽었어요⋯⋯ 나는 진수 동무가 가지고 있는 그 정신을 사랑해요."

원희의 말이 떨어지자 진수는 놀랜 사람처럼 머리를 들었다. 『강철은 어떻게 단련되었는가!』라는 소설에서 주인공이 자기의 애인에 대하여

"당신은 나를 사랑하는게지 그 로동자의 정신을 사랑하는 것은 아니오"

하던 구절이 머리에 떠오르면서 그 날 저녁, 소설을 읽다 잠이 든 뒤, 자기의 등에다 군용외투를 덮어준 사람이 분명 원희였다는 것을 알게 된 진수는 마치 무슨 죄를 진 사람처럼 가슴이 갑갑했다.

벌써 원희는 칠성 고개를 넘어오며 진수가 생각하던 그런 녀자가 아

니었다. 그는 뺀찌를 차고 남자들과 함께 전주로 바라오르는 전공이였다. 진수의 눈에는 소생하는 청춘의 불길이 피여 오르는 듯했다.

그러나 그는 머리를 흔들었다.

진수는 자리에서 일어났다.

캄캄한 하늘에선 사발기가 우르렁거렸다. 차차 가까이에서 요란스레 돌더니 쾅! 쾅! 하는 지심을 흔드는 소리와 함께 머리칼이 막 날렸다.

그러자 적 함선에서 사찌라이트의 불줄기들이 미친듯이 교차하더니 함포 사격이 시작되였다.

원희는 자리에서 일어났다.

쿵! 쉬! 쉬! 쾅

순간 원희의 몸이 진수에게로 쏠리자 자기도 모르게 진수는 그를 껴안았다. 둘은 웅덩진데로 굴러가 그대로 엎드렸다.

계속 포탄은 날아와 쾅! 쾅! 거리자 숨이 확 확 막히며 눈에선 불이 일었고 흙이 날아와 머리를 덮었다.

이윽고 비행기 소리도 사라지자 함포 사격도 멎었으나 사찌라이트 불만은 거만스레 비치고 있었다.

서로 엎드렸던 자리에서 일어났다. 원희는 등과 머리에 덮였던 흙을 털었다.

순간, 진수는 무엇을 생각하였음인지 원희를 뿌리치듯 하며 어둠 속으로 달려가고 있었다.

원희는 그저 어둠 속을 바라보고 섰을 뿐 움직이지 않았다.

Ⅳ.

바깥 날씨는 비고치가 떨어진 뒤라서 그런지 몸이 오싹해왔으나 토굴 안에 들어서니 훈훈했다.

만나기로 한 진수는 상기 오지 않았다. 웅선이는 자리에 앉아 이럭저럭 책을 뒤졌으나 머리에 잘 들지 않았다.

나 먹은 서동무의 입에서 떨어진 말이 자기와 진수 사이에 깊은 금을 그었음을 그는 느꼈다. 그러지 않아도 어젯 저녁 원희가 자기를 찾아와 하던 이야기에서 모든 것을 잘 알 수가 있다.

하루라도 이 일을 더 연장시킬 수 없어 웅선이는 오늘 진수를 만나기로 한 것이었다.

왜 아직 오지 않을까? 하고 문을 내다보는데 문 소리가 나더니 진수가 들어왔다.

진수는 방에 들어서자 얼굴이 화끈했다. 이것은 웅선이에게 대한 어색한 심정에서 오는 것일터이지만 진수는 애써 그런 것이 아니라 바깥 날씨가 차서 그렇게 얼굴이 화끈 달아오르는 것이라고 그에게 보이고 싶었다.

진수는 비옷을 벽에 걸고 등을 꾸부려 히타에 담배불을 붙였다.

웅선이는 손에 쥐었던 잡지를 그냥 책상 위에 엎어놓은 다음 말을 시작했다.

"진수 동무! 달래 만나자는게 아니었네…… 바로 어저께 원희가 나를 찾아와 말하니 알았지만서두, 나는 동무의 고민을 한 가지로만 알았댔네, 그런데 나와 관련된 얽힌 고민이란 것을 알았을 때 ―세상에 이런 별 일도 있나 ―싶어 정말 딱했네"

"……."

"…… 말이 났으니 말이지 혹 그렇게 생각할 수 있을지도 몰라…… 그만치 내가 원희에게 노력을 아끼지 않은 것은 사실이였네, 원희가 성장해가는 것이 동무의 모습을 보는듯 해서 그만치 나도 기뻤네…… 그러나 진수! 동무에게서 통 소식이라구 없을 때 나는 얼마나 괴로웠겠는가?…… 그러나 성격이 그렇구, 또 뜻하지 않은 때, 찾아오는 반가움을 생각해서 그럴게라구 원희를 위안해 주면서…… 바른대로 말이지 영영 돌아오지 않으면 어쩌나, 하는 뒷수습 문제까지 근심했드라네, 진수……."

"…… 이 병신이 어떻게 무엇으로서 원희에게 사랑을 구할 수 있겠는가? 참말이지 고민이 심했네…… 그러던 중 서동무에게서 동무와 원희와의 관계를 듣고 놀랐다기 보다 순간 여간 마음이…… 다시 말하면 곪은데를 터뜨려놓은 것처럼 시원했네……."

"……."

"그것은 서로의 사업을 통해, 이성인 것만큼 우정이 애정으로 변할 수도 있다는 것은 지극히 자연스러운 일일 터이고…… 이렇게 맺어진 사랑이라면 누가 욕할 사람은 없을게네…… 그것은 비굴한 짓이 아니기 때문에 …… 그래서…… 웅선이, 내가 못한 것을 웅선 동무가 원희를 전공으로 길렀구, 나는 동무가 원희를 사랑한다면 이상 더 반가운 일이 없겠네……."

"만일 끝끝내 동무가 그렇게 생각는다면, 동무나 원희에 대한 우정이 삽시에 무너지고 마네…… 동무를 만나는 날, 나는 원희를 사이에 놓고 자랑하고 싶었던 이 심정을 왜 이렇게 흐리게 하는가……."

순간 전화가 때르릉 하고 울려왔다. 웅선이는 자리에서 일어나 전화를 받았다.

"네…… 네, 폭격에…… 알겠습니다…… '말무덤' 늪 말이지요……
네……."

웅선이가 수화기를 놓자 곁의 방에서도 수화기를 놓는 소리가 들렸
다. 량쪽으로 전화가 온 것이다.

웅선이는 밖으로 뛰여 나가더니 이여 다시 들어왔다. 그의 머리에서
는 빗물이 뚝뚝 떨어졌다. 종일 시름시름 나리던 비는 좀 뜸하더니 다시
줄기차게 퍼부었다.

"야단났구만…… ×× 구간 고압선이 끊어져 공장 기계가 멎었군"

"몇번 선?"

"일번 선과 삼번 선이야"

진수는 자리에서 일어났다.

공교롭게도 지금 말 편자를 만드는 쪽으로 통하는 작업장의 선이 끊
어진 것이였다. 작업장에서 삼 교대로 기계를 돌리고 있었다. 또 한 시
간이라도 이 기계를 멈추면 예정 계획을 보장하기 어려웠다. 불원해서
겨울이 오면 사용하기 위하여 수만족의 말 편자가 요구되였다. 이를 보
장하기 위하여 생산 회의에도 준렬히 토론되였고 세포회의 결정서에
도 당적 협조에 대한 것이 박혀 있었다.

진수의 머리 속에는 불비 속을 뚫고 고지를 점령하는 동무들이 떠 올
랐다. 진수는 속으로

"이쯤한 일이야"

하고 웅선이를 처다보는데 문 소리가 나더니 서동무가 들어섰다. 그
는 들어서면서 혀부터 찼다. 밤이라, 더구나 비가 퍼붓는데 전선을 어
루만진다는 것은 그에게 있어서 어떤 불쾌한 예감을 짜내는듯했다. 이

러한 경우에 흔히 부상자가 있던 것을 회상하여서이겠지만 진수에게
는 나 먹은 서동무의 태도가 아니꼬았다.

또 문 소리가 나더니 세포 위원장이 들어서고 원희는 그의 뒤를 따라
들어섰다.

서동무는 래일 아침으로 하자는 제의를 하였다.

진수는 단 하루 밤이 아니라 난 한 시산이라도 삭업상의 기계를 멈춰
서는 안 된다고 반박했다.

진수는 벽에 걸린 비옷을 입고 책상 뺄함에서 전지를 꺼냈다. 그리고
왼손에는 쪼인트를 들고 등에 전선을 맨 다음 원희에게 철사 로쁘를 지
워주었다.

"원희 동무는 여게 계시오, 내가 갈테니"

"세포 위원장 동무는 래일 교대 날이애요"

하고 원희는 문을 열고 앞섰다. 그 뒤로 진수가 나서고 응선이와 서
동무는 권선기를 맞매고 따랐다.

비는 줄기차게 내렸다.

얼마 가지 않아 옷에선 빗물이 굴렀다. 바지 갈랭이는 벌써 살에 감
기여 차거운 랭기를 빨아들였다. 빗발은 등 뒤로 퍼붓다도 앞 가슴으로
돌아서기도 하였다.

벼랑에서 미끄러지며 넘어지며 그래도 원희는 진수의 앞에 서서 전
등을 비쳤다.

바다에선 그 야수 같은 놈들의 해적선으로부터 사찌라이트는 간단
없이 허망대고 비쳐왔다.

사찌라이트에 철탑이 번쩍었다. 불길이 옮김에 따라 철탑이 한 대,
두 대, 지나갔다. 그러자 '말 무덤' 늪 위를 비치더니 량쪽 철탑으로 두

갈래의 고압선이 늪에 꼬리를 박고 있는 것이 진수의 눈에 번뜻 했다.

진수는 이상스레 마음이 울렁거렸다. 지난 날, 자기가 가장 자랑꺼리로 하여 오던 철탑 일이고 보면…… 너무나 오래간만에 다시 철탑을 마주선 감개는 무량하였다.

진수는 철사 로쁘의 끝은 허리에 매고 두번이나 바라오르다 미끄러 떨어지고는 하였다.

웅선이는 서동무와 함께 권선기를 메어다 철탑 아래에 놓더니 진수의 허리에 맨 로쁘를 풀어 자기가 매고 철탑으로 횡하니 바라올랐다. 잠간 후, 굵직한 고압선이 땅에 툭! 하고 떨어지더니 진흙이 막 뛰었다.

진수는 그 줄 끝을 서동무와 함께 등에 메고 당겼다. 진창에 발이 쑥쑥 빠지고 어깨는 칼로 어이듯 했다. 한 절반 물에 들어섰는데 웅선이가 절벙거리고 뛰여 들더니 맞은 편 줄을 쥐다가 그만 물 속에 쑥 빠져 머리도 보이지 않았다. 그는 폭탄 구멍에 발이 미끄러졌던 것이다.

순간 원희는 자기도 몰래 앗! 소리를 질렀다. 다음 순간 웅선이는 머리를 솟구더니 입에서 매감물을 활 내뿜으며 동선 끝을 올려들었다.

진수는 숨을 확 내쉬었다.

웅선이는 동선 끝을 감아 등에 메더니 진수더러 쪼인트를 하라는 것이였다. 서동무는 너무 떨어서 동선 끝을 맞대기가 어려웠다. 진수는 그것을 겨우 맞물리고 바이스를 걸어놓고 쪼인트를 죄우기 시작했다. 그리고 뺀찌를 꺼내 철선을 그 곳에 감았다.

겨우 이 쪽의 선도 마친 다음, 물에서 나오니 서로 말을 못했다. 이가 막 쪼아서…….

웅선이는 옷을 둔네에서 수건을 꺼내 머리에 매고 자기가 먼저 철탑으로 한 칸 올라가더니 다음, 진수의 손을 이끌어 한 칸 올려놓았다. 철탑이 미끌어 그것은 마치 얼음을 탄 소처럼 발을 부치기 어려웠다. 자꾸 다리가 떨렸다.

이렇게 웅선이가 먼저 한 칸 올라가고 다음 진수가 따르고…… 하여 전선이 지나간 곳까지 바라올랐다.

또 미친듯 사찌라이트 불길은 철탑을 스치며 지나갔다. 순간 원희의 눈에는 마치 불사신처럼 두 그림자가 쳐다보였다.

다음 순간, 쿵! 쉬! 쉬! 하더니 진수와 웅선이의 머리 위로 함포 알이 날아갔다. 쾅! 하자 아스러이 철탑 꼭지에서 돌아치는 그들을 날려 보낼듯했다.

위에서 진수의 목소리인듯

"권선기를 돌려……."

"감아요"

원희와 서동무가 권선기를 돌리자 이제까지 늪 속에 축 늘어졌던 고압선은 차차 머리를 들며 기지개를 쓰듯 뻗기 시작했다.

진수는 몸을 젖치면서 쪼인트(결선)을 죄었다. 이따금 전지불이 번쩍였다.

사뭇 얼굴에 빗물이 뿌려 눈을 뜰 수가 없었다. 그는 연신 얼굴에서 흐르는 빗물을 뿜었다.

다시 웅선이와 서로 위치를 바꾸면서 진수는 뵈우지도 않는 아래를 내려다보았다.

"역시 솜시는 낡지 않았군"

웅선이의 말에 진수는

"뭐……."

하고 빙긋이 웃었다.

또 함포 알이 날아와 요번은 더 가까이에 떨어졌다. 진수와 웅선이는 쇠 가름쟁이를 바짝 껴안고 바다 쪽을 내다보았다. 자꾸 불이 번뜻번뜻 하며 포알이 간단 없이 날아왔다.

이와 동시에 사발기 소리가 빗발을 타고 고막에 울려왔다.

한번 선회하는듯 하더니 중천에서 번쩍함과 아울러 쉬악! 하는 소리가 들리자 서동무는 돌리던 권선기를 놓고 어둠 속으로 자빠졌다.

원희는 무엇인가 가슴에 와서 쿡하고 맞치는듯 하는 것을 느꼈다. 워낙 탱탱히 쎄웠던 줄인데다 밑판이 험하여 발을 붙일 수가 없어 제 아무리 권선기의 핸들을 반대 방향으로 당긴다기로 역시 로쁘는 풀리기 시작했다.

순간, 원희의 머리 속에는 아까 그 불사신처럼 아슬하게 보이던 두 그림자가 땅에 뚝 떨어지는 광경이 지나갔다.

원희는 권선기의 핸들을 상반신으로 누르며 풀리는 로쁘에 몸을 들여밀었다. 몸이 마치 전기 줄에 닿은 듯했다. 전신이 기계 짬으로 탈려 들어가는 것 같애 그냥 입술을 깨물었다.

지척에서 폭탄이 되는대로 터지더니 흙덩이와 돌멩이 파편들이 막 날아와 권선기와 철탑에 부딪쳤다.

웅선이와 진수는 철탑이 떨리는 음향이 귀에 들리자 더욱 쇠 가름쟁이를 힘껏 감아주며 눈을 떴다. 캄캄하였다.

서로 거의 동시각에 아래에다 대고 크게 소리를 질렀다.

그러나 반응이 없었다.

진수는 급히 권선기와 련결된 철사 로쁘를 끊었다. 아래서 철썩 떨어지는 소리는 들리나 그러나 인적기는 없었다.

순간 진수와 웅선이의 머리 속에는 불길한 예감이 떠올라 다리가 떨리고 목이 말라와서 겨우 철탑을 나려왔다.

떨리는 손으로 전지를 켜서 휙 돌려보니 원희는 권선기에 엎드린채 그의 등에선 빗물이 흐르고 있었다.

진수는 당황하여 그의 등을 흔들었으나 다소 반응이 있을 뿐 머리를 들지 않았다. 응당 어데이던 있어야 할 서동무가 보이지 않을 때, 그는 가슴이 더욱 선듯했다.

진수와 응선이는 권선기에서 원희를 겨우 빼냈을 때, 핸들은 잠시 제 멋대로 돌다 멎었다.

원희의 입 모습에서 빨간 피가 흘렀으나 이어 빗물에 씻겼다. 진수는 전지불을 껐다.

이제까지의 모든 일들이 진수의 머리에 엄습하여 순간 원희를 부등켜 안고 크게 고함을 치고 싶었다.

'진실한 사람'

그는 머리 속으로 외우며 원희의 량쪽 거드랑에 손을 넣고 추거안있다. 그러나 응선이는 거의 빼앗다 싶이 하여 원희를 업고는 비 나리는 어둠 속을 헤치고 앞섰다.

오던 길은 폭탄에 버리집처럼 되었다. 이리 돌고 저리 돌아 내려가는데 등 뒤에서 신음 소리가 들렸다.

서로 발을 멈추고 귀를 강구었다. 틀림 없는 신음 소리였다. 진수는 전등을 이리 저리 비쳐 보았다.

경사진 웅덩바지에 무엇인가 누어 몸을 비틀고 있었다. 가까이에 가보니 서동무였다. 진수는 거의 앞으로 넘어질듯 그에게 엎드리면서

"어찌된 일이요?"

"파편에……."

"어데?"

그의 손이 가는 데를 보니 피가 겉으로 흠벅 배였다. 진수는 자기의 속 옷 앞자락을 되는대로 찢어 그의 신다리를 감고는 서동무를 업고 웅선 동무의 뒤를 따랐다.

상기 해적선에선 무중산 중허리에다 대고 사찌라이트를 물끄럼히 비치고 있었다.

원희의 참된 사랑, 웅선이의 숭고한 우정 ─ 이것을 진수는 남김 없이 받아 들여야한다고 생각했다.

서동무는 진수의 등 뒤에서 신음 소리가 반이나 섞인 목소리로 마치 주문을 외우듯 중얼거렸다.

"……."

"나쌀이나 먹은 놈이 인제사 참말 산다는게 무엇인가 알았어…… 원희 동무…… 용서하오…… 웅선이와 원희 동무가 그런 사이가 아니라는 것을 나는 요 며칠 간 확실히 알았소…… 아이구! 이거 죽는갑소…… 제만 살자구…… 진수 동무…….

"인제 병원에 왔어요…… 가만 계시오"

병원 안은 환했다.

그렇게 줄기차게 내리던 비는 멎었다. 원희의 부상은 며칠 안이면 된다는 것과, 서동무는 파편을 빼내면 이여 퇴원하게 되리라는 의사의 말을 듣고 진수와 웅선이는 병원 문을 나섰다.

공장 기계가 돌아가는 동음이 지심을 흔들며 들려왔다.

로력의 열매는 큰 것이었다. 두 줄의 동선을 이어 놓으므로 이 거창한 기계들은 다시 숨을 돌리여 우람찬 맥박을 울리고 있지 않는가!

진수는 전선에서의 적을 무찌르는 그 눈부신 승리가 결코 우연치 않음을 새삼스레 느꼈다.

지금 작업장에서 생산되는 수만 커레의 말 판자는 겨울을 기다리고 있다. 낮은 밤을 이어 자동차 사이를 꿰매듯 말 달구지들이 줄을 지어 전선으로 달리는 광경이 머리에 떠올랐다. 이것은 마치 전선으로 련결되는 선과 같기도 했다. 이 선을 타고 후방과 전선은 서로 련결을 맺고 전쟁 승리를 보장하는 것이다.

원희도 전선의 병사들과 함께 이 선을 강화시키기 위하여 자기의 모든 것을 바쳐왔음을 진수는 느꼈다. 진수는 지금까지의 원희에 대한 모든 상념을 되풀이해 보는 것이었다.

비 멎은 새벽 공기는 그들의 가슴 깊숙히 스며들어 새로운 희망과 환희를 부어주었다.

"진수!"

이윽고 웅선이는 발을 빼였다.

"원희가 동무를 위해 얼마나 로력하는지 알 수 있지"

"나는 모든 것을 잘 알았네……."

"믿어운 녀자지"

"만일 나에게 자네와 같은 동무가 없었대면 원희와 나와의 애정도 있을 수 없다는 것을 잘 아네…… 자네는 나에게 있어서 우리의 사랑을 련결시켜 준 고압선과 같은 존재였네"

"오늘처럼 우리는 그 선이 끊기면 그 즉시에서 이을 줄 알아야 하네. 진수 동무! 나는 퍽 마음 속이 후련하네"

"웅선이 고맙네"

파도 소리는 멎는듯 하다가도 다시 힘차게 들려왔다.

시커먼 구름이 남녘으로 밀리더니 환희 밝아오기 시작하는 동트는 하늘을 처다보며 진수와 웅선이는 걷고 있었다.

(一九五三. 七.)

−『문학예술』, 1953. 8.

1.

리상현의 소설 「고압선」 역시 얼굴에 화상을 입고 전선에서 귀환한 로동자 출신의 긍정적 인물을 묘사한 작품인바 이 소설에 등장하는 주인공 '진수'는 우리 로동자들의 강의하고 순결하고 새로운 모습들을 잘 반영하지 못하였으며 차라리 인테리적인 내향성, 지의식 소심한 고민이 너무나도 많은 사람이다. 이러한 경향들은 구 시대적 소 부르죠아 인테리의 유물은 될지언정 해방과 함께 그 정신적 면모가 일신되었으며 조국 해방 전쟁 과정에서 더욱 강철로 단련된 우리 로동 계급의 정신적 특질로는 될 수 없다. 작자는 '진수'의 이러한 경향이 주로 얼굴에 입은 흉한 화상에 기인하는 것이라고 말할 것이나 이러한 화상으로 말미암은 고민을 작품 전면에 글로즈엎시킴으로써 작자는 어떤 효과를 노리는 것인지 알 수 없다. 대체 전선 귀환병을 취급한 우리 작품에는 완다·와씰렙쓰까야의 「사랑」을 본받는 이런 식의 귀환병이 자주 출현되는데 귀환병을 첩경 이런 흉한 얼굴로 만드는 작가의 취미를 나는 리해할 수 없으며 반드시 이러한 작품을 써야 할 필요가 있다면 여기서 주동적인 인물은 부상된 귀환병 자신이기 보다는 얼굴의 용모 여부를 가리지 않고 고결한 사랑을 끝내 굽히지 않는 그러한 녀성들 자신이여야 할 것이다.

「고압선」(문학 예술 九호)은 귀환병의 불굴의 로력 투쟁을 묘사하려고 시도한 작품이면서 그 효과가 빈약한 것은 이야기의 줄거리가 주로 '진수'의 고민 많은 내면 세계의 추구에서 시종된데 기인하는 것인바 '진수'에게 있어서 더욱 핍절한 것은 '원희'에 대한 지울 수 없는 사랑과 화상을 입은 자기 자신에 대한 자격지심이다. 이러한 감정이 '진수'에게 있어서 얼마나 지배적이며 주동적인 자리를 차지하고 있는가 함은 전선에서 돌아오는 길에 그렇게도 궁금하던 어머니와 동생들이 폭격에 모두 희생되고 말았음에도 불구하고 여기에 대하여는 복수심은 쥐꼬리만큼도 생각하지 않는데서 찾아 볼 수 있다. '원희'에 대한 생각이 자나 깨나 꼬리를 물고 '진수'를 따라 다니며, 그럴 때마다 화상 당한 자신에 대한 자의식이 머리를 들고 일어선다.

우리는 이러한 우울하고 소심한 로동자보다는 대담하고 명철하고 쾌활하며 볼쉐위끼적 새로운 특질들을 소유한 로동자들을 사랑하며 우리의 사업을 그들에게 의탁하고 있다. 우리에게는 모범과 구감이 될 수 있는 전형이 어디에 있는가를 살필 것이 요구된다. 부단한 사회 생활의 발전과 각부면에 있어서의 새로운 사물의 부절한 맹아 및 앙양은 여기 관여하는 인간들의 품질 속에 락인을 찍으며 그들의 성격과 정신 세계에 새로운 인간 타잎을 형성케 한다. 작가는 여기에 반드시 눈을 돌려야 하며 여기에 예술적 조명을 퍼부어 그를 육성하고 보급시켜야 하는 것이다.

– 김명수, 「우리 문학에 있어서의 전형과 갈등 문제 – 전후 인민 경제 복구 건설 투쟁과 관련하여」, 『조선문학』, 조선작가동맹출판사, 1954. 1, 131~132쪽.

2.

　작중 인물에게 구체적 행동의 세계를 부여하려 하지 아니하고 주로 심리적 굴절면의 추구로서 성격을 창조하려한 탓으로하여 예술성에 어쩔 수 없는 손상을 가져온 작품으로서는 리상현의 「고압선」이 있다. 사건 그 자체의 전개가 개념적으로 진행될뿐으로 예술적 공감성을 수반하지는 못하고 있는바 그것은 그 사건들의 주재자 또는 결절처로서의 인간의 형상이 개연성을 갖고 있지 못하다는 사실과 관계된다. 작중 인물 진수는 무엇 때문에 원희를 의심하여 고민하게 되는지 알 수 없다. 물론 얼굴에 화상을 입은 그로서는 고민이 없을 수는 없다. 그러나 이 작품에 그려진 바와 같이 원희의 사랑에 대한 의심이 거기에 있는 것이라면 이 소설은 우선 진수의 화상된 얼굴을 대하게 되는 원희 그 자신의 고민을 면밀히 묘사해야할 것이다. 동시에 원희의 그러한 심정에 현실성을 부여하기 위해서는 그 화상의 정도와 초상적 특성이 거기에 상응하게 표현되여졌어야 할 것이다. 이런 것이 없는 탓으로해서 기실은 원희의 고민이란것도 심각한 것으로는 표현되어 있지 않다. 진수의 귀향 후 얼마동안 원희가 진수에게로 오지 않았다는 사실로부터 진수의 고민을 끄집어내고 있으나 단순히 그것으로서 사랑을 의심한다는 것은 진수에게 있어 진실감을 주지 못한다. 말하자면 진수가 실로 고민하지 않을 수 없는 정형의 묘사가 원만히 배치되어 있지 못하다.

　뿐만이 아니라 진수의 심리적 특성 사고 방식 그것은 로동자의 성격이 아니다. 특히 로동자 출신으로 화선에 나가 싸운 사람의 성격이 아니다. 편굴하며 선이 가는 온실적 인테리의 성격으로 특징된다 원희도 역시 로동 과정에서 단련된 새로운 성격으로서가 아니라 수집은 규방 처녀의 형으로 그리여졌다.

이리하여 그것은 필연으로 행동과 심리의 부조화, 정항과 성격의 부조화를 초래했다.

구체적인 인간상의 창조가 원만치 못하다는 오늘 우리 작단의 공통적인 약점은 앞에서 이미 말한 바와 같이 그 기본 원인을 생활 그 자체에 대한 과학적 인식의 불원만성에 가지고 있다. 그것은 인간의 성격을 생활환경의 변화 발전에 조응시킴에 있어서와 형상 과정에 갈등을 생활 그 자체의 새로운 것과 낡은 것과의 투쟁에 련결시킴에 있어서와 형상적 인물에다 생활적 토대 및 구체적 행동을 부여함에 있어서외 제반 불원만성으로서 표현되어진다.

이와 관련하여 구성의 미약성 언어 수법 기타등 제반형상력의 미약이 또한 우리 작단의 일반적 약점이라는 점을 인간상 창조의 문제와의 호상 련계밑에 상기한다는 것은 지극히 유익하며 필요한 일이다.

-안함광, 「소설 문학의 발전상과 전형화상의 몇가지 문제」, 『조선문학』, 조선작가동맹출판사, 1954, 2, 138~139쪽.

_____

북한문학의 지배 담론과 텍스트의 균열 양상 연구

해방에서 한국전쟁기까지(1945~1953)의 주요 작품을 중심으로

오태호

Ⅰ. 서론

이 글은 북한문학의 지배 담론과 실제 텍스트의 균열 양상을 고찰하기 위해 해방에서 한국전쟁기까지(1945~1953)에 이르는 시기를 대표하는 양면적 평가의 작품을 선별하여 구체적으로 분석해 보고자 한다. 문학은 지배 이데올로기의 담론적 강제 속에서도 시대와 길항하며 문학적 외연을 끊임없이 다양한 해석의 지대로 끌고 가는 다성성의 장르에 해당한다. 따라서 '종자'의 차원이 아니라 레토릭의 수준에서라도 지속적으로 개인과 사회의 관계를 조망하며 시대적 모순을 착목하게 되어 있다. 북한문학의 당문학적인 성격을 감안할 때 실제 텍스트들 역시 전일적인 주형물로서의 문예물들로 환원하여 해석하기 십상이다. 그리하여 새로운 해석의 개입이 어려운 텍스트이거나 근대 미달의 항일혁명문학류 또는 수령형상문학의 아류 등으로 폄하되는 일차원적 접근 방식이 존재한다. 하지만 본고는 북한문학 작품 중 시대와 길항하는 작품이 지배 담론 생산자들에 의해 상찬과 비판, 선택과 배제의 경쟁 속에서 드러내는 균열과 틈새를 들여다 보고자 한다. 그 균열적 틈새에 대한 주목이 남북한 통합문학사를 기술하기 위한 밑돌로서 남북한의 문학적 차이를 점검하면서도 북한문학에 대한 이해의 폭을 넓히는 방법이기 때문이다.

북한문학사에 대한 개괄적 인식은 이미 김재용[1], 김윤식[2], 신형기 · 오성호[3], 김성수[4], 김용직[5] 등의 선행 연구를 통해 1990년대 이래로 정리된 바 있다. 하지만 이들 문학사들은 북한문학 내부의 논리를 그대로 수용하여 문학사를 재정리하거나(신형기 · 오성호), 외부적 시각으로 북한문학의 역사를 재해석하거나(김재용, 김윤식, 김용직), 북한문학과 남한문학의 물리적 결합을 꾀하는 시도로 재구성(김성수)된 바 있다. 하지만 이제 북한문학사의 개괄적 인식을 넘어서 좀더 입체적이고 구체적인 분석과 평가가 진행되어야 한다고 판단된다. 즉 북한에서 발간되는 '조선문학사'를 반복적으로 재요약하면서 북한문학의 주류 담론과 텍스트들을 개괄하는 방식에서 벗어나 심층적으로 '문학적 보편성과 예술성'을 확인할 수 있는 균열과 틈새를 확인하는 작업은 북한문학에 대한 새롭고 중요한 해석학적 시도에 해당한다.

이 글은 남북한 통합문학사의 기술과 재구성을 위한 선결 작업의 첫 단계로서 1945년 8월 해방 이래로 1953년 7월 한국전쟁이 휴전되는 시기 중에서 세 편의 단편소설을 통해 북한문학의 지배 담론과 텍스트 사이의 균열적 양상을 조명해 보고자 한다. 우선 해방기(1945 ~ 1948)

---

1) 김재용, 『북한문학의 역사적 이해』, 문학과지성사, 1994.
2) 김윤식, 『북한문학사론』, 새미, 1996.
3) 신형기 · 오성호, 『북한문학사』, 평민사, 2000.
4) 김성수, 『통일의 문학 비평의 논리』. 책세상, 2000.
5) 김용직, 『북한문학사』, 일지사, 2008.

에는 '『응향』 사건' 이후 각종 '결정서'들을 통해 '고상한 리얼리즘'을 확정하는 과정에서 비판되는 텍스트 중에서, 한설야의 「모자」를 구체적으로 점검해 보고자 한다. 1946년작인 한설야의 「모자」는 발표 당시에 이미 긍정적 의미 부여와 함께 부정적 비판의 대상이 되지만, 결과적으로 공식적인 북한문학사의 기술에서는 사라진다는 점에서 북한문학의 담론적 강제성을 비판적으로 해석할 수 있는 작품이기 때문이다.

1948년 대한민국 정부 수립과 조선민주주의인민공화국 수립 이후 분단 초기의 양상을 다룬 작품으로는 이태준의 「호랑이 할머니」(1949)를 분석하고자 한다. 북한에서 1947년 긍정적 인간형을 강조하는 '고상한 사실주의'가 창작방법론으로 확정된 이후 북한 사회 현실에서 문맹 퇴치 사업의 성과를 강조하는 이 작품은 발표 당시에 문학적 공과에 대한 상찬과 비판이 공존하다가, '반동작가 이태준'에 대한 배제 논리에 의해 문학사적 삭제의 대상이 되는 텍스트에 해당하기 때문이다.

한국전쟁기(1950~1953)에 애국심과 헌신성을 강조하면서 '고상한 애국주의'를 표방하는 시기의 작품으로는 김남천의 「꿀」(1951)을 검토하고자 한다. 이 작품은 발표 당시에는 문학적 상찬과 비판이 공존하지만, 1953년 이래로 반종파 투쟁 과정을 거치면서는 '반동적 부르주아 작가'의 작품으로 평가절하되어, 결과적으로 북한문학의 지배담론과 텍스트의 균열 양상을 검토할 수 있는 텍스트이기 때문이다.

이들 세 작품은 문학성에 대한 양가적 평가 속에 정치적 담론이 문학을 강제하는 당파적 견지에서 평가절하되는 공통된 특징을 보여준다. 따라서 북한문학에서 지배담론이 텍스트를 강제하는 모습을 통해 북한문학의 유연성과 경직성을 함께 들여다볼 수 있는 소중한 텍스트가 된다. 특히 이 세 작가의 작품에 대한 평가의 극단을 오가는 상찬과 비판은 분단 체제의 비극성을 여실히 보여준다. 이러한 비극성의 문학적 양상을 구체적으로 검토하는 것은 남북한 통합문학사의 밑돌을 놓기 위한 선결 작업에 해당한다.

II. 주제의식의 호평과 리얼리티의 비판 : 소련군 병사의 동요하는 내면 – 한설야의 「모자」(1946)

먼저 한설야의 「모자(帽子)」(1946)[6]는 북조선예술총련맹의 기관지인 『문화전선』 창간호에 실린 작품이다. 제호에서부터 잡지 내용에 이르기까지 소련문학을 사회주의 리얼리즘의 전범으로 전유하려는 의도가 전면화된 창간호에서, 동요하는 내면을 지닌 소련군의 시각을 통해 소련군이 '해방군'임에도 불구하고 '충동적 내면의 소유자'임을 그려 존재의 양면성을 드러낸 단편소설이다. 이 작품에서 소련군인이 조선인을 총으로 위협하거나 술에 취해 총을 난사하는 충동적인 인물로 그려진다는 점에서 발표 당시에 북한에서는 '조소친선'이라는 주제의식을 약화시키는 것으로 비판을 받는다. 하지만, 오히려 그러한 비판적 대목이 이 작품의 당대적 리얼리티를 보여주는 내용에 해당한다.

「모자」는 부제인 '어떤 붉은 병사의 수기'라는 내용에 걸맞게 1인칭 독백체 형식을 띤 모더니즘적 경향의 소설에 해당한다. "우리부대가 K시에 온 것은 바루 이나라가 해방되던 직후인 1945년 팔월그믐께였다."[7]라는 문장으로 시작되는 이 작품은 우크라이나 콜로즈 출신의 소

---

6) 한설야, 「帽子－어떤 붉은 兵士의 手記」, 『문화전선』 창간호, 1946. 7. 25, 198~215쪽.
7) 한설야, 앞의 글, 198쪽.

런군 병사가 제2차 세계대전을 겪은 뒤 북한에 진주하게 된 내용을 다루고 있다. 작품 속에서 K시에 진주한 '나'는 C강을 사랑한다. 이 C강을 배경으로 드러나는 풍경의 잔잔함이 우크라이나 고향을 연상시키기 때문이다. 그는 늙은 어머니와 젊은 아내와 나이 어린 남매를 가진 가장이었지만, 독일 파시스트에 대항하기 위해 참전한 용사이다. 참전 중에도 딸 프로쌰에게 줄 선물로 '손풍금' 대신 '모자' 하나를 준비했지만 전쟁의 와중에 독일군에 의해 어머니와 아내, 남매가 살해당한다. '나'는 상처를 잊기 위해 열정적인 전사가 되지만, 그로 인해 정신적 상처를 깊이 앓게 된다. 특히 복수심과 공포, 악몽에 시달릴 때면 간헐적으로 단총을 허공에 대고 쏘는 돌발적 행동을 하게 된다. 조선인 친구와 함께 승무 공연을 본 '나'는 단총을 빼들고 거리에 나와 격발하는 충동적인 행동을 하게 된다. 그때 가게 앞에서 '모자'를 훔치다 들킨 모녀를 놓아주게 하면서 '나'는 총으로 가게 주인을 위협한다. 이후 딸 프로쌰와 조선의 여자 아이를 중첩시키면서 프로쌰에게 주려던 모자를 소녀의 머리에 씌워주면서 작품은 마무리된다.

작품 발표 이후 「모자」에 대한 평가는 공식적인 비평문으로 안함광의 「북조선 창작계의 동향」이라는 원고 한 편에 불과하다. 하지만 창작 의도에 대한 호평과 함께 작품 내적 리얼리티에 대한 냉정한 비판이 공존한다는 점에서 귀중한 논문에 해당한다. 즉 안함광은 1947년 '북한 창작계의 동향'을 전체적으로 검토하면서, 「모자」에 대한 긍정적인 평가로는 해방기에 '해방군'으로 북에 진주한 소련과의 친선이라는 '조쏘친선'의 주제의식을 거론한다.

전체의 행문이 다감한 붉은 군대의 심상에 알맞은 윤택미를 가지

고 있을 뿐만 아니라 소설 결부에 있어 붉은 병사가 팟쇼 독일 병정한
테 무참히도 희생되어버린 자기가족 특히 어린아들 딸들에 대한 절
절한 추모를 조선의 어린애들에게 대한 애정에다 의탁하여 조선의
어린 아이들과 더불어 희롱하며 자기 딸 프로샤에게 주려고 사가지
고 다니던 모자를 조선의 어린 아이의 머리에 씌워가지고 포옹하면
서 조소친선의 핏줄이 새삼스러히 따뜻함을 느끼는 장면은 대단히
인상적이고 회화적인 동시에 맑게 개었던 그날의 날씨와도 같이 지
극히 친선한 감정을 자아내게 한다.8)

인용문에서 보이듯, 안함광은 "다감한 붉은 군대의 심상에 알맞은
윤택미"와 함께 '조신 어린이에 대한 애정', '조소친선의 따뜻함' 등이
이 작품의 성과라고 평가한다. 특히 독일군에게 희생된 가족을 연상하
며 자신의 딸 프로샤에게 주려던 모자를 조선의 어린이에게 건네주며
포옹하는 모습이 '조소 친선의 따뜻함'을 인상적으로 형상화한 작품이
라는 것이다.

하지만 작가의 정치적 의도에 대한 긍정성에도 불구하고 문학성에
대한 비판이 더욱 철저하게 수행된다. 그리하여 첫째, 전체적으로 "주
제의 통일성을 갖고 있지 못하"여, "붉은 병사의 심리적 굴곡"과 "모자
수여사건에서 형상된 조소친선"이라는 두 개의 주제가 "불통일 상태에
서 접합되어" 있다고 비판한다. 주제의 이원적 형상화가 문제라는 지
적인 것이다. 둘째로 '붉은 병사의 승무에 대한 소감'을 지적하면서 "붉
은 군대의 명예를 정당히 평가"했지만, "심리의 극명한 묘사"(사상적으
로 굳게 무장한 붉은 군대의 전형)가 부족했음을 지적한다. 소련군 병
사의 심리 묘사가 사상성의 약화를 보여준다는 것이다. 셋째로 "처자

---

8) 안함광, 「북조선창작계의 동향」, 『문화전선』 3집, 1947. 2, 12~29쪽.

의 희생에서 받은 침통한 심정" 때문에 고향을 두려워하는 모습으로 소련군 병사를 형상화한 것이 "작자의 수법상의 과장"(공감력의 부족, 묘사력의 미비)이라고 비판한다. 넷째로 소련군인이 충동적 인간이었다가 "정상한 인간"이 되어 "심히 친절하고 단정한 인간이 되는 장면"에서 내적 필연성이 부재하다면서 '작가의 설득력과 묘사력 부족'을 비판한다. 다섯째 소련군이 체감하는 '망각의 행복'이 기억 상의 문제일 뿐 심리상의 문제는 아니라면서, "극명한 심리묘사를 외재적 조건과의 연관"에서 진행했어야 하는데, 행동과 심리가 별개로 드러나고 있다고 비판한다. 이러한 다섯 가지 문학 내적 형상화에 대한 비판은 「모자」의 문학적 한계를 명쾌하게 지적한 논평에 해당한다.

결론적으로는 결국 '상처의 망각'을 포괄하는 "근본적인 문학적 모티브"의 부재가 이 작품의 한계로 비판된다. 그리하여 "면밀한 모티브의 설정과 심각하고도 면밀한 심리묘사를 필요로 하는 위치에서 주인공을 다루"면서도 "주인공에게 문학적 진실을 부여하는 데 성공하지 못했"으며, 결과적으로 「모자」는 "작자의 의도는 좋았음에도 불구하고 그 좋은 의도에 대한 통일적 인상을 독자에게 주는 데에 성공한 작품은 되지 못하고 말았다"9)라고 혹독하게 비판한다. 안함광의 논지를 요약한다면 결국 '조소친선'이라는 주제의식만이 긍정적으로 평가받아 마땅하지만, 근본적인 모티프의 부재 속에 주제의 이원화, 사상성의 약화, 적절한 심리 묘사의 부족, 문학적 진실성의 훼손, 텍스트 내부 이야기의 내적 통일성의 결여가 비판되고 있는 것이다.

안함광의 논의를 제외하고는 북한문학사를 비롯하여 공식적인 북한 내부의 평가나 의견 개진은 없다. 동요하는 내면을 지닌 소련군 병사가

---

9) 안함광, 앞의 글, 21~22쪽.

'고상한 리얼리즘'에 적합한 '고상한 인간'으로 형상화되지 않았기 때문에 배제된 것이다.[10] 이 작품은 특히 소군정으로부터 강한 항의를 받았으며 작품 개작 소동이 벌어지기도 하였다는 일화[11]가 전해진다. 하지만 월남 작가인 오영진이나 현수(박남수)에 따르면 「모자」에 드러난 적절한 묘사가 한설야의 당대 현실에 대한 관찰력과 리얼리티를 높이 평가하게 한다.[12] 물론 현수는 "「모자」가 실린 『문화전선』은 판매가 중지되었고 「모자」는 그의 작품집에서도 제외"[13]되었으며, 소련군 사령부의 의심을 샀다고 판단한다. 그러나 "「모자」가 원산의 『응향』처럼 사건화되지 않은 것은 작자가 저명하고 공산주의 문인의 괴수"[14]였기 때문이라면서, 「모자」 이후 검열이 강화되었다고 자신의 재북 체험을 기술한다.

이 환호에 벅작국 끓어넘치는 조선의땅! 그러나 내게는 이것이 고향이 아닌 것이 당행하였다. 이땅은 아무데 가도 내가족의 영원히 움지기지않는 파아란 눈동자가 없을것이요 또 짓밟히고 깨여진 내 옛 터전이 어게 있을까닭이 없는 것이다. 그러므로 아무데라도 안심하고 걸어다닐수 있다.

다만 때로 환호의 소리, 만세소리가 뜻하지않고 흘러오는 것이 격

<hr>

10) 동일한 주제의식 속에서 긍정적 인간을 다루고 있는 한설야의 「남매」(1948)는 1950년대 북한문학사에서 "조선인민들의 참된 생활적 감정으로서의 조·쏘 친선의 감정을 감명깊게 보여준 우수한 소설"로 평가받고 있기 때문에 더욱 그렇다.(사회과학원 문학연구소, 『조선문학통사(현대문학편)』, 인동, 1988(북한 사회과학출판사, 1959), 207~209쪽)

11) 김재용, 「냉전시대 한설야 문학의 민족의식과 비타협성」, 『역사비평』 47, 1999 여름, 233~234쪽.

12) 오영진, 『하나의 증언』, 국민사상지도원, 1952, 90쪽.

13) 현수, 『적치 6년의 북한문단』, 국민사상지도원, 1952. 39~41쪽.

14) 현수, 앞의 책, 41~42쪽.

정이었다. 해방된 인간의소리! 이에서 더 아름다운 음악이 있으랴. 원수가물러간 거리의 표정! 이에서 더 명랑한 풍경화가 있으랴.

그러나 이 밝음이 내맘속에 서러운 「어둠」을 너무도 선명히 비춰 주는 것이다.

이거리의 집집에서 마다 펄렁그리는 태극기의 붉은빛, 푸른빛이 내가족의 잃어진 피요 움지기지않는 파아란 눈동자를 상상케하는 것이다. 울수있는때 - 술이 취해서 울수있는때는 그래도 행복한 시간일 수 있다. 전쟁이 그립다. 주검을밟고 넘어가는 말리전쟁이 내고향이다. 그럼 예상밖에 전쟁이 빨리 끝장이 나서 너무 갑자기 내주위는 괴괴해섯다. 내게는 아직 소음(騷音)이 필요하고 총소리가 필요하였다.

그러나 지금 내 주위는 대낮에도 만귀 잠잠한 것 갓다. 어떤때는 이나라의모든 환호의소리와 해방의 빛깔이 그저 까마득한속에 잠겨서 보이고 들리지 않는 것이다.[15]

작품 중반부인 3장 끝부분에 보면 소련군의 심리적 동요의 양상이 자연스레 드러난다. 즉 거리에서 부지불식간에 울려오는 환호 소리와 만세 소리가 "해방된 인간의 소리"의 아름다움을 선사하며, "거리의 표정"이 "명랑한 풍경화"를 보여준다고 감탄하고 있으면서도, 그 밝은 풍경이 소련군 병사의 "맘속에 서러운 「어둠」을 너무도 선명히 비춰주는 것"으로 대조된다. 해방된 조선의 밝은 풍경 속에서도 해방군으로서의 소련군의 내면이, '폐허가 된 고향'에 대한 연상으로 인해 어둠에 장악될 수밖에 없다는 심리적 우울감이 드러나는 것이다. 이렇듯 어둠에 침윤된 소련군 병사의 내면은 강박증적으로 강화되어 전쟁에 대한 그리움과 소음의 필요, 총소리의 필요를 갈구하게 된다. 그리고는 대낮에도

---

15) 한설야, 「모자」, 『문화전선』 창간호, 1946. 7. 25, 205쪽.

소리를 제대로 감지하지 못한 채, "환호의 소리와 해방의 빛깔"을 보거나 들을 수 없는 감각의 상실로 이어진다. 이렇듯 「모자」는 고향에서 희생된 가족에 대한 그리움 속에서 해방된 조선의 풍경을 제대로 응시해내지 못하는 소련군 병사의 동요하는 내면을 잘 포착해낸 작품인 것이다.

하지만 전체 5장으로 구성된 「모자」의 1946년 7월 판본은 1956년 9월 판본과 1960년 9월 판본으로 개작되어 출간된다. 이때 원본이 개작본보다 해방 직후 북한 사회의 모습에 대한 한설야의 당대적 현실 감각을 더욱 정확하게 보여준다. 왜냐하면 개작된 1956년 판본과 1960년 판본에서는 고통스러운 소련군의 모습이나, 조선인을 위협하거나 단총을 빼들고 행패를 부리는 등의 부정적 모습이 삭제[16]되기 때문이다. 개작본의 경우는 해방군으로서의 소련군인의 긍정성을 강조하기 위한 내용으로 수정되며, 대부분 원작에서 문제점으로 지적된 대목들이 삭제된 것이나.

낡은 것이 완전히 없어지기위해서는 반드시생겨나야 하는 것이

---

16) 남원진에 따르면, 원작과 개작본의 차이는 다음의 다섯 가지로 요약할 수 있다. 즉 1) 1946년 판본 「모자」에서의 고통스러운 소련 군인의 모습은 개작본에서는 사라진다. 2) '단총(권총)'으로 조선인을 위협하는 소련 군인의 부정적 모습이 개작본에서는 사라진다. 3) 원작에는 '승무' 공연을 제일 재미있게 관람한 뒤 '종교의 힘'이 인간을 지배하는 것으로 드러나지만, 개작본에서는 '인간 의식'이 '종교 의식'에 승리하는 것으로 드러난다. 4) 승무 관람 후 조선의 전통에 대한 이해 부족으로 단총을 빼들고 행패를 부리지만, 개작본에서는 소련군이 자신의 희생당한 가족으로 인한 상처를 치유받는 것으로 그려진다. 5) 조선인을 위협하거나 난사하는 등 단총과 관련된 장면들이 대거 삭제되거나, 조선아이에게 '총부리를 돌리는 시늉'을 하는 모습을 개작본에서 '모른 체 하며 돌아서는' 것으로 수정한다. (남원진, 「해방기 소련 인식, 한설야의 「모자」론」, 『한설야 문학연구 : 한설야의 욕망, 칼날 위에 춤추다』, 도서출판 경진, 2013, 103~137쪽.)

다. 이거리는 지금도 날마다 낡은 것이 가시어지고 새것이 생겨나면서 있다.

자연과 인간을 가장 행복한 길로 인도하는 나라의 구름가티 일어나는 창조의 고동이 내귀에 역력히 들리는 것 가탓다.

내입에서 흐르는 흥겨운 수파람은 고향의 노래를 실어 이하늘에 부첫다.

가을 햇빛에 물든 금모래 마당을 밟으며 나는 계집아이를 안은채 내방으로 걸어들어갔다.

새싹을 키우는 이 거리로 귀엽게 걸어가는—프로쌰의 모자를 쓴 프로쌰의 동생 그리고 모든 이나라의 어린이를······ 이런 것이 파노라마처럼 내머릿속에 떠돌고 있다.[17]

인용문에서처럼 결국 작품 말미에는 '낡은 것과 새 것의 대비' 속에 '행복한 나라'에서 '창조의 고동'을 듣는 것으로 그려지면서 작중 화자인 소련 병사 '나'가 "흥겨운 수파람"을 부르며 "고향의 노래를 실어 이하늘에 부"치는 것으로 드러난다. 특히 "가을 햇빛에 물든 금모래 마당을 밟으며" "새싹을 키우는" 거리로 걸어가는 "프로쌰의 모자를 쓴 프로쌰의 동생"과 "모든 이 나라의 어린이를" 연상하는 것은 심신의 불안감 속에서도 조소친선을 강화하기 위한 주제 의식으로 마무리하려는 작가의 의도가 선명하게 드러난다.

이렇듯 '해방의 은인'이나 '조선 발전의 동무'로 소련군대를 말하던 시점에서, 「모자」가 '조쏘친선'을 강화하기 위한 의도로 창작된 작품이긴 하지만, 결과적으로는 북한 주민들에게 행패를 부렸던 소련군대의 부정적 면모와 함께 소련군의 충동적 양가성을 함께 드러내고 있다는

17) 한설야, 앞의 글, 215쪽.

점에서 주목을 요한다. 특히 1946년 원본의 경우 해방기에 소련군이 진주한 북한의 현실을 소련군 병사의 강박증적 시선으로 묘파하면서 당대 현실의 리얼리티를 확보한 작품이라고 평가할 수 있다.

결과적으로 「모자」에 대한 논란은 한설야 단편집 『초소에서』[18]에 기존에 발표된 「남매」, 「마을 사람들」, 「얼굴」, 「어떤 날의 일기」, 「초소에서」 등의 작품은 실리지만, 「모자」는 함께 수록되지 못한 결과로 드러난다. 편집자 주를 보면 작품집의 의도에 대해 해방과 함께 작가가 "새로운 사회적 조건에서 자유롭게 자라나고 있는 인간들의 형상과 그들의 상호관계에서 자라나는 새 윤리들"을 보여준다면서, 단편집을 통해 "작가로써의 씨의 발전"과 함께 "북반부의 사회현실을 보게 되는 것"[19]이라고 기술한다. 그러나 「모자」는 소련군 병사의 동요하는 내면을 다루었기 때문에 작품집에서 배제된 것으로 추정된다.

이후 한설야의 「모자」는 북한문학사에서 전혀 언급이 되지 않는다. 반면에 「남매」(1948)가 국제 친선을 강조하는 작품으로 거론되고, 「개선」(1948)과 「승냥이」(1951) 등의 작품은 김일성 형상화와 반미를 강조하는 소설로 끊임없이 주목받으며 북한문학사에서 지속적으로 평가를 받는다. 따라서 「모자」에서 그려진 충동적인 내면을 지닌 소련 병사의 모습은 소련문학을 사회주의 리얼리즘 문학의 정수로 수용하던 당시 분위기에서 납득하기 어려운 인물의 형상화였던 것으로 파악된다. 결국 소련 병사의 심리적 동요를 탈색시킨 개작본만이 사후적으로 조소친선을 강화한다는 명목으로 그려질 뿐인 것이다. 「모자」는 개작본이 아니라 1946년 원본을 통해 북한문학 초기의 지배담론과 텍스트

---

18) 한설야, 『초소에서』, 문화전선사, 1950.
19) 편집자 표사글, 『문학예술』, 1950. 2, 180쪽.

의 균열 양상을 선명하게 보여주는 작품이라고 평가할 수 있다.

Ⅲ. 집단주의적 교양과 인물 성격의 과장 : 문맹 퇴치 사업의 공과 – 이태준의 「호랑이 할머니」(1949)[20]

이태준의 단편소설 「호랑이 할머니」(1949)는 평론가 기석복에 의해 "해방후 조선문학에서의 최대걸작"[21]이라고 평가를 받을 정도로 북한에서 실시한 문맹퇴치사업을 소재로 만든 분단 초기의 대표적인 작품이다. 보수성이 매우 강한 65세 '호랑이 할머니'가 한글학교에 나가기를 완강히 거부하다가 우여곡절 끝에 한글을 깨치게 된다는 계도적인 내용을 다루고 있다. 이 작품은 1949년 겨울 농한기를 맞은 농민들을 위해 농민소설을 창작하라는 김일성의 격려를 계기로 작가들이 농촌으로 동원되어, 일주일 만에 창작한 작품들 중의 하나로 알려져 있다.[22]

「호랑이 할머니」는 작품 발표 직후 성과와 한계가 함께 거론된 텍스트에 해당한다. 한식[23]에 의하면, 북한 사회의 민주주의 정신을 고양하는 민주건설기의 작품이지만 구성력이 미흡한 작품으로 평가된다. 즉

---

20) 이태준, 「호랑이할머니」, 『첫전투』, 문화전선사, 1949. 11.(이태준, 「호랑이 할머니」, 『해방전후 · 고향길』, 깊은샘, 1995, 105~120쪽.)

21) 기석복, 「우리 문학평론에 있어서의 몇가지 문제에 대하어」, 『노동신문』, 1952. 2. 28.

22) 한설야는 이태준, 최명익, 이춘진, 천청송, 윤세중, 한설야 등이 농촌으로 동원되어 일주일 만에 모두 작품을 창작했다고 언급하면서 김일성이 문학예술 부문에 대해 적절한 비판을 가한다고 언급한다.(한설야, 「김일성 장군과 문학예술」, 『문학예술』, 1952. 4, 4~10쪽.)

23) 한식, 「주제의 구체화와 단편의 구성－농민소설집을 평함」, 『문학예술』, 1949. 7, 48~61쪽.

민청원의 우수한 일꾼인 '상근'이 치밀한 계획과 겸손한 설득력으로 '호랑이 할머니'의 문맹을 퇴치하는 이야기라면서, 민주주의 정신의 교양과 민주조국 건설에 참가하게 만든 의의가 있다고 평가한다. 하지만 호랑이 할머니의 개인적 역할을 사회적 힘보다 더욱 강하게 형상화한 작품의 구성력을 비판한다. 그리고 "새로운 농민전형들을 형상화하고 있는 건실한 작품"이지만, 아직도 "자연주의적 수법의 잔재"가 남아 있다는 점을 지적한다.

하지만 한식과는 다르게 박중선24)은 '호랑이 할머니'의 모습이 해방 후 조선문학의 새로운 "전형적 형상"에 해당한다고 높이 평가한다. 특히 이 소설이 "민주건실에로의 상애물로 되는 봉건적 유습의 완고성을 폭로하며 그러한 부패한 완고성을 가지고 있는 인물들에 대하여 유모아하게 풍자함으로써 그러한 유습과 인습들을 근절할 목적"을 내세운 작품이라는 것이다. 그리하여 "고결한 목적을 빛나게 예술적으로 달성"한 작품이며, 이태준이 '산파와 매장자'의 역할을 이행하고 있다면서 민주건설을 위한 작가적 실천을 상찬한다. 특히 "인민대중을 새로운 민주주의적 정신으로 교양하는 사업에서의 가장 중요한 방법인 집단주의적 교양을 옳게 예술적으로 묘사"하고 있다면서, "당의 영도성과 사회단체들의 역할을 바로 보이고 있"다고 고평한다. 소설의 예술성에 대한 평가에서도 1) 불필요한 인물이 없으며, 2) 쉬운 말로 사건을 서술하고 3) 독자에게 흥미를 제공한다면서 "인물묘사에 있어서나 언

---

24) 박중선, 「대중을 집단주의로 교양시키자—이태준작 단편소설 「호랑이할머니」에 대하여」, 『노동신문』, 1949. 8. 20.(이 논문이 기석복의 논문임은 한설야, 엄호석, 황건 등의 글에 의해서 1956년에 밝혀지지만, 구체적으로 박중선이 기석복의 가명임이 적시된 논문은 윤세평의 「「농토」와 「호랑이 할머니」에 대하여」(『문예전선에 있어서의 반동적 부르죠아 사상을 반대하여』2, 1956, 228쪽)에서이다.)

어사용에 있어서 인민작가로서 자기의 예술적 특성을 표현하였"음을 고평한다.

그러나 작품의 결점으로 첫째 "문맹자의 연령이 16세로부터 55세까지 규정"된 것을 근거로 들면서 호랑이 할머니의 연령을 65세로 제시한 것이 내적 리얼리티의 훼손에 해당한다고 비판한다. 둘째로 촌민들의 성과가 과소평가된 반면 할머니의 성격이 과장된 점을 지적한다. 그러나 그럼에도 불구하고 결론적으로 이 작품이 "민주건설에서 인민들을 새로운 사상으로 교양하는 사업에 절대한 방조"가 되리라고 극찬한다.

한식과 유사한 견해인 엄호석[25]은 민주주의적 교양과 민주조국 건설이라는 작품의 성과는 인정하지만 전형적 형상화는 아니라고 비판한다. 즉 '호랑이 할머니의 완고성'이라는 개성적 측면이 과장되었기 때문에 "문맹 퇴치 대상자로서의 형상"을 지닌 "전형적 타이프"로 형상화되지 못했으며, 더구나 "65세의 파파 늙은이"는 "문맹퇴치 대상"이 아니라면서 작품 속에서 작품 외적 현실이 과장된 것을 비판한다. 물론 작품 "전체의 성과를 의심"하는 것은 아니지만, 호랑이 할머니의 성격 구성의 일부 단점을 거론하는 지적이라면서 촌평을 마무리한다.

한효[26] 역시도 1949년도 소설을 회고하면서 "새로운 인간성을 묘사"한 작품이라면서 긍정과 비판의 양면적 평가를 보여준다. 즉 "문맹퇴치사업을 통하여 봉건적 인습과 완강한 고집 속에 파묻혀있던 단순하고 평범하고 소박한 인간성이 어떻게 새로운 제도 아래서 특히 인민

25) 엄호석, 「농촌 묘사와 예술적 진실―농민소설집 『자라는 마을』을 말함」, 『문학예술』, 1949. 10, 37~51쪽.
26) 한효, 「보다 높은 성과를 향하여―1949년도 소설계의 회고」, 『문학예술』, 1950. 1, 22~39쪽.

정권의 올바른 시책과 민청원들의 열성에 의하여 개변"되는가를 보여준 작품으로 평가한다. 그리하여 호랑이 할머니의 개변이 "새로운 사회제도의 산물"이라고 긍정적인 평가를 내놓는다.

하지만, 문학적 형상화의 측면에서는 '성인학교 후원회 회장' 취임 부분과 다른 할머니의 말에 발분하는 내용 등의 '작위성'을 비판하면서, 호랑이 할머니의 "긍정적인 생활의 구체적인 묘사를 통"해서가 아니라 "인물의 성격 내부에서의 인위적인 계기를 통하여" 새로운 시대의 사상을 표현하려 한 것이 문제점임을 지적한다.

이렇듯 한식, 박중선, 엄호석, 한효 등의 1949~50년 평가는 해방 이후 성과작으로시 문맹퇴치라는 민수주의 교양과 민주건설 사업의 형상화에 대한 우호적 평가가 주를 이룬다. 당의 영도성과 집단주의적 교양을 강조함으로써 예술적 형상화를 이루었다는 것이다. 하지만 공통적으로 작품 내적 리얼리티의 훼손, 성격의 과장, 작위적 표현 등의 문제점이 동시에 지적된다.

> 후원회장 호랑이 할머니는 이때에 벌써 인민군대에 가 있는 맏손자 영돌군에게 다음과 같은 편지를 써 보낼 수 있었다.
> "영돌이냐 잘 있느냐 춥지는 않느냐 너이 대장어룬도 무고하시냐 대장어른 말 잘 들어야 쓴다. 너 우리 김장군 더러 뵈입겠구나. 이 할미는 글쎄 성인 학교 후원회장이 되었단다. 국문 배울랴 학교 일 다시릴랴 변스럽게 바쁘다. 네 어미도 공부 잘한다. 내가 글 해 뭣에 쓰리했더니 알고 나니 이렇게 써 먹는구나. 올에는 차조가 잘되어 조찰밥 잘 먹는 네 생각 난다. 언제 휴가 맡느냐 아모쪼록 우리 나라 잘되게 힘써라. 우리 소가 새끼 가졌단다. 나 아니고는 회장 재목 없다 해서 마지못해 나왔지만 무식꾼들의 어룬 노릇하기 힘들더라. 열이 열소

리 백이 백소리 귀가 쏠 지경이다. 할말 태산 같으나 눈이 구물거려 이만 적는다."

호랑이 할머니가 생전 처음 써 보는 이 편지에서 할말이 태산 같다는 것 속에는 그 작은년이 할머니가 '총'자를 '꽝'자라 한 이야기도 들어 있었으나 아직 그런 복잡한 말을 쓰기에는 요령을 잡을 수가 없었다. 연필 끝에 침만 여러 번 묻혀 보다가 그만두고 말았다.[27]

작품 말미 부분인 인용문에서 보이듯 「호랑이 할머니」는 구어체적 표현 속에 할머니의 개성적 성격이 생생하게 형상화된 작품이다. 즉 인민군에 입대한 맏손자 영돌에게 '호랑이 할머니'는 성인학교 후원회장이 되었다면서 "국문 배울랴 학교 일 다시릴랴 변스럽게 바쁘다"면서 자신의 근황을 솔직하게 고백한다. 더욱이 며느리도 공부를 잘 하고 있으며, "나 아니고는 회장 재목 없다 해서 마지못해 나왔지만 무식꾼들의 어룬 노릇하기 힘들"다는 식으로 '무식꾼들에 대한 어른 노릇하기'에 대한 자신의 자랑을 허세 삼아 솔직하게 토로하는 것으로 이어진다. 이렇듯 '호랑이 할머니'는 분단 초기 북한 사회에서 '개성적인 인물'[28]로 창조된 존재인 것이다.

하지만 1952년 12월 15일 조선로동당 중앙위원회 제5차 전원회의에서 김일성이 보고한 「로동당의 조직적 사상의 강화는 우리 승리의 기초」에서부터 '임화, 김남천, 이태준' 등 월북 작가들에 대한 비판이 시작된다. 즉 이들이 "문화인들내에 있는 종파분자들"이라고 규정되면서, 1953년 이래로 이태준에 대한 날선 비판이 진행된다.[29] 즉 1955년

---

27) 이태준, 「호랑이 할머니」, 『해방전후 · 고향길』, 깊은샘, 1995, 120쪽.
28) 이병렬, 「『첫전투』와 『고향길』의 의미―해설을 겸하여」, 이태준, 『해방전후/고향길』(전집3), 깊은샘, 1995, 377~391쪽.
29) 김재용, 『북한문학의 역사적 이해』, 문학과지성사, 1994, 125~142쪽.

12월 김일성이 「사상 사업에 있어서 교조주의와 형식주의를 퇴치하고 주체를 확립하는 데 관하여」라는 글에서 이태준을 반동적 부르주아 작가로 규정한 뒤, 1956년 1월 7일 조선작가동맹 중앙위원회 제22차 상무위원회 논의와 1956년 1월 18일 「문학예술 분야에 있어서의 반동 부르주아 사상과의 투쟁을 더욱 강화함에 대하여」라는 결정서가 채택되면서부터 이태준은 '부르주아 반동 작가'가 된다.

대표적으로 한설야는 보고문[30]에서 이태준의 「호랑이 할머니」가 "우리의 인민 정권을 무시하고 인민민주 제도를 비방하는 극악한 반동 작품"이라고 비난한다.

> 몽매와 미신의 화신인 『호랑이 할머니』를 마치 해방 후 농촌에서의 긍정적 인물인 것처럼 내세움으로써 우리의 근로 인민들을 모독하였으며 기형적이며 성격 파산자인 『호랑이 할머니』의 형상을 통하여 북반부 인민들을 우매하고 비문화적인 사람들로 선전하였을 뿐만 아니라 이미 1948년에 북조선에서 문맹이 기본적으로 퇴치되었음에도 불구하고 1949년에 있어서 20세대가 사는 한 농촌에 79명의 문맹자가 있다고 씀으로써 북조선 인민들을 전부 문맹으로 외곡하여 민주 개혁의 제반 성과들을 말살하려고 시도하였습니다.[31]

인용문에서 드러나듯 "몽매와 미신의 화신"인 '호랑이 할머니'의 형상이 '기형적인 성격 파산자'로 그려졌다는 것이다. 특히 "북방부 인민들을 우매하고 비문화적인 사람들로 선전"했다는 비난과 함께 1948년

---

30) 한설야, 「평양시 당 관하 문학예술선전 출판부문 열성자 회의에서 한 한설야 동지의 보고」, 『조선문학』, 1956. 2, 187~213쪽.
31) 한설야, 앞의 글, 197쪽.

북한에서는 이미 문맹이 퇴치되었다는 근거를 들면서 이태준이 "민주개혁의 제반 성과들을 말살하려고 시도"했음을 비난한다.

특히 1956년 한설야의 문건은 노동신문 주필이었던 기석복에 대한 비판을 통해 이태준의 「호랑이 할머니」를 재비판한다. 즉 기석복이 1949년 쓴 논문에서 "이태준의 해독적인 작품인 <호랑이 할머니>를 해방후 조선문학에서의 최대의 '걸작'으로 추켜세"웠음을 비판한다. 그리하여 "민주 건설의 성과를 말살하려 하였으며 기형화한 인물을 그림으로써 근로 인민을 비속화하였으며 인민 민주주의 제도를 냉소한" 작품인 「호랑이 할머니」에 대해 '새로운 사상'이라고 말함으로써 "틀림없이 우리가 말하는 새로운 사상과는 반대되는 사상"을 피력했다고 비난한다. 그러면서 "우리 당이 근로자들 속에서 진행하고 있는 계급 교양과는 아무런 인연도 없는 낡은 부르죠아 사상으로의 교양에 대하여 말하였으며 근로자들을 기형화하는 것을 그 어떤 '집단주의 교양'으로 설교하려 하였"다고 비난한다. 결국 한설야의 보고는 민주건설의 성과를 말살하고 민주적 제도를 냉소하며, 기형적 인물로 근로 인민을 모독한 낡은 부르주아 사상의 잔재가 담긴 작품이 이태준의 「호랑이 할머니」라는 비난이다.

한효[32] 역시 1956년에 이르면 기존의 태도를 바꾸어 '낡은 부르조아 사상'으로 '잘못된 집단주의 교양'을 설교하기 위해 창작된 작품이 「호랑이 할머니」라고 비난하게 된다. 결국 '임화와 이태준 도당의 책동'에 의해 도식주의 문제가 발생했다면서, "리태준의 <호랑이 할머니>와

---

32) 한효, 「도식주의를 반대하며」, 『제2차 조선작가대회 문헌집』, 조선작가동맹출판사, 1956(이선영 · 김병민 · 김재용 편, 『현대문학비평자료집(4)』(이북편/1956~1958), 태학사, 1993, 76~84쪽.)

김남천의 <꿀>이 자연주의 작품이 아니라 사실주의 작품으로 찬양을 받게 되는 한심한 사태가 벌어지게 되었다."라고 자기의 기존 논의를 뒤집는 비난을 퍼붓는다.

이태준에 대한 비난을 쏟아부은 한설야와 한효의 논의는 1956년 내내 엄호석, 황건, 또다른 한효의 글, 김명수, 리효운, 엄호석의 또 다른 글, 윤세평 등의 글에 이르기까지 거의 동일한 수사와 표현을 동원한 비난으로 이어진다. 즉 엄호석은 이태준이 「호랑이 할머니」에서 북한 인민을 "무식하고 무도덕적이고 미개"하게 그려, "인민에 대한 참을 수 없는 모독"과 "북반부에 대한 역선전"33)을 했다고 비난한다. 황건 역시 "미신덩이리 고집쟁이"인 "왈패 할머니를 위하여 마을 전체와 당과 민청이 있는 것"34)으로 왜곡 형상화하였다고 비판한다. 한효는 "민주건설의 성과를 부정하며 우리 근로인민들을 문명치 못하고 저렬한 인간으로 묘사하였으며 당이 근로자들 속에서 진행하는 계급 교양 사업을 방해"35)했다고 평가한다. 김명수는 "괴이하고 우매한 미신의 화신"으로서 "북반부 근로 인민들을 비문화적인 인간들로 중상"하고 "인민정권을 비방"36)했다고 비판한다. 리효운은 "당과 인민정권의 제반 민주 정책에 대한 발악적 반대" 속에 "농촌에서의 반동적 력량의 구현자인 추악한 호랑이 할머니"37)를 적극 지지했다고 비난한다. 엄호석은 다른

33) 엄호석, 「사실주의로 변장한 부르죠아 반동문학」, 『문예전선에 있어서의 반동적 부르죠아 사상을 반대하여』 1, 1956, 100~163쪽.

34) 황건, 「산문 분야에 끼친 리태준 김남천 등의 반혁명적 죄행」, 『문예전선에 있어서의 반동적 부르죠아 사상을 반대하여』 1, 1956, 166~180쪽.

35) 한효, 「부르죠아 문학 조류들을 반대하는 투쟁에 있어서의 조선 현대문학」, 『문예전선에 있어서의 반동적 부르죠아 사상을 반대하여』 2, 1956, 6~39쪽.

36) 김명수, 「반동적 부르죠아 작가들의 반혁명 문학 활동의 죄행」, 『문예전선에 있어서의 반동적 부르죠아 사상을 반대하여』 2, 1956, 42~66쪽.

37) 리효운, 「우리 문학에 대한 부르죠아적 견해와 철저히 투쟁하자」, 『문예전선에 있

글에서 "북반부의 민주건설의 성과"와 "인민들의 애국적 역량을 비방"[38]하여 조국애를 빼앗으려고 시도했다고 비판한다. 윤세평은 "공화국 북반부에서 진행된 문화혁명의 전형적 발전을 외곡하고, 우리의 민주 개혁의 위대한 성과를 모독 중상하기 위하여 씌어진 악의에 찬 작품"[39]이라고 비난한다. 즉 1956년도는 '림화, 김남천, 리태준' 등의 반동적 부르죠아 문학에 대한 원색적이고 감정적인 비난과 그를 옹호했던 '기석복, 정률, 정동혁' 등에 대한 단죄의 해가 되고 있는 것이다.

이태준의 「호랑이 할머니」는 월북작가 이태준의 성과작에 해당한다. 왜냐하면, 북한에서 새로운 사회 건설이 화두가 된 시기에 당대 현실 속에서 '호랑이 할머니'라는 개성적 인물을 통해 문맹 퇴치 사업의 현실을 예리하게 풍자하고 있기 때문이다. 당시에 '고상한 리얼리즘'으로 소련문학의 사회주의 리얼리즘을 전유하려는 풍토에 물들지 않고, 경직된 북한문학의 도식성으로부터 벗어난 창작물에 해당하기 때문이다. 하지만 북한에서 이태준의 「호랑이 할머니」는 부르조아 반동 작가가 '스무담이'라는 20호밖에 되지 않는 마을에 문맹자가 대부분인 것으로 왜곡 형상화하여, 문맹퇴치 사업이 성과가 없는 듯 잘못 설명하고 있는 그릇된 작품이 된다. 특히 독자들에게 문맹퇴치에 대한 부정적 견해를 믿도록 함으로써 결론적으로 이태준이 북한의 제도적 현실을 왜곡하고 민주건설의 성과를 조소하며, 인민정권을 비방하기 위하여 사실주의의 탈을 쓰고 교묘히 위장된 자연주의적 작품을 써냈다고 비난을 받는 것이다. 이렇듯 북한 문학의 지배 담론에 의해 텍스트성이 억

어서의 반동적 부르죠아 사상을 반대하여』 2, 1956, 68~91쪽.
38) 엄호석, 「리 태준의 문학의 반동적 정체」, 『조선문학』, 1956. 3, 140~168쪽.
39) 윤세평, 「「농토」와 「호랑이 할머니」에 대하여」, 『문예전선에 있어서의 반동적 부르죠아 사상을 반대하여』 2, 1956, 204~234쪽.

압되는 현실은 역설적이게도 북한 사회의 지배 담론과 텍스트 균열 양상을 선명하게 보여준다.

Ⅳ. 새로운 전형과 낡은 형식적 잔재 : 한국전쟁기 부상병의 형상 - 김남천의 「꿀」(1951)

김남천의 단편소설 「꿀」[40](1951)은 한국전쟁기에 합천 관기리 야전병원 부상병의 이야기를 다룬 액자소설이다. 6 · 25 전쟁 초기 인민군의 남하 중 선발대로 정찰하다가 국방군의 피격에 총상을 당한 주인공이 산 속에서 78세 할머니에게 구출되어 꿀물과 미숫가루로 기사회생하게 되는 내용을 다루고 있는 소품 성격의 소설이다. 할머니의 가족은 아들과 손자가 다 빨치산인 집안으로 할머니의 연락을 받은 빨치산 유격대에 의해 부상병이 구출되어 야전병원으로 이송된 사연이 드러난다.

이태준의 「호랑이 할머니」처럼 「꿀」 역시 발표 당시에는 성과와 한계에 대한 양가적 평가를 받는다. 즉 한효는 "자랑스러운 새로운 전형의 주인공"[41] 중의 하나로 「꿀」의 '부상병'을 언급한다. 하지만, 작가의 의도를 직접적으로 묘사하지 못한 점에 대해 아쉬움을 표명한다. 그러면서 이 시기 작가들에게 4가지 과제로 '1) 현실 속 체험을 통한 작품 창작, 2) 형식주의나 자연주의와의 투쟁 속에 고상한 리얼리즘을 추구할 것, 3) 주제를 다양화할 것, 4) 맑스-레닌주의 사상으로 무장하는 교양사업을 진행할 것' 등을 주문한다.

---

40) 김남천, 「꿀」, 『문학예술』, 1951. 4, 36~50쪽.
41) 한효, 「우리 문학의 전투적 모습과 제기되는 몇 가지 문제」, 『문학예술』, 1951. 6, 87~101쪽.

한효와 달리 엄호석은 김남천의 「꿀」이 지닌 과거 회상의 액자소설 형식을 문제 삼아 비판한다. 물론 회상적 형식이 "일시적이나마 감동적인 인상을 주는 수"가 있긴 하지만, 그것은 "인공적 예술성이 주는 환각 또는 감상성"에 불과할 뿐 현실적 인상은 아니라고 부연 설명한다. 특히 이 작품이 "한 작가에 의한 회상의 형식을 빌어 과거의 원경 속에서 구지 사건을 묘사하는데 만족하였다"[42]면서 과거 회상 형식이 서구의 낭만파들이 개인의 심정 고백과 '로마네스크적인 것의 추구'를 위해 차용하던 구시대적 수법으로서 사실주의적 창작방법에 부합하지 않는 '낡은 형식적 잔재'를 드러내고 있다고 비판한다.

하지만 1952년 4월호 『문학예술』에 게재된 <평론합평회>[43]에서는 엄호석의 평론이 비판의 대상이 된다. 부제로 '기석복 동지의 「우리 평론에 있어서 몇가지 문제」에 대하여'가 달린 이날 합평회는 이태준 (위원장)의 사회로 김남천(서기장), 엄호석(평론분과위원장), 최명익, 이용악, 이원조(중앙당 선전선동부 부부장) 등을 포함하여 60여 명이 참석한다. 박찬모의 보고 요지는 『노동신문』에 발표한 기석복의 논문이 "우리 문학 운동에 저해를 주는 평론을 옳은 방향으로 돌려 세우는 귀중한 문건"이라고 고평하는 것이다. 그러면서 "일부 평론가가 자연주의와 형식주의를 옳게 이해하지 못하여 그릇 평가한 현상을 비판"하는데, 엄호석이 범한 "독단적 비평 태도"를 실례로 지적한다. 결국 엄호석이 김남천의 「꿀」을 "수법상에서 자연주의적 작품인 것처럼 오인"했으며 문단에 대해 왜곡 중상하였고, 기석복의 논문은 이러한 현상을 시정하고자 노력한 논문이라고 엄호석에 대한 비판을 수행한다.

---

42) 엄호석, 「작가들의 사업과 정열―최근 창작을 중심으로」, 『문학예술』, 1951. 7, 74~88쪽.
43) 사회 이태준, 「평론합평회」, 『문학예술』, 1952. 4, 82~83쪽.

박찬모의 보고 이후에는 윤세중, 이갑기, 한효, 최명익, 홍종린의 토론이 있었고, 이들은 기석복의 논문을 지지한 것으로 기술된다. 결국 3시간의 보고와 토론 이후 엄호석의 자기 비판이 진행되고, 이원조의 결론이 진술된다.

이렇듯 한효의 성과와 한계 제시, 엄호석의 「꿀」 비판, 박찬모의 재비판, 엄호석의 자기 비판 등의 백가쟁명하는 모습은 1950년대 초반이 한국전쟁기임에도 불구하고 북한문학의 생생한 현장감과 함께 문학적 특수성과 예술성에 대한 합리적 비판이 자유롭게 진행되고 있었음을 보여주는 대목에 해당한다.

> "내가 다시 소생해서 이렇게 오늘 저녁으로 전선에 나가게 된 것은 말하자면 팔순이 가까운 그 할머니 덕분이지요."
> 하고, 1950년 8월 하순의 어떤 날, 낙동강전선에서 얼마 아니 격(隔)어 있는 합천 관기리 야전병원에서 한나절을 나와 같이 지낸 부상병 동무는 다음과 같이 이야기를 계속하였다. (중략)
> 나는 부상병 동무의 이야기를 귀 기울여 듣고 나서 이 짤다란 이야기가 남기고 가는 여운을 따라가느라고 잠시 아무 대꾸도 건네지 못하였다. 이야기를 끝마치면서 그는 무연히 읊조리듯 하는 것이었다.
> 빨치산의 청년 동무는 그 뒤 한 번쯤 자기 집에 들러볼 수 있었는지? 혹여 아직도 팔순의 할머니는 표주박처럼 빈방을 지키고 앉아서 영웅적인 자기 손자가 나타나는 날을 조용히 기다리고 있지나 않는지?44)

인용문은 「꿀」의 첫 부분과 마지막 부분이다. 앞뒤 내용에서 확인할

---

44) 김남천, 「꿀」, 『문학예술』, 1951. 4, 36~50쪽.

수 있듯 「꿀」은 액자소설로 부상병의 이야기를 전달하는 서술자가 작품 내용에 전혀 개입하지 않는다. 이는 종군작가 역할을 수행한 김남천의 자전적 체험과 연관된다. 즉 첫 부분이 호기심을 유발하는 도입부에 해당하며, 마지막 부분은 빨치산 청년과 할머니 가족에 대한 궁금증을 던지며 여운으로 마무리된다. 그리고 액자 속 이야기에서는 주인공인 정찰병이 전투 중 부상한 몸으로 낙오되었다가 팔순의 할머니가 먹여준 꿀과 미숫가루의 효험으로 구출된다는 내용이 그려진다. 물론 부상병으로서 심리적 동요와 허무주의적 자의식이 드러나기는 하지만, 복귀해서 다시 전선에 나서고 싶다는 욕구를 지속적으로 드러내는 전형적인 전쟁소설의 유형을 담고 있다.

하지만 1953년에 이르면 한효45)는 김남천의 「꿀」을 거론하면서 '자연주의적 일반화'의 작품이라고 비판한다. 즉 "우리들의 장엄한 현실을 어떤 높은 자리에 앉아서 방관하"고 있을 뿐만 아니라, "인물들의 깊은 감정 세계로 들어가기를 끝까지 거부하"고 있으며, "작가의 사색이 억지로 제약되었으며 따라서 자연주의적 '일반화'의 방식이 지배적"이라고 비난한다. 그리고 이러한 태도가 일제 강점기의 "반인민적 「고발문학론」에서부터 유래"한 것이며, "해방전의 반동적 립장이 해방 후에 「원뢰」를 거쳐 「꿀」에로 일관하여 발로되고 있는 것"이라고 비판한다.

안함광46)에 따르면 「꿀」에 대한 이러한 비판의 근거는 김일성이 1952년 12월 15일 조선로동당 중앙위원회 제5차 전원회의 보고에서 지적한 '종파분자'에 대한 내용 때문이다. 즉 "지금 문예총 내부에 잠재

---

45) 한효, 「자연주의를 반대하는 투쟁에 있어서의 조선문학(3)」, 『문학예술』, 1953. 3, 110~153쪽.
46) 안함광, 「김일성 원수와 조선문학의 발전(4)」, 『문학예술』, 1953. 7, 117~152쪽.

하고 있는 남이니, 북이니, 또는 나는 무슨 그룹에 속했던 것이니 하는 협애한 지방주의적 및 종파주의적 잔재 사상과의 엄격한 투쟁을 전개하며 문화인들 내에 있는 종파분자들에게 타격을 주는 동시에 당과 조국과 인민을 위한 고상한 사상을 가지고 조국의 엄숙한 시기에 모든 힘을 조국 해방 전쟁 승리를 위하여 집중하여야" 하는데, 종파분자들이 그것을 가로막고 있다는 것이다. 그 대표적인 반종파분자가 바로 '림화, 김남천, 리태준'이며, 이때 김남천의 대표적인 종파분자로서의 작품이 「꿀」이라고 비난을 받는다.

엄호석 역시 재비판[47]에 나서 김남천의 「꿀」에서 드러난 '비극적 퇴폐미와 반동적 심미감'을 비판한다. 즉 '임화 이태준 김남천 박찬모 등'이 "부르죠아적 퇴폐주의와 야비한 동물주의를 지니고 있었기 때문에" 북한에서의 노동계급의 위업을 "의식적으로 증오하면서 그 고상한 형상의 묘사를 거부"했다고 비난한다. 그러면서 김남천의 「꿀」이 "남반부에 진주한 인민 군대 전사가 우연히 만난 외로운 80세의 파파 늙은이의 애처로운 처지와 그로부터 얻어먹은 꿀에 대한 이야기를 슬픈 회상으로 묘사"했으며, "우리 인민 군대가 남반부에 진주한 감격적인 사건과 그들의 영웅적인 씩씩한 면모를 애수의 흐느낌 속에 잠기게 했다."라고 비판한다. 그리하여 "비극적인 것에서 오히려 어떤 아름다운 것을 찾고 있"는 "반동적 심미감을 증명"한다면서, 김남천 등의 반동적 문학활동이 "그들의 예술적 취미가 퇴폐적이며 형식주의적"인 것에서 기인한다고 판단한다.

홍순철[48] 역시 김남천의 「꿀」이 '형식주의와 자연주의의 독소'로 가

---

47) 엄호석, 「노동계급의 형상과 미학상의 몇가지 문제」, 『조선문학』, 1953. 11, 110~132쪽.
48) 홍순철, 「문학에 있어서의 당성과 계급성」, 『조선문학』, 1953. 12, 76~96쪽.

득한 해독적 작품이라고 비난한다. 그리하여 한국전쟁의 피흘리는 현실을 "냉담하게 관조하면서 인민들의 장엄한 투쟁을 작가적 정열로써 고무하는" '애국자의 입장'이 아니라 "남의 일을 곁눈질하듯이 바라보"는 '방관자적 입장'에서 쓴 '해독적 작품'이며, "형식주의와 자연주의의 독소로 충만된" 작품이라고 비판한다.

뿐만 아니라 1956년에 이르면 한설야[49] 역시 '미제의 앞잡이'인 김남천이 「꿀」에서 '값싼 센티멘털리즘'과 패배주의에 젖어 있다고 비판한다. 즉 「꿀」에서 김남천이 "우리 인민군 정찰병을 비방적으로 묘사하면서 우리 인민 군대의 고상한 동지적 전우애를 모독하였으며, 부상당한 정찰병이 죽음 앞에서 비겁하며 향수에 잠기어 애상의 세계에서 허덕이는 광경을 보여주었"다면서 작품 전체를 "값싼 쎈치멘탈리즘으로 일관"시키면서 "비애와 절망의 독소를 전파하여 인민들에게 염전 사상과 패배주의 사상을 고취하려 하였"다고 비난한다. 그리고 그것이 "박헌영 도당의 반혁명적 '문화노선'이 지향하는 길"이며, "반동적 부르죠아 사상을 침식시켜 인민들의 혁명 의식을 마비시키며, 미국 침략자들에게 사상적 방조를 주려고 책동"하였다고 간첩 행위와 연결짓는다. 특히 한설야는 "저열한 부르죠아 자연주의로 꾸며진 김남천의 작품"을 찬양한 기석복을 함께 비판한다.

한설야는 이뿐만 아니라 다른 보고문[50]에서도 「꿀」을 다시 비판한다. 김남천의 「꿀」이 "전선과 후방과의 철벽 같은 연결을 왜소하게 그려서 우리 조국 해방 전쟁의 빛나는 공훈을 보잘 것 없이 작은 것"으로

---

49) 한설야, 「평양시 당 관하 문학 예술 선전 출판 부문 열성자 회의에서 한 한설야 동지의 보고」, 『조선문학』, 1956. 2, 187~213쪽.

50) 한설야, 「전후 조선 문학의 현 상태와 전망 – 제2차 조선 작가 대회에서 한 한설야 위원장의 보고」, 『제2차조선작가대회문헌집』, 조선작가동맹출판사, 1956.

보이도록 만들었다는 것이다. 한설야의 논의에 이어 1956년에 이르면, 이태준에게 쏟아진 동료 문인들의 비난처럼, 김남천 역시 엄호석, 황건, 또다른 한효의 글, 김명수, 리효운, 윤시철 등의 글에 이르기까지 거의 동일한 의미의 유사한 수사적 표현을 동원한 비난을 받게 된다. 즉 엄호석은 "내용의 반동성"이 명백하며, "80세의「표주박 같은」파파 늙은이의 구원"을 받는다면서 "우리 군대의 해방적 역할이 제외되어 있는 반면에 자기 일신상의 생명을 구하려는 본능적 충동만이 강조"[51]되었다고 비판한다. 황건은 한설야의 견해를 거의 그대로 따르며 "원쑤에 대한 적개심"과 투지가 없다면서 "인민 군대를 중상 비방"[52]하였다고 비난한다. 한효는 "원쑤에 대한 적개심과 복수심은 털끝만치도 없이 슬픔에 잠겨 있는" 인간으로 묘사하는 "쎈찌멘탈리즘은 독자들에게 아편과 같이 작용"하여 "비관과 영탄과 패배주의"[53]로 인도한다고 비판한다. 김명수는 "「표주박」같은 한 기형적인 할머니"를 등장시켜 "동물적 본능만을 소유한 저렬한 인간인 듯이 우리 군대를 중상"하였으며, "인민군대의 해방자적 성격을 말살"하고 "미군 강점하의 남조선이 바로 생명의 원천인 듯이 선전"[54]했다고 비난한다. 리효운은 "조국과 인민의 자유 독립이 아니라, 동물적 생명의 보존이라는 독소를 퍼뜨"[55]렸다고 비판한다. 윤시철은「꿀」이 "인민군 전투원이나, 인

---

51) 엄호석, 「사실주의로 변장한 부르죠아 반동문학」, 『문예전선에 있어서의 반동적 부르죠아 사상을 반대하여』 1, 1956, 100~163쪽.

52) 황건, 「산문 분야에 끼친 리태준 김남천 등의 반혁명적 죄행」, 『문예전선에 있어서의 반동적 부르죠아 사상을 반대하여』 1, 1956, 166~180쪽.

53) 한효, 「부르죠아 문학 조류들을 반대하는 투쟁에 있어서의 조선 현대문학」, 『문예전선에 있어서의 반동적 부르죠아 사상을 반대하여』 2, 1956, 6~39쪽.

54) 김명수, 「반동적 부르죠아 작가들의 반혁명 문학 활동의 죄행」, 『문예전선에 있어서의 반동적 부르죠아 사상을 반대하여』 2, 1956, 42~66쪽.

55) 리효운, 「우리 문학에 대한 부르죠아적 견해와 철저히 투쟁하자」, 『문예전선에 있

민들이나 할것없이 원쑤들과의 싸움 앞에서 비겁하며 오직 생명의 구원만을 바라는 비렬한 반역자의 형상을 보여주려고 전력을 다했다."[56] 라고 비난한다.

이렇듯 김남천의 「꿀」은 '새로운 전형'이라는 기존의 긍정적 평가는 사라진 채, 반동적 부르조아 작가가 만들어낸 패배주의와 퇴폐적 감상성에 젖은 해독적 작품으로 평가절하되고 만다. 이 작품 역시 이태준의 작품처럼 북한문학사에서 배제되면서 문학사에서 종적을 감추게 된다. 그러나 「꿀」은 부상병의 심리적 동요와 함께 생명에의 의지를 표명하고 있는 전쟁기의 수작에 해당한다. 즉 전쟁기의 소설이라고 해서 미제와 국방군에 대한 적개심만을 강조하는 것이 아니라, 부상병의 내적인 동요 속에 "자포자기에 가까운 체념"도 느끼며, '고향에 대한 그리움'을 떠올리다가 노동당원들에게 구조될 때면 눈물을 흘리며 살아 있음을 체감하는 '인간적 인물'로 액자 속 '나'가 그려지기 때문이다.

하지만 북한에서 김남천의 「꿀」은 결과적으로 새로운 전형이라는 긍정적 평가가 배제되고, "동물적 생명의 보존"을 앞세우며 부르주아 반동작가의 센티멘탈리즘과 패배주의를 드러낸 작품으로 비난받는다. 이러한 평가의 변화는 북한 문학의 지배 담론이 텍스트의 생동감을 획일화하는 도식적 잣대를 강요하고 있음을 보여준다. 따라서 북한문학 텍스트를 조명할 때는 지배 담론과 텍스트의 균열 양상을 함께 고찰해야 더욱 생생하고 유연한 문학적 텍스트성을 복원할 수 있음을 확인하게 된다.

어서의 반동적 부르죠아 사상을 반대하여』 2, 1956, 68~91쪽.
56) 윤시철, 「인민을 비방한 반동 문학의 독소 – 김남천의 8.15 해방후 작품을 중심으로」, 『조선문학』, 1956. 5, 142~156쪽.

V. 결론

해방 이후 북한문학은 혁명적 로맨티시즘과 고상한 리얼리즘을 강조하면서, 당파적 특성을 내세우고, 당파성, 계급성, 인민성을 강조하는 사회주의 리얼리즘 문학을 표방한다. 특히 1967년 이래로 유일사상체계의 확립 속에 김일성 가계의 수령형상화를 전면에 앞세우는 문학적 획일화 논리는 문학적 자유를 호흡하는 남한 작가들에게 이해 불가능한 텍스트에 해당하기도 한다. 그러나 그러한 경직화된 논리로 공고해지기 이전에 북한문학의 생생한 현장을 보여주는 작품들을 북한문학사에서 배제된 텍스트를 통해 복원해 볼 수 있다. 한설야의 「모자」, 이태준의 「호랑이 할머니」, 김남천의 「꿀」은 해방기 이래로 한국전쟁기에 이르는 북한문학의 지배 담론과 텍스트의 균열 양상 속에 북한문학의 유연성과 경직성을 보여주는 유의미한 작품들에 해당한다.

이 글은 남북한 통합문학사의 기술과 재구성을 위한 선결 작업의 첫 단계로서 1945년 8월 해방 이래로 1953년 7월 한국전쟁이 휴전되는 시기 중에서 세 편의 단편소설을 통해 북한문학의 지배 담론과 텍스트 사이의 균열적 양상을 조명해 보았다. 한설야의 「모자」(1946)는 발표 당시에 '조소 친선'이라는 주제의식이 긍정적으로 평가받지만, 소련군 병사의 동요하는 내면 등을 포함하여 작품 내적 리얼리티의 훼손이 비판되면서 문학사에서 사라진다. 이태준의 「호랑이 할머니」(1949)는 분단 이후 북한 사회 현실에서 문맹 퇴치 사업의 성과로 조명받지만, 인물 성격의 과장적 형상화를 확대하면서 근로 인민에 대한 모독과 제도의 비방이라는 비난에 이르게 된다. 김남천의 「꿀」(1951) 역시 한국전쟁기에 부상병의 독백이 새로운 전형으로 고평되다가, 센티멘탈리즘에 젖은 패배주의적 반동성의 작품이라는 비판을 받게 된다.

이들 세 작품은 문학성에 대한 양가적 평가 속에 정치적 담론이 문학을 강제하는 당파적 견지에서 평가절하되는 공통된 특징을 보여준다. 따라서 역설적이게도 북한문학에서 지배담론이 텍스트를 강제하는 모습을 통해 북한문학의 유연성과 경직성을 함께 들여다볼 수 있는 소중한 텍스트가 된다. 특히 이 세 작가의 작품에 대한 평가의 극단을 오가는 상찬과 비판은 다른 체제의 이데올로기를 배제할 수밖에 없는 분단체제의 비극성을 여실히 보여준다. 이러한 비극성의 문학적 양상을 구체적으로 검토하는 것은 문학사적 평가에서 배제된 텍스트의 문학적 원형을 복원함으로써 남북한 통합문학사의 밑돌을 놓기 위한 선결 작업에 해당한다.

북녘 마을의 사람 사는 풍경

초판 1쇄 인쇄일	2022년 09월 14일
초판 1쇄 발행일	2022년 09월 21일
지은이	오태호
펴낸이	한선희
편집/디자인	우정민 김보선
마케팅	정찬용 정구형
영업관리	정진이 한선희
책임편집	김보선
인쇄처	으뜸사
펴낸곳	국학자료원 새미(주)
	등록일 2005 03 15 제25100－2005－000008호
	경기도 고양시 일산동구 중앙로 1261번길 79 하이베라스 405호
	Tel 02－442－4623 Fax 02－6499－3082
	www.kookhak.co.kr
	kookhak2001@hanmail.net
ISBN	979-11-6797-074-9 *03800
가격	38,000원